Couvertures supérieure et inférieure
manquantes

SON EXCELLENCE

EUGÈNE ROUGON

4631-78 — CORBEIL. — Typ. et stér. de CRÉTÉ.

286

SON EXCELLENCE

EUGÈNE ROUGON

PAR

ÉMILE ZOLA

HUITIÈME ÉDITION

PARIS

G. CHARPENTIER, ÉDITEUR

13, RUE DE GRENELLE-SAINT-GERMAIN, 13

1878

SON EXCELLENCE

EUGÈNE ROUGON

I

Le président était encore debout, au milieu du léger tumulte que son entrée venait de produire. Il s'assit, en disant à demi-voix, négligemment :

— La séance est ouverte.

Et il classa les projets de loi, placés devant lui, sur le bureau. A sa gauche, un secrétaire, myope, le nez sur le papier, lisait le procès-verbal de la dernière séance, d'un balbutiement rapide que pas un député n'écoutait. Dans le brouhaha de la salle, cette lecture n'arrivait qu'aux oreilles des huissiers, très-dignes, très-corrects, en face des poses abandonnées des membres de la Chambre.

Il n'y avait pas cent députés présents. Les uns se renversaient à demi sur les banquettes de velours rouge, les yeux vagues, sommeillant déjà. D'autres, pliés au bord de leurs pupitres comme sous l'ennui de cette corvée d'une séance publique, battaient doucement l'acajou du bout de leurs doigts. Par la baie vitrée qui taillait dans le ciel une demi-lune grise, toute la pluvieuse après-midi de mai entrait, tombant d'aplomb, éclairant régulièrement la sévérité pompeuse de la salle. La lumière descendait les gradins en une large nappe rougie, d'un éclat sombre, allumée çà et là d'un reflet rose, aux encoignures des bancs vides; tandis que, derrière le président, la nudité des statues et des sculptures arrêtait des pans de clarté blanche.

Un député, au troisième banc, à droite, était resté debout, dans l'étroit passage. Il frottait de la main son rude collier de barbe grisonnante, l'air préoccupé. Et, comme un huissier montait, il l'arrêta et lui adressa une question à demi-voix.

— Non, monsieur Kahn, répondit l'huissier, monsieur le président du Conseil d'État n'est pas encore arrivé.

Alors, M. Kahn s'assit. Puis, se tournant brusquement vers son voisin de gauche :

— Dites donc, Béjuin, demanda-t-il, est-ce que vous avez vu Rougon, ce matin?

M. Béjuin, un petit homme maigre, noir, de mine silencieuse, leva la tête, les regards inquiets, la tête ailleurs. Il avait tiré la planchette de son pupitre. Il faisait sa correspondance, sur du papier bleu, à en-tête commercial, portant ces mots : *Béjuin et Ce, cristallerie de Saint-Florent.*

— Rougon? répéta-t-il. Non, je ne l'ai pas vu. Je n'ai pas eu le temps de passer au Conseil d'État.

Et il se remit posément à sa besogne. Il consultait un carnet, il écrivait sa deuxième lettre, sous le bourdonnement confus du secrétaire, qui achevait la lecture du procès-verbal.

M. Kahn se renversa, les bras croisés. Sa figure aux traits forts, dont le grand nez bien fait trahissait une origine juive, restait maussade. Il regarda les rosaces d'or du plafond, s'arrêta au ruissellement d'une averse qui crevait en ce moment sur les vitres de la baie; puis, les yeux perdus, il parut examiner attentivement l'ornementation compliquée du grand mur qu'il avait en face de lui. Aux deux bouts, il fut retenu un instant par les panneaux tendus de velours vert, chargés d'attributs et d'encadrements dorés. Puis, après avoir mesuré d'un regard les paires de colonnes, entre lesquelles les statues allégoriques de la *Liberté* et de l'*Ordre public* mettaient leur face de marbre aux prunelles vides, il finit par s'absorber dans le spectacle du rideau de soie verte, qui cachait la fresque représentant Louis-Philippe prêtant serment à la Charte.

Cependant, le secrétaire s'était assis. Le brouhaha continuait dans la salle. Le président, sans se presser, feuilletait toujours des papiers. Il appuya machinalement la main sur la pédale de la sonnette, dont la grosse sonnerie ne dérangea pas une seule des conversations particulières. Et, debout au milieu du bruit, il resta là un moment, à attendre.

— Messieurs, commença-t-il, j'ai reçu une lettre...

Il s'interrompit pour donner un nouveau coup de sonnette, attendant encore, dominant de sa figure grave et ennuyée le bureau monumental, qui étageait au dessous de lui ses panneaux de marbre rouge encadrés de marbre blanc. Sa redingote boutonnée se détachait sur le bas-relief placé derrière le bureau, où elle coupait d'une ligne noire les peplums de l'Agriculture et de l'Industrie, aux profils antiques.

— Messieurs, reprit-il, lorsqu'il eut obtenu un peu de silence, j'ai reçu une lettre de monsieur de Lamberthon, dans laquelle il s'excuse de ne pouvoir assister à la séance d'aujourd'hui.

Il y eut un léger rire sur un banc, le sixième en face du bureau. C'était un député tout jeune, vingt-huit ans au plus, blond et adorable, qui étouffait dans ses mains

blanches une gaieté perlée de jolie femme. Un de ses
collègues, énorme, se rapprocha de trois places, pour
lui demander à l'oreille :

— Est-ce que Lamberthon a vraiment trouvé sa
femme...? Contez-moi donc ça, La Rouquette.

Le président avait pris une poignée de papiers. Il
parlait d'une voix monotone; des lambeaux de phrase
arrivaient jusqu'au fond de la salle.

— Il y a des demandes de congé... monsieur Blachet,
monsieur Buquin-Lecomte, monsieur de la Villardière...

Et, pendant que la Chambre consultée accordait les
congés, M. Kahn, las sans doute de considérer la soie
verte tendue devant l'image séditieuse de Louis-Philippe, s'était tourné à demi pour regarder les tribunes.
Au-dessus du soubassement de marbre jaune veiné de
laque, un seul rang de tribunes mettait, d'une colonne à
l'autre, des bouts de rampe de velours amarante ; tandis
que, tout en haut, un lambrequin de cuir gaufré n'arrivait pas à dissimuler le vide laissé par la suppression
du second rang, réservé aux journalistes et au public,
avant l'empire. Entre les grosses colonnes jaunies, dé-
veloppant leur pompe un peu lourde autour de l'hémicycle, les étroites loges s'enfonçaient, pleines d'ombre,
presque vides, égayées par trois ou quatre toilettes claires
de femme.

— Tiens! le colonel Jobelin est venu, murmura
M. Kahn.

Il sourit au colonel, qui l'avait aperçu. Le colonel
Jobelin portait la redingote bleu foncé qu'il avait adoptée
comme uniforme civil, depuis sa retraite. Il était tout
seul dans la tribune des questeurs, avec sa rosette d'officier, si grande, qu'elle semblait le nœud d'un foulard.

Plus loin, à gauche, les yeux de M. Kahn venaient de
se fixer sur un jeune homme et une jeune femme, serrés

tendrement l'un contre l'autre, dans un coin de la tribune du Conseil d'État. Le jeune homme se penchait à tous moments, parlait dans le cou de la jeune femme, qui souriait d'un air doux, sans le regarder, les yeux fixés sur la figure allégorique de l'*Ordre public*.

— Dites donc, Béjuin? murmura le député en poussant son collègue du genou.

M. Béjuin était à sa cinquième lettre. Il leva la tête, effaré.

— Là haut, tenez, vous ne voyez pas le petit d'Escorailles et la jolie madame Bouchard. Je parie qu'il lui pince les hanches. Elle a des yeux mourants... Tous les amis de Rougon se sont donc donné rendez-vous. Il y a encore là, dans la tribune du public, madame Correur et le ménage Charbonnel.

Un coup de sonnette plus prolongé retentit. Un huissier lança d'une belle voix de basse : « Silence, messieurs! » On écouta. Et le président dit cette phrase, dont pas un mot ne fut perdu :

— Monsieur Kahn demande l'autorisation de faire imprimer le discours qu'il a prononcé dans la discussion du projet de loi relatif à l'établissement d'une taxe municipale sur les voitures et les chevaux circulant dans Paris.

Un murmure courut sur les bancs, et les conversations reprirent. M. La Rouquette était venu s'asseoir près de M. Kahn.

— Vous travaillez donc pour les populations, vous? lui dit-il en plaisantant.

Puis, sans le laisser répondre, il ajouta :

— Vous n'avez pas vu Rougon? vous n'avez rien appris?... Tout le monde parle de la chose. Il paraît qu'il n'y a encore rien de certain.

Il se tourna, il regarda l'horloge.

— Déjà deux heures vingt! C'est moi qui filerais, s'il

n'y avait pas la lecture de ce diable de rapport !... Est-ce vraiment pour aujourd'hui ?

— On nous a tous prévenus, répondit M. Kahn. Je n'ai pas entendu dire qu'il y eût contre-ordre... Vous ferez bien de rester. On votera les quatre cent mille francs du baptême tout de suite.

—Sans doute, reprit M. La Rouquette. Le vieux général Legrain, qui se trouve en ce moment perclus des deux jambes, s'est fait apporter par son domestique ; il est dans la salle des Conférences, à attendre le vote... L'empereur a raison de compter sur le dévouement du Corps législatif tout entier. Pas une de nos voix ne doit lui manquer, dans cette occasion solennelle.

Le jeune député avait fait un grand effort pour se donner la mine sérieuse d'un homme politique. Sa figure poupine, égayée de quelques poils blonds, se rengorgeait sur sa cravate, avec un léger balancement. Il parut goûter un instant les deux dernières phrases d'orateur qu'il avait trouvées. Puis, brusquement, il partit d'un éclat de rire.

— Mon Dieu ! dit-il, que ces Charbonnel ont une bonne tête !

Alors, M. Kahn et lui plaisantèrent aux dépens des Charbonnel. La femme avait un châle jaune extravagant ; le mari portait une de ces redingotes de province, qui semblent taillées à coups de hache ; et tous deux, larges, rouges, écrasés, appuyaient presque le menton sur le velours de la rampe, pour mieux suivre la séance, à laquelle leurs yeux écarquillés ne paraissaient rien comprendre.

— Si Rougon saute, murmura M. La Rouquette, je ne donne pas deux sous du procès des Charbonnel... C'est comme madame Correur...

Il se pencha à l'oreille de M. Kahn, et continua très-bas :

— En somme, vous qui connaissez Rougon, dites-moi au juste ce que c'est que madame Correur. Elle a tenu un hôtel, n'est-ce pas? Autrefois, elle logeait Rougon. On raconte même qu'elle lui prêtait de l'argent.. Et maintenant, quel métier fait-elle?

M. Kahn était devenu très-grave. Il frottait son collier de barbe, d'une main lente.

— Madame Correur est une dame fort respectable, dit-il nettement.

Ce mot coupa court à la curiosité de M. La Rouquette. Il pinça les lèvres, de l'air d'un écolier qui vient de recevoir une leçon. Tous deux regardèrent un instant en silence madame Correur, assise près des Charbonnel. Elle avait une robe de soie mauve, très-voyante, avec beaucoup de dentelles et de bijoux; la face trop rose, le front couvert de petits frisons de poupée blonde, elle montrait son cou gras, encore très-beau, malgré ses quarante-huit ans.

Mais, au fond de la salle, il y eut tout d'un coup un bruit de porte, un tapage de jupes, qui fit tourner les têtes. Une grande fille, d'une admirable beauté, mise très-étrangement, avec une robe de satin vert d'eau mal faite, venait d'entrer dans la loge du Corps diplomatique, suivie d'une dame âgée, vêtue de noir.

— Tiens! la belle Clorinde! murmura M. La Rouquette, qui se leva pour saluer à tout hasard.

M. Kahn s'était levé également. Il se pencha vers M. Béjuin, occupé à mettre ses lettres sous enveloppe.

— Dites-donc, Béjuin, murmura-t-il, la comtesse Balbi et sa fille sont là... Je monte leur demander si elles n'ont pas vu Rougon.

Au bureau, le président avait pris une nouvelle poignée de papiers. Il donna, sans cesser de lire, un regard à la belle Clorinde Balbi, dont l'arrivée soulevait un

chuchotement dans la salle. Et, tout en passant les
feuilles une à une à un secrétaire, il disait sans points
ni virgules, d'une façon interminable :

— Présentation d'un projet de loi tendant à proroger
la perception d'une surtaxe à l'octroi de la ville de
Lille... Présentation d'un projet de loi relatif à la réunion en une seule commune des communes de Doule-
vant-le-Petit et de Ville-en-Blaisais (Haute-Marne)....

Quand M. Kahn redescendit, il était désolé.

— Décidément, personne ne l'a vu, dit-il à ses collègues Béjuin et La Rouquette, qu'il rencontra au bas de
l'hémicycle. On m'a assuré que l'empereur l'avait fait
demander hier soir, mais j'ignore ce qu'il est résulté
de l'entretien... Rien n'est ennuyeux comme de ne pas
savoir à quoi s'en tenir.

M. La Rouquette, pendant qu'il tournait le dos, murmura à l'oreille de M. Béjuin :

— Ce pauvre Kahn a joliment peur que Rougon ne se
fâche avec les Tuileries. Il pourrait courir après son
chemin de fer.

Alors, M. Béjuin, qui parlait peu, lâcha gravement
cette phrase :

— Le jour où Rougon quittera le Conseil d'État, ce
sera une perte pour tout le monde.

Et il appela du geste un huissier, pour le prier d'aller
jeter à la boîte les lettres qu'il venait d'écrire.

Les trois députés restèrent au pied du bureau, à
gauche. Ils causèrent prudemment de la disgrâce qui
menaçait Rougon. C'était une histoire compliquée. Un
parent éloigné de l'impératrice, un sieur Rodriguez,
réclamait au gouvernement français une somme de
deux millions, depuis 1808. Pendant la guerre d'Espagne,
ce Rodriguez, qui était armateur, eut un navire chargé
de sucre et de café capturé dans le golfe de Gascogne et

mené à Brest par une de nos frégates, la *Vigilante*. A la suite de l'instruction que fit la commission locale, l'officier d'administration conclut à la validité de la capture, sans en référer au Conseil des prises. Cependant, le sieur Rodriguez s'était empressé de se pourvoir au Conseil d'État. Puis, il était mort, et son fils, sous tous les gouvernements, avait tenté vainement d'évoquer l'affaire, jusqu'au jour où un mot de son arrière-petite cousine, devenue toute-puissante, finit par faire mettre le procès au rôle.

Au-dessus de leurs têtes, les trois députés entendaient la voix monotone du président, qui continuait :

— Présentation d'un projet de loi autorisant le département du Calvados à ouvrir un emprunt de trois cent mille francs.... Présentation d'un projet de loi autorisant la ville d'Amiens à ouvrir un emprunt de deux cent mille francs pour la création de nouvelles promenades... Présentation d'un projet de loi autorisant le département des Côtes-du-Nord à ouvrir un emprunt de trois cent quarante-cinq mille francs, destiné à couvrir les déficits des cinq dernières années....

— La vérité est, dit M. Kahn en baissant encore la voix, que le Rodriguez en question avait eu une invention fort ingénieuse. Il possédait avec un de ses gendres, fixé à New-York, des navires jumeaux voyageant à volonté sous le pavillon américain ou sous le pavillon espagnol, selon les dangers de la traversée... Rougon m'a affirmé que le navire capturé était bien à lui, et qu'il n'y avait aucunement lieu de faire droit à ses réclamations.

— D'autant plus, ajouta M. Béjuin, que la procédure est inattaquable. L'officier d'administration de Brest avait parfaitement le droit de conclure à la validation, selon la coutume du port, sans en référer au Conseil des prises.

Il y eut un silence. M. La Rouquette, adossé contre le soubassement de marbre, levait le nez, tâchait de fixer l'attention de la belle Clorinde.

— Mais, demanda-t-il naïvement, pourquoi Rougon ne veut-il pas qu'on rende les deux millions au Rodriguez ? Qu'est-ce que ça lui fait ?

— Il y a là une question de conscience, dit gravement M. Kahn.

M. La Rouquette regarda ses deux collègues l'un après l'autre ; mais, les voyant solennels, il ne sourit même pas.

— Puis, continua M. Kahn comme répondant aux choses qu'il ne disait pas tout haut, Rougon a des ennuis, depuis que Marsy est ministre de l'intérieur. Ils n'ont jamais pu se souffrir... Rougon me disait que, sans son attachement à l'empereur, auquel il a déjà rendu tant de services, il serait depuis longtemps rentré dans la vie privée... Enfin, il n'est plus bien aux Tuileries, il sent la nécessité de faire peau neuve.

— Il agit en honnête homme, répéta M. Béjuin.

— Oui, dit M. La Rouquette d'un air fin, s'il veut se retirer, l'occasion est bonne... N'importe, ses amis seront désolés. Voyez donc le colonel là-haut, avec sa mine inquiète ; lui qui comptait si bien s'attacher son ruban rouge au cou, le 15 août prochain !... Et la jolie madame Bouchard qui avait juré que le digne monsieur Bouchard serait chef de division à l'Intérieur avant six mois ! Le petit d'Escorailles, l'enfant gâté de Rougon, devait mettre la nomination sous la serviette de monsieur Bouchard, le jour de la fête de madame... Tiens ! où sont-ils donc, le petit d'Escorailles et la jolie madame Bouchard ?

Ces messieurs les cherchèrent. Enfin ils les découvrirent au fond de la tribune, dont ils occupaient le premier banc, à l'ouverture de la séance. Ils s'étaient réfugiés là, dans l'ombre, derrière un vieux monsieur chauve ; et ils restaient bien tranquilles tous les deux, très-rouges.

A ce moment, le président achevait sa lecture. Il jeta ces derniers mots d'une voix un peu tombée, qui s'embarrassait dans la rudesse barbare de la phrase :

— Présentation d'un projet de loi ayant pour objet d'autoriser l'élévation du taux d'intérêt d'un emprunt autorisé par la loi du 9 juin 1853, et une imposition extraordinaire par le département de la Manche.

M. Kahn venait de courir à la rencontre d'un député qui entrait dans la salle. Il l'amena, en disant :

— Voici monsieur de Combelot... Il va nous donner des nouvelles.

M. de Combelot, un chambellan que le département des Landes avait nommé député sur un désir formel exprimé par l'empereur, s'inclina d'un air discret, en attendant qu'on le questionnât. C'était un grand bel homme, très-blanc de peau, avec une barbe d'un noir d'encre qui lui valait de vifs succès parmi les femmes.

— Eh bien ! interrogea M. Kahn, qu'est-ce qu'on dit au château ? Qu'est-ce que l'empereur a décidé ?

— Mon Dieu, répondit M. de Combelot en grasseyant, on dit bien des choses... L'empereur a la plus grande amitié pour monsieur le président du Conseil d'État. Il est certain que l'entrevue a été très-amicale... Oui, elle a été très-amicale.

Et il s'arrêta, après avoir pesé le mot, pour savoir s'il ne s'était pas trop avancé.

— Alors, la démission est retirée ? reprit M. Kahn, dont les yeux brillèrent.

— Je n'ai pas dit cela, reprit le chambellan très-inquiet. Je ne sais rien. Vous comprenez, ma situation est particulière...

Il n'acheva pas, il se contenta de sourire, et se hâta de

monter à son banc. M. Kahn haussa les épaules, et s'adressant à M. La Rouquette :

— Mais, j'y songe, vous devriez être au courant, vous ! Madame de Lorentz, votre sœur, ne vous raconte donc rien ?

— Oh ! ma sœur est plus muette encore que monsieur de Combelot, dit le jeune député en riant. Depuis qu'elle est dame du palais, elle a une gravité de ministre... Pourtant hier, elle m'assurait que la démission serait acceptée.... A ce propos, une bonne histoire. On a envoyé, paraît-il, une dame pour fléchir Rougon. Vous ne savez pas ce qu'il a fait, Rougon ? Il a mis la dame à la porte ; notez qu'elle était délicieuse.

— Rougon est chaste, déclara solennellement M. Béjuin.

M. La Rouquette fut pris d'un fou rire. Il protestait ; il aurait cité des faits, s'il avait voulu.

— Ainsi, murmura-t-il, madame Correur...

— Jamais ! dit M. Kahn, vous ne connaissez pas cette histoire.

— Eh bien, la belle Clorinde alors !

— Allons donc ! Rougon est trop fort pour s'oublier avec cette grande diablesse de fille.

Et ces messieurs se rapprochèrent, s'enfonçant dans une conversation risquée, à mots très-crus. Ils dirent les anecdotes qui circulaient sur ces deux Italiennes, la mère et la fille, moitié aventurières et moitié grandes dames, qu'on rencontrait partout, au milieu de toutes les cohues : chez les ministres, dans les avant-scènes des petits théâtres, sur les plages à la mode, au fond des auberges perdues. La mère, assurait-on, sortait d'un lit royal ; la fille, avec une ignorance de nos conventions françaises qui faisait d'elle « une grande diablesse » originale et fort mal élevée, crevait des chevaux à la course, montrait ses bas sales et ses bottines éculées sur les trottoirs les jours de pluie, cherchait un mari avec des sourires hardis de femme faite. M. La Rouquette raconta que, chez le chevalier Rusconi, le légat d'Italie, elle était arrivée, un soir de bal, en Diane chasseresse, si nue, qu'elle avait failli être demandée en mariage, le lendemain, par le vieux M. de Nougarède, un sénateur très-friand. Et, pendant cette histoire, les trois députés jetaient des regards sur la belle Clorinde, qui, malgré le règlement, regardait les membres de la Chambre les uns après les autres, à l'aide d'une grosse jumelle de théâtre.

— Non, non, répéta M. Kahn, jamais Rougon ne serait assez fou !... Il la dit très-intelligente, et il la nomme en riant « mademoiselle Machiavel ». Elle l'amuse, voilà tout.

— N'importe, conclut M. Béjuin, Rougon a tort de ne pas se marier... Ça asseoit un homme.

Alors, tous trois tombèrent d'accord sur la femme qu'il faudrait à Rougon : une femme d'un certain âge, trente-cinq ans au moins, riche, et qui tînt sa maison sur un pied de haute honnêteté.

Cependant une clameur montait. Ils s'oubliaient à ce point dans leurs anecdotes scabreuses, qu'ils ne s'apercevaient plus de ce qui se passait autour d'eux. Au loin, au fond des couloirs, on entendait la voix perdue des huissiers qui criaient : « En séance, messieurs, en séance ! » Et des députés arrivaient de tous les côtés, par les portes d'acajou massif, ouvertes à deux battants, montrant les étoiles d'or de leurs panneaux. La salle, jusque là à moitié vide, s'emplissait peu à peu. Les petits groupes, causant d'un air d'ennui d'un banc à l'autre, les dormeurs, étouffant leurs bâillements, étaient noyés dans le flot montant, au milieu d'une distribution considérable de poignées de mains. En s'asseyant à leurs places,

2

à droite comme à gauche, les membres se souriaient ;
ils avaient un air de famille, des visages également péné-
trés du devoir qu'ils venaient remplir là. Un gros homme,
sur le dernier banc, à gauche, qui s'était assoupi trop
profondément, fut réveillé par son voisin ; et, quand celui-ci lui eut dit quelques mots à l'oreille, il se hâta de
se frotter les yeux, il prit une pose convenable. La séance,
après s'être traînée dans des questions d'affaires fort
ennuyeuses pour ces messieurs, allait prendre un intérêt
capital.

Poussés par la foule, M. Kahn et ses deux collègues
montèrent jusqu'à leurs bancs, sans en avoir conscience. Ils continuaient à causer, en étouffant des
rires. M. La Rouquette racontait une nouvelle histoire
sur la belle Clorinde. Elle avait eu, un jour, l'étonnante fantaisie de faire tendre sa chambre de draperies
noires semées de larmes d'argent, et de recevoir là ses
intimes, couchée sur son lit, ensevelie dans des couvertures, également noires, qui ne laissaient passer que
le bout de son nez.

M. Kahn s'asseyait, lorsqu'il revint brusquement à
lui.

— Ce La Rouquette est idiot avec ses commérages !
murmura-t-il. Voilà que j'ai manqué Rougon, maintenant !

Et, se tournant vers son voisin, d'un air furieux :

— Dites donc, Béjuin, vous auriez bien pu m'avertir !

Rougon, qui venait d'être introduit avec le cérémo-
nial d'usage, était déjà assis entre deux conseillers
d'État, au banc des commissaires du gouvernement,
une sorte de caisse d'acajou énorme, installée au bas
du bureau, à la place même de la tribune supprimée.
Il crevait de ses larges épaules son uniforme de drap
vert, chargé d'or au collet et aux manches. La face

tournée vers la salle, avec sa grosse chevelure grisonnante plantée sur son front carré, il éteignait ses yeux sous d'épaisses paupières toujours à demi baissées ; et son grand nez, ses lèvres taillées en pleine chair, ses joues longues où ses quarante-six ans ne mettaient pas une ride, avaient une vulgarité rude, que transfigurait par éclairs la beauté de la force. Il resta adossé, tranquillement, le menton dans le collet de son habit, sans paraître voir personne, l'air indifférent et un peu las.

— Il a son air de tous les jours, murmura M. Béjuin.

Sur les bancs, les députés se penchaient, pour voir la mine qu'il faisait. Un chuchotement de remarques discrètes courait d'oreille à oreille. Mais l'entrée de Rougon produisait surtout une vive impression dans les tribunes. Les Charbonnel, pour montrer qu'ils étaient là, allongeaient leur paire de faces ravies, au risque de tomber. Madame Correur avait eu une légère toux, sortant un mouchoir qu'elle agitait légèrement, sous le prétexte de le porter à ses lèvres. Le colonel Jobelin s'était redressé, et la jolie madame Bouchard, redescendue vivement au premier banc, soufflait un peu, en refaisant le nœud de son chapeau, pendant que M. d'Escorailles, derrière elle, restait muet, très-contrarié. Quant à la belle Clorinde, elle ne se gêna point. Voyant que Rougon ne levait pas les yeux, elle tapa à petits coups très-distincts sa jumelle sur le marbre de la colonne contre laquelle elle s'appuyait ; et, comme il ne la regardait toujours pas, elle dit à sa mère, d'une voix si claire, que toute la salle l'entendit :

— Il boude donc, le gros sournois !

Des députés se tournèrent, avec des sourires. Rougon se décida à donner un regard à la belle Clorinde. Alors, pendant qu'il lui adressait un imperceptible signe de tête, elle, toute triomphante, battit des mains, se ren-

versa en riant, en parlant haut à sa mère, sans se soucier le moins du monde de tous ces hommes, en bas,
qui la dévisageaient.

Rougon, lentement, avant de laisser retomber ses
paupières, avait fait le tour des tribunes, où son large
regard enveloppa à la fois madame Bouchard, le colonel
Jobelin, madame Correur et les Charbonnel. Son visage
demeura muet. Il remit son menton dans le collet de
son habit, les yeux à demi refermés, en étouffant un
léger bâillement.

— Je vais toujours lui dire un mot, souffla M. Kahn
à l'oreille de M. Béjuin.

Mais, comme il se levait, le président qui, depuis un
instant, s'assurait que tous les députés étaient bien à
leur poste, donna un coup de sonnette magistral. Et,
brusquement, un silence profond régna.

Un monsieur blond était debout au premier banc, un
banc de marbre jaune, à tablette de marbre blanc. Il
tenait à la main un grand papier, qu'il couvait des yeux,
tout en parlant.

— J'ai l'honneur, dit-il d'une voix chantante, de déposer un rapport sur le projet de loi portant ouverture
au ministère d'État, sur l'exercice 1856, d'un crédit de
quatre cent mille francs, pour les dépenses de la cérémonie et des fêtes du baptême du Prince Impérial.

Et il faisait mine d'aller déposer le rapport, d'un pas
ralenti, lorsque tous les députés, avec un ensemble
parfait, crièrent :

— La lecture! la lecture!

Le rapporteur attendit que le président eût décidé
que la lecture aurait lieu. Et il commença, d'un ton
presque attendri :

— « Messieurs, le projet de loi qui nous est présenté
» est de ceux qui font paraître trop lentes les formes ordi-

» naires du vote, en ce qu'elles retardent l'élan spon-
» tané du Corps législatif. »

— Très-bien! lancèrent plusieurs membres.

— « Dans les familles les plus humbles, continua le
» rapporteur en modulant chaque mot, la naissance d'un
» fils, d'un héritier, avec toutes les idées de transmission
» qui se rattachent à ce titre, est un sujet de si douce
» allégresse, que les épreuves du passé s'oublient et que
» l'espoir seul plane sur le berceau du nouveau-né. Mais
» que dire de cette fête du foyer, quand elle est en même
» temps celle d'une grande nation, et qu'elle est aussi un
» événement européen! »

Alors, ce fut un ravissement. Ce morceau de rhétorique fit pâmer la Chambre. Rougon, qui semblait dormir, ne voyait, devant lui, sur les gradins, que des
visages épanouis. Certains députés exagéraient leur
attention, les mains aux oreilles, pour ne rien perdre
de cette prose soignée. Le rapporteur, après une courte
pause, haussait la voix.

— « Ici, messieurs, c'est, en effet, la grande famille
» française qui convie tous ses membres à exprimer leur
» joie; et quelle pompe ne faudrait-il pas, s'il était pos-
» sible que les manifestations extérieures pussent ré-
» pondre à la grandeur de ses légitimes espérances! »

Et il ménagea une nouvelle pause.

— Très-bien! très-bien! crièrent les mêmes voix.

— C'est délicatement dit, fit remarquer M. Kahn,
n'est-ce pas, Béjuin?

M. Béjuin dodelinait de la tête, les yeux sur le lustre
qui pendait de la baie vitrée, devant le bureau. Il jouis·
sait.

Dans les tribunes, la belle Clorinde, la jumelle braquée,
ne perdait pas un jeu de physionomie du rapporteur;
les Charbonnel avaient les yeux humides; madame Cor··

2.

reur prenait une pose attentive de femme comme il faut;
tandis que le colonel approuvait de la tête, et que la jolie
madame Bouchard s'abandonnait sur les genoux de
M. d'Escorailles. Cependant, au bureau, le président,
les secrétaires, jusqu'aux huissiers, écoutaient, sans un
geste, solennellement.

— « Le berceau du Prince Impérial, reprit le rappor-
» teur, est désormais la sécurité pour l'avenir; car, en
» perpétuant la dynastie que nous avons tous acclamée,
» il assure la prospérité du pays, son repos dans la sta-
» bilité, et, par là même, celui du reste de l'Europe. »

Quelques chuts! durent empêcher l'enthousiasme
d'éclater, à cette image touchante du berceau.

— « A une autre époque, un rejeton de ce sang il-
» lustre semblait aussi promis à de grandes destinées,
» mais les temps n'ont aucune similitude. La paix est le
» résultat du règne sage et profond dont nous recueil-
» lons les fruits, de même que le génie de la guerre
» dicta ce poëme épique qui constitue le premier Em-
» pire.

» Salué à sa naissance par le canon, qui, du Nord au
» Midi, proclamait le succès de nos armes, le roi de
» Rome n'eut pas même la fortune de servir sa patrie :
» tels furent alors les enseignements de la Provi-
» dence. »

— Qu'est-ce qu'il dit donc ? il s'enfonce, murmura le
sceptique M. La Rouquette. C'est maladroit, tout ce
passage. Il va gâter son morceau.

A la vérité, les députés devenaient inquiets. Pourquoi
ce souvenir historique qui gênait leur zèle ? Certains se
mouchèrent. Mais le rapporteur, sentant le froid jeté par
sa dernière phrase, eut un sourire. Il haussa la voix, il
poursuivit son antithèse, en balançant les mots, certain
de son effet,

— « Mais venu dans un de ces jours solennels où la
» naissance d'un seul doit être regardée comme le salut
» de tous, l'Enfant de France semble aujourd'hui nous
» donner, à nous comme aux générations futures, le
» droit de vivre et de mourir au foyer paternel. Tel est
» désormais le gage de la clémence divine. »

Ce fut une chute de phrase exquise. Tous les députés
comprirent, et un murmure d'aise passa dans la salle.
L'assurance d'une paix éternelle était vraiment douce.
Ces messieurs, rassurés, reprirent leurs poses charmées
d'hommes politiques faisant une débauche de littérature.
Ils avaient des loisirs. L'Europe était à leur maître.

— « L'empereur, devenu l'arbitre de l'Europe, con-
» tinuait le rapporteur avec une ampleur nouvelle, allait
» signer cette paix généreuse, qui, réunissant les forces
» productives des nations, est l'alliance des peuples au-
» tant que celle des rois, lorsqu'il plut à Dieu de mettre
» le comble à son bonheur en même temps qu'à sa
» gloire. N'est-il pas permis de penser que, dès cet
» instant, il entrevit de nombreuses années prospères,
» en regardant ce berceau où repose, encore si petit, le
» continuateur de sa grande politique? »

Très-jolie encore, cette image. Et cela était certainement permis : des députés l'affirmaient, en hochant
doucement la tête. Mais le rapport commençait à paraître
un peu long. Beaucoup de membres redevenaient graves;
plusieurs même regardaient les tribunes du coin de l'œil,
en gens pratiques qui éprouvaient quelque ennui à se
montrer ainsi, dans le déshabillé de leur politique.
D'autres s'oubliaient, la face terreuse, songeant à leurs
affaires, battant de nouveau du bout des doigts l'acajou
de leurs pupitres; et, vaguement, dans leur mémoire,
passaient d'anciennes séances, d'anciens dévouements,
qui acclamaient des pouvoirs au berceau. M. La Rou-

quette se tournait fréquemment pour voir l'heure ; quand
l'aiguille marqua trois heures moins un quart, il eut un
geste désespéré; il manquait un rendez-vous. Côte à
côte, M. Kahn et M. Béjuin restaient immobiles, les bras
croisés, les paupières clignotantes, passant des grands
panneaux de velours vert au bas-relief de marbre blanc,
que la redingote du président tachait de noir. Et, dans
la tribune diplomatique, la belle Clorinde, la jumelle
toujours braquée, s'était remise à examiner longuement
Rougon, qui gardait à son banc une attitude superbe de
taureau assoupi.

Le rapporteur, pourtant, ne se pressait pas, lisait pour
lui, avec un mouvement rhythmé et béat des épaules.

— « Ayons donc pleine et entière confiance, et que
» le Corps législatif, dans cette grande et sérieuse occa-
» sion, se souvienne de sa parité d'origine avec l'empe-
» reur, laquelle lui donne presque un droit de famille
» de plus qu'aux autres corps de l'État de s'associer aux
» joies du souverain.

» Fils, comme lui, du libre vœu du peuple, le Corps
» législatif devient donc à cette heure la voix même de
» la nation pour offrir à l'auguste Enfant l'hommage
» d'un respect inaltérable, d'un dévouement à toute
» épreuve, et de cet amour sans bornes qui fait de la foi
» politique une religion dont on bénit les devoirs. »

Cela devait approcher de la fin, du moment où il était
question d'hommage, de religion et de devoirs. Les
Charbonnel se risquèrent à échanger leurs impressions
à voix basse, tandis que madame Correur étouffait une
légère toux dans son mouchoir. Madame Bouchard remonta discrètement au fond de la tribune du Conseil
d'État, auprès de M. Jules d'Escorailles.

En effet, le rapporteur changeant brusquement de

voix, descendant du ton solennel au ton familier, bre-
douilla rapidement :

— « Nous vous proposons, messieurs, l'adoption pure
et simple du projet de loi tel qu'il a été présenté par le
Conseil d'État. »

Et il s'assit, au milieu d'une grande rumeur.

— Très-bien! très-bien! criait toute la salle.

Des bravos éclatèrent. M. de Combelot, dont l'attention souriante ne s'était pas démentie une minute, lança
même un : *Vive l'empereur!* qui se perdit dans le bruit.
Et l'on fit presque une ovation au colonel Jobelin,
debout au bord de la tribune où il était seul, s'oubliant
à applaudir de ses mains sèches, malgré le règlement.
Toute l'extase des premières phrases reparaissait avec un
débordement nouveau de congratulations. C'était la fin
de la corvée. D'un banc à un autre, on échangeait ies
mots aimables, pendant qu'un flot d'amis se précipitaient
vers le rapporteur, pour lui serrer énergiquement les
deux mains.

Puis, dans le tumulte, un mot domina bientôt.

— La délibération! la délibération!

Le président, debout au bureau, semblait attendre ce
cri. Il donna un coup de sonnette, et dans la salle subitement respectueuse, il dit :

— Messieurs, un grand nombre de membres demandent qu'on passe immédiatement à la délibération.

— Oui, oui, appuya d'une seule clameur la Chambre
entière.

Et il n'y eut pas de délibération. On vota tout de suite.
Les deux articles du projet de loi, successivement mis
aux voix, furent adoptés par assis et levé. A peine le
président achevait-il la lecture de l'article, que, du haut
en bas des gradins, tous les députés se levaient d'un
bloc, avec un grand remuement de pieds, comme soule-

vés par un élan d'enthousiasme. Puis, les urnes circu-
lèrent, des huissiers passèrent entre les bancs, recueillant les votes dans les boîtes de zinc. Le crédit de quatre
cent mille francs était accordé à l'unanimité de deux-
cent trente-neuf voix.

— Voilà de la bonne besogne, dit naïvement M. Béjuin,
qui se mit à rire ensuite, croyant avoir lâché un mo
spirituel.

— Il est trois heures passées, moi je file, murmura
M. La Rouquette, en passant devant M. Kahn.

La salle se vidait. Des députés, doucement, gagnaient
les portes, semblaient disparaître dans les murs. L'ordre
du jour appelait des lois d'intérêt local. Bientôt, il n'y
eut plus, sur les bancs, que les membres de bonne volonté,
ceux qui n'avaient sans doute ce jour-là aucune affaire au
dehors ; ils continuèrent leur somme interrompu, ils reprirent leur causerie au point où ils l'avaient laissée ; et la
séance s'acheva, ainsi qu'elle avait commencé, au milieu
d'une tranquille indifférence. Même le brouhaha tombait
peu à peu, comme si le Corps législatif se fût complète-
ment endormi, dans un coin de Paris muet.

— Dites donc, Béjuin, demanda M. Kahn, tâchez à la
sortie de faire causer Delestang. Il est venu avec Rougon, il doit savoir quelque chose.

— Tiens ! vous avez raison, c'est Delestang, murmura
M. Béjuin, en regardant le conseiller d'État assis à la
gauche de Rougon. Je ne les reconnais jamais, avec ces
diables d'uniformes.

— Moi, je ne m'en vais pas, pour pincer notre grand
homme, ajouta M. Kahn. Il faut que nous sachions.

Le président mettait aux voix un défilé interminable
de projets de loi, que l'on votait par assis et levé. Les
députés, machinalement, se levaient, se rasseyaient,
sans cesser de causer, sans même cesser de dormir.

L'ennui devenait tel, que les quelques curieux des tribunes s'en allèrent. Seuls, les amis de Rougon restaient. Ils espéraient encore qu'il parlerait.

Tout d'un coup, un député, avec des favoris corrects d'avoué de province, se leva. Cela arrêta net le fonctionnement monotone de la machine à voter. Une vive surprise fit tourner les têtes.

— Messieurs, dit le député, debout à son banc, je demande à m'expliquer sur les motifs qui m'ont forcé à me séparer, bien malgré moi, de la majorité de la commission.

La voix était si aigre, si drôle, que la belle Clorinde étouffa un rire dans ses mains. Mais, en bas, parmi ces messieurs, l'étonnement grandissait. Qu'était-ce donc? pourquoi parlait-il? Alors, en interrogeant, on finit par savoir que le président venait de mettre en discussion un projet de loi autorisant le département des Pyrénées-Orientales à emprunter deux cent cinquante mille francs, pour la construction d'un Palais de Justice, à Perpignan. L'orateur, un conseiller général du département, parlait contre le projet de loi. Cela parut intéressant. On écouta.

Cependant, le député aux favoris corrects procédait avec une prudence extrême. Il avait des phrases pleines de réticences, le long desquelles il envoyait des coups de chapeau à toutes les autorités imaginables. Mais les charges du département étaient lourdes; et il fit un tableau complet de la situation financière des Pyrénées-Orientales. Puis, la nécessité d'un nouveau Palais de Justice ne lui semblait pas bien démontrée. Il parla ainsi près d'un quart d'heure. Quand il s'assit, il était très-ému. Rougon, qui avait haussé les paupières, les laissa retomber lentement.

Alors, ce fut le tour du rapporteur, un petit vieux très-vif, qui parla d'une voix nette, en homme sûr de son terrain. D'abord, il eut un mot de politesse pour son honorable collègue, avec lequel il avait le regret de n'être pas d'accord. Seulement, le département des Pyrénées-Orientales était loin d'être aussi obéré qu'on voulait bien le dire; et il refit, avec d'autres chiffres, le tableau complet de la situation financière du département. D'ailleurs, la nécessité d'un nouveau Palais de Justice ne pouvait être niée. Il donna des détails. L'ancien Palais se trouvait situé dans un quartier si populeux, que le bruit des rues empêchait les juges d'entendre les avocats. En outre, il était trop petit : ainsi, lorsque les témoins, dans les procès de cours d'assises, étaient très-nombreux, ils devaient se tenir sur un palier de l'escalier, ce qui les laissait en butte à des obsessions dangereuses. Le rapporteur termina, en lançant comme argument irrésistible que c'était le garde des sceaux lui-même qui avait provoqué la présentation du projet de loi.

Rougon ne bougeait pas, les mains nouées sur les cuisses, la nuque appuyée contre le banc d'acajou. Depuis que la discussion était ouverte, sa carrure semblait s'alourdir encore. Et, lentement, comme le premier orateur faisait mine de vouloir répliquer, il souleva son grand corps, sans se mettre debout tout à fait, disant d'une voix pâteuse cette seule phrase :

— Monsieur le rapporteur a oublié d'ajouter que le ministre de l'Intérieur et le ministre des Finances ont approuvé le projet de loi.

Il se laissa retomber, il s'abandonna de nouveau, dans son attitude de taureau assoupi. Parmi les députés, il y avait eu un petit frémissement. L'orateur se rassit, en saluant du buste. Et la loi fut votée. Les quelques membres qui suivaient curieusement le débat, prirent des mines indifférentes.

Rougon avait parlé. D'une tribune à l'autre, le colonel Jobelin échangea un clignement d'yeux avec le ménage Charbonnel; pendant que madame Correur s'apprêtait à quitter la tribune, comme on quitte une loge de théâtre avant la tombée du rideau, lorsque le héros de la pièce a lancé sa dernière tirade. Déjà M. d'Escorailles et madame Bouchard s'en étaient allés. Clorinde, debout contre la rampe de velours, dominant la salle de sa taille superbe, se drapait lentement dans un châle de dentelle, en promenant un regard autour de l'hémicycle. La pluie ne battait plus les vitres de la baie, mais le ciel restait sombre de quelque gros nuage. Sous la lumière salie, l'acajou des pupitres semblait noir; une buée d'ombre montait le long des gradins, où des crânes chauves de députés gardaient seuls une tache blanche; et, sur les marbres des soubassements, au-dessous de la pâleur vague des figures allégoriques, le président, les secrétaires et les huissiers, rangés en ligne, mettaient des silhouettes raidies d'ombres chinoises. La séance, dans ce jour brusquement tombé, se noyait.

— Bon Dieu! on meurt là-dedans, dit Clorinde, en poussant sa mère hors de la tribune.

Et elle effaroucha les huissiers endormis sur le palier, par la façon étrange dont elle avait roulé son châle autour de ses reins.

En bas, dans le vestibule, ces dames rencontrèrent le colonel Jobelin et madame Correur.

— Nous l'attendons, dit le colonel; peut-être sortira-t-il par ici... En tout cas, j'ai fait signe à Kahn et à Béjuin, pour qu'ils viennent me donner des nouvelles.

Madame Correur s'était approchée de la comtesse Balbi. Puis, d'une voix désolée :

— Ah! ce serait un grand malheur! dit-elle, sans s'expliquer davantage.

3

Le colonel leva les yeux au ciel.

— Des hommes comme Rougon sont nécessaires au pays, reprit-il, après un silence. L'empereur commettrait une faute.

Et le silence recommença. Clorinde voulut allonger la tête dans la salle des Pas perdus ; mais un huissier referma brusquement la porte. Alors, elle revint auprès de sa mère, muette sous sa voilette noire. Elle murmura :

— C'est crevant d'attendre.

Des soldats arrivaient. Le colonel annonça que la séance était finie. En effet, les Charbonnel parurent, en haut de l'escalier. Ils descendaient prudemment, le long de la rampe, l'un derrière l'autre. Quand M. Charbonnel aperçut le colonel, il lui cria :

— Il n'en a pas dit long, mais il leur a joliment cloué le bec !

— Les occasions lui manquent, répondit le colonel à l'oreille du bonhomme, lorsque celui-ci fut près de lui ; autrement vous l'entendriez ! Il faut qu'il s'échauffe.

Cependant, les soldats avaient formé une double haie, de la salle des séances à la galerie de la présidence, ouverte sur le vestibule. Et un cortége parut, pendant que les tambours battaient aux champs. En tête marchaient deux huissiers, vêtus de noir, portant le chapeau à claque sous le bras, la chaîne au cou, l'épée à pommeau d'acier au côté. Puis, venait le président, qu'escortaient deux officiers. Les secrétaires du bureau et le secrétaire général de la présidence suivaient. Quand le président passa devant la belle Clorinde, il lui sourit en homme du monde, malgré la pompe du cortége.

— Ah ! vous êtes là, dit M. Kahn qui accourait effaré.

Et bien que la salle des Pas perdus fût alors interdite au public, il les fit tous entrer, il les mena dans l'em-

brasure d'une des grandes portes-fenêtres qui ouvrent
sur le jardin. Il paraissait furibond.

— Je l'ai encore manqué! reprit-il. Il a filé par la
rue de Bourgogne, pendant que je le guettais dans la
salle du général Foy... Mais ça ne fait rien, nous allons
tout de même savoir. J'ai lancé Béjuin aux trousses de
Delestang.

Et il y eut là une nouvelle attente, pendant dix
bonnes minutes. Les députés sortaient d'un air noncha-
lant, par les deux grands tambours de drap vert qui
masquaient les portes. Certains s'attardaient à allumer
un cigare. D'autres, en petits groupes, stationnaient,
riant, échangeant des poignées de main. Cependant,
madame Correur était allée contempler le groupe du
Laocoon. Et, tandis que les Charbonnel pliaient le
cou en arrière pour voir une mouette que la fantaisie
bourgeoise du peintre avait peinte sur le cadre d'une
fresque, comme envolée du tableau, la belle Clorinde,
debout devant la grande Minerve de bronze, s'intéressait à ses bras et à sa gorge de déesse géante. Dans
l'embrasure de la porte-fenêtre, le colonel Jobelin et
M. Kahn causaient vivement, à voix basse.

— Ah! voici Béjuin! s'écria ce dernier.

Tous se rapprochèrent, la face tendue. M. Béjuin respirait fortement.

— Eh bien? lui demanda-t-on.

— Eh bien! la démission est acceptée, Rougon se retire.

Ce fut un coup de massue. Un gros silence régna.
Clorinde, qui nouait nerveusement un coin de son châle
pour occuper ses doigts irrités, vit alors au fond du
jardin la jolie madame Bouchard qui marchait doucement au bras de M. d'Escorailles, la tête un peu penchée sur son épaule. Ils étaient descendus avant les

autres, ils avaient profité d'une porte ouverte; et, dans ces allées réservées aux méditations graves, sous la dentelle des feuilles nouvelles, ils promenaient leur tendresse. Clorinde les appela de la main.

— Le grand homme se retire, dit-elle à la jeune femme qui souriait.

Madame Bouchard lâcha brusquement le bras de son cavalier, toute pâle et sérieuse; pendant que M. Kahn, au milieu du groupe consterné des amis de Rougon, protestait, en levant désespérément les bras au ciel, sans trouver un mot.

II

Le matin, au *Moniteur*, avait paru la démission de Rougon, qui se retirait pour « des raisons de santé ». Il était venu après son déjeuner au Conseil d'Etat, voulant dès le soir laisser la place nette à son successeur. Et, dans le grand cabinet rouge et or réservé au président, assis devant l'immense bureau de palissandre, il vidait les tiroirs, il classait des papiers, qu'il nouait en paquets, avec des bouts de ficelle rose.

Il sonna. Un huissier entra, un homme superbe, qui avait servi dans la cavalerie.

—Donnez-moi une bougie allumée, demanda Rougon.

Et, comme l'huissier se retirait, après avoir posé sur le bureau un des petits flambeaux de la cheminée, il le rappela.

— Merle, écoutez !... Ne laissez entrer personne. Entendez-vous, personne.

— Oui, monsieur le président, répondit l'huissier qui referma la porte sans bruit.

Rougon eut un faible sourire. Il se tourna vers Delestang, debout à l'autre extrémité de la pièce, devant un cartonnier, dont il visitait soigneusement les cartons.

— Ce brave Merle n'a pas lu le *Moniteur*, ce matin, murmura-t-il.

Delestang hocha la tête, ne trouvant rien à dire. Il

3.

avait une tête magnifique, très-chauve, mais d'une de ces calvities précoces qui plaisent aux femmes. Son crâne nu qui agrandissait démesurément son front, lui donnait un air de vaste intelligence. Sa face rosée, un peu carrée, sans un poil de barbe, rappelait ces faces correctes et pensives que les peintres d'imagination aiment à prêter aux grands hommes politiques.

— Merle vous est très-dévoué, finit-il par dire.

Et il replongea la tête dans le carton qu'il fouillait. Rougon, qui avait tordu une poignée de papiers, les alluma à la bougie, puis les jeta dans une large coupe de bronze, posée sur un coin du bureau. Il les regarda brûler.

— Delestang, vous ne toucherez pas aux cartons du bas, reprit-il. Il y a là des dossiers dans lesquels je puis seul me reconnaître.

Tous deux, alors, continuèrent leur besogne en silence, pendant un gros quart d'heure. Il faisait très-beau, le soleil entrait par les trois grandes fenêtres donnant sur le quai. Une de ces fenêtres, entr'ouverte, laissait passer les petits souffles frais de la Seine, qui soulevaient par moments la frange de soie des rideaux. Des papiers froissés, jetés sur le tapis, s'envolaient avec un léger bruit.

— Tenez, voyez donc ça, dit Delestang, en remettant à Rougon une lettre qu'il venait de trouver.

Rougon lut la lettre et l'alluma tranquillement à la bougie. C'était une lettre délicate. Et ils causèrent, par phrases coupées, s'interrompant à toutes les minutes, le nez dans des paperasses. Rougon remerciait Delestang d'être venu l'aider. Ce « bon ami » était le seul avec lequel il pût à l'aise laver le linge sale de ses cinq années de présidence. Il l'avait connu à l'Assemblée législative, où ils siégeaient tous les deux sur le même banc, côte à côte. C'était là qu'il avait éprouvé un véritable penchant pour ce bel homme, en le trouvant adorablement sot, creux et superbe. Il disait d'ordinaire, d'un air convaincu, « que ce diable de Delestang irait loin ». Et il le poussait, se l'attachait par la reconnaissance, l'utilisait comme un meuble dans lequel il enfermait tout ce qu'il ne pouvait garder sur lui.

— Est-on bête, garde-t-on des papiers! murmura Rougon, en ouvrant un nouveau tiroir qui débordait.

— Voilà une lettre de femme, dit Delestang, avec un clignement d'yeux.

Rougon eut un bon rire. Toute sa vaste poitrine était secouée. Il prit la lettre, en protestant. Dès qu'il eut parcouru les premières lignes, il cria :

— C'est le petit d'Escorailles qui a égaré ça ici!... De jolis chiffons encore, ces billets-là! On va loin, avec trois lignes de femme.

Et, pendant qu'il brûlait la lettre, il ajouta :

— Vous savez, Delestang, méfiez-vous des femmes!

Delestang baissa le nez. Toujours il se trouvait embarqué dans quelque passion scabreuse. En 1851, il avait même failli compromettre son avenir politique; il adorait alors la femme d'un député socialiste, et le plus souvent, pour plaire au mari, il votait avec l'opposition, contre l'Élysée. Aussi, au 2 Décembre, reçut-il un véritable coup de massue. Il s'enferma pendant deux jours, perdu, fini, anéanti, tremblant qu'on ne vînt l'arrêter d'une minute à l'autre. Rougon avait dû le tirer de ce mauvais pas, en le décidant à ne point se présenter aux élections, et en le menant à l'Élysée, où il pêcha pour lui une place de conseiller d'État. Delestang, fils d'un marchand de vin de Bercy, ancien avoué, propriétaire d'une ferme-modèle près de Sainte-Menehould, était riche à plusieurs millions et habitait rue du Colisée un hôtel fort élégant.

— Oui, méfiez-vous des femmes, répétait Rougon, qui faisait une pause à chaque mot, pour jeter des coups d'œil dans les dossiers. Quand les femmes ne vous mettent pas une couronne sur la tête, elles vous passent une corde au cou... A notre âge, voyez-vous, il faut soigner son cœur autant que son estomac.

A ce moment, un grand bruit s'éleva dans l'antichambre. On entendait la voix de Merle qui défendait la porte. Et, brusquement, un petit homme entra, en disant :

— Il faut que je lui serre la main, que diable! à ce cher ami.

— Tiens! Du Poizat! s'écria Rougon sans se lever.

Et, comme Merle faisait de grands gestes pour s'excuser, il lui ordonna de fermer la porte. Puis, tranquillement :

— Je vous croyais à Bressuire, vous... On lâche donc sa sous-préfecture comme une vieille maîtresse.

Du Poizat, mince, la mine chafouine, avec des dents très-blanches, mal rangées, haussa légèrement les épaules.

— Je suis à Paris de ce matin, pour des affaires, et je ne comptais aller que ce soir vous serrer la main, rue Marbeuf. Je vous aurais demandé à dîner... Mais quand j'ai lu le *Moniteur*....

Il traîna un fauteuil devant le bureau, s'installa carrément en face de Rougon.

— Ah ça ! que se passe-t-il, voyons ! Moi, j'arrive du fond des Deux-Sèvres... J'ai bien eu vent de quelque chose, là-bas. Mais j'étais loin de me douter... Pourquoi ne m'avez-vous pas écrit ?

Rougon, à son tour, haussa les épaules. Il était clair

que Du Poizat avait appris là-bas sa disgrâce, et qu'il accourait, pour voir s'il n'y aurait pas moyen de se raccrocher aux branches. Il le regarda jusqu'à l'âme, en disant :

— Je vous aurais écrit ce soir... Donnez votre démission, mon brave.

— C'est tout ce que je voulais savoir, on donnera sa démission, répondit simplement Du Poizat.

Et il se leva, sifflotant. Comme il se promenait à petits pas, il aperçut Delestang, à genoux sur le tapis, au milieu d'une débâcle de cartons. Il alla en silence lui donner une poignée de main. Puis, il tira de sa poche un cigare qu'il alluma à la bougie.

— On peut fumer, puisqu'on déménage, dit-il en s'installant de nouveau dans le fauteuil. C'est gai, de déménager !

Rougon s'absorbait dans une liasse de papiers, qu'il lisait avec une attention profonde. Il les triait soigneusement, brûlant les uns, conservant les autres. Du Poizat, la tête renversée, soufflant du coin des lèvres de légers filets de fumée, le regardait faire. Ils s'étaient connus quelques mois avant la révolution de Février. Ils logeaient alors tous les deux chez madame Mélanie Correur, hôtel Vanneau, rue Vanneau. Du Poizat se trouvait là en compatriote ; il était né, ainsi que madame Correur, à Coulonges, une petite ville de l'arrondissement de Niort. Son père, un huissier, l'avait envoyé faire son droit à Paris, où il lui servait une pension de cent francs par mois, bien qu'il eût gagné des sommes fort rondes en prêtant à la petite semaine ; la fortune du bonhomme restait même si inexplicable dans le pays, qu'on l'accusait d'avoir trouvé un trésor, au fond d'une vieille armoire, dont il avait opéré la saisie. Dès les premiers temps de la propagande bonapartiste Rougon utilisa ce garçon mai-

gre qui mangeait rageusement ses cent francs par mois,
avec des sourires inquiétants ; et ils trempèrent ensemble
dans les besognes les plus délicates. Plus tard, lorsque
Rougon voulut entrer à l'Assemblée législative. ce fut
Du Poizat qui alla emporter son élection de haute lutte
dans les Deux-Sèvres. Puis, après le coup d'État, Rougon à son tour travailla pour Du Poizat, en le faisant
nommer sous-préfet à Bressuire. Le jeune homme, âgê
à peine de trente ans, avait voulu triompher dans son
pays, à quelques lieues de son père, dont l'avarice le
torturait depuis sa sortie du collége.

— Et le papa Du Poizat, comment va-t-il ? demanda
Rougon, sans lever les yeux.

— Trop bien, répondit l'autre carrément. Il a chassé
sa dernière domestique, parce qu'elle mangeait trois
livres de pain. Maintenant, il a deux fusils chargés derrière sa porte, et quand je vais le voir, il faut que je
parlemente par-dessus le mur de la cour.

Tout en causant, Du Poizat s'était penché, et il fouillait du bout des doigts dans la coupe de bronze, où traînaient des fragments de papier à demi consumés. Rougon s'étant aperçu de ce jeu, leva vivement la tête. Il
avait toujours eu une légère peur de son ancien lieutenant, dont les dents blanches mal rangées ressemblaient
à celles d'un jeune loup. Sa grande préoccupation, autrefois, lorsqu'ils travaillaient ensemble, était de ne pas
lui laisser entre les mains la moindre pièce compromettante. Aussi, en voyant qu'il cherchait à lire les mots
restés intacts, jeta-t-il dans la coupe une poignée de lettres enflammées. Du Poizat comprit parfaitement. Mais
il eut un sourire, il plaisanta.

— C'est le grand nettoyage, murmura-t-il.

Et, prenant une paire de longs ciseaux, il s'en servit
comme d'une paire de pincettes. Il rallumait à la bougie

les lettres qui s'éteignaient; il faisait brûler en l'air les
boules de papier trop serrées; il remuait les débris em-
brasés, comme s'il avait agité l'alcool flambant d'un bol
de punch. Dans la coupe, des étincelles vives couraient;
tandis qu'une fumée bleuâtre montait, roulait doucement jusqu'à la fenêtre ouverte. La bougie s'effarait par
instants, puis brûlait avec une flamme toute droite, très-
haute.

— Votre bougie a l'air d'un cierge, dit encore Du
Poizat en ricanant. Hein! quel enterrement, mon pauvre ami! comme on a des morts à coucher dans la
cendre!

Rougon allait répondre, lorsqu'un nouveau bruit vint
de l'antichambre. Merle, une seconde fois, défendait la
porte. Et, comme les voix grandissaient :

— Delestang, ayez donc l'obligeance de voir ce qui
se passe, dit Rougon. Si je me montre, nous allons être
envahis.

Delestang ouvrit prudemment la porte, qu'il referma
derrière lui. Mais il passa presque aussitôt la tête, en
murmurant :

— C'est Kahn qui est là.

— Eh bien! qu'il entre, dit Rougon. Mais lui seulement, entendez-vous!

Et il appela Merle pour lui renouveler ses ordres.

— Je vous demande pardon, mon cher ami, reprit-il
en se tournant vers M. Kahn, quand l'huissier fut sorti.
Mais je suis si occupé... Asseyez-vous à côté de Du Poizat, et ne bougez plus; autrement, je vous flanque à la
porte tous les deux.

Le député ne parut pas ému le moins du monde de
cet accueil brutal. Il était fait au caractère de Rougon.
Il prit un fauteuil, s'assit à côté de Du Poizat, qui allumait un second cigare. Puis, après avoir soufflé :

— Il fait déjà chaud... Je viens de la rue Marbeuf, je croyais vous trouver encore chez vous.

Rougon ne répondant rien, il y eut un silence. Il froissait des papiers, les jetait dans une corbeille, qu'il avait attirée près de lui.

— J'ai à causer avec vous, reprit M. Kahn.

— Causez, causez, dit Rougon. Je vous écoute.

Mais le député sembla tout d'un coup s'apercevoir du désordre qui régnait dans la pièce.

— Que faites-vous donc? demanda-t-il, avec une surprise parfaitement jouée. Vous changez de cabinet?

La voix était si juste, que Delestang eut la complaisance de se déranger pour mettre un *Moniteur* sous les yeux de M. Kahn.

— Ah! mon Dieu! cria ce dernier, dès qu'il eut jeté un regard sur le journal. Je croyais la chose arrangée d'hier soir. C'est un vrai coup de foudre.... Mon cher ami...

Il s'était levé, il serrait les mains de Rougon. Celui-ci se taisait, en le regardant; sur sa grosse face, deux grands plis moqueurs coupaient les coins des lèvres. Et, comme Du Poizat prenait des airs indifférents, il les soupçonna de s'être vus le matin; d'autant plus que M. Kahn avait négligé de paraître étonné en apercevant le sous-préfet. L'un devait être venu au Conseil d'État, tandis que l'autre courait rue Marbeuf. De cette façon, ils étaient certains de ne pas le manquer.

— Alors, vous aviez quelque chose à me dire? reprit Rougon, de son air paisible.

— Ne parlons plus de ça, mon cher ami! s'écria le député. Vous avez assez de tracas. Je n'irai bien sûr pas, dans un jour pareil, vous tourmenter encore avec mes misères.

— Non, ne vous gênez pas, dites toujours.

— Eh bien! c'est pour mon affaire, vous savez, pour cette maudite concession... Je suis même content que Du Poizat soit là. Il pourra nous fournir certains renseignements.

Et, longuement, il exposa le point où en était son affaire. Il s'agissait d'un chemin de fer de Niort à Angers, dont il caressait le projet depuis trois ans. La vérité était que cette voie ferrée passait à Bressuire, où il possédait des hauts fourneaux, dont elle devait décupler la valeur; jusque là, les transports restaient difficiles, l'entreprise végétait. Puis, il y avait dans la mise en actions du projet tout un espoir de pêche en eau trouble des plus productives. Aussi M. Kahn déployait-il une activité prodigieuse pour obtenir la concession; Rougon l'appuyait énergiquement, et la concession allait être accordée, lorsque M. de Marsy, ministre de l'Intérieur, fâché de n'être pas dans l'affaire, où il flairait des tripotages superbes, très-désireux d'autre part d'être désagréable à Rougon, avait employé toute sa haute influence à combattre le projet. Il venait même, avec l'audace qui le rendait si redoutable, de faire offrir la concession par le ministre des Travaux publics au directeur de la Compagnie de l'Ouest; et il répandait le bruit que la Compagnie seule pouvait mener à bien un embranchement dont les travaux demandaient des garanties sérieuses. M. Kahn allait être dépouillé. La chute de Rougon consommait sa ruine.

— J'ai appris hier, dit-il, qu'un ingénieur de la Compagnie était chargé d'étudier un nouveau tracé.... Avez-vous eu vent de la chose, Du Poizat?

— Parfaitement, répondit le sous-préfet. Les études sont même commencées... On cherche à éviter le coude que vous faisiez, pour venir passer à Bressuire. La ligne filerait droit par Parthenay et par Thouars.

4

Le député eut un geste de découragement.

— C'est de la persécution, murmura-t-il. Qu'est-ce que ça leur ferait de passer devant mon usine ?... Mais je protesterai, j'écrirai un mémoire contre leur tracé.... Je retourne à Bressuire avec vous.

— Non, ne m'attendez pas, dit Du Poizat en souriant. Il paraît que je vais donner ma démission.

M. Kahn se laissa aller dans son fauteuil, comme sous le coup d'une dernière catastrophe. Il frottait son collier de barbe à deux mains, il regardait Rougon d'un air suppliant. Celui-ci avait lâché ses dossiers. Les coudes sur le bureau, il écoutait.

— Vous voulez un conseil, n'est-ce pas ? dit-il enfin d'une voix rude. Eh bien ! faites les morts, mes bons amis ; tâchez que les choses restent en l'état, et attendez que nous soyons les maîtres... Du Poizat va donner sa démission, parce que, s'il ne la donnait pas, il la recevrait avant quinze jours. Quant à vous, Kahn, écrivez à l'empereur, empêchez par tous les moyens que la concession ne soit accordée à la Compagnie de l'Ouest. Vous ne l'obtiendrez certes pas, mais tant qu'elle ne sera à personne, elle pourra être à vous, plus tard.

Et, comme les deux hommes hochaient la tête :

— C'est tout ce que je puis pour vous, reprit-il plus brutalement. Je suis par terre, laissez-moi le temps de me relever... Est-ce que j'ai la mine triste ? Non, n'est-ce pas ? Eh bien ! faites-moi le plaisir de ne plus avoir l'air de suivre mon convoi... Moi, je suis ravi de rentrer dans la vie privée. Enfin, je vais donc pouvoir me reposer un peu !

Il respira fortement, croisant les bras, berçant son grand corps. Et M. Kahn ne parla plus de son affaire. Il affecta l'air dégagé de Du Poizat, tenant à montrer une liberté d'esprit complète. Delestang avait attaqué un autre cartonnier; il faisait, derrière les fauteuils, un si petit bruit, qu'on eût dit, par instants, le bruit discret d'une bande de souris lâchées au milieu des dossiers. Le soleil, qui marchait sur le tapis rouge, écornait le bureau d'un angle de lumière blonde, dans lequel la bougie continuait à brûler, toute pâle.

Cependant, une causerie intime s'était engagée. Rougon, qui ficelait de nouveau des paquets, assurait que la politique n'était pas son affaire. Il souriait, d'un air bonhomme, tandis que ses paupières, comme lasses, retombaient sur la flamme de ses yeux. Lui, aurait voulu avoir d'immenses terres à cultiver, avec des champs qu'il creuserait à sa guise, avec des troupeaux de bêtes, des chevaux, des bœufs, des moutons, des chiens, dont il serait le roi absolu. Et il racontait qu'autrefois, à Plassans, lorsqu'il n'était encore qu'un petit avocat de province, sa grande joie consistait à partir en blouse, à chasser pendant des journées dans les gorges de la Seille, où il abattait des aigles. Il se disait paysan, son grand-père avait pioché la terre. Puis, il en vint à faire l'homme dégoûté du monde. Le pouvoir l'ennuyait. Il allait passer l'été à la campagne. Jamais il ne s'était senti plus léger que depuis le matin; et il imprimait à ses fortes épaules un haussement formidable, comme s'il avait jeté bas un fardeau.

— Qu'aviez-vous ici comme président? quatre-vingt mille francs? demanda M. Kahn.

Il dit oui, d'un signe de tête.

— Et il ne va vous rester que vos trente mille francs de sénateur.

Que lui importait! Il vivait de rien, il ne se connaissait pas de vice, ce qui était vrai. Ni joueur, ni coureur, ni gourmand. Il rêvait d'être le maître chez lui, voilà tout. Et, fatalement, il revint à son idée d'une ferme, dans laquelle toutes les bêtes lui obéiraient. C'était son idéal, avoir un fouet et commander, être supérieur, plus intelligent et plus fort. Peu à peu, il s'anima, il parla des bêtes comme il aurait parlé des hommes, disant que les foulés aiment le bâton, que les bergers ne conduisen leurs troupeaux qu'à coups de pierre. Il se transfigurait, ses grosses lèvres gonflées de mépris, sa face entière suant la force. Dans son poing fermé, il agitait un dossier, qu'il semblait près de jeter à la tête de M. Kahn et de Du Poizat, inquiets et gênés devant ce brusque accès de fureur.

— L'empereur a bien mal agi, murmura Du Poizat.

Alors, tout d'un coup, Rougon se calma. Sa face redevint grise, son corps s'avachit dans une lourdeur d'homme obèse. Il se mit à faire l'éloge de l'empereur, d'une façon outrée : c'était une puissante intelligence, un esprit d'une profondeur incroyable. Du Poizat et M. Kahn échangèrent un coup d'œil. Mais Rougon renchérissait encore, en parlant de son dévouement, en disant avec une grande humilité qu'il avait toujours été fier d'être un simple instrument aux mains de Napoléon III. Il finit même par impatienter Du Poizat, garçon d'une vivacité fâcheuse. Et une querelle s'engagea. Du Poizat parlait amèrement de tout ce que Rougon et lui avaient fait pour l'empire, de 1848 à 1851, lorsqu'ils crevaient la faim, chez madame Mélanie Correur. Il racontait des journées terribles, pendant la première année surtout, des journées passées à patauger dans la boue de Paris, pour raccoler des partisans. Plus tard, ils avaient risqué leur peau vingt fois. N'était-ce pas Rougon qui, le matin du 2 décembre, s'était emparé du Palais Bourbon, à la tête d'un régiment de ligne ? A ce jeu, on jouait sa tête. Et, aujourd'hui, on le sacrifiait, victime d'une intrigue de cour. Mais Rougon protestait ; il n'était pas sacrifié ;

il se retirait pour des raisons personnelles. Puis, comme
Du Poizat, tout à fait lancé, traitait les gens des Tuileries
de « cochons », il finit par le faire taire, en assénant
un coup de poing sur le bureau de palissandre, qui cra-
qua.

— C'est bête, tout ça ! dit-il simplement.

— Vous allez un peu loin, murmura M. Kahn.

Delestang, très-pâle, s'était mis debout, derrière les
fauteuils. Il ouvrit doucement la porte pour voir si personne n'écoutait. Mais il n'aperçut, dans l'antichambre,
que la haute silhouette de Merle, dont le dos tourné avait
un grand air de discrétion. Le mot de Rougon avait fait
rougir Du Poizat, qui se tut, dégrisé, mâchant son cigare
d'un air mécontent.

— Sans doute, l'empereur est mal entouré, reprit
Rougon après un silence. Je me suis permis de le lui
dire, et il a souri. Il a même daigné plaisanter, en ajoutant que mon entourage ne valait pas mieux que le sien.

Du Poizat et M. Kahn eurent un rire contraint. Ils
trouvèrent le mot très-joli.

— Mais, je le répète, continua Rougon d'une voix particulière, je me retire de mon plein gré. Si l'on vous in-
terroge, vous qui êtes de mes amis, affirmez qu'hier soir
encore j'étais libre de reprendre ma démission... Démen-
tez aussi les commérages qui circulent à propos de cette
affaire Rodriguez, dont on fait, paraît-il, tout un roman.
J'ai pu me trouver, sur cette affaire, en désaccord avec
la majorité du Conseil d'État, et il y a eu certainement
là des froissements qui ont hâté ma retraite. Mais j'avais
des raisons plus anciennes et plus sérieuses. J'étais résolu depuis longtemps à abandonner la haute situation
que je devais à la bienveillance de l'empereur.

Il dit toute cette tirade en l'accompagnant d'un geste
de la main droite, dont il abusait, lorsqu'il parlait à la

Chambre. Ces explications étaient évidemment destinées
au public. M. Kahn et Du Poizat, qui connaissaient leur
Rougon, tâchèrent par des phrases habiles de savoir la
vérité vraie. Le grand homme, comme ils le nommaient
familièrement entre eux, devait jouer quelque jeu formidable. Ils mirent la conversation sur la politique en
général. Rougon plaisantait le régime parlementaire,
qu'il appelait « le fumier des médiocrités ». La Chambre,
selon lui, jouissait encore d'une liberté absurde. On y
parlait beaucoup trop. La France devait être gouvernée
par une machine bien montée, l'empereur au sommet,
les grands corps et les fonctionnaires au-dessous, réduits
à l'état de rouages. Il riait, sa poitrine sautait, pendant
qu'il outrait son système, avec une rage de mépris contre
les imbéciles qui demandent des gouvernements forts.

— Mais, interrompit M. Kahn, l'empereur en haut,
tous les autres en bas, ce n'est gai que pour l'empereur,
cela !

— Quand on s'ennuie, on s'en va, dit tranquillement
Rougon.

Il sourit, puis il ajouta :

— On attend que cela soit amusant, et l'on revient.

Il y eut un long silence. M. Kahn se mit à frotter son
collier de barbe, satisfait, sachant ce qu'il voulait savoir.
La veille, à la Chambre, il avait deviné juste, quand il
insinuait que Rougon, voyant son crédit ébranlé aux Tuileries, était allé de lui-même au-devant d'une disgrâce,
pour faire peau neuve ; l'affaire Rodriguez lui offrait une
superbe occasion de tomber en honnête homme.

— Et que dit-on ? demanda Rougon pour rompre le
silence.

— Moi, j'arrive, répondit Du Poizat. Cependant, tout
à l'heure, dans un café, j'ai entendu un monsieur décoré
qui approuvait vivement votre retraite.

— Hier, Béjuin était très-affecté, déclara à son tour
M. Kahn; Béjuin vous aime beaucoup. C'est un garçon
un peu éteint, mais d'une grande solidité... Le petit La
Rouquette lui-même m'a paru très-convenable. Il parle
de vous en excellents termes.

Et la conversation continua sur les uns et sur les
autres. Rougon, sans le moindre embarras, posait des
questions, se faisait faire un rapport exact par le député,
qui lui donna complaisamment les notes les plus précises
sur l'attitude du Corps législatif à son égard.

— Cette après-midi, interrompit Du Poizat, qui souffrait
de n'avoir aucun renseignement à fournir, je me pro-
mènerai dans Paris, et demain matin, au saut du lit, j'en
aurai long à vous conter.

— A propos, s'écria M. Kahn en riant, j'oubliais de
vous parler de Combelot!... Non, jamais je n'ai vu un
homme plus gêné...

Mais il s'arrêta devant un clignement d'yeux de Rougon, qui lui montrait le dos de Delestang, en ce moment
monté sur une chaise et occupé à débarrasser le dessus
d'une bibliothèque où des journaux s'entassaient. M. de
Combelot avait épousé une sœur de Delestang. Ce dernier, depuis la disgrâce de Rougon, souffrait un peu de
sa parenté avec un chambellan; aussi voulut-il montrer
quelque crânerie. Il se tourna, il dit avec un sourire :

— Pourquoi ne continuez-vous pas?... Combelot est
un sot. Hein? voilà le mot lâché !

Cette exécution aisée d'un beau-frère égaya beaucoup
ces messieurs. Delestang, voyant son succès, poussa les
choses jusqu'à se moquer de la barbe de Combelot, cette
fameuse barbe noire, si célèbre parmi les dames. Puis,
sans transition, il prononça gravement ces paroles, en jetant un paquet de journaux sur le tapis :

— Ce qui fait la tristesse des uns fait la joie des autres.

Cette vérité ramena dans la conversation le nom de
M. de Marsy. Rougon, le nez baissé, comme perdu au fond
d'un portefeuille dont il examinait chaque poche, laissa
ses amis se soulager. Ils parlaient de Marsy avec un emportement d'hommes politiques se ruant sur un adversaire. Les mots grossiers, les accusations abominables,
les histoires vraies exagérées jusqu'au mensonge, pleu-
vaient dru. Du Poizat, qui avait connu Marsy autrefois,
avant l'empire, affirmait qu'il était alors entretenu par
sa maîtresse, une baronne dont il avait mangé les diamants en trois mois. M. Kahn prétendait que pas une
affaire véreuse ne traînait sur la place de Paris, sans
qu'on trouvât dedans la main de Marsy. Et ils s'échauf-
faient l'un l'autre, ils se renvoyaient des faits de plus en
plus forts : dans une entreprise de mine, Marsy avait
touché un pot-de-vin de quinze cent mille francs ; il
venait d'offrir, le mois dernier, un hôtel à la petite
Florence, des Bouffes, une bagatelle de six cent mille
francs, sa part d'un trafic sur les actions des chemins
de fer du Maroc ; il n'y avait pas huit jours enfin, la
grande affaire des canaux égyptiens, lancée par des créa-
tures à lui, s'était écroulée avec un immense scandale,
les actionnaires ayant su que pas un coup de pioche
n'avait été donné, depuis deux ans qu'ils opéraient
des versements. Puis, ils se jetèrent sur sa personne
elle-même, s'efforçant de rapetisser sa haute mine
d'aventurier élégant, parlant de maladies anciennes qui
lui joueraient plus tard un mauvais tour, allant jusqu'à
attaquer la galerie de tableaux qu'il réunissait alors.

— C'est un bandit tombé dans la peau d'un vaudevilliste, finit par dire Du Poizat.

Rougon releva lentement la tête. Il regarda les deux
hommes de ses gros yeux.

— Vous voilà bien avancés, dit-il. Marsy fait ses af-

faires, parbleu! comme vous voulez faire les vôtres...
Nous ne nous entendons guère. Si je puis même lui
casser les reins quelque jour, je les lui casserai volontiers.
Mais tout ce que vous racontez là n'empêche pas que Marsy
soit d'une jolie force. Si la fantaisie l'en prenait, il ne
ferait qu'une bouchée de vous deux, je vous en préviens.

Et il quitta son fauteuil, las d'être assis, étirant ses
membres. Puis, il ajouta, dans un gros bâillement :

— D'autant plus, mes bons amis, que maintenant je
ne pourrais plus me mettre en travers.

— Oh! si vous vouliez, murmura Du Poizat avec un
sourire mince, vous mèneriez Marsy fort loin. Vous
avez bien ici quelques papiers qu'il achèterait cher...
Tenez, là-bas, le dossier Lardenois, cette aventure dans
laquelle il a joué un si singulier rôle. Je reconnais une
lettre de lui, très-curieuse, que je vous ai apportée moi-
même, dans le temps.

Rougon était allé jeter dans la cheminée les papiers
dont il avait peu à peu empli la corbeille. La coupe de
bronze ne suffisait plus.

— On s'assomme, on ne s'égratigne pas, dit-il en
haussant dédaigneusement les épaules. Tout le monde a
de ces lettres bêtes qui traînent chez les autres.

Et il prit la lettre, l'enflamma à la bougie, s'en servit
comme d'une allumette pour mettre le feu au tas de
papiers, dans la cheminée. Il resta là un instant, accroupi, énorme, à surveiller les feuilles embrasées qui
roulaient jusque sur le tapis. Certains gros papiers
administratifs noircissaient, se tordaient comme des
lames de plomb; des billets, des chiffons salis de
vilaines écritures, brûlaient avec de petites langues
bleues; tandis que, dans le brasier ardent, au milieu
d'un pullulement d'étincelles, des fragments consumés
restaient intacts, lisibles encore.

À ce moment, la porte s'ouvrit toute grande. Une voix disait en riant :

— Bien, bien, je vous excuserai, Merle... Je suis de la maison. Si vous m'empêchiez d'entrer par ici, je ferais le tour par la salle des séances, parbleu!

C'était M. d'Escorailles, que Rougon, depuis six mois, avait fait nommer auditeur au conseil d'État. Il amenait à son bras la jolie madame Bouchard, toute fraîche dans une toilette claire de printemps.

— Allons, bon! des femmes, maintenant! murmura Rougon.

Il ne quitta pas la cheminée tout de suite. Il demeura par terre, tenant la pelle, sous laquelle il étouffait la flamme, de peur d'incendie. Et il levait sa large face, l'air maussade. M. d'Escorailles ne se déconcerta pas. Lui et la jeune femme, dès le seuil, avaient cessé de se sourire, pour prendre une figure de circonstance.

— Cher maître, dit-il, je vous amène une de vos amies qui tenait absolument à vous apporter ses regrets... Nous avons lu le *Moniteur* ce matin...

— Vous avez lu le *Moniteur*, vous autres, gronda Rougon qui se décida enfin à se mettre debout.

Mais il aperçut une personne qu'il n'avait pas encore vue. Il murmura, après avoir cligné les yeux :

— Ah! monsieur Bouchard.

C'était le mari, en effet. Il venait d'entrer, derrière les jupes de sa femme, silencieux et digne. M. Bouchard avait soixante ans, la tête toute blanche, l'œil éteint, la face comme usée par ses vingt-cinq années de service administratif. Lui, ne prononça pas une parole. Il prit d'un air pénétré la main de Rougon, qu'il secoua trois fois, de haut en bas, énergiquement.

— Eh bien! dit ce dernier, vous êtes très-gentils d'être tous venus me voir; seulement, vous allez diable-

ment me gêner... Enfin, mettez-vous de ce côté-là... Du
Poizat, donnez votre fauteuil à madame.

Il se tournait, lorsqu'il se trouva en face du colonel
Jobelin.

— Vous aussi, colonel! cria-t-il.

La porte était restée ouverte, Merle n'avait pu s'op-
poser à l'entrée du colonel, qui montait l'escalier derrière les talons des Bouchard. Il tenait son fils par la
main, un grand galopin de quinze ans, alors élève de
troisième au lycée Louis-le-Grand.

— J'ai voulu vous amener Auguste, dit-il. C'est dans
le malheur que se révèlent les vrais amis... Auguste,
donne une poignée de main.

Mais Rougon s'élançait vers l'antichambre, en criant :

— Fermez donc la porte, Merle! A quoi pensez-vous!
Tout Paris va entrer.

L'huissier montra sa face calme, en disant :

— C'est qu'ils vous ont vu, monsieur le président.

Et il dut s'effacer pour laisser passer les Charbonnel.
Ils arrivaient sur une même ligne, sans se donner le bras,
soufflant, désolés, ahuris. Ils parlèrent en même temps.

— Nous venons de voir le *Moniteur*... Ah! quelle
nouvelle! comme votre pauvre mère va être désolée! Et
nous, dans quelle triste position cela nous met!

Ceux-là, plus naïfs que les autres, allaient tout de
suite exposer leurs petites affaires. Rougon les fit taire.
Il poussa un verrou caché sous la serrure de la porte,
en murmurant qu'on pouvait l'enfoncer, maintenant.
Puis, voyant que pas un de ses amis ne semblait décidé à quitter la place, il se résigna, il tâcha d'achever
sa besogne, au milieu des neuf personnes qui emplis-
saient le cabinet. Le déménagement des papiers avait
fini par bouleverser la pièce. Sur le tapis, une débandade de dossiers traînait, si bien que le colonel et

M. Bouchard, qui voulurent gagner l'embrasure d'une
fenêtre, durent prendre les plus grandes précautions
pour ne pas écraser en chemin quelque affaire importante. Tous les siéges étaient encombrés de paquets ficelés; madame Bouchard seule avait pu s'asseoir sur un
fauteuil resté libre; et elle souriait aux galanteries de
Du Poizat et de M. Kahn, pendant que M. d'Escorailles,
ne trouvant plus de tabouret, lui glissait sous les pieds
une épaisse chemise bleue bourrée de lettres. Les tiroirs
du bureau, culbutés dans un coin, permirent aux Charbonnel de s'accroupir un instant, pour reprendre haleine;
tandis que le jeune Auguste, ravi de tomber dans ce
remue-ménage, furetait, disparaissait derrière la mon-
tagne de cartons, au milieu de laquelle Delestang semblait se retrancher. Ce dernier faisait beaucoup de poussière, en jetant de haut les journaux de la bibliothèque.
Madame Bouchard eut une légère toux.

— Vous avez tort de rester dans cette saleté, dit
Rougon, occupé à vider les cartons qu'il avait prié Delestang de ne point toucher.

Mais la jeune femme, toute rose d'avoir toussé, lui
assura qu'elle était très-bien, que son chapeau ne craignait pas la poussière. Et la bande se lança dans les
condoléances. L'empereur, vraiment, ne se souciait
guère des intérêts du pays, pour se laisser circonvenir
par des personnages si peu dignes de sa confiance. La
France faisait une perte. D'ailleurs, c'était toujours
ainsi : une grande intelligence devait liguer contre elle
toutes les médiocrités.

— Les gouvernements sont ingrats, déclara M. Kahn.

— Tant pis pour eux! dit le colonel. Ils se frappent
en frappant leurs serviteurs.

Mais M. Kahn voulut avoir le dernier mot. Il se tourna
vers Rougon.

— Quand un homme comme vous tombe, c'est un deuil public.

La bande approuva :

— Oui, oui, un deuil public!

Sous la brutalité de ces éloges, Rougon leva la tête. Ses joues grises s'allumaient d'une lueur, sa face entière avait un sourire contenu de jouissance. Il était coquet de sa force, comme une femme l'est de sa grâce; et il aimait à recevoir les flatteries à bout portant, dans sa large poitrine, assez solide pour n'être écrasée par aucun pavé. Cependant, il devenait évident que ses amis se gênaient les uns les autres; ils se guettaient du regard, cherchant à s'évincer, ne voulant pas parler haut. A présent que le grand homme paraissait dompté, l'heure pressait d'en arracher une bonne parole. Et ce fut le colonel qui prit un parti le premier. Il emmena dans une embrasure Rougon, qui le suivit docilement, un carton entre les bras.

— Avez-vous songé à moi? lui demanda-t-il tout bas, avec un sourire aimable.

— Parfaitement. Votre nomination de commandeur m'a encore été promise il y a quatre jours. Seulement, vous sentez qu'aujourd'hui, il m'est impossible de rien affirmer... Je crains, je vous l'avoue, que mes amis ne reçoivent le contre-coup de ma disgrâce.

Les lèvres du colonel tremblèrent d'émotion. Il balbutia qu'il fallait lutter, qu'il lutterait lui-même. Puis, brusquement, il se tourna, il appela :

— Auguste!

Le galopin était à quatre pattes sous le bureau, en train de lire les titres des dossiers, ce qui lui permettait de jeter des coups d'œil luisants sur les petites bottines de madame Bouchard. Il accourut.

— Voilà mon gaillard! reprit le colonel à demi-voix.

Vous savez qu'il faudra me caser cette vermine-là, un de ces jours. Je compte sur vous. J'hésite encore entre la magistrature et l'administration... Donne une poignée de mains, Auguste, pour que ton bon ami se souvienne de toi.

Pendant ce temps, madame Bouchard, qui mordillait son gant d'impatience, s'était levée et avait gagné la fenêtre de gauche, en ordonnant d'un regard à M. d'Escorailles de la suivre. Le mari se trouvait déjà là, les coudes sur la barre d'appui, à regarder le paysage. En face, les grands marronniers des Tuileries avaient un frisson de feuilles, dans le soleil chaud; tandis que la Seine, du pont Royal au pont de la Concorde, roulait des eaux bleues, toutes pailletées de lumière.

Madame Bouchard se tourna tout d'un coup, en criant :

— Oh! monsieur Rougon, venez donc voir!

Et, comme Rougon se hâtait de quitter le colonel pour obéir, Du Poizat, qui avait suivi la jeune femme, se retira discrètement, alla rejoindre M. Kahn à la fenêtre du milieu.

— Tenez, ce bateau chargé de briques, qui a failli sombrer, racontait madame Bouchard.

Rougon resta là complaisamment, au soleil, jusqu'à ce que M. d'Escorailles, sur un nouveau regard de la jeune femme, lui dit :

— Monsieur Bouchard veut donner sa démission. Nous vous l'avons amené pour que vous le raisonniez.

Alors, M. Bouchard expliqua que les injustices le révoltaient.

— Oui, monsieur Rougon, j'ai commencé par être expéditionnaire à l'Intérieur, et je suis arrivé au poste de chef de bureau, sans rien devoir à la faveur ni à l'intrigue... Je suis chef de bureau depuis 47. Et bien! le poste de chef de division a déjà été cinq fois vacant,

quatre fois sous la république, et une fois sous l'empire,
sans que le ministre ait songé à moi, qui avais des droits
hiérarchiques... Maintenant vous n'allez plus être là
pour tenir la promesse que vous m'aviez faite, et j'aime
mieux me retirer.

Rougon dut le calmer. La place n'était toujours pas donnée à un autre; si elle lui échappait cette fois encore,
ce ne serait qu'une occasion perdue, une occasion qui se
retrouverait certainement. Puis, il prit les mains de madame Bouchard, en la complimentant d'un air paternel.
La maison du chef de bureau était la première qui l'eût
accueilli, lors de son arrivée à Paris. C'était là qu'il
avait rencontré le colonel, cousin germain du chef de
bureau. Plus tard, lorsque M. Bouchard hérita de son
père, à cinquante-quatre ans, et se trouva tout d'un coup
mordu du désir de se marier, Rougon servit de témoin à
madame Bouchard, née Adèle Desvignes, une demoiselle
très-bien élevée, d'une honorable famille de Rambouillet.
Le chef de bureau avait voulu une jeune fille de province, parce qu'il tenait à l'honnêteté. Adèle, blonde,
petite, adorable, avec la naïveté un peu fade de ses yeux
bleus, en était à son troisième amant, au bout de quatre
ans de mariage.

— Là, ne vous tourmentez pas, dit Rougon qui lui
serrait toujours les poignets dans ses grosses mains. Vous
savez bien qu'on fait tout ce que vous voulez... Jules
vous dira ces jours-ci où nous en sommes.

Et il prit à part M. d'Escorailles, pour lui annoncer
qu'il avait écrit le matin à son père, afin de le tranquilliser. Le jeune auditeur devait conserver tranquillement
sa situation. La famille d'Escorailles était une des plus
anciennes familles de Plassans, où elle jouissait de la
vénération publique. Aussi Rougon, qui autrefois avait
traîné des souliers éculés devant l'hôtel du vieux mar-

quis, père de Jules, mettait-il son orgueil à protéger le
jeune homme. La famille gardait un culte dévot pour
Henri V, tout en permettant que l'enfant se ralliât
à l'empire. C'était un résultat de l'abomination des
temps.

A la fenêtre du milieu, qu'ils avaient ouverte pour
mieux s'isoler, M. Kahn et Du Poizat causaient, en regardant au loin les toits des Tuileries, qui bleuissaient dans
une poussière de soleil. Ils se tâtaient, ils lâchaient des
mots coupés par de grands silences. Rougon était trop
vif. Il n'aurait pas dû se fâcher, à propos de cette affaire
Rodriguez, si facile à arranger. Puis, les yeux perdus,
M. Kahn murmura, comme se parlant à lui-même :

— On sait que l'on tombe, on ne sait jamais si l'on
se relèvera.

Du Poizat feignit de n'avoir pas entendu. Et, longtemps
après, il dit :

— Oh! c'est un garçon très-fort.

Alors, le député se tourna brusquement, lui parla
très-vite, dans la figure.

— La, entre nous, j'ai peur pour lui. Il joue avec le
feu... Certes, nous sommes ses amis, et il n'est pas
question de l'abandonner. Je tiens à constater seulement
qu'il n'a guère songé à nous, dans tout ceci... Ainsi moi,
par exemple, j'ai entre les mains des intérêts énormes
qu'il vient de compromettre par son coup de tête. Il
n'aurait pas le droit de m'en vouloir, n'est-ce pas? si
j'allais maintenant frapper à une autre porte; car, enfin,
ce n'est pas seulement moi qui souffre, ce sont aussi les
populations.

— Il faut frapper à une autre porte, répéta Du Poizat
avec un sourire.

Mais l'autre, pris d'une colère subite, lâcha la vérité.

— Est-ce que c'est possible!... Ce diable d'homme

vous fâche avec tout le monde. Quand on est de sa bande,
on a une affiche dans le dos.

Il se calma, soupirant, regardant du côté de l'Arc-de-
Triomphe, dont le bloc de pierre grisâtre émergeait de
la nappe verte des Champs-Élysées. Il reprit doucement :

— Que voulez-vous? moi, je suis d'une fidélité bête.

Le colonel, depuis un instant, se tenait debout derrière ces messieurs.

— La fidélité est le chemin de l'honneur, dit-il de sa
voix militaire.

Du Poizat et M. Kahn s'écartèrent pour faire place au
colonel, qui continua :

— Rougon contracte aujourd'hui une dette envers
nous. Rougon ne s'appartient plus.

Ce mot eut un succès énorme. Non, certes, Rougon
ne s'appartenait plus. Et il fallait le lui dire nettement,
pour qu'il comprît ses devoirs. Tous trois baissèrent la
voix, complotant, se distribuant des espérances. Parfois,
ils se retournaient, ils jetaient un coup d'œil dans la
vaste pièce, pour voir si quelque ami n'accaparait pas
trop longtemps le grand homme.

Maintenant, le grand homme ramassait les dossiers,
tout en continuant de causer avec madame Bouchard.
Cependant, dans le coin où ils étaient restés silencieux
et gênés jusque-là, les Charbonnel se disputaient. A
deux reprises, ils avaient tenté de s'emparer de Rougon, qui s'était laissé enlever par le colonel et la jeune
femme. M. Charbonnel finit par pousser madame Charbonnel vers lui.

— Ce matin, balbutia-t-elle, nous avons reçu une
lettre de votre mère...

Il ne la laissa pas achever. Il emmena lui-même les
Charbonnel dans l'embrasure de droite, lâchant une fois
encore les dossiers, sans trop d'impatience.

— Nous avons reçu une lettre de votre mère, répéta madame Charbonnel.

Et elle allait lire la lettre, lorsqu'il la lui prit pour la parcourir d'un regard. Les Charbonnel, anciens marchands d'huile de Plassans, étaient les protégés de madame Félicité, comme on nommait dans sa petite ville la mère de Rougon. Elle les lui avait adressés à l'occasion d'une requête qu'ils présentaient au Conseil d'État Un de leurs petits-cousins, un sieur Chevassu, avoué à Faverolles, le chef-lieu d'un département voisin, était mort en laissant une fortune de cinq cent mille francs aux sœurs de la Sainte-Famille. Les Charbonnel, qui n'avaient jamais compté sur l'héritage, devenus brusquement héritiers par la mort d'un frère du défunt, crièrent alors à la captation ; et comme la communauté demandait au Conseil d'État d'être autorisée à accepter le legs, ils quittèrent leur vieille demeure de Plassans, ils accoururent à Paris se loger rue Jacob, hôtel du Périgord, pour suivre leur affaire de près. Et l'affaire traînait depuis six mois.

— Nous sommes bien tristes, soupirait madame Charbonnel, pendant que Rougon lisait la lettre. Moi, je ne voulais pas entendre parler de ce procès. Mais monsieur Charbonnel répétait qu'avec vous c'était tout argent gagné, que vous n'aviez qu'un mot à dire pour nous mettre les cinq cent mille francs dans la poche... N'est-ce pas, monsieur Charbonnel ?

L'ancien marchand d'huile branla désespérément la tête.

— C'était un chiffre, continua la femme, ça valait la peine de bouleverser son existence... Ah ! oui, elle est bouleversée, notre existence ! Savez-vous, monsieur Rougon, qu'hier encore la bonne de l'hôtel a refusé de changer nos serviettes sales ! Moi qui, à Plassans, ai cinq armoires de linge !

Et elle continua à se plaindre amèrement de Paris qu'elle abominait. Ils y étaient venus pour huit jours. Puis, espérant partir toutes les semaines, ils ne s'étaient rien fait envoyer. Maintenant que cela n'en finissait plus, ils s'entêtaient dans leur chambre garnie, mangeant ce que la bonne voulait bien leur servir, sans linge, presque sans vêtements. Ils n'avaient pas même une brosse, et madame Charbonnel faisait sa toilette avec un peigne cassé. Parfois, ils s'asseyaient sur leur petite malle, ils y pleuraient de lassitude et de rage.

— Et cet hôtel est si mal fréquenté! murmura M. Charbonnel avec de gros yeux pudibonds. Il y a un jeune homme, à côté de nous. On entend des choses...

Rougon repliait la lettre.

— Ma mère, dit-il, vous donne l'excellent conseil de patienter. Je ne puis que vous engager à faire une nouvelle provision de courage... Votre affaire me paraît bonne; mais me voilà parti, et je n'ose plus rien vous promettre.

— Nous quittons Paris demain! cria madame Charbonnel, dans un élan de désespoir.

Mais, ce cri à peine lâché, elle devint toute pâle. M. Charbonnel dut la soutenir. Et ils restèrent un moment sans voix, les lèvres tremblantes, à se regarder, avec une grosse envie de pleurer. Ils faiblissaient, ils avaient une souleur, comme si, brusquement, les cinq cent mille francs se fussent écroulés devant eux.

Rougon continuait affectueusement :

— Vous avez affaire à forte partie. Monseigneur Rochart, l'évêque de Faverolles, est venu en personne à Paris pour appuyer la demande des sœurs de la Sainte-Famille. Sans son intervention, il y a longtemps que vous auriez gain de cause. Le clergé est malheureusement très-puissant aujourd'hui... Mais je laisse ici des amis, j'espère pouvoir agir sans me mettre en avant. Vous avez attendu si longtemps que, si vous partez demain...

— Nous resterons, nous resterons, se hâta de balbutier madame Charbonnel. Ah! monsieur Rougon, voilà un héritage qui nous aura coûté bien cher!

Rougon revint vivement à ses papiers. Il promena un regard de satisfaction autour de la pièce, soulagé, ne voyant plus personne qui pût l'emmener encore dans une embrasure de fenêtre; toute la bande était repue. En quelques minutes, il avança fort sa besogne. Il avait une gaieté à lui, brutale, se moquant des gens, se vengeant des ennuis qu'on lui imposait. Pendant un quart d'heure, il fut terrible pour ses amis, dont il venait d'écouter les histoires avec tant de complaisance. Il alla si loin, il se montra si dur pour la jolie madame Bouchard, que les yeux de la jeune femme s'emplirent de larmes, sans qu'elle cessât de sourire. Les amis riaient, accoutumés à ces coups de massue. Jamais leurs affaires n'allaient mieux qu'aux heures où Rougon s'exerçait les poings sur leur nuque.

A ce moment, on frappa un coup discret à la porte.

— Non, non, n'ouvrez pas, cria-t-il à Delestang qui se dérangeait. Est-ce qu'on se moque de moi! J'ai déjà la tête cassée.

Et, comme on ébranlait la porte plus violemment :

— Ah! si je restais, dit-il entre ses dents, comme je flanquerais ce Merle dehors!

On ne frappa plus. Mais, tout d'un coup, dans un angle du cabinet, une petite porte s'ouvrit, donnant passage à une énorme jupe de soie bleue, qui entra à reculons. Et cette jupe, très-claire, très-ornée de nœuds de ruban, demeura là un instant, à moitié dans la pièce, sans qu'on vît autre chose. Une voix de femme, toute fluette, parlait vivement au dehors.

— Monsieur Rougon! appela la dame, en montrant enfin son visage.

C'était madame Correur, avec un chapeau garni d'une botte de roses. Rougon, qui s'avançait, les poings fermés, furieux, plia les épaules et vint serrer la main de la nouvelle venue, en faisant le gros dos.

— Je demandais à Merle comment il se trouvait ici, dit madame Correur, en couvant d'un regard tendre le grand diable d'huissier, debout et souriant devant elle. Et vous, monsieur Rougon, êtes-vous content de lui?

— Mais oui, certainement, répondit Rougon d'une façon aimable.

Merle gardait son sourire béat, les yeux fixés sur le cou gras de madame Correur. Elle se rengorgeait, elle ramenait de la main les frisures de ses tempes.

— Voilà qui va bien, mon garçon, reprit-elle. Quand je place quelqu'un, j'aime que tout le monde soit satisfait... Et si vous aviez besoin de quelque conseil, venez me voir, le matin, vous savez, de huit à neuf. Allons, soyez sage.

Et elle entra dans le cabinet, en disant à Rougon :

— Il n'y a rien qui vaille les anciens militaires.

Puis, elle ne le lâcha pas, elle lui fit traverser toute la pièce, le menant à petits pas devant la fenêtre, à l'autre bout. Elle le grondait de n'avoir point ouvert. Si Merle n'avait pas consenti à l'introduire par la petite porte, elle serait donc restée dehors? Dieu savait pourtant si elle avait besoin de le voir! car, enfin, il ne pouvait pas s'en aller ainsi, sans lui dire où en étaient ses pétitions. Elle sortit de sa poche un petit carnet, très-riche, recouvert de moire rose.

— Je n'ai vu le *Moniteur* qu'après mon déjeuner, dit-elle. J'ai pris tout de suite un fiacre... Voyons, où en est l'affaire de madame Leturc, la veuve du capitaine, qui demande un bureau de tabac. Je lui ai promis un résultat pour la semaine prochaine... Et l'affaire de cette demoiselle, vous savez, Herminie Billecoq, une ancienne élève de Saint-Denis, que son séducteur, un officier, consent à épouser, si quelque âme honnête veut bien avancer la dot réglementaire. Nous avions pensé à l'impératrice... Et toutes ces dames, madame Chardon, madame Testanière, madame Jalaguier, qui attendent depuis des mois?

Rougon, paisiblement, donnait des réponses, expliquait les retards, descendait dans les détails les plus minutieux. Il fit pourtant comprendre à madame Correur qu'elle devait à présent compter beaucoup moins sur lui. Alors, elle se désola. Elle était si heureuse de rendre service! Qu'allait-elle devenir, avec toutes ces dames? Et elle en arriva à parler de ses affaires personnelles, que Rougon connaissait bien. Elle répétait qu'elle était une Martineau, des Martineau de Coulonges, une bonne famille de Vendée, où l'on pouvait citer jusqu'à sept notaires de père en fils. Jamais elle ne s'expliquait nettement sur son nom de Correur. A l'âge de vingt-quatre ans, elle s'était enfuie avec un garçon boucher, à la suite de tout un été de rendez-vous, sous un hangar. Son père avait agonisé pendant six mois sous le coup de ce scandale, une monstruosité dont le pays s'entretenait toujours. Depuis ce temps, elle vivait à Paris, comme morte pour sa famille. Dix fois, elle avait écrit à son frère, maintenant à la tête de l'étude, sans pouvoir obtenir de lui une réponse; et elle accusait de ce silence sa belle-sœur, « une femme à curés, qui menait par le bout du nez cet imbécile de Martineau », disait-elle. Une de ses idées fixes était de retourner là-bas, comme Du Poizat, pour s'y montrer en femme cossue et respectée.

— J'ai encore écrit, il y a huit jours, murmura-t-elle ;
je parie qu'elle jette mes lettres au feu... Pourtant, si
Martineau mourait, il faudrait bien qu'elle m'ouvrît la
maison toute grande. Ils n'ont pas d'enfant, j'aurais des
affaires d'intérêt à régler... Martineau a quinze ans de plus
que moi, et il est goutteux, m'a-t-on dit.

Puis, elle changea brusquement de voix, elle reprit :

— Enfin, ne pensons pas à tout cela... C'est pour vous
qu'il s'agit de travailler à cette heure, n'est-ce pas, Eugène ? On travaillera, vous verrez. Il faut bien que vous
soyez tout, pour que nous soyons quelque chose... Vous
vous souvenez, en 51 ?

Rougon sourit. Et, comme elle lui serrait maternellement les deux mains, il se pencha à son oreille et murmura :

— Si vous voyez Gilquin, dites-lui donc d'être raisonnable. Est-ce qu'il ne s'est pas avisé, l'autre semaine,
après s'être fait mettre au poste, de donner mon nom,
pour que j'aille le réclamer !

Madame Correur promit de parler à Gilquin, un de ses
anciens locataires, du temps où Rougon logeait à l'hôtel
Vanneau, garçon précieux à l'occasion, mais d'un débraillé
très-compromettant.

— J'ai un fiacre en bas, je me sauve, dit-elle avec un
sourire, tout haut, en gagnant le milieu du cabinet.

Et elle resta pourtant quelques minutes encore, désireuse de voir la bande s'en aller en même temps qu'elle.
Pour décider le mouvement de retraite, elle offrit même
de prendre quelqu'un avec elle, dans son fiacre. Ce fut
le colonel qui accepta, et il fut convenu que le petit Auguste monterait à côté du cocher. Alors, commença une
grande distribution de poignées de mains. Rougon s'était
mis près de la porte, ouverte toute grande. En passant
devant lui, chacun avait une dernière phrase de condo-

léance. M. Kahn, Du Poizat et le colonel allongèrent le
cou, lui lâchèrent tout bas un mot dans l'oreille, pour qu'il
ne les oubliât pas. Les Charbonnel étaient déjà sur la
première marche de l'escalier, et madame Correur causait avec Merle, au fond de l'antichambre, pendant que
madame Bouchard, attendue à quelques pas par son mari
et par M. d'Escorailles, s'attardait encore devant Rougon, très-gracieuse, très-douce, lui demandant à quelle
heure elle pourrait le voir, rue Marbeuf, tout seul, parce
qu'elle était trop bête quand il y avait du monde. Mais
le colonel, en l'entendant demander cela, revint brusquement ; les autres le suivirent, il y eut une rentrée générale.

— Nous irons tous vous voir, criait le colonel.

— Il ne faut pas que vous vous enterriez, disaient plusieurs voix.

M. Kahn réclama du geste le silence. Puis, il lança la
fameuse phrase :

— Vous ne vous appartenez pas, vous appartenez à vos
amis et à la France.

Et ils partirent enfin. Rougon put refermer la porte. Il
eut un gros soupir de soulagement. Delestang, qu'il avait
oublié, sortit alors de derrière le tas de cartons, à l'abri
duquel il venait d'achever le classement des papiers, en
ami consciencieux. Il était un peu fier de sa besogne.
Lui, agissait, pendant que les autres parlaient. Aussi reçut-
il avec une véritable jouissance les remercîments très-
vifs du grand homme. Il n'y avait que lui pour rendre
service ; il possédait un esprit d'ordre, une méthode de
travail qui le mèneraient loin ; et Rougon trouva encore
plusieurs autres choses flatteuses, sans qu'on pût savoir
s'il ne se moquait pas. Puis, se tournant, jetant un coup
d'œil dans tous les coins :

— Mais voilà qui est fini, je crois, grâce à vous... Il

n'y a plus qu'à donner l'ordre à Merle de me faire porter ces paquets-là chez moi.

Il appela l'huissier, lui indiqua ses papiers personnels. A toutes les recommandations, l'huissier répondait :

— Oui, monsieur le président.

— Eh ! animal, finit par crier Rougon agacé, ne m'appelez donc plus président, puisque je ne le suis plus.

Merle s'inclina, fit un pas vers la porte, et resta là, à hésiter. Il revint, disant :

— Il y a en bas une dame à cheval qui demande monsieur... Elle a dit en riant qu'elle monterait bien avec le cheval, si l'escalier était assez large... C'est seulement pour serrer la main à monsieur.

Rougon fermait déjà les poings, croyant à une plaisanterie. Mais Delestang, qui était allé regarder par une fenêtre du palier, accourut en murmurant, l'air très-ému :

— Mademoiselle Clorinde !

Alors, Rougon fit répondre qu'il descendait. Puis, comme Delestang et lui prenaient leurs chapeaux, il le regarda, les sourcils froncés, d'un air soupçonneux, frappé de son émotion.

— Méfiez-vous des femmes, répéta-t-il.

Et, sur le seuil, il donna un dernier regard au cabinet. Par les trois fenêtres, laissées ouvertes, le plein jour entrait, éclairant crûment les cartonniers éventrés, les tiroirs épars, les paquets ficelés et entassés au milieu du tapis. Le cabinet semblait tout grand, tout triste. Au fond de la cheminée, les tas de papiers brûlés, à poignées, ne laissaient qu'une petite pelletée de cendre noire. Comme il fermait la porte, la bougie, oubliée sur un coin du bureau, s'éteignit en faisant éclater la bobèche de cristal, dans le silence de la pièce vide.

III

C'était l'après-midi, vers quatre heures, que Rougon
allait parfois passer un instant chez la comtesse Balbi. Il
s'y rendait en voisin, à pied. La comtesse habitait un
petit hôtel, à quelques pas de la rue Marbeuf, sur l'avenue des Champs-Élysées. D'ailleurs, elle était rarement
chez elle; et, quand elle s'y trouvait par hasard, elle
était couchée, elle se faisait excuser. Cela n'empêchait
pas l'escalier du petit hôtel d'être plein d'un vacarme
de visiteurs bruyants, ni les portes des salons de battre
à toute volée. Sa fille Clorinde recevait dans une galerie,
une sorte d'atelier de peintre, donnant sur l'avenue par
de larges baies vitrées.

Pendant près de trois mois, Rougon, avec sa brutalité
d'homme chaste, avait fort mal répondu aux avances de
ces dames, qui s'étaient fait présenter à lui, dans un bal,
au ministère des Affaires étrangères. Il les rencontrait
partout, souriant l'une et l'autre du même sourire enga-
geant, la mère toujours muette, la fille parlant haut, lui
plantant son regard droit dans les yeux. Et il tenait bon,
il les évitait, battait des paupières pour ne pas les voir,
refusait les invitations qu'elles lui adressaient. Puis, ob-
sédé, poursuivi jusque dans sa maison, devant laquelle
Clorinde affectait de passer à cheval, il prit des renseignements, avant de se risquer chez elles.

A la légation d'Italie, on lui parla de ces dames en termes très-favorables : le comte Balbi avait réellement existé ; la comtesse conservait de grandes relations à Turin ; la fille, enfin, était encore sur le point, l'année précédente, d'épouser un petit prince allemand. Mais, chez la duchesse Sanquirino, à laquelle il s'adressa ensuite, les histoires changèrent. Là, on lui affirma que Clorinde était née deux ans après la mort du comte ; d'ailleurs, il courait une légende très-compliquée sur le ménage Balbi, le mari et la femme ayant passé par une foule d'aventures, des débordements mutuels, un divorce prononcé en France, un raccommodement survenu en Italie, qui les avait fait vivre dans une sorte de concubinage. Un jeune attaché d'ambassade, très au courant de ce qui se passait à la cour du roi Victor-Emmanuel, fut plus net encore : selon lui, si la comtesse gardait là-bas de l'influence, elle la devait à une ancienne liaison avec un très-haut personnage ; et il laissait entendre qu'elle serait restée à Turin, sans certain scandale énorme, sur lequel il ne put s'expliquer. Rougon, gagné peu à peu par l'intérêt de cette enquête, alla jusqu'à la préfecture de police ; où il ne trouva rien de précis ; les dossiers des deux étrangères les donnaient simplement comme des femmes menant un grand train, sans qu'on leur connût une fortune solide. Elles disaient posséder des biens en Piémont. La vérité était qu'il se produisait parfois des trous brusques dans leur luxe ; alors, elles disparaissaient tout d'un coup, pour reparaître bientôt avec une splendeur nouvelle. En somme, on ne savait rien sur leur compte, on préférait ne rien savoir. Elles fréquentaient le meilleur monde, leur maison était acceptée comme un terrain neutre, où l'on tolérait l'excentricité de Clorinde, à titre de fleur étrangère. Rougon se décida à voir ces dames.

A la troisième visite, la curiosité du grand homme

avait grandi. Il était de sens épais, très-longs à s'éveiller.
Ce qui l'attira d'abord dans Clorinde, ce fut cette pointe
d'inconnu, toute une vie passée, toute une idée fixe d'avenir, qu'il croyait lire au fond de ses larges yeux de jeune
déesse. On lui avait bien conté des anecdotes abominables, une première faiblesse pour un cocher, et plus
tard un marché passé avec un banquier, qui aurait payé
la fausse virginité de la demoiselle du petit hôtel des
Champs-Élysées. Mais, à certaines heures, elle lui semblait si enfant, qu'il doutait, se promettant de la confesser, revenant pour avoir le mot de cette étrange fille,
dont l'énigme vivante finissait par l'occuper autant qu'un
problème délicat de haute politique. Il avait vécu jusque-là
dans le dédain des femmes, et la première sur laquelle il
tombait, était certes la machine la plus compliquée qu'on
pût imaginer.

Le lendemain du jour où Clorinde était allée, au trot
de son cheval de louage, lui porter une poignée de main
de condoléance, à la porte du Conseil d'État, Rougon lui
rendit une visite, qu'elle avait d'ailleurs exigée solennellement. Elle devait, disait-elle, lui montrer quelque
chose qui le tirerait de ses humeurs noires. Il l'appelait
en riant « son vice »; il s'oubliait volontiers chez elle,
amusé, chatouillé, l'esprit en éveil, d'autant plus qu'il
l'épelait encore, aussi peu avancé que le premier jour.
Comme il tournait le coin de la rue Marbeuf, il jeta un
coup d'œil dans la rue du Colisée, sur l'hôtel habité
par Delestang, qu'il croyait avoir déjà surpris plusieurs
fois le visage entre les persiennes entre-bâillées de son
cabinet, à guetter, de l'autre côté de l'avenue, les fenêtres de Clorinde; mais les persiennes étaient closes,
Delestang devait être parti le matin pour sa ferme-modèle de la Chamade.

La porte de l'hôtel Balbi était toujours grande ouverte.

Rougon, au bas de l'escalier, rencontra une petite femme noire, mal coiffée, traînant une robe jaune en loques, qui mordait dans une orange comme dans une pomme.

— Antonia, est-ce que votre maîtresse est chez elle ? lui demanda-t-il.

Elle ne répondit pas, la bouche pleine, agitant la tête violemment, avec un rire. Elle avait les lèvres toutes barbouillées du jus de l'orange; elle rapetissait ses petits yeux, pareils à deux gouttes d'encre sur sa peau brune.

Rougon monta, habitué déjà au service débraillé de la maison. Dans l'escalier, il croisa un grand diable de domestique, à mine de bandit, à longue barbe noire, qui le regarda tranquillement, sans lui céder le côté de la rampe. Puis, sur le palier du premier étage, il se trouva seul, en face de trois portes ouvertes. Celle de gauche donnait dans la chambre de Clorinde. Il eut la curiosité d'allonger la tête. Bien qu'il fût quatre heures, la chambre n'était pas encore faite; un paravent, déployé devant le lit, en cachait à demi les couvertures pendantes; et, jetés sur le paravent, les jupons de la veille séchaient, tout crottés par le bas. Devant la fenêtre, la cuvette, pleine d'eau savonneuse, traînait à terre, tandis que le chat de la maison, un chat gris, dormait, pelotonné au milieu d'un tas de vêtements.

C'était au second étage que Clorinde se tenait habituellement, dans cette galerie dont elle avait fait successivement un atelier, un fumoir, une serre chaude et un salon d'été. A mesure que Rougon montait, il entendait grandir un vacarme de voix, de rires aigus, de meubles renversés. Et, quand il fut devant la porte, il finit par distinguer qu'un piano poitrinaire menait le tapage, pendant qu'une voix chantait. Il frappa à deux reprises, sans recevoir de réponse. Alors, il se décida à entrer.

6.

— Ah! bravo, bravo, le voilà! cria Clorinde en frappant dans ses mains.

Lui, difficile d'ordinaire à décontenancer, resta un instant sur le seuil, timidement. Devant le vieux piano, qu'il tapait avec furie, pour en tirer des sons moins grêles, se tenait le chevalier Rusconi, le légat d'Italie, un beau brun, diplomate grave à ses heures. Au milieu de la pièce, le député La Rouquette valsait avec une chaise, dont il serrait amoureusement le dossier entre ses bras, si emporté par son élan, qu'il avait jonché le parquet de siéges culbutés. Et, dans la lumière crue d'une des baies, en face d'un jeune homme qui la dessinait au fusain sur une toile blanche, Clorinde, debout au milieu d'une table, posait en Diane chasseresse, les cuisses nues, les bras nus, la gorge nue, toute nue, l'air tranquille. Sur un canapé, trois messieurs très-sérieux fumaient de gros cigares en la regardant, les jambes croisées, sans rien dire.

— Attendez, ne bougez pas! cria le chevalier Rusconi à Clorinde qui allait sauter de la table. Je vais faire les présentations.

Et, suivi de Rougon, il dit plaisamment, en passant devant M. La Rouquette, tombé hors d'haleine dans un fauteuil :

— Monsieur La Rouquette, que vous connaissez. Un futur ministre.

Puis, s'approchant du peintre, il continua :

— Monsieur Luigi Pozzo, mon secrétaire. Diplomate, peintre, musicien et amoureux.

Il oubliait les trois messieurs sur le canapé. Mais, en se tournant, il les aperçut; et il quitta son ton plaisant, il s'inclina de leur côté, en murmurant d'une voix cérémonieuse :

— Monsieur Brambilla, monsieur Staderino, monsieur Viscardi, tous trois réfugiés politiques.

Les trois Vénitiens, sans lâcher leurs cigares, saluèrent. Le chevalier Rusconi retournait au piano, lorsque Clorinde l'interpella vivement, en lui reprochant d'être un mauvais maître de cérémonie. Et, à son tour, montrant Rougon, elle dit simplement, avec une intonation particulière, très-flatteuse :

— Monsieur Eugène Rougon.

On se salua de nouveau. Rougon, qui avait eu peur, un moment, de quelque plaisanterie compromettante, fut surpris du tact et de la dignité brusques de cette grande fille, à demi nue dans son costume de gaze. Il s'assit, il demanda des nouvelles de la comtesse Balbi, comme il le faisait d'habitude ; il affectait même, à chaque visite, d'être venu pour la mère, ce qui lui semblait plus convenable.

— J'aurais été très-heureux de lui présenter mes compliments, ajouta-t-il, selon la formule qu'il avait adoptée pour la circonstance.

— Mais maman est là ! dit Clorinde en montrant un coin de la pièce, du bout de son arc en bois doré.

Et la comtesse, en effet, était là, derrière des meubles, renversée dans un large fauteuil. Ce fut un étonnement. Les trois réfugiés politiques devaient, eux aussi, ignorer sa présence ; ils se levèrent et saluèrent. Rougon alla lui serrer la main. Il se tenait debout, et elle, toujours allongée, répondait par monosyllabes, avec ce continuel sourire qui ne la quittait pas, même lorsqu'elle souffrait. Puis, elle retomba dans son silence, distraite, jetant des coups d'œil de côté sur l'avenue, où un fleuve de voitures coulait. Elle s'était sans doute assise là pour voir passer le monde. Rougon la quitta.

Cependant, le chevalier Rusconi, assis de nouveau devant le piano, cherchait un air, tapant doucement les touches, chantonnant à demi-voix des paroles italiennes.

M. La Rouquette s'éventait avec son mouchoir. Clorinde, très-sérieuse, avait repris sa pose. Et Rougon, dans le recueillement subit qui s'était fait, marchait à petits pas, de long en large, regardant les murs. La galerie se trouvait encombrée d'une étonnante débandade d'objets; des meubles, un secrétaire, un bahut, plusieurs tables, poussés au milieu, établissaient un labyrinthe d'étroits sentiers; à une extrémité, des plantes de serre chaude, reléguées, culbutées les unes contre les autres, agonisaient, avec leurs palmes vertes pendantes, déjà toutes mangées de rouille; tandis que, à l'autre bout, s'amoncelait un gros tas de terre glaise séchée, dans lequel on reconnaissait encore les bras et les jambes émiettés d'une statue que Clorinde avait ébauchée, mordue un beau jour du caprice d'être une artiste. La galerie, très-vaste, n'avait en réalité de libre qu'un espace restreint devant une des baies, sorte de vide carré transformé en petit salon par deux canapés et trois fauteuils dépareillés.

— Vous pouvez fumer, dit Clorinde à Rougon.

Il remercia; il ne fumait jamais. Elle, sans se tourner, cria :

— Chevalier, faites-moi donc une cigarette. Vous devez avoir du tabac devant vous, sur le piano.

Et, pendant que le chevalier faisait la cigarette, le silence recommença. Rougon, contrarié de trouver là tout ce monde, allait prendre son chapeau. Il revint pourtant devant Clorinde, la tête levée, souriant :

— Ne m'avez-vous pas prié de passer pour me montrer quelque chose? demanda-t-il.

Elle ne répondit pas tout de suite, très-grave, tout à la pose. Il dut insister :

— Qu'est-ce donc, ce que vous vouliez me montrer?

— Moi! dit-elle.

Elle dit cela d'une voix souveraine, sans un geste, campée sur la table, dans sa pose de déesse. Rougon, très-sérieux à son tour, recula d'un pas, la regarda lentement. Et elle était vraiment superbe, avec son profil pur, son cou délié, qu'une ligne tombante attachait à ses épaules. Elle avait surtout cette beauté royale, la beauté du buste. Ses bras ronds, ses jambes rondes, gardaient un luisant de marbre. Sa hanche gauche, légèrement avancée, la ployait un peu, la main droite en l'air, découvrant de l'aisselle au talon une longue ligne puissante et souple, creusée à la taille, renflée à la cuisse. Elle s'appuyait de l'autre main sur son arc, de l'air tranquillement fort de la chasseresse antique, insoucieuse de sa nudité, dédaigneuse de l'amour des hommes, froide, hautaine, immortelle.

— Très-joli, très-joli, murmura Rougon, ne sachant que dire.

La vérité était qu'il la trouvait gênante, avec son immobilité de statue. Elle semblait si victorieuse, si certaine d'être classiquement belle, que, s'il avait osé, il l'aurait critiquée comme un marbre dont certaines puissances blessaient ses yeux bourgeois; il aurait préféré une taille plus mince, des hanches moins larges, une poitrine placée moins bas. Puis, une envie d'homme brutal lui vint, celle de la prendre au mollet. Il dut s'éloigner davantage, pour ne pas céder à cette envie.

— Vous avez assez vu? demanda Clorinde, toujours sérieuse et convaincue. Attendez, voici autre chose.

Et, brusquement, elle ne fut plus Diane. Elle laissa tomber son arc, elle fut Vénus. Les mains rejetées derrière la tête, nouées dans son chignon, le buste renversé à demi, haussant les pointes des seins, elle souriait, ouvrait à demi les lèvres, égarait son regard, la face comme noyée tout d'un coup dans du soleil. Elle pa-

raissait plus petite, avec des membres plus gras, toute
dorée d'un frisson de désir, dont il semblait voir passer les moires chaudes sur sa peau de satin. Elle était
pelotonnée, s'offrant, se faisant désirable, d'un air d'a-
mante soumise qui veut être prise entière dans un em-
brassement.

M. Brambilla, M. Staderino et M. Viscardi, sans quitter
leur roideur noire de conspirateurs, l'applaudirent gravement.

— Brava! brava! brava!

M. La Rouquette éclatait d'enthousiasme, tandis que
le chevalier Rusconi, qui s'était rapproché de la table,
pour tendre la cigarette à la jeune fille, restait là, le regard pâmé, avec un léger balancement de la tête, comme
s'il battait le rhythme de son admiration.

Rougon ne dit rien. Il noua si fortement ses mains, que
les doigts craquèrent. Un léger frisson venait de lui courir de la nuque aux talons. Alors, il ne songea plus à
s'en aller, il s'installa. Mais elle, déjà, avait repris son
grand corps libre, riant très-fort, fumant sa cigarette,
avec un retroussement cavalier des lèvres. Elle racontait
qu'elle aurait adoré jouer la comédie; elle aurait tout su
rendre, la colère, la tendresse, la pudeur, l'effroi; et,
d'une attitude, d'un jeu de physionomie, elle indiquait
des personnages. Puis, tout d'un coup :

— Monsieur Rougon, voulez-vous que je vous fasse,
lorsque vous parlez à la Chambre?

Elle se gonfla, se rengorgea, en soufflant, en lançant
les poings en avant, avec une mimique si drôle, si vraie
dans la charge, que tout le monde se pâma. Rougon riait
comme un enfant; il la trouvait adorable, très-fine et très-
inquiétante.

— Clorinda, Clorinda, murmura Luigi, en tapant de
petits coups d'appui-main sur son chevalet.

Elle remuait tellement, qu'il ne pouvait plus travailler. Il avait lâché le fusain, pour étaler de minces couleurs sur la toile, d'un air appliqué d'écolier. Il restait grave, au milieu des rires, levant des yeux de flamme sur la jeune fille, regardant d'un air terrible les hommes avec lesquels elle plaisantait. C'était lui qui avait eu l'idée de la peindre vêtue de ce costume de Diane chasseresse, dont tout Paris causait, depuis le dernier bal de la légation. Il se disait son cousin, parce qu'ils étaient nés dans la même rue, à Florence.

— Clorinda ! répéta-t-il d'un ton de colère.

— Luigi a raison, dit-elle. Vous n'êtes pas raisonnables, messieurs ; vous faites un bruit !... Travaillons, travaillons.

Et elle se campa de nouveau dans sa pose olympienne. Elle redevint un beau marbre. Ces messieurs restèrent à leur place, immobiles, comme cloués. M. La Rouquette hasardait seul, sur le bras de son fauteuil, un roulement de tambour discret, du bout des doigts. Rougon, le dos renversé, regardait Clorinde, peu à peu songeur, envahi d'une rêverie, dans laquelle la jeune fille grandissait démesurément. C'était, tout de même, une étrange mécanique qu'une femme. Jamais il n'avait eu l'idée d'étudier cela. Il commençait à entrevoir des complications extraordinaires. Un instant, il eut l'intuition très-nette de la puissance de ces épaules nues, capables d'ébranler un monde. Clorinde, dans ses regards brouillés, s'élargissait toujours, lui bouchait toute la baie, de sa taille de statue géante. Mais il battit des paupières, il la retrouva, bien moins grosse que lui, sur la table. Alors, il eut un sourire ; s'il l'avait voulu, il l'aurait fouettée comme une petite fille ; et il resta surpris d'en avoir eu peur un moment.

Cependant, à l'autre bout de la galerie, un petit bruit

de voix montait. Rougon prêta l'oreille par habitude, mais il n'entendit qu'un murmure rapide de syllabes italiennes. Le chevalier Rusconi, qui venait de se glisser derrière les meubles, s'appuyait d'une main au dossier du fauteuil de la comtesse, penché respectueusement vers elle, paraissant lui conter quelque affaire avec de longs détails. La comtesse se contentait d'approuver de la tête. Une fois, pourtant, elle eut un signe violent de dénégation, et le chevalier se pencha davantage, l'apaisa de sa voix chantante, qui coulait avec un gazouillis d'oiseau. Rougon, grâce à sa connaissance du provençal, finit par surprendre quelques mots qui le rendirent grave.

— Maman, cria brusquement Clorinde, est-ce que tu as montré au chevalier la dépêche d'hier soir ?

— Une dépêche ! répéta tout haut le chevalier.

La comtesse avait tiré d'une de ses poches un paquet de lettres, dans lequel elle chercha longtemps. Enfin elle lui remit un bout de papier bleu, très-chiffonné. Dès qu'il l'eut parcouru, il eut un geste d'étonnement et de colère :

— Comment ! s'écria-t-il en français, oubliant le monde qui était là, vous savez cela depuis hier ! Mais je n'ai eu la nouvelle que ce matin, moi !

Clorinde éclata d'un beau rire, ce qui acheva de le fâcher.

— Et madame la comtesse me laisse lui conter l'affaire tout au long, comme si elle l'ignorait !... Allons, puisque le siége de la légation est ici, je viendrai chaque jour y dépouiller la correspondance.

La comtesse souriait. Elle fouilla encore dans son paquet de lettres ; elle prit un second papier, qu'elle lui fit lire. Cette fois, il parut très-satisfait. Et la conversation à voix basse recommença. Il avait retrouvé son sourire respectueux. En quittant la comtesse, il lui baisa la main.

— Voilà les affaires sérieuses terminées, dit-il à demi-voix, en venant se rasseoir devant le piano.

Il tapa à tours de bras une ronde canaille, très-populaire cette année-là. Puis, tout d'un coup, ayant regardé l'heure, il courut prendre son chapeau.

— Vous partez? demanda Clorinde.

Elle l'appela du geste, s'appuya sur son épaule, pour lui parler à l'oreille. Il hochait la tête, en riant. Il murmurait :

— Très-fort, très-fort... J'écrirai ça là-bas.

Et il sortit, après avoir salué. Luigi, d'un coup d'appui-main, avait fait relever Clorinde, accroupie sur la table. Sans doute le fleuve de voitures coulant le long de l'avenue finissait par ennuyer la comtesse, car elle tira un cordon de sonnette, derrière elle, dès qu'elle eut perdu de vue le coupé du chevalier, noyé au milieu des landaus descendant du Bois. Ce fut le grand diable de domestique, à figure de bandit, qui entra, en laissant la porte ouverte. La comtesse s'abandonna à son bras, traversa lentement la pièce, au milieu de ces messieurs, debout, inclinés devant elle. Elle répondait de la tête, avec son sourire. Puis, sur le seuil, elle se tourna, elle dit à Clorinde :

— J'ai ma migraine, je vais me coucher un peu.

— Flaminio, cria la jeune fille au domestique qui emportait sa mère, mettez-lui un fer chaud aux pieds !

Les trois réfugiés politiques ne se rassirent pas. Ils demeurèrent encore là, un instant, sur une même ligne, achevant de mâchonner leurs cigares, qu'ils jetèrent dans un coin, derrière le tas de terre glaise, du même geste correct et précis. Et ils défilèrent devant Clorinde, ils s'en allèrent, en procession.

— Mon Dieu ! disait M. La Rouquette, qui venait d'entamer une conversation sérieuse avec Rougon, je

7

sais bien que cette question des sucres est très-importante. Il s'agit de toute une branche de l'industrie française. Le malheur est que personne, à la Chambre, ne me
paraît avoir étudié la matière à fond.

Rougon, qu'il ennuyait, ne répondait plus que par des
hochements de tête. Le jeune député se rapprocha, continua, en donnant à sa figure poupine une subite gravité.

— Moi, j'ai un oncle dans les sucres. Il a une des
plus riches raffineries de Marseille.... Eh bien! je suis
allé passer trois mois chez lui. J'ai pris des notes, oh!
beaucoup de notes. Je causais avec les ouvriers, je me
mettais au courant, enfin!... Vous comprenez, je voulais
parler à la Chambre...

Il posait devant Rougon, il se donnait un mal énorme
pour entretenir celui-ci des seuls objets qu'il croyait
devoir l'intéresser, très-désireux d'ailleurs de se montrer à lui sous un jour d'homme politique solide.

— Et vous n'avez pas parlé? interrompit Clorinde,
que la présence de M. La Rouquette semblait impatienter.

— Non, je n'ai pas parlé, reprit-il d'une voix ralentie,
j'ai cru devoir ne pas parler... Au dernier moment, j'ai
eu peur que mes chiffres ne fussent pas bien exacts.

Rougon le regarda entre les deux yeux, en disant
gravement :

— Savez-vous le nombre des morceaux de sucre que
l'on consomme par jour, au café Anglais?

M. La Rouquette resta un moment ahuri, les yeux
écarquillés. Puis, il partit d'un éclat de rire :

— Ah! très-joli! très-joli! cria-t-il. Je comprends,
vous plaisantez... Mais c'est la question du sucre, cela;
moi, je parlais de la question des sucres... Très-joli!
Vous me permettez de répéter le mot, n'est-ce pas?

Il avait de légers bonds de jouissance, au fond de son

fauteuil. Il reprit sa figure rose, mis à l'aise, cherchant
des mots légers. Mais Clorinde l'attaqua sur les femmes.
Elle l'avait encore vu l'avant-veille, aux Variétés, avec
une petite blonde, très-laide, ébouriffée comme un
caniche. D'abord, il nia. Vexé ensuite de la façon cruelle
dont elle traitait « le petit caniche », il s'oublia, il défendit cette dame, une personne très comme il faut, qui
n'était pas si mal que cela; et il lui parla de ses cheveux, de sa taille, de sa jambe. Clorinde devint terrible.
M. La Rouquette finit par crier :

— Elle m'attend, et j'y vais.

Alors, quand il eut refermé la porte, la jeune fille
battit des mains, triomphante, répétant :

— Le voilà parti, bon voyage!

Et elle sauta vivement de la table, elle courut à Rougon, auquel elle donna ses deux mains. Elle se faisait
très-douce, elle était bien contrariée qu'il ne l'eût pas
trouvée seule. Comme elle avait eu de la peine à renvoyer
tout ce monde! Les gens ne comprenaient pas, vraiment! Ce La Rouquette, avec ses sucres, était-il assez
ridicule! Mais maintenant, peut-être, on n'allait plus
les déranger, ils pourraient causer. Elle devait avoir
tant de choses à lui dire! Tout en parlant, elle le conduisait vers un canapé. Il s'était assis, sans lui lâcher les
mains, lorsque Luigi donna des coups secs d'appui-
main, en répétant sur un ton fâché :

— Clorinda! Clorinda!

— Tiens! c'est vrai, le portrait! dit-elle en riant.

Elle échappa à Rougon, alla se pencher derrière le
peintre, d'un air souple de caresse. Oh! que c'était
joli, ce qu'il avait fait! Cela venait très-bien. Mais, réellement, elle était un peu fatiguée; et elle demandait
un quart d'heure de repos. D'ailleurs, il pouvait faire
le costume; elle n'avait pas besoin de poser pour le

costume. Luigi jetait des regards luisants sur Rougon, continuait à murmurer des paroles maussades. Alors, très-vite, elle lui parla en italien, les sourcils froncés, sans cesser de sourire. Et il se tut, il promena de nouveau son pinceau, maigrement.

— Je ne mens pas, reprit-elle en revenant s'asseoir près de Rougon, j'ai la jambe gauche tout engourdie.

Elle se donna des tapes sur la jambe gauche, pour faire circuler le sang, disait-elle. Sous la gaze, on voyait la tache rose des genoux. Cependant, elle avait oublié qu'elle était nue. Elle se penchait vers lui, sérieuse, s'éraflant la peau de l'épaule contre le gros drap de son paletot. Mais, tout d'un coup, un bouton qu'elle rencontra, lui fit passer un grand frisson sur la gorge. Elle se regarda, devint très-rouge. Et, vivement, elle alla prendre un lambeau de dentelle noire, dans lequel elle s'enveloppa.

— J'ai un peu froid, dit-elle, après avoir roulé devant Rougon un fauteuil, dans lequel elle s'assit.

Elle ne montrait plus sous la dentelle que les bouts de ses poignets nus. Elle s'était noué le lambeau au cou, de façon à s'en faire une énorme cravate, au fond de laquelle elle enfonçait le menton. Là-dedans, le buste entièrement noyé, elle restait toute noire, avec son visage redevenu pâle et grave.

— Enfin, que vous est-il arrivé? demanda-t-elle. Racontez-moi tout.

Et elle le questionna sur sa disgrâce, avec une franchise de curiosité filiale. Elle était étrangère, elle se faisait répéter jusqu'à trois reprises des détails qu'elle disait ne pas comprendre. Elle l'interrompait par des exclamations en langue italienne; tandis que, dans ses yeux clairs, il pouvait suivre toute l'émotion de son récit. Pourquoi s'était-il fâché avec l'empereur? comment avait-il pu renoncer à une situation si haute? quels étaient donc ses ennemis, pour qu'il se fût laissé battre ainsi? Et quand il hésitait, quand elle l'acculait à quelque aveu qu'il ne voulait pas faire, elle le regardait avec une candeur si affectueuse, qu'il s'abandonnait, lui racontant les histoires jusqu'au bout. Bientôt, elle sut sans doute tout ce qu'elle désirait savoir. Elle lança encore quelques questions, très-éloignées du sujet, et dont la singularité surprit Rougon. Puis, les mains jointes, elle se tut. Elle avait fermé les yeux. Elle réfléchissait profondément.

— Eh bien? demanda-t-il en souriant.

— Rien, murmura-t-elle; ça m'a fait de la peine.

Il fut touché. Il chercha à lui reprendre les mains; mais elle les enfouit dans la dentelle, et le silence continua. Au bout de deux grandes minutes, elle rouvrit les paupières, en disant:

— Alors, vous avez des projets?

Lui, la regarda fixement. Un soupçon l'effleurait. Mais elle était si adorable maintenant, renversée au fond du fauteuil, dans une pose languissante, comme si les chagrins de son « bon ami » l'eussent brisée, qu'il ne s'arrêta pas au léger froid qui venait de passer sur sa nuque. Elle le flatta beaucoup. Certes, il ne resterait pas longtemps à l'écart, il redeviendrait le maître quelque jour. Elle était sûre qu'il devait nourrir de grandes pensées et avoir confiance en son étoile, car cela se lisait sur son front. Pourquoi ne la prenait-il pas pour confidente? elle était si discrète, elle serait si heureuse d'être de moitié dans son avenir! Rougon, grisé, cherchant toujours à rattraper les petites mains qui s'enfonçaient dans la dentelle, parla encore, parla toujours, à ce point qu'il lâcha tout, ses espérances, ses certitudes. Elle ne le poussait plus, le laissant

7.

aller, sans un geste, de peur de l'arrêter. Elle l'examinait, le détaillait membre à membre, sondant son
crâne, pesant ses épaules, mesurant sa poitrine. C'était
décidément un homme solide, qui, toute forte qu'elle
était, l'aurait jetée d'un tour de poignet sur son dos, et
emportée ainsi sans se gêner, aussi haut qu'elle aurait
voulu.

— Ah! le bon ami! dit-elle tout d'un coup. Ce n'est
pas moi qui ai jamais douté!

Elle s'était soulevée, ouvrant les bras, laissant glisser
la dentelle. Alors, elle reparut, plus nue, tendant la
gorge, coulant ses épaules hors de la gaze, d'un mouvement si souple de chatte amoureuse, qu'elle sembla jaillir de son corsage. Ce fut une vision brusque,
comme une récompense et une promesse accordées à
Rougon. Et n'était-ce pas le morceau de dentelle qui
avait glissé? Elle le ramenait déjà, elle le nouait plus
étroitement.

— Chut! murmura-t-elle, Luigi gronde.

Et elle courut auprès du peintre, se pencha une seconde
fois, lui parlant très-vite, dans le cou. Rougon, quand
elle ne fut plus là, toute vibrante, frotta rudement ses
mains, énervé, presque fâché. Elle lui causait à fleur
de peau une irritation extraordinaire. Et il l'injuriait.
A vingt ans, il n'aurait pas été plus bête. Elle venait de
le confesser comme un enfant, lui qui depuis deux mois
cherchait à la faire parler, sans tirer d'elle autre chose
que de beaux rires. Elle n'avait eu qu'à lui refuser un
instants ses poignets; il s'était oublié jusqu'à tout dire,
pour qu'elle les lui rendît. Maintenant, cela devenait
clair, elle le conquérait, elle discutait s'il valait encore
la peine d'être séduit.

Rougon eut un sourire d'homme fort. Il la briserait
quand il voudrait. N'était-ce pas elle qui le provoquait?

Et des pensées malhonnêtes lui venaient, tout un projet
de séduction, dans lequel il la plantait là, après avoir
été son maître. En vérité, il ne pouvait jouer le rôle
d'un imbécile avec cette grande fille qui lui montrait
ainsi ses épaules. Pourtant, il n'était plus bien sûr que la
dentelle ne se fût pas dénouée toute seule.

— Est-ce que vous trouvez que j'ai les yeux gris,
vous? demanda Clorinde, en se rapprochant.

Il se leva, la regarda de tout près, sans troubler le
calme limpide de ses yeux. Mais, comme il avançait
les mains, elle lui donna une tape. Il n'avait pas besoin
de toucher. Elle était très-froide, à présent. Elle s'enveloppait dans son chiffon, avec une pudeur qui s'alarmait
des moindres trous. Il eut beau la plaisanter, la taqui-
ner, faire mine d'employer la force, elle se couvrait davantage, poussait de petits cris, quand il effleurait la
dentelle. D'ailleurs, elle ne voulut pas se rasseoir.

— J'aime mieux marcher un peu, disait-elle; ça me
dérouille les jambes.

Alors, il la suivit, ils marchèrent ensemble, de long
en large. Il tâcha de la confesser à son tour. D'ordinaire, elle ne répondait pas aux questions. Elle avait
une causerie à sauts brusques, coupée d'exclamations, entremêlée d'histoires qu'elle ne finissait jamais.
Comme il l'interrogeait habilement sur une absence de
quinze jours qu'elle avait faite avec sa mère, le mois
précédent, elle enfila une suite interminable d'anecdotes
sur ses voyages. Elle était allée partout, en Angleterre,
en Espagne, en Allemagne; elle avait tout vu. Puis,
c'était une pluie de petites observations puériles sur la
nourriture, sur les modes, sur le temps qu'il faisait.
Quelquefois, elle commençait un récit dans lequel elle
se mettait en scène, avec des personnages connus qu'elle
nommait; Rougon tendait l'oreille, croyait qu'elle allait

enfin laisser échapper une confidence; mais le récit
tournait à l'enfantillage, ou bien restait sans dénoue-
ment. Ce jour-là encore, il n'apprit rien. Elle avait sur
la face son rire qui la masquait. Elle demeurait impénétrable, au milieu de son expansion bavarde. Rougon,
assourdi par ces renseignements stupéfiants dont les
uns démentaient les autres, en arrivait à ne plus savoir s'il avait auprès de lui une bambine de douze
ans, innocente jusqu'à la bêtise, ou quelque femme
très-savante, retournée à la naïveté par un raffinement.

Clorinde interrompit une aventure qui lui était arrivée
dans une petite ville d'Espagne, la galanterie d'un voyageur dont elle avait dû accepter le lit, pendant qu'il
dormait sur une chaise.

— Il ne faut pas retourner aux Tuileries, dit-elle sans
transition aucune. Faites-vous regretter.

— Merci bien, mademoiselle Machiavel, répondit-il
en riant.

Elle rit plus fort que lui. Mais elle ne continua pas
moins à lui donner des conseils excellents. Et comme il
tentait encore de lui pincer les bras, en manière de jeu,
elle se fâcha, elle cria qu'on ne pouvait causer deux
minutes sérieusement. Ah! si elle était un homme!
comme elle saurait faire son chemin! Les hommes
avaient si peu de tête!

— Voyons, racontez-moi les histoires de vos amis,
reprit-elle, en s'asseyant sur le bord de la table, tandis
que Rougon restait debout devant elle.

Luigi, qui ne les quittait pas du regard, ferma violemment sa boîte à couleurs.

— Je m'en vais, dit-il.

Mais Clorinde courut à lui, le ramena, en jurant
qu'elle allait reprendre la pose. Elle devait avoir peur

de rester seule avec Rougon. Et, comme Luigi cédait, elle chercha à gagner du temps.

— Vous me laisserez bien manger quelque chose. J'ai une faim ! Oh ! deux bouchées seulement.

Elle ouvrit la porte en criant :

— Antonia ! Antonia !

Et elle donna un ordre en italien. Elle venait de se rasseoir au bord de la table, lorsque Antonia entra, tenant sur chacune de ses mains ouvertes une tartine de beurre. La servante les lui tendit, comme sur un plateau, avec son rire de bête qu'on chatouille, un rire qui fendait sa bouche rouge dans sa face noire. Puis, elle s'en alla, en essuyant ses mains contre sa jupe. Clorinde la rappela pour lui demander un verre d'eau.

— Voulez-vous partager ? dit-elle à Rougon. C'est très-bon, le beurre. Quelquefois, j'y mets du sucre. Mais il ne faut pas toujours être gourmande.

Elle ne l'était guère, en effet. Rougon l'avait surprise, un matin, en train de manger pour déjeuner un morceau d'omelette froide, cuite de la veille. Il la soupçonnait d'avarice, un vice italien.

— Trois minutes, n'est-ce pas, Luigi ? cria-t-elle en mordant à la première tartine.

Et revenant à Rougon, toujours debout devant elle, elle demanda :

— Voyons, monsieur Kahn, par exemple, quelle est son histoire, comment est-il député ?

Rougon se prêta à ce nouvel interrogatoire, espérant tirer d'elle quelque confidence forcée. Il la savait très-curieuse de la vie de chacun, l'oreille tendue à toutes les indiscrétions, sans cesse aux aguets des intrigues compliquées au milieu desquelles elle vivait. Elle avait le souci des grandes fortunes.

— Oh ! répondit-il en riant, Kahn est né député. Il a

dû faire ses dents sur les bancs de la Chambre. Sous Louis-Philippe, il siégeait déjà au centre droit, et il soutenait la monarchie constitutionnelle avec une passion juvénile. Après 48, il est passé au centre gauche toujours très-passionné, d'ailleurs; il avait écrit une profession de foi républicaine d'un style superbe. Aujourd'hui, il est revenu au centre droit, il défend passionnément l'empire... Au demeurant, est fils d'un banquier juif de Bordeaux, dirige des hauts fourneaux près de Bressuire, s'est taillé une spécialité dans les questions financières et industrielles, vit assez médiocrement en attendant la grosse fortune qu'il fera un jour, a été promu au grade d'officier le 15 août dernier...

Et Rougon cherchait, les regards perdus.

— Je n'oublie rien, je crois... Non, il n'a pas d'enfant...

— Comment! il est marié! s'écria Clorinde.

Elle eut un geste pour dire que M. Kahn ne l'intéressait plus. C'était un sournois; jamais il n'avait montré sa femme. Alors, Rougon lui expliqua que madame Kahn vivait à Paris, très-retirée. Puis, sans attendre une interrogation, il reprit :

— Voulez-vous la biographie de Béjuin, maintenant?

— Non, non, dit la jeune fille.

Mais il continua quand même :

— Il sort de l'École polytechnique. Il a écrit des brochures que personne n'a lues. Il dirige la cristallerie de Saint-Florent, à trois lieues de Bourges... C'est le préfet du Cher qui l'a inventé...

— Taisez-vous donc! cria-t-elle.

— Un digne homme, votant bien, ne parlant jamais, très-patient, attendant qu'on songe à lui, toujours là à vous regarder pour qu'on ne l'oublie pas... Je l'ai fait nommer chevalier...

Elle dut lui mettre la main sur la bouche, se fâchant, disant :

— Eh! il est marié aussi, celui-là! il n'est pas drôle!... J'ai vu sa femme chez vous, un paquet! Elle m'a invitée à aller visiter leur cristallerie, à Bourges.

D'une bouchée, elle acheva sa première tartine. Puis, elle but une grande gorgée d'eau. Ses jambes pendaient au bord de la table; et, un peu tassée sur les reins, le cou plié en arrière, elle les balançait, d'un mouvement machinal dont Rougon suivait le rhythme. A chaque va-et-vient, les mollets se renflaient, sous la gaze.

— Et monsieur Du Poizat? demanda-t-elle, après un silence.

— Du Poizat a été sous-préfet, répondit-il simplement.

Elle le regarda, surprise de la brièveté de l'histoire.

— Je le sais bien, dit-elle. Ensuite?

— Ensuite, il sera préfet plus tard, et alors on le décorera.

Elle comprit qu'il ne voulait pas en dire davantage. D'ailleurs, elle avait jeté le nom de Du Poizat négligemment. Maintenant, elle cherchait ces messieurs sur ses doigts; elle partait du pouce, elle murmurait :

— Monsieur d'Escorailles : il n'est pas sérieux, il aime toutes les femmes... Monsieur La Rouquette : inutile, je le connais trop bien... Monsieur de Combelot : encore un qui est marié...

Et, comme elle s'arrêtait à l'annulaire, ne trouvant plus personne, Rougon lui dit, en la regardant fixement :

— Vous oubliez Delestang.

— Vous avez raison! cria-t-elle. Parlez-moi donc de celui-là?

— C'est un bel homme, reprit-il sans la quitter des yeux. Il est fort riche. Je lui ai toujours prédit un grand avenir.

Il continua sur ce ton, outrant les éloges, doublant les chiffres. La ferme-modèle de la Chamade valait deux millions. Delestang serait certainement ministre un jour. Mais elle gardait aux lèvres une moue dédaigneuse.

— Il est bien bête, finit-elle par murmurer.

— Dame! dit Rougon avec un fin sourire.

Il paraissait ravi du mot qu'elle venait de laisser échapper. Alors, par un de ces sauts brusques qui lui étaient familiers, elle posa une nouvelle question, en le regardant à son tour fixement.

— Vous devez joliment connaître monsieur de Marsy?

— Oui, oui, nous nous connaissons, dit-il sans broncher, comme amusé davantage par ce qu'elle lui demandait là.

Mais il redevint sérieux. Il fut très-digne, très-juste.

— C'est un homme d'une intelligence extraordinaire, expliqua-t-il. Je m'honore de l'avoir pour ennemi... Il a touché à tout. A vingt-huit ans, il était colonel. Plus tard, on le trouve à la tête d'une grande usine. Puis, il s'est occupé successivement d'agriculture, de finance, de commerce. On assure même qu'il a peint des portraits et écrit des romans.

Clorinde, oubliant de manger, restait rêveuse.

— J'ai causé avec lui l'autre soir, dit-elle à demi-voix. Il est tout à fait bien... Un fils de reine.

— Pour moi, poursuivit Rougon, l'esprit le gâte. J'ai une autre idée de la force. Je l'ai entendu faire des calembours dans une circonstance bien grave. Enfin, il a réussi, il règne autant que l'empereur. Tous ces bâtards ont de la chance!... Ce qu'il a de plus personnel, c'est la poigne, une main de fer, hardie, résolue, très-fine et très-déliée pourtant.

Malgré elle, la jeune fille avait baissé les yeux sur les grosses mains de Rougon. Il s'en aperçut, il reprit en souriant :

— Oh! moi, j'ai des pattes, n'est-ce pas? C'est pour cela que nous ne nous sommes jamais entendus avec Marsy. Lui, sabre galamment le monde, sans tacher ses gants blancs. Moi, j'assomme.

Il avait fermé les poings, des poings gras, velus aux phalanges, et il les balançait, heureux de les voir énormes. Clorinde prit la seconde tartine, dans laquelle elle enfonça les dents, toujours songeuse. Enfin, elle leva les yeux sur Rougon.

— Alors, vous? demanda-t-elle.

— C'est mon histoire que vous voulez? dit-il. Rien de plus facile à conter. Mon grand-père vendait des légumes. Moi, jusqu'à trente-huit ans, j'ai traîné mes savates de petit avocat, au fond de ma province. J'étais un inconnu hier. Je n'ai pas comme notre ami Kahn usé mes épaules à soutenir tous les gouvernements. Je ne sors pas comme Béjuin de l'École polytechnique. Je ne porte ni le beau nom du petit Escorailles ni la belle figure de ce pauvre Combelot. Je ne suis pas aussi bien apparenté que La Rouquette, qui doit son siège de député à sa sœur, la veuve du général de Llorentz, aujourd'hui dame du palais. Mon père ne m'a pas laissé comme à Delestang cinq millions de fortune, gagnés dans les vins. Je ne suis pas né sur les marches d'un trône, ainsi que le comte de Marsy, et je n'ai pas grandi pendu à la jupe d'une femme savante, sous les caresses de Talleyrand. Non, je suis un homme nouveau, je n'ai que mes poings...

Et il tapait ses poings l'un contre l'autre, riant très-haut, tournant la chose plaisamment. Mais il s'était redressé, il semblait casser des pierres entre ses doigts fermés. Clorinde l'admirait.

— Je n'étais rien, je serai maintenant ce qu'il me plaira, continua-t-il, s'oubliant, causant pour lui. Je suis une force. Et ils me font hausser les épaules, les autres, quand ils protestent de leur dévouement à l'empire! Est-ce qu'ils l'aiment? est-ce qu'ils le sentent? est-ce qu'ils ne s'accommoderaient pas de tous les gouvernements? Moi, j'ai poussé avec l'empire; je l'ai fait et il m'a fait... J'ai été nommé chevalier après le 10 décembre, officier en janvier 52, commandeur le 15 août 54, grand officier il y a trois mois. Sous la présidence, j'ai eu un instant le portefeuille des travaux publics; plus tard, l'empereur m'a chargé d'une mission en Angleterre; puis, je suis entré au Conseil d'État et au Sénat...

— Et demain, où entrez-vous? demanda Clorinde, avec un rire, sous lequel elle tâchait de cacher l'ardeur de sa curiosité.

Il la regarda, s'arrêta net.

— Vous êtes bien curieuse, mademoiselle Machiavel, dit-il.

Alors, elle balança ses jambes d'un mouvement plus vif. Il y eut un silence. Rougon, à la voir de nouveau perdue dans une grosse rêverie, crut le moment favorable pour la confesser.

— Les femmes... commença-t-il.

Mais elle l'interrompit, les yeux vagues, souriant légèrement à ses pensées, murmurant à demi-voix :

— Oh! les femmes ont autre chose.

Ce fut son seul aveu. Elle acheva sa tartine, vida d'un trait le verre d'eau pure, et se mit debout sur la table, d'un saut qui attestait son habileté d'écuyère.

— Eh! Luigi! cria-t-elle.

Le peintre, depuis un instant, mordant ses moustaches d'impatience, s'était levé, piétinant autour d'elle et de Rougon. Il revint s'asseoir avec un soupir, il reprit sa palette. Les trois minutes de grâce demandées par Clorinde, avaient duré un quart d'heure. Cependant, elle

se tenait debout sur la table, toujours enveloppée du
morceau de dentelle noire. Puis, quand elle eut retrouvé la pose, elle se découvrit, d'un seul geste. Elle
redevenait un marbre, elle n'avait plus de pudeur.

Dans les Champs-Élysées, les voitures roulaient plus
rares. Le soleil couchant enfilait l'avenue d'une poussière
de soleil qui poudrait les arbres, comme si les roues
eussent soulevé ce nuage de lumière rousse. Sous le jour
tombant des hautes baies vitrées, les épaules de Clorinde
se moirèrent d'un reflet d'or. Et, lentement, le ciel pâlissait.

—Est-ce que le mariage de monsieur de Marsy avec
cette princesse valaque est toujours décidé? demanda-
t-elle au bout d'un instant.

— Mais je le pense, répondit Rougon. Elle est fort
riche. Marsy est toujours à court d'argent. D'ailleurs,
on raconte qu'il en est fou.

Le silence ne fut plus troublé. Rougon restait là, se
croyant chez lui, ne songeant pas à s'en aller. Il réfléchissait, il reprenait sa promenade. Cette Clorinde était
vraiment une fille très-séduisante. Il pensait à elle,
comme s'il l'avait déjà quittée depuis longtemps; et, les
yeux sur le parquet, il descendait dans des pensées à
demi formulées, fort douces, dont il goûtait le chatouillement intérieur. Il lui semblait sortir d'un bain tiède,
avec une langueur de membres délicieuse. Une odeur
particulière, d'une rudesse presque sucrée, le pénétrait.
Cela lui aurait paru bon, de se coucher sur un des
canapés et de s'y endormir, dans cette odeur.

Il fut brusquement réveillé par un bruit de voix. Un
grand vieillard, qu'il n'avait pas vu entrer, baisait sur le
front Clorinde, qui se penchait en souriant, au bord de
la table.

— Bonjour, mignonne, disait-il. Comme tu es belle!
Tu montres donc tout ce que tu as?

Il eut un léger ricanement, et comme Clorinde, confuse, ramassait son bout de dentelle noire :

— Non, non, reprit-il vivement, c'est très-joli, tu peux tout montrer, va!... Ah! ma pauvre enfant, j'er ai vu bien d'autres!

Puis, se tournant vers Rougon qu'il traita de « cher collègue », il lui serra la main, en ajoutant :

— Une gamine qui s'est oubliée plus d'une fois sur mes genoux, quand elle était petite! Maintenant, ça vous a une poitrine qui vous éborgne!

C'était le vieux M. de Plouguern. Il avait soixante-dix ans. Sous Louis-Philippe, envoyé à la Chambre par le Finistère, il fut un des députés légitimistes qui firent le pèlerinage de Belgrave-Square; et il donna sa démission, à la suite du vote de flétrissure, dont ses compagnons et lui furent frappés. Plus tard, après les journées de février, il montra une tendresse soudaine pour la république, qu'il acclama vigoureusement sur les bancs de la Constituante. Maintenant, depuis que l'empereur lui avait assuré au Sénat une retraite méritée, il était bonapartiste. Seulement, il savait l'être en gentilhomme. Son humilité grande se permettait parfois le ragoût d'une pointe d'opposition. L'ingratitude l'amusait. Sceptique jusqu'aux moelles, il défendait la religion et la famille. Il croyait devoir cela à son nom, un des plus illustres de la Bretagne. Certains jours, il trouvait l'empire immoral, et il le disait tout haut. Lui, avait vécu une vie d'aventures suspectes, très-dissolu, très-inventif, raffinant les jouissances; on racontait sur sa vieillesse des anecdotes qui faisaient rêver les jeunes gens. Ce fut pendant un voyage en Italie qu'il connut la comtesse Balbi, dont il resta l'amant près de trente ans; après des séparations qui duraient des années, ils se remettaient ensemble, pour trois nuits, dans les villes

où ils se rencontraient. Une histoire voulait que Clorinde fût sa fille; mais ni lui ni la comtesse n'en savaient
réellement rien; et, depuis que l'enfant devenait femme,
grasse et désirable, il afïrmait avoir beaucoup fréquenté
son père, autrefois. Il la couvait de ses yeux restés
vifs, et prenait avec elle des familiarités fort libres de
vieil ami. M. de Plouguern, grand, sec, osseux, avait
une ressemblance avec Voltaire, pour lequel il pratiquait
une dévotion secrète.

— Parrain, tu ne regardes pas mon portrait? cria Clorinde.

Elle l'appelait parrain, par amitié. Il s'était avancé
derrière Luigi, clignant les yeux en connaisseur.

— Délicieux! murmura-t-il.

Rougon s'approcha, Clorinde elle-même sauta de la
table, pour voir. Et tous trois se pâmèrent. La peinture était très-propre. Le peintre avait déjà couvert la
toile entière d'un léger frottis rose, blanc, jaune, qui
gardait des pâleurs d'aquarelle. Et la figure souriait d'un
air joli de poupée, avec ses lèvres arquées, ses sourcils
recourbés, ses joues frottées de vermillon tendre.
C'était une Diane à mettre sur une boîte de pastilles.

— Oh! voyez donc, là, près de l'œil, cette petite len-
tille, dit Clorinde en tapant les mains d'admiration. Ce
Luigi, il n'oublie rien!

Rougon, que les tableaux ennuyaient d'ordinaire,
était charmé. Il comprenait l'art, en ce moment. Il porta
ce jugement, d'un ton très-convaincu:

— C'est admirablement dessiné.

— Et la couleur est excellente, reprit M. de Plouguern.
Ces épaules sont de la chair... Très-agréables, les seins.
Celui de gauche surtout est d'une fraîcheur de rose...
Hein! quels bras! Cette mignonne vous a des bras éton-

nants! J'aime beaucoup le renflement au-dessus de la
saignée; c'est d'un modelé parfait.

Et se tournant vers le peintre :

— Monsieur Pozzo, ajouta-t-il, tous mes compliments.
J'avais déjà vu une *Baigneuse* de vous. Mais ce portrait
sera supérieur... Pourquoi n'exposez-vous pas? J'ai
connu un diplomate qui jouait merveilleusement du
violon; cela ne l'a pas empêché de faire son chemin.

Luigi, très-flatté, s'inclinait. Cependant, le jour baissait,
et comme il voulait finir une oreille, disait-il, il pria
Clorinde de reprendre la pose pour dix minutes au plus.
M. de Plouguern et Rougon continuèrent à causer peinture. Celui-ci avouait que des études spéciales l'avaient
empêché de suivre le mouvement artistique des dernières
années; mais il protestait de son admiration pour les
belles œuvres. Il en vint à déclarer que la couleur le
laissait assez froid; un beau dessin le satisfaisait plei-
nement, un dessin qui fût capable d'élever l'âme et
d'inspirer de grandes pensées. Quant à M. de Plouguern,
il n'aimait que les anciens; il avait visité tous les musées
de l'Europe, il ne comprenait pas qu'on eût assez de
hardiesse pour oser peindre encore. Pourtant, le mois
précédent, il avait fait décorer un petit salon par un artiste que personne ne connaissait et qui avait vraiment
bien du talent.

— Il m'a peint des petits Amours, des fleurs, des
feuillages tout à fait extraordinaires, dit-il. Positivement,
on cueillerait les fleurs. Et il y a là-dedans des insectes,
papillons, mouches, hannetons, qu'on croirait vivants.
Enfin, c'est très-gai... Moi, j'aime la peinture gaie.

— L'art n'est pas fait pour ennuyer, conclut
Rougon.

A ce moment, comme ils marchaient côte à côte, à
petits pas, M. de Plouguern écrasa, sous le talon de sa

bottine, quelque chose qui éclata avec le léger bruit d'un pois fulminant.

— Qu'est-ce donc? cria-t-il.

Il ramassa un chapelet glissé d'un fauteuil, sur lequel Clorinde avait dû vider ses poches. Un des grains de verre, près de la croix, était pulvérisé; la croix elle-même, toute petite, en argent, avait un de ses bras replié et aplati. Le vieillard balança le chapelet, ricanant, disant :

— Mignonne, pourquoi donc laisses-tu traîner ces joujoux-là?

Mais Clorinde était devenue pourpre. Elle se précipita du haut de la table, les lèvres gonflées, les yeux brouillés de colère, se couvrant les épaules à la hâte, balbutiant :

— Méchant! méchant! il a brisé mon chapelet!

Et elle le lui arracha. Elle pleurait comme une enfant.

— La, la, disait M. de Plouguern riant toujours. Voyez-vous ma dévote! L'autre matin, elle a failli me crever les yeux, parce qu'en apercevant un rameau de buis au fond de son alcôve, je lui demandais ce qu'elle balayait avec ce petit balais-là... Ne pleure donc plus, grosse bête! Je ne lui ai rien cassé, au bon Dieu.

— Si, si, cria-t-elle, vous lui avez fait du mal.

Elle ne le tutoyait plus. De ses mains tremblantes, elle achevait d'enlever la perle de verre. Puis, avec un redoublement de sanglots, elle voulut arranger la croix. Elle l'essuyait du bout des doigts, comme si elle avait vu des gouttes de sang perler sur le métal. Elle murmurait :

— C'est le pape qui m'en a fait cadeau, la première fois que je suis allée le voir avec maman. Il me connaît bien, le pape; il m'appelle « son bel apôtre », parce que

je lui ai dit un jour que je serais contente de mourir
pour lui... Un chapelet qui me portait bonheur. Maintenant, il n'aura plus de vertu, il attirera le diable...

— Voyons, donne-le-moi, interrompit M. de Plouguern.
Tu vas t'abîmer les ongles, à vouloir raccommoder ça...
L'argent, c'est dur, mignonne.

Il avait repris le chapelet, il tâchait de déplier le bras
de la croix, délicatement, de façon à ne pas le casser.
Clorinde ne pleurait plus, les yeux fixes, très-attentive.
Rougon, lui aussi, avançait la tête, avec un sourire; il
était d'une irréligion déplorable, à ce point que la jeune
fille avait failli rompre deux fois avec lui, pour des plaisanteries déplacées.

— Fichtre! disait à demi-voix M. de Plouguern, il
n'est pas tendre, le bon Dieu. C'est que j'ai peur de le
couper en deux... Tu aurais un bon Dieu de rechange,
petite.

Il fit un nouvel effort. La croix se rompit net.

— Ah! tant pis! s'écria-t-il. Cette fois, il est cassé.

Rougon s'était mis à rire. Alors Clorinde, les yeux
très-noirs, la face convulsée, se recula, les regarda en
face, puis de ses poings fermés les repoussa furieusement,
comme si elle avait voulu les jeter à la porte. Elle les
injuriait en italien, la tête perdue.

— Elle nous bat, elle nous bat, répéta gaiement M. de
Plouguern.

— Voilà les fruits de la superstition, dit Rougon entre
ses dents.

Le vieillard cessa de plaisanter, la mine subitement
grave; et, comme le grand homme continuait à lancer
des phrases toutes faites sur l'influence détestable du
clergé, sur l'éducation déplorable des femmes catholiques,
sur l'abaissement de l'Italie livrée aux prêtres, il déclara
de sa voix sèche:

— La religion fait la grandeur des États.

— Quand elle ne les ronge pas comme un ulcère, répliqua Rougon. L'histoire est là. Que l'empereur ne tienne pas les évêques en respect, il les aura bientôt tous sur les bras.

Alors, M. de Plouguern se fâcha à son tour. Il défendit Rome. Il parla des convictions de toute sa vie. Sans religion, les hommes retournaient à l'état de brutes. Et il en vint à plaider la grande cause de la famille. L'époque tournait à l'abomination ; jamais le vice ne s'était étalé plus impudemment, jamais l'impiété n'avait jeté un pareil trouble dans les consciences.

— Ne me parlez pas de votre empire ! finit-il par crier. C'est un fils bâtard de la révolution... Oh ! nous le savons, votre empire rêve l'humiliation de l'Église. Mais nous sommes là, nous ne nous laisserons pas égorger comme des moutons... Essayez un peu, mon cher monsieur Rougon, d'avouer vos doctrines au Sénat.

— Eh ! ne lui répondez plus, dit Clorinde. Si vous le poussiez, il finirait par cracher sur le Christ. C'est un damné.

Rougon, accablé, s'inclina. Il y eut un silence. La jeune fille cherchait sur le parquet le petit fragment détaché de la croix ; quand elle l'eût trouvé, elle le plia soigneusement avec le chapelet, dans un morceau de journal. Elle se calmait.

— Ah ça ! mignonne, reprit tout d'un coup M. de Plouguern, je ne t'ai pas encore dit pourquoi je suis monté. J'ai une loge au Palais-Royal ce soir, et je vous emmène.

— Ce parrain ! s'écria Clorinde, redevenue toute rose de plaisir. On va réveiller maman.

Elle l'embrassa « pour la peine », disait-elle. Elle se tourna vers Rougon, souriante, la main tendue, en disant avec une moue exquise :

— Vous ne m'en voulez pas, vous! Ne me faites donc
plus enrager avec vos idées de païen... Je deviens bête,
lorsqu'on me taquine sur la religion. Je compromettrais
mes meilleures amitiés.

Luigi, cependant, avait poussé son chevalet dans un
coin, voyant qu'il ne pourrait finir l'oreille, ce jour-là. Il
prit son chapeau, il vint toucher la jeune fille à l'épaule,
pour l'avertir qu'il partait. Et elle l'accompagna jusque
sur le palier, elle tira elle-même la porte sur eux; mais
ils se firent leurs adieux si bruyamment, qu'on entendit
un léger cri de Clorinde, qui se perdit dans un rire
étouffé. Quand elle rentra, elle dit :

— Je vais me déshabiller, à moins que parrain ne
veuille m'emmener comme ça au Palais-Royal.

Et ils s'égayèrent tous les trois, à cette idée. Le cré-
puscule était tombé. Quand Rougon se retira, Clorinde
descendit avec lui, laissant M. de Plouguern seul un instant, le temps de passer une robe. Il faisait déjà tout
noir dans l'escalier. Elle marchait la première, sans dire
un mot, si lentement, qu'il sentait le frôlement de sa tuni-
que de gaze sur ses genoux. Puis, arrivée devant la porte
de la chambre, elle entra; elle fit deux pas, avant de se
retourner. Lui, l'avait suivie. Là, les deux fenêtres éclairaient d'une poussière blanche le lit défait, la cuvette
oubliée, le chat toujours endormi sur le paquet de vêtements.

— Vous ne m'en voulez pas? répéta-t-elle à voix presque basse, en lui tendant les mains.

Il jura que non. Il avait pris ses mains, il remonta
le long des bras jusqu'au-dessus des coudes, fouillant
doucement dans la dentelle noire, pour que ses gros
doigts pussent passer sans rien déchirer. Elle haussait
légèrement les bras, comme désireuse de lui faciliter
cette besogne. Ils étaient dans l'ombre du paravent, ils

ne se voyaient point la face. Et lui, au milieu de cette chambre dont l'air renfermé le suffoquait un peu, retrouvait l'odeur d'une rudesse presque sucrée qui l'avait déjà grisé. Mais, dès qu'il eût dépassé les coudes, ses mains devenant brutales, il sentit Clorinde lui échapper, et il l'entendit crier, par la porte restée ouverte derrière eux :

— Antonia ! de la lumière, et donnez-moi ma robe grise !

Quand Rougon se trouva sur l'avenue des Champs-Élysées, il demeura un moment étourdi, à respirer l'air frais qui soufflait des hauteurs de l'Arc-de-Triomphe. L'avenue, vide de voitures, allumait un à un ses becs de gaz, dont les clartés brusques piquaient l'ombre d'une traînée d'étincelles vives. Il venait d'avoir comme un coup de sang, il se passait les mains sur la face.

— Ah ! non, dit-il tout haut, ce serait trop bête !

IV

Le cortége du baptême devait partir du pavillon de
l'Horloge, à cinq heures. L'itinéraire était la grande allée
du jardin des Tuileries, la place de la Concorde, la rue
de Rivoli, la place de l'Hôtel-de-Ville, le pont d'Arcole,
la rue d'Arcole et la place du Parvis.

Dès quatre heures, la foule fut immense au pont d'Arcole. Là, dans la trouée que la rivière faisait au milieu
de la ville, un peuple pouvait tenir. C'était un élargissement brusque de l'horizon, avec la pointe de l'île Saint-
Louis au loin, barrée par la ligne noire du pont Louis-
Philippe ; à gauche, le petit bras se perdait au fond
d'un étranglement de constructions basses ; à droite, le
grand bras ouvrait un lointain noyé dans une fumée
violâtre, où l'on distinguait la tache verte des arbres du
Port-aux-Vins. Puis, des deux côtés, du quai Saint-Paul au
quai de la Mégisserie, du quai Napoléon au quai de l'Horloge, les trottoirs allongeaient des grandes routes ; tandis
que la place de l'Hôtel-de-Ville, en face du pont, étendait
une plaine. Et sur ces vastes espaces, le ciel, un ciel
de juin d'une pureté chaude, mettait un pan énorme de
son infini bleu.

Quand la demie sonna, il y avait du monde partout.
Le long des trottoirs, des files interminables de curieux,
écrasés contre les parapets, stationnaient. Une mer de

têtes humaines, aux flots toujours montants, emplissait la place de l'Hôtel-de-Ville. En face, les vieilles maisons du quai Napoléon, dans les vides noirs de leurs fenêtres grandes ouvertes, entassaient des visages; et même, du fond des ruelles sombres bâillant sur la rivière, la rue Colombe, la rue Saint-Landry, la rue Glatigny, des bonnets de femme se penchaient, avec leurs brides envolées par le vent. Le pont Notre-Dame envahi montrait une rangée de spectateurs, les coudes appuyés sur la pierre, comme sur le velours d'une tribune colossale. A l'autre bout, tout là-bas, le pont Louis-Philippe s'animait d'un grouillement de points noirs; pendant que les croisées les plus lointaines, les petites raies qui trouaient régulièrement les façades jaunes et grises du cap de maisons, à la pointe de l'île, s'éclairaient par instants de la tache claire d'une robe. Il y avait des hommes debout sur les toits, parmi les cheminées. Des gens qu'on ne voyait pas, regardaient dans des lunettes, du haut de leurs terrasses, quai de la Tournelle. Et le soleil oblique, largement épandu, semblait le frisson même de cette foule; il roulait le rire ému de la houle des têtes; des ombrelles voyantes, tendues comme des miroirs, mettaient des rondeurs d'astre, au milieu du bariolage des jupes et des paletots.

Mais ce qu'on apercevait de toute part, des quais, des ponts, des fenêtres, c'était, à l'horizon, sur la muraille nue d'une maison à six étages, dans l'île Saint-Louis, une redingote grise géante, peinte à fresque, de profil, avec sa manche gauche pliée au coude, comme si le vêtement eût gardé l'attitude et le gonflement d'un corps, à cette heure disparu. Cette réclame monumentale prenait, dans le soleil, au-dessus de la fourmilière des promeneurs, une extraordinaire importance.

Cependant, une double haie ménageait le passage du

9

cortége, au milieu de la foule. A droite, s'alignaient des gardes nationaux; à gauche, des soldats de la ligne. Un bout de cette double haie se perdait dans la rue d'Arcole, pavoisée de drapeaux, tendue aux fenêtres d'étoffes riches, qui battaient mollement, le long des maisons noires. Le pont, laissé vide, était la seule bande de terre nue, au milieu de l'envahissement des moindres coins; et il faisait un étrange effet, désert, léger, avec son unique arche de fer, d'une courbe si molle. Mais, en bas, sur les berges de la rivière, l'écrasement recommençait; des bourgeois endimanchés avaient étalé leurs mouchoirs, s'étaient assis là, à côté de leurs femmes, attendant, se reposant de toute une après-midi de flânerie. Au delà du pont, au milieu de la nappe élargie de le rivière, très-bleue, moirée de vert à la rencontre des deux bras, une équipe de canotiers en vareuses rouges ramaient, pour maintenir leur canot à la hauteur du Port-aux-Fruits. Il y avait encore, contre le quai de Gèvres, un grand lavoir, avec ses charpentes verdies par l'eau, dans lequel on entendait les rires et les coups de battoir des blanchisseuses. Et ce peuple entassé, ces trois à quatre cent mille têtes, par moments, se levaient, regardaient les tours de Notre-Dame, qui dressaient de biais leur masse carrée, au-dessus des maisons du quai Napoléon. Les tours, dorées par le soleil couchant, couleur de rouille sur le ciel clair, vibraient dans l'air, toutes sonores d'un carillon formidable.

Deux ou trois fausses alertes avaient déjà causé de profondes bousculades dans la foule.

— Je vous assure qu'ils ne passeront pas avant cinq heures et demie, disait un grand diable assis devant un café du quai de Gèvres, en compagnie de M. et de madame Charbonnel.

C'était Gilquin, Théodore Gilquin, l'ancien locataire

de madame Mélanie Correur, le terrible ami de Rougon.
Ce jour-là, il était tout habillé de coutil jaune, un vêtement complet à vingt-neuf francs, fripé, taché, éclaté
aux coutures ; et il avait des bottes crevées, des gants
havane clair, un large chapeau de paille sans ruban.
Quand il mettait des gants, Gilquin était habillé. Depuis
midi, il pilotait les Charbonnel, dont il avait fait connaissance, un soir, chez Rougon, dans la cuisine.

— Vous verrez tout, mes enfants, répétait-il en essuyant de la main les longues moustaches qui balafraient
de noir sa face d'ivrogne. Vous vous êtes remis entre mes
mains, n'est-ce pas ? eh bien, laissez-moi régler l'ordre
et la marche de la petite fête.

Gilquin avait déjà bu trois verres de cognac et cinq chopes
Depuis deux grandes heures, il tenait là les Charbonnel,
sous prétexte qu'il fallait arriver des premiers. C'était
un petit café qu'il connaissait, où l'on était parfaitement
bien, disait-il ; et il tutoyait le garçon. Les Charbonnel,
résignés, l'écoutaient, très-surpris de l'abondance et de
la variété de sa conversation ; madame Charbonnel n'a-
vait voulu qu'un verre d'eau sucrée ; M. Charbonnel prenait un verre d'anisette, ainsi que cela lui arrivait parfois, au cercle du Commerce, à Plassans. Cependant,
Gilquin leur parlait du baptême, comme s'il avait passé le
matin aux Tuileries, pour avoir des renseignements.

— L'impératrice est bien contente, disait-il. Elle a
eu des couches superbes. Oh ! c'est une gaillarde ! Vous
allez voir quelle prestance elle a... L'empereur, lui, est
revenu avant-hier de Nantes, où il était allé, à cause des
inondations... Hein ! quel malheur que ces inondations !

Madame Charbonnel recula sa chaise. Elle avait une
légère peur de la foule, qui coulait devant elle, de plus
en plus compacte.

— Que de monde ! murmura-t-elle.

— Pardi! cria Gilquin, il y a plus de trois cent mille étrangers dans Paris. Depuis huit jours, les trains de plaisir amènent ici toute la province... Tenez, voilà des Normands là-bas, et voilà des Gascons, et voilà des Francs-Comtois. Oh! je les flaire tout de suite, moi! J'ai joliment roulé ma bosse.

Puis, il dit que les tribunaux chômaient, que la Bourse était fermée, que toutes les administrations avaient donné congé à leurs employés. La capitale entière fêtait le baptême. Et il en vint à citer des chiffres, à calculer ce que coûteraient la cérémonie et les fêtes. Le Corps législatif avait voté quatre cent mille francs; mais c'était une misère, car un palefrenier des Tuileries lui avait affirmé, la veille, que le cortége seul coûterait près de deux cent mille francs. Si l'empereur n'ajoutait qu'un million pris sur la liste civile, il devrait s'estimer heureux. La layette à elle seule était de cent mille francs.

— Cent mille francs! répéta madame Charbonnel abasourdie. Mais en quoi donc est-elle? qu'est-ce qu'on a donc mis après?

Gilquin eut un rire complaisant. Il y avait des dentelles si chères! Lui, autrefois, avait voyagé pour les dentelles. Et il continua ses calculs: cinquante mille francs étaient alloués en secours aux parents des enfants légitimes, nés le même jour que le petit prince, et dont l'empereur et l'impératrice avaient voulu être parrain et marraine; quatre-vingt-cinq mille francs devaient être dépensés en achat de médailles pour les auteurs des cantates chantées dans les théâtres. Enfin, il donna des détails sur les cent vingt mille médailles commémoratives distribuées aux collégiens, aux enfants des écoles primaires et des salles d'asile, aux sous-officiers et aux soldats de l'armée de Paris. Il en avait une, il la montra. C'était une médaille de la grandeur d'une pièce de dix sous, portant d'un côté les profils de l'empereur et de l'impératrice, de l'autre celui du prince impérial, avec la date du baptême : 14 juin 1856.

— Voulez-vous me la céder? demanda M. Charbonnel.

Gilquin consentit. Mais, comme le bonhomme, embarrassé pour le prix, lui donnait une pièce de vingt sous, il refusa grandement, il dit que cela ne devait valoir que dix sous. Cependant, madame Charbonnel regardait les profils du couple impérial. Elle s'attendrissait.

— Ils ont l'air bien bon, disait-elle. Ils sont là-dessus, l'un contre l'autre, comme de braves gens... Voyez donc, monsieur Charbonnel, on dirait deux têtes sur le même traversin, quand on regarde la pièce de cette façon.

Alors, Gilquin revint à l'impératrice, dont il exalta la charité. Au neuvième mois de sa grossesse, elle avait donné des après-midi entières à la création d'une maison d'éducation pour les jeunes filles pauvres, tout en haut du faubourg Saint-Antoine. Elle venait de refuser quatre-vingt mille francs, recueillis cinq sous par cinq sous dans le peuple, pour offrir un cadeau au petit prince, et cette somme allait, d'après son désir, servir à l'apprentissage d'une centaine d'orphelins. Gilquin, légèrement gris déjà, ouvrait des yeux terribles en cherchant des inflexions tendres, des expressions alliant le respect du sujet à l'admiration passionnée de l'homme. Il déclarait qu'il ferait volontiers le sacrifice de sa vie, aux pieds de cette noble femme. Mais, autour de lui, personne ne protestait. Le brouhaha de la foule était au loin comme l'écho de ses éloges, s'élargissant en une clameur continue. Et les cloches de Notre-Dame, à toute volée, roulaient par-dessus les maisons l'écroulement de leur joie énorme.

9.

— Il serait peut-être temps d'aller nous placer, dit timidement M. Charbonnel, qui s'ennuyait d'être assis.

Madame Charbonnel s'était levée, ramenant son châle jaune sur son cou.

— Sans doute, murmura-t-elle. Vous vouliez arriver des premiers, et nous restons là, à laisser passer tout le monde devant nous.

Mais Gilquin se fâcha. Il jura, en tapant de son poing la petite table de zinc. Est-ce qu'il ne connaissait pas son Paris? Et, pendant que madame Charbonnel, intimidée, retombait sur sa chaise, il cria au garçon de café:

— Jules, une absinthe et des cigares!

Puis, quand il eut trempé ses grosses moustaches dans son absinthe, il le rappela, furieusement.

— Est-ce que tu te fiches de moi? Veux-tu bien m'emporter cette drogue et me servir l'autre bouteille, celle de vendredi!... J'ai voyagé pour les liqueurs, mon vieux. On ne met pas dedans Théodore.

Il se calma, lorsque le garçon, qui semblait avoir peur de lui, lui eût apporté la bouteille. Alors, il donna des tapes amicales sur les épaules des Charbonnel, il les appela papa et maman.

— Quoi donc! maman, les petons nous démangent? Allez, vous avez le temps de les user, d'ici à ce soir!... Voyons, que diable! mon gros père, est-ce que nous ne sommes pas bien, devant ce café? Nous sommes assis, nous regardons passer le monde... Je vous dis que nous avons le temps. Faites-vous servir quelque chose.

— Merci, nous avons notre suffisance, déclara M. Charbonnel.

Gilquin venait d'allumer un cigare. Il se renversait, les pouces aux entournures de son gilet, bombant sa poitrine, se dandinant sur sa chaise. Une béatitude noyait ses yeux. Tout d'un coup, il eut une idée.

— Vous ne savez pas? cria-t-il, eh bien! demain matin, à sept heures, je suis chez vous et je vous emmène, je vous fais voir toute la fête. Hein! voilà qui est gentil.

Les Charbonnel se regardaient, très-inquiets. Mais, lui, expliquait le programme tout au long. Il avait une voix de montreur d'ours faisant un boniment. Le matin, déjeuner au Palais-Royal et promenade dans la ville. L'après-midi, à l'esplanade des Invalides, représentations militaires, mâts de cocagne, trois cents ballons perdus emportant des cornets de bonbons, grand ballon avec pluie de dragées. Le soir, dîner chez un marchand de vin du quai de Billy qu'il connaissait, feu d'artifice dont la pièce principale devait représenter un baptistère, flânerie au milieu des illuminations. Et il leur parla de la croix de feu qu'on hissait sur l'hôtel de la Légion d'honneur, du palais féérique de la place de la Concorde qui nécessitait l'emploi de neuf cent cinquante mille verres de couleur, de la tour Saint-Jacques dont la statue, en l'air, semblait une torche allumée. Comme les Charbonnel hésitaient toujours, il se pencha, il baissa la voix.

— Puis, en rentrant, nous nous arrêterons dans une crèmerie de la rue de Seine, où l'on mange de la soupe au fromage épatante.

Alors, les Charbonnel n'osèrent plus refuser. Leurs yeux arrondis exprimaient à la fois une curiosité et une épouvante d'enfant. Ils se sentaient devenir la chose de ce terrible homme. Madame Charbonnel se contenta de murmurer :

— Ah! ce Paris, ce Paris!... Enfin, puisque nous y sommes, il faut bien tout voir. Mais si vous saviez, monsieur Gilquin, comme nous étions tranquilles à Plassans! J'ai là-bas des conserves qui se perdent, des confitures, des cerises à l'eau-de-vie, des cornichons...

— N'aie donc pas peur, maman! dit Gilquin qui s'é-
gayait jusqu'à la tutoyer. Tu gagnes ton procès et tu
m'invites, hein! Nous allons tous là-bas râfler les conserves.

Il se versa un nouveau verre d'absinthe. Il était complétement gris. Pendant un moment, il couva les Charbonnel d'un regard attendri. Lui, voulait qu'on eût le cœur
sur la main. Brusquement, il se mit debout, il agita
ses longs bras, poussant des psit! des hé! là-bas! C'é-
tait madame Mélanie Correur, en robe de soie gorge de
pigeon, qui passait sur le trottoir, en face. Elle tourna la
tête, elle parut très-ennuyée d'apercevoir Gilquin. Cependant, elle traversa la chaussée, en balançant ses hanches d'un air de princesse. Et quand elle fut debout
devant la table, elle se fit longtemps prier pour accepter
quelque chose.

— Voyons, un petit verre de cassis, dit Gilquin. Vous
l'aimez... Vous vous souvenez, rue Vanneau? Était-ce
assez farce, dans ce temps-là! Ah! cette grosse bête de
Correur!

Elle finissait par s'asseoir, lorsqu'une immense acclamation courut dans la foule. Les promeneurs, comme
soulevés par un coup de vent, s'emportaient, avec un
piétinement de troupeau débandé. Les Charbonnel, in-
stinctivement, s'étaient levés pour prendre leur course.
Mais la lourde main de Gilquin les recolla sur leur chaise.
Il était pourpre.

— Ne bougez donc pas, sacrebleu! Attendez le com-
mandement... Vous voyez bien que tous ces imbéciles
ont le nez cassé. Il n'est que cinq heures, n'est-ce pas?
C'est le cardinal-légat qui arrive. Nous nous en mo-
quons, hein! du cardinal-légat. Moi, je trouve blessant
que le pape ne soit pas venu en personne. On est parrain ou on ne l'est pas, il me semble!... Je vous jure

que le mioche ne passera pas avant une demi-heure.

Peu à peu, l'ivresse lui ôtait de son respect. Il avait retourné sa chaise, il fumait dans le nez du monde, envoyant des clignements d'yeux aux femmes, regardant les hommes d'un air provoquant. Au pont Notre-Dame, à quelques pas, il se produisait des embarras de voiture; les chevaux piaffaient d'impatience, des uniformes de hauts fonctionnaires et d'officiers supérieurs, brodés d'or, constellés de décorations, se montraient aux portières.

— En voilà de la quincaillerie! murmura Gilquin, avec un sourire d'homme supérieur.

Mais, comme un coupé arrivait par le quai de la Mégisserie, il faillit d'un saut renverser la table, il s'écria :

— Tiens! Rougon!

Et, debout, de sa main gantée, il saluait. Puis, craignant de ne pas être vu, il prit son chapeau de paille, il l'agita. Rougon, dont le costume de sénateur était très-regardé, se renfonça vite dans un coin du coupé. Alors, Gilquin l'appela, en se faisant un porte-voix de son poing à demi-fermé. En face, sur le trottoir, la foule s'attroupait, se retournait, pour voir à qui en avait ce grand diable, habillé de coutil jaune. Enfin, le cocher put fouetter son cheval, le coupé s'engagea sur le pont Notre-Dame.

— Taisez-vous donc! dit à voix étouffée madame Correur, en saisissant l'un des bras de Gilquin.

Il ne voulut pas s'asseoir tout de suite. Il se haussait, pour suivre le coupé, au milieu des autres voitures. Et il lança une dernière phrase, derrière les roues qui fuyaient.

— Ah! le lâcheur, c'est parce qu'il a de l'or sur son paletot, maintenant! Ça n'empêche pas, mon gros, que tu aies emprunté plus d'une fois les bottes de Théodore!

Autour de lui, aux sept ou huit tables du petit café, des bourgeois avec leurs dames ouvraient des yeux énormes; il y avait surtout, à la table voisine, une famille, le père, la mère et trois enfants, qui l'écoutaient, d'un air profondément intéressé. Lui, se gonflait, ravi d'avoir un public. Il promena lentement un regard sur les consommateurs, et dit très-haut, en se rasseyant :

— Rougon! c'est moi qui l'ai fait!

Madame Correur ayant tenté de l'interrompre, il la prit à témoin. Elle savait bien tout, elle! Ça s'était passé chez elle, rue Vanneau, hôtel Vanneau. Elle ne démentirait peut-être pas qu'il lui avait prêté ses bottes vingt fois, pour aller chez des gens comme il faut se mêler à un tas de trafics, auxquels personne ne comprenait rien. Rougon, dans ce temps-là, n'avait qu'une paire de vieilles savates éculées, dont un chiffonnier n'aurait pas voulu. Et, se penchant, d'un air victorieux vers la table voisine, mêlant la famille à la conversation, il s'écria :

— Parbleu! elle ne dira pas non. C'est elle, à Paris, qui lui a payé sa première paire de bottes neuves.

Madame Correur tourna sa chaise, pour ne plus paraître faire partie de la société de Gilquin. Les Charbonnel restaient tout pâles de la façon dont ils entendaient traiter un homme qui devait leur mettre en poche cinq cent mille francs. Mais Gilquin était lancé, il raconta, avec des détails interminables, les commencements de Rougon. Lui, se disait philosophe; il riait maintenant, il prenait à partie les consommateurs les uns après les autres, fumant, crachant, buvant, leur expliquant qu'il était accoutumé à l'ingratitude des hommes; il lui suffisait d'avoir sa propre estime. Et il répétait qu'il avait fait Rougon. A cette époque, il voyageait pour la par-

fumerie; mais le commerce n'allait pas, à cause de la
république. Tous les deux, ils crevaient de faim sur le
même palier. Alors, lui, avait eu l'idée de pousser
Rougon à se faire envoyer de l'huile d'olive par un propriétaire de Plassans; et ils s'étaient mis en campagne,
chacun de son côté, battant le pavé de Paris jusqu'à des
dix heures du soir, avec des échantillons d'huile dans
leurs poches. Rougon n'était pas fort; pourtant il rapportait parfois de belles commandes, prises chez les
grands personnages où il allait en soirée. Ah! ce gredin
de Rougon! plus bête qu'une oie sur toutes sortes de
choses, et malin avec cela! Comme il avait fait trimer
Théodore, plus tard, pour sa politique! Ici, Gilquin
baissa un peu la voix, cligna les yeux; car, enfin, lui
aussi avait fait partie de la bande. Il courait les bastrin-
gues de barrière, où il criait : Vive la république! Dame,
il fallait bien être républicain, pour racoler du monde.
L'empire lui devait un beau cierge. Eh bien! l'empire
ne lui disait pas même merci. Tandis que Rougon et sa
clique se partageaient le gâteau, on le flanquait à la porte,
comme un chien galeux. Il préférait ça, il aimait mieux
rester indépendant. Seulement, il éprouvait un regret,
celui de n'être pas allé jusqu'au bout avec les républicains, pour balayer à coups de fusil toute cette crapule-là.

— C'est comme le petit Du Poizat, qui a l'air de ne
plus me reconnaître! dit-il en terminant. Un gringalet
dont j'ai bourré plus d'une fois la pipe!... Du Poizat!
sous-préfet! Je l'ai vu en chemise avec la grande Amélie,
qui le jetait d'une claque à la porte, quand il n'était pas
sage.

Il se tut un instant, subitement attendri, les yeux
noyés d'ivresse. Puis, il reprit, en interrogeant les consommateurs à la ronde :

— Enfin, vous venez de voir Rougon... Je suis aussi

grand que lui. J'ai son âge. Je me flatte d'avoir une tête
un peu moins canaille que la sienne. Eh bien, est-ce
que je ne ferais pas mieux que ce gros cochon dans une
voiture, avec des machines dorées plein le corps?

Mais, à ce moment, une telle clameur s'éleva de la
place de l'Hôtel-de-Ville, que les consommateurs ne
songèrent guère à répondre. La foule s'emporta de nouveau; on ne voyait que des jambes d'homme en l'air,
tandis que les femmes se retroussaient jusqu'aux genoux,
montrant leurs bas blancs, pour mieux courir. Et,
comme la clameur approchait, s'élargissait en un glapis-
sement de plus en plus distinct, Gilquin cria :

— Houp! c'est le mioche!... Payez vite, papa Charbonnel, et suivez-moi tous.

Madame Correur avait saisi un pan de son paletot de
coutil jaune, afin de ne pas le perdre. Madame Charbonnel venait ensuite, essoufflée. On faillit laisser en
chemin M. Charbonnel. Gilquin s'était jeté en plein tas,
résolûment, jouant des coudes, ouvrant un sillon; et il
manœuvrait avec une telle autorité, que les rangs les
plus serrés s'écartaient devant lui. Quand il fut parvenu
au parapet du quai, il plaça son monde. D'un effort, il
souleva ces dames, les assit sur le parapet, les jambes
du côté de la rivière, malgré les petits cris d'effroi
qu'elles poussaient. Lui et M. Charbonnel restèrent debout derrière elles.

— Hein! mes petites chattes, vous êtes aux premières
loges, leur dit-il pour les calmer. N'ayez pas peur! Nous
allons vous prendre par la taille.

Il glissa ses deux bras autour du bel embonpoint de
madame Correur, qui lui sourit. On ne pouvait se fâcher
avec ce gaillard-là. Cependant, on ne voyait rien. Du
côté de la place de l'Hôtel-de-Ville, il y avait comme
un clapotement de têtes, une marée de vivats qui mon-

taient; des chapeaux, au loin, agités par des mains qu'on
ne distinguait pas, mettaient au-dessus de la foule une
large vague noire, dont le flot gagnait lentement de proche
en proche. Puis, ce furent les maisons du quai Napoléon, situées en face de la place, qui s'émurent les premières; aux fenêtres, les gens se haussèrent, se bous-
culèrent, avec des visages ravis, des bras tendus montrant quelque chose, à gauche, du côté de la rue de
Rivoli. Et, pendant trois éternelles minutes, le pont
resta encore vide. Les cloches de Notre-Dame, comme
prises d'une fureur d'allégresse, sonnaient plus fort.

Tout d'un coup, au milieu de la multitude anxieuse,
des trompettes parurent, sur le pont désert. Un immense
soupir roula et se perdit. Derrière les trompettes et
le corps de musique qui les suivait, venait un général
accompagné de son état-major, à cheval. Ensuite, après
des escadrons de carabiniers, de dragons et de guides,
commençaient les voitures de gala. Il y en avait d'abord
huit, attelées de six chevaux. Les premières contenaient
des dames du palais, des chambellans, des officiers de
la maison de l'empereur et de l'impératrice, des dames
d'honneur de la grande-duchesse de Bade, chargée de
représenter la marraine. Et Gilquin, sans lâcher madame Correur, lui expliquait dans le dos que la marraine, la reine de Suède, n'avait, pas plus que le parrain,
pris la peine de se déranger. Puis, lorsque passèrent
la septième voiture et la huitième, il nomma les personnages, avec une familiarité qui le montrait très au
courant des choses de la cour. Ces deux dames, c'é-
taient la princesse Mathilde et la princesse Marie. Ces
trois messieurs, c'étaient le roi Jérôme, le prince Napoléon et le prince de Suède; ils avaient avec eux la
grande-duchesse de Bade. Le cortége avançait lentement. Aux portières, des écuyers, des aides de camp,

des chevaliers d'honneur, tenaient les brides très-courtes, pour maintenir leurs chevaux au pas.

— Où donc est le petit? demanda madame Charbonnel impatiente.

— Pardi! on ne l'a pas mis sous une banquette, dit Gilquin en riant. Attendez, il va venir.

Il serra plus amoureusement madame Correur, qui s'abandonnait, parce qu'elle avait peur de tomber, disait-elle. Et, gagné par l'admiration, les yeux luisants, il murmura encore :

— N'importe, c'est vraiment beau! Se gobergent-ils, ces mâtins-là, dans leurs boîtes de satin!... Quand on pense que j'ai travaillé à tout ça!

Il se gonflait; le cortége, la foule, l'horizon entier était à lui. Mais, dans le court recueillement causé par l'apparition des premières voitures, un brouhaha formidable arrivait; maintenant, c'était sur le quai même que les chapeaux volaient au-dessus des têtes moutonnantes. Au milieu du pont, six piqueurs de l'empereur passaient, avec leur livrée verte, leurs calottes rondes autour desquelles retombaient les brins dorés d'un large gland. Et la voiture de l'impératrice se montra enfin; elle était traînée par huit chevaux; elle avait quatre lanternes, très-riches, plantées aux quatre coins de la caisse; et, toute en glaces, vaste, arrondie, elle ressemblait à un grand coffret de cristal, enrichi de galeries d'or, monté sur des roues d'or. A l'intérieur, on distinguait nettement, dans un nuage de dentelles blanches, la tache rose du prince impérial, tenu sur les genoux de la gouvernante des Enfants de France; auprès d'elle, était la nourrice, une bourguignonne belle femme à forte poitrine. Puis, à quelque distance, après un groupe de garçons d'attelage à pied et d'écuyers à cheval, venait la voiture de l'empereur, attelée également de huit che-

vaux, d'une richesse aussi grande, dans laquelle l'empereur et l'impératrice saluaient. Aux portières des deux
voitures, des maréchaux recevaient sans un geste, sur les
broderies de leurs uniformes, la poussière des roues.

— Si le pont venait à casser ! dit en ricanant Gilquin,
qui avait le goût des imaginations atroces.

Madame Correur, effrayée, le fit taire. Mais lui, insistait, disait que ces ponts de fer n'étaient jamais bien solides ; et, quand les deux voitures furent au milieu du
pont, il affirma qu'il voyait le tablier danser. Quel plon-
geon, tonnerre ! le papa, la maman, l'enfant, ils auraient
tous bu un fameux coup ! Les voitures roulaient doucement, sans bruit ; le tablier était si léger, avec sa longue
courbe molle, qu'elles étaient comme suspendues, au-
dessus du grand vide de la rivière ; en bas, dans la nappe
bleue, elles se reflétaient, pareilles à d'étranges poissons
d'or, qui auraient nagé entre deux eaux. L'empereur
et l'impératrice, un peu las, avaient posé la tête sur le satin capitonné, heureux d'échapper un instant à la foule
et de n'avoir plus à saluer. La gouvernante des Enfants
de France, elle aussi, profitait des trottoirs déserts, pour
relever le petit prince glissé de ses genoux ; tandis que
la nourrice, penchée, l'amusait d'un sourire. Et le cortége entier baignait dans le soleil ; les uniformes, les
toilettes, les harnais flambaient ; les voitures, toutes
braisillantes, emplies d'une lueur d'astre, envoyaient des
reflets de glace qui dansaient sur les maisons noires
du quai Napoléon. Au loin, au-dessus du pont, se dres-
sait, comme fond à ce tableau, la réclame monumentale
peinte sur le mur d'une maison à six étages de l'île
Saint-Louis, la redingote grise géante, vide de corps,
que le soleil battait d'un rayonnement d'apothéose.

Gilquin remarqua la redingote, au moment où elle
dominait les deux voitures. Il cria :

— Tiens ! l'oncle, là-bas!

Un rire courut dans la foule, autour de lui. M. Charbonnel, qui n'avait pas compris, voulut se faire donner
des explications. Mais on ne s'entendait plus, un vivat
assourdissant montait, les trois cent mille personnes qui
s'écrasaient là, battaient des mains. Quand le petit prince
était arrivé au milieu du pont, et qu'on avait vu paraître
derrière lui l'empereur et l'impératrice, dans ce large
espace découvert où rien ne gênait la vue, une émotion
extraordinaire s'était emparée des curieux. Il y avait eu un
de ces enthousiasmes populaires, tout nerveux, roulant
les têtes comme sous un coup de vent, d'un bout d'une
ville à l'autre. Les hommes se haussaient, mettaient des
bambins ébahis à califourchon sur leur cou; les femmes
pleuraient, balbutiant des paroles de tendresse pour « le
cher petit », partageant avec des mots du cœur la joie
bourgeoise du couple impérial. Une tempête de cris
continuait à sortir de la place de l'Hôtel-de-Ville; sur les
quais, des deux côtés, en amont, en aval, aussi loin que
le regard pouvait aller, on apercevait une forêt de bras
tendus, s'agitant, saluant. Aux fenêtres, des mouchoirs
volaient, des corps se penchaient, le visage allumé, avec
le trou noir de la bouche grande ouverte. Et, tout là-
bas, les fenêtres de l'île Saint-Louis, étroites comme de
minces traits de fusain, s'animaient d'un pétillement de
lueurs blanches, d'une vie qu'on ne distinguait pas nettement. Cependant, l'équipe des canotiers en vareuses
rouges, debout au milieu de la Seine qui les emportait,
vociféraient à pleine gorge; pendant que les blanchisseuses, à demi sorties des vitrages du bateau, les bras
nus, débraillées, affolées, voulant se faire entendre, tapaient furieusement leurs battoirs, à les casser.

— C'est fini, allons-nous en, dit Gilquin.

Mais les Charbonnel voulurent voir jusqu'au bout. La

queue du cortége, des escadrons de cent-gardes, de
cuirassiers et de carabiniers, s'enfonçaient dans la rue
d'Arcole. Puis, il se produisit un tumulte épouvantable; la
double haie des gardes nationaux et des soldats de la
ligne fut rompue en plusieurs endroits; des femmes
criaient.

— Allons-nous en, répéta Gilquin. On va s'écraser.

Et, quand il eut posé ces dames sur le trottoir, il leur
fit traverser la chaussée, malgré la foule. Madame Correur et les Charbonnel étaient d'avis de suivre le parapet,
pour prendre le pont Notre-Dame et aller voir ce qui se
passait sur la place du Parvis. Mais il ne les écoutait pas,
il les entraînait. Lorsqu'ils furent de nouveau devant le
petit café, il les poussa brusquement, les assit à la table
qu'ils venaient de quitter.

— Vous êtes encore de jolis cocos! leur criait-il.
Est-ce que vous croyez que j'ai envie de me faire casser les pattes par ce tas de badauds?... Nous allons
boire quelque chose, parbleu! Nous sommes mieux-là
qu'au milieu de la foule. Hein! nous en avons assez, de
la fête! Ça finit par être bête... Voyons, qu'est-ce que
vous prenez, maman?

Les Charbonnel, qu'il couvait de ses yeux inquiétants,
élevèrent de timides objections. Ils auraient bien voulu
voir la sortie de l'église. Alors, il leur expliqua qu'il fallait laisser les curieux s'écouler; dans un quart d'heure,
il les conduirait, s'il n'y avait pas trop de monde pourtant. Madame Correur, pendant qu'il redemandait à Jules
des cigares et de la bière, s'échappa prudemment.

— Eh bien! c'est ça, reposez-vous, dit-elle aux Charbonnel. Vous me trouverez là-bas.

Elle prit le pont Notre-Dame et s'engagea dans la
rue de la Cité. Mais l'écrasement y était tel, qu'elle mit
un grand quart d'heure pour atteindre la rue de Cons-

10.

tantine. Elle dut se décider à couper par la rue de la Licorne et la rue des Trois-Canettes. Enfin, elle déboucha sur la place du Parvis, après avoir laissé à un soupirail de maison suspecte tout un volant de sa robe gorge de pigeon. La place, sablée, jonchée de fleurs, était plantée de mâts portant des bannières aux armes impériales. Devant l'église, un porche colossal, en forme de tente, drapait sur la nudité de la pierre des rideaux de velours rouge, à franges et à glands d'or.

Là, madame Correur fut arrêtée par une haie de soldats qui maintenait la foule. Au milieu du vaste carré laissé libre, des valets de pied se promenaient à petits pas, le long des voitures rangées sur cinq files; tandis que les cochers, solennels, restaient sur leurs sièges, les guides aux mains. Et comme elle allongeait le cou, cherchant quelque fente pour pénétrer, elle aperçut Du Poizat qui fumait tranquillement un cigare, dans un angle de la place, au milieu des valets de pied.

— Est-ce que vous ne pouvez pas me faire entrer? lui demanda-t-elle, quand elle eut réussi à l'appeler, en agitant son mouchoir.

Il parla à un officier, il l'emmena devant l'église.

— Si vous m'en croyez, vous resterez ici avec moi, dit-il. C'est plein à crever, là-dedans. J'étouffais, je suis sorti... Tenez, voici le colonel et monsieur Bouchard qui ont renoncé à trouver des places.

Ces messieurs, en effet, étaient là, à gauche, du côté de la rue du Cloître Notre-Dame. M. Bouchard racontait qu'il venait de confier sa femme à M. d'Escorailles, qui avait un fauteuil excellent pour une dame. Quant au colonel, il regrettait de ne pouvoir expliquer la cérémonie à son fils Auguste.

— J'aurais voulu lui montrer le fameux vase, dit-il. C'est, comme vous le savez, le propre vase de saint Louis,

un vase de cuivre damasquiné et niellé, du plus beau
style persan, une antiquité du temps des croisades, qui
a servi au baptême de tous nos rois.

— Vous avez vu les honneurs? demanda M. Bouchard
à Du Poizat.

— Oui, répondit celui-ci. C'est madame de Llorentz
qui portait le chrémeau.

Il dut donner des détails. Le chrémeau était le bonnet
de baptême. Ni l'un ni l'autre de ces messieurs ne
savaient cela; ils se récrièrent. Du Poizat énuméra alors
les honneurs du prince impérial, le chrémeau, le cierge,
la salière, et les honneurs du parrain et de la marraine,
le bassin, l'aiguière, la serviette; tous ces objets étaient
portés par des dames du palais. Et il y avait encore le
manteau du petit prince, un manteau superbe, extraordinaire, étalé près des fonts, sur un fauteuil.

— Comment! il n'y a pas une toute petite place?
s'écria madame Correur, à laquelle ces détails donnaient
une fièvre de curiosité.

Alors, ils lui citèrent tous les grands corps, toutes les
autorités, toutes les délégations qu'ils avaient vus passer.
C'était un défilé interminable : le Corps diplomatique, le
Sénat, le Corps législatif, le Conseil d'État, la Cour de
cassation, la Cour des comptes, la Cour impériale, les
Tribunaux de commerce et de première instance, sans
compter les ministres, les préfets, les maires et leurs
adjoints, les académiciens, les officiers supérieurs, jusqu'à des délégués du consistoire israélite et du consistoire protestant. Et il y en avait encore, et il y en avait
toujours.

— Mon Dieu! que ça doit être beau! laissa échapper
madame Correur avec un soupir.

Du Poizat haussa les épaules. Il était d'une humeur
détestable. Tout ce monde « l'embêtait ». Et il semblait

agacé par la longueur de la cérémonie. Est-ce qu'ils
n'auraient pas bientôt fini? Ils avaient chanté le *Veni
Creator;* ils s'étaient encensés, promenés, salués. Le
petit devait être baptisé, maintenant. M. Bouchard et le
colonel, plus patients, regardaient les fenêtres pavoisées
de la place; puis, ils renversèrent la tête, à un brusque
carillon qui secoua les tours; et ils eurent un léger frisson, inquiets du voisinage énorme de l'église, dont ils
n'apercevaient pas le bout, dans le ciel. Cependant,
Auguste s'était glissé vers le porche. Madame Correur le
suivit. Mais comme elle arrivait en face de la grand'porte,
ouverte à deux battants, un spectacle extraordinaire la
planta net sur les pavés.

Entre les deux larges rideaux, l'église se creusait,
immense, dans une vision surhumaine de tabernacle.
Les voûtes, d'un bleu tendre, étaient semées d'étoiles.
Les verrières étalaient, autour de ce firmament, des
astres mystiques, attisant les petites flammes vives d'une
braise de pierreries. Partout, des hautes colonnes, tombait une draperie de velours rouge, qui mangeait le peu
de jour traînant sous la nef; et, dans cette nuit rouge,
brûlait seul, au milieu, un ardent foyer de cierges, des
milliers de cierges en tas, plantés si près les uns des
autres, qu'il y avait là comme un soleil unique, flambant dans une pluie d'étincelles. C'était, au centre de la
croisée, sur une estrade, l'autel qui s'embrasait. A
gauche, à droite, s'élevaient des trônes. Un large dais
de velours doublé d'hermine mettait, au-dessus du trône
le plus élevé, un oiseau géant, au ventre de neige, aux
ailes de pourpre. Et toute une foule riche, moirée d'or,
allumée d'un pétillement de bijoux, emplissait l'église :
près de l'autel, au fond, le clergé, les évêques crossés et
mitrés, faisaient une gloire, un de ces resplendissements
qui ouvrent une trouée sur le ciel; autour de l'estrade,

des princes, des princesses, de grands dignitaires,
étaient rangés avec une pompe souveraine; puis, des
deux côtés, dans les bras de la croisée, des gradins
montaient, le Corps diplomatique et le Sénat à droite,
le Corps législatif et le Conseil d'État à gauche; tandis
que les délégations de toutes sortes s'entassaient dans le
reste de la nef, et que les dames, en haut, au bord des
tribunes, étalaient les vives panachures de leurs étoffes
claires. Une grande buée saignante flottait. Les têtes éta-
gées au fond, à droite, à gauche, gardaient des tons
roses de porcelaine peinte. Les costumes, le satin, la
soie, le velours, avaient des reflets d'un éclat sombre,
comme près de s'enflammer. Des rangs entiers, tout d'un
coup, prenaient feu. L'église profonde se chauffait d'un
luxe inouï de fournaise.

Alors, madame Correur vit s'avancer, au milieu du
chœur, un aide des cérémonies, qui cria trois fois,
furieusement :

— Vive le prince impérial! vive le prince impérial!
vive le prince impérial!

Et, dans l'immense acclamation dont les voûtes tremblèrent, madame Correur aperçut, au bord de l'estrade,
l'empereur debout, dominant la foule. Il se détachait en
noir sur le flamboiement d'or, que les évêques allumaient
derrière lui. Il présentait au peuple le prince impérial,
un paquet de dentelles blanches, qu'il tenait très-haut,
de ses deux bras levés.

Mais, brusquement, un suisse écarta d'un geste madame Correur. Elle recula de deux pas, elle n'eut plus
devant elle, tout près, qu'un des rideaux du porche. La
vision avait disparu. Alors elle se retrouva dans le
plein jour, et elle resta ahurie, croyant avoir vu quelque vieux tableau, pareil à ceux du Louvre, cuit par
l'âge, empourpré et doré, avec des personnages an-

ciens comme on n'en rencontre pas sur les trottoirs

— Ne restez pas là, lui dit Du Poizat, en la ramenant près du colonel et de M. Bouchard.

Ces messieurs, maintenant, causaient des inondations. Les ravages étaient épouvantables, dans les vallées du Rhône et de la Loire. Des milliers de familles se trouvaient sans abri. Les souscriptions, ouvertes de tous les côtés, ne suffisaient pas au soulagement de tant de misères. Mais l'empereur se montrait d'un courage et d'une générosité admirables : à Lyon, on l'avait vu traverser à gué les quartiers bas de la ville, recouverts par les eaux; à Tours, il s'était promené en canot, pendant trois heures, au milieu des rues inondées. Et partout il semait les aumônes sans compter.

— Écoutez donc! interrompit le colonel.

Les orgues ronflaient dans l'église. Un chant large sortait par l'ouverture béante du porche, dont les draperies battaient, sous cette haleine énorme.

— C'est le *Te Deum*, dit M. Bouchard.

Du Poizat eut un soupir de soulagement. Ils allaient donc avoir fini! Mais M. Bouchard lui expliqua que les actes n'étaient pas encore signés. Ensuite, le cardinal-légat devait donner la bénédiction pontificale. Du monde, pourtant, commença bientôt à sortir. Rougon, un des premiers, parut, ayant au bras une femme maigre, à figure jaune, mise très-simplement. Un magistrat, en costume de président de la cour d'appel, les accompagnait.

— Qui est-ce? demanda madame Correur.

Du Poizat lui nomma les deux personnes. M. Beulin-d'Orchère avait connu Rougon un peu avant le coup d'État, et il lui témoignait depuis cette époque une estime particulière, sans chercher pourtant à établir entre eux des rapports suivis. Mademoiselle Véronique, sa sœur, habitait avec lui un hôtel de la rue Garancière, qu'elle ne quittait guère que pour assister aux messes basses de Saint-Sulpice.

— Tenez, dit le colonel en baissant la voix, voilà la femme qu'il faudrait à Rougon.

— Parfaitement, approuva M. Bouchard. Fortune convenable, bonne famille, femme d'ordre et d'expérience. Il ne trouvera pas mieux.

Mais Du Poizat se récria. La demoiselle était mûre comme une nèfle qu'on a oubliée sur de la paille. Elle avait au moins trente-six ans et elle en paraissait bien quarante. Un joli manche à balai à mettre dans un lit ! Une dévote qui portait des bandeaux plats ! une tête si usée, si fade, qu'elle semblait avoir trempé pendant six mois dans de l'eau bénite !

— Vous êtes jeune, déclara gravement le chef de bureau. Rougon doit faire un mariage de raison... Moi j'ai fait un mariage d'amour ; mais ça ne réussit pas à tout le monde.

— Eh ! je me moque de la fille, en somme, finit par avouer Du Poizat. C'est la mine du Beulin-d'Orchère qui me fait peur. Ce gaillard-là a une mâchoire de dogue... Regardez-le donc, avec son lourd museau et sa forêt de cheveux crépus, où pas un fil blanc ne se montre, malgré ses cinquante ans ! Est-ce qu'on sait ce qu'il pense ! Dites-moi un peu pourquoi il continue à pousser sa sœur dans les bras de Rougon, maintenant que Rougon est par terre ?

M. Bouchard et le colonel gardèrent le silence, en échangeant un regard inquiet. Le « dogue », comme l'appelait l'ancien sous-préfet, allait-il donc à lui tout seul dévorer Rougon ? Mais madame Correur dit lentement :

— C'est très-bon d'avoir la magistrature avec soi.

Cependant, Rougon avait conduit mademoiselle Véronique jusqu'à sa voiture; et là, avant qu'elle fût montée, il la saluait. Juste à ce moment, la belle Clorinde sortait de l'église, au bras de Delestang. Elle devint grave, elle enveloppa d'un regard de flamme cette grande fille jaune, sur laquelle Rougon avait la galanterie de refermer la portière, malgré son habit de sénateur. Alors, pendant que la voiture s'éloignait, elle marcha droit à lui, lâchant le bras de Delestang, retrouvant son rire de grande enfant. Toute la bande la suivit.

— J'ai perdu maman! lui cria-t-elle gaiement. On m'a enlevé maman, au milieu de la foule... Vous m'offrez un petit coin dans votre coupé, hein?

Delestang, qui allait lui proposer de la reconduire chez elle, parut très-contrarié. Elle portait une robe de soie orange, brochée de fleurs si voyantes, que les valets de pied la regardaient. Rougon s'était incliné, mais ils durent attendre le coupé, pendant près de dix minutes. Tous restèrent là, même Delestang, dont la voiture était sur le premier rang, à deux pas. L'église continuait à se vider lentement. M. Kahn et M. Béjuin, qui passaient, accoururent se joindre à la bande. Et, comme le grand homme avait de molles poignées de main, l'air maussade, M. Kahn lui demanda, avec une vivacité inquiète :

— Est-ce que vous êtes souffrant?

— Non, répondit-il. Ce sont toutes ces lumières, là-dedans, qui m'ont fatigué.

Il se tut, puis il reprit, à demi-voix :

— C'était très-grand... Je n'ai jamais vu une pareille joie sur la figure d'un homme.

Il parlait de l'empereur. Il avait ouvert les bras, dans un geste large, avec une lente majesté comme pour rappeler la scène de l'église; et il n'ajouta rien. Ses amis, autour de lui, se taisaient également. Ils faisaient, dans un coin de la place, un tout petit groupe. Devant eux, le défilé grossissait, les magistrats en robe, les officiers en grande tenue, les fonctionnaires en uniforme, une foule galonnée, chamarrée, décorée, qui piétinait les fleurs dont la place était couverte, au milieu des appels des valets de pied et des roulements brusques des équipages. La gloire de l'empire à son apogée flottait dans la pourpre du soleil couchant, tandis que les tours de Notre-Dame, toutes roses, toutes sonores, semblaient porter très-haut, à un sommet de paix et de grandeur, le règne futur de l'enfant baptisé sous leurs voûtes. Mais eux, mécontents, ne sentaient qu'une immense convoitise leur venir de la splendeur de la cérémonie, des cloches sonnantes, des bannières déployées, de la ville enthousiaste, de ce monde officiel épanoui. Rougon, qui pour la première fois, éprouvait le froid de sa disgrâce, avait la face très-pâle ; et, rêvant, il jalousait l'empereur.

— Bonsoir, je m'en vais, c'est assommant, dit Du Poizat, après avoir serré la main aux autres.

— Qu'avez-vous donc, aujourd'hui ? lui demanda le colonel. Vous êtes bien féroce.

Et le sous-préfet répondit tranquillement, en s'en allant :

— Tiens ! pourquoi voulez-vous que je sois gai ?... J'ai lu ce matin, au *Moniteur*, la nomination de cet imbécile de Campenon à la préfecture qu'on m'avait promise.

Les autres se regardèrent. Du Poizat avait raison, ils n'étaient pas de la fête. Rougon, dès la naissance du prince, leur avait promis toute une pluie de cadeaux pour le jour du baptême : M. Kahn devait avoir sa concession ; le colonel, la croix de commandeur ; madame Correur, les cinq ou six bureaux de tabac qu'elle sollicitait. Et ils téaient tous là, en un petit tas, dans un coin de la place, les mains vides. Ils levèrent alors sur Rougon un regard si désolé, si plein de reproches, que celui-ci eut un haussement d'épaules terrible. Comme son coupé arrivait enfin, il y poussa brusquement Clorinde, il s'y enferma sans dire un mot, en faisant claquer la portière avec violence.

— Voilà Marsy sous le porche, murmura M. Kahn qui entraînait M. Béjuin. A-t-il l'air superbe, cette canaille!... Tournez donc la tête. Il n'aurait qu'à ne pas nous rendre notre salut.

Delestang s'était hâté de monter dans sa voiture, pour suivre le coupé. M. Bouchard attendit sa femme ; puis, quand l'église fut vide, il demeura très-surpris, il s'en alla avec le colonel, las également de chercher son fils Auguste. Quant à madame Correur, elle venait d'accepter le bras d'un lieutenant de dragons, un pays à elle, qui lui devait un peu son épaulette.

Cependant, dans le coupé, Clorinde parlait avec ravissement de la cérémonie, tandis que Rougon, renversé, le visage ensommeillé, l'écoutait. Elle avait vu les fêtes de Pâques à Rome : ce n'était pas plus grandiose. Et elle expliquait que la religion, pour elle, était un coin du paradis entr'ouvert, avec Dieu le Père assis sur son trône ainsi qu'un soleil, au milieu de la pompe des anges rangés autour de lui, en un large cercle de beaux jeunes gens vêtus d'or. Puis, tout d'un coup, elle s'interrompit, elle demanda :

— Viendrez-vous ce soir au banquet que la Ville offre à Leurs Majestés ? Ce sera magnifique.

Elle était invitée. Elle aurait une toilette rose, toute semée de myosotis. C'était M. de Plouguern qui devait la conduire, parce que sa mère ne voulait plus sortir le soir, à cause de ses migraines. Elle s'interrompit encore, elle posa une nouvelle question, brusquement :

— Quel est donc le magistrat avec lequel vous étiez tout à l'heure ?

Rougon leva le menton, récita tout d'une haleine :

— Monsieur Beulin-d'Orchère, cinquante ans, d'une famille de robe, a été substitut à Montbrison, procureur du roi à Orléans, avocat général à Rouen, a fait partie d'une commission mixte en 52, est venu ensuite à Paris comme conseiller de la cour d'appel, enfin est aujourd'hui président de cette cour... Ah ! j'oubliais ! il a approuvé le décret du 22 janvier 1852, confisquant les biens de la famille d'Orléans... Êtes-vous contente ?

Clorinde s'était mise à rire. Il se moquait d'elle, parce qu'elle voulait s'instruire ; mais c'était bien permis de connaître les gens avec lesquels on pouvait se rencontrer. Et elle ne lui ouvrit pas la bouche de mademoiselle Beulin-d'Orchère. Elle reparlait du banquet de l'Hôtel-de-Ville : la galerie des Fêtes devait être décorée avec un luxe inouï ; un orchestre jouerait des airs pendant tout le temps du dîner. Ah ! la France était un grand pays ! Nulle part, ni en Angleterre, ni en Allemagne, ni en Espagne, ni en Italie, elle n'avait vu des bals plus étourdissants, des galas plus prodigieux. Aussi, disait-elle avec sa face tout allumée d'admiration, son choix était fait, maintenant : elle voulait être Française.

— Oh ! des soldats ! cria-t-elle, voyez donc, des soldats !

Le coupé, qui avait suivi la rue de la Cité, se trouvait arrêté, au bout du pont Notre-Dame, par un régiment défilant sur le quai. C'étaient des soldats de la ligne, de petits soldats marchant comme des moutons, un peu débandés par les arbres des trottoirs. Ils revenaient de faire la haie. Ils avaient sur la face tout l'éblouissement du grand soleil de l'après-midi, les pieds blancs, l'échine gonflée sous le poids du sac et du fusil. Et ils s'étaient tant ennuyés, au milieu des poussées de la foule, qu'ils en gardaient un air de bêtise ahurie.

— J'adore l'armée française, dit Clorinde ravie, se penchant pour mieux voir.

Rougon, comme réveillé, regardait, lui aussi. C'était la force de l'empire qui passait, dans la poussière de la chaussée. Tout un embarras d'équipages encombrait lentement le pont; mais les cochers, respectueux, attendaient; tandis que des personnages en grand costume mettaient la tête aux portières, la face vaguement souriante, couvant de leurs yeux attendris les petits soldats hébétés par leur longue faction. Les fusils, au soleil, illuminaient la fête.

— Et ceux-là, les derniers, les voyez-vous? reprit Clorinde. Il y en a tout un rang qui n'ont pas encore de barbe. Sont-ils gentils, hein!

Et, dans une rage de tendresse, elle envoya, du fond de la voiture, des baisers aux soldats, à deux mains. Elle se cachait un peu, pour qu'on ne la vît pas. C'était une joie, un amour de la force armée, dont elle se régalait seule. Rougon eut un sourire paternel; il venait également de goûter sa première jouissance de la journée.

— Qu'y a-t-il donc! demanda-t-il, lorsque le coupé put enfin tourner le coin du quai.

Un rassemblement considérable s'était formé sur le trottoir et sur la chaussée. La voiture dut s'arrêter de nouveau. Une voix dit dans la foule :

— C'est un ivrogne qui a insulté les soldats. Les sergents de ville viennent de l'empoigner.

Alors, le rassemblement s'étant ouvert, Rougon aperçut Gilquin, ivre-mort, tenu au collet par deux sergents de ville. Son vêtement de coutil jaune, arraché, montrait des morceaux de sa peau. Mais il restait bon garçon, avec sa moustache pendante, dans sa face rouge. Il tu-

toyait les sergents de ville, il les appelait « mes agneaux ».
Et il leur expliquait qu'il avait passé l'après-midi bien
tranquillement dans un café, à côté, en compagnie de
gens très-riches. On pouvait se renseigner au théâtre du
Palais-Royal, où monsieur et madame Charbonnel étaient
allés voir jouer les *Dragées du baptême* : ils ne diraient
pour sûr pas le contraire.

— Lâchez-moi donc, farceurs ! cria-t-il en se roidis-
sant brusquement. Le café est là, à côté, tonnerre ! ve-
nez-y avec moi, si vous ne me croyez pas !... Les soldats
m'ont manqué, comprenez bien ! il y en a un petit qui
riait. Alors, je l'ai envoyé se faire moucher. Mais insul-
ter l'armée française, jamais !... Parlez un peu à l'empereur de Théodore, vous verrez ce qu'il dira.... Ah !
sacrebleu ! vous seriez propres !

La foule, amusée, riait. Les deux sergents de ville,
imperturbables, ne lâchaient pas prise, poussaient lentement Gilquin vers la rue Saint-Martin, dans laquelle on
apercevait, au loin, la lanterne rouge d'un poste de police. Rougon s'était vivement rejeté au fond de la voiture.
Mais, tout d'un coup, Gilquin le vit, en levant la tête.
Alors, dans son ivresse, il devint goguenard et prudent.
Il le regarda, clignant de l'œil, parlant pour lui.

— Suffit ! les enfants, on pourrait faire du scandale,
on n'en fera pas, parce qu'on a de la dignité... Hein ?
dites donc ? vous ne mettriez pas la patte sur Théodore,
s'il se trimballait avec des princesses, comme un citoyen
de ma connaissance. On a tout de même travaillé avec
du beau monde, et délicatement, on s'en vante, sans demander des mille et des cents. On sait ce qu'on vaut.
Ça console des petitesses... Tonnerre de Dieu ! les amis
ne sont donc plus les amis ?...

Il s'attendrissait, la voix coupée de hoquets. Rougon
appela discrètement de la main un homme boutonné

dans un grand paletot, qu'il reconnut près du coupé; et, lui ayant parlé bas, il donna l'adresse de Gilquin, 17, rue Virginie, à Grenelle. L'homme s'approcha des sergents de ville, comme pour les aider à maintenir l'ivrogne qui se débattait. La foule resta toute surprise de voir les agents tourner à gauche, puis jeter Gilquin dans un fiacre, dont le cocher, sur un ordre, suivit le quai de la Mégisserie. Mais la tête de Gilquin, énorme, ébouriffée, crevant d'un rire triomphal, apparut une dernière fois à la portière, en hurlant :

— Vive la république !

Quand le rassemblement fut dissipé, les quais reprirent leur tranquillité large. Paris, las d'enthousiasme, était à table; les trois cent mille curieux qui s'étaient écrasés là, avaient envahi les restaurants du bord de l'eau et du quartier du Temple. Sur les trottoirs vides, des provinciaux traînaient seuls les pieds, éreintés, ne sachant où manger. En bas, aux deux bords du bateau, les laveuses achevaient de taper leur linge, à coups violents. Une raie de soleil dorait encore le haut des tours de Notre-Dame, muettes maintenant, au-dessus des maisons toutes noires d'ombre. Et, dans le léger brouillard qui montait de la Seine, là-bas, à la pointe de l'île Saint-Louis, on ne distinguait plus, au milieu du gris brouillé des façades, que la redingote géante, la réclame monumentale, accrochant, à quelque clou de l'horizon, la défroque bourgeoise d'un Titan, dont la foudre aurait mangé les membres.

V

Un matin, vers onze heures, Clorinde vint chez Rougon, rue Marbeuf. Elle rentrait du Bois ; un domestique tenait son cheval, à la porte. Elle alla droit au jardin, tourna à gauche et se planta devant une fenêtre grande ouverte du cabinet où travaillait le grand homme.

— Hein ! je vous surprends ! dit-elle tout d'un coup.

Rougon leva vivement la tête. Elle riait dans le chaud soleil de juin. Son amazone de drap gros bleu, dont elle avait rejeté la longue traîne sur son bras gauche, la faisait plus grande ; tandis que son corsage à gilet et à petites basques rondes, très-collant, était comme une peau vivante qui gantait ses épaules, sa gorge, ses hanches. Elle avait des manchettes de toile, un col de toile, sous lequel se nouait une mince cravate de foulard bleu. Elle portait très-crânement, sur ses cheveux roulés, son chapeau d'homme, autour duquel une gaze mettait un nuage bleuâtre, tout poudré de la poussière d'or du soleil.

— Comment ! c'est vous ! cria Rougon en accourant. Mais entrez donc !

— Non, non, répondit-elle. Ne vous dérangez pas, je n'ai qu'un mot à vous dire... Maman doit m'attendre pour déjeuner.

C'était la troisième fois qu'elle venait ainsi chez Rougon, contre toutes les convenances. Mais elle affectait de rester dans le jardin. D'ailleurs, les deux premières fois, elle était aussi en amazone, costume qui lui donnait une liberté de garçon, et dont la longue jupe devait lui sembler une protection suffisante.

— Vous savez, je viens en mendiante, reprit-elle. C'est pour des billets de loterie... Nous avons organisé une loterie en faveur des jeunes filles pauvres.

— Eh bien! entrez, répéta Rougon. Vous m'expliquerez cela.

Elle avait gardé sa cravache à la main, une cravache très-fine, à petit manche d'argent. Elle se remit à rire, en tapant sa jupe à légers coups.

— C'est tout expliqué, pardi! Vous allez me prendre des billets. Je ne suis venue que pour ça... Il y a trois jours que je vous cherche, sans pouvoir mettre la main sur vous, et la loterie se tire demain.

Alors, sortant un petit portefeuille de sa poche, elle demanda :

— Combien voulez-vous de billets?

— Pas un, si vous n'entrez pas! cria-t-il.

Il ajouta sur un ton plaisant :

— Que diable! est-ce qu'on fait des affaires par les fenêtres! Je ne vais peut-être pas vous passer de l'argent comme à une pauvresse!

— Ça m'est égal, donnez toujours.

Mais il tint bon. Elle le regarda un instant, muette. Puis, elle reprit :

— Si j'entre, m'en prendrez-vous dix?... Ils sont à dix francs.

Et elle ne se décida pas tout de suite. Elle promena d'abord un rapide regard dans le jardin. Un jardinier, à genoux dans une allée, plantait une corbeille de géraniums. Elle eut un mince sourire, et se dirigea vers le

petit perron de trois marches, sur lequel ouvrait la
porte-fenêtre du cabinet. Rougon lui tendait déjà la
main. Et, quand il l'eut amenée au milieu de la pièce :

— Vous avez donc peur que je ne vous mange? dit-il.
Vous savez bien que je suis le plus soumis de vos es-
claves... Que craignez-vous ici?

Elle tapait toujours sa jupe du bout de sa cravache,
à légers coups.

— Moi, je ne crains rien, répondit-elle avec un bel
aplomb de fille émancipée.

Puis, après avoir posé la cravache sur un canapé,
elle fouilla de nouveau dans son portefeuille.

— Vous en prenez dix, n'est-ce pas?

— J'en prendrai vingt, si vous voulez, dit-il; mais,
par grâce, asseyez-vous, causons un peu... Vous n'allez
pas vous sauver tout de suite, bien sûr?

— Alors, un billet par minute, hein?... Si je reste
un quart d'heure, ça fera quinze billets; si je reste
vingt minutes, ça fera vingt; et comme ça jusqu'à ce
soir, moi je veux bien... Est-ce entendu?

Ils s'égayèrent de cet arrangement. Clorinde finit par
s'asseoir sur un fauteuil, dans l'embrasure même de la
fenêtre restée ouverte. Rougon, pour ne pas l'effrayer,
se remit à son bureau. Et ils causèrent, de la maison
d'abord. Elle jetait des coups d'œil par la fenêtre, elle
déclarait le jardin un peu petit, mais charmant, avec sa
pelouse centrale et ses massifs d'arbres verts. Lui,
indiquait le plan détaillé des lieux : en bas, au rez-de-
chaussée, se trouvaient son cabinet, un grand salon, un
petit salon et une très-belle salle à manger; au premier
étage, ainsi qu'au second, il y avait sept chambres. Tout
cela, quoique relativement petit, était bien trop vaste
pour lui. Quand l'empereur lui avait fait cadeau de cet
hôtel, il devait épouser une dame veuve, choisie par Sa

Majesté elle-même. Mais la dame était morte. Maintenant, il resterait garçon.

— Pourquoi? demanda-t-elle, en le regardant carrément en face.

— Bah! répondit-il, j'ai bien autre chose à faire. A
mon âge, on n'a plus besoin de femme.

Mais elle, haussant les épaules, dit simplement :

— Ne posez donc pas!

Ils en étaient arrivés à tenir entre eux des conversations très-libres. Elle voulait qu'il fût de tempérament
voluptueux. Lui, se défendait, et il lui racontait sa jeunesse, des années passées dans des chambres nues, où
les blanchisseuses n'entraient même pas, disait-il en
riant. Alors, elle l'interrogeait sur ses maîtresses, avec
une curiosité enfantine; il en avait bien eu quelques-
unes; par exemple, il ne pouvait renier une dame, connue de tout Paris, qui s'était, en le quittant, installée en
province. Mais il haussait les épaules. Les jupons ne le
dérangeaient guère. Quand le sang lui montait à la tête,
parbleu! il était comme tous les hommes, il aurait crevé
une cloison d'un coup d'épaule, pour entrer dans une
alcôve. Il n'aimait pas à s'attarder aux bagatelles de la
porte. Puis, lorsque c'était fini, il redevenait bien tranquille.

— Non, non, pas de femme! répéta-t-il, les yeux déjà
allumés par la pose abandonnée de Clorinde. Ça tient
trop de place.

La jeune fille, renversée dans son fauteuil, souriait
étrangement. Elle avait un visage pâmé, avec un lent
battement de la gorge. Elle exagérait son accent italien,
la voix chantante.

— Laissez, mon cher, vous nous adorez, dit-elle.
Voulez-vous parier que vous serez marié dans l'année?

Et elle était vraiment irritante, tant elle paraissait

certaine de vaincre. Depuis quelque temps, elle s'offrait
à Rougon, tranquillement. Elle ne prenait plus la peine
de dissimuler sa lente séduction, ce travail savant dont
elle l'avait entouré, avant de faire le siége de ses désirs.
Maintenant, elle le croyait assez conquis pour mener
l'aventure à visage découvert. Un véritable duel s'engageait entre eux, à toute heure. S'ils ne posaient pas
encore tout haut les conditions du combat, il y avait
des aveux très-francs sur leurs lèvres, dans leurs yeux.
Quand ils se regardaient, ils ne pouvaient s'empêcher
de sourire; et ils se provoquaient. Clorinde faisait son
prix, allait à son but, avec une hardiesse superbe, sûre
de n'accorder jamais que ce qu'elle voudrait. Rougon,
grisé, piqué au jeu, mettait de côté tout scrupule, rêvait
simplement de faire sa maîtresse de cette belle fille,
puis de l'abandonner, pour lui prouver sa supériorité
sur elle. Leur orgueil se battait plus encore que leurs
sens.

— Chez nous, continuait-elle à voix presque basse,
l'amour est la grande affaire. Les gamines de douze ans
ont des amoureux... Moi, je suis devenue un garçon,
parce que j'ai voyagé. Mais si vous aviez connu maman,
quand elle était jeune! Elle ne quittait pas sa chambre.
Elle était si belle, qu'on venait la voir de loin. Un comte
est resté exprès six mois à Milan, sans arriver à apercevoir le bout de ses nattes. C'est que les Italiennes ne
sont pas comme les Françaises, qui bavardent et qui
courent; elles restent au cou de l'homme qu'elles ont
choisi... Moi, j'ai voyagé, je ne sais pas si je me sou-
viendrai. Il me semble pourtant que j'aimerai bien fort,
oh! oui, bien fort, à en mourir...

Ses paupières s'étaient fermées peu à peu, sa face se
noyait d'une extase voluptueuse. Rougon, pendant
qu'elle parlait, avait quitté son bureau, les mains trem-

blantes, comme attiré par une force supérieure. Mais,
lorsqu'il se fut approché, elle ouvrit les yeux tout
grands, elle le regarda d'un air tranquille. Et montrant
la pendule, souriant, elle reprit :

— Ça fait dix billets.

— Comment, dix billets? balbutia-t-il, ne comprenant plus.

Quand il revint à lui, elle riait aux éclats. Elle se
plaisait ainsi à l'affoler; puis, elle lui échappait d'un
mot, lorsqu'il allait ouvrir les bras; cela paraissait
l'amuser beaucoup. Rougon, redevenu tout d'un coup
très-pâle, la regarda furieusement, ce qui redoubla sa
gaieté.

— Allons, je m'en vais, dit-elle. Vous n'êtes pas
assez galant pour les dames... Non, sérieusement, maman m'attend pour déjeuner.

Mais il avait repris son air paternel. Ses yeux gris,
sous ses lourdes paupières, gardaient seuls une flamme,
lorsqu'elle tournait la tête; et il l'enveloppait alors tout
entière d'un regard, avec la rage d'un homme poussé à
bout, résolu à en finir. Cependant, il disait qu'elle pouvait
bien lui donner encore cinq minutes. C'était si ennuyeux,
le travail dans lequel elle l'avait trouvé, un rapport pour le
Sénat, sur des pétitions! Et il lui parla de l'impératrice,
à laquelle elle vouait un véritable culte. L'impératrice était
à Biarritz depuis huit jours. Alors, la jeune fille se renversa de nouveau au fond de son fauteuil, dans un bavar-
dage sans fin. Elle connaissait Biarritz, elle y avait passé une
saison, autrefois, quand cette plage n'était pas encore à
la mode. Elle se désespérait de ne pouvoir y retourner,
pendant le séjour de la cour. Puis, elle en vint à raconter une séance de l'Académie, où M. de Plouguern
l'avait menée, la veille. On recevait un écrivain, qu'elle
plaisantait beaucoup, parce qu'il était chauve. Elle

tenait, d'ailleurs, les livres en horreur. Dès qu'elle s'entêtait à lire, elle devait se mettre au lit, avec des crises de nerf. Elle ne comprenait pas ce qu'elle lisait. Quand Rougon lui eut dit que l'écrivain reçu la veille était un ennemi de l'empereur, et que son discours fourmillait d'allusions abominables, elle resta consternée.

— Il avait l'air bon homme pourtant, déclara-t-elle.

Rougon, à son tour, tonnait contre les livres. Il venait de paraître un roman, surtout, qui l'indignait; une œuvre de l'imagination la plus dépravée, affectant un souci de la vérité exacte, traînant le lecteur dans les débordements d'une femme hystérique. Ce mot d' « hystérique » parut lui plaire, car il le répéta trois fois. Clorinde lui en ayant demandé le sens, il refusa de le donner, pris d'une grande pudeur.

— Tout peut se dire, continua-t-il; seulement, il y a une façon de tout dire... Ainsi, dans l'administration, on est souvent obligé d'aborder les sujets les plus délicats. J'ai lu des rapports sur certaines femmes, par exemple, vous me comprenez? eh bien! des détails très-précis s'y trouvaient consignés, dans un style clair, simple, honnête. Cela restait chaste, enfin!... Tandis que les romanciers de nos jours ont adopté un style lubrique, une façon de dire les choses qui les font vivre devant vous. Ils appellent ça de l'art. C'est de l'inconvenance, voilà tout.

Il prononça encore le mot « pornographie », et alla jusqu'à nommer le marquis de Sade, qu'il n'avait jamais lu, d'ailleurs. Pourtant, tout en parlant, il manœuvrait avec une grande habileté pour passer derrière le fauteuil de Clorinde, sans qu'elle le remarquât. Celle-ci, les yeux perdus, murmurait :

— Oh! moi, les romans, je n'en ai jamais ouvert un seul. C'est bête, tous ces mensonges... Vous ne connais-

sez pas *Léonora la bohémienne*. Ça, c'est gentil. J'ai lu
ça en italien, quand j'étais petite. On y parle d'une
jeune fille qui épouse un seigneur à la fin. Elle est prise
d'abord par des brigands...

Mais un léger grincement, derrière elle, lui fit vivement tourner la tête, comme éveillée en sursaut.

— Que faites-vous donc là? demanda-t-elle.

— Je baisse le store, répondit Rougon. Le soleil doit
vous incommoder.

Elle se trouvait, en effet, dans une nappe de soleil, dont
les poussières volantes doraient d'un duvet lumineux le
drap tendu de son amazone.

— Voulez-vous bien laisser le store! cria-t-elle. J'aime
le soleil, moi! Je suis comme dans un bain.

Et, très-inquiète, elle se souleva à demi, elle jeta un
regard dans le jardin, pour voir si le jardinier était toujours là. Quand elle l'eut retrouvé, de l'autre côté de la
co   eille, accroupi, ne montrant que le dos rond de son
bourgeron bleu, elle se rassit, tranquillisée, souriante.
Rougon, qui avait suivi la direction de son regard, lâcha
le store, pendant qu'elle le plaisantait. Il était donc
comme les hiboux, il cherchait l'ombre. Mais il ne se fâchait pas, il marchait au milieu du cabinet, sans montrer
le moindre dépit. Son grand corps avait des mouvements
ralentis d'ours rêvant quelque traîtrise.

Puis, comme il se trouvait à l'autre extrémité de la
pièce, près d'un large canapé au-dessus duquel une
grande photographie était pendue, il l'appela :

— Venez donc voir, dit-il. Vous ne connaissez pas mon
dernier portrait?

Elle s'allongea davantage dans le fauteuil, elle répondit, sans cesser de sourire :

— Je le vois très-bien d'ici... Vous me l'avez déjà
montré, d'ailleurs.

Il ne se découragea pas. Il était allé fermer le store de l'autre fenêtre, et il inventa encore deux ou trois prétextes, pour l'attirer dans ce coin d'ombre discrète, où il faisait très-bon, disait-il. Elle, dédaignant ce piége grossier, ne répondait même plus, se contentait de refuser de la tête. Alors, voyant qu'elle avait compris, il revint se planter devant elle, les mains nouées, cessant de ruser, la provoquant en face.

— J'oubliais!... Je veux vous montrer Monarque, mon nouveau cheval. Vous savez que j'ai fait un échange... Vous me direz votre opinion sur lui, vous qui aimez les chevaux.

Elle refusa encore. Mais il insista; l'écurie n'était qu'à deux pas; cela demanderait cinq minutes au plus. Puis, comme elle disait toujours non, il laissa échapper à demi-voix, d'un accent presque méprisant :

— Ah! vous n'êtes pas brave!

Ce fut comme un coup de fouet. Elle se mit debout, sérieuse, un peu pâle.

— Allons voir Monarque, dit-elle simplement.

Elle rejetait déjà la traîne de son amazone sur son bras gauche. Elle lui avait planté ses yeux droit dans les yeux. Pendant un instant, ils se regardèrent, si profondément, qu'ils lisaient leurs pensées. C'était un défi offert et accepté, sans ménagement aucun. Et elle descendit le perron la première, tandis qu'il boutonnait, d'un geste machinal, le veston d'appartement dont il était vêtu. Mais elle n'avait pas fait trois pas dans l'allée, qu'elle s'arrêta.

— Attendez, dit-elle.

Elle remonta dans le cabinet. Quand elle revint, elle balançait légèrement, du bout des doigts, sa cravache, qu'elle avait oubliée derrière un coussin du canapé. Rougon regarda la cravache d'un regard oblique; puis, il leva lentement les yeux sur Clorinde. Maintenant, elle souriait. Elle marcha de nouveau la première.

L'écurie se trouvait à droite, au fond du jardin. Quand ils passèrent devant le jardinier, cet homme rangeait ses outils, debout, près de partir. Rougon tira sa montre; il était onze heures cinq, le palefrenier devait déjeuner. Et, dans le soleil ardent, tête nue, il suivait Clorinde, qui tranquillement s'avançait, en donnant des coups de cravache à droite, à gauche, sur les arbres verts. Ils n'échangèrent pas une parole. Elle ne se retourna même pas. Puis, lorsqu'elle fut arrivée à l'écurie, elle laissa Rougon ouvrir la porte, elle passa devant lui. La porte, repoussée trop fort, se referma violemment, sans qu'elle cessât de sourire. Elle avait un visage candide, superbe et confiant.

C'était une écurie petite, très-ordinaire, avec quatre stalles de chêne. Bien qu'on eût lavé les dalles le matin, et que les boiseries, les râteliers, les mangeoires fussent tenus très-proprement, une odeur forte montait. Il y faisait une chaleur humide de baignoire. Le jour, qui entrait par deux lucarnes rondes, traversait de deux rayons pâles l'ombre du plafond, sans éclairer les coins noirs, à terre. Clorinde, les yeux pleins de la grande lumière du dehors, ne distingua d'abord rien; mais elle attendit, elle ne rouvrit pas la porte, pour ne pas paraître avoir peur. Deux des stalles seulement étaient occupées. Les chevaux soufflaient, tournant la tête.

— C'est celui-ci, n'est-ce pas? demanda-t-elle, lorsque ses yeux se furent habitués à l'obscurité. Il m'a l'air très-bien.

Elle donnait de petites tapes sur la croupe du cheval. Puis, elle se glissa dans la stalle, en le flattant tout le long des flancs, sans montrer la moindre crainte. Elle désirait, disait-elle, lui voir la tête. Et, lorsqu'elle fut tout au fond, Rougon l'entendit qui lui appliquait de gros baisers sur les narines. Ces baisers l'exaspéraient.

— Revenez, je vous en prie, cria-t-il. S'il se jetait de côté, vous seriez écrasée.

Mais elle riait, baisait le cheval plus fort, lui parlait avec des mots très-tendres, tandis que la bête, comme régalée de cette pluie de caresses inattendues, avait des frissons qui couraient sur sa peau de soie. Enfin, elle reparut. Elle disait qu'elle adorait les chevaux, qu'ils la connaissaient bien, que jamais ils ne lui faisaient du mal, même lorsqu'elle les taquinait. Elle savait comment il fallait les prendre. C'étaient des bêtes très-chatouilleuses. Celui-là avait l'air bon enfant. Et elle s'accroupit derrière lui, soulevant un de ses pieds à deux mains, pour lui examiner le sabot. Le cheval se laissait faire.

Rougon, debout, la regardait devant lui, par terre. Dans le tas énorme de ses jupes, ses hanches gonflaient le drap, quand elle se penchait en avant. Il ne disait plus rien, le sang à la gorge, pris tout à coup de la timidité des gens brutaux. Pourtant, il finit par se baisser. Alors, elle sentit un effleurement sous ses aisselles, mais si léger, qu'elle continua à examiner le sabot du cheval. Rougon respira, allongea brusquement les mains davantage. Et elle n'eut pas un tressaillement, comme si elle se fût attendue à cela. Elle lâcha le sabot, elle dit, sans se retourner :

— Qu'avez-vous donc? que vous prend-il?

Il voulut la saisir à la taille, mais il reçut des chiquenaudes sur les doigts, tandis qu'elle ajoutait :

— Non, pas de jeux de main, s'il vous plaît! Je suis comme les chevaux, moi; je suis chatouilleuse... Vous êtes drôle!

Elle riait, n'ayant pas l'air de comprendre. Lorsque l'haleine de Rougon lui chauffa la nuque, elle se leva

avec l'élasticité puissante d'un ressort d'acier; elle
s'échappa, alla s'adosser au mur, en face des stalles. Il
la suivit, les mains tendues, cherchant à prendre d'elle
ce qu'il pouvait. Mais elle se faisait un bouclier de la
traîne de son amazone, qu'elle portait sur son bras
gauche, pendant que sa main droite, levée, tenait la cravache. Lui, les lèvres tremblantes, ne prononçait pas
une parole. Elle, très à l'aise, causait toujours.

— Vous ne me toucherez pas, voyez-vous! disait-elle.
J'ai reçu des leçons d'escrime, quand j'étais jeune. Je
regrette même de n'avoir pas continué... Prenez garde
à vos doigts. La, qu'est-ce que je vous disais!

Elle semblait jouer. Elle ne tapait pas fort, s'amusant
seulement à lui cingler la peau, chaque fois qu'il hasardait ses mains en avant. Et elle était si prompte à la
riposte, qu'il ne pouvait même plus arriver jusqu'à son
vêtement. D'abord, il avait voulu lui prendre les épaules;
mais, atteint deux fois par la cravache, il s'était attaqué
à la taille; puis, touché encore, il venait traîtreusement
de se baisser jusqu'à ses genoux, pas assez vite cepen-
.lant pour éviter une pluie de petits coups, sous lesquels
il dut se relever. C'était une grêle, à droite, à gauche,
dont on entendait le léger claquement.

Rougon, criblé, la peau cuisante, recula un instant. Il
était très-rouge maintenant, avec des gouttes de sueur
qui commençaient à perler sur ses tempes. L'odeur
forte de l'écurie le grisait; l'ombre, chaude d'une buée
animale, l'encourageait à tout risquer. Alors, le jeu
changea. Il se jeta sur Clorinde rudement, par élans
brusques. Et elle, sans cesser encore de rire et de
causer, n'éparpilla plus les cinglements de cravache en
tapes amicales, frappa des coups secs, un seul chaque
fois, de plus en plus fort. Elle était belle ainsi, la jupe
serrée aux jambes, les reins souples dans son corsage

collant, pareille à un serpent agile, d'un bleu noir.
Quand elle fouettait l'air de son bras, la ligne de sa
gorge, un peu renversée, avait un grand charme.

— Voyons, est-ce fini? demanda-t-elle en riant. Vous
vous lasserez le premier, mon cher.

Mais ce furent les derniers mots qu'elle prononça.
Rougon, affolé, effrayant, la face pourpre, se ruait avec
un souffle haletant de taureau échappé. Elle-même,
heureuse de taper sur cet homme, avait dans les yeux
une lueur de cruauté qui s'allumait. Muette à son tour,
elle quitta le mur, elle s'avança superbement au milieu de l'écurie; et elle tournait sur elle-même, mul-
tipliant les coups, le tenant à distance, l'atteignant aux
jambes, aux bras, au ventre, aux épaules; tandis que,
stupide, énorme, il dansait, pareil à une bête sous le
fouet d'un dompteur. Elle tapait de haut, comme grandie,
fière, les joues pâles, gardant aux lèvres un sourire nerveux. Pourtant, sans qu'elle le remarquât, il la poussait au fond, vers une porte ouverte qui donnait sur
une seconde pièce, où l'on serrait une provision de paille
et de foin. Puis, comme elle défendait sa cravache, dont
il faisait mine de vouloir s'emparer, il la saisit aux
hanches, malgré les coups, et l'envoya rouler sur la
paille, à travers la porte, d'un tel élan, qu'il y vint tomber
à côté d'elle. Elle ne jeta pas un cri. A toute volée, de
toutes ses forces, elle lui cravacha la figure, d'une
oreille à l'autre.

— Garce! cria-t-il.

Et il lâcha des mots orduriers, jurant, toussant,
étranglant. Il la tutoya, il lui dit qu'elle avait couché
avec tout le monde, avec le cocher, avec le banquier,
avec Pozzo. Puis, il demanda :

— Pourquoi ne voulez-vous pas avec moi?

Elle ne daigna pas répondre. Elle était debout, immobile, la face toute blanche, dans une tranquillité hautaine de statue.

— Pourquoi ne voulez-vous pas? répéta-t-il. Vous m'avez bien laissé prendre vos bras nus... Dites-moi seulement pourquoi vous ne voulez pas?

Elle restait grave, supérieure à l'injure, les yeux ailleurs.

— Parce que, dit-elle enfin.

Et, le regardant, elle reprit, au bout d'un silence :

— Épousez-moi... Après, tout ce que vous voudrez.

Il eut un rire contraint, un rire bête et blessant, qu'il accompagna d'un refus de la tête.

— Alors, jamais! s'écria-t-elle, entendez-vous, jamais, jamais!

Ils n'ajoutèrent pas un mot, ils rentrèrent dans l'écurie. Les chevaux, au fond de leurs stalles, tournaient la tête, soufflant plus fort, inquiets de ce bruit de lutte qu'ils avaient entendu derrière eux. Le soleil venait de gagner les deux lucarnes, deux rayons jaunes éclaboussaient l'ombre d'une poussière éclatante ; et le pavé, à l'endroit où les rayons le frappaient, fumait, dégageant un redoublement d'odeur. Cependant, Clorinde, très-paisible, la cravache sous le bras, s'était de nouveau glissée près de Monarque. Elle lui posa deux baisers sur les narines, en disant :

— Adieu, mon gros. Tu es sage, toi!

Rougon, brisé, honteux, éprouvait un grand calme. Le dernier coup de cravache avait comme satisfait sa chair. De ses mains restées tremblantes, il renouait sa cravate, il tâtait si son veston était bien boutonné. Puis, il se surprit à enlever soigneusement de l'amazone de la jeune fille les quelques brins de paille qui s'y étaient accrochés. Maintenant, une crainte d'être trouvé là, avec elle, lui faisait tendre l'oreille. Elle, comme s'il ne se fût rien passé d'extraordinaire entre eux, le laissait tourner autour de sa jupe, sans la moindre peur. Quand elle le pria d'ouvrir la porte, il obéit.

Dans le jardin, ils marchèrent tout doucement. Rougon, qui se sentait une légère cuisson sur la joue gauche, se tamponnait avec son mouchoir. Dès le seuil du cabinet, le premier regard de Clorinde fut pour la pendule.

— Ça fait trente-deux billets, dit-elle en souriant.

Comme il la regardait, surpris, elle rit plus haut, elle continua :

— Renvoyez-moi vite, l'aiguille marche. Voilà la trente-troisième minute qui commence... Tenez, je mets les billets sur votre bureau.

Il donna trois cent vingt francs, sans une hésitation. Ses doigts n'eurent qu'un petit frémissement, en comptant les pièces d'or; c'était une punition qu'il s'infligeait. Alors, elle, enthousiasmée de la façon dont il lâchait une telle somme, s'avança avec un geste adorable d'abandon. Elle lui tendit la joue. Et, quand il y eut posé un baiser, paternellement, elle s'en alla, l'air ravi, en disant :

— Merci pour ces pauvres filles... Je n'ai plus que sept billets à placer. Parrain les prendra.

Lorsque Rougon fut seul, il se rassit à son bureau, machinalement. Il reprit son travail interrompu, écrivit pendant quelques minutes, en consultant avec une grande attention les pièces éparses devant lui. Puis, il resta la plume aux doigts, la face grave, regardant dans le jardin, par la fenêtre ouverte, sans voir. Ce qu'il retrouvait, à cette fenêtre, c'était la mince silhouette de Clorinde, qui se balançait, se nouait, se déroulait, avec la volupté molle d'une couleuvre bleuâtre. Elle rampait, elle entrait; et, au milieu du cabinet, elle se tenait debout sur la queue vivante de sa robe, les hanches vibrantes, tandis que ses bras s'allongeaient jusqu'à lui, par un glissement sans fin d'anneaux souples. Peu à peu, des bouts de sa personne envahissaient la pièce, se vautraient partout, sur le tapis, sur les fauteuils, le long des tentures, silencieusement, passionnément. Une odeur rude s'exhalait d'elle.

Alors, Rougon jeta violemment sa plume, quitta le bureau avec colère, en faisant craquer ses doigts les uns dans les autres. Est-ce qu'elle allait l'empêcher de travailler, maintenant? devenait-il fou, pour voir des choses qui n'existaient pas, lui dont la tête était si solide? Il se rappelait une femme, autrefois, quand il était étudiant, près de laquelle il écrivait des nuits entières, sans même entendre son petit souffle. Il leva le store, ouvrit la seconde fenêtre, établit un courant d'air en poussant brutalement une porte, à l'autre extrémité de la pièce, comme s'il se trouvait menacé d'asphyxie. Et, du geste irrité dont il aurait chassé quelque guêpe dangereuse, il se mit à chasser l'odeur de Clorinde, à coups de mouchoir. Quand il ne la sentit plus là, il respira bruyamment, il s'essuya la face avec le mouchoir, pour en enlever la chaleur que cette grande fille y avait mise.

Cependant, il ne put continuer la page commencée. Il marcha d'un bout à l'autre du cabinet, à pas lents. Comme il se regardait dans une glace, il vit une rougeur sur sa joue gauche. Il s'approcha, s'examina. La cravache n'avait laissé là qu'une légère éraflure. Il pourrait expliquer cela par un accident quelconque. Mais, si la peau gardait à peine la balafre d'une mince ligne rose, lui sentait de nouveau, dans la chair, profondément, la brûlure ardente du cinglement qui lui avait coupé la face. Il courut à un cabinet de toilette, installé derrière une portière; il se trempa la tête dans une cuvette d'eau; cela le soulagea beaucoup. Il craignait que ce coup de

cravache ne lui fît désirer Clorinde davantage. Il avait
peur de songer à elle, tant que la petite écorchure de
sa joue ne serait pas guérie. La chaleur qui le chauffait
à cette place, lui descendait dans les membres.

— Non, je ne veux pas! dit-il tout haut, en rentrant
dans le cabinet. C'est idiot, à la fin!

Il s'était assis sur le canapé, les poings fermés. Un
domestique entra l'avertir que le déjeûner refroidissait,
sans le tirer de ce recueillement de lutteur, aux prises
avec sa propre chair. Sa face dure se gonflait sous un
effort intérieur; son cou de taureau éclatait, ses muscles se tendaient, comme s'il était en train d'étouffer
dans ses entrailles, sans un cri, quelque bête qui le dé
vorait. Cette bataille dura dix grandes minutes. Il ne se
souvenait pas d'avoir jamais dépensé tant de puissance.
Il en sortit blême, la sueur à la nuque.

Pendant deux jours, Rougon ne reçut personne. Il
s'était enfoncé dans un travail considérable. Il veilla une
nuit tout entière. Son domestique le surprit encore, à
trois reprises, renversé sur le canapé, comme hébété,
avec une figure effrayante. Le soir du deuxième jour, il
s'habilla pour aller chez Delestang, où il devait dîner.
Mais, au lieu de traverser les Champs-Élysées, il remonta
l'avenue, il entra à l'hôtel Balbi. Il n'était que six heures.

— Mademoiselle n'y est pas, lui dit la petite bonne
Antonia, en l'arrêtant dans l'escalier, avec son rire de
chèvre noire.

Il éleva la voix pour être entendu, et il hésitait à se
retirer, lorsque Clorinde parut en haut, se penchant
sur la rampe.

— Montez donc! cria-t-elle. Que cette fille est sotte!
Elle ne comprend jamais les ordres qu'on lui donne.

Au premier étage, elle le fit entrer dans une étroite
pièce, à côté de sa chambre. C'était un cabinet de toi-

lette, avec un papier à ramage bleu tendre, qu'elle avait
meublé d'un grand bureau d'acajou déverni, appuyé au
mur, d'un fauteuil de cuir et d'un cartonnier. Des paperasses traînaient sous une épaisse couche de poussière. On se serait cru chez un huissier louche. Elle dut
aller chercher une chaise dans sa chambre.

— Je vous attendais, cria-t-elle du fond de cette pièce.

Quand elle eut apporté la chaise, elle expliqua qu'elle
faisait sa correspondance. Elle montrait, sur le bureau,
de larges feuilles de papier jaunâtre, couvertes d'une
grosse écriture ronde. Et, comme Rougon s'asseyait,
elle vit qu'il était en habit.

— Vous venez demander ma main ? dit-elle gaiement.

— Tout juste ! répondit-il.

Puis il reprit, en souriant :

— Pas pour moi, pour un de mes amis.

Elle le regarda, hésitante, ne sachant pas s'il plaisantait. Elle était dépeignée, sale, avec une robe de chambre rouge mal attachée, belle, malgré tout, de la beauté
puissante d'un marbre antique roulé dans la boutique
d'une revendeuse. Et, suçant un de ses doigts sur lequel
elle venait de faire une tache d'encre, elle s'oubliait à
examiner la légère cicatrice qu'on voyait encore sur la
joue gauche de Rougon. Elle finit par répéter à demi-
voix, d'un air distrait :

— J'étais sûr que vous viendriez. Seulement, je vous
attendais plus tôt.

Et elle ajouta tout haut, se souvenant, continuant la
conversation :

— Alors, c'est pour un de vos amis, votre ami le plus
cher, sans doute.

Son beau rire sonnait. Elle était persuadée, maintenant,
que Rougon parlait de lui. Elle éprouvait une envie de
toucher du doigt la cicatrice, de s'assurer qu'elle l'avait

marqué, qu'il lui appartenait désormais. Mais Rougon la
prit aux poignets, l'assit doucement sur le fauteuil de
cuir.

— Causons, voulez-vous? dit-il. Nous sommes deux
bons camarades, hein! cela vous va-t-il?... Eh bien!
j'ai beaucoup réfléchi, depuis avant-hier. J'ai songé à
vous tout le temps... Je m'imaginais que nous étions
mariés, que nous vivions ensemble depuis trois mois. Et
vous ne savez pas dans quelle occupation je nous voyais
tous les deux?

Elle ne répondit pas, un peu gênée, malgré son
aplomb.

— Je nous voyais au coin du feu. Vous aviez pris la
pelle, moi je m'étais emparé de la pincette, et nous nous
assommions.

Cela lui parut si drôle, qu'elle se renversa, prise d'une
hilarité folle.

— Non, ne riez pas, c'est sérieux, continua-t-il. Ce
n'est pas la peine de mettre nos vies en commun pour
nous tuer de coups. Je vous jure que cela arriverait.
Des gifles, puis une séparation... Retenez bien ceci : on
ne doit jamais chercher à unir deux volontés.

— Alors? demanda-t-elle, devenue très-grave.

— Alors, je pense que nous agirons très-sagement en
nous donnant une poignée de main et en ne gardant
l'un pour l'autre qu'une bonne amitié.

Elle resta muette, les yeux plantés droit dans les
siens, avec son large regard noir. Un pli terrible coupait
son front de déesse offensée. Ses lèvres eurent un léger
tremblement, un balbutiement silencieux de mépris.

— Vous permettez? dit-elle.

Et, ramenant le fauteuil devant le bureau, elle se mit
à plier ses lettres. Elle se servait, comme dans les administrations, de grandes enveloppes grises, qu'elle ca-

chetait à la cire. Elle avait allumé une bougie, elle regardait la cire flamber. Rougon attendait qu'elle eût fini,
tranquillement.

— Et c'est pour ça que vous êtes venu? reprit-elle
enfin, sans lâcher sa besogne.

A son tour, il ne répondit pas. Il voulait la voir de
face. Quand elle se décida à retourner son fauteuil, il
lui sourit, en tâchant de rencontrer ses yeux; puis, il lui
baisa la main, comme désireux de la désarmer. Elle
gardait sa froideur hautaine.

— Vous savez bien, dit-il, que je viens vous demander en mariage pour un de mes amis.

Il parla longuement. Il l'aimait beaucoup plus qu'elle
ne croyait; il l'aimait surtout parce qu'elle était intelli-
gente et forte. Cela lui coûtait de renoncer à elle; mais
il sacrifiait sa passion à leur bonheur à tous deux. Lui,
la voulait reine chez elle. Il la voyait mariée à un homme
très-riche, qu'elle pousserait à sa guise; et elle gouvernerait, elle n'aurait pas à faire l'abandon de sa personnalité. Cela ne valait-il pas mieux que de se paralyser l'un
l'autre? Ils étaient gens à se dire ces vérités-là en face.
Il finit par l'appeler son enfant. Elle était sa fille per-
verse, une créature dont l'esprit d'intrigue le réjouissait,
et qu'il aurait éprouvé un véritable chagrin à voir pau-
vrement tourner.

— C'est tout? demanda-t-elle quand il se tut.

Elle l'avait écouté avec la plus grande attention. Et,
levant les yeux sur lui, elle reprit :

— Si vous me mariez pour m'avoir, je vous avertis
que vous faites un mauvais calcul... J'ai dit jamais!

— Quelle idée! s'écria-t-il, en rougissant légèrement.

Il toussa, il saisit sur le bureau un couteau à papier,
dont il examina le manche, pour qu'elle ne vît pas son

trouble. Mais elle, sans s'occuper de lui davantage, réfléchissait.

— Et quel est le mari? murmura-t-elle.

— Devinez?

Elle retrouva un faible sourire, battant le bureau de
ses doigts, haussant les épaules. Elle savait bien qui.

— Il est si bête! dit-elle à demi-voix.

Rougon défendit Delestang. C'était un homme très
comme il faut, dont elle ferait tout ce qu'elle voudrait.
Il donna des détails sur sa santé, sur sa fortune, sur ses
habitudes. D'ailleurs, il s'engageait à les servir, elle et
lui, de toute son influence, s'il remontait jamais au pouvoir. Delestang n'avait peut-être pas une intelligence
supérieure; mais il ne serait déplacé dans aucune situation.

— Oh! il remplit le programme, je vous l'accorde,
dit-elle en riant franchement.

Puis, après un nouveau silence :

— Mon Dieu! je ne dis pas non, vous êtes peut-être
dans le vrai... Monsieur Delestang ne me déplaît pas.

Elle le regardait, en prononçant ces derniers mots.
Elle croyait avoir remarqué, à plusieurs reprises, qu'il
était jaloux de Delestang. Mais elle ne vit pas tressaillir
un pli de sa face. Il avait eu réellement les poings assez
gros pour tuer le désir, en deux jours. Au contraire, il
parut enchanté du succès de sa démarche; et il recommença à lui étaler les avantages d'un pareil mariage,
comme s'il traitait, en avoué retors, une affaire particulièrement bonne pour elle. Il lui avait pris les mains, les
lui tapotait avec une grande amitié, d'un air de complice
heureux, répétant :

— Ça m'est venu cette nuit. J'ai pensé tout de suite :
Nous voilà sauvés!... Je ne veux pas que vous restiez
fille, moi! Vous êtes la seule femme qui me sembliez mé-

riter un mari. Delestang arrange l'affaire. Avec Delestang, nous gardons nos coudées franches.

Et il ajouta gaiement :

— J'ai conscience que vous me récompenserez, en me
faisant assister à des choses extraordinaires.

— Monsieur Delestang connaît-il vos projets ? demanda-t-elle.

Il resta un moment surpris, comme si elle avait laissé
échapper là une parole qu'il n'attendait pas d'elle ; puis,
il répondit avec tranquillité :

— Non, c'est inutile. On lui expliquera ça plus tard.

Elle s'était remise, depuis un instant, à cacheter ses
lettres. Quand elle avait posé sur la cire un large cachet
sans initiale, elle retournait l'enveloppe, elle écrivait
l'adresse, lentement, de sa grosse écriture. A mesure
qu'elle jetait les lettres à sa droite, Rougon tâchait de
lire les suscriptions. C'étaient, pour la plupart, des noms
d'hommes politiques italiens très-connus. Elle dut
s'apercevoir de son indiscrétion, car elle dit, en se levant
et en emportant sa correspondance pour la faire mettre
à la poste :

— Lorsque maman a ses migraines, c'est moi qui écris
là-bas.

Rougon, resté seul, se promena dans la petite pièce.
Sur le cartonnier, il lut, comme chez les hommes d'affaires : *Quittances, Lettres à classer, Dossiers A*. Il sourit en apercevant, au milieu des paperasses du bureau,
un corset qui traînait, usé, craqué à la taillle. Il y avait
encore un savon dans la coquille de l'encrier, et des bouts
de satin bleu à terre, les rognures de quelque raccom-
modage de jupe, qu'on avait oublié de balayer. La porte
de la chambre à coucher se trouvant entre-bâillée, il eut
la curiosité d'allonger la tête ; mais les persiennes étaient
fermées, il y faisait si noir, qu'il aperçut seulement la

grande ombre des rideaux du lit. Clorinde rentrait.

— Je m'en vais, dit-il. Je dîne ce soir chez notre homme. Me laissez-vous libre d'agir?

Elle ne répondit pas. Elle revenait toute sombre, comme si elle avait fait de nouvelles réflexions dans l'escalier. Lui, tenait déjà la rampe. Mais elle le ramena, repoussa la porte. C'était son rêve qui s'en allait, un espoir mené si savamment, qu'une heure plus tôt, elle le croyait encore une certitude. Toute la brûlure d'une offense mortelle lui remontait aux joues. Il lui semblait qu'on l'avait souffletée.

— Alors, c'est sérieux? demanda-t-elle, en se mettant à contre-jour pour qu'il ne remarquât pas la rougeur de son visage.

Et, quand il eut repris ses arguments pour la troisième fois, elle resta muette. Elle craignait, si elle discutait, de s'abandonner à la colère folle, dont elle entendait le craquement dans sa nuque. Elle avait peur de le battre. Puis, dans cet écroulement de la vie qu'elle s'était déjà arrangée, elle perdit la vue nette des choses, elle recula jusqu'à la porte de la chambre à coucher, sur le point d'entrer, d'attirer Rougon, en lui criant : « Tiens ! prends-moi, j'ai confiance, je ne serai ensuite ta femme que si tu veux. » Rougon, qui parlait toujours, comprit tout d'un coup; il se tut, très-pâle. Et ils se regardèrent. Pendant un instant, ils eurent un léger tremblement d'hésitation. Lui, revoyait le lit, à côté, avec la grande ombre des rideaux. Elle, calculait déjà les conséquences de sa générosité. Ce ne fut, de part et d'autre, que l'abandon d'une minute.

— Vous voulez ce mariage? dit-elle avec lenteur.

Il n'hésita pas, il répondit en haussant la voix :

— Oui

— Eh bien! faites.

Et tous deux, à petits pas, ils revinrent vers la porte, ils sortirent sur le palier, l'air très-calme. Rougon gardait seulement aux tempes les quelques gouttes de sueur que venait de lui coûter sa dernière victoire. Clorinde se redressait, dans la certitude de sa force. Ils demeurèrent un moment face à face, muets, n'ayant plus rien à se dire, ne pouvant se séparer pourtant. Enfin, comme il s'en allait en lui donnant une poignée de main, elle le retint par une courte pression, elle lui dit sans colère :

— Vous vous croyez plus fort que moi... Vous avez tort... Un jour, vous pourrez avoir des regrets.

Elle ne le menaça pas davantage. Elle s'accouda sur la rampe, pour le regarder descendre. Quand il fut en bas, il leva la tête, et ils se sourirent. Elle n'avait pas la vengeance puérile, elle rêvait déjà de l'écraser par quelque triomphe d'apothéose. En rentrant dans le cabinet, elle se surprit à dire, à demi-voix :

— Ah! tant pis! tous les chemins mènent à Rome.

Dès le soir, Rougon commença le siége du cœur de Delestang. Il lui rapporta de prétendues paroles, très-flatteuses, que mademoiselle Balbi avait prononcées sur son compte, au banquet de l'Hôtel-de-Ville, le jour du baptême. Et il ne se lassa plus, à partir de cette heure, d'entretenir l'ancien avoué de la beauté extraordinaire de la jeune fille. Lui, qui, autrefois, le mettait si souvent en garde contre les femmes, tâchait de le livrer à celle-là, pieds et poings liés. Un jour, c'étaient les mains qu'elle avait superbes; un autre jour, il célébrait sa taille, il en parlait avec une crudité provocante. Delestang, très-inflammable, le cœur déjà occupé de Clorinde, flamba bientôt d'une passion folle. Quand Rougon lui eut affirmé qu'il n'avait jamais songé à elle, il lui avoua qu'il l'aimait depuis six mois, mais qu'il se taisait, de peur d'aller sur ses brisées. Maintenant, il se rendait tous les soirs rue Marbeuf, pour causer d'elle. Il y avait comme une conspiration autour de lui ; il n'abordait plus personne, sans entendre un éloge enthousiaste de celle qu'il adorait ; jusqu'aux Charbonnel qui l'arrêtèrent un matin, au milieu de la place de la Concorde, pour s'émerveiller longuement sur « cette belle demoiselle avec laquelle on le voyait partout ».

De son côté, Clorinde trouvait des sourires exquis. Elle avait refait un plan d'existence, elle s'était accoutumée en quelques jours à son nouveau rôle. Par une tactique de génie, elle ne séduisait pas l'ancien avoué avec la carrure cavalière qu'elle venait d'expérimenter sur Rougon. Elle se transformait, se faisait languissante, affichait des effarouchements d'innocente, se disait nerveuse, au point d'avoir des crises pour un serrement de main trop tendre. Quand Delestang racontait à Rougon qu'elle s'était évanouie dans ses bras, parce qu'il avait osé lui baiser le poignet, celui-ci regardait cela comme une preuve de grande pureté d'esprit. Puis, les choses marchant trop lentement, Clorinde se livra, un soir de juillet, dans un de ses abandons de pensionnaire. Delestang demeura confus de cette victoire, d'autant plus qu'il crut avoir lâchement profité d'une syncope de la jeune fille : elle était restée comme morte, elle semblait ne se souvenir de rien. Lorsqu'il hasardait une excuse, ou qu'il tentait une familiarité, elle le regardait avec une telle candeur, qu'il balbutiait, dévoré de remords et de désir. Aussi, après cette aventure, songea-t-il sérieusement à l'épouser. Il voyait là un moyen de réparer sa vilaine action ; il y voyait plus encore une façon de posséder légitimement le bonheur volé, ce bonheur d'une minute dont le souvenir le brûlait, et qu'il désespérait de jamais retrouver autrement.

Cependant, pendant huit jours encore, Delestang hésita. Il vint consulter Rougon. Quand ce dernier comprit ce qui s'était passé, il demeura un instant la tête basse, à sonder tout ce noir de la femme, la longue résistance que Clorinde lui avait opposée, puis sa chute brusque dans les bras de cet imbécile. Il ne vit pas les causes profondes de cette double conduite. Un instant, la chair blessée, pris d'un besoin de brutalité, il fut sur le point de tout dire, dans un flot d'injures. D'ailleurs, Delestang, sur les questions crues qu'il lui adressait, niait tout rapport, en galant homme. Et cela suffit pour rappeler Rougon à lui. Il acheva alors de décider l'ancien avoué, très-habilement. Il ne lui conseillait pas ce mariage, il l'y poussait par des réflexions presque étrangères au sujet. Quant aux vilaines histoires qui pouvaient courir sur mademoiselle Balbi, elles le surprenaient; il n'y croyait pas, lui-même était allé aux renseignements, sans apprendre rien que d'honorable. Du reste, il ne fallait pas discuter la femme qu'on aimait. Ce fut son dernier mot.

Six semaines plus tard, au sortir de la Madeleine, où le mariage venait d'être célébré avec une pompe extraordinaire, Rougon répondit à un député, qui s'étonnait du choix de Delestang :

— Que voulez-vous! je l'ai averti cent fois... Il devait être roulé par une femme.

Vers la fin de l'hiver, comme Delestang et sa femme revenaient d'un voyage en Italie, ils apprirent que Rougon était sur le point d'épouser mademoiselle Beulin-d'Orchère. Quand ils allèrent le voir, Clorinde le félicita, avec une bonne grâce parfaite. Lui, prétendit d'un air bonhomme faire ça pour ses amis. Depuis trois mois, on le persécutait, on lui prouvait qu'un homme dans sa position devait être marié. Il riait, il ajoutait que, lorsqu'il recevait ses intimes, le soir, il n'y avait seulement pas une femme chez lui, pour verser le thé.

— Alors, ça vous est venu tout d'un coup, vous n'y songiez pas, dit Clorinde en souriant. Il fallait vous marier en même temps que nous. Nous serions allés ensemble en Italie.

Et elle le questionna, tout en plaisantant. C'était son ami Du Poizat qui avait eu sans doute cette belle idée? Il jura que non, il raconta que Du Poizat, au contraire, était absolument opposé à ce mariage; l'ancien sous-préfet détestait M. Beulin-d'Orchère. Mais tous les autres, M. Kahn, M. Béjuin, madame Correur, les Charbonnel eux-mêmes, ne tarissaient pas sur les mérites de mademoiselle Véronique : elle allait, à les entendre, apporter dans sa maison des vertus, des prospérités, des charmes inimaginables. Il termina, en tournant la chose au comique.

— Enfin, c'est une personne qu'on a faite exprès pour moi. Je ne pouvais pas la refuser.

Puis, il ajouta avec finesse :

— Si nous avons la guerre à l'automne, il faut bien songer à des alliances.

Clorinde l'approuva vivement. Elle fit, elle aussi, un grand éloge de mademoiselle Beulin-d'Orchère, qu'elle n'avait pourtant aperçue qu'une fois. Delestang, qui jusque-là s'était contenté de hocher la tête, sans quitter sa femme des yeux, se lança dans des considérations enthousiastes sur le mariage. Il entamait le récit de son bonheur, lorsqu'elle se leva, en parlant d'une autre visite qu'ils devaient faire. Et, comme Rougon les accompagnait, elle le retint, laissant son mari marcher en avant.

— Je vous disais bien que vous seriez marié dans l'année, lui souffla-t-elle doucement à l'oreille.

VI

L'été arriva. Rougon vivait dans un calme absolu. Madame Rougon, en trois mois, avait rendu grave la maison de la rue Marbeuf, où traînait autrefois une odeur d'aventure. Maintenant, les pièces, un peu froides, très-propres, sentaient la vie honnête; les meubles méthodiquement rangés, les rideaux ne laissant pénétrer qu'un filet de jour, les tapis étouffant les bruits, mettaient là l'austérité presque religieuse d'un salon de couvent; même il semblait que ces choses étaient anciennes, qu'on entrait dans un antique logis tout plein d'un parfum patriarcal. Cette grande femme laide, qui exerçait une surveillance continue, ajoutait à ce recueillement la douceur de son pas silencieux; et elle menait le ménage d'une main si discrète et si aisée, qu'elle paraissait avoir vieilli en cet endroit, dans vingt années de mariage.

Rougon souriait, quand on le complimentait. Il s'entêtait à dire qu'il s'était marié sur le conseil et sur le choix de ses amis. Sa femme le ravissait. Depuis longtemps, il avait l'envie d'un intérieur bourgeois, qui fût comme une preuve matérielle de sa probité. Cela achevait de le tirer de son passé suspect, de le classer parmi les honnêtes gens. Il était resté très-provincial, il avait gardé comme idéal certains salons cossus de Plassans,

dont les fauteuils conservaient toute l'année leurs housses
de toile blanche. Lorsqu'il allait chez Delestang, où Clorinde étalait par boutade un luxe extravagant, il témoignait son mépris, en haussant légèrement les épaules.
Rien ne lui paraissait ridicule comme de jeter l'argent
par les fenêtres; non pas qu'il fût avare; mais il répétait
d'ordinaire qu'il connaissait des jouissances préférables
à toutes celles qu'on achète. Aussi s'était-il déchargé
sur sa femme du soin de leur fortune. Il avait jusque-là
vécu sans compter. Dès lors, elle administra l'argent
avec le souci étroit qu'elle apportait déjà dans la conduite du ménage.

Pendant les premiers mois, Rougon s'enferma, se
recueillant, se préparant aux luttes qu'il rêvait. C'était,
chez lui, un amour du pouvoir pour le pouvoir, dégagé
des appétits de vanité, de richesses, d'honneurs. D'une
ignorance crasse, d'une grande médiocrité dans toutes
les choses étrangères au maniement des hommes, il
ne devenait véritablement supérieur que par ses besoins de domination. Là, il aimait son effort, il idolà-
trait son intelligence. Être au-dessus de la foule où il
ne voyait que des imbéciles et des coquins, mener le
monde à coups de trique, cela développait dans l'épaisseur de sa chair un esprit adroit, d'une extraordinaire
énergie. Il ne croyait qu'en lui, avait des convictions
comme on a des arguments, subordonnait tout à l'élargissement continu de sa personnalité. Sans vice aucun,
il faisait en secret des orgies de toute-puissance. S'il
tenait de son père la carrure lourde des épaules, l'em-
pâtement du masque, il avait reçu de sa mère, cette
terrible Félicité qui gouvernait Plassans, une flamme de
volonté, une passion de la force, dédaigneuse des petits
moyens et des petites joies; et il était certainement le
plus grand des Rougon.

Quand il se trouva ainsi seul, inoccupé, après des années de vie active, il éprouva d'abord un sentiment délicieux de sommeil. Depuis les chaudes journées de 1851, il lui semblait qu'il n'avait pas dormi. Il acceptait sa disgrâce comme un congé mérité par de longs services. Il pensait rester six mois à l'écart, le temps de choisir un meilleur terrain, puis rentrer à son gré dans la grande bataille. Mais, au bout de quelques semaines, il était déjà las de repos. Jamais il n'avait eu une conscience si nette de sa force; maintenant qu'il ne les employait plus, sa tête et ses membres le gênaient; et il passait ses journées à se promener, au fond de son étroit jardin, avec des bâillements formidables, pareil à un de ces lions mis en cage, qui étirent puissamment leurs membres engourdis. Alors, commença pour lui une odieuse existence, dont il cacha avec soin l'ennui écrasant; il était bonhomme, il se disait bien content d'être en dehors du « gâchis »; seules ses lourdes paupières se soulevaient parfois, guettant les événements, retombant sur la flamme de ses yeux, dès qu'on le regardait. Ce qui le tint debout, ce fut l'impopularité dans laquelle il se sentait marcher. Sa chute avait comblé de joie bien du monde. Il ne se passait pas un jour, sans que quelque journal l'attaquât; on personnifiait en lui le coup d'État, les proscriptions, toutes ces violences dont on parlait à mots couverts; on allait jusqu'à féliciter l'empereur de s'être séparé d'un serviteur qui le compromettait. Aux Tuileries, l'hostilité était plus grande encore; Marsy triomphant le criblait de bons mots, que les dames colportaient dans les salons. Cette haine le réconfortait, l'enfonçait dans son mépris du troupeau humain. On ne l'oubliait pas, on le détestait, et cela lui semblait bon. Lui seul contre tous, c'était un rêve qu'il caressait; lui seul, avec un fouet, tenant les mâchoires à distance. Il se grisa des injures, il devint plus grand, dans l'orgueil de sa solitude.

Cependant, l'oisiveté pesait terriblement à ses muscles de lutteur. S'il avait osé, il aurait saisi une bêche pour défoncer un coin de son jardin. Il entreprit un long travail, l'étude comparée de la constitution anglaise et de la constitution impériale de 1852; il s'agissait, en tenant compte de l'histoire et des mœurs politiques des deux peuples, de prouver que la liberté était tout aussi grande en France qu'en Angleterre. Puis, quand il eut amassé les documents, quand le dossier fut complet, il dut faire un effort considérable pour prendre la plume; volontiers, il aurait plaidé la chose devant la Chambre; mais la rédiger, écrire un ouvrage, avec le souci des phrases, lui paraissait une besogne d'une difficulté énorme, sans utilité immédiate. Le style l'avait toujours embarrassé; aussi le tenait-il en grand dédain. Il ne dépassa pas la dixième page. D'ailleurs, il laissa traîner sur son bureau le manuscrit commencé, bien qu'il n'y ajoutât pas vingt lignes par semaine. Chaque fois qu'on le questionnait sur ses occupations, il répondait en expliquant son idée tout au long, et en donnant à l'œuvre une portée immense. C'était l'excuse derrière laquelle il cachait le vide abominable de ses journées.

Les mois s'écoulaient, il souriait avec une bonhomie plus sereine. Pas un des désespoirs qu'il étouffait ne montait à sa face. Il accueillait les plaintes de ses intimes par des raisonnements concluant tous à sa parfaite félicité. N'était-il pas heureux? Il adorait l'étude, il travaillait à sa guise; cela était préférable à l'agitation fiévreuse des affaires publiques. Puisque l'empereur n'avait pas besoin de lui, il faisait bien de le laisser tranquille dans son coin; et il ne nommait ainsi l'empereur qu'avec le plus profond dévouement. Souvent pourtant, il déclarait être

prêt, attendre simplement un signe de son maître pour
reprendre « le fardeau du pouvoir »; mais il ajoutait qu'il
ne tenterait pas une seule démarche qui pût provoquer
ce signe. En effet, il semblait mettre un soin jaloux à
rester à l'écart. Dans le silence des premières années de
l'empire, au milieu de cette étrange stupeur faite d'épouvante et de lassitude, il entendait monter un sourd réveil. Et comme espoir suprême, il comptait sur quelque
catastrophe qui le rendrait brusquement nécessaire. Il
était l'homme des situations graves, « l'homme aux
grosses pattes », selon le mot de M. de Marsy.

Le dimanche et le jeudi, la maison de la rue Marbeuf
s'ouvrait aux intimes. On venait causer dans le grand
salon rouge, jusqu'à dix heures et demie, heure à laquelle Rougon mettait ses amis impitoyablement à la
porte; il disait que les longues veillées encrassent
le cerveau. Madame Rougon, à dix heures précises,
servait elle-même le thé, en ménagère attentive aux
moindres détails. Il n'y avait que deux assiettes de petits fours, auxquelles personne ne touchait.

Le jeudi de juillet qui suivit, cette année-là, les élections générales, toute la bande se trouvait réunie dans
le salon, dès huit heures. Ces dames, madame Bouchard,
madame Charbonnel, madame Correur, assises près
d'une fenêtre ouverte, pour respirer les rares bouffées
d'air venues de l'étroit jardin, formaient un rond, au
milieu duquel M. d'Escorailles racontait ses fredaines
de Plassans, lorsqu'il allait passer douze heures à Monaco,
sous le prétexte d'une partie de chasse, chez un ami.
Madame Rougon, en noir, à demi cachée derrière un
rideau, n'écoutait pas, se levait doucement, disparaissait pendant des quarts d'heure entiers. Il y avait encore
avec les dames M. Charbonnel, posé au bord d'un fauteuil, stupéfait d'entendre un jeune homme comme il

faut avouer de pareilles aventures. Au fond de la pièce,
Clorinde était debout, prêtant une oreille distraite à une
conversation sur les récoltes, engagée entre son mari et
M. Béjuin. Vêtue d'une robe écrue, très-chargée de
rubans paille, elle tapait à petits coups d'éventail la pau-
me de sa main gauche, en regardant fixement le globe
lumineux de l'unique lampe qui éclairait le salon. A une
table de jeu, dans la clarté jaune, le colonel et M. Bouchard jouaient au piquet; tandis que Rougon, sur un
coin du tapis vert, faisait des réussites, relevant les cartes d'un air grave et méthodique, interminablement.
C'était son amusement favori, le jeudi et le dimanche,
une occupation qu'il donnait à ses doigts et à sa pensée.

— Eh bien, ça réussira-t-il? demanda Clorinde, qui
s'approcha, avec un sourire.

— Mais ça réussit toujours, répondit-il tranquillement.

Elle se tenait devant lui, de l'autre côté de la table,
pendant qu'il disposait le jeu en huit paquets.

Quand il eut retiré toutes les cartes, deux à deux, elle
reprit :

— Vous avez raison, ça réussit... A quoi aviez-vous
pensé?

Mais lui, leva les yeux lentement, comme étonné de
la question :

— Au temps qu'il fera demain, finit-il par dire.

Et il se remit à étaler les cartes. Delestang et M. Béjuin ne causaient plus. Un rire perlé de la jolie madame
Bouchard sonnait seul dans le salon. Clorinde s'approcha
d'une fenêtre, resta là un moment, à regarder la nuit qui
tombait. Puis, sans se retourner, elle demanda :

— A-t-on des nouvelles de ce pauvre monsieur Kahn?

— J'ai reçu une lettre, répondit Rougon. Je l'attends
ce soir.

Alors, on parla de la mésaventure de M. Kahn. Il avait eu l'imprudence, pendant la dernière session, de critiquer assez vivement un projet de loi déposé par le gouvernement; ce projet de loi, qui créait dans un département voisin une concurrence redoutable, menaçait de ruiner ses hauts fourneaux de Bressuire. Pourtant, il ne croyait pas avoir dépassé les bornes d'une légitime défense, lorsque, à son retour dans les Deux-Sèvres, où il allait soigner son élection, il avait appris, de la bouche même du préfet, qu'il n'était plus candidat officiel; il cessait de plaire, le ministre venait de désigner un avoué de Niort, homme d'une grande médiocrité. C'était un coup de massue.

Rougon donnait des détails, quand M. Kahn entra, suivi de Du Poizat. Tous les deux étaient arrivés par le train de sept heures. Ils n'avaient pris que le temps de dîner.

— Eh bien, qu'en pensez-vous? dit M. Kahn au milieu du salon, pendant qu'on s'empressait autour de lui. Me voilà un révolutionnaire, maintenant!

Du Poizat s'était jeté dans un fauteuil, d'un air harassé.

— Une jolie campagne! cria-t-il, un joli gâchis! C'est à dégoûter tous les honnêtes gens!

Mais il fallut que M. Kahn racontât l'affaire longuement. Lorsqu'il avait débarqué là-bas, il disait avoir senti, dès ses premières visites, une sorte d'embarras chez ses meilleurs amis. Quant au préfet, M. de Langlade, c'était un homme de mœurs dissolues, qu'il accusait d'être au mieux avec la femme de l'avoué de Niort, le nouveau député. Pourtant, ce Langlade lui avait appris sa disgrâce d'une façon fort aimable, en fumant un cigare, au dessert d'un déjeuner fait à la préfecture. Et il rapporta la conversation d'un bout à l'autre. Le pis était

qu'on imprimait déjà ses affiches et ses bulletins. Dans
le premier moment, la colère l'étouffait au point qu'il
voulait se présenter quand même.

— Ah! si vous ne nous aviez pas écrit, dit Du Poizat
en se tournant vers Rougon, nous aurions donné une
fameuse leçon au gouvernement!

Rougon haussa les épaules. Il répondit négligemment,
pendant qu'il battait ses cartes :

— Vous auriez échoué et vous restiez à jamais compromis. La belle avance!

— Je ne sais pas comment vous êtes bâti, vous! cria
Du Poizat, qui se mit brusquemment debout, avec des
gestes furibonds. Moi, je déclare que le Marsy commence
à m'échauffer les oreilles. C'est vous qu'il a voulu atteindre en frappant notre ami Kahn... Avez-vous lu les
circulaires du personnage? Ah! elles sont propres, ses
élections! Il les a faites à coups de phrases... Ne sou-
riez donc pas! Si vous aviez été à l'Intérieur, vous auriez mené l'affaire d'une façon autrement large.

Et, comme Rougon continuait à sourire en le regardant, il ajouta avec plus de violence :

— Nous étions là-bas, nous avons tout vu... Il y a un
malheureux garçon, un ancien camarade à moi, qui a
osé poser une candidature républicaine. Vous n'avez
pas idée de la façon dont on l'a traqué. Le préfet, les
maires, les gendarmes, toute la clique est tombée sur
lui; on lacérait ses affiches, on jetait ses bulletins dans
les fossés, on arrêtait les quelques pauvres diables chargés de distribuer ses circulaires; jusqu'à sa tante, une
digne femme pourtant, qui l'a fait prier de ne plus
mettre les pieds chez elle, parce qu'il la compromettait.
Et les journaux donc! il y était traité de brigand. Les
bonnes femmes se signent maintenant, quand il passe
dans un village.

Il respira bruyamment, il reprit, après s'être jeté de nouveau dans un fauteuil :

— N'importe, si Marsy a eu la majorité dans tous les départements, Paris n'en a pas moins nommé cinq députés de l'opposition... C'est le réveil. Que l'empereur laisse le pouvoir entre les mains de ce grand bellâtre de ministre et de ces préfets d'alcôve, qui, pour coucher librement avec les femmes, envoient les maris à la Chambre ; dans cinq ans d'ici, l'empire ébranlé menacera ruine... Moi, je suis enchanté des élections de Paris. Je trouve que ça nous venge.

— Alors, si vous aviez été préfet...? demanda Rougon de son air paisible, avec une si fine ironie, qu'elle plissait à peine les coins de ses grosses lèvres.

Du Poizat montra ses dents blanches mal rangées. Ses poings chétifs d'enfant malade serraient les bras du fauteuil, comme s'il avait voulu les tordre.

— Oh ! murmura-t-il, si j'avais été préfet...

Mais il n'acheva pas, il s'affaissa contre le dossier, en disant :

— Non, c'est écœurant, à la fin !... D'ailleurs, j'ai toujours été républicain, moi !

Cependant, devant la fenêtre, les dames se taisaient, la face tournée vers l'intérieur du salon, pour écouter ; tandis que M. d'Escorailles, un large éventail à la main, sans rien dire, éventait la jolie madame Bouchard, toute languissante, les tempes moites sous les haleines chaudes du jardin. Le colonel et M. Bouchard, qui venaient de recommencer une partie, cessaient de jouer par instants, approuvant ou désapprouvant ce qu'on disait, d'un hochement de tête. Un large cercle de fauteuils s'était formé autour de Rougon : Clorinde, attentive, le menton dans la main, ne risquait pas un geste ; Delestang souriait à sa femme, l'esprit occupé par quelque souvenir tendre ;

M. Béjuin, les mains nouées sur les genoux, regardait successivement ces messieurs et ces dames, l'air effaré. La brusque entrée de Du Poizat et de M. Kahn avait soufflé, dans le grand calme du salon, tout un orage ; ils semblaient avoir apporté sur eux, entre les plis de leurs vêtements, une odeur d'opposition.

— Enfin, j'ai suivi votre conseil, je me suis retiré, reprit M. Kahn. On m'avait averti que je serais traité plus rudement encore que le candidat républicain. Moi qui ai servi l'empire avec tant de dévouement ! Avouez qu'une telle ingratitude est faite pour décourager les âmes les plus fortes.

Et il se plaignit amèrement d'une foule de vexations. Il avait voulu fonder un journal, pour soutenir son projet d'un chemin de fer de Niort à Angers ; plus tard, ce journal devait être une arme financière très-puissante entre ses mains ; mais on venait de lui refuser l'autorisation, M. de Marsy s'étant imaginé que Rougon se cachait derrière lui, et qu'il s'agissait d'une feuille de combat, destinée à battre en brèche son portefeuille.

— Parbleu ! dit Du Poizat, ils ont peur qu'on n'écrive enfin la vérité. Ah ! je vous aurais fourni de jolis articles !... C'est une honte d'avoir une presse comme la nôtre, bâillonnée, menacée d'être étranglée au premier cri. Un de mes amis, qui publie un roman, a été appelé au ministère, où un chef de bureau l'a prié de changer la couleur du gilet de son héros, parce que cette couleur déplaisait au ministre. Je n'invente rien.

Il cita d'autres faits, il parla des légendes effrayantes qui circulaient parmi le peuple, du suicide d'une jeune actrice et d'un parent de l'empereur, du prétendu duel de deux généraux, dont l'un aurait tué l'autre, dans un corridor des Tuileries, à la suite d'une histoire de vol. Est-ce que des contes semblables auraient trouvé des

crédules, si la presse avait pu parler librement? Et il
répéta comme conclusion :

— Je suis républicain, décidément.

— Vous êtes bien heureux, murmura M. Kahn; moi, je
ne sais plus ce que je suis.

Rougon, pliant ses larges épaules; avait commencé une
réussite fort délicate. Il s'agissait, après avoir distribué
les cartes trois fois en sept paquets, en cinq, puis en
trois, d'arriver à ce que, toutes les cartes étant tombées,
les huit trèfles se trouvassent ensemble. Il paraissait absorbé au point de ne rien entendre, bien que ses oreilles
eussent comme des frémissements, à certains mots.

— Le régime parlementaire offrait des garanties sérieuses, dit le colonel. Ah ! si les princes revenaient !

Le colonel Jobelin était orléaniste, dans ses heures
d'opposition. Il racontait volontiers le combat du col de
Mouzaïa, où il avait fait le coup de feu, à côté du duc
d'Aumale, alors capitaine au 4e de ligne.

— On était très-heureux sous Louis-Philippe, continua
t-il, en voyant le silence qui accueillait ses regrets.
Croyez-vous que, si nous avions un cabinet responsable,
notre ami ne serait pas à la tête de l'État avant six mois?
Nous compterions bientôt un grand orateur de plus.

Mais M. Bouchard donnait des signes d'impatience.
Lui, se disait légitimiste; son grand-père avait approché
la cour, autrefois. Aussi, à chaque soirée, des querelles
terribles s'engageaient elles entre lui et son cousin sur la
politique.

— Laissez donc ! murmura-t-il; votre monarchie de
Juillet a toujours vécu d'expédients. Il n'y a qu'un principe, vous le savez bien.

Alors, ils se traitèrent très-vertement. Ils faisaient
table rase de l'empire, ils installaient chacun le gouvernement de son choix. Est-ce que les Orléans avaient

jamais marchandé une décoration à un vieux soldat ?
Est-ce que les rois légitimes auraient commis des passe-
droits comme on en voyait chaque jour dans les bureaux ?
Quand ils en furent venus à se traiter sourdement d'imbéciles, le colonel cria, en prenant furieusement ses cartes :

— Fichez-moi la paix ! entendez-vous, Bouchard !...
J'ai un quatorze de dix et une quatrième au valet. Est-ce
bon ?

Delestang, tiré de sa rêverie par la dispute, crut devoir
défendre l'empire. Mon Dieu ! ce n'était pas que l'empire le contentât absolument. Il aurait voulu un gouvernement plus largement humain. Et il tâcha d'expliquer
ses aspirations, une conception socialiste très-compliquée,
l'extinction du paupérisme, l'association de tous les tra-
vailleurs, quelque chose comme sa ferme-modèle de la
Chamade, en grand. Du Poizat disait d'ordinaire qu'il
avait trop fréquenté les bêtes. Pendant que son mari
parlait en hochant sa tête superbe de personnage officiel,
Clorinde le regardait, avec une légère moue des lèvres.

— Oui, je suis bonapartiste, dit-il à plusieurs reprises ;
je suis, si vous voulez, bonapartiste libéral.

— Et vous, Béjuin ? demanda brusquement M. Kahn.

— Mais moi aussi, répondit M. Béjuin, la bouche tout
empâtée par ses longs silences ; c'est-à-dire, il y a des
nuances, certainement... Enfin, je suis bonapartiste.

Du Poizat eut un rire aigu.

— Parbleu ! cria-t-il.

Et, comme on le pressait de s'expliquer, il continua
crûment :

— Je vous trouve bons, vous autres ! On ne vous a pas
lâchés. Delestang est toujours au conseil d'État. Béjuin
vient d'être réélu.

— Ça s'est fait tout naturellement, interrompit celui-
ci. C'est le préfet du Cher...

— Oh ! vous n'y êtes pour rien, je ne vous accuse pas.
Nous savons comment les choses se passent... Combelot
aussi est réélu, La Rouquette aussi... L'empire est superbe !

M. d'Escorailles, qui continuait à éventer la jolie
madame Bouchard, voulut intervenir. Lui, défendait l'empire à un autre point de vue ; il s'était rallié, parce que
l'empereur lui paraissait avoir une mission à remplir ; le
salut de la France avant tout.

— Vous avez gardé votre situation d'auditeur, n'est-ce
pas ? reprit Du Poizat en élevant la voix ; eh bien, vos
opinions sont connues... Que diable ! ce que je dis là
semble vous scandaliser tous. C'est simple pourtant...
Kahn et moi nous ne sommes plus payés pour être aveugles, voilà !

On se fâcha. C'était abominable, cette façon d'envisager
la politique. Il y avait, dans la politique, autre chose que
des intérêts personnels. Le colonel lui-même et M. Bouchard, bien qu'ils ne fussent pas bonapartistes, recon-
naissaient qu'il pouvait exister des bonapartistes de bonne
foi ; et ils parlaient de leurs propres convictions, avec un
redoublement de chaleur, comme si on avait voulu les
leur arracher de vive force. Quant à Delestang, il était
très-blessé ; il répétait qu'on ne l'avait pas compris, il indiquait par quels points considérables il s'éloignait des
partisans aveugles de l'empire ; ce qui l'entraîna dans de
nouvelles explications sur les développements démocra-
tiques dont le gouvernement de l'empereur lui paraissait
susceptible. M. Béjuin, lui non plus, pas plus d'ailleurs
que M. d'Escorailles, n'acceptèrent d'être des bonapartistes
tout court ; ils établissaient des nuances énormes, se can-
tonnaient chacun dans des opinions particulières, difficiles à définir ; si bien qu'au bout de dix minutes toute la
société était passée à l'opposition. Les voix se haussaient,

des discussions partielles s'engageaient, les mots de légitimistes, d'orléanistes, de républicain, volaient, au milieu des professions de foi vingt fois répétées. Madame
Rougon se montra un instant, sur le seuil d'une porte,
l'air inquiet ; puis, doucement, elle disparut de nouveau.

Rougon, cependant, venait de finir la réussite des trèfles. Clorinde se pencha, pour lui demander dans le vacarme :

— Elle a réussi ?

— Mais sans doute, répondit-il avec son sourire calme.

Et, comme s'il se fût aperçu seulement alors de l'éclat
des voix, il agita la main, en reprenant :

— Vous faites bien du bruit !

Ils se turent, croyant qu'il voulait parler. Un grand silence se fit. Tous, un peu las, attendaient. Rougon, d'un
coup de pouce, avait élargi sur la table un éventail de
treize cartes. Il compta, il dit au milieu du recueillement :

— Trois dames, signe de querelle... Une nouvelle à la
nuit... Une femme brune dont il faudra se méfier...

Mais Du Poizat, impatienté, l'interrompit.

— Et vous, Rougon, qu'est-ce que vous pensez ?

Le grand homme se renversa dans son fauteuil, s'allongea, en étouffant de la main un léger bâillement. Il
haussait le menton, comme si le cou lui avait fait du mal.

— Oh ! moi, murmura-t-il, les yeux au plafond, je
suis autoritaire, vous le savez bien. On apporte ça en
naissant. Ce n'est pas une opinion, c'est un besoin...
Vous êtes bêtes de vous disputer. En France, dès qu'il
y a cinq messieurs dans un salon, il y a cinq gouvernements en présence. Ça n'empêche personne de servir le
gouvernement reconnu. Hein, n'est-ce pas ? c'est histoire
de causer.

Il baissa le menton et leur jeta un lent regard à la
ronde.

— Marsy a très-bien conduit les élections. Vous avez tort de blâmer ses circulaires. La dernière surtout était d'une jolie force... Quant à la presse, elle est déjà trop libre. Où en serions-nous, si le premier venu pouvait écrire ce qu'il pense? Moi, d'ailleurs, j'aurais comme Marsy refusé à Kahn l'autorisation de fonder un journal. Il est toujours inutile de fournir une arme à ses adversaires... Voyez-vous, les empires qui s'attendrissent sont des empires perdus. La France demande une main de fer. Quand on l'étrangle un peu, cela n'en va pas plus mal.

Delestang voulut protester. Il commença une phrase :

— Cependant, il y a une certaine somme de libertés nécessaires...

Mais Clorinde lui imposa silence. Elle approuvait tout ce que disait Rougon, d'un hochement de tête exagéré. Elle se penchait pour qu'il la vît mieux, soumise devant lui, convaincue. Aussi fut-ce à elle qu'il adressa un coup d'œil, en s'écriant :

— Ah! oui, les libertés nécessaires, je m'attendais à les voir arriver!... Écoutez, si l'empereur me consultait, il n'accorderait jamais une liberté.

Et comme Delestang de nouveau s'agitait, sa femme le fit tenir tranquille d'un froncement terrible de ses beaux sourcils.

— Jamais! répéta Rougon avec force.

Il s'était soulevé de son fauteuil, d'un air si formidable, que personne ne souffla mot. Mais il se laissa retomber, les membres mous, comme détendu, murmurant :

— Voilà que vous me faites crier, moi aussi... Je suis un bon bourgeois, maintenant. Je n'ai pas à me mêler de tout ça, et j'en suis ravi. Dieu veuille que l'empereur n'ait plus besoin de moi !

A ce moment, la porte du salon s'ouvrait. Il mit un doigt sur sa bouche, il souffla très-bas :

— Chut !

C'était M. La Rouquette qui entrait. Rougon le soupçonnait d'être envoyé par sa sœur, madame de Llorentz,
pour espionner ce qu'on disait chez lui. M. de Marsy, bien
que marié depuis six mois à peine, venait de renouer
avec cette dame, qu'il avait gardée comme maîtresse pendant près de deux ans. Aussi, dès l'arrivée du jeune député, cessa-t-on de parler politique. Le salon reprit son
air discret. Rougon alla lui-même chercher un grand
abat-jour, qu'il posa sur la lampe ; et l'on ne vit plus,
dans le cercle étroit de clarté jaune, que les mains sèches
du colonel et de M. Bouchard, jetant régulièrement les
cartes. Devant la fenêtre, madame Charbonnel, à demi-voix, contait ses soucis à madame Correur, pendant
que M. Charbonnel accentuait chaque détail d'un gros
soupir ; il y avait bientôt deux ans qu'ils étaient à Paris,
et leur maudit procès n'en finissait pas ; la veille encore,
ils avaient dû se résigner à acheter six chemises chacun,
en apprenant une nouvelle remise de l'affaire. Un peu
en arrière, près d'un rideau, madame Bouchard semblait
dormir, assoupie par la chaleur. M. d'Escorailles était
venu la retrouver. Puis, comme personne ne les regardait,
il eut la tranquille audace de poser un long baiser silencieux sur ses lèvres à demi closes. Elle ouvrit les yeux
tout grands, sans bouger, très-sérieuse.

— Mon Dieu ! non, disait M. La Rouquette juste à ce
moment, je ne suis pas allé aux Variétés. J'ai vu la répé-
tion générale de la pièce. Oh ! un succès fou, une musique d'une gaieté ! Ça fera courir tout Paris... J'avais
un travail à terminer. Je prépare quelque chose.

Il avait serré la main de ces messieurs et baisé galamment le poignet de Clorinde, au-dessus du gant. Il se tenait debout, appuyé au dossier d'un fauteuil, souriant,
mis avec une correction irréprochable. Dans la façon dont

sa redingote était boutonnée, perçait toutefois une prétention de haute gravité.

— A propos, reprit-il en s'adressant au maître de la
maison, j'ai un document à vous signaler pour votre
grand travail, une étude sur la constitution anglaise,
très-curieuse, ma foi, qui a paru dans une revue de
Vienne... Et avancez-vous?

— Oh! lentement, répondit Rougon. J'en suis à un
chapitre qui me donne beaucoup de mal.

D'ordinaire, il trouvait piquant de faire causer le jeune
député. Il savait par lui tout ce qui se passait aux Tuileries. Persuadé, ce soir-là, qu'on l'envoyait pour connaître son opinion sur le triomphe des candidatures officielles, il réussit, sans hasarder une seule phrase digne
d'être répétée, à tirer de lui une foule de renseignements.
Il commença par le complimenter de sa réélection. Puis,
de son air bonhomme, il entretint la conversation par de
simples hochements de tête. L'autre, charmé de tenir la
parole, ne s'arrêta plus. La cour était dans la joie. L'empereur avait appris le résultat des élections à Plombières;
on racontait qu'à la réception de la dépêche, il s'était
assis, les jambes coupées par l'émotion. Cependant, une
grosse inquiétude dominait toute cette victoire : Paris
venait de voter en monstre d'ingratitude.

— Bah! on muselera Paris, murmura Rougon, qui
étouffa un nouveau bâillement, comme ennuyé de ne
rien trouver d'intéressant, dans le flot de paroles de M. La
Rouquette.

Dix heures sonnèrent. Madame Rougon, poussant un
guéridon au milieu de la pièce, servit le thé. C'était
l'heure où des groupes isolés se formaient dans les coins.
M. Kahn, une tasse à la main, debout devant Delestang,
qui ne prenait jamais de thé, parce que ça l'agitait, entrait dans de nouveaux détails sur son voyage en Vendée;

sa grande affaire de la concession d'une voie ferrée de
Niort à Angers en était toujours au même point; cette
canaille de Langlade, le préfet des Deux-Sèvres, avait
osé se servir de son projet comme de manœuvre électo-
rale en faveur du nouveau candidat officiel. M. La Rouquette, maintenant, passant derrière les dames, leur
glissait dans la nuque des mots qui les faisaient sourire. Derrière un rempart de fauteuils, madame Correur
causait vivement avec Du Poizat; elle lui demandait des
nouvelles de son frère Martineau, le notaire de Coulonges;
et Du Poizat disait l'avoir vu, un instant, devant l'église,
toujours le même, avec sa figure froide, son air grave.
Puis, comme elle entamait ses récriminations habituelles,
il lui conseilla méchamment de ne jamais remettre les
pieds là-bas, car madame Martineau avait juré de la jeter
à la porte. Madame Correur acheva son thé, toute suf-
foquée.

— Voyons, mes enfants, il faut aller se coucher, dit
paternellement Rougon.

Il était dix heures vingt-cinq, et il accorda cinq minutes. Des gens partaient. Il accompagna M. Kahn et
M. Béjuin, que madame Rougon chargeait toujours de
compliments pour leurs femmes, bien qu'elle vît ces dames au plus deux fois par an. Il poussa doucement vers
la porte les Charbonnel, toujours très-embarrassés pour
s'en aller. Puis, comme la jolie madame Bouchard sortait
entre M. d'Escorailles et M. La Rouquette, il se tourna
vers la table de jeu, en criant :

— Eh! monsieur Bouchard, voilà qu'on vous prend
votre femme!

Mais le chef de bureau, sans entendre, annonçait son
jeu.

— Une quinte majeure en trèfle, hein! elle est bonne,
celle-là!... Trois rois, ils sont bons aussi...

Rougon, de ses grosses mains, enleva les cartes.

— C'est fini, allez-vous-en, dit-il. Vous n'êtes pas honteux, de vous acharner comme ça !... Voyons, colonel, soyez raisonnable.

C'était ainsi tous les jeudis et tous les dimanches. Il devait les interrompre au beau milieu d'une partie, ou quelquefois même éteindre la lampe, pour les décider à quitter le jeu. Et ils se retiraient furieux, en se querellant.

Delestang et Clorinde restèrent les derniers. Celle-ci, pendant que son mari cherchait partout son éventail, dit doucement à Rougon :

— Vous avez tort de ne pas faire un peu d'exercice, vous tomberez malade.

Il eut un geste à la fois indifférent et résigné. Madame Rougon rangeait déjà les tasses et les petites cuillers. Puis, comme les Delestang lui serraient la main, il bâilla franchement, à pleine bouche. Et il dit par politesse, pour ne pas laisser croire que c'était l'ennui de la soirée qui venait de lui monter à la gorge :

— Ah ! sacrebleu ! je vais joliment dormir, cette nuit !

Les soirées se passaient toutes ainsi. Il pleuvait du gris dans le salon de Rougon, selon le mot de Du Poizat, qui trouvait aussi que, maintenant, « ça sentait trop la dévote ». Clorinde se montrait filiale. Souvent, l'après-midi, elle arrivait seule, rue Marbeuf, avec quelque commission dont elle s'était chargée. Elle disait gaiement à madame Rougon qu'elle venait faire la cour à son mari ; et celle-ci, souriant de ses lèvres pâles, les laissait ensemble, pendant des heures. Ils causaient affectueusement, sans paraître se souvenir du passé ; ils se donnaient des poignées de main de camarades, dans ce même cabinet où, l'année précédente, il piétinait devant elle de désir. Aussi, ne songeant plus à ça, s'abandonnaient-ils tous

les deux à une tranquille familiarité. Il lui ramenait
sur les tempes les mèches folles de ses cheveux, qu'elle
avait toujours au vent, ou bien l'aidait à retrouver,
au milieu des fauteuils, la traîne de sa robe d'une longueur exagérée. Un jour, comme ils traversaient le jardin, elle eut la curiosité de pousser la porte de l'écurie. Elle entra, en le regardant, avec un léger rire. Lui,
les mains dans les poches, se contenta de murmurer,
souriant aussi :

— Hein! est-on bête, parfois!

Puis, à chaque visite, il lui donnait d'excellents conseils.
Il plaidait la cause de Delestang, qui en somme était un
bon mari. Elle, sagement, répondait qu'elle l'estimait; à
l'entendre, il n'avait pas encore contre elle un seul sujet de
plainte. Elle disait ne pas être seulement coquette, ce qui
était vrai. Dans ses moindres paroles perçait une grande
indifférence, presque un mépris pour les hommes. Quand
on parlait de quelque femme dont on ne comptait plus les
amants, elle ouvrait de grands yeux d'enfant, des yeux
surpris, en demandant : « Ça l'amuse donc? » Elle oubliait sa beauté pendant des semaines, ne s'en souvenait
que dans quelque besoin; et alors elle s'en servait terriblement, comme d'une arme. Aussi, lorsque Rougon,
avec une insistance singulière, revenait à ce sujet, lui
conseillait de rester fidèle à Delestang, finissait-elle par
se fâcher, criant :

— Mais laissez-moi tranquille! Je songe bien à tout
ça... Vous êtes blessant, à la fin!

Un jour, elle lui répondit carrément :

— Eh bien, si ça arrivait, qu'est-ce que ça pourrait
vous faire?... Vous n'avez rien à y perdre, vous!

Il rougit, cessa pendant quelque temps de lui parler
de ses devoirs, du monde, des convenances. Ce frisson
persistant de jalousie était tout ce qui restait dans sa

chair de son ancienne passion. Il poussait les choses
jusqu'à la faire surveiller, dans les salons où elle se
rendait. S'il s'était aperçu de la moindre intrigue, il eût
peut-être averti le mari. D'ailleurs, quand il voyait celui-
ci en particulier, il le mettait en garde, lui parlait de
l'extraordinaire beauté de sa femme. Mais Delestang
riait d'un air de confiance et de fatuité; si bien que,
dans le ménage, c'était Rougon qui avait tous les tour-
ments de l'homme trompé.

Ses autres conseils, très-pratiques, montraient sa grande
amitié pour Clorinde. Ce fut lui qui l'amena doucement
à renvoyer sa mère en Italie. La comtesse Balbi, seule
maintenant dans le petit hôtel des Champs-Elysées, y
menait une étrange vie d'insouciance, dont on causait.
Il se chargea de régler avec elle la délicate question
d'une pension viagère. On vendit l'hôtel, le passé de la
jeune femme fut comme effacé. Puis, il entreprit de la
guérir de ses excentricités; mais là il se heurta à une
naïveté absolue, à un entêtement de femme obtuse.
Clorinde, mariée, riche, vivait dans un incroyable gâchis
d'argent, avec des accès brusques d'une avarice honteuse.
Elle avait gardé sa petite bonne, cette noiraude d'Antonia
qui suçait des oranges du matin au soir. A elles deux,
elles salissaient abominablement l'appartement de madame, tout un coin du vaste hôtel de la rue du Colisée.
Quand Rougon allait la voir, il trouvait des assiettes sales
sur les fauteuils, des litres de sirop à terre, le long des
murs. Il devinait sous les meubles un entassement de
choses malpropres, fourrées là, à l'annonce de sa visite.
Et, au milieu des tentures graisseuses, des boiseries
grises de poussière, elle continuait à avoir des caprices
stupéfiants. Souvent, elle le recevait à demi nue, entor-
tillée dans une couverture, allongée sur un canapé, se
plaignant de maux inconnus, d'un chien qui lui mangeait

les pieds, ou bien d'une épingle avalée par mégarde et
dont la pointe devait sortir par sa cuisse gauche. D'autres fois, elle fermait les persiennes à trois heures, allumait toutes les bougies, puis dansait avec sa bonne,
l'une en face de l'autre, en riant si fort, que, lorsqu'il
entrait, la bonne restait cinq grandes minutes à souffler
contre la porte, avant de pouvoir s'en aller. Un jour,
elle ne voulut pas se laisser voir ; elle avait cousu les
rideaux de son lit de haut en bas, elle se tint assise
sur le traversin, dans cette cage d'étoffe, causant tranquillement avec lui pendant plus d'une heure, comme
s'ils s'étaient trouvés aux deux coins d'une cheminée.
Ces choses-là lui semblaient toutes naturelles. Quand
il la grondait, elle s'étonnait, elle disait qu'elle ne faisait
pas de mal. Il avait beau prêcher les convenances, promettre de la rendre en un mois la femme la plus sédui-
sante de Paris, elle s'emportait, répétant :

— Je suis comme ça, je vis comme ça... Qu'est-ce
que ça peut faire aux autres?

Parfois, elle se mettait à sourire.

— On m'aime tout de même, allez! murmurait-elle.

Et, à la vérité, Delestang l'adorait. Elle restait sa maîtresse, d'autant plus puissante, qu'elle semblait moins sa
femme. Il fermait les yeux sur ses caprices, pris de la
peur terrible qu'elle ne le plantât là, comme elle l'en
avait menacé un jour. Au fond de sa soumission, peut-
être la sentait-il vaguement supérieure, assez forte pour
faire de lui ce qu'il lui plairait. Devant le monde, il
la traitait en enfant, parlait d'elle avec une tendresse
complaisante d'homme grave. Dans l'intimité, ce grand
bel homme à tête superbe pleurait, les nuits où elle ne
voulait pas lui ouvrir la porte de sa chambre. Il enle-
vait seulement les clefs des appartements du premier
étage, pour sauver son grand salon des taches de graisse.

Rougon pourtant obtint de Clorinde qu'elle s'habillât a peu près comme tout le monde. Elle était très-fine, d'ailleurs, de cette finesse des fous lucides qui se font raisonnables en présence des étrangers. Il la rencontrait dans certaines maisons, l'air réservé, laissant son mari se mettre en avant, tout à fait convenable au milieu de l'admiration soulevée par sa grande beauté. Chez elle, il trouvait souvent M. de Plouguern ; et elle plaisantait entre eux deux, sous le déluge de leur morale, tandis que le vieux sénateur, plus familier, lui tapotait les joues, au grand ennui de Rougon ; mais il n'osa jamais dire son sentiment à ce sujet. Il fut plus hardi à l'égard de Luigi Pozzo, le secrétaire du chevalier Rusconi. Il l'avait aperçu plusieurs fois sortant de chez elle à des heures singulières. Quand il laissa entendre à la jeune femme combien cela pouvait la compromettre, elle leva sur lui un de ses beaux regards de surprise ; puis, elle éclata de rire. Elle se moquait pas mal de l'opinion ! En Italie, les femmes recevaient les hommes qui leur plaisaient, personne ne songeait à de vilaines choses. Du reste, Luigi ne comptait pas ; c'était un cousin ; il lui apportait des petits gâteaux de Milan, qu'il achetait dans le passage Colbert.

Mais la politique restait la grosse préoccupation de Clorinde. Depuis qu'elle avait épousé Delestang, toute son intelligence s'employait à des affaires louches et compliquées, dont personne ne connaissait au juste l'importance. Elle contentait là son besoin d'intrigue, si longtemps satisfait dans ses campagnes de séduction contre les hommes de grand avenir ; et elle semblait s'être ainsi préparée à quelque besogne plus vaste, en tendant jusqu'à vingt-deux ans ses piéges de fille à marier. Maintenant, elle entretenait une correspondance très-suivie avec sa mère, fixée à Turin. Elle allait presque chaque

jour à la légation d'Italie, où le chevalier Rusconi l'emmenait dans les coins, causant rapidement, à voix basse.
Puis, c'étaient des courses incompréhensibles aux quatre
coins de Paris, des visites faites furtivement à de
hauts personnages, des rendez-vous donnés au fond de
quartiers perdus. Tous les réfugiés vénitiens, les Brambilla, les Staderino, les Viscardi, la voyaient en secret,
lui passaient des bouts de papier couverts de notes. Elle
avait acheté une serviette de maroquin rouge, un portefeuille monumental à serrure d'acier, digne d'un ministre, dans lequel elle promenait un monde de dossiers.
En voiture, elle le tenait sur ses genoux, comme un
manchon ; partout où elle montait, elle l'emportait avec
elle sous son bras, d'un geste familier ; même, à des
heures matinales, on la rencontrait, à pied, le serrant
des deux mains contre sa poitrine, les poignets meurtris.
Bientôt le portefeuille se râpa, éclata aux coutures.
Alors, elle le boucla avec des sangles. Et, dans ses robes
voyantes à longue traîne, toujours chargée de ce sac de
cuir informe que des liasses de papiers crevaient, elle
ressemblait à quelque avocat véreux courant les justices
de paix pour gagner cent sous.

Plusieurs fois, Rougon avait tâché de connaître les
grandes affaires de Clorinde. Un jour, étant resté un
instant seul avec le fameux portefeuille, il ne s'était fait
aucun scrupule de tirer à lui les lettres dont des coins
passaient par les fentes. Mais ce qu'il apprenait d'une
façon ou d'une autre lui paraissait si incohérent, si plein
de trous, qu'il souriait des prétentions politiques de la
jeune femme. Elle lui expliqua, une après-midi, d'un air
tranquille, tout un vaste projet : elle était en train de
travailler à une alliance entre l'Italie et la France, en vue
d'une prochaine campagne contre l'Autriche. Rougon,
un moment très-frappé, finit par hausser les épaules, de-

vant les choses folles mêlées à son plan. Pour lui, elle
avait simplement trouvé là une originalité de haut goût.
Il tenait à ne pas modifier son opinion sur les femmes.
Clorinde, d'ailleurs, acceptait volontiers le rôle de disciple. Lorsqu'elle venait le voir rue Marbeuf, elle se
faisait très-humble, très-soumise, le questionnait, l'é-
coutait avec une ardeur de néophyte désireux de s'instruire. Et lui, souvent, oubliait à qui il parlait, exposait
son système de gouvernement, s'engageait dans les aveux
les plus nets. Peu à peu, ces conversations devinrent
une habitude ; il la prit pour confidente, se soulagea
du silence qu'il observait avec ses meilleurs amis, la
traita en élève discrète dont la respectueuse admiration
le charmait.

Pendant les mois d'août et de septembre, Clorinde
multiplia ses visites. Elle venait maintenant jusqu'à trois
et quatre fois par semaine. Jamais elle n'avait montré
une telle tendresse de disciple. Elle flattait beaucoup
Rougon, s'extasiait sur son génie, regrettait les grandes
choses qu'il aurait accomplies, s'il ne s'était pas mis à
l'écart. Un jour, dans une minute de lucidité, il lui demanda en riant :

— Vous avez donc bien besoin de moi ?

— Oui, répondit-elle hardiment.

Mais elle se hâta de reprendre son air d'extase émer-
veillée. La politique l'amusait plus qu'un roman, disait-
elle. Et, quand il tournait le dos, elle ouvrait tout grands
ses yeux, où brûlait une courte flamme, quelque ancienne pensée de rancune toujours vivante. Souvent,
elle laissait ses mains dans les siennes, comme si elle se
fût sentie trop faible encore ; et, les poignets frémissants, elle semblait attendre de lui avoir volé assez de
sa force pour l'étrangler.

Ce qui inquiétait surtout Clorinde, c'était la lassitude

croissante de Rougon. Elle le voyait s'endormir au fond
de son ennui. D'abord, elle avait parfaitement distingué
ce qu'il pouvait y avoir de joué dans son attitude. Mais,
à présent, malgré toute sa finesse, elle commençait à le
croire vraiment découragé. Ses gestes s'alourdissaient,
sa voix devenait molle ; et, certains jours, il se montrait
d'une telle indifférence, d'une si grande bonhomie, que
la jeune femme, épouvantée, se demandait s'il n'allait
pas finir par accepter tranquillement sa retraite au Sénat
d'homme politique fourbu.

Vers la fin de septembre, Rougon parut très-préoccupé. Puis, dans une de leurs causeries habituelles, il lui
avoua qu'il nourrissait un grand projet. Il s'ennuyait à
Paris, il avait besoin d'air. Et, tout d'un trait, il parla :
c'était un vaste plan de vie nouvelle, un exil volontaire
dans les Landes, le défrichement de plusieurs lieues
carrées de terrain, la fondation d'une ville au milieu de
la contrée conquise. Clorinde, toute pâle, l'écoutait.

— Mais votre situation ici, vos espérances ! cria-t-elle.

Il eut un geste de dédain, en murmurant :

— Bah ! des châteaux en Espagne !... Voyez-vous,
décidément, je ne suis pas fait pour la politique.

Et il reprit son rêve caressé d'être un grand propriétaire, avec des troupeaux de bêtes sur lesquels il régne-
rait. Mais, dans les Landes, son ambition grandissait ;
il devenait le roi conquérant d'une terre nouvelle ; il
avait un peuple. Ce furent des détails interminables.
Depuis quinze jours, sans rien dire, il lisait des ouvrages
spéciaux. Il desséchait des marais, combattait avec des
machines puissantes l'empierrement du sol, arrêtait la
marche des dunes par des plantations de pins, dotait
la France d'un coin de fertilité miraculeux. Toute son
activité endormie, toute sa force de géant inoccupé, se
réveillaient dans cette création ; ses poings serrés sem-

blaient déjà fendre les cailloux rebelles; ses bras retournaient le sol d'un seul effort; ses épaules portaient des maisons toutes bâties, qu'il plantait à sa guise au bord d'une rivière, dont il creusait le lit d'un seul coup de pied. Rien de plus aisé que tout cela. Il trouverait là de l'ouvrage tant qu'il voudrait. L'empereur l'aimait sans doute encore assez pour lui donner un département à arranger. Debout, une flamme aux joues, grandi par le redressement brusque de ses gros membres, il éclata d'un rire superbe.

— Hein! c'est une idée! dit-il. Je laisse mon nom à la ville, je fonde un petit empire, moi aussi!

Clorinde crut à quelque caprice, à une imagination née du profond ennui dans lequel il se débattait. Mais, les jours suivants, il lui reparla de son projet, avec plus d'enthousiasme encore. A chaque visite, elle le trouvait perdu au milieu de cartes étalées sur le bureau, sur les siéges, sur le tapis. Une après-midi, elle ne put le voir, il était en conférence avec deux ingénieurs. Alors, elle commença à éprouver une peur véritable. Allait-il donc la planter là, pour bâtir sa ville, au fond d'un désert? N'était-ce pas plutôt quelque nouvelle combinaison qu'il mettait en œuvre? Elle renonça à savoir la vérité vraie, elle crut prudent de jeter l'alarme dans la bande.

Ce fut une consternation. Du Poizat s'emporta; depuis plus d'un an, il battait le pavé; à son dernier voyage en Vendée, son père avait sorti un pistolet d'un tiroir, quand il s'était risqué à lui demander dix mille francs, pour monter une affaire superbe; et, maintenant, il recommençait à crever la faim, comme en 48. M. Kahn se montra tout aussi furieux : ses hauts fournaux de Bressuire étaient menacés d'une faillite prochaine; il se sentait perdu, s'il n'obtenait pas avant six mois la concession de son chemin de fer. Les autres, M. Béjuin, le

colonel, les Bouchard, les Charbonnel, se répandirent
également en doléances. Ça ne pouvait pas finir ainsi.
Rougon, véritablement, n'était pas raisonnable. On lui
parlerait.

Cependant, quinze jours s'écoulèrent. Clorinde, très-
écoutée de toute la bande, avait décidé qu'il serait mauvais d'attaquer le grand homme en face. On attendait
une occasion. Un dimanche soir, vers le milieu d'octobre, comme les amis se trouvaient réunis au complet
dans le salon de la rue Marbeuf, Rougon dit en souriant :

— Vous ne savez pas ce que j'ai reçu aujourd'hui?

Et il prit derrière la pendule une carte rose, qu'il
montra.

— Une invitation à Compiègne.

A ce moment, le valet de chambre ouvrit discrètement
la porte. L'homme que monsieur attendait était là.
Rougon s'excusa et sortit. Clorinde s'était levée, écoutant. Puis, dans le silence, elle dit avec énergie :

— Il faut qu'il aille à Compiègne!

Les amis, prudemment, regardèrent autour d'eux;
mais ils étaient bien seuls, madame Rougon avait disparu depuis quelques minutes. Alors, à demi-voix, tout
en guettant les portes, ils parlèrent librement. Les
dames faisaient un cercle devant la cheminée, où un
gros tison se consumait en braise; M. Bouchard et le
colonel jouaient leur éternel piquet; tandis que les
hommes avaient roulé leurs fauteuils dans un coin, pour
s'isoler. Clorinde, debout au milieu de la pièce, la tête
penchée, réfléchissait profondément.

— Il attendait donc quelqu'un? demanda Du Poizat.
Qui ça peut-il être?

Les autres haussèrent les épaules, voulant dire qu'ils
ne savaient pas.

— Encore pour sa grande bête d'affaire peut-être!
continua-t-il. Moi je suis à bout. Un de ces soirs, vous
verrez, je lui flanquerai à la figure tout ce que je pense.

— Chut! dit M. Kahn, en posant un doigt sur ses
lèvres.

L'ancien sous-préfet avait haussé la voix d'une façon
inquiétante. Tous prêtèrent un moment l'oreille. Puis,
ce fut M. Kahn lui-même qui recommença, très-bas :

— Sans doute, il a pris des engagements envers nous.

— Dites qu'il a contracté une dette, ajouta le colonel,
en posant ses cartes.

— Oui, oui, une dette, c'est le mot, déclara M. Bouchard. Nous ne le lui avons pas mâché, le dernier jour,
au Conseil d'État.

Et les autres appuyaient vivement de la tête. Il y
eut une lamentation générale. Rougon les avait tous
ruinés. M. Bouchard ajoutait que, sans sa fidélité au
malheur, il serait chef de bureau depuis longtemps. A
entendre le colonel, on était venu lui offrir la croix de
commandeur et une situation pour son fils Auguste, de
la part du comte de Marsy; mais il avait refusé, par amitié pour Rougon. Le père et la mère de M. d'Escorailles,
disait la jolie madame Bouchard, se trouvaient très froissés de voir leur fils rester auditeur, quand ils attendaient
depuis six mois déjà sa nomination de maître des requêtes. Et même ceux qui ne disaient rien, Delestang,
M. Béjuin, madame Correur, les Charbonnel, pinçaient
les lèvres, levaient les yeux au ciel, d'un air de martyrs
auxquels la patience commence à manquer.

— Enfin, nous sommes volés, reprit Du Poizat. Mais il
ne partira pas, je vous en réponds! Est-ce qu'il y a du
bon sens à aller se battre avec des cailloux, dans je ne
sais quel trou perdu. lorsqu'on a des intérêts si graves à
l'aris?... Voulez-vous que je lui parle, moi?

Clorinde sortait de sa rêverie. Elle lui imposa silence d'un geste ; puis, quand elle eut entr'ouvert la porte pour voir si personne n'était là, elle répéta :

— Entendez-vous, il faut qu'il aille à Compiègne !

Et, comme toutes les faces se tendaient vers elle, d'un nouveau geste elle arrêta les questions.

— Chut ! pas ici !

Pourtant, elle dit encore que son mari et elle étaient aussi invités à Compiègne ; et elle laissa échapper les noms de M. de Marsy et de madame de Llorentz, sans vouloir s'expliquer davantage. On pousserait le grand homme au pouvoir malgré lui, on le compromettrait, s'il le fallait. M. Beulin-d'Orchère et toute la magistrature l'appuyaient sourdement. L'empereur, avouait M. La Rouquette, au milieu de la haine de son entourage contre Rougon, gardait un silence absolu ; dès qu'on le nommait en sa présence, il devenait grave, l'œil voilé, la bouche noyée dans l'ombre des moustaches.

— Il ne s'agit pas de nous, finit par déclarer M. Kahn. Si nous réussissons, le pays nous devra des remercîments.

Alors, tout haut, on continua, en faisant un grand éloge du maître de la maison. Dans la pièce voisine, un bruit de voix venait de s'élever. Du Poizat, mordu par la curiosité, poussa la porte comme s'il allait sortir, puis la referma assez lentement pour apercevoir l'homme qui se trouvait avec Rougon. C'était Gilquin, en gros paletot, presque propre, tenant à la main une forte canne à pomme de cuivre. Il disait, sans baisser la voix, avec une familiarité exagérée :

— Tu sais, n'envoie plus maintenant rue Virginie, à Grenelle. J'ai eu des histoires ; je reste au fond des Batignolles, passage Guttin... Enfin, tu peux compter sur moi. A bientôt.

Et il donna une poignée de main à Rougon. Quand

celui-ci rentra dans le salon, il s'excusa, en regardant Du Poizat fixement.

— Un brave garçon que vous connaissez, n'est-ce pas, Du Poizat?... Il va me racoler des colons pour mon nouveau monde, là-bas, au fond des Landes.... A propos, je vous emmène tous; vous pouvez faire vos paquets. Kahn sera mon premier ministre. Delestang et sa femme auront le portefeuille des affaires étrangères. Béjuin se chargera des postes. Et je n'oublie pas les dames, madame Bouchard, qui tiendra le sceptre de la beauté, et madame Charbonnel, à laquelle je confierai les clefs de nos greniers.

Il plaisantait, tandis que les amis, mal à l'aise, se demandaient s'il ne les avait pas entendus, par quelque fente du mur. Lorsqu'il décora le colonel de tous ses ordres, celui-ci faillit se fâcher. Cependant, Clorinde regardait l'invitation à Compiègne, qu'elle avait prise sur la cheminée.

— Est-ce que vous irez? dit-elle négligemment.

— Mais sans doute, répondit Rougon étonné. Je compte bien profiter de l'occasion pour me faire donner mon département par l'empereur.

Dix heures sonnaient. Madame Rougon reparut et servit le thé.

VII

Vers sept heures, le soir de son arrivée à Compiègne, Clorinde causait avec M. de Plouguern, près d'une fenêtre de la galerie des Cartes. On attendait l'empereur et l'impératrice pour passer dans la salle à manger. La seconde série d'invités de la saison se trouvait au château depuis trois heures à peine ; et, tout le monde n'étant pas encore descendu, la jeune femme s'occupait à juger d'un mot chaque personne qui entrait. Les dames, décolletées, avec des fleurs dans les cheveux, souriaient dès le seuil d'un air doux ; les hommes restaient graves, en cravate blanche et en culotte courte, le mollet tendu sous le bas de soie.

— Ah ! voici le chevalier, murmura Clorinde. Il est très-bien, lui... Mais vois donc, parrain, monsieur Beulin-d'Orchère, si l'on ne dirait pas qu'il va aboyer ; et quelles jambes, bon Dieu !

M. de Plouguern ricanait, heureux de ces médisances. Le chevalier Rusconi vint saluer Clorinde, avec sa galanterie langoureuse de bel Italien ; puis, il fit le tour des dames, en se balançant, dans une suite de révérences rhythmées, du plus tendre effet. A quelques pas, Delestang, très-sérieux, regardait les immenses cartes de la forêt de Compiègne, qui couvraient les murs de la galerie.

— Dans quel wagon es-tu donc monté ? reprit Clorinde.

16.

Je t'ai cherché à la gare pour faire le voyage avec toi. Imagine-toi que je me suis fourrée avec un tas d'hommes...

Mais elle s'interrompit, étouffant un rire entre ses doigts.

— Monsieur La Rouquette a l'air en sucre.

— Oui, un déjeuner de pensionnaire, dit méchamment le sénateur.

A ce moment, il y eut à la porte un grand froissement d'étoffes ; le battant s'ouvrit très-large, et une femme entra, vêtue d'une robe si chargée de nœuds, de fleurs et de dentelles, qu'elle dut presser la jupe à deux mains, pour pouvoir passer. C'était madame de Combelot, la belle-sœur de Clorinde. Celle-ci la dévisagea, en murmurant :

— S'il est permis !

Et, comme M. de Plouguern la regardait elle-même, dans sa robe de tarlatane toute simple, passée sur un dessous de faille rose mal taillé, elle continua, d'un ton de parfaite insouciance :

— Oh ! moi, la toilette, tu sais, parrain ! On me prend telle que je suis.

Cependant, Delestang s'était décidé à quitter les cartes, pour aller au-devant de sa sœur, qu'il amena à sa femme. Elles ne s'aimaient guère toutes deux. Elles échangèrent un compliment aigre-doux. Et madame de Combelot s'éloigna, traînant une queue de satin, pareille à un coin de parterre, au milieu des hommes muets, qui reculaient discrètement de deux ou trois pas, devant le flot débordant de ses volants de dentelle. Clorinde, dès qu'elle fut de nouveau seule avec M. de Plouguern, plaisanta, en faisant allusion à la grande passion que la dame éprouvait pour l'empereur. Puis, comme le sénateur racontait la belle résistance de ce dernier :

— Il n'a pas beaucoup de mérite, elle est si maigre !

J'ai entendu des hommes la trouver jolie, je ne sais pourquoi. Elle a une figure de rien du tout.

Tout en causant, elle continuait à surveiller la porte, préoccupée.

— Ah! cette fois, dit-elle, ça doit être monsieur Rougon.

Mais elle se reprit aussitôt, avec une courte flamme dans les yeux :

— Tiens! non, c'est monsieur de Marsy.

Le ministre, très-correct dans son habit noir et sa culotte courte, s'avança en souriant vers madame de Combelot; et, pendant qu'il la complimentait, il regardait les invités, les yeux vagues et voilés, comme s'il n'eût reconnu personne. Alors, à mesure qu'on le salua, il inclina la tête, avec une grande amabilité. Plusieurs hommes s'approchèrent. Bientôt il devint le centre d'un groupe. Sa tête pâle, fine et méchante, dominait les épaules qui moutonnaient autour de lui.

— A propos, reprit Clorinde en poussant M. de Plouguern au fond de l'embrasure, j'ai compté sur toi pour me donner des détails... Que sais-tu au sujet des fameuses lettres de madame de Llorentz?

— Mais ce que tout le monde sait, répondit-il.

Et il parla des trois lettres écrites, disait-on, par le comte de Marsy à madame de Llorentz, il y avait près de cinq ans, un peu avant le mariage de l'empereur. Cette dame, qui venait de perdre son mari, un général d'origine espagnole, se trouvait alors à Madrid, où elle réglait des affaires d'intérêt. C'était le beau temps de leur liaison. Le comte, pour l'égayer, cédant aussi à son esprit de vaudevilliste, lui avait envoyé des détails extrêmement piquants sur certaines personnes augustes, dans l'intimité desquelles il vivait. Et l'on racontait que, depuis ce temps, madame de Llorentz, belle femme extrême-

ment jalouse, gardait ces lettres, qu'elle tenait suspendues sur la tête de M. de Marsy, comme une vengeance
toujours prête.

— Elle s'est laissé convaincre, quand il a dû épouser
une princesse valaque, dit le sénateur en terminant.
Mais, après avoir consenti à un mois de lune de miel,
elle lui a signifié que, s'il ne revenait se mettre à ses
pieds, elle déposerait un beau matin les trois terribles
lettres sur le bureau de l'empereur ; et il a repris sa
chaîne... Il la comble de douceurs pour se faire rendre
cette maudite correspondance.

Clorinde riait beaucoup. L'histoire lui paraissait très-
drôle. Et elle multiplia ses questions. Alors, si le comte
trompait madame de Llorentz, celle-ci était capable
d'exécuter sa menace ? Ces trois lettres, où les tenait-
elles ? dans son corsage, cousues entre deux rubans de
satin, à ce qu'elle avait entendu dire. Mais M. de Plouguern n'en savait pas davantage. Personne n'avait lu les
lettres. Il connaissait un jeune homme qui, pour en
prendre une copie, s'était fait inutilement, pendant près
de six mois, l'humble esclave de madame de Llorentz.

— Diable ! ajouta-t-il, il ne te quitte pas des yeux,
petite. Eh ! j'oubliais, en effet : tu as fait sa conquête !...
Est-il vrai qu'à sa dernière soirée, au ministère, il ait
causé avec toi près d'une heure ?

La jeune femme ne répondit pas. Elle n'écoutait plus,
elle restait immobile et superbe, sous le regard fixe de
M. de Marsy. Puis, levant lentement la tête, le regardant
à son tour, elle attendit son salut. Il s'approcha d'elle,
s'inclina. Et elle lui sourit alors, très-doucement. Ils
n'échangèrent pas un mot. Le comte retourna au milieu
du groupe, où M. La Rouquette parlait très-haut, en le
nommant à chaque phrase « Son Excellence ».

Peu à peu, pourtant la galerie s'était remplie. Il y

avait là près de cent personnes, de hauts fonctionnaires,
des généraux, des diplomates étrangers, cinq députés,
trois préfets, deux peintres, un romancier, deux académiciens, sans compter les officiers du palais, chambellans, aides de camp et écuyers. Le discret murmure des
voix montait dans la lumière des lustres. Les familiers
du château se promenaient à petits pas, tandis que les
nouveaux invités, debout, n'osaient se risquer au milieu
des dames. Cette première heure de gène, entre des personnes dont plusieurs ne se connaissaient pas, et qui se
trouvaient tout d'un coup réunies à la porte de la salle
à manger impériale, donnait aux visages un air de dignité maussade. Par moments, de brusques silences se
faisaient, des têtes se tournaient, vaguement anxieuses.
Et le mobilier empire de la vaste pièce, les consoles à
pieds droits, les fauteuils carrés, semblaient augmenter
encore la solennité de l'attente.

— Le voici enfin! murmura Clorinde.

Rougon venait d'entrer. Il s'arrêta un moment à deux
pas de la porte. Il avait pris son allure épaisse de
bonhomme, le dos un peu gonflé, la face endormie. D'un
regard, il vit le léger frisson d'hostilité que sa présence
produisait, au milieu de certains groupes. Puis, tranquillement, tout en distribuant quelques poignées de main,
il manœuvra de façon à se trouver en face de M. de Marsy.
Ils se saluèrent, parurent charmés de se rencontrer. Et,
les yeux dans les yeux, en ennemis qui ont le respect de
leur force, ils causèrent amicalement. Autour d'eux, un
vide s'était fait. Les dames suivaient leurs moindres
gestes; tandis que les hommes, affectant une grande
discrétion, regardaient ailleurs, en glissant de leur côté
des coups d'œil furtifs. Des chuchotements couraient
dans les coins. Quel était donc le secret dessein de l'empereur? pourquoi mettait-il ainsi ces deux personnages

en présence? M. La Rouquette, très-perplexe, crut flairer un événement grave. Il vint questionner M. de Plouguern, qui s'amusa à lui répondre :

— Dame! Rougon va peut-être culbuter Marsy, et l'on fera bien de le ménager... A moins pourtant que l'empereur n'ait pas songé à mal. Ça lui arrive quelquefois... Peut-être aussi a-t-il voulu prendre seulement le plaisir de les voir ensemble, en espérant qu'ils seraient drôles.

Mais les chuchotements cessèrent, un grand mouvement eut lieu. Deux officiers du palais allaient de groupe en groupe, en murmurant une phrase à demi-voix. Et les invités, redevenus subitement graves, se dirigèrent vers la porte de gauche, où ils formèrent une double haie, les hommes d'un côté, les femmes de l'autre. Près de la porte se plaça M. de Marsy, qui garda Rougon à son côté; puis, les autres personnages s'échelonnèrent, selon leur rang ou leur grade. Là, on attendit encore trois minutes, dans un grand recueillement.

La porte s'ouvrit à deux battants. L'empereur, en habit, la poitrine barrée par la tache rouge du grand cordon, entra le premier, suivi du chambellan de service, M. de Combelot. Il eut un faible sourire, en s'arrêtant devant M. de Marsy et Rougon; il tordait sa longue moustache d'une main lente, avec un balancement de tout son corps. Puis, d'une voix embarrassée, il murmura :

— Vous direz à madame Rougon toute la peine que nous avons éprouvée en la sachant malade... Nous aurions vivement désiré la voir avec vous... Enfin, ce ne sera rien, il faut l'espérer. Il y a beaucoup de rhumes en ce moment.

Et il passa. Deux pas plus loin, il serra la main d'un général, auquel il demanda des nouvelles de son fils, qu'il appelait « mon petit ami Gaston »; Gaston avait l'âge du prince impérial, mais il était déjà beaucoup

plus fort. La haie s'inclinait à mesure qu'il avançait.
Enfin, tout au bout, M. de Combelot lui présenta l'un
des deux académiciens, qui venait à la cour pour la première fois ; et l'empereur parla d'une œuvre récente de
l'écrivain, dont il avait lu certains passages avec le plus
grand plaisir, disait-il.

Cependant, l'impératrice était entrée, accompagnée
de madame de Llorentz. Elle portait une toilette très-
modeste, une robe de soie bleue, recouverte d'une tu-
nique de dentelle blanche. A petits pas, souriante, pliant
gracieusement son cou nu, où un simple velours bleu
attachait un cœur de diamants, elle descendait, le long
de la haie formée par les dames. Des révérences, sur
son passage, étalaient de larges froissements de jupes,
d'où montaient des odeurs musquées. Madame de Llorentz lui présenta une jeune femme, qui paraissait très-
émue. Madame de Combelot affecta une familiarité attendrie.

Puis, quand les souverains furent au bout de la double
haie, ils revinrent sur leurs pas, l'empereur en passant
à son tour devant les dames, l'impératrice en remontant
devant les hommes. Il y eut de nouvelles présentations.
Personne ne parlait encore, un embarras respectueux
tenait les invités muets, en face les uns des autres. Mais
les rangs se rompirent ; des mots furent échangés à
demi-voix, et des rires clairs s'élevaient, lorsque l'adju-
dant général du palais vint dire que le dîner était servi.

— Hein ! tu n'as plus besoin de moi ! dit gaiement
M. de Plouguern à l'oreille de Clorinde.

Elle lui sourit. Elle était restée devant M. de Marsy,
pour le forcer à lui offrir le bras, ce qu'il fit d'ailleurs
d'un air galant. Une légère confusion régnait. L'empereur et l'impératrice passèrent les premiers, suivis des
personnes désignées pour s'asseoir à leur droite et à

leur gauche; c'étaient, ce jour-là, deux diplomates
étrangers, une jeune Américaine et la femme d'un ministre. Derrière, venaient les autres invités, à leur guise,
chacun tenant à son bras la dame qu'il lui avait plu de
choisir. Et, lentement, le défilé s'organisa.

L'entrée dans la salle à manger fut d'une grande
pompe. Cinq lustres flambaient au-dessus de la longue
table, allumant les pièces d'argenterie du surtout, des
scènes de chasse, avec le cerf au départ, les cors sonnant l'hallali, les chiens arrivant à la curée. La vaisselle plate mettait au bord de la nappe un cordon de
lunes d'argent; tandis que les flancs des réchauds où se
reflétait la braise des bougies, les cristaux ruisselants
de gouttes de flammes, les corbeilles de fruits et les
vases de fleurs d'un rose vif, faisaient du couvert impérial une splendeur dont la clarté flottante emplissait
l'immense pièce. Par la porte ouverte à deux battants,
le cortége débouchait, après avoir traversé la salle des
gardes, d'un pas ralenti. Les hommes se penchaient,
disaient un mot, puis se redressaient, dans le secret
chatouillement de vanité de cette marche triomphale;
les dames, les épaules nues, trempées de clartés, avaient
une douceur ravie; et, sur les tapis, les jupes traînantes,
espaçant les couples, donnaient une majesté de plus au
défilé, qu'elles accompagnaient de leur murmure d'é-
toffes riches. C'était une approche presque tendre, une
arrivée gourmande dans un milieu de luxe, de lumière
et de tiédeur, comme un bain sensuel où les odeurs
musquées des toilettes se mêlaient à un léger fumet de
gibier, relevé d'un filet de citron. Lorsque, sur le seuil,
en face du développement superbe de la table, une musique militaire, cachée au fond d'une galerie voisine, les
accueillait d'une fanfare, pareille au signal de quelque
gala de féerie, les invités, un peu gênés par leurs culottes

courtes, serraient le bras des dames, involontairement,
un sourire aux lèvres.

Alors, l'impératrice descendit à droite et se tint debout
au milieu de la table, pendant que l'empereur, passant
à gauche, venait prendre place en face d'elle. Puis,
lorsque les personnes désignées se furent mises à la
droite et à la gauche de Leurs Majestés, les autres couples
tournèrent un instant, choisissant leur voisinage, s'arrêtant à leur guise. Ce soir-là, il y avait quatre-vingt-sept
couverts. Près de trois minutes s'écoulèrent, avant que
tout le monde fût entré et placé. La moire satinée des
épaules, les fleurs voyantes des toilettes, les diamants
des hautes coiffures, donnaient comme un rire vivant à
la grande lumière des lustres. Enfin, les valets de pied
prirent les chapeaux, que les hommes avaient gardés à la
main. Et l'on s'assit.

M. de Plouguern avait suivi Rougon. Après le potage,
il lui poussa le coude, en demandant :

— Est-ce que vous avez chargé Clorinde de vous raccommoder avec Marsy?

Et, du coin de l'œil, il lui montrait la jeune femme,
assise de l'autre côté de la table, auprès du comte, avec
lequel elle causait d'une façon tendre. Rougon, l'air
très-contrarié, se contenta de hausser les épaules; puis,
il affecta de ne plus regarder en face de lui. Mais, malgré
son effort d'indifférence, il revenait à Clorinde, il s'intéressait à ses moindres gestes, aux mouvements de ses
lèvres, comme s'il avait voulu voir les mots qu'elle prononçait.

— Monsieur Rougon, dit en se penchant madame de
Combelot, qui s'était mise le plus près possible de l'empereur, vous vous souvenez de cet accident là? C'est
vous qui m'avez trouvé un fiacre. Tout un volant de ma
robe était arraché.

Elle se rendait intéressante, en racontant que sa
voiture avait failli un jour être coupée en deux par le
landau d'un prince russe. Et il dut répondre. Pendant
un moment, on causa de ça, au milieu de la table.
On cita toutes sortes de malheurs, entre autres la chute
de cheval qu'une parfumeuse du passage des Panoramas
avait faite, la semaine précédente, et dans laquelle elle
s'était cassé un bras. L'impératrice eut un léger cri de
commisération. L'empereur ne disait rien, écoutant d'un
air profond, mangeant lentement.

— Où donc s'est fourré Delestang? demanda à son
tour Rougon à M. de Plouguern.

Ils le cherchèrent. Enfin, le sénateur l'aperçut au
bout de la table. Il était à côté de M. de Combelot,
parmi toute une rangée d'hommes, l'oreille tendue à des
propos très-libres que le brouhaha des voix couvraient.
M. La Rouquette avait entamé l'histoire gaillarde d'une
blanchisseuse de son pays; le chevalier Rusconi donnait
des appréciations personnelles sur les Parisiennes;
tandis que l'un des deux peintres et le romancier, plus
bas, jugeaient avec des mots crus les dames dont les
bras trop gras ou trop maigres les faisaient ricaner. Et
Rougon, furieusement, reportait ses regards de Clorinde,
de plus en plus aimable pour le comte, à son imbécile
de mari, aveugle là-bas, souriant dignement des choses
un peu fortes qu'il entendait.

—Pourquoi ne s'est-il pas mis avec nous? murmura-t-il.

— Eh! je ne le plains pas, dit M. de Plouguern. On
a l'air de s'amuser, dans ce bout-là.

Puis, il continua, à son oreille :

— Je crois qu'ils arrangent madame de Llorentz.
Avez-vous remarqué comme elle est décolletée?... Il y
en a un qui va sortir, pour sûr. Hein? celui de gauche?

Mais, comme il se penchait, pour mieux voir madame de Llorentz, assise du même côté que lui, à cinq places de distance, il devint subitement grave. Cette dame, une belle blonde un peu forte, avait en ce moment un visage terrible, tout pâle d'une rage froide, avec des yeux bleus qui tournaient au noir, fixés ardemment sur M. de Marsy et sur Clorinde. Et il dit entre ses dents, si bas, que Rougon lui-même ne put comprendre :

— Diable! ça va se gâter.

La musique jouait toujours, une musique lointaine, qui semblait venir du plafond. A certains éclats des cuivres, les convives levaient la tête, cherchaient l'air dont ils étaient poursuivis. Puis, ils n'entendaient plus; le chant léger des clarinettes, au fond de la galerie voisine, se confondait avec les bruits argentins de la vaisselle plate qu'on apportait par piles énormes. De grands plats avaient des sonneries étouffées de cymbales. Autour de la table, c'était un empressement silencieux, tout un peuple de domestiques s'agitant sans une parole, les huissiers en habit et en culotte bleu clair, avec l'épée et le tricorne, les valets de pied, cheveux poudrés, portant l'habit vert de grande livrée, galonné d'or. Les mets arrivaient, les vins circulaient, régulièrement; tandis que les chefs de service, les contrôleurs, le premier officier tranchant, le chef de l'argenterie, debout, surveillaient cette manœuvre compliquée, cette confusion où le rôle du dernier valet était réglé à l'avance. Derrière l'empereur et l'impératrice, les valets de chambre particuliers de Leurs Majestés servaient, avec une dignité correcte.

Quand les rôtis arrivèrent et que les grands vins de Bourgogne furent versés, le tapage des voix s'éleva. Maintenant, dans le coin des hommes, au bout de la table, M. La Rouquette causait cuisine, discutant le

degré de cuisson d'un quartier de chevreuil à la broche,
qu'on venait de servir. Il y avait eu un potage à la Créci,
un saumon au bleu, un filet de bœuf sauce échalotte,
des poulardes à la financière, des perdrix aux choux
montées, de petits pâtés aux huîtres.

— Je parie que nous allons avoir des cardons au jus
et des concombres à la crème! dit le jeune député.

— J'ai vu des écrevisses, déclara poliment Delestang.

Mais comme les cardons au jus et les concombres à
la crème apparaissaient, M. La Rouquette triompha
bruyamment. Il ajouta qu'il connaissait les goûts de
l'impératrice. Cependant, le romancier regardait le
peintre, avec un léger claquement de langue.

— Hein? cuisine médiocre? murmura-t-il.

Le peintre eut une moue approbative. Puis, après
avoir bu, il dit à son tour :

— Les vins sont exquis.

A ce moment, un rire brusque de l'impératrice sonna
si haut, que tout le monde se tut. Des têtes s'allongeaient,
pour savoir. L'impératrice causait avec l'ambassadeur
d'Allemagne, placé à sa droite; elle riait toujours, en prononçant des mots entrecoupés, qu'on n'entendait pas.
Dans le silence curieux qui s'était fait, un cornet à pis-
tons, accompagné en sourdine par les basses, jouait un
solo, une phrase mélodique de romance sentimentale. Et,
peu à peu, le brouhaha grandit de nouveau. Les chaises
se tournaient à demi, des coudes se posaient au bord
de la nappe, des conversations intimes s'engageaient,
au milieu d'une liberté de table d'hôte princière.

— Voulez-vous un petit four? demanda M. de Plouguern.

Rougon refusa de la tête. Depuis un instant, il ne mangeait plus. On avait remplacé la vaisselle plate par de la
porcelaine de Sèvres, décorée de fines peintures bleues

et roses. Tout le dessert défila devant lui, sans qu'il acceptât autre chose qu'un peu de camembert. Il ne se
contraignait plus, il regardait Clorinde et M. de Marsy
en face, largement, espérant sans doute intimider la jeune
femme. Mais celle-ci affectait une familiarité telle avec
le comte, qu'elle semblait oublier où elle se trouvait, se
croire au fond d'un étroit salon, à quelque souper fin de
deux couverts. Sa grande beauté avait un éclat de tendresse extraordinaire. Et elle croquait des sucreries que
le comte lui passait, elle le conquérait de son sourire
continu, d'une façon impudemment tranquille. Des chuchotements s'élevaient autour d'eux.

La conversation étant tombée sur la mode, M. de
Plouguern, par malice, interpella Clorinde au sujet de la
nouvelle forme des chapeaux. Puis, comme elle feignait
de n'avoir pas entendu, il se pencha pour adresser la
même question à madame de Llorentz. Mais il n'osa pas,
tant cette dernière lui parut formidable, avec ses dents
serrées, son masque tragique de fureur jalouse. Clorinde, justement, venait d'abandonner sa main gauche
à M. de Marsy, sous prétexte de lui montrer un camée
antique, qu'elle avait au doigt; et elle laissa sa main,
le comte prit la bague, la remit; ce fut presque indécent. Madame de Llorentz, qui jouait nerveusement avec
une cuiller, cassa son verre à bordeaux, dont un domestique enleva vivement les éclats.

— Elles se prendront au chignon, c'est certain, dit le
sénateur à l'oreille de Rougon. Les avez-vous surveillées?... Mais du diable si je comprends le jeu de Clorinde! Hein? que veut-elle?

Et, comme il levait les yeux sur son voisin, il fut très-
surpris de l'altération de ses traits.

— Qu'avez-vous donc? vous souffrez?

— Non, répondit Rougon, j'étouffe un peu. Ces

17.

dîners durent trop longtemps. Puis, il y a une odeur de musc, ici!

C'était la fin. Quelques dames mangeaient encore un biscuit, à demi renversées sur leurs chaises. Cependant, personne ne bougeait. L'empereur, muet jusque-là, venait de hausser la voix; et, aux deux bouts de la table, les convives, qui avaient complétement oublié la présence de Sa Majesté, tendaient tout d'un coup l'oreille, d'un air de grande complaisance. Le souverain répondait à une dissertation de M. Beulin-d'Orchère contre le divorce. Puis, s'interrompant, il jeta un coup d'œil sur le corsage très-ouvert de la jeune dame américaine, assise à sa gauche, en disant de sa voix pâteuse :

— En Amérique, je n'ai jamais vu divorcer que les femmes laides.

Un rire courut parmi les convives. Cela parut un mot d'esprit très-fin, si délicat même, que M. La Rouquette s'ingénia à en découvrir les sens cachés. La jeune dame américaine crut sans doute y voir un compliment, car elle remercia en inclinant la tête, confuse. L'empereur et l'impératrice s'étaient levés. Il y eut un grand bruissement de jupes, un piétinement autour de la table, pendant que les huissiers et les valets de pied, rangés gravement contre les murs, restaient seuls corrects, au milieu de cette débandade de gens ayant bien dîné. Et le défilé s'organisa de nouveau, Leurs Majestés en tête, les invités venant à la file, espacés par les longues traînes, traversant la salle des gardes avec une solennité un peu essoufflée. Derrière eux, dans le plein jour des lustres, au-dessus du désordre encore tiède de la nappe, retentissaient les coups de grosse caisse de la musique militaire, achevant la dernière figure d'un quadrille.

Le café fut servi, ce soir-là, dans la galerie des Cartes. Un préfet du palais apporta la tasse de l'empereur sur

un plateau de vermeil. Cependant, plusieurs invités
étaient déjà montés au fumoir. L'impératrice venait de
se retirer avec quelques dames dans le salon de famille,
à gauche de la galerie. On se disait à l'oreille qu'elle
avait témoigné un vif mécontentement de l'étrange attitude de Clorinde, pendant le dîner. Elle s'efforçait d'introduire à la cour, durant le séjour à Compiègne, une
décence bourgeoise, un amour des jeux innocents et
des plaisirs champêtres. Elle montrait une haine personnelle, comme une rancune, contre certaines extrava-
gances.

M. de Plouguern avait emmené Clorinde à l'écart,
pour lui faire un bout de morale. A la vérité, il voulait
la confesser. Mais elle jouait une grande surprise. Où
prenait-on qu'elle se fût compromise avec le comte de
Marsy? Ils avaient plaisanté ensemble, rien de plus.

— Tiens, regarde! murmura le vieux sénateur.

Et, poussant la porte entre-bâillée d'un petit salon
voisin, il lui montra madame de Llorentz faisant une
scène abominable à M. de Marsy. Ils les avaient vu entrer. La belle blonde, affolée, se soulageait avec des
mots très-gros, perdant toute mesure, oubliant que les
éclats de sa voix pouvaient amener un affreux scandale.
Le comte, un peu pâle, souriant, la calmait en parlant
rapidement, doucement, à voix basse. Le bruit de la
querelle étant parvenu dans la galerie des Cartes, les invités qui entendirent, s'en allèrent du voisinage du petit
salon, par prudence.

— Tu veux donc qu'elle affiche les fameuses lettres
aux quatre coins du château? demanda M. de Plouguern,
qui s'était remis à marcher, après avoir donné le bras à
la jeune femme.

— Eh! ce serait drôle! dit-elle en riant.

Alors, tout en serrant son bras nu avec une ardeur de

jeune galant, il recommença à prêcher. Il fallait laisser
à madame de Combelot les allures excentriques. Puis, il
lui assura que Sa Majesté paraissait fort irritée contre
elle. Clorinde, qui nourrissait un culte pour l'impératrice,
resta très-étonnée. En quoi avait-elle pu déplaire? Et
comme ils arrivaient en face du salon de famille, ils
s'arrêtèrent un instant, regardant par la porte laissée
ouverte. Tout un cercle de dames entouraient une vaste
table. L'impératrice, assise au milieu d'elles, leur apprenait patiemment le jeu du baguenaudier, tandis que
quelques hommes, derrière les fauteuils, suivaient la
leçon, avec gravité.

Rougon, pendant ce temps, querellait Delestang, au
bout de la galerie. Il n'avait pas osé lui parler de sa
femme; il le maltraitait à propos de la résignation qu'il
mettait à accepter un appartement donnant sur la cour
du château; et il voulait le forcer à réclamer un appartement sur le parc. Mais Clorinde s'avançait au bras
de M. de Plouguern. Elle disait, de façon à être entendue :

— Laissez-moi donc tranquille avec votre Marsy! Je
ne lui reparlerai de la soirée. La, êtes-vous content?

Cette parole calma tout le monde. Justement, M. de
Marsy sortait du petit salon, l'air très-gai; il plaisanta
un moment avec le chevalier Rusconi, puis entra dans
le salon de famille, où l'on entendit bientôt l'impératrice
et les dames rire aux éclats d'une histoire qu'il leur contait. Dix minutes plus tard, madame de Llorentz reparut
à son tour; elle semblait lasse, elle avait gardé un tremblement des mains; et, voyant des regards curieux épier
ses moindres gestes, elle resta là, bravement, à causer
au milieu des groupes.

Un ennui respectueux faisait étouffer sous les mouchoirs de légers bâillements. La soirée était l'instant
pénible de la journée. Les nouveaux invités, ne sachant

à quoi se distraire, s'approchaient des fenêtres, regardaient la nuit. M. Beulin-d'Orchère continuait dans un coin sa dissertation contre le divorce. Le romancier, qui trouvait ça « crevant », demandait tout bas à l'un des académiciens s'il n'était pas permis d'aller se coucher. Cependant, l'empereur apparaissait de temps à autre, traversant la galerie en traînant les pieds, une cigarette aux lèvres.

— Il a été impossible de rien organiser pour ce soir, expliquait M. de Combelot au petit groupe formé par Rougon et ses amis. Demain, après la chasse à courre, il y aura une curée froide aux flambeaux. Après-demain, les artistes de la Comédie Française doivent venir jouer *les Plaideurs.* On parle aussi de tableaux vivants et d'une charade, qu'on représenterait vers la fin de la semaine.

Et il fournit des détails. Sa femme devait avoir un rôle. Les répétitions allaient commencer. Puis, il conta longuement une promenade faite l'avant-veille par la cour à la Pierre-qui-tourne, un monolithe druidique, autour duquel on pratiquait alors des fouilles. L'impératrice avait tenu à descendre dans l'excavation.

— Imaginez-vous, continua le chambellan d'une voix émue, que les ouvriers ont eu le bonheur de découvrir deux crânes devant Sa Majesté. Personne ne s'y attendait. On a été très-content.

Il caressait sa superbe barbe noire, qui lui valait tant de succès parmi les dames; sa figure de bel homme vaniteux avait une douceur niaise; et il zézayait en parlant, par excès de politesse.

— Mais, dit Clorinde, on m'avait assuré que les acteurs du Vaudeville donneraient une représentation de la pièce nouvelle.... Les femmes ont des toilettes prodigieuses. Et l'on rit à se tordre, paraît-il.

M. de Combelot prit un air pincé

— Oui, oui, murmura-t-il, il en a été question un instant.

— Eh bien?

— On a abandonné ce projet... L'impératrice n'aime guère ce genre de pièce.

A ce moment, il y eut un grand mouvement dans la galerie. Tous les hommes étaient redescendus du fumoir. L'empereur allait faire sa partie de palets. Madame de Combelot, qui se piquait d'une jolie force à ce jeu, venait de lui demander une revanche, car elle se rappelait avoir été battue par lui, l'autre saison; et elle prenait une humilité tendre, elle s'offrait toujours, avec un sourire si net, que Sa Majesté, gênée, intimidée, devait souvent détourner les yeux.

La partie s'engagea. Un grand nombre d'invités firent cercle, jugeant les coups, s'émerveillant. La jeune femme, devant la longue table recouverte de drap vert, lança son premier palet, qu'elle plaça près du but, figuré par un point blanc. Mais l'empereur, montrant plus d'adresse encore, le délogea et prit la place. On applaudit doucement. Ce fut pourtant madame de Combelot qui gagna.

— Sire, qu'est-ce que nous avons joué? demanda-t-elle avec hardiesse.

Il sourit, il ne répondit pas. Puis, se tournant, il dit :

— Monsieur Rougon, voulez-vous faire une partie avec moi?

Rougon s'inclina et prit les palets, tout en parlant de sa maladresse.

Un frémissement avait couru, parmi les personnes rangées aux deux bords de la table. Est-ce que Rougon, décidément, rentrait en grâce? Et l'hostilité sourde dans laquelle il marchait depuis son arrivée, se fondait; des têtes s'avançaient, pour suivre ses palets d'un air de sympathie. M. La Rouquette, plus perplexe encore qu'avant le dîner, emmena sa sœur à l'écart, afin de savoir à quoi s'en tenir ; mais elle ne put sans doute lui fournir aucune explication satisfaisante, car il revint avec un geste d'immense incertitude.

— Ah! très-bien! murmura Clorinde, à un coup délicatement joué par Rougon.

Et elle jeta des regards significatifs aux amis du grand homme qui se trouvaient là. L'heure était bonne pour le pousser dans l'amitié de l'empereur. Elle mena l'attaque. Ce fut, pendant un instant, une pluie d'éloges.

— Diable ! laissa échapper Delestang, qui ne put trouver autre chose, sous l'ordre muet des yeux de sa femme.

— Et vous vous prétendiez maladroit! dit le chevalier Rusconi avec ravissement. Ah! sire, je vous en prie, ne jouez pas la France avec lui!

— Mais monsieur Rougon se conduirait très-bien à l'égard de la France, j'en suis sûr, ajouta M. Beulin-d'Orchère, en donnant un air fin à sa face de dogue.

Le mot était direct. L'empereur daignait sourire. Et il rit de bon cœur, lorsque Rougon, embarrassé de ces compliments, répondit par cette explication, d'un air modeste :

— Mon Dieu! j'ai joué au bouchon, quand j'étais gamin.

En entendant rire Sa Majesté, toute la galerie éclata. Ce fut, pendant un moment, une gaieté extraordinaire. Clorinde, avec son flair de femme adroite, avait compris qu'en admirant Rougon, joueur très-médiocre en somme, on flattait surtout l'empereur, qui montrait une supériorité incontestable. Cependant, M. de Plouguern ne s'était pas encore exécuté, jalousant ce succès. Elle vint le heurter légèrement du coude, comme par mégarde. Il comprit et s'extasia au premier palet lancé par son col-

lègue. Alors, M. La Rouquette, emporté, risquant tout,
s'écria :

— Très-joli ! le coup est d'un moëlleux !

L'empereur ayant gagné, Rougon demanda une revanche. Les palets glissaient de nouveau sur le tapis de
drap vert, avec un petit bruissement de feuille sèche,
lorsque une gouvernante parut à la porte du salon de
famille, tenant sur ses bras le prince impérial. L'enfant,
âgé d'une vingtaine de mois, avait une robe blanche
très-simple, les cheveux ébouriffés, les yeux enflés de
sommeil. D'ordinaire, lorsqu'il s'éveillait ainsi, le soir,
on l'apportait un instant à l'impératrice, pour qu'elle l'em-
brassât. Il regardait la lumière de cet air profondément
sérieux des petits garçons.

Un vieillard, un grand dignitaire, s'était précipité, traînant ses jambes goutteuses. Et se penchant, avec un
tremblement sénile de la tête, il avait pris la petite main
molle du prince, qu'il baisait, en murmurant de sa voix
cassée :

— Monseigneur, monseigneur...

L'enfant, effrayé par l'approche de ce visage parche-
miné, se rejeta vivement en arrière, poussa des cris terribles. Mais le vieillard ne le lâchait pas. Il protestait
de son dévouement. On dut arracher à son adoration la
petite main molle qu'il tenait collée sur ses lèvres.

— Retirez-vous, emportez-le, dit l'empereur impatienté à la gouvernante.

Le souverain venait de perdre la seconde partie. La
belle commença. Rougon, prenant les éloges au sérieux,
s'appliquait. Maintenant, Clorinde trouvait qu'il jouait
trop bien. Elle lui souffla à l'oreille, au moment où il
allait ramasser ses palets :

— J'espère que vous n'allez pas gagner.

Il sourit. Mais, brusquement, des abois violents se

firent entendre. C'était Néro, le braque favori de l'empereur, qui, profitant d'une porte entr'ouverte, venait de s'élancer dans la galerie. Sa Majesté donnait l'ordre de l'emmener, et un huissier tenait déjà le chien par le collier, quand le vieillard, le grand dignitaire, se précipita de nouveau, en s'écriant :

— Mon beau Néro, mon beau Néro...

Et il s'agenouilla presque sur le tapis, pour le prendre entre ses bras tremblants. Il lui serrait le museau contre sa poitrine, il lui posait de gros baisers sur la tête, répétant :

— Je vous en prie, sire, ne le renvoyez pas... Il est si beau !

L'empereur consentit à ce qu'il restât. Alors, le vieillard eut un redoublement de caresses. Le chien ne s'épouvanta pas, ne grogna pas. Il lécha les mains sèches qui le flattaient.

Rougon, pendant ce temps, faisait des fautes. Il avait lancé un palet avec une telle gaucherie, que la rondelle de plomb garnie de drap était sautée dans le corsage d'une dame, qui la retira du milieu de ses dentelles, en rougissant. L'empereur gagna. Alors, délicatement, on lui laissa entendre qu'il avait remporté là une victoire sérieuse. Il en conçut une sorte d'attendrissement. Il s'en alla avec Rougon, causant, comme s'il croyait devoir le consoler. Ils marchèrent jusqu'au bout de la galerie, abandonnant la largeur de la pièce à un petit bal, qu'on organisait.

L'impératrice, qui venait de quitter le salon de famille, s'efforçait, avec une bonne grâce charmante, de combattre l'ennui grandissant des invités. Elle avait proposé de jouer aux petits papiers; mais il était déjà tard, on préféra danser. Toutes les dames se trouvaient alors réunies dans la galerie des Cartes. On envoya au fumoir

18

chercher les hommes qui s'y cachaient. Et comme on se
mettait en place pour un quadrille, M. de Combelot
s'assit obligeamment devant le piano. C'était un piano
mécanique, avec une petite manivelle, à droite du clavier.
Le chambellan, d'un mouvement continu du bras, tournait, l'air sérieux.

— Monsieur Rougon, disait l'empereur, on m'a parlé
d'un travail, un parallèle entre la constitution anglaise
et la nôtre... Je pourrai peut-être vous fournir des documents.

— Votre Majesté est trop bonne... Mais je nourris un
autre projet, un vaste projet.

Et Rougon, voyant le souverain si affectueux, voulut
profiter de l'occasion. Il expliqua son affaire tout au long,
son rêve de grande culture dans un coin des Landes, le
défrichement de plusieurs lieues carrées, la fondation
d'une ville, la conquête d'une nouvelle terre. Pendant
qu'il parlait, l'empereur levait sur lui ses yeux mornes,
où une lueur s'allumait. Il ne disait rien, il hochait la
tête par moments. Puis, quand l'autre se tut :

— Sans doute... on pourrait voir...

Et, se tournant vers un groupe voisin, composé de
Clorinde, de son mari et de M. de Plouguern :

— Monsieur Delestang, donnez-nous donc votre avis...
J'ai gardé le meilleur souvenir de ma visite à votre ferme-
modèle de la Chamade.

Delestang s'approcha. Mais le cercle qui se formait autour de l'empereur, dut reculer jusque dans l'embrasure
d'une fenêtre. Madame de Combelot, en valsant, à demi
pâmée entre les bras de M. La Rouquette, venait d'enve-
lopper, d'un frôlement de sa longue traîne, les bas de
soie de Sa Majesté. Au piano, M. de Combelot goûtait la
musique qu'il faisait; il tournait plus vite, il balançait
sa belle tête correcte; et, par moments, il abaissait un

regard sur la caisse de l'instrument, comme surpris des
sons graves, que certains tours de la manivelle rame-
naient.

— J'ai eu le bonheur d'obtenir des veaux superbes
cette année, grâce à un nouveau croisement de race,
expliquait Delestang. Malheureusement, quand Votre
Majesté est venue, les parcs étaient en réparation.

Et l'empereur parla culture, élevage, engrais, lentement, par monosyllabes. Depuis sa visite à la Chamade,
il tenait Delestang en grande estime. Il louait surtout
celui-ci d'avoir tenté pour le personnel de sa ferme un
essai de vie en commun, avec tout un système de partage de certains bénéfices et de caisse de retraite. Lorsqu'ils causaient ensemble, ils avaient des communautés
d'idées, des coins d'humanitairerie qui les faisaient se
comprendre à demi-mot.

— Monsieur Rougon vous a parlé de son projet? demanda l'empereur.

— Oh! un projet superbe, répondit Delestang. On
pourrait tenter en grand des expériences...

Il montra un véritable enthousiasme. La race porcine
le préoccupait; les beaux types se perdaient en France.
Puis, il laissa entendre qu'il étudiait un nouvel amé-
nagement des prairies artificielles. Mais il faudrait d'immenses terrains. Si Rougon réussissait, il irait là-bas
appliquer son procédé. Et, brusquement, il s'arrêta : il
venait d'apercevoir sa femme qui le regardait d'un regard fixe. Depuis qu'il approuvait le projet de Rougon,
elle pinçait les lèvres, furieuse, toute pâle.

— Mon ami, murmura-t-elle, en lui montrant le
piano.

M. de Combelot, les doigts rompus, ouvrait la main,
qu'il refermait ensuite doucement, pour se délasser. Il
allait attaquer une polka, avec le sourire complaisant

d'un martyr, lorsque Delestang courut lui offrir de le
remplacer; ce qu'il accepta d'un air poli, comme s'il
cédait une place d'honneur. Et Delestang, attaquant la
polka, se mit à tourner la manivelle. Mais c'était autre
chose. Il n'avait pas le jeu souple, le tour de poignet facile et moëlleux du chambellan.

Rougon, pourtant, voulait obtenir un mot décisif de
l'empereur. Celui-ci, très-séduit, lui demandait maintenant s'il ne comptait pas établir là-bas de vastes cités
ouvrières; il serait aisé d'accorder à chaque famille un
bout de terrain, une petite concession d'eau, des outils;
et il promettait même de lui communiquer des plans,
le projet d'une de ces cités qu'il avait jeté lui-même
sur le papier, avec des maisons uniformes, où tous les
besoins étaient prévus.

— Certainement, j'entre tout à fait dans les idées de
Votre Majesté, répondit Rougon, que le socialisme nuageux du souverain impatientait. Nous ne pourrons rien
faire sans elle... Ainsi, il faudra sans doute exproprier
certaines communes. L'utilité publique devra être décla-
rée. Enfin, j'aurai à m'occuper de la formation d'une
société... Un mot de Votre Majesté est nécessaire...

L'œil de l'empereur s'éteignit. Il continuait à hocher
la tête. Puis, sourdement, d'une voix à peine distincte,
il répéta :

— Nous verrons... nous en causerons...

Et il s'éloigna, traversant de sa marche alourdie la
figure d'un quadrille. Rougon fit bonne contenance,
comme s'il avait eu la certitude d'une réponse favorable.
Clorinde était radieuse. Peu à peu, parmi les hommes
graves qui ne dansaient pas, la nouvelle courut que
Rougon quittait Paris, qu'il allait se mettre à la tête
d'une grande entreprise, dans le Midi. Alors, on vint le
féliciter. On lui souriait d'un bout de la galerie à l'autre.

Il ne restait plus trace de l'hostilité du premier moment.
Puisqu'il s'exilait de lui-même, on pouvait lui serrer la
main, sans courir le risque de se compromettre. Ce
fut un véritable soulagement pour beaucoup d'invités.
M. La Rouquette, quittant la danse, en parla au chevalier Rusconi, d'un air enchanté d'homme mis à l'aise.

— Il fait bien, il accomplira de grandes choses là-bas,
dit-il, Rougon est un homme très-fort; mais, voyez-vous,
il manque de tact en politique.

Ensuite, il s'attendrit sur la bonté de l'empereur, qui,
selon son expression, « aimait ses vieux serviteurs
comme on aime d'anciennes maîtresses ». Il s'acoqui-
nait à eux, il éprouvait des regains de tendresse, après
les ruptures les plus éclatantes. S'il avait invité Rougon à
Compiègne, c'était sûrement par quelque muette lâ-
cheté de cœur. Et le jeune député cita d'autres faits
à l'honneur des bons sentiments de Sa Majesté : quatre
cent mille francs donnés pour payer les dettes d'un général ruiné par une danseuse, huit cent mille francs
offerts en cadeau de noce à un de ses anciens complices
de Strasbourg et de Boulogne, près d'un million dépensé
en faveur de la veuve d'un grand fonctionnaire.

— Sa cassette est au pillage, dit-il en terminant. Il
ne s'est laissé nommer empereur que pour enrichir ses
amis.... Je hausse les épaules, quand j'entends les républicains lui reprocher sa liste civile. Il épuiserait dix
listes civiles à faire le bien. C'est un argent qui retourne
à la France.

Tout en parlant à demi-voix, M. La Rouquette et
le chevalier Rusconi suivaient des yeux l'empereur.
Celui-ci achevait de faire le tour de la galerie. Il manœuvrait prudemment au milieu des danseuses, s'avan-
çant muet et seul, dans le vide que le respect ouvrait devant lui. Quand il passait derrière les épaules nues d'une

18.

dame assise, il allongeait un peu le cou, les paupières pincées, avec un regard oblique et plongeant.

— Et une intelligence! dit à voix plus basse le chevalier Rusconi. Un homme extraordinaire!

L'empereur était arrivé près d'eux. Il resta là une
minute, morne et hésitant. Puis, il parut vouloir s'approcher de Clorinde, très-gaie en ce moment, très-belle;
mais elle le regarda hardiment, elle dut l'effrayer. Il
se remit à marcher, la main gauche rejetée et appuyée
sur les reins, roulant de l'autre main les bouts cirés de
ses moustaches. Et, comme M. Beulin-d'Orchère se
trouvait en face de lui, il fit un détour, se rapprocha
de biais, en disant :

— Vous ne dansez donc pas, monsieur le président?

Le magistrat avoua qu'il ne savait pas danser, qu'il
n'avait jamais dansé de sa vie. Alors, l'empereur reprit,
d'une voix encourageante :

— Ça ne fait rien, on danse tout de même.

Ce fut son dernier mot. Il gagna doucement la porte,
il disparut.

— N'est-ce pas? un homme extraordinaire? disait
M. La Rouquette, qui répétait le mot du chevalier Rusconi. Hein? à l'étranger, on se préoccupe énormément
de lui?

Le chevalier, en diplomate discret, répondit par de
vagues signes de tête. Pourtant, il convint que toute
l'Europe avait les yeux fixés sur l'empereur. Une parole
prononcée aux Tuileries ébranlait les trônes voisins.

— C'est un prince qui sait se taire, ajouta-t-il, avec
un sourire dont la fine ironie échappa au jeune député.

Tous deux retournèrent galamment auprès des dames.
Ils firent des invitations pour le prochain quadrille. Un
aide de camp tournait depuis un quart d'heure la mani-

velle du piano. Delestang et M. de Combelot se précipi-
tèrent, offrant de le remplacer. Mais les dames crièrent :

— Monsieur de Combelot, monsieur de Combelot...
Il tourne beaucoup mieux !

Le chambellan remercia d'un salut aimable, et tourna,
avec une ampleur vraiment magistrale. Ce fut le dernier
quadrille. On venait de servir le thé, dans le salon de
famille. Néro, qui sortit de derrière un canapé, fut
bourré de sandwichs. De petits groupes se formaient,
causant d'une façon intime. M. de Plouguern avait emporté une brioche sur le coin d'une console ; il mangeait,
buvant de légères gorgées de thé, expliquant à Delestang, avec lequel il partageait sa brioche, comment il
avait fini par accepter des invitations à Compiègne, lui
dont on connaissait les opinions légitimistes. Mon Dieu !
c'était bien simple : il croyait ne pas pouvoir refuser
son concours à un gouvernement qui sauvait la France
de l'anarchie. Il s'interrompit pour dire :

— Elle est excellente, cette brioche... Moi, j'avais
assez mal dîné, ce soir.

A Compiègne, d'ailleurs, sa verve méchante était
toujours en éveil. Il parla de la plupart des femmes pré-
sentes, avec une crudité de paroles, dont Delestang
rougissait. Il ne respectait que l'impératrice, une sainte ;
elle montrait une dévotion exemplaire, elle était légitimiste et aurait sûrement rappelé Henri V, si elle avait
pu disposer librement du trône. Pendant un instant,
il célébra les douceurs de la religion. Puis, comme
il entamait de nouveau une anecdote graveleuse, l'impératrice justement rentra dans ses appartements, suivie
de madame de Llorentz. Sur le seuil de la porte, elle fit
une grande révérence à l'assemblée. Tout le monde,
silencieusement, s'inclina.

Les salons se vidèrent. On causait plus fort. Des poi-

gnées de main s'échangeaient. Quand Delestang chercha sa femme pour monter à leur chambre, il ne la
trouva plus. Enfin Rougon, qui l'aidait, finit par la découvrir, assise à côté de M. de Marsy, sur un étroit canapé,
au fond de ce petit salon, où madame de Llorentz avait
fait au comte une si terrible scène de jalousie, après le
dîner. Clorinde riait très-haut. Elle se leva, en apercevant
son mari. Elle dit, sans cesser de rire :

— Bonsoir, monsieur le comte... Vous verrez demain,
pendant la chasse, si je tiens mon pari.

Rougon la suivit des yeux, tandis que Delestang l'emmenait à son bras. Il aurait voulu les accompagner jusqu'à leur porte, pour lui demander quel était ce pari dont
elle parlait ; mais il dut rester là, retenu par M. de Marsy,
qui le traitait avec un redoublement de politesse. Quand
il fut libre, au lieu de monter se coucher, il profita d'une
porte ouverte, il descendit dans le parc. La nuit était
très-sombre, une nuit d'octobre, sans une étoile, sans
un souffle, noire et morte. Au loin, les hautes futaies
mettaient des promontoires de ténèbres. Il avait peine
à distinguer devant lui la pâleur des allées. A cent
pas de la terrasse, il s'arrêta. Son chapeau à la main,
debout dans la nuit, il reçut un instant au visage toute
la fraîcheur qui tombait. Ce fut un soulagement, comme
un bain de force. Et il s'oublia à regarder sur la façade,
à gauche, une fenêtre vivement éclairée ; les autres
fenêtres s'éteignaient, elle troua bientôt seule de son
flamboiement la masse endormie du château. L'empereur veillait. Brusquement, il crut voir son ombre,
une tête énorme, traversée par des bouts de moustaches ;
puis, deux autres ombres passèrent, l'une très-grêle,
l'autre forte, si large, qu'elle bouchait toute la clarté.
Il reconnut nettement, dans cette dernière, la colossale
silhouette d'un agent de la police secrète, avec lequel

Sa Majesté s'enfermait pendant des heures, par goût ; et l'ombre grêle ayant passé de nouveau, il supposa qu'elle pouvait bien être une ombre de femme. Tout disparut, la fenêtre reprit son éclat tranquille, la fixité de son regard de flamme, perdu dans les profondeurs mystérieuses du parc. Peut-être, maintenant, l'empereur songeait-il au défrichement d'un coin des Landes, à la fondation d'une ville ouvrière, où l'extinction du paupérisme serait tentée en grand. Souvent, il se décidait la nuit. C'était la nuit qu'il signait des décrets, écrivait des manifestes, destituait des ministres. Cependant, peu à peu, Rougon souriait ; il se rappelait invinciblement une anecdote, l'empereur en tablier bleu, coiffé d'un bonnet de police fait d'un morceau de journal, collant du papier à trois francs le rouleau dans une pièce de Trianon, pour y loger une maîtresse ; et il se l'imaginait, à cette heure, dans la solitude de son cabinet, au milieu du solennel silence, découpant des images qu'il collait à l'aide d'un petit pinceau, très-proprement.

Alors, Rougon, levant les bras, se surprit à dire tout haut :

— Sa bande l'a fait, lui !

Il se hâta de rentrer. Le froid le prenait, surtout aux jambes, que la culotte découvrait jusqu'aux genoux.

Le lendemain, vers neuf heures, Clorinde lui envoya Antonia qu'elle avait amenée, pour demander s'ils pouvaient, son mari et elle, venir déjeuner chez lui. Il s'était fait monter une tasse de chocolat. Il les attendit. Antonia les précéda, apportant le large plateau d'argent sur lequel on leur avait servi, dans leur chambre, deux tasses de café.

— Hein ? ce sera plus gai, dit Clorinde en entrant. Vous avez le soleil, de ce côté-ci... Oh ! vous êtes beaucoup mieux que nous !

Et elle visita l'appartement. Il se composait d'une antichambre, dans laquelle se trouvait, à droite, la porte d'un cabinet de domestique; au fond, était 'a chambre à coucher, une vaste pièce tendue d'une cretonne écrue à grosses fleurs rouges, avec un grand lit d'acajou carré et une immense cheminée, où flambaient des troncs d'arbre.

— Parbleu! criait Rougon, il fallait réclamer! Moi, je n'aurais pas accepté un appartement sur la cour. Ah! si l'on courbe l'échine!... Je l'ai dit hier soir à Delestang.

La jeune femme haussa les épaules, en murmurant :

— Lui! il tolérerait qu'on me logeât dans les greniers!

Elle voulut voir jusqu'au cabinet de toilette, dont toute la garniture était en porcelaine de Sèvres, blanc et or, marquée du chiffre impérial. Puis, elle vint devant la fenêtre. Un léger cri de surprise et d'admiration lui échappa. En face d'elle, à des lieues, la forêt de Compiègne emplissait l'horizon de la mer roulante de ses hautes futaies; des cimes monstrueuses moutonnaient, se perdaient dans un balancement ralenti de houle; et, sous le soleil blond de cette matinée d'octobre, c'étaient des mares d'or, des mares de pourpre, une richesse de manteau galonné traînant d'un bord du ciel à l'autre.

— Voyons, déjeunons, dit Clorinde.

Ils débarrassèrent une table, sur laquelle se trouvaient un encrier et un buvard. Ils trouvaient piquant de se passer de leurs domestiques. La jeune femme, très-rieuse, répétait qu'il lui avait semblé le matin se réveiller à l'auberge, une auberge tenue par un prince, au bout d'un long voyage fait en rêve. Ce déjeuner de hasard, sur des plateaux d'argent, la ravissait comme une aventure qui lui serait arrivée dans quelque pays inconnu, tout là-bas, disait-elle. Cependant, Delestang s'émerveil-

lait sur la quantité de bois brûlant dans la cheminée. Il
finit par murmurer, les yeux sur les flammes, d'un air
absorbé :

— Je me suis laissé conter qu'on brûle pour quinze
cents francs de bois par jour au château... Quinze cents
francs ! Hein ? Rougon, le chiffre ne vous paraît pas un
peu fort ?

Rougon, qui buvait lentement son chocolat, se contenta de hocher la tête. Il était très-préoccupé par la
gaieté vive de Clorinde. Ce matin-là, elle semblait s'être
levée avec une fièvre extraordinaire de beauté ; elle avait
ses grands yeux luisants de combat.

— Quel est donc ce pari dont vous parliez hier soir ?
lui demanda-t-il brusquement.

Elle se mit à rire, sans répondre. Et comme il insistait :

— Vous verrez bien, dit-elle.

Alors, peu à peu, il se fâcha, il la traita durement. Ce
fut une véritable scène de jalousie, avec des allusions
d'abord voilées, qui devinrent bientôt des accusations
toutes crues : elle s'était donnée en spectacle, elle avait
laissé ses doigts dans ceux de M. de Marsy pendant plus
de deux minutes. Delestang, d'un air tranquille, trempait
de longues mouillettes dans son café au lait.

— Ah ! si j'étais votre mari ! cria Rougon.

Clorinde s'était levée. Elle se tenait debout derrière
Delestang, les deux mains appuyées sur ses épaules.

— Eh bien ! quoi ? si vous étiez mon mari, demanda-
t-elle.

Et se penchant vers Delestang, parlant dans ses cheveux, qu'elle soulevait d'un souffle tiède :

— N'est-ce pas, mon ami, il serait bien sage, aussi
sage que toi ?

Pour toute réponse, il plia le cou et baisa la main

appuyée sur son épaule gauche. Il regardait Rougon, la
face émue et embarrassée, clignant les yeux, voulant
lui faire entendre qu'il allait peut-être un peu loin.
Rougon faillit l'appeler imbécile. Mais Clorinde ayant
fait un signe par-dessus la tête de son mari, il la suivit
à la fenêtre, où elle s'accouda. Un instant, elle resta
muette, les yeux perdus sur l'immense horizon. Puis
elle dit, sans transition :

— Pourquoi voulez-vous quitter Paris? Vous ne m'aimez donc plus?... Écoutez, je serai raisonnable, je sui-
vrai vos conseils, si vous renoncez à vous exiler là-bas,
dans votre abominable pays.

Lui, à ce marché, devint très-grave. Il mit en avant
les grands intérêts auxquels il obéissait. Maintenant, il
était impossible qu'il reculât. Et, pendant qu'il parlait,
Clorinde cherchait vainement à lire la vérité vraie sur
son visage; il semblait très-décidé à partir.

— C'est bon, vous ne m'aimez plus, reprit-elle. Alors,
je suis bien maîtresse d'agir à ma guise... Vous verrez.

Elle quitta la fenêtre sans contrariété, retrouvant son
rire. Delestang, que le feu continuait à intéresser, cherchait à déterminer le nombre approximatif des cheminées
du château. Mais elle l'interrompit, car elle avait tout
juste le temps de s'habiller, si elle ne voulait pas manquer la chasse. Rougon les accompagna jusque dans le
corridor, un large couloir de couvent, garni d'une mo-
quette verte. Clorinde, en s'en allant, s'amusa à lire de
porte en porte les noms des invités, écrits sur de petites
pancartes encadrées de minces filets de bois. Puis, tout
au bout, elle se retourna; et, croyant voir Rougon perplexe, comme près de la rappeler, elle s'arrêta, attendit
quelques secondes, l'air souriant. Il rentra chez lui, il
ferma sa porte d'une main brutale.

Le déjeuner fut avancé, ce matin-là. Dans la galerie

des Cartes, on causa beaucoup du temps, qui était excellent pour une chasse à courre : une poussière dif-
fuse de soleil, un air blond et vif, immobile comme une
eau dormante. Les voitures de la cour partirent du château un peu avant midi. Le rendez-vous était au Puits-
du-Roi, vaste carrefour en pleine forêt. La vénerie
impériale attendait là depuis une heure, les piqueurs à
cheval, en culotte de drap rouge, avec le grand chapeau
galonné en bataille, les valets de chiens, chaussés de
souliers noirs à boucles d'argent, pour courir à l'aise
au milieu des taillis; et les voitures des invités venus
des châteaux voisins, alignées correctement, formaient
un demi-cercle, en face de la meute tenue par les valets;
tandis que des groupes de dames et de chasseurs en uniforme faisaient au centre un sujet de tableau ancien, une
chasse sous Louis XV, ressuscitée dans l'air blond. L'empereur et l'impératrice ne suivirent pas la chasse. Aussitôt
après l'attaque, leurs chars-à-bancs tournèrent dans une
allée et revinrent au château. Beaucoup de personnes les
imitèrent. Rougon avait d'abord essayé d'accompagner
Clorinde; mais elle lançait son cheval si follement,
qu'il perdit du terrain et se décida à rentrer de dépit,
furieux de la voir galoper côte à côte avec M. de Marsy,
au fond d'une avenue, très-loin.

Vers cinq heures et demie, Rougon fut prié de descendre prendre le thé, dans les petits appartements de
l'impératrice. C'était une faveur accordée d'ordinaire aux
hommes spirituels. Il y avait déjà là M. Beulin-d'Orchère
et M. de Plouguern; et ce dernier conta, en termes délicats, une farce très-grosse, qui eut un grand succès de
rire. Cependant, les chasseurs rentraient à peine. Madame de Combelot arriva, en affectant une lassitude extrême. Et, comme on lui demandait des nouvelles, elle
répondit avec des mots techniques :

— Oh! l'animal s'est fait battre pendant plus de quatre heures... Imaginez qu'il a débûché un instant en plaine. Il avait repris un peu d'air... Enfin, il est allé se laisser prendre à la mare Rouge. Un hallali superbe !

Le chevalier Rusconi donna un autre détail, d'un air inquiet.

— Le cheval de madame Delestang s'est emporté... Elle a disparu du côté de la route de Pierrefonds. On n'a pas encore de ses nouvelles.

Alors, on l'accabla de questions. L'impératrice paraissait désolée. Il raconta que Clorinde avait suivi tout le temps d'un train d'enfer. Son allure enthousiasmait les veneurs les plus accomplis. Puis, brusquement, son cheval s'était dérobé dans une allée latérale.

— Oui, ajouta M. La Rouquette, qui brûlait de placer un mot, elle avait cravaché cette pauvre bête avec une violence!... Monsieur de Marsy s'est élancé derrière elle pour lui porter secours. Il n'a pas reparu non plus.

Madame de Llorentz, assise derrière Sa Majesté, se leva. Elle crut qu'on la regardait en souriant. Elle devint toute blême. Maintenant, la conversation roulait sur les dangers qu'on courait à la chasse. Un jour, le cerf, réfugié dans la cour d'une ferme, s'était retourné si terriblement contre les chiens, qu'une dame avait eu une jambe cassée, au milieu de la bagarre. Puis, on fit des suppositions. Si M. de Marsy était parvenu à maîtriser le cheval de madame Delestang, peut-être avaient-ils mis pied à terre tous les deux, pour se reposer quelques minutes ; les abris, des huttes, des hangars, des pavillons, abondaient dans la forêt. Et il sembla à madame de Llorentz que les sourires redoublaient, tandis qu'on guettait du coin de l'œil sa fureur jalouse. Rougon se taisait, battant fiévreusement une marche sur ses genoux, du bout des doigts.

— Bah ! quand ils passeraient la nuit dehors ! dit entre ses dents M. de Plouguern.

L'impératrice avait donné des ordres pour que Clorinde fût invitée à venir prendre le thé, si elle rentrait. Tout d'un coup, il y eut de légères exclamations. La jeune femme était sur le seuil de la porte, le teint vif, souriante, triomphante. Elle remercia Sa Majesté de l'intérêt qu'elle lui témoignait. Et, d'un air tranquille :

— Mon Dieu ! je suis désolée. On a eu tort de s'inquiéter... J'avais fait avec monsieur de Marsy le pari d'arriver la première à la mort du cerf. Sans ce maudit cheval...

Puis, elle ajouta gaiement :

— Nous n'avons perdu ni l'un ni l'autre, voilà tout.

Mais elle dut raconter l'aventure plus au long. Elle n'éprouva pas la moindre gêne. Après dix minutes d'un galop furieux, son cheval s'était abattu, sans qu'elle eût aucun mal. Alors, comme elle chancelait un peu d'émotion, M. de Marsy l'avait fait entrer un instant sous un hangar.

— Nous avions deviné ! cria M. La Rouquette. Vous dites sous un hangar ?... Moi, j'avais dit dans un pavillon.

— Vous deviez être bien mal là-dessous, ajouta méchamment M. de Plouguern.

Clorinde, sans cesser de sourire, répondit avec une lenteur heureuse :

— Non, je vous assure. Il y avait de la paille. Je me suis assise... Un grand hangar plein de toiles d'araignée. La nuit tombait. C'était très-drôle.

Et, regardant en face madame de Llorentz, elle continua, d'une voix plus traînante encore, qui donnait aux mots une valeur particulière :

— Monsieur de Marsy a été très-bon pour moi.

Depuis que la jeune femme racontait son accident, madame de Llorentz appuyait violemment deux doigts de sa main contre ses lèvres. Aux derniers détails, elle ferma les yeux, comme prise d'un vertige de colère. Elle resta là encore une minute; puis, ne se contenant plus, elle sortit. M. de Plouguern, très-intrigué, se glissa derrière elle. Clorinde, qui la guettait, eut un geste involontaire de victoire.

La conversation changea. M. Beulin-d'Orchère parlait d'un procès scandaleux dont l'opinion se préoccupait beaucoup; il s'agissait d'une demande en séparation, fondée sur l'impuissance du mari; et il rapportait certains faits avec des phrases si décentes de magistrat, que madame de Combelot ne comprenant pas, demandait des explications. Le chevalier Rusconi plut énormément en chantant à demi-voix des chansons populaires du Piémont, des vers d'amour, dont il donnait ensuite la traduction française. Au milieu d'une de ces chansons, Delestang entra; il revenait de la forêt, où il battait les routes depuis deux heures, à la recherche de sa femme; on sourit de l'étrange figure qu'il avait. Cependant, l'impératrice semblait prise tout d'un coup d'une vive amitié pour Clorinde. Elle l'avait fait asseoir à son côté, elle causait chevaux avec elle. Pyrame, le cheval monté par la jeune femme pendant la chasse, était d'un galop très-dur; et elle disait que, le lendemain, elle lui ferait donner César.

Rougon, dès l'arrivée de Clorinde, s'était approché d'une fenêtre, en affectant d'être très-intéressé par des lumières qui s'allumaient au loin, à gauche du parc. Personne ainsi ne put voir les légers tressaillements de sa face. Il demeura longtemps debout, devant la nuit. Enfin il se retournait, l'air impassible, lorsque M. de Plouguern, qui rentrait, s'approcha de lui, souffla à son oreille d'une voix enfiévrée de curieux satisfait :

— Oh! une scène épouvantable... Vous avez vu, je
l'ai suivie. Elle a justement rencontré Marsy au bout des
couloirs. Ils sont entrés dans une chambre. Là, j'ai entendu Marsy lui dire carrément qu'elle l'assommait...
Elle est repartie comme une folle, en se dirigeant vers
le cabinet de l'empereur... Ma foi, oui, je crois qu'elle
est allée mettre sur le bureau de l'empereur les fameuses lettres...

A ce moment, madame de Llorentz reparut. Elle était
toute blanche, les cheveux envolés sur les tempes, l'haleine courte. Elle reprit sa place derrière l'impératrice,
avec le calme désespéré d'un patient qui vient de prati-
quer sur lui-même quelque terrible opération dont il
peut mourir.

— Pour sûr, elle a lâché les lettres, répéta M. de
Plouguern, en l'examinant.

Et, comme Rougon semblait ne pas le comprendre, il
alla se pencher derrière Clorinde, lui racontant l'histoire.
Elle l'écoutait ravie, les yeux allumés d'une joie luisante. Ce fut seulement au sortir des petits appartements
de l'impératrice, quand vint l'heure du dîner, que Clorinde parut apercevoir Rougon. Elle lui prit le bras, elle
lui dit, tandis que Delestang marchait derrière eux :

— Eh bien! vous avez vu... Si vous aviez été gentil
ce matin, je n'aurais pas failli me casser les jambes.

Le soir, il y eut une curée froide aux flambeaux, dans
la cour du palais. En quittant la salle à manger, le cortége des invités, au lieu de revenir immédiatement à la
galerie des Cartes, se dispersa dans les salons de la façade,
dont les fenêtres furent ouvertes toutes grandes. L'empereur prit place sur le balcon central, où une vingtaine
de personnes purent le suivre.

En bas, de la grille au vestibule, deux files de valets de

pied en grande livrée, les cheveux poudrés, ménageaient
une large allée. Chacun d'eux tenait une longue pique, au
bout de laquelle flambaient des étoupes, dans des gobelets
remplis d'esprit de vin. Ces hautes flammes vertes dansaient en l'air, comme flottantes et suspendues, tachant
la nuit sans l'éclairer, ne tirant du noir que la double
rangée des gilets écarlates qu'elles rendaient violâtres.
Des deux côtés de la cour, une foule s'entassait, des
bourgeois de Compiègne avec leurs dames, des visages
blafards grouillant dans l'ombre, d'où par moments un
reflet des étoupes faisait sortir quelque tête abominable,
une face vert-de-grisée de petit rentier. Puis, au milieu,
devant le perron, les débris du cerf, en tas sur le pavé,
étaient recouverts de la peau de l'animal, étalée, la tête
en avant; tandis que, à l'autre bout, contre la grille, la
meute attendait, entourée des piqueurs. Là, des valets
de chiens en habit vert, avec de grands bas de coton
blanc, agitaient des torches. Une vive clarté rougeâtre,
traversée de fumées dont la suie roulait vers la ville,
mettait, dans une lueur de fournaise, les chiens serrés les
uns contre les autres, soufflant fortement, les gueules
ouvertes.

L'empereur resta debout. Par instants, un éclat brusque
des torches montrait sa face vague, impénétrable. Clorinde, pendant tout le dîner, avait épié chacun de ses
gestes, sans surprendre en lui qu'une fatigue morne,
l'humeur chagrine d'un malade souffrant en silence.
Une seule fois, elle crut le voir regarder M. de Marsy
obliquement, de son regard gris que ses paupières éteignaient. Au bord du balcon, il demeurait maussade, un
peu voûté, tordant sa moustache; pendant que, derrière
lui, les invités se haussaient, pour voir.

— Allez, Firmin! dit-il, comme impatienté.

Les piqueurs sonnaient la *Royale*. Les chiens don-

naient de la voix, hurlaient, le cou tendu, dressés à demi
sur leurs pattes de derrière, dans un élan d'effroyable
vacarme. Tout d'un coup, au moment où un valet montrait
la tête du cerf à la meute affolée, Firmin, le maître
d'équipage, placé sur le perron, abaissa son fouet; et la
meute, qui attendait ce signal, traversa la cour en trois
bonds, les flancs haletant d'une rage d'appétit. Mais
Firmin avait relevé son fouet. Les chiens, arrêtés à
quelque distance du cerf, s'aplatirent un instant sur le
pavé, l'échine secouée de frissons, la gueule cassée
d'aboiements de désir. Et ils durent reculer, ils retournèrent se ranger à l'autre bout, près de la grille.

— Oh! les pauvres bêtes! dit madame de Combelot,
d'un air de compassion langoureuse.

— Superbe! cria M. La Rouquette.

Le chevalier Rusconi applaudissait. Des dames se
penchaient, très-excitées, avec de petits battements aux
coins des lèvres, le cœur tout gonflé du besoin de voir
les chiens manger. On ne leur donnait pas leurs os tout
de suite; c'était très-émotionnant.

— Non, non, pas encore, murmuraient des voix
grasses.

Cependant, Firmin, à deux reprises, avait levé et
baissé son fouet. La meute écumait, exaspérée. A la troisième fois, le maître d'équipage ne releva pas le fouet.
Le valet s'était sauvé, en emportant la peau et la tête du
cerf. Les chiens se ruèrent, se vautrèrent sur les débris;
leurs abois furieux s'apaisaient dans un grognement
sourd, un tremblement convulsif de jouissance. Des os
craquaient. Alors, sur le balcon, aux fenêtres, ce fut
une satisfaction; les dames avaient des sourires aigus,
en serrant leurs dents blanches; les hommes soufflaient,
les yeux vifs, les doigts occupés à tordre quelque cure-
dents apporté de la salle à manger. Dans la cour, il y eut

comme une soudaine apothéose ; les piqueurs sonnaient
des fanfares ; les valets de chiens secouaient les torches ;
des flammes de Bengale brûlaient, sanglantes, incendiant
la nuit, baignant les têtes placides des bourgeois de Compiègne, entassés sur les côtés, d'une pluie rouge, à larges
gouttes.

L'empereur, tout de suite, tourna le dos. Et comme
Rougon se trouvait à côté de lui, il parut sortir de la
profonde rêverie qui le tenait maussade depuis le dîner.

— Monsieur Rougon, dit-il, j'ai songé à votre affaire...
Il y a des obstacles, beaucoup d'obstacles.

Il s'arrêta, il ouvrit les lèvres, les referma. Puis, s'en
allant, il dit encore :

— Il faut rester à Paris, monsieur Rougon.

Clorinde, qui entendit, eut un geste vif de triomphe.
Le mot de l'empereur ayant couru, tous les visages re-
devinrent graves et anxieux, pendant que Rougon traversait lentement les groupes, se dirigeant vers la galerie
des Cartes.

Et, en bas, les chiens achevaient leurs os. Ils se coulaient furieusement les uns sous les autres, pour arriver au milieu du tas. C'était une nappe d'échines mou-
vantes, les blanches, les noires, se poussant, s'allongeant,
s'étalant comme une mare vivante, dans un ronflement
vorace. Les mâchoires se hâtaient, mangeaient vite, avec
la fièvre de tout manger. De courtes querelles se termi-
naient par un hurlement. Un gros braque, une bête
superbe, fâché d'être trop au bord, recula et s'élança
d'un bond au milieu de la bande. Il fit son trou, il but
un lambeau des entrailles du cerf.

VIII

Des semaines se passèrent. Rougon avait repris sa vie de lassitude et d'ennui. Jamais il ne faisait allusion à l'ordre que l'empereur lui avait donné de rester à Paris. Il parlait seulement de son échec, des prétendus obstacles qui s'opposaient à son défrichement d'un coin des Landes ; et, sur ce sujet, il ne tarissait pas. Quels pouvaient être ces obstacles ? Lui, n'en voyait aucun. Il allait jusqu'à s'emporter contre l'empereur, dont il était impossible, disait-il, de tirer une explication quelconque. Peut-être Sa Majesté avait-elle craint d'être obligée de subventionner l'affaire ?

Cependant, à mesure que les jours coulaient, Clorinde multipliait ses visites rue Marbeuf. Chaque après-midi, elle semblait attendre de Rougon quelque nouvelle, elle le regardait d'un air de surprise, en le voyant rester muet. Depuis son séjour à Compiègne, elle vivait dans l'espoir d'un brusque triomphe ; elle avait imaginé tout un drame, une colère furieuse de l'empereur, une chute retentissante de M. de Marsy, une rentrée immédiate du grand homme au pouvoir. Ce plan de femme lui semblait d'un succès certain. Aussi, au bout d'un mois, son étonnement fut-il immense, lorsqu'elle vit le comte rester au ministère. Et elle conçut un dédain pour l'empereur, qui ne savait pas se venger. Elle, à sa

place, aurait eu la passion de sa rancune. A quoi
songeait-il donc, dans l'éternel silence qu'il gardait?

Clorinde, toutefois, ne désespérait pas encore. Elle
flairait la victoire, quelque coup de chance imprévu.
M. de Marsy était ébranlé. Rougon avait pour elle des
attentions de mari qui craint d'être trompé. Depuis ses
accès d'étrange jalousie, à Compiègne, il la surveillait
d'une façon plus paternelle, la noyait de morale, voulait
la voir tous les jours. La jeune femme souriait, certaine
maintenant qu'il ne quitterait pas Paris. Pourtant, vers
le milieu de décembre, après des semaines d'une paix
endormie, il recommença à parler de sa grande affaire.
Il avait vu des banquiers, il rêvait de se passer de
l'appui de l'empereur. Et, de nouveau, on le trouva
perdu au milieu de cartes, de plans, d'ouvrages spéciaux. Gilquin, disait-il, avait déjà racolé plus de cinq
cents ouvriers, qui consentaient à s'en aller là-bas;
c'était la première poignée d'hommes d'un peuple. Alors,
Clorinde, s'enrageant à sa besogne, mit en branle toute
la bande des amis.

Ce fut un travail énorme. Chacun prit un rôle. L'entente avait lieu à demi-mots, chez Rougon lui-même,
dans les coins, le dimanche et le jeudi. On se partageait
les missions difficiles. On se lançait tous les jours au
milieu de Paris, avec la volonté entêtée de conquérir une
influence. On ne dédaignait rien; les plus petits succès
comptaient. On profitait de tout, on tirait ce qu'on pouvait des moindres événements, on utilisait la journée entière, depuis le bonjour du matin jusqu'à la dernière poignée de main du soir. Les amis des amis devinrent
complices, et encore les amis de ceux-là. Paris entier fut
pris dans cette intrigue. Au fond des quartiers perdus,
il y avait des gens qui soupiraient après le triomphe de

Rougon, sans savoir au juste pourquoi. La bande, dix à douze personnes, tenait la ville.

— Nous sommes le gouvernement de demain, disait sérieusement Du Poizat.

Il établissait des parallèles entre eux et les hommes qui avaient fait le second empire. Il ajoutait :

— Je serai le Marsy de Rougon.

Un prétendant n'était qu'un nom. Il fallait une bande pour faire un gouvernement. Vingt gaillards qui ont de gros appétits sont plus forts qu'un principe ; et quand ils peuvent mettre avec eux le prétexte d'un principe, ils deviennent invincibles. Lui, battait le pavé, allait dans les journaux, où il fumait des cigares, en minant sourdement M. de Marsy ; il savait toujours des histoires délicates sur son compte ; il l'accusait d'ingratitude et d'égoïsme. Puis, lorsqu'il avait amené le nom de Rougon, il laissait échapper des demi-mots, élargissant des horizons extraordinaires de vagues promesses : celui-là, s'il pouvait seulement ouvrir les mains un jour, ferait tomber sur tout le monde une pluie de récompenses, de cadeaux, de subventions. Il entretenait ainsi la presse de renseignements, de citations, d'anecdotes, qui occupaient continuellement le public de la personnalité du grand homme ; deux petites feuilles publièrent le récit d'une visite à l'hôtel de la rue Marbeuf ; d'autres parlèrent du fameux ouvrage sur la constitution anglaise et la constitution de 52. La popularité semblait venir, après un silence hostile de deux années ; un sourd murmure d'éloges montait. Et Du Poizat se livrait à d'autres besognes, des maquignonnages inavouables, l'achat de certains appuis, un jeu de Bourse passionné sur l'entrée plus ou moins sûre de Rougon au ministère.

— Ne songeons qu'à lui, répétait-il souvent, avec cette liberté de parole qui gênait les hommes gourmés de la bande. Plus tard, il songera à nous.

M. Beulin-d'Orchère avait l'intrigue lourde ; il évoqua contre M. de Marsy une affaire scandaleuse, qu'on se hâta d'étouffer. Il se montrait plus adroit, en laissant dire qu'il pourrait bien être garde des sceaux un jour, si son beau-frère remontait au pouvoir ; ce qui mettait à sa dévotion les magistrats ses collègues. M. Kahn menait également une troupe à l'attaque, des financiers, des députés, des fonctionnaires, grossissant les rangs de tous les mécontents rencontrés en chemin ; il s'était fait un lieutenant docile de M. Béjuin ; il employait même M. de Combelot et M. La Rouquette, sans que ceux-ci se doutassent le moins du monde des travaux auxquels il les poussait. Lui, agissait dans le monde officiel, très-haut, étendant sa propagande jusqu'aux Tuileries, travaillant souterrainement pendant plusieurs jours, pour qu'un mot, de bouche en bouche, fût enfin répété à l'empereur.

Mais ce furent surtout les femmes qui s'employèrent avec passion. Il y eut là des dessous terribles, une complication d'aventures dont on ignora toujours au juste la portée. Madame Correur n'appelait plus la jolie madame Bouchard que « ma petite chatte ». Elle l'emmenait à la campagne, disait-elle ; et, pendant une semaine, M. Bouchard vivait en garçon, M. d'Escorailles lui-même était réduit à passer ses soirées dans les petits théâtres. Un jour, Du Poizat avait rencontré ces dames avec des messieurs décorés ; ce dont il s'était bien gardé de parler. Madame Correur habitait maintenant deux appartements, l'un rue Blanche, l'autre rue Mazarine ; ce dernier était très-coquet ; madame Bouchard y venait l'après-midi, prenait la clef chez le concierge. On racontait aussi la conquête d'un grand fonctionnaire, faite par la jeune femme un matin de pluie, comme elle traversait le Pont-Royal, en retroussant ses jupons.

Puis, le frétin des amis s'agitait, s'utilisait le plus

possible. Le colonel Jobelin se rendait dans un café des boulevards pour voir d'anciens amis, des officiers ; il les catéchisait, entre deux parties de piquet ; et quand il en avait embauché une demi-douzaine, il se frottait les mains, le soir, en répétant que « toute l'armée était pour la bonne cause ». M. Bouchard se livrait, au ministère, à un racolage semblable ; peu à peu, il avait soufflé aux employés une haine féroce contre M. de Marsy ; il gagnait jusqu'aux garçons de bureau, il faisait soupirer tout ce monde dans l'attente d'un âge d'or, dont il parlait à l'oreille de ses intimes. M. d'Escorailles agissait sur la jeunesse riche, auprès de laquelle il vantait les idées larges de Rougon, sa tolérance pour certaines fautes, son amour de l'audace et de la force. Enfin, les Charbonnel eux-mêmes, sur les bancs du Luxembourg, où ils allaient attendre, chaque après-midi, l'issue de leur interminable procès, trouvaient moyen d'enrégimenter les petits rentiers du quartier de l'Odéon.

Quant à Clorinde, elle ne se contentait pas d'avoir la haute main sur toute la bande. Elle menait des opérations très-compliquées, dont elle n'ouvrait la bouche à personne. Jamais on ne l'avait rencontrée, le matin, dans des peignoirs aussi mal agrafés, traînant plus passionnément, au fond de quartiers louches, son portefeuille de ministre, crevé aux coutures, sanglé de bouts de corde. Elle donnait à son mari des commissions extraordinaires, que celui-ci faisait avec une douceur de mouton, sans comprendre. Elle envoyait Luigi Pozzo porter des lettres ; elle demandait à M. de Plouguern de l'accompagner, puis le laissait pendant une heure, sur un trottoir, à attendre. Un instant, la pensée dut lui venir de faire agir le gouvernement italien en faveur de Rougon. Sa correspondance avec sa mère, toujours fixée à Turin, prit une activité folle. Elle rêvait de bouleverser l'Europe, et allait

jusqu'à deux fois par jour chez le chevalier Rusconi,
pour y rencontrer des diplomates. Souvent, maintenant,
dans cette campagne si étrangement conduite, elle semblait se souvenir de sa beauté. Alors, certaines après-midi, elle sortait débarbouillée, peignée, superbe. Et, quand
ses amis, surpris eux-mêmes, lui disaient qu'elle était
belle :

— Il le faut bien ! répondait-elle, avec un singulier
air de lassitude résignée.

Elle se gardait comme un argument irrésistible. Pour
elle, se donner ne tirait pas à conséquence. Elle y
mettait si peu de plaisir, que cela devenait une affaire
pareille aux autres, un peu plus ennuyeuse peut-être.
Lorsqu'elle était revenue de Compiègne, Du Poizat, qui
connaissait l'aventure de la chasse à courre, avait voulu
savoir dans quels termes elle restait avec M. de Marsy.
Vaguement, il songeait à trahir Rougon pour le comte, si
Clorinde arrivait à être la maîtresse toute-puissante de ce
dernier. Mais elle s'était presque fâchée, en niant énergiquement toute l'histoire. Il la jugeait donc bien sotte, pour
la soupçonner d'une liaison semblable ? Et, oubliant
son démenti, elle avait laissé entendre qu'elle ne rever-
rait même pas M. de Marsy. Autrefois encore, elle aurait
pu rêver de l'épouser. Jamais un homme d'esprit, selon
elle, ne travaillait sérieusement à la fortune d'une maîtresse. D'ailleurs, elle mûrissait un autre plan.

— Voyez-vous, disait-elle parfois, il y a souvent plusieurs façons d'arriver où l'on veut ; mais, de toutes ces
façons, il n'y en a jamais qu'une qui fasse plaisir... Moi,
j'ai des choses à contenter.

Elle couvait toujours Rougon des yeux, elle le voulait
grand, comme si elle eût rêvé de l'engraisser de puissance, pour quelque régal futur. Elle gardait sa soumission de disciple, se mettait dans son ombre avec une

humilité pleine de cajolerie. Lui, au milieu de l'agitation
continue de la bande, semblait ne rien voir. Dans son
salon, le jeudi et le dimanche, il faisait ses réussites,
pesamment, le nez sur les cartes, sans paraître entendre
les chuchotements, derrière son dos. La bande causait
de l'affaire, s'adressait des signes par-dessus sa tête,
complotait au coin de son feu, comme s'il n'eût pas été
là, tant il semblait bonhomme ; il demeurait impassible, détaché de tout, si éloigné des choses dont on parlait à voix basse, qu'on finissait par hausser la voix, en
s'égayant de ses distractions. Lorsqu'on mettait la conversation sur sa rentrée au pouvoir, il s'emportait, il
jurait de ne jamais bouger, quand même un triomphe
l'attendrait au bout de sa rue ; et, en effet, il s'enfermait
de plus en plus étroitement chez lui, affectant une
ignorance absolue des événements extérieurs. Le petit
hôtel de la rue Marbeuf, d'où rayonnait une telle fièvre
de propagande, était un lieu de silence et de sommeil,
au seuil duquel les familiers se jetaient des coups d'œil
d'intelligence, pour laisser dehors l'odeur de bataille
qu'ils apportaient dans leurs vêtements.

— Allons donc ! criait Du Poizat, il nous fait tous
poser ! Il nous entend très-bien. Regardez ses oreilles,
le soir ; on les voit s'élargir.

A dix heures et demie, lorsqu'ils se retiraient tous
ensemble, c'était le sujet de conversation habituel. Il
n'était pas possible que le grand homme ignorât le
dévouement de ses amis. Il jouait au bon Dieu, disait
encore l'ancien sous-préfet. Ce diable de Rougon
vivait comme une idole indoue, assoupi dans la satisfaction de lui-même, les mains croisées sur le ventre,
souriant et béat au milieu d'une foule de fidèles, qui
l'adoraient en se coupant les entrailles en quatre. On
déclarait cette comparaison très-juste.

— Je le surveillerai, vous verrez, concluait Du Poizat.

Mais on eut beau étudier le visage de Rougon, on le trouva toujours fermé, paisible, presque naïf. Peut-être était-il de bonne foi. D'ailleurs, Clorinde préférait qu'il ne se mêlât de rien. Elle redoutait de le voir se mettre en travers de ses plans, si on le forçait un jour à ouvrir les yeux. C'était comme malgré lui qu'on travaillait à sa fortune. Il s'agissait de le pousser quand même, de l'asseoir à quelque sommet, violemment. Ensuite, on compterait.

Cependant, peu à peu, les choses marchant avec trop de lenteur, la bande finit par s'impatienter. Les aigreurs de Du Poizat l'emportèrent. On ne reprocha pas nettement à Rougon tout ce qu'on faisait pour lui; mais on le larda d'allusions, de mots amers à double entente. Maintenant, le colonel venait quelquefois aux soirées, les pieds blancs de poussière; il n'avait pas eu le temps de passer chez lui, il s'était éreinté à courir toute l'après-midi; des courses bêtes dont on ne lui aurait sans doute jamais de reconnaissance. D'autres soirs, c'était M. Kahn, les yeux gros de fatigue, qui se plaignait de veiller trop tard, depuis un mois; il allait beaucoup dans le monde, non que cela l'amusât, grand Dieu! mais il y rencontrait certaines gens pour certaines affaires. Ou bien madame Correur racontait des histoires attendrissantes, l'histoire d'une pauvre jeune femme, une veuve très-recommandable, à laquelle elle allait tenir compagnie; et elle regrettait de n'avoir aucune puissance, elle disait que, si elle était le gouvernement, elle empêcherait bien des injustices. Puis, tous les amis étalaient leur propre misère; chacun se lamentait, disait quelle serait sa situation, s'il ne s'était pas montré trop bête; doléances sans fin, que des regards jetés sur Rougon soulignaient clairement. On l'éperonnait au sang, on

allait jusqu'à vanter M. de Marsy. Lui, d'abord, avait con-
servé sa belle tranquillité. Il ne comprenait toujours pas.
Mais, au bout de quelques soirées, de légers tressaillements passèrent sur sa face, à certaines phrases prononcées dans son salon. Il ne se fâchait point, il serrait un
peu les lèvres, comme sous d'invisibles piqûres d'aiguille. Et, à la longue, il devint si nerveux, qu'il abandonna ses réussites ; elles ne réussissaient plus, il préférait
se promener à petits pas, causant, quittant brusquement
les gens, quand les reproches déguisés commençaient.
Par moments, des fureurs blanches le prenaient ; il
semblait serrer avec force les mains derrière le dos,
pour ne pas céder à l'envie de jeter à la rue tout ce
monde.

— Mes enfants, dit un soir le colonel, moi, je ne
reviens pas de quinze jours... Il faut le bouder. Nous
verrons s'il s'amusera tout seul.

Alors, Rougon, qui rêvait de fermer sa porte, fut
très-blessé de l'abandon où on le laissait. Le colonel
avait tenu parole, d'autres l'imitaient ; le salon était
presque vide, il manquait toujours cinq ou six amis.
Lorsqu'un d'eux reparaissait après une absence, et que
le grand homme lui demandait s'il n'avait pas été malade, il répondait non d'un air surpris, et il ne donnait
aucune explication. Un jeudi, il ne vint personne. Rougon passa la soirée seul, à se promener dans la vaste
pièce, les mains derrière le dos, la tête basse. Il sentait
pour la première fois la force du lien qui l'attachait à
sa bande. Des haussements d'épaules disaient son mépris,
quand il songeait à la bêtise des Charbonnel, à la rage
envieuse de Du Poizat, aux douceurs louches de madame
Correur. Pourtant ces familiers, qu'il tenait en une si
médiocre estime, il avait le besoin de les voir, de régner sur eux ; un besoin de maître jaloux, pleurant en

secret des moindres infidélités. Même, au fond de son
cœur, il était attendri par leur sottise, il aimait leurs
vices. Ils semblaient à présent faire partie de son être,
ou plutôt c'était lui qui se trouvait lentement absorbé ;
à ce point, qu'il restait comme diminué, les jours où
ils s'écartaient de sa personne. Aussi finit-il par leur
écrire, lorsque leur absence se prolongeait. Il allait
jusqu'à les voir chez eux, pour faire la paix, après les
bouderies sérieuses. Maintenant, on vivait en conti-
nuelle querelle, rue Marbeuf, avec cette fièvre de ruptures et de raccommodements des ménages dont l'amour
s'aigrit.

Dans les derniers jours de décembre, il y eut une
débandade particulièrement grave. Un soir, sans qu'on
sût pourquoi, les mots amenant les mots, on s'était
dévoré entre soi, à dents aiguës. Pendant près de trois
semaines, on ne se revit pas. La vérité était que la
bande commençait à désespérer. Les efforts les plus
savants n'aboutissaient à aucun résultat appréciable. La
situation ne semblait pas devoir changer de longtemps,
la bande abandonnait le rêve de quelque catastrophe
imprévue qui aurait rendu Rougon nécessaire. Elle avait
attendu l'ouverture de la session du Corps législatif ;
mais la vérification des pouvoirs s'était faite sans amener
autre chose qu'un refus de serment de deux députés républicains. A cette heure, M. Kahn lui-même, l'homme
souple et profond du groupe, ne comptait plus voir tourner à leur profit la politique générale. Rougon, exaspéré,
s'occupait de son affaire des Landes avec un redoublement de passion, comme pour cacher les tressaillements
de sa face, qu'il ne parvenait plus à endormir.

— Je ne me sens pas bien, disait-il parfois. Vous
voyez, mes mains tremblent... Mon médecin m'a ordonné
de faire de l'exercice. Je suis toute la journée dehors.

En effet, il sortait beaucoup. On le rencontrait, les mains ballantes, la tête haute, distrait. Quand on l'arrêtait, il racontait des courses interminables. Un matin, comme il rentrait déjeuner, après une promenade du côté de Chaillot, il trouva une carte de visite à tranche dorée, sur laquelle s'étalait le nom de Gilquin, écrit à la main, en belle anglaise; la carte était très-sale, toute marquée de doigts gras. Il sonna son domestique.

— La personne qui vous a remis cette carte, n'a rien dit? demanda-t-il.

Le domestique, nouveau dans la maison, eut un sourire.

— C'est un monsieur en paletot vert. Il a l'air bien aimable, il m'a offert un cigare... Il a dit seulement qu'il était un de vos amis.

Et il se retirait, lorsqu'il se ravisa.

— Je crois qu'il y a quelque chose d'écrit derrière.

Rougon retourna la carte et lut ces mots au crayon : « Impossible d'attendre. Je passerai dans la soirée. C'est très-pressé, une drôle d'affaire. » Il eut un geste d'insouciance. Mais, après son déjeuner, la phrase : « C'est très-pressé, une drôle d'affaire », lui revint à l'esprit, s'imposa, finit par l'impatienter. Quelle pouvait être cette affaire que Gilquin trouvait drôle? Depuis qu'il avait chargé l'ancien commis voyageur de besognes obscures et compliquées, il le voyait régulièrement une fois par semaine, le soir; jamais celui-ci ne s'était présenté le matin. Il s'agissait donc d'une chose extraordinaire. Rougon, à bout de suppositions, pris d'une impatience qu'il trouvait lui-même ridicule, se décida à sortir, à tenter de voir Gilquin avant la soirée.

— Quelque histoire d'ivrogne, pensait-il en descendant les Champs-Élysées. Enfin, je serai tranquille.

Il allait à pied, voulant suivre l'ordonnance de son mé-

decin. La journée était superbe, un clair soleil de janvier, dans un ciel blanc. Gilquin ne demeurait plus passage Guttin, aux Batignolles. Sa carte portait : rue
Guisarde, faubourg Saint-Germain.

Rougon eut toutes les peines du monde à découvrir
cette rue abominablement sale, située près de Saint-Sulpice. Il trouva, au fond d'une allée noire, une concierge
couchée, qui lui cria de son lit, d'une voix cassée par
la fièvre :

— Monsieur Gilquin... Ah! je ne sais pas. Voyez au
quatrième, tout en haut, la porte à gauche.

Au quatrième étage, le nom de Gilquin était écrit sur
la porte, entouré d'arabesques représentant des cœurs
enflammés percés de flèches. Mais il eut beau frapper,
il n'entendit, derrière le bois, que le tictac d'un coucou
et le miaulement d'une chatte, très-doux dans le silence.
A l'avance, il se doutait qu'il faisait une course inutile ;
cela le soulagea pourtant d'être venu. Il redescendit,
calmé, en se disant qu'il pouvait bien attendre le soir.
Puis, dehors, il ralentit le pas ; il traversa le marché
Saint-Germain, suivit la rue de Seine, sans but, un peu
las déjà, décidé cependant à rentrer à pied. Et, comme il
arrivait à la hauteur de la rue Jacob, il songea aux Charbonnel. Depuis dix jours, il ne les avait pas vus. Ils le
boudaient. Alors, il résolut de monter un instant chez
eux pour leur tendre la main. Cette après-midi-là,
le temps était si tiède, qu'il se sentait tout attendri.

La chambre des Charbonnel, à l'hôtel du Périgord,
donnait sur la cour, un puits sombre, d'où montait une
odeur d'évier mal lavé. Elle était noire, grande, avec un
mobilier d'acajou éclopé et des rideaux de damas rouge
déteint. Lorsque Rougon entra, madame Charbonnel pliait
ses robes, qu'elle mettait au fond d'une grande malle,

tandis que M. Charbonnel, suant, les bras raidis, ficelait une autre malle, plus petite.

— Eh bien, vous partez? demanda-t-il en souriant.

— Oh! oui, répondit madame Charbonnel avec un profond soupir; cette fois, c'est bien fini.

Cependant, ils s'empressèrent, très-flattés de le voir chez eux. Toutes les chaises étaient encombrées par des vêtements, des paquets de linge, des paniers dont les flancs crevaient. Il s'assit sur le bord du lit, en reprenant de son air bonhomme :

— Laissez donc! je suis très-bien là... Continuez ce que vous faisiez, je ne veux pas vous déranger... C'est par le train de huit heures que vous partez?

— Oui, par le train de huit heures, dit M. Charbonnel. Ça nous fait encore six heures à passer dans ce Paris... Ah! nous nous en souviendrons longtemps, monsieur Rougon.

Et lui qui parlait peu d'ordinaire, lâcha des choses terribles, alla jusqu'à montrer le poing à la fenêtre, en disant qu'il fallait venir dans une ville pareille, pour ne pas voir clair chez soi, à deux heures de l'après-midi. Ce jour sale tombant du puits étroit de la cour, c'était Paris. Mais, Dieu merci! il allait retrouver le soleil, dans son jardin de Plassans. Et il regardait autour de lui s'il n'oubliait rien. Le matin, il avait acheté un Indicateur des chemins de fer. Sur la cheminée, dans un papier taché de graisse, il montra un poulet qu'ils emportaient pour manger en route.

— Ma bonne, répétait-il, as-tu bien vidé tous les tiroirs?... J'avais des pantoufles dans la table de nuit... Je crois que des papiers sont tombés derrière la commode...

Rougon, au bord du lit, regardait avec un serrement de cœur les préparatifs de ces vieilles gens, dont les

mains tremblaient en faisant leurs paquets. Il sentait un
muet reproche dans leur émotion. C'était lui qui les
avait retenus à Paris; et cela aboutissait à un échec
absolu, à une véritable fuite.

— Vous avez tort, murmura-t-il.

Madame Charbonnel eut un geste de supplication,
comme pour le faire taire. Elle dit vivement :

— Écoutez, monsieur Rougon, ne nous promettez
rien. Notre malheur recommencerait... Quand je pense
que depuis deux ans et demi nous vivons ici ! Deux ans
et demi, mon Dieu ! au fond de ce trou !... Je garderai
pour le restant de mes jours des douleurs dans la jambe
gauche; c'est moi qui couchais du côté de la ruelle, et
le mur, là, derrière vous, pisse l'eau... Non, je ne puis
pas tout vous dire. Ça serait trop long. Nous avons
mangé un argent fou. Tenez, hier, j'ai dû acheter cette
grande malle pour emporter ce que nous avons usé à
Paris, des vêtements mal cousus qu'on nous a vendus
les yeux de la tête, du linge qui me revenait en loques
de la blanchisseuse... Ah ! ce sont vos blanchisseuses
que je ne regretterai pas, par exemple ! Elles brûlent
tout avec leurs acides.

Et elle jeta un tas de chiffons dans la malle, en criant :

— Non, non, nous partons. Voyez-vous, une heure
de plus, et j'en mourrais.

Mais Rougon, avec entêtement, reparla de leur affaire.
Ils avaient donc appris de bien mauvaises nouvelles?
Alors, les Charbonnel, presque en pleurant, lui con-
tèrent que l'héritage de leur petit-cousin Chevassu
allait décidément leur échapper. Le Conseil d'État
était sur le point d'autoriser les sœurs de la Sainte-
Famille à accepter le legs de cinq cent mille francs. Et
ce qui avait achevé de leur ôter tout espoir, c'était qu'on
leur avait appris la présence de monseigneur Rochart à

Paris, où il venait une seconde fois pour enlever l'affaire.

Tout d'un coup, M. Charbonnel, pris d'un brusque emportement, cessa de s'acharner sur la petite malle et se tordit les bras, en répétant d'une voix brisée :

— Cinq cent mille francs! cinq cent mille francs!

Le cœur manqua à tous deux. Ils s'assirent, le mari sur la malle, la femme sur un paquet de linge, au milieu du bouleversement de la pièce. Et, avec des paroles longues et molles, ils se plaignirent; quand l'un se taisait, l'autre recommençait. Ils rappelaient leur tendresse pour le petit-cousin Chevassu. Comme ils l'avaient aimé! La vérité était qu'ils ne le voyaient plus depuis dix-sept ans, lorsqu'ils avaient appris sa mort. Mais, en ce moment, ils s'attendrissaient de très-bonne foi, ils croyaient l'avoir entouré de toutes sortes d'attentions pendant sa maladie. Puis, ils accusèrent les sœurs de la Sainte-Famille de manœuvres honteuses; elles avaient capté la confiance de leur parent, écartant de lui ses amis, exerçant une pression de toutes les heures sur sa volonté affaiblie de malade. Madame Charbonnel, qui était pourtant dévote, alla jusqu'à conter une histoire abominable, par laquelle leur petit-cousin Chevassu serait mort de peur, après avoir écrit son testament sous la dictée d'un prêtre, qui lui avait montré le diable, au pied de son lit. Quant à l'évêque de Faverolles, monseigneur Rochart, il faisait là un vilain métier, en dépouillant de leur bien de braves gens, connus de tout Plassans pour l'honnêteté avec laquelle ils s'étaient amassé une petite aisance, dans les huiles.

— Mais tout n'est peut-être pas perdu, dit Rougon qui les voyait faiblir. Monseigneur Rochart n'est pas le bon Dieu... Je n'ai pu m'occuper de vous. J'ai tant d'affaires! Laissez-moi voir où en sont les choses. Je ne veux pas qu'on nous mange.

Les Charbonnel se regardèrent avec un léger hausse-ment d'épaules. Le mari murmura :

— Ce n'est pas la peine, monsieur Rougon.

Et comme Rougon insistait, en jurant qu'il allait faire tous ses efforts, qu'il n'entendait pas les voir partir ainsi :

— Ce n'est pas la peine, bien sûr, répéta la femme. Vous vous donneriez du mal pour rien... Nous avons causé de vous avec notre avocat. Il s'est mis à rire, il nous a dit que vous n'étiez pas de force en ce moment contre monseigneur Rochart.

— Quand on n'est pas de force, que voulez-vous? dit à son tour M. Charbonnel. Il vaut mieux céder.

Rougon avait baissé la tête. Les phrases de ces vieilles gens l'atteignaient comme des soufflets. Jamais il n'avait souffert plus cruellement de son impuissance.

Cependant, madame Charbonnel continuait :

— Nous allons retourner à Plassans. C'est beaucoup plus sage... Oh! nous ne nous quittons pas fâchés, monsieur Rougon. Quand nous verrons là-bas ma-dame Félicité votre mère, nous lui dirons que vous vous êtes mis en quatre pour nous. Et si d'autres nous ques-tionnent, n'ayez pas peur, ce n'est jamais nous qui vous nuirons. On n'est point tenu de faire plus qu'on ne peut, n'est-ce pas?

C'était le comble. Il s'imaginait les Charbonnel débar-quant au fond de sa province. Dès le soir, toute la petite ville clabaudait. C'était pour lui un échec personnel, une défaite dont il mettrait des années à se relever.

— Restez! cria-t-il, je veux que vous restiez!... Nous verrons si monseigneur Rochart m'avale d'une bouchée !

Il riait d'un rire inquiétant, qui effraya les Charbon-nel. Pourtant ils résistaient toujours. Enfin, ils consen-

tirent à demeurer quelque temps encore à Paris, huit
jours, pas plus. Le mari dénouait laborieusement les
cordes dont il avait ficelé la petite malle; la femme,
bien qu'il fût à peine trois heures, venait d'allumer une
bougie, pour replacer le linge et les vêtements dans les
tiroirs. Quand il les quitta, Rougon leur serra affectueusement la main, en renouvelant ses promesses.

Dans la rue, au bout de dix pas, il se repentit. Pourquoi avait-il retenu ces Charbonnel, qui s'entêtaient à
vouloir partir? C'était une excellente occasion pour se
débarrasser d'eux. Maintenant, il se trouvait plus que
jamais engagé à leur faire gagner leur procès. Et il était
surtout irrité contre lui-même, en s'avouant les motifs
de vanité auxquels il avait obéi. Cela lui semblait indigne de sa force. Enfin, il avait promis, il aviserait.
Il descendit la rue Bonaparte, suivit le quai et traversa le pont des Saints-Pères.

Le temps restait doux. Sur la rivière, cependant, un
vent très-vif soufflait. Il se trouvait au milieu du pont,
boutonnant son paletot, lorsqu'il aperçut devant lui une
grosse dame chargée de fourrures, qui lui barrait le
trottoir. A la voix, il reconnut madame Correur.

— Ah! c'est vous, disait-elle d'un air dolent. Il faut
que je vous rencontre pour consentir à vous serrer la
main... Je ne serais pas allée chez vous de huit jours.
Non, vous n'êtes pas assez obligeant.

Et elle lui reprocha de n'avoir pas fait une démarche
qu'elle lui demandait depuis des mois. Il s'agissait toujours de cette demoiselle Herminie Billecoq, une ancienne élève de Saint-Denis, que son séducteur, un
officier, consentait à épouser, si quelque âme honnête
voulait bien avancer la dot réglementaire. D'ailleurs,
toutes ces dames la persécutaient; madame veuve Leturc
attendait son bureau de tabac; les autres, madame Char-

don, madame Testanière, madame Jalaguier, venaient tous les jours pleurer misère chez elle et lui rappeler les engagements qu'elle avait cru pouvoir prendre.

— Moi, je comptais sur vous, dit-elle en terminant. Oh! vous m'avez laissée dans un joli pétrin!... Tenez, de ce pas, je vais au ministère de l'instruction publique, pour la bourse du petit Jalaguier. Vous me l'aviez promise, cette bourse.

Elle soupira, elle murmura encore :

— Enfin, nous sommes bien forcés de trotter, puisque vous refusez d'être notre bon Dieu à tous.

Rougon, que le vent incommodait, gonflait le dos en regardant, au bas du pont, le port Saint-Nicolas, qui mettait là un coin de ville marchande. Tout en écoutant madame Correur, il s'intéressait à une péniche chargée de pains de sucre; des hommes la déchargeaient, en faisant glisser les pains le long d'une rigole formée de deux planches. Trois cents personnes, du haut des quais, suivaient cette manœuvre.

— Je ne suis rien, je ne peux rien, répondit-il. Vous avez tort de me garder rancune.

Mais elle reprit d'un ton superbe :

— Laissez donc! je vous connais, moi! Quand vous voudrez, vous serez tout... Ne faites pas le finaud, Eugène!

Il ne put retenir un sourire. La familiarité de madame Mélanie, comme il la nommait autrefois, réveillait en lui le souvenir de l'hôtel Vanneau, lorsqu'il n'avait pas de bottes aux pieds et qu'il conquérait la France. Il oublia les reproches qu'il venait de s'adresser, en sortant de chez les Charbonnel.

— Voyons, dit-il d'un air bon enfant, qu'avez-vous à me conter?... Mais, je vous en prie, ne restons pas en place. On gèle ici. Puisque vous allez rue de Grenelle, je vous accompagne jusqu'au bout du pont.

Alors, il retourna sur ses pas, marchant à côté de madame Correur, sans lui donner le bras. Celle-ci, longuement, disait ses chagrins.

— Les autres, après tout, je m'en moque! Ces dames attendront... Je ne vous tourmenterais pas, je serais gaie comme autrefois, vous vous rappelez, si je n'avais moi-même de gros ennuis. Que voulez-vous! on finit par s'aigrir... Mon Dieu! il s'agit toujours de mon frère. Ce pauvre Martineau! sa femme l'a rendu complétement fou. Il n'a plus d'entrailles.

Et elle entra dans de minutieux détails sur une nouvelle tentative de raccommodement qu'elle avait faite, la semaine précédente. Pour connaître au juste les dispositions de son frère à son égard, elle s'était avisée d'envoyer là-bas, à Coulonges, une de ses amies, cette demoiselle Herminie Billecoq, dont elle mûrissait le mariage depuis deux ans.

— Son voyage m'a coûté cent dix-sept francs, continua-t-elle. Eh bien! savez-vous comment on l'a reçue? Madame Martineau s'est jetée entre elle et mon frère, furieuse, l'écume à la bouche, en criant que si j'envoyais des gourgandines, elle les ferait arrêter par les gendarmes... Ma bonne Herminie était encore si tremblante, quand je suis allée la chercher à la gare Montparnasse, que nous avons dû entrer dans un café pour prendre quelque chose.

Ils étaient arrivés au bout du pont. Les passants les coudoyaient. Rougon tâchait de la consoler, cherchait de bonnes paroles.

— Cela est bien fâcheux. Mais votre frère reviendra à vous, vous verrez. Le temps arrange tout.

Puis, comme elle le tenait là, au coin du trottoir, dans le vacarme des voitures qui tournaient, il se remit à marcher, il revint sur le pont, à petits pas. Elle le suivait, elle répétait :

— Le jour où Martineau mourra, elle est capable de tout brûler, s'il laisse un testament... Le pauvre cher homme n'a plus que les os et la peau. Herminie lui a trouvé une bien mauvaise mine... Enfin, je suis très-tourmentée.

— On ne peut rien faire, il faut attendre, dit Rougon avec un geste vague.

Elle l'arrêta de nouveau au milieu du pont, et baissant la voix :

— Herminie m'a appris une singulière chose. Il paraît que Martineau s'est fourré dans la politique maintenant. Il est républicain. Aux dernières élections, il avait bouleversé le pays... Ça m'a porté un coup. Hein? on pourrait l'inquiéter?

Il y eut un silence. Elle le regardait fixement. Lui, suivit des yeux un landau qui passait, comme s'il avait voulu éviter son regard. Il reprit, d'un air innocent :

— Tranquillisez-vous. Vous avez des amis, n'est-ce pas? Eh bien! comptez sur eux.

— Je ne compte que sur vous, Eugène, dit-elle tendrement, très-bas.

Alors, il sembla touché. Il la regarda à son tour, en face, et il la trouva attendrissante, avec son cou gras, son masque plâtré de belle femme qui ne voulait pas vieillir. Elle était toute sa jeunesse.

— Oui, comptez sur moi, répondit-il en lui serrant les mains. Vous savez bien que j'épouse toutes vos querelles.

Il la reconduisit encore jusqu'au quai Voltaire. Quand elle l'eut quitté, il traversa enfin le pont, ralentissant sa marche, s'intéressant de nouveau aux pains de sucre qu'on déchargeait sur le port Saint-Nicolas. Il s'accouda même un instant au parapet. Mais les pains qui coulaient dans les rigoles, l'eau verte dont le flot continu entrait sous les arches, les badauds, les maisons, tout se brouilla bientôt, se noya au fond d'une rêverie invincible. Il songeait à des choses confuses, il descendait avec madame Correur dans des profondeurs noires. Et il n'avait plus de regrets; son rêve était de devenir très-grand, très-puissant, afin de satisfaire ceux qui l'entouraient, au delà du naturel et du possible.

Un frisson le tira de son immobilité. Il grelottait. La nuit tombait, les souffles de la rivière soulevaient sur les quais de petites poussières blanches. Comme il suivait le quai des Tuileries, il se sentit très-las. Le courage lui manqua tout d'un coup pour rentrer à pied. Mais il ne passait que des fiacres pleins, et il allait renoncer à trouver une voiture, lorsqu'il vit un cocher arrêter son cheval en face de lui. Une tête sortait de la portière. C'était M. Kahn qui criait :

— J'allais chez vous. Montez donc! Je vous reconduirai, et nous pourrons causer.

Rougon monta. Il était à peine assis, que l'ancien député éclata en paroles violentes, dans les cahots du fiacre, dont le cheval avait repris son trot endormi.

— Ah! mon ami, on vient de me proposer une chose... Jamais vous ne devineriez. J'étouffe.

Et, baissant la glace d'une portière :

— Vous permettez, n'est-ce pas?

Rougon s'enfonça dans un coin, regardant, par la glace ouverte, filer la muraille grise du jardin des Tuileries. M. Kahn, très-rouge, continuait, avec des gestes saccadés :

— Vous le savez, j'ai suivi vos conseils... Depuis deux ans, je lutte opiniâtrement. J'ai vu l'empereur trois fois, j'en suis à mon quatrième mémoire sur la question. Si

je n'ai pas obtenu la concession de mon chemin de fer,
j'ai toujours empêché que Marsy ne la fasse donner à la
compagnie de l'Ouest... Enfin, j'ai manœuvré de façon à
attendre que nous fussions les plus forts, comme vous
m'aviez dit.

Il se tut un instant, sa voix se perdant dans le tapage
abominable d'une charrette chargée de fer qui longeait
le quai. Puis, quand le fiacre eut dépassé la charrette :

— Eh bien! tout à l'heure, dans mon cabinet, un
monsieur que je ne connais pas, un gros entrepreneur,
paraît-il, est venu tranquillement m'offrir, au nom de
Marsy et du directeur de la compagnie de l'Ouest, de me
faire accorder la concession, si je voulais bien compter à
ces messieurs un million en actions... Qu'en dites-
vous?

— C'est un peu cher, murmura Rougon en souriant.

M. Kahn hochait la tête, les bras croisés.

— Non, vous ne vous faites pas une idée de l'aplomb
de ces gens-là!... Il faudrait vous raconter ma conversation tout entière avec l'entrepreneur. Marsy, moyennant
le million, s'engage à m'appuyer et à faire aboutir ma
demande dans le délai d'un mois. C'est sa part qu'il réclame, rien de plus... Et comme je parlais de l'empereur, notre homme s'est mis à rire. Il m'a dit en
propres termes que j'étais fichu si j'avais l'empereur
pour moi.

Le fiacre débouchait sur la place de la Concorde.
Rougon sortit de son coin, comme réchauffé, le sang aux
joues.

— Et vous avez flanqué ce monsieur à la porte? demanda-t-il.

L'ancien député, l'air très-surpris, le regarda un
instant sans répondre. Sa colère était brusquement tombée. Il s'enfonça à son tour dans un coin de la voiture,

s'abandonnant mollement aux cahots, murmurant :

— Ah! non, on ne flanque pas les gens à la porte comme ça, sans réfléchir... Je voulais avoir votre avis, d'ailleurs. Moi, je l'avoue, j'ai envie d'accepter.

— Jamais, Kahn! cria Rougon furieux. Jamais!

Et ils discutèrent. M. Kahn donnait des chiffres; sans doute un pot-de-vin d'un million était énorme; mais il prouvait qu'on boucherait aisément ce trou, à l'aide de certaines opérations. Rougon n'écoutait pas, refusait d'entendre, de la main. Lui, se moquait de l'argent. Il ne voulait pas que Marsy empochât un million, parce que laisser donner ce million, c'était avouer son impuissance, se reconnaître vaincu, estimer l'influence de son rival à un prix exorbitant, qui la grandissait encore en face de la sienne.

— Vous voyez bien qu'il se fatigue, dit-il. Il met les pouces... Attendez encore. Nous aurons la concession pour rien.

Et il ajouta d'un ton presque menaçant :

— Nous nous fâcherions, je vous en préviens. Je ne peux pas permettre qu'un de mes amis soit rançonné de cette façon.

Il se fit un silence. Le fiacre montait les Champs-Élysées. Les deux hommes, songeurs, semblaient compter attentivement les arbres, dans les contre-allées. Ce fut M. Kahn qui reprit le premier, à demi-voix :

— Écoutez, moi je ne demanderais pas mieux, je voudrais rester avec vous; mais avouez que depuis bientôt deux ans...

Il n'acheva pas, il tourna autrement sa phrase.

— Enfin, ce n'est pas votre faute, vous avez les mains liées en ce moment... Donnons le million, croyez-moi.

— Jamais! répéta Rougon avec force. Dans quinze jours, vous aurez votre concession, entendez-vous !

Le fiacre venait de s'arrêter devant le petit hôtel de la rue Marbeuf. Alors, sans descendre, la portière fermée, ils causèrent là encore un instant, comme s'ils s'étaient trouvés dans leur cabinet, très à l'aise. Rougon avait le soir à dîner M. Bouchard et le colonel Jobelin; et il voulait retenir M. Kahn, qui refusait, à son grand regret, étant déjà invité ailleurs. Maintenant, le grand homme se passionnait pour l'affaire de la concession. Quand il fut enfin descendu du fiacre, il referma amicalement la portière, en échangeant un dernier signe de tête avec l'ancien député.

— A demain jeudi, n'est-ce pas? cria celui-ci, qui allongea le cou, pendant que la voiture l'emportait.

Rougon rentra avec une légère fièvre. Il ne put même lire les journaux du soir. Bien qu'il fût à peine cinq heures, il passa au salon, où il attendit ses invités, en se promenant de long en large. Le premier soleil de l'année, ce pâle soleil de janvier, lui avait donné un commencement de migraine. Il gardait de son après-midi une sensation très-vive. Toute la bande était là, les amis qu'il subissait, ceux dont il avait peur, ceux pour lesquels il éprouvait une véritable affection, le poussant, l'acculant à un dénoûment immédiat. Et cela ne lui déplaisait pas; il donnait raison à leur impatience, il sentait monter en lui une colère faite de leurs colères. C'était comme si, peu à peu, on eût rétréci l'espace devant ses pas. L'heure venait où il lui faudrait faire quelque saut formidable.

Brusquement, il songea à Gilquin, qu'il avait complétement oublié. Il sonna pour demander si « le monsieur au paletot vert » était revenu, pendant son absence. Le domestique n'avait vu personne. Alors, il donna l'ordre, s'il se présentait le soir, de l'introduire dans son cabinet.

— Et vous me préviendrez tout de suite, ajouta-t-il, même si nous sommes à table.

Puis, sa curiosité réveillée, il alla chercher la carte de Gilquin. Il relut à plusieurs reprises : « C'est pressé, une drôle d'affaire », sans en apprendre davantage. Quand M. Bouchard et le colonel arrivèrent, il glissa la carte dans sa poche, troublé, irrité par cette phrase, qui se plantait de nouveau dans sa cervelle.

Le dîner fut très-simple. M. Bouchard était garçon depuis deux jours, sa femme ayant dû partir auprès d'une tante malade, dont elle parlait d'ailleurs pour la première fois. Quant au colonel, qui trouvait toujours son couvert mis chez Rougon, il avait amené ce soir-là son fils Auguste, alors en congé. Madame Rougon fit les honneurs de la table, avec sa bonne grâce silencieuse. Le service s'opérait sous ses yeux, lentement, minutieusement, sans qu'on entendît le moindre bruit de vaisselle. On causa des études dans les lycées. Le chef de bureau cita des vers d'Horace, rappela les prix qu'il avait remportés aux concours généraux, vers 1813. Le colonel aurait voulu une discipline plus militaire ; et il dit pourquoi Auguste s'était fait refuser au baccalauréat, en novembre : l'enfant avait une intelligence si vive, qu'il allait toujours au delà des questions des professeurs, ce qui mécontentait ces messieurs. Pendant que son père expliquait ainsi son échec, Auguste mangeait un blanc de volaille, avec un sourire en dessous de cancre réjoui.

Au dessert, un coup de sonnette, dans le vestibule, parut émotionner Rougon jusque-là distrait. Il crut que c'était Gilquin, il leva vivement les yeux vers la porte, pliant déjà machinalement sa serviette, en attendant d'être prévenu. Mais ce fut Du Poizat qui entra. L'ancien sous-préfet s'assit à deux pas de la table, en familier de la maison. Il venait souvent le soir, de bonne heure, tout de suite après son repas, qu'il prenait dans une petite pension du faubourg Saint-Honoré.

— Je suis éreinté, murmura-t-il sans donner aucun détail sur ses besognes compliquées de l'après-midi. Je serais allé me coucher, si je n'avais eu l'idée de venir jeter un coup d'œil sur les journaux... Ils sont dans votre cabinet, les journaux, n'est-ce pas, Rougon?

Il resta là pourtant, il accepta une poire avec deux doigts de vin. La conversation s'était mise sur la cherté des vivres; tout, depuis vingt ans, se trouvait doublé; M. Bouchard se souvenait d'avoir vu les pigeons à quinze sous la paire, dans sa jeunesse. Cependant, dès que le café et les liqueurs furent servis, madame Rougon se retira discrètement. On retourna au salon sans elle; on était comme en famille. Le colonel et le chef de bureau apportèrent eux-mêmes la table de jeu devant la cheminée; et ils battirent les cartes, absorbés, perdus déjà dans de profondes combinaisons. Auguste, sur un guéridon, feuilletait la collection d'un journal illustré. Du Poizat avait disparu.

— Voyez donc ce jeu, dit brusquement le colonel. Il est extraordinaire, hein?

Rougon s'approcha, hocha la tête. Puis, comme il retournait s'asseoir dans le silence, prenant les pincettes pour relever les bûches, le domestique, qui était entré doucement, vint lui dire à l'oreille:

— Le monsieur de ce matin est là.

Il tressaillit. Il n'avait pas entendu le coup de sonnette. Dans son cabinet, il trouva Gilquin debout, un rotin sous le bras, examinant avec des clignements d'yeux d'artiste une mauvaise gravure représentant Napoléon à Sainte-Hélène. Il restait boutonné jusqu'au menton, au fond de son grand paletot vert, la tête couverte d'un chapeau de soie noir presque neuf, fortement incliné sur l'oreille.

— Eh bien? demanda vivement Rougon.

Mais Gilquin ne se pressait pas. Il branla la tête, il dit en regardant la gravure :

— C'est touché tout de même !... Il a l'air de joliment s'embêter, là-dessus !

Le cabinet se trouvait éclairé par une seule lampe, posée sur un coin du bureau. A l'entrée de Rougon, un petit bruit, un frémissement de papier, était parti d'un fauteuil à dossier énorme, placé devant la cheminée ; puis, un tel silence avait régné, qu'on eût pu croire au craquement d'un tison à demi éteint. Gilquin, d'ailleurs, refusait de s'asseoir. Les deux hommes demeurèrent près de la porte, dans un pan d'ombre que jetait un corps de bibliothèque.

— Eh bien ? répétait Rougon.

Et il dit avoir passé rue Guisarde, l'après-midi. Alors, l'autre parla de sa concierge, une excellente femme, qui s'en allait de la poitrine, à cause de la maison, dont le rez-de-chaussée était humide.

— Mais cette affaire pressée... Qu'est-ce donc ?

— Attends ! Je suis venu pour ça. Nous allons, causer... Et tu es monté, tu as entendu la chatte ? Imagine-toi, c'est une chatte qui est venue par les gouttières. Une nuit, comme ma fenêtre était restée ouverte, je l'ai trouvée couchée avec moi. Elle me léchait la barbe. Ça m'a semblé farce, et je l'ai gardée.

Enfin, il se décida à parler de l'affaire. Mais l'histoire fut longue. Il commença par conter ses amours avec une repasseuse, dont il s'était fait aimer, un soir, à la sortie de l'Ambigu. Cette pauvre Eulalie venait d'être obligée de laisser ses meubles à son propriétaire, parce qu'un amant l'avait quittée, juste au moment où elle devait cinq termes. Alors, depuis dix jours, elle habitait un hôtel de la rue Montmartre, près de son atelier ; et c'était chez elle qu'il avait couché toute la semaine, au deuxième, la porte au fond du couloir, dans une petite chambre noire qui donnait sur la cour.

Rougon, résigné, l'écoutait.

— Il y a trois jours donc, continua Gilquin, j'avais apporté un gâteau et une bouteille de vin... Nous avons mangé ça dans le lit, tu comprends. Nous nous couchons de bonne heure... Eulalie s'est levée un peu avant minuit, pour secouer les miettes. Puis, la voilà qui dort à poings fermés. Une vraie souche, cette fille!... Moi, je ne dormais pas. J'avais soufflé la bougie, je regardais en l'air, lorsque une dispute s'est élevée dans la chambre voisine. Il faut te dire que les deux chambres communiquaient par une porte aujourd'hui condamnée. Les voix restaient basses; la paix parut se faire; mais j'entendis des bruits si singuliers, que, ma foi, j'allai coller un œil contre une fente de la porte... Non, tu ne devinerais jamais...

Il s'arrêta, les yeux arrondis, jouissant de l'effet qu'il pensait produire.

— Eh bien! ils étaient deux, un jeune de vingt-cinq ans, assez gentil, et un vieux qui doit avoir dépassé la cinquantaine, petit, maigre, maladif... Les gaillards examinaient des pistolets, des poignards, des épées, toutes sortes d'armes neuves dont l'acier luisait... Ils parlaient dans un jargon à eux, que je ne comprenais pas d'abord. Mais, à certains mots, j'ai reconnu de l'italien. Tu sais, j'ai voyagé en Italie, pour les pâtes. Alors, je me suis appliqué, et j'ai compris, mon bon... Ce sont des messieurs qui sont venus à Paris pour assassiner l'empereur. Voilà!

Et il croisa les bras, serrant sa canne sur sa poitrine, tandis qu'il répétait à plusieurs reprises :

— Hein? elle est drôle!

C'était là l'affaire que Gilquin trouvait drôle. Rougon

haussa les épaules; vingt fois on lui avait dénoncé des complots. Mais l'ancien commis voyageur précisait.

— Tu m'as dis de venir te répéter les cancans du quartier. Moi, je veux bien te rendre service, je te répéte tout, n'est-ce pas? Tu as tort de branler la tête... Crois-tu que si j'étais allé à la préfecture, on ne m'aurait pas lâché un joli pourboire? Seulement, j'aime mieux en faire profiter un ami. Entends-tu, c'est sérieux! Va conter la chose à l'empereur, qui t'embrassera, parbleu!

Depuis trois jours, il surveillait les jolis messieurs, comme il les nommait. Dans la journée, il en venait deux autres, un jeune et un d'âge mûr, très-beau, avec une face pâle, de longs cheveux noirs, qui semblait être le chef. Tout ce monde-là rentrait éreinté, discutait à mots couverts, brièvement. La veille, il les avait vus charger des « petites machines » en fer, qu'il croyait être des bombes. Il s'était fait donner la clef d'Eulalie; il restait dans la chambre, sans souliers, l'oreille tendue. Et, dès neuf heures, le soir, il s'arrangeait de façon à ce qu'Eulalie ronflât, pour tranquilliser les voisins. Selon lui, il ne fallait jamais mettre les femmes dans les affaires politiques.

A mesure que Gilquin parlait, Rougon devenait grave. Il croyait. Sous la légère ivresse de l'ancien commis voyageur, au milieu des détails étranges dont le récit se trouvait coupé, il sentait une vérité se dégager et s'imposer. Puis, toute son attente de la journée, sa curiosité anxieuse, le frappaient maintenant comme un pressentiment. Et il était repris par ce tremblement intérieur qui le tenait depuis le matin, une émotion involontaire d'homme fort dont le sort va se jouer sur un coup de carte.

— Des imbéciles qui doivent avoir toute la préfecture

à leur trousse, murmura- t-en affectant une grande indifférence.

Gilquin se mit à ricaner. Il mâchait entre ses dents :

— La préfecture fera bien de se presser, en ce cas.

Et il se tut, riant toujours, donnant une tape ami-
cale à son chapeau. Le grand homme comprit qu'il
n'avait pas tout dit. Il le regarda en face. Mais l'autre
rouvrait la porte, en reprenant :

— Enfin, te voilà prévenu... Moi, je vais dîner, mon
bon. Je n'ai pas encore dîné, tel que tu me vois. J'ai filé
mes individus toute l'après-midi... Et j'ai une faim !

Rougon l'arrêta, offrit de lui faire servir un morceau de viande froide ; et il donna tout de suite l'ordre
de mettre un couvert, dans la salle à manger. Gilquin
parut très-touché. Il referma la porte du cabinet, baissa
le ton, pour que le domestique n'entendît pas.

— Tu es un bon garçon... Écoute bien. Je ne veux
pas te mentir. Si tu m'avais mal reçu, j'allais à la préfecture... Mais à présent tu sauras tout. C'est de l'honnêteté, hein ? Tu te souviendras de ce service-là, j'espère.
Les amis sont toujours les amis, on a beau dire...

Alors, il se pencha, il ajouta d'une voix sifflante :

— C'est pour demain soir... On doit nettoyer Badinguet devant l'Opéra, à son entrée au théâtre. La voiture,
les aides de camp, la clique, tout sera balayé du coup.

Pendant que Gilquin s'attablait dans la salle à manger,
Rougon resta au milieu de son cabinet, immobile, la face
terreuse. Il réfléchissait, il hésitait. Enfin, il s'assit à
son bureau, prit une feuille de papier ; mais il la repoussa
presque aussitôt. Un instant, il parut vouloir se diriger
vivement vers la porte, comme sur le point de donner
un ordre. Et il revint lentement, il s'absorba de nouveau
dans une pensée qui noyait son visage d'ombre.

— A ce moment, devant la cheminée, le fauteuil à dos-

sier énorme eut une secousse brusque, Du Poizat se
dressa, pliant un journal d'un air tranquille.

— Comment ! vous étiez là, vous ! dit Rougon rudement.

— Mais sans doute, je lisais les journaux, répondit
l'ancien sous-préfet, avec un sourire qui montrait ses
dents blanches mal rangées. Vous le saviez bien, vous
m'avez vu en entrant.

Ce mensonge effronté coupa court à toute explication.
Les deux hommes se regardèrent quelques secondes en
silence. Et comme Rougon semblait le consulter, perplexe, s'approchant une seconde fois de son bureau, Du
Poizat eut un petit geste qui signifiait clairement : « Attendez donc, rien ne presse, il faut voir. » Pas un mot ne
fut échangé entre eux. Ils retournèrent au salon.

Ce soir-là, une telle querelle avait éclaté entre le colonel et M. Bouchard, à propos des princes d'Orléans et
du comte de Chambord, qu'ils venaient de jeter les cartes,
jurant de ne plus jamais jouer ensemble. Ils s'étaient
assis aux deux côtés de la cheminée, les yeux gros de
menaces. Quand Rougon entra, ils se réconciliaient, en
faisant de lui un éloge extraordinaire.

— Oh ! je ne me gêne pas, je le dis devant lui, poursuivit le colonel. Il n'y a personne de sa taille à cette heure.

— Nous disons du mal de vous, vous entendez, reprit
M. Bouchard d'un air fin.

Et la conversation continua.

— Une intelligence hors ligne !

— Un homme d'action qui a le coup d'œil des con-
quérants !

— Ah ! nous aurions bien besoin qu'il s'occupât un
peu de nos affaires !

— Oui, le gâchis serait moins grand. Lui seul peut
sauver l'empire.

Rougon gonflait ses grosses épaules, en affectant un air maussade, par modestie. Ces coups d'encensoir en pleine figure lui étaient extrêmement agréables. Jamais sa vanité ne se trouvait si délicieusement chatouillée, que lorsque le colonel et M. Bouchard, pendant des soirées entières, se renvoyaient ainsi des phrases admiratives. Leur bêtise s'étalait, leurs visages prenaient des expressions gravement bouffonnes ; et plus il les sentait plats, plus il jouissait de leur voix monotone, qui le célébrait à faux, d'une façon continue. Parfois, il en plaisantait, quand les deux cousins n'étaient pas là ; mais il n'y contentait pas moins tous ses appétits d'orgueil et de domination. C'était comme un fumier d'éloges, assez vaste pour qu'il pût y vautrer à l'aise son grand corps.

— Non, non, je suis un pauvre homme, dit-il en hochant la tête. Ah ! si j'étais réellement aussi fort que vous le croyez...

Il n'acheva pas. Il s'était assis devant la table de jeu, et machinalement il faisait une réussite, ce qui ne lui arrivait plus que très-rarement. M. Bouchard et le colonel allaient toujours ; ils le déclaraient grand orateur, grand administrateur, grand financier, grand politique. Du Poizat, resté debout, approuvait de la tête. Il dit enfin, sans regarder Rougon, comme s'il n'eût pas été là :

— Mon Dieu ! un événement suffirait... L'empereur est très-bien disposé pour Rougon. Que demain une catastrophe éclate, qu'il sente le besoin d'un bras énergique, et après-demain Rougon est ministre... Mon Dieu ! oui.

Le grand homme leva lentement les yeux. Il se laissa aller au fond de son fauteuil, sans terminer sa réussite, la face de nouveau toute grise d'ombre. Mais, dans sa songerie, les voix flatteuses et infatigables du colonel et de M. Bouchard semblaient le bercer, le pousser à quelque résolution, devant laquelle il hésitait encore. Il finissait par sourire, lorsque le jeune Auguste, qui venait d'achever la réussite interrompue, s'écria :

— Elle a réussi, monsieur Rougon.

— Parbleu ! dit Du Poizat, répétant le mot habituel du grand homme, ça réussit toujours !

A ce moment, un domestique vint dire à Rougon qu'un monsieur et une dame le demandaient ; et il lui remit une carte, qui lui fit pousser un léger cri.

— Comment ! ils sont à Paris.

C'étaient le marquis et la marquise d'Escorailles. Il se hâta de les recevoir dans son cabinet. Ils s'excusèrent de venir si tard. Puis, dans leur conversation, ils laissèrent entendre qu'ils se trouvaient à Paris depuis deux jours, mais que la peur de voir mal interpréter leur visite chez un personnage tenant de près au gouvernement, leur avait fait remettre cette visite à l'heure indue où ils se présentaient. Cette explication ne blessa nullement Rougon. La présence du marquis et de la marquise dans sa maison était pour lui un honneur inespéré. L'empereur en personne aurait frappé à sa porte, qu'il eût éprouvé une satisfaction de vanité moins grande. Ces vieilles gens venant en solliciteurs, c'était tout Plassans qui lui rendait hommage, le Plassans aristocratique, froid, guindé, dont il avait gardé, du fond de sa jeunesse, une idée d'Olympe inaccessible ; et il satisfaisait enfin un rêve d'ambition ancienne, il se sentait vengé des dédains de sa petite ville, lorsqu'il y traînait ses souliers éculés d'avocat sans causes.

— Nous n'avons pas trouvé Jules, dit la marquise. Nous nous faisions un plaisir de le surprendre... Il a dû aller à Orléans, pour une affaire, paraît-il.

Rougon ignorait l'absence du jeune homme. Mais il comprit, en se souvenant que la tante auprès de laquelle se trouvait madame Bouchard, habitait Orléans. Et il excusa Jules, il expliqua même l'affaire grave, un travail sur une question d'abus de pouvoir, qui avait nécessité son voyage. Il le donna comme un garçon intelligent, dont la carrière serait belle.

— Il a besoin de faire son chemin, dit le marquis, sans appuyer sur cette allusion à la ruine de la famille. Nous nous sommes séparés de lui avec un grand déchirement.

Et, discrètement, le père et la mère déplorèrent les nécessités de notre abominable époque qui empêchent les fils de grandir dans la religion de leurs parents. Eux, n'avaient pas remis les pieds à Paris, depuis la chute de Charles X. Ils n'y seraient certes jamais revenus, s'il ne s'était agi de l'avenir de Jules. Depuis que le cher enfant, sur leurs conseils secrets, servait l'empire, ils feignaient bien devant le monde de le renier, mais ils travaillaient à son avancement d'une façon sourde et continue.

— Nous ne nous cachons pas avec vous, monsieur Rougon, reprit le marquis d'un ton de familiarité charmante. Nous aimons notre enfant, c'est bien légitime... Oh! vous avez beaucoup fait, et nous vous remercions. Mais il faut que vous fassiez plus encore. Nous sommes des amis et des compatriotes, n'est-ce pas?

Rougon, très-ému, s'inclinait. L'attitude humble de ces deux vieillards qu'il avait connus si majestueux, quand ils se rendaient, le dimanche, à l'église Saint-Marc, lui causait un grandissement de sa propre personne. Il leur fit des promesses formelles.

Lorsqu'ils se retirèrent, après vingt minutes de conversation intime, la marquise lui prit une main, qu'elle garda un instant dans la sienne, en murmurant :

— Alors, c'est entendu, cher monsieur Rougon. Nous

sommes venus exprès de Plassans. Nous nous impatien-
tions, que voulez-vous, à notre âge! Maintenant, nous
nous en retournerons bien joyeux... On nous disait que
vous ne pouviez plus rien.

Rougon eut un sourire. Il prononça ces derniers
mots d'un air de décision qui semblait répondre en lui
à des pensées secrètes :

— On peut ce qu'on veut... Comptez sur moi.

Cependant, quand ils ne furent plus là, l'ombre d'un
regret lui passa encore sur le visage. Il s'arrêtait au milieu
de l'antichambre, lorsqu'il aperçut, respectueusement
debout, dans un coin, un individu proprement mis, balançant entre ses doigts un petit chapeau de feutre rond.

— Qu'est-ce que vous voulez? lui demanda-t-il d'un
ton brusque.

L'individu, très-grand, très-fort, murmura, en baissant les yeux :

— Monsieur ne me reconnaît pas?

Et comme Rougon disait non, brutalement :

— Je suis Merle, l'ancien huissier de monsieur au
Conseil d'État.

Rougon se radoucit un peu.

— Ah! très-bien. Vous portez toute votre barbe, maintenant... Eh bien! qu'est-ce que vous voulez, mon garçon?

Alors, Merle s'expliqua, avec des manières polies
d'homme comme il faut. Il avait rencontré madame Correur, l'après-midi; c'était elle qui lui avait conseillé
d'aller voir monsieur le soir même; sans cela, il ne se
serait jamais permis de déranger monsieur à pareille
heure.

— Madame Correur est bien bonne, répéta-t-il à plusieurs reprises.

Puis, il dit enfin qu'il se trouvait sans place. S'il portait toute sa barbe, c'était qu'il avait quitté le Conseil

d'État depuis environ six mois. Et quand Rougon l'interrogea sur les motifs de son renvoi, il n'avoua pas avoir été mis à la porte pour sa mauvaise conduite. Il pinça les lèvres, il répondit d'un air discret :

— On savait combien j'étais dévoué à monsieur. Depuis le départ de monsieur, on me faisait toutes sortes de misères, parce que je n'ai jamais su cacher mes sentiments... Un jour, j'ai failli donner un soufflet à un camarade, qui disait des choses inconvenantes... Et ils m'ont renvoyé.

Rougon le regardait fixement.

— Alors, mon garçon, c'est à cause de moi que vous voilà sur le pavé?

Merle eut un petit sourire.

— Et je vous dois une place, n'est-ce pas? Il faut que je vous case quelque part?

Il sourit de nouveau, en disant simplement :

— Monsieur serait bien bon.

Un court silence régna. Rougon tapait légèrement ses mains l'une contre l'autre, d'un mouvement machinal et nerveux. Il se mit à rire, résolu, soulagé. Il avait trop de dettes, il voulait payer tout.

— Je songerai à vous, vous aurez votre place, reprit-il. Vous avez bien fait de venir, mon garçon.

Et il le congédia. Cette fois, il n'hésitait plus. Il entra dans la salle à manger, où Gilquin achevait un pot de confiture, après avoir mangé une tranche de pâté, une cuisse de poulet et des pommes de terre froides. Du Poizat, qui était venu rejoindre ce dernier, causait avec lui, à califourchon sur une chaise. Ils parlaient des femmes, de la façon de se faire aimer, très-crûment. Gilquin avait gardé son chapeau sur la tête ; et il se renversait, il se dandinait sur sa chaise, un cure-dents aux lèvres, pour avoir bon genre.

— Allons, je file, dit-il en vidant son verre plein, avec un claquement de langue. Je vais rue Montmartre voir ce que deviennent mes oiseaux.

Mais Rougon, qui semblait très-gai, le plaisanta. Est-ce qu'il croyait toujours à son histoire de conspirateurs, maintenant qu'il avait dîné? Du Poizat, lui aussi, affectait l'incrédulité la plus grande. Il prit rendez-vous pour le lendemain avec Gilquin, auquel il devait un déjeuner, disait-il. Gilquin, sa canne sous le bras, répétait, dès qu'il pouvait placer un mot :

— Alors, vous n'allez pas prévenir...

— Eh! si, finit par répondre Rougon. On se moquera de moi, voilà tout... Rien ne presse. Demain matin.

L'ancien commis voyageur tenait déjà le bouton de la porte. Il revint en ricanant.

— Vous savez, dit-il, on peut faire sauter Badinguet, je m'en fiche, moi! Ça serait même plus drôle.

— Oh! reprit le grand homme d'un air convaincu, presque religieux, l'empereur ne craint rien, même si l'histoire est vraie. Ces coups-là ne réussissent jamais... Il y a une Providence.

Ce mot fut le dernier prononcé. Du Poizat s'en alla avec Gilquin, qu'il tutoyait amicalement. Et lorsque, une heure plus tard, à dix heures et demie, Rougon donna une poignée de main à M. Bouchard et au colonel qui partaient, il s'étira les bras, il bâilla, comme il faisait parfois, en disant :

— Je suis éreinté. Je vais joliment dormir, cette nuit.

Le lendemain soir, trois bombes éclataient sous la voiture de l'empereur, devant l'Opéra. Une épouvantable panique s'emparait de la foule entassée dans la rue Le Peletier. Plus de cinquante personnes étaient frappées. Une femme en robe de soie bleue, tuée roide, barrait le ruisseau. Deux soldats agonisaient sur le pavé. Un aide

de camp, blessé à la nuque, laissait derrière lui des
gouttes de sang. Et, sous la lueur crue du gaz, au milieu
de la fumée, l'empereur descendu sain et sauf de la voiture criblée de projectiles, saluait. Son chapeau seul
était troué d'un éclat de bombe.

Rougon avait passé la journée tranquillement chez lui.
Le matin, pourtant, il était un peu agité, et avait, à deux
reprises, témoigné l'envie de sortir. Mais, comme il
achevait de déjeuner, Clorinde arriva. Alors, il s'oublia
avec elle, jusqu'au soir, dans son cabinet. Elle venait
pour le consulter sur une affaire compliquée ; et elle se
montrait découragée, elle n'arrivait à rien, disait-elle.
Lui, alors, la consola, très-touché de sa tristesse, montrant beaucoup d'espoir, donnant à entendre que tout
allait changer. Il n'ignorait pas le dévouement et la propagande de ses amis ; il récompenserait jusqu'aux plus
humbles d'entre eux. Quand elle le quitta, il l'embrassa
au front. Puis, après son dîner, il éprouva un besoin
irrésistible de marcher. Il sortit, il prit le chemin le plus
direct pour arriver sur les quais, étouffant, cherchant l'air
vif de la rivière. Cette soirée d'hiver était très-douce, avec
un ciel nuageux et bas, qui semblait peser sur la ville,
dans un silence noir. Au loin, le grondement des grandes
voies se mourait. Il suivit les trottoirs déserts, d'un pas
égal, toujours devant lui, frôlant de son paletot la pierre
du parapet ; des lumières à l'infini, dans l'enfoncement
des ténèbres, pareilles à des étoiles marquant les bornes
d'un ciel éteint, lui donnaient une sensation élargie, immense, de ces places et de ces rues dont il ne voyait
plus les maisons ; et, à mesure qu'il avançait, il trouvait
Paris grandi, fait à sa taille, ayant assez d'air pour sa
poitrine. L'eau couleur d'encre, moirée d'écailles d'or
vivantes, avait une respiration grosse et douce de colosse
endormi, qui accompagnait l'énormité de son rêve.

Comme il arrivait en face du palais de Justice, une horloge sonna neuf heures. Il eut un tressaillement, il se tourna, prêta l'oreille ; il lui semblait entendre passer sur les toits une panique soudaine, des bruits lointains d'explosions, des cris d'épouvante. Paris, tout d'un coup, lui parut dans la stupeur de quelque grand crime. Et il se rappela alors cette après-midi de juin, l'après-midi claire et triomphante du baptême, les cloches sonnant dans le soleil chaud, les quais emplis d'un écrasement de foule, toute cette gloire de l'empire à son apogée, sous laquelle il s'était senti un instant écrasé, au point de jalouser l'empereur. A cette heure, c'était sa revanche, un ciel sans lune, la ville terrifiée et muette, les quais vides, traversés d'un frisson qui effarait les becs de gaz, avec quelque chose de louche embusqué au fond de la nuit. Lui, respirant à longs soupirs, aimait ce Paris coupe-gorge, dans l'ombre effrayante duquel il ramassait la toute-puissance.

Dix jours plus tard, Rougon remplaça au ministère de l'intérieur M. de Marsy, qui fut nommé président du Corps législatif.

IX

Un matin de mars, au ministère de l'intérieur, Rougon était dans son cabinet, très-occupé à rédiger une circulaire confidentielle que les préfets devaient recevoir le lendemain. Il s'arrêtait, soufflait, écrasait la plume sur le papier.

— Jules, donnez-moi donc un synonyme à autorité, dit-il. C'est bête, cette langue!... Je mets autorité à toutes les lignes.

— Mais pouvoir, gouvernement, empire, répondit le jeune homme en souriant.

M. Jules d'Escorailles, qu'il avait pris pour secrétaire, dépouillait la correspondance, sur un coin du bureau. Il ouvrait soigneusement les enveloppes avec un canif, parcourait les lettres d'un coup d'œil, les classait. Devant la cheminée, où brûlait un grand feu, le colonel, M. Kahn et M. Béjuin se trouvaient assis. Tous trois très à l'aise, allongés, chauffaient leurs semelles, sans dire un mot. Ils étaient chez eux. M. Kahn lisait un journal. Les deux autres, béatement renversés, tournaient leurs pouces, en regardant la flamme.

Rougon se leva, versa un verre d'eau sur une console, et le but d'un trait.

— Je ne sais ce que j'ai mangé hier, murmura-t-il. J'avalerais la Seine, ce matin.

Et il ne se rassit pas tout de suite. Il fit le tour du cabinet, déhanchant son grand corps. Son pas ébranlait sourdement le parquet, sous l'épais tapis. Il alla écarter les rideaux de velours vert, pour avoir plus de jour. Puis, au milieu de la vaste pièce, d'un luxe noir et fané de palais garni, il s'étira les bras, les mains nouées derrière la nuque, jouissant, comme pâmé par l'odeur administrative, l'odeur de puissance satisfaite, qu'il respirait là. Un rire lui venait malgré lui; et il riait tout seul, les côtes chatouillées, d'un rire de plus en plus fort où sonnait son triomphe. Le colonel et ces messieurs, en entendant cette gaieté, se tournèrent, lui adressèrent un hochement de tête silencieux.

— Ah! c'est bon tout de même! dit-il simplement.

Comme il reprenait sa place devant l'énorme bureau de palissandre, Merle entra. L'huissier était correct, en habit noir et en cravate blanche. Il n'avait plus un poil de barbe, rasé de près, la face digne.

— Je demande pardon à Son Excellence, murmura-t-il, il y a là le préfet de la Somme...

— Qu'il aille au diable! je travaille, répondit brutalement Rougon. Il est incroyable que je ne puisse avoir un moment à moi.

Merle ne se déconcerta pas. Il continua :

— Monsieur le préfet assure que Son Excellence l'attend... Il y a aussi les préfets de la Nièvre, du Cher et du Jura.

— Eh bien! qu'ils attendent, ils sont faits pour ça! reprit Rougon très-haut.

L'huissier sortit. M. d'Escorailles avait eu un sourire. Les trois autres, qui se chauffaient, s'allongèrent davantage, très-amusés également par la réponse du ministre. Celui-ci fut flatté de son succès.

— C'est vrai, je suis dans les préfets depuis un mois...

23

Il a fallu que je les fisse tous venir. Un joli défilé, allez!
il y en a de stupides. Enfin, ils sont obéissants. Mais je
commence à en avoir assez... D'ailleurs, je travaille pour
eux, ce matin.

Et il se remit à sa circulaire. On n'entendit plus, dans
l'air chaud de la pièce, que le bruit de sa plume d'oie
et le léger froissement des enveloppes ouvertes par
M. d'Escorailles. M. Kahn avait pris un autre journal; le
colonel et M. Béjuin sommeillaient à demi.

Au dehors, la France, peureuse, se taisait. L'empereur, en appelant Rougon au pouvoir, voulait des
exemples. Il connaissait sa poigne de fer; il lui avait
dit, au lendemain de l'attentat, dans la colère de l'homme
sauvé : « Pas de modération! il faut qu'on vous crai-
gne! » Et il venait de l'armer de cette terrible loi de
sûreté générale, qui autorisait l'internement en Algérie
ou l'expulsion hors de l'empire de tout individu condamné pour un fait politique. Bien qu'aucune main française n'eût trempé dans le crime de la rue Le Peletier,
les républicains allaient être traqués et déportés; c'était
le coup de balai des dix mille suspects, oubliés le 2 décembre. On parlait d'un mouvement préparé par
le parti révolutionnaire; on avait, disait-on, saisi des
armes et des papiers. Dès le milieu de mars, trois cent
quatre-vingts internés étaient embarqués à Toulon.
Maintenant, tous les huit jours, un convoi partait. Le
pays tremblait, dans la terreur qui sortait, comme une
fumée d'orage, du cabinet de velours vert, où Rougon
riait tout seul, en s'étirant les bras.

Jamais le grand homme n'avait goûté de pareils con-
tentements. Il se portait bien, il engraissait; la santé lui
était revenue avec le pouvoir. Quand il marchait, il enfonçait son tapis à coups de talon, pour qu'on entendît
la lourdeur de son pas aux quatre coins de la France.

Son désir était de ne pouvoir poser son verre vide sur une console, jeter sa plume, faire un mouvement, sans donner une secousse au pays. Cela l'amusait d'être une épouvante, de forger la foudre, au milieu de la béatitude de ses amis, d'assommer un peuple avec ses poings enflés de bourgeois parvenu. Il avait écrit dans une circulaire : « C'est aux bons à se rassurer, aux méchants seuls à trembler. » Et il jouait son rôle de Dieu, damnant les uns, sauvant les autres, d'une main jalouse. Un immense orgueil lui venait, l'idolâtrie de sa force et de son intelligence se changeait en un culte réglé. Il se donnait à lui-même des régals de jouissance surhumaine.

Dans la poussée des hommes du second empire, Rougon affichait depuis longtemps des opinions autoritaires. Son nom signifiait répression à outrance, refus de toutes les libertés, gouvernement absolu. Aussi personne ne se trompait-il, en le voyant au ministère. Cependant, à ses intimes, il faisait des aveux ; il avait des besoins plutôt que des opinions ; il trouvait le pouvoir trop désirable, trop nécessaire à ses appétits de domination, pour ne pas l'accepter, sous quelque condition qu'il se présentât. Gouverner, mettre son pied sur la nuque de la foule, c'était là son ambition immédiate ; le reste offrait simplement des particularités secondaires, dont il s'accommoderait toujours. Il avait l'unique passion d'être supérieur. Seulement, à cette heure, les circonstances dans lesquelles il rentrait aux affaires, doublaient pour lui la joie du succès ; il tenait de l'empereur une entière liberté d'action, il réalisait son ancien désir de mener les hommes à coups de fouet, comme un troupeau. Rien ne l'épanouissait davantage que de se sentir détesté. Puis, parfois, quand on lui collait le nom de tyran entre les épaules, il souriait, il disait ces paroles profondes :

—Si je deviens libéral un jour, ils diront que j'ai changé.

Mais la plus grande volupté de Rougon était encore
de triompher devant sa bande. Il oubliait la France, les
fonctionnaires à ses genoux, le peuple de solliciteurs
assiégeant sa porte, pour vivre dans l'admiration continue des dix à quinze familiers de son entourage. Il leur
ouvrait à toute heure son cabinet, les faisait régner là,
sur les fauteuils, à son bureau même, se disait heureux
d'en rencontrer sans cesse entre ses jambes, ainsi que
des animaux fidèles. Le ministre, ce n'était pas seulement lui, mais eux tous, qui étaient comme des dépen-
dances de sa personne. Dans la victoire, un travail sourd
se faisait, les liens se resserraient, il se prenait à les
aimer d'une amitié jalouse, mettant sa force à ne pas
être seul, se sentant la poitrine élargie par leurs ambitions.
Il oubliait ses mépris secrets, en arrivait à les trouver
très-intelligents, très-forts, à son image. Il voulait surtout qu'on le respectât en eux, il les défendait avec
emportement, comme il aurait défendu les dix doigts de
ses mains. Leurs querelles étaient les siennes. Même il
finissait par s'imaginer leur devoir beaucoup, souriant
au souvenir de leur longue propagande. Et, sans besoins
lui-même, il taillait à la bande de belles proies; il goûtait
à la combler la joie personnelle d'agrandir autour de lui
l'éclat de sa fortune.

Cependant, la vaste pièce gardait son silence tiède.
M. d'Escorailles, après avoir examiné la suscription d'une
des lettres qu'il dépouillait, la tendit à Rougon, sans
l'ouvrir.

— Une lettre de mon père, dit-il.

Le marquis, avec une humilité outrée, remerciait le
ministre d'avoir pris Jules dans son cabinet. Rougon lut
lentement les deux pages de fine écriture. Il plia la lettre,
la glissa dans sa poche. Puis, avant de se remettre au
travail, il demanda :

— Du Poizat n'a pas écrit?

— Si, monsieur, répondit le secrétaire en cherchant une lettre parmi les autres. Il commence à se reconnaître dans sa préfecture. Il dit que les Deux-Sèvres, et en particulier la ville de Niort, ont besoin d'être menées par une main solide.

Rougon parcourait la lettre. Quand il l'eut achevée :

— Sans doute, murmura-t-il, il aura les pleins pouvoirs qu'il demande... Ne lui répondez pas, c'est inutile. Ma circulaire lui est destinée.

Il reprit la plume, cherchant les dernières phrases. Du Poizat avait voulu être préfet à Niort, dans son pays ; et le ministre, à chaque décision grave, se préoccupait surtout des Deux-Sèvres, gouvernant la France d'après les avis et les besoins de son ancien compagnon de misère. Il terminait enfin sa lettre confidentielle aux préfets, lorsque M. Kahn, brusquement, se fâcha.

— Mais c'est abominable! cria-t-il.

Et tapant de la main le journal qu'il tenait, s'adressant à Rougon :

— Avez-vous lu ça?... Il y a, en tête, un article qui fait appel aux plus mauvaises passions. Tenez, écoutez cette phrase : « La main qui punit doit être impeccable, » car si la justice vient à se tromper, le lien social lui- » même se dénoue. » Comprenez-vous?... Et dans les faits divers donc! Je trouve là l'histoire d'une comtesse enlevée par le fils d'un marchand de grains. On ne devrait pas laisser passer des anecdotes pareilles. Ça détruit le respect du peuple pour les hautes classes.

M. d'Escorailles intervint.

— Le feuilleton est encore plus odieux. Il s'agit d'une femme bien élevée qui trompe son mari. Le romancier ne lui donne pas même des remords.

Rougon eut un geste terrible.

23.

— Oui, oui, on m'a déjà signalé ce numéro, dit-il. Vous devez voir que j'ai marqué les passages au crayon rouge... Un journal qui est à nous, pourtant! Tous les jours, je suis obligé de l'éplucher ligne par ligne. Ah! le meilleur ne vaut rien, il faudrait leur couper le cou à tous!

Il ajouta plus bas, en pinçant les lèvres :

— J'ai envoyé chercher le directeur. Je l'attends.

Le colonel avait pris le journal des mains de M. Kahn. Il s'indigna et le passa à M. Béjuin, qui, à son tour, parut écœuré. Rougon, les coudes sur le bureau, songeait, les paupières à demi closes.

— A propos, dit-il en se tournant vers son secrétaire, ce pauvre Huguenin est mort hier. Voilà une place d'inspecteur vacante. Il faudra nommer quelqu'un.

Et, comme les trois amis, devant la cheminée, levaient vivement la tête, il continua :

— Oh! une place sans importance. Six mille francs. Il est vrai qu'il n'y a absolument rien à faire.

Mais il fut interrompu. La porte d'un cabinet voisin s'était ouverte.

— Entrez, entrez, monsieur Bouchard! cria-t-il. J'allais vous faire appeler.

M. Bouchard, chef de division depuis huit jours, apportait un travail sur les maires et les préfets qui sollicitaient des croix de chevalier et d'officier. Rougon avait vingt-cinq croix à distribuer aux plus méritants. Il prit le travail, examina la liste des noms, feuilleta les dossiers. Pendant ce temps, le chef de division, s'approchant de la cheminée, donnait des poignées de main à ces messieurs. Il s'adossa, releva les pans de sa redingote, pour présenter ses cuisses à la flamme.

— Hein? vilaine pluie, murmura-t-il. Le printemps sera tardif.

— Une pluie du tonnerre de Dieu! dit le colonel. Je sens une attaque, j'ai eu des élancements dans le pied gauche toute la nuit.

Puis, après un silence :

— Et madame? demanda M. Kahn.

— Je vous remercie, elle se porte bien, répondit M. Bouchard. Elle doit venir ce matin, je crois.

Il y eut un nouveau silence. Rougon feuilletait toujours les papiers. Il s'arrêta à un nom.

— Isidore Gaudibert... Est-ce qu'il n'a pas fait des vers, celui-là?

— Parfaitement! dit M. Bouchard. Il est maire de Barbeville depuis 1852. A chaque heureux événement, pour le mariage de l'empereur, pour les couches de l'impératrice, pour le baptême du prince impérial, il a envoyé à Leurs Majestés des odes pleines de goût.

Le ministre faisait une moue méprisante. Mais le colonel affirma avoir lu les odes; lui, les trouvait spirituelles. Il en citait particulièrement une, dans laquelle l'empereur était comparé à un feu d'artifice. Et, sans transition, à demi-voix, par satisfaction personnelle sans doute, ces messieurs se mirent à dire le plus grand bien de l'empereur. Maintenant, toute la bande était bonapartiste avec passion. Les deux cousins, le colonel et M. Bouchard, réconciliés, ne se jetant plus à la tête les princes d'Orléans et le comte de Chambord, luttaient désormais à qui ferait l'éloge du souverain en meilleurs termes.

— Ah! non, pas celui-là! cria tout à coup Rougon. Ce Jusselin est une créature de Marsy. Je n'ai pas besoin de récompenser les amis de mon prédécesseur.

Et, d'un trait de plume qui écorcha le papier, il biffa le nom.

— Seulement, reprit-il, il faut trouver quelqu'un... C'est une croix d'oficier.

Ces messieurs ne bougeaient pas. M. d'Escorailles, malgré sa grande jeunesse, avait reçu la croix de chevalier huit jours auparavant; M. Kahn et M. Bouchard étaient officiers; le colonel venait enfin d'être nommé commandeur.

— Voyons, nous disons une croix d'officier, répétait Rougon, en fouillant de nouveau dans les dossiers.

Mais il s'interrompit, comme frappé d'une idée subite.

— Est-ce que vous n'êtes pas maire quelque part, monsieur Béjuin? demanda-t-il.

M. Béjuin se contenta d'incliner la tête à deux reprises. Ce fut M. Kahn qui répondit pour lui.

— Sans doute, il est maire de Saint-Florent, la petite commune où se trouve sa cristallerie.

— Cela va tout seul, alors! dit le ministre, ravi de cette occasion de pousser un des siens. Il n'est justement que chevalier... Monsieur Béjuin, vous ne demandez jamais rien. Il faut toujours que je songe à vous.

M. Béjuin eut un sourire et remercia. Il ne demandait jamais rien, en effet. Mais il était sans cesse là, silencieux, modeste, attendant les miettes; et il ramassait tout.

— Léon Béjuin, n'est-ce pas? à la place de Pierre-François Jusselin, reprit Rougon en opérant le changement de nom.

— Béjuin, Jusselin, ça rime, fit remarquer le colonel.

Cette observation parut une plaisanterie très-fine. On en rit beaucoup. Enfin, M. Bouchard remporta les pièces signées. Rougon s'était levé; il avait des inquiétudes dans les jambes, disait-il; les jours de pluie l'agitaient. Cependant, la matinée s'avançait, les bureaux bourdonnaient au loin; des pas rapides traversaient les pièces voisines; des portes s'ouvraient, se fermaient; tandis que des chuchotements couraient, étouffés par les tentures. Plusieurs employés vinrent encore présenter des

pièces à la signature du ministre. C'était un va-et-vient
continu, la machine administrative en travail, avec une
dépense extraordinaire de papiers promenés de bureau
en bureau. Et, au milieu de cette agitation, derrière la
porte, dans l'antichambre, on entendait le gros silence
résigné des vingt et quelques personnes qui s'assoupis-
saient sous les regards de Merle, en attendant que Son
Excellence voulût bien les recevoir. Rougon, comme
pris d'une fièvre d'activité, se débattait parmi tout ce
monde, donnait des ordres à demi-voix dans un coin de
son cabinet, éclatait brusquement en paroles violentes
contre quelque chef de service, taillait la besogne,
tranchait les affaires d'un mot, énorme, insolent, le cou
gonflé, la face crevant de force.

Merle entra, avec sa tranquille dignité que les rebuf-
fades ne pouvaient entamer.

— Monsieur le préfet de la Somme... commença-t-il.

— Encore! interrompit furieusement Rougon.

L'huissier s'inclina, attendit de pouvoir parler.

— Monsieur le préfet de la Somme m'a prié de demander à Son Excellence si elle le recevrait ce matin.
Dans le cas contraire, Son Excellence serait bien bonne
de lui fixer une heure pour demain.

— Je le recevrai ce matin... Qu'il ait un peu de patience, que diable!

La porte du cabinet était restée ouverte, et l'on apercevait l'antichambre, par l'entre-bâillement, une vaste
pièce, avec une grande table au milieu, et un cordon de
fauteuils de velours rouge, le long des murs. Tous les fauteuils étaient occupés; même deux dames se tenaient
debout, devant la table. Les têtes se tournaient discrètement, des regards se glissaient dans le cabinet du ministre, suppliants, tout allumés du désir d'entrer. Près
de la porte, le préfet de la Somme, un petit homme

blème, causait avec ses deux collègues du Jura et du
Cher. Et comme il faisait le mouvement de se lever,
croyant sans doute qu'il allait enfin être admis, Rougon
reprit, en s'adressant à Merle :

— Dans dix minutes, entendez-vous... je ne puis absolument recevoir personne en ce moment.

Mais il parlait encore qu'il vit M. Beulin-d'Orchère
traverser l'antichambre. Il alla vivement à sa rencontre,
l'attira d'une poignée de mains dans son cabinet, en
criant:

— Eh! entrez donc, cher ami! Vous arrivez, n'est-ce
pas? Vous n'avez pas attendu?... Quoi de nouveau?

La porte fut refermée sur le silence consterné de l'antichambre. Rougon et M. Beulin-d'Orchère eurent un
entretien à voix basse, devant une des fenêtres; le magistrat, nommé récemment premier président de la cour
de Paris, ambitionnait les sceaux; mais l'empereur, tâté
à son égard, était resté impénétrable.

— Bien, bien, dit le ministre en haussant la voix. Le
renseignement est excellent. J'agirai, je vous le promets.

Il venait de le faire sortir par ses appartements, lorsque Merle parut, en annonçant :

— Monsieur La Rouquette.

— Non, non, je suis occupé, il m'embête! dit Rougon,
en faisant un geste énergique pour que l'huissier refermât la porte.

M. La Rouquette entendit parfaitement. Il n'en pénétra
pas moins dans le cabinet, souriant, la main tendue :

— Comment va Votre Excellence? C'est ma sœur qui
m'envoie. Hier vous aviez l'air un peu fatigué, aux Tuileries... Vous savez qu'on doit jouer un proverbe dans
les appartements de l'impératrice, lundi prochain. Ma
sœur a un rôle. Combelot a dessiné les costumes. Vous
viendrez, n'est-ce pas?

Et il demeura là un grand quart d'heure, souple et caressant, cajolant Rougon, qu'il appelait tantôt « Votre Excellence » et tantôt « cher maître ». Il plaça quelques anecdotes sur les petits théâtres, recommanda une danseuse, demanda un mot pour le directeur de la manufacture des tabacs, afin d'avoir de bons cigares. Et il finit par dire un mal épouvantable de M. de Marsy, en plaisantant.

— Il est gentil tout de même, déclara Rougon, quand le jeune député ne fut plus là. Voyons, je vais me tremper la figure dans ma cuvette, moi. J'ai les joues qui éclatent.

Il disparut un instant derrière une portière. On entendit un grand barbottement d'eau. Il reniflait, il soufflait. Cependant, M. d'Escorailles, ayant fini de classer la correspondance, venait de tirer de sa poche une petite lime à manche d'écaille et se travaillait les ongles, délicatement. M. Béjuin et le colonel regardaient le plafond, si enfoncés dans leurs fauteuils, qu'ils semblaient ne plus jamais devoir les quitter. Un moment, M. Kahn fouilla le tas des journaux, à côté de lui, sur une table. Il les retournait, regardait les titres, les rejetait. Puis, il se leva.

— Vous partez? demanda Rougon, qui reparut, s'épongeant la figure dans une serviette.

— Oui, répondit M. Kahn, j'ai lu les journaux, je m'en vais.

Mais il lui dit d'attendre. Et il le prit à son tour à l'écart, il lui annonça qu'il se rendrait sans doute dans les Deux-Sèvres, la semaine suivante, pour l'ouverture des travaux du chemin de fer de Niort à Angers. Plusieurs motifs le poussaient à faire un voyage là-bas. M. Kahn se montra enchanté. Il avait enfin obtenu la concession, dès les premiers jours de mars. Seulement,

il s'agissait maintenant de lancer l'affaire, et il sentait
toute la solennité que la présence du ministre donnerait
à la mise en scène, dont il soignait déjà les détails.

— Alors, c'est entendu, je compte sur vous pour le
premier coup de mine, dit-il en s'en allant.

Rougon s'était remis devant son bureau. Il consultait
une liste de noms. Derrière la porte, dans l'antichambre,
l'attente grandissait.

— J'ai à peine un quart d'heure, murmura-t-il. Enfin,
je recevrai ceux que je pourrai.

Il sonna et dit à Merle :

— Faites entrer monsieur le préfet de la Somme.

Mais il reprit aussitôt, la liste sous les yeux.

— Attendez donc!... Est-ce que monsieur et madame
Charbonnel sont là? Faites-les entrer.

On entendit la voix de l'huissier appelant : « Monsieur
et madame Charbonnel ! » Et les deux bourgeois de Plassans parurent, suivis par les regards étonnés de toute
l'antichambre. M. Charbonnel était en habit, un habit à
queue carrée, qui avait un collet de velours; madame
Charbonnel portait une robe de soie puce, avec un chapeau à rubans jaunes. Depuis deux heures, ils attendaient,
patiemment.

— Il fallait me faire passer votre carte, dit Rougon.
Merle vous connaît.

Puis, sans leur laisser balbutier des phrases où les
mots : « Votre Excellence » revenaient sans cesse, il cria
gaiement :

— Victoire! Le Conseil d'État a rendu son arrêt. Nous
avons battu notre terrible évêque.

L'émotion de la vieille dame fut si forte, qu'elle dut
s'asseoir. Le mari s'appuya au dossier d'un fauteuil.

— J'ai su cette bonne nouvelle hier soir, continuait le ministre. Comme je tenais à vous l'apprendre

moi-même, je vous ai fait prier de venir ce matin… Heiu! voilà une jolie tuile, cinq cent mille francs !

Il plaisantait, heureux de leurs visages bouleversés. Madame Charbonnel put enfin demander d'une voix étranglée et timide :

— C'est fini, bien sûr?… On ne recommencera plus le procès?

— Non, non, soyez tranquilles. L'héritage est à vous.

Et il donna quelques détails. Le conseil d'État n'avait pas autorisé les sœurs de la Sainte-Famille à accepter le legs, en se basant sur l'existence d'héritiers naturels, et en cassant le testament qui ne paraissait pas avoir tous les caractères d'authenticité désirables. Monseigneur Rochart était exaspéré. Rougon, qui l'avait rencontré la veille chez son collègue le ministre de l'instruction publique, riait encore de ses regards furibonds. Son triomphe sur le prélat l'égayait beaucoup.

— Vous voyez bien qu'il ne m'a pas mangé, dit-il encore. Je suis trop gros… Oh! tout n'est pas terminé entre nous. J'ai vu ça à la couleur de ses yeux. C'est un homme qui ne doit rien oublier. Mais ceci me regarde.

Les Charbonnel se confondaient en remercîments, avec des révérences. Ils dirent qu'ils partiraient le soir même. Maintenant, ils étaient pris d'une vive inquiétude : la maison de leur cousin Chevassu, à Faverolles, se trouvait gardée par une vieille domestique dévote, très-dévouée aux sœurs de la Sainte-Famille; peut-être, en apprenant l'issue du procès, allait-on dévaliser leur maison. Ces religieuses devaient être capables de tout.

— Oui, partez ce soir, reprit le ministre. Si quelque chose clochait là-bas, écrivez-moi.

Il les reconduisait. Quand la porte fut ouverte, il remarqua l'étonnement des figures, dans l'antichambre;

le préfet de la Somme échangeait un sourire avec ses collègues du Jura et du Cher ; les deux dames, devant la table, avaient aux lèvres un léger pli de dédain. Alors, il haussa la voix, rudement :

— Ecrivez-moi, n'est-ce pas? Vous savez combien je vous suis dévoué... Et quand vous serez à Plassans, dites à ma mère que je me porte bien.

Il traversa l'antichambre, les accompagna jusqu'à l'autre porte, pour les imposer à tout ce monde, sans aucune honte d'eux, tirant un grand orgueil d'être parti de leur petite ville et de pouvoir aujourd'hui les mettre aussi haut qu'il lui plaisait. Et les solliciteurs, les fonctionnaires, inclinés sur leur passage, saluaient la robe de soie puce et l'habit à queue carrée des Charbonnel.

Quand il rentra dans son cabinet, il trouva le colonel debout.

— A ce soir, dit ce dernier. Il commence à faire trop chaud chez vous.

Et il se pencha pour lui murmurer quelques paroles à l'oreille. Il s'agissait de son fils Auguste, qu'il allait retirer du collège, désespérant de lui voir jamais passer son baccalauréat. Rougon avait promis de le prendre dans son ministère, bien que le diplôme de bachelier fût exigé de tous les employés.

—Eh bien, c'est cela, amenez-le, répondit-il. Je passerai par-dessus les formalités. Je chercherai un biais... Et il gagnera quelque chose tout de suite, puisque vous y tenez.

M. Béjuin resta seul devant la cheminée. Il roula son fauteuil, s'installa au milieu, sans paraître s'apercevoir que la pièce se vidait. Il demeurait toujours le dernier, attendait encore quand les autres n'étaient plus là, dans l'espoir de se faire offrir quelque part oubliée.

Merle, de nouveau, reçut l'ordre d'introduire le préfet

de la Somme. Mais, au lieu de se diriger vers la porte, il s'approcha du bureau, en disant avec un sourire aimable :

— Si Son Excellence daigne le permettre, je vais m'acquitter tout de suite d'une petite commission.

Rougon posa les deux coudes sur son buvard, pour écouter.

— C'est cette pauvre madame Correur... Je suis allé chez elle ce matin. Elle est couchée, elle a un clou bien mal placé, et très-gros, oh! plus gros que la moitié du poing. Ça n'a rien de dangereux, mais ça la fait beaucoup souffrir, parce qu'elle a la peau très-fine...

— Alors? demanda le ministre.

— J'ai même aidé la bonne à la retourner. Mais j'ai mon service, moi.. Alors, elle est très-inquiète, elle aurait voulu venir voir Son Excellence pour les réponses qu'elle attend. Je m'en allais, quand elle m'a rappelé, en me disant que je serais bien gentil, si je pouvais ce soir lui rapporter les réponses, après mon travail... Son Excellence serait-elle assez obligeante...?

Le ministre se tourna tranquillement.

— Monsieur d'Escorailles, donnez-moi donc ce dossier là-bas, dans cette armoire.

C'était le dossier de madame Correur, une énorme chemise grise crevant de papiers. Il y avait là des lettres, des projets, des pétitions de toutes les écritures et de toutes les orthographes : demandes de bureaux de tabac, demandes de bureaux de timbres, demandes de secours, de subventions, de pensions, d'allocations. Toutes les feuilles volantes portaient en marge l'apostille de madame Correur, cinq ou six lignes suivies d'une grosse signature masculine.

Rougon feuilletait le dossier et regardait, au bas des lettres, de petites notes écrites de sa main au crayon rouge.

— La pension de madame Jalaguier est portée à dix-huit cents francs. Madame Leturc a son bureau de tabac... Les fournitures de madame Chardon sont acceptées... Rien encore pour madame Testanière... Ah! vous direz aussi que j'ai réussi pour mademoiselle Herminie Billecoq. J'ai parlé d'elle, des dames donneront la dot nécessaire à son mariage avec l'officier qui l'a séduite.

— Je remercie mille fois Son Excellence, dit Merle en s'inclinant.

Il sortait, lorsqu'une adorable tête blonde, coiffée d'un chapeau rose, parut à la porte.

— Puis-je entrer? demanda une voix flûtée.

Et madame Bouchard, sans attendre la réponse, entra. Elle n'avait pas vu l'huissier dans l'antichambre, elle était allée droit devant elle. Rougon, qui l'appelait « ma chère enfant », la fit asseoir, après avoir gardé un instant entre les siennes ses petites mains gantées.

— Est-ce pour quelque chose de sérieux? demanda-t-il.

— Oui, oui, très-sérieux, répondit-elle avec un sourire.

Alors, il recommanda à Merle de n'introduire personne. M. d'Escorailles, qui avait fini la toilette de ses ongles, était venu saluer madame Bouchard. Elle lui fit signe de se pencher, lui parla tout bas, vivement. Le jeune homme approuva de la tête. Et il alla prendre son chapeau, en disant à Rougon :

— Je vais déjeuner, je ne vois rien d'important... Il n'y a que cette place d'inspecteur. Il faudrait nommer quelqu'un.

Le ministre restait perplexe, secouait la tête.

— Oui, sans doute, il faut nommer quelqu'un... On m'a proposé déjà un tas de monde. Ça m'ennuie de nommer des gens que je ne connais pas.

Et il regardait autour de lui, dans les coins de la pièce, comme pour trouver. Son regard brusquement tomba sur M. Béjuin, allongé devant la cheminée, silencieux, béat.

— Monsieur Béjuin ! appela-t-il.

Celui-ci ouvrit doucement les yeux, sans bouger.

— Voulez-vous être inspecteur ? Je vous expliquerai : une place de six mille francs, où l'on n'a rien à faire, et qui est très-compatible avec vos fonctions de député.

M. Béjuin dodelina de la tête. Oui, oui, il acceptait. Et, quand l'affaire fut entendue, il resta encore là deux minutes à flairer l'air. Mais il sentit sans doute qu'il n'y aurait plus rien à ramasser ce matin-là, car il se retira lentement, en traînant les pieds, derrière M. d'Escorailles.

— Nous voilà seuls... Voyons, qu'y a-t-il, ma chère enfant ? demanda Rougon à la jolie madame Bouchard.

Il avait roulé un fauteuil, et s'était assis devant elle, au milieu du cabinet. Alors, il remarqua sa toilette, une robe de cachemire de l'Inde rose pâle, d'une grande douceur, qui la drapait comme un peignoir. Elle était habillée sans l'être. Sur ses bras, sur sa gorge, l'étoffe souple vivait ; tandis que, dans la mollesse de la jupe, de larges plis marquaient la rondeur de ses jambes. Il y avait là une nudité très-savante, une séduction calculée jusque dans la taille placée un peu haut, dégageant les hanches. Et pas un bout de jupon ne se montrait, elle semblait sans linge, délicieusement mise pourtant.

— Voyons, qu'y a-t-il ? répéta Rougon.

Elle souriait, ne parlant pas encore. Elle se renversait, les cheveux frisés sous son chapeau rose, montrant la blancheur mouillée de ses dents, entre ses lèvres ouvertes. Sa petite figure avait un abandon câlin, un air de prière ardent et soumis.

— C'est quelque chose que j'ai à vous demander, murmura-t-elle enfin.

Puis, elle ajouta vivement :

— Dites d'abord que vous me l'accordez?

Mais il ne promit rien. Il voulait savoir auparavant. Il se défiait des dames. Et, comme elle se penchait tout près de lui, il l'interrogea.

— C'est donc bien gros, que vous n'osez parler. Il faut que je vous confesse, n'est-ce pas?... Procédons par ordre. Est-ce pour votre mari?

Elle répondit non de la tête, sans cesser de sourire.

— Diable!... Pour M. d'Escorailles alors? Vous complotiez quelque chose à voix basse, là, tout à l'heure.

Elle répondit toujours non. Elle avait une légère moue, signifiant clairement qu'il avait bien fallu renvoyer M. d'Escorailles. Puis, Rougon cherchant avec quelque surprise, elle rapprocha encore son fauteuil, se trouva dans ses jambes.

— Écoutez... Vous ne me gronderez pas? vous m'aimez bien un peu?... C'est pour un jeune homme. Vous ne le connaissez pas; je vous dirai son nom tout à l'heure, quand vous lui aurez donné la place.... Oh! une place sans importance. Vous n'aurez qu'un mot à dire, et nous vous serons bien reconnaissants.

— Un de vos parents peut-être? demanda-t-il de nouveau.

Elle eut un soupir, le regarda avec des yeux mourants, laissa glisser ses mains pour qu'il les reprît dans les siennes. Et elle dit très-bas :

— Non, un ami... Mon Dieu! je suis bien malheureuse!

Elle s'abandonnait, elle se livrait à lui par cet aveu. C'était une attaque très-voluptueuse, d'un art supérieur, savamment calculée pour lui enlever ses moindres scrupules. Un instant, il crut même qu'elle inventait cette

histoire par un raffinement de séduction, afin de se faire
désirer davantage, au sortir des bras d'un autre.

— Mais c'est très-mal! s'écria-t-il.

Alors, d'un geste prompt et familier, elle lui mit sa
main dégantée sur la bouche. Elle s'était allongée tout
contre lui. Ses yeux se fermaient dans son visage pâmé.
L'un de ses genoux relevait sa jupe molle, qui la couvrait à peine du fin tissu d'une longue chemise de nuit.
L'étoffe tendue du corsage avait les émotions de sa
gorge. Pendant quelques secondes, il la sentit comme
nue entre ses bras. Et il la saisit brutalement par la
taille, il la planta debout au milieu du cabinet, se fâchant, jurant.

— Tonnerre de Dieu! soyez donc raisonnable!

Elle, les lèvres blanches, resta devant lui, avec des
regards en dessous.

— Oui, c'est très-mal, c'est indigne! M. Bouchard est
un excellent homme. Il vous adore, il a une confiance
aveugle en vous... Non, certes, je ne vous aiderai pas à
le tromper. Je refuse, entendez-vous, je refuse absolument! Et je vous dis ce que je pense, je ne mâche pas
mes paroles, ma belle enfant... On peut être indulgent.
Ainsi, par exemple, passe encore...

Il s'arrêta, il allait laisser échapper qu'il lui tolérait
M. d'Escorailles. Peu à peu, il se calmait, une grande
dignité lui venait. Il la fit asseoir, en la voyant prise
d'un petit tremblement; lui, resta debout, la chapitra
d'importance. Ce fut un sermon en forme, avec de très-
belles paroles. Elle offensait toutes les lois divines et
humaines; elle marchait sur un abîme, déshonorait le
foyer domestique, se préparait une vieillesse de remords; et, comme il crut deviner un léger sourire aux
coins de ses lèvres, il fit même le tableau de cette vieillesse, la beauté dévastée, le cœur à jamais vide, la rou-

geur du front sous les cheveux blancs. Puis, il examina
sa faute au point de vue de la société ; là surtout, il se
montra sévère, car si elle avait pour elle l'excuse de sa
nature sensible, le mauvais exemple qu'elle donnait
devait rester sans pardon ; ce qui l'amena à tonner
contre le dévergondage moderne, les débordements
abominables de l'époque. Enfin, il fit un retour sur lui-
même. Il était le gardien des lois. Il ne pouvait abuser
de son pouvoir pour encourager le vice. Sans la vertu,
un gouvernement lui semblait impossible. Et il termina
en mettant ses adversaires au défi de trouver dans son
administration un seul acte de népotisme, une seule faveur due à l'intrigue.

La jolie madame Bouchard l'écoutait, la tête basse,
pelotonnée, montrant son cou délicat sous le bavolet de
son chapeau rose. Quand il se fut soulagé, elle se leva,
se dirigea vers la porte, sans dire un mot. Mais comme
elle sortait, la main sur le bouton, elle leva la tête, et
se remit à sourire, en murmurant :

— Il s'appelle Georges Duchêsne. Il est commis prin-
cipal dans la division de mon mari, et veut être sous-
chef...

— Non, non ! cria Rougon.

Alors, elle s'en alla, en l'enveloppant d'un long regard
méprisant de femme dédaignée. Elle s'attardait, elle
traînait sa jupe avec langueur, désireuse de laisser derrière elle le regret de sa possession.

Le ministre rentra dans son cabinet d'un air de fatigue. Il avait fait un signe à Merle qui le suivit. La
porte était restée entr'ouverte.

— Monsieur le directeur du *Vœu national*, que Son
Excellence a fait demander, vient d'arriver, dit l'huissier à demi-voix.

— Très-bien ! répondit Rougon. Mais je recevrai auparavant les fonctionnaires qui sont là depuis longtemps.

A ce moment, un valet de chambre parut à la porte conduisant aux appartements particuliers. Il annonça que le déjeuner était prêt et que madame Delestang attendait Son Excellence au salon. Le ministre s'était avancé vivement.

— Dites qu'on serve ! Tant pis ! je recevrai plus tard. Je crève de faim.

Il allongea le cou pour jeter un coup d'œil. L'antichambre était toujours pleine. Pas un fonctionnaire, pas un solliciteur, n'avait bougé. Les trois préfets causaient dans leur coin ; les deux dames, devant la table, s'appuyaient du bout de leurs doigts, un peu lasses ; les mêmes têtes, aux mêmes places, demeuraient fixes et muettes, le long des murs, contre les dossiers de velours rouge. Alors, il quitta son cabinet, en donnant à Merle l'ordre de retenir le préfet de la Somme et le directeur du *Vœu national*.

Madame Rougon, un peu souffrante, était partie la veille pour le Midi, où elle devait passer un mois ; elle avait un oncle du côté de Pau. Delestang, chargé d'une mission très-importante au sujet d'une question agricole, se trouvait en Italie depuis six semaines. Et c'était ainsi que le ministre, avec lequel Clorinde voulait causer longuement, l'avait invitée à venir déjeuner au ministère, en garçons.

Elle l'attendait patiemment, en feuilletant un Traité de droit administratif, qui traînait sur une table.

— Vous devez avoir l'estomac dans les talons, lui dit-il gaiement. J'ai été débordé, ce matin.

Et il lui offrit le bras, il la conduisit à la salle à manger, une pièce immense, dans laquelle les deux couverts, mis sur une petite table devant la fenêtre, étaient comme perdus. Deux grands laquais servaient. Rougon et Clorinde, très-sobres tous les deux, mangèrent vite : quelques radis, une tranche de saumon froid, des côtelettes à la purée et un peu de fromage. Ils ne touchèrent pas au vin. Rougon, le matin, ne buvait que de l'eau. A peine échangèrent-ils dix paroles. Puis, quand les deux laquais, après avoir desservi, eurent apporté le café et des liqueurs, la jeune femme lui adressa un léger mouvement des sourcils, qu'il comprit parfaitement.

— C'est bien, dit-il, laissez-nous. Je sonnerai.

Les laquais sortirent. Alors, elle se leva, en donnant des tapes sur sa jupe pour faire tomber les miettes. Elle portait une robe de soie noire, trop grande, chargée de volants, si compliquée, qu'elle y était comme empaquetée, sans qu'on pût distinguer où se trouvaient ses hanches et sa gorge.

— Quelle halle! murmurait-elle, en allant au fond de la pièce. C'est un salon pour noces et repas de corps, votre salle à manger !

Et elle revint, ajoutant :

— Je voudrais bien fumer ma cigarette, moi !

— Diable ! dit Rougon, c'est qu'il n'y a pas de tabac. Je ne fume jamais.

Mais elle cligna les yeux, elle sortit de sa poche une petite blague en soie rouge brodée d'or, guère plus grosse qu'une bourse. Du bout de ses doigts minces, elle roula une cigarette. Puis, comme ils ne voulaient pas sonner, ce fut une chasse aux allumettes dans toute la pièce. Enfin, sur le coin d'un dressoir, ils trouvèrent trois allumettes, qu'elle emporta soigneusement. Et, la cigarette aux lèvres, allongée de nouveau sur sa chaise, elle se mit à boire son café par petites gorgées, en regardant Rougon bien en face, avec un sourire.

— Eh bien, je suis tout à vous, dit celui-ci, qui souriait également. Vous aviez à causer, causons.

Elle eut un geste d'insouciance.

— Oui. J'ai reçu une lettre de mon mari. Il s'ennuie à Turin. Il est très-heureux d'avoir obtenu cette mission, grâce à vous; seulement, il ne veut pas qu'on l'oublie là-bas... Mais nous parlerons de cela tout à l'heure. Rien ne presse.

Elle se remit à fumer et à le regarder avec son irritant sourire. Rougon, peu à peu, s'était accoutumé à la voir, sans se poser les questions qui, autrefois, piquaient si vivement sa curiosité. Elle avait fini par entrer dans ses habitudes, il l'acceptait maintenant comme une figure classée, connue, dont les étrangetés ne lui causaient plus un sursaut de surprise. Mais, à la vérité, il ne savait toujours rien de précis sur elle, il l'ignorait toujours autant qu'aux premiers jours. Elle restait multiple, puérile et profonde, bête le plus souvent, singulièrement fine parfois, très-douce et très-méchante. Quand elle le surprenait encore par un geste, un mot dont il ne trouvait pas l'explication, il avait des haussements d'épaules d'homme fort, il disait que toutes les femmes étaient ainsi. Et il croyait par là témoigner un grand mépris pour les femmes, ce qui aiguisait le sourire de Clorinde, un sourire discret et cruel, montrant le bout des dents, entre les lèvres rouges.

— Qu'avez-vous donc à me regarder? demanda-t-il enfin, gêné par ces grands yeux ouverts sur lui. Est-ce que j'ai quelque chose qui vous déplaît?

Une pensée cachée venait de luire au fond des yeux de Clorinde, pendant que deux plis donnaient à sa bouche une grande dureté. Mais elle reprit aussitôt son rire adorable, soufflant sa fumée par minces filets, murmurant :

— Non, non, je vous trouve très-bien... Je pensais à une chose, mon cher. Savez-vous que vous avez eu une fière chance?

— Comment cela ?

— Sans doute... Vous voilà au sommet que vous vouliez atteindre. Tout le monde vous a poussé, les événements eux-mêmes vous ont servi.

Il allait répondre, lorsqu'on frappa à la porte. Clorinde, d'un mouvement instinctif, cacha sa cigarette
derrière sa jupe. C'était un employé qui voulait communiquer à Son Excellence une dépêche très-pressée.
Rougon, d'un air maussade, lut la dépêche, indiqua à
l'employé le sens dans lequel il fallait rédiger la réponse. Puis, il referma la porte violemment, et venant
se rasseoir :

— Oui, j'ai eu des amis très-dévoués. Je tâche de
m'en souvenir... Et vous avez raison, j'ai à remercier
jusqu'aux événements. Les hommes ne peuvent souvent
rien quand les faits ne les aident pas.

En disant ces paroles d'une voix lente, il la regardait,
ses lourdes paupières baissées, cachant à demi le regard
dont il l'étudiait. Pourquoi parlait-elle de sa chance ?
Que savait-elle au juste des événements favorables auxquels elle faisait allusion ? Peut-être Du Poizat avait-il
causé ? Mais, à la voir souriante et songeuse, la face
comme attendrie d'un ressouvenir sensuel, il sentait en
elle une autre préoccupation ; sûrement elle ignorait
tout. Lui-même oubliait, préférait ne pas fouiller trop au
ond de sa mémoire. Il y avait une heure dans sa vie
qui finissait par lui sembler très-confuse. Il en arrivait à
croire qu'il devait réellement sa haute situation au dévouement de ses amis.

— Je ne voulais rien être, on m'a poussé malgré moi,
continua-t-il. Enfin les choses ont tourné pour le mieux.
Si je réussis à faire quelque bien, je serai satisfait.

Il acheva son café. Clorinde roulait une seconde cigarette.

— Vous vous rappelez? murmura-t-elle, il y a deux ans, quand vous avez quitté le Conseil d'État, je vous questionnais, je vous demandais la raison de ce coup de tête. Faisiez-vous le sournois, dans ce temps-là! Mais, maintenant, vous pouvez parler... Voyons, là, franchement, entre nous, aviez-vous un plan arrêté?

— On a toujours un plan, répondit-il finement. Je me sentais tomber, je préférais faire le saut moi-même.

— Et votre plan s'est-il exécuté, les choses ont-elles exactement marché comme vous l'aviez prévu?

Il eut un clignement d'yeux de compère qui se met à l'aise.

— Mais non, vous le savez bien, jamais les choses ne marchent ainsi... Pourvu qu'on arrive!

Et il s'interrompit, lui offrant des liqueurs.

— Hein? du curaçao ou de la chartreuse?

Elle accepta un petit verre de chartreuse. Comme il versait, on frappa de nouveau. Elle cacha encore sa cigarette, avec un geste d'impatience. Lui, furieux, sans lâcher le carafon, se leva. Cette fois, c'était pour une lettre scellée d'un large cachet. Il la parcourut d'un regard, la fourra dans une poche de sa redingote, en disant :

— C'est bien! Et qu'on ne me dérange plus, n'est-ce pas?

Clorinde, quand il fut revenu en face d'elle, trempa ses lèvres dans sa chartreuse, buvant goutte à goutte, le regardant en dessous, les yeux luisants. Elle était reprise par cet attendrissement qui lui noyait la face. Elle dit très-bas, les deux coudes posés sur la table :

— Non, mon cher, vous ne saurez jamais tout ce qu'on a fait pour vous.

Il s'approcha, posa à son tour ses deux coudes, en s'écriant vivement :

— Tiens, c'est vrai, vous allez me conter ça! Maintenant, il n'y a plus de cachotteries, n'est-ce pas?...
Dites-moi ce que vous avez fait?

Elle répondit non du menton, longuement, en pinçant sa cigarette des lèvres.

— C'est donc terrible? Vous craignez que je ne puisse
pas payer ma dette, peut-être?... Attendez, je vais tâcher de deviner... Vous avez écrit au pape et vous avez
mis tremper quelque bon Dieu dans mon pot à eau, sans
que je m'en aperçoive?

Mais elle se fâcha de cette plaisanterie. Elle menaçait
de s'en aller, s'il continuait.

— Ne riez pas de la religion, disait-elle. Ça vous por-
terait malheur.

Puis, calmée, chassant de la main la fumée qu'elle
soufflait et qui semblait incommoder Rougon, elle reprit,
d'une voix particulière :

— J'ai vu beaucoup de monde. Je vous ai fait des amis.

Elle éprouvait un besoin mauvais de lui tout conter.
Elle voulait qu'il n'ignorât pas de quelle façon elle avait
travaillé à sa fortune. Cet aveu était une première satisfaction, dans sa longue rancune si patiemment cachée.
S'il l'avait poussée, elle aurait donné des détails précis.
C'était ce retour en arrière qui la rendait rieuse, un peu
folle, la peau chaude d'une moiteur dorée.

— Oui, oui, répéta-t-elle, des hommes très-hostiles
à vos idées, dont j'ai dû faire la conquête pour vous,
mon cher.

Rougon était devenu très-pâle. Il avait compris.

— Ah! dit-il simplement.

Il cherchait à éviter ce sujet. Mais, effrontément,
tranquillement, elle plantait dans ses yeux son large
regard noir, riant d'un rire de gorge. Alors, il céda, il
l'interrogea.

— Monsieur de Marsy, n'est-ce pas?

Elle répondit oui d'un signe de tête, en rejetant derrière son épaule une bouffée de fumée.

— Le chevalier Rusconi?

Elle répondit encore oui.

— Monsieur Lebeau, monsieur de Salneuve, monsieur Guyot-Laplanche?

Elle répondait toujours oui. Pourtant, au nom de M. de Plouguern, elle protesta. Celui-là, non. Et elle acheva son verre de chartreuse, à petits coups de langue, la mine triomphante.

Rougon s'était levé. Il alla au fond de la pièce, revint derrière elle, lui dit dans la nuque :

— Pourquoi pas avec moi, alors?

Elle se retourna brusquement, de peur qu'il ne lui baisât les cheveux.

— Avec vous? mais c'est inutile! Pourquoi faire, avec vous?... C'est bête, ce que vous dites là! Avec vous, je n'avais pas besoin de plaider votre cause.

Et, comme il la regardait, pris d'une colère blanche, elle partit d'un grand éclat de rire.

— Ah! l'innocent! on ne peut seulement pas plaisanter, il croit tout ce qu'on lui dit!... Voyons, mon cher, me pensez-vous capable de mener un pareil commerce? Et pour vos beaux yeux encore! D'ailleurs, si j'avais commis toutes ces vilenies, je ne vous les raconterais pas, bien sûr... Non, vrai, vous êtes amusant!

Rougon resta un moment décontenancé. Mais la façon ironique dont elle se démentait, la rendait plus provoquante; et toute sa personne, le rire de sa gorge, la flamme de ses yeux, répétait ses aveux, disait toujours oui. Il allongeait les bras pour la prendre par la taille, lorsqu'on frappa une troisième fois.

— Tant pis! murmura-t-elle, je garde ma cigarette.

Un huissier entra, tout essoufflé, balbutiant que Son
Excellence le ministre de la justice demandait à parler à
Son Excellence; et il regardait du coin de l'œil cette
dame qui fumait.

— Dites que je suis sorti! cria Rougon. Je n'y suis
pour personne, entendez-vous!

Quand l'huissier se fut retiré à reculons, en saluant,
il s'emporta, donna des coups de poing sur les meubles.
On ne le laissait plus respirer; la veille encore, on
l'avait relancé jusque dans son cabinet de toilette, pendant qu'il se faisait la barbe. Clorinde, délibérément,
marcha vers la porte.

— Attendez, dit-elle. On ne nous dérangera plus.

Elle prit les clefs, les mit en dedans, ferma à double
tour.

— Là. On peut frapper, maintenant.

Et elle revint rouler une troisième cigarette, debout
devant la fenêtre. Il crut à une heure d'abandon. Il
s'approcha, lui dit dans le cou :

— Clorinde!

Elle ne bougea pas, et il reprit d'une voix plus basse :

— Clorinde, pourquoi ne veux-tu pas?

Ce tutoiement la laissa calme. Elle dit non de la tête,
mais faiblement, comme si elle avait voulu l'encourager, le pousser encore. Il n'osait la toucher, devenu
tout d'un coup timide, demandant la permission en écolier que sa première bonne fortune paralyse. Pourtant,
il finit par la baiser rudement sur la nuque, à la racine
des cheveux. Alors, elle se tourna, toute méprisante, en
s'écriant :

— Tiens, ça vous reprend donc, mon cher? Je croyais
que ça vous avait passé... Quel drôle d'homme vous
faites! Vous embrassez les femmes après dix-huit mois
de réflexion.

Lui, la tête baissée, se ruant sur elle, avait saisi une de ses mains qu'il mangeait de baisers. Elle la lui abandonnait. Elle continuait à se moquer, sans se fâcher.

— Pourvu que vous ne me mordiez pas les doigts, c'est tout ce que je vous demande... Ah! je n'aurais pas cru cela de vous! Vous étiez devenu si sage, quand j'allais vous voir rue Marbeuf! Et vous voilà de nouveau en folie, parce que je vous raconte des saletés, dont je n'ai jamais eu l'idée, Dieu merci! Eh bien! vous êtes propre, mon cher!.,. Moi, je ne brûle pas si longtemps. C'est de l'histoire ancienne. Vous n'avez pas voulu de moi, je ne veux plus de vous.

— Écoutez, tout ce que vous voudrez, murmura-t-il. Je ferai tout, je donnerai tout.

Mais elle disait encore non, le punissant dans sa chair de ses anciens dédains, goûtant là une première vengeance. Elle l'avait souhaité tout-puissant pour le refuser et faire ainsi un affront à sa force d'homme.

— Jamais, jamais! répéta-t-elle à plusieurs reprises. Vous ne vous souvenez donc pas? Jamais!

Alors, honteusement, Rougon se traîna à ses pieds. Il avait pris ses jupes entre ses bras, il baisait ses genoux à travers la soie. Ce n'était pas la robe molle de madame Bouchard, mais un paquet d'étoffe d'une épaisseur irritante, et qui pourtant le grisait de son odeur. Elle, avec un haussement d'épaules, lui abandonnait les jupes. Mais il s'enhardissait, ses mains descendaient, cherchaient les pieds, au bord du volant.

— Prenez garde! dit-elle de sa voix paisible.

Et, comme il enfonçait les mains, elle lui posa sur le front le bout embrasé de sa cigarette. Il recula en poussant un cri, voulut de nouveau se précipiter sur elle. Mais elle s'était échappée et tenait un cordon de sonnette, adossée contre le mur, près de la cheminée. Elle cria :

25.

— Je sonne, je dis que c'est vous qui m'avez enfermée !

Il tourna sur lui-même, les poings au tempe, le corps
secoué d'un grand frisson. Et, pendant quelques secondes, il demeura immobile, avec la peur d'entendre
sa tête éclater. Il se roidissait pour se calmer d'un coup,
les oreilles bourdonnantes, les yeux aveuglés de flammes
rouges.

— Je suis une brute, murmura-t-il. C'est stupide.

Clorinde riait d'un air de victoire, en lui faisant de
la morale. Il avait tort de mépriser les femmes ; plus
tard, il reconnaîtrait qu'il existait des femmes très-fortes.
Puis, elle retrouva son ton de bonne fille.

— Nous ne sommes pas fâchés, hein ?... Voyez-vous,
ne me demandez jamais ça. Je ne veux pas, ça ne me
plaît pas.

Rougon se promenait, honteux de lui. Elle lâcha le
cordon de sonnette, alla se rasseoir devant la table, où
elle se fit un verre d'eau sucrée.

— J'ai donc reçu hier une lettre de mon mari, reprit-
elle tranquillement. J'avais tant d'affaires ce matin,
que je vous aurais peut-être manqué de parole pour le
déjeuner, si je n'avais désiré vous la montrer. Tenez,
la voici... Il vous rappelle vos promesses.

Il prit la lettre, la lut en marchant, la rejeta sur la
table, devant elle, avec un geste d'ennui.

— Eh bien ? demanda-t-elle.

Mais lui, ne parla pas tout de suite. Il gonflait le dos,
il bâillait légèrement.

— Il est bête, finit-il par dire.

Elle fut très-blessée. Depuis quelque temps, elle ne
tolérait plus qu'on parût douter des capacités de son
mari. Elle baissa un instant la tête, réprimant les petits
mouvements de révolte dont ses mains étaient agitées.

Peu à peu, elle s'affranchissait de sa soumission d'écolière, semblait prendre à Rougon assez de sa force pour se poser en adversaire redoutable.

— Si nous montrions cette lettre, ce serait un homme fini, dit le ministre, poussé à se venger sur le mari de la résistance de la femme. Ah! le bonhomme n'est pas facile à caser.

— Vous exagérez, mon cher, reprit-elle après un silence. Autrefois, vous juriez qu'il avait le plus bel avenir. Il possède des qualités très-sérieuses et très-solides... Allez, ce ne sont pas les hommes vraiment forts qui vont le plus loin!

Rougon continuait sa promenade. Il haussait les épaules.

— Votre intérêt est qu'il entre au ministère. Vous y compterez un ami. Si réellement le ministre de l'agriculture et du commerce se retire pour des raisons de santé, comme on le dit, l'occasion est superbe. Mon mari est compétent, et sa mission en Italie le désigne au choix de l'empereur... Vous savez que l'empereur l'aime beaucoup; ils s'entendent très-bien ensemble; ils ont les mêmes idées... Un mot de vous enlèverait l'affaire.

Il fit encore deux ou trois tours sans répondre. Puis, s'arrêtant devant elle :

— Je veux bien, après tout... Il y en a de plus bêtes... Mais je fais cela uniquement pour vous. Je désire vous désarmer. Hein! vous ne devez pas être bonne. N'est-ce pas, vous êtes très-rancunière?

Il plaisantait. Elle se mit à rire également, en répétant :

— Oui, oui, très-rancunière... Je me souviens.

Puis, comme elle le quittait, il la retint un instant à la porte. A deux reprises, ils se serrèrent fortement les doigts, sans ajouter un mot.

Dès que Rougon fut seul, il retourna à son cabinet. La grande pièce était vide. Il s'assit devant le bureau, les coudes au bord du buvard, soufflant dans le silence. Ses paupières se baissaient, une somnolence rêveuse le tint assoupi pendant près de dix minutes. Mais il eut un sursaut, il s'étira les bras; et il sonna. Merle parut.

— Monsieur le préfet de la Somme attend toujours, n'est-ce pas?... Faites-le entrer.

Le préfet de la Somme entra, blême et souriant, en redressant sa petite taille. Il fit son compliment au ministre d'un air correct. Rougon, un peu alourdi, attendait. Il le pria de s'asseoir.

— Voici, monsieur le préfet, pourquoi je vous ai mandé. Certaines instructions doivent être données de vive voix... Vous n'ignorez pas que le parti révolutionnaire relève la tête. Nous avons été à deux doigts d'une catastrophe épouvantable. Enfin, le pays demande à être rassuré, à sentir au-dessus de lui l'énergique protection du gouvernement. De son côté, Sa Majesté l'empereur est décidée à faire des exemples, car jusqu'à présent on a singulièrement abusé de sa bonté...

Il parlait lentement, renversé au fond de son fauteuil, jouant avec un gros cachet à manche d'agate. Le préfet approuvait chaque membre de phrase d'un vif mouvement de tête.

— Votre département, continua le ministre, est un des plus mauvais. La gangrène républicaine...

— Je fais tous mes efforts... voulut dire le préfet.

— Ne m'interrompez pas... Il faut donc que la répression y soit éclatante. C'est pour m'entendre avec vous sur ce sujet que j'ai désiré vous voir... Nous nous sommes occupés ici d'un travail, nous avons dressé une liste...

Et il cherchait parmi ses papiers. Il prit un dossier qu'il feuilleta.

— On a dû répartir sur toute la France le nombre d'arrestations jugées nécessaires. Le chiffre pour chaque département est proportionné au coup qu'il s'agit de porter... Comprenez bien nos intentions. Ainsi, tenez, la Haute-Marne, où les républicains sont en infime minorité, trois arrestations seulement. La Meuse, au contraire, quinze arrestations... Quant à votre département, la Somme, n'est-ce pas? nous disons la Somme...

Il tournait les feuillets, clignait ses grosses paupières. Enfin, il leva la tête et regarda le fonctionnaire en face.

— Monsieur le préfet, vous avez douze arrestations à faire.

Le petit homme blême s'inclina, en répétant :

— Douze arrestations... J'ai parfaitement compris Son Excellence.

Mais il restait perplexe, pris d'un léger trouble qu'il ne voulait pas montrer. Après quelques minutes de conversation, comme le ministre le congédiait en se levant, il se décida à demander :

— Son Excellence pourrait-elle me désigner les personnes...?

— Oh! arrêtez qui vous voudrez!... Je ne puis pas m'occuper de ces détails. Je serais débordé. Et partez ce soir, procédez aux arrestations dès demain... Ah! pourtant, je vous conseille de frapper haut. Vous avez bien là-bas des avocats, des négociants, des pharmaciens, qui s'occupent de politique. Coffrez-moi tout ce monde-là. Ça fait plus d'effet.

Le préfet se passait la main sur le front, d'un geste anxieux, fouillant déjà sa mémoire, cherchant des avocats, des négociants, des pharmaciens. Il hochait toujours la tête d'un air d'approbation. Mais Rougon ne fut sans doute pas satisfait de son attitude hésitante.

— Je ne vous cacherai pas, reprit-il, que Sa Majesté
est très-mécontente en ce moment du personnel administratif. Il pourrait y avoir bientôt un grand mouvement
préfectoral. Nous avons besoin d'hommes très-dévoués,
dans les circonstances graves où nous sommes.

Ce fut comme un coup de fouet.

— Son Excellence peut compter sur moi, s'écria le
préfet. J'ai déjà mes hommes; il y a un pharmacien à
Péronne, un marchand de drap et un fabricant de papier à Doullens; quant aux avocats, ils ne manquent pas,
c'est une peste... Oh! j'assure à Son Excellence que je
trouverai les douze... Je suis un vieux serviteur de
l'empire.

Il parla encore de sauver le pays, et s'en alla, en saluant très-bas. Le ministre, derrière lui, balança son
grand corps d'un air de doute; il ne croyait pas aux
petits hommes. Sans se rasseoir, il barra la Somme d'un
trait rouge sur la liste. Plus des deux tiers des départements se trouvaient déjà barrés. Le cabinet gardait le
silence étouffé de ses tentures vertes mangées par la
poussière, l'odeur grasse dont l'embonpoint de Rougon
semblait l'emplir.

Quand il sonna Merle de nouveau, il s'irrita de voir
que l'antichambre était toujours pleine. Il crut même
reconnaître les deux dames, devant la table.

— Je vous avais dit de congédier tout le monde, cria-
t-il. Je sors, je ne puis recevoir.

— Monsieur le directeur du *Vœu national* est là,
murmura l'huissier.

Rougon l'avait oublié. Il noua les poings derrière son
dos et donna l'ordre de l'introduire. C'était un homme
d'une quarantaine d'années, mis avec une grande recherche, la figure épaisse.

— Ah ! vous voilà, monsieur, dit le ministre d'une voix rude. Il est impossible que les choses continuent sur un pareil pied, je vous en préviens !

Et, tout en marchant, il accabla la presse de gros mots. Elle désorganisait, elle démoralisait, elle poussait à tous les désordres. Il préférait aux journalistes les brigands qui assassinent sur les grandes routes ; on guérit d'un coup de poignard, tandis que les coups de plume sont empoisonnés ; et il trouva d'autres comparaisons encore plus saisissantes. Peu à peu, il se fouettait lui-même, il s'agitait furieusement, il roulait sa voix avec un fracas de tonnerre. Le directeur, resté debout, baissait la tête sous l'orage, la mine humble et consternée. Il finit par demander :

— Si Son Excellence daignait m'expliquer, je ne comprends pas bien pourquoi...

— Comment, pourquoi ! s'écria Rougon exaspéré.

Il se précipita, étala le journal sur son bureau, en montra les colonnes toutes balafrées à coups de crayon rouge.

— Il n'y a pas dix lignes qui ne soient répréhensibles ! Dans votre article de tête, vous paraissez mettre en doute l'infaillibilité du gouvernement en matière de répression. Dans cet entrefilet, à la seconde page, vous semblez faire une allusion à ma personne, en parlant des parvenus dont le triomphe est insolent. Dans vos faits divers, traînent des histoires ordurières, des attaques stupides contre les hautes classes.

Le directeur, épouvanté, joignait les mains, tâchait de placer un mot.

— Je jure à Son Excellence... Je suis désespéré que Son Excellence ait pu supposer un instant... Moi qui ai pour Son Excellence une si vive admiration...

Mais Rougon ne l'écoutait pas.

— Et le pis, monsieur, c'est que personne n'ignore les liens qui vous attachent à l'administration. Comment les autres feuilles peuvent-elles nous respecter, si les journaux que nous payons ne nous respectent pas?... Depuis ce matin, tous mes amis me dénoncent ces abominations.

Alors, le directeur cria avec Rougon. Ces articles-là ne lui avaient point passé sous les yeux. Mais il allait flanquer tous ses rédacteurs à la porte. Si Son Excellence le voulait, il communiquerait chaque matin à Son Excellence une épreuve du numéro. Rougon, soulagé, refusa; il n'avait pas le temps. Et il poussait le directeur vers la porte, lorsqu'il se ravisa.

— J'oubliais. Votre feuilleton est odieux... Cette femme bien élevée qui trompe son mari, est un argument détestable contre la bonne éducation. On ne doit pas laisser dire qu'une femme comme il faut puisse commettre une faute.

— Le feuilleton a beaucoup de succès, murmura le directeur, inquiet de nouveau. Je l'ai lu, je l'ai trouvé très-intéressant.

— Ah! vous l'avez lu... Eh bien! cette malheureuse a-t-elle des remords à la fin?

Le directeur porta la main à son front, ahuri, cherchant à se souvenir.

— Des remords? non, je ne crois pas.

Rougon avait ouvert la porte. Il la referma sur lui, en criant :

— Il faut absolument qu'elle ait des remords!... Exigez de l'auteur qu'il lui donne des remords!

X

Rougon avait écrit à Du Poizat et à M. Kahn, pour
qu'on lui évitât l'ennui d'une réception officielle aux
portes de Niort. Il arriva un samedi soir, vers sept heures,
et descendit directement à la préfecture, avec l'idée de
se reposer jusqu'au lendemain midi ; il était très-las.
Mais, après le dîner, quelques personnes vinrent. La
nouvelle de la présence du ministre devait déjà courir la
ville. On ouvrit la porte d'un petit salon, voisin de la salle
à manger ; un bout de soirée s'organisa. Rougon, debout
entre les deux fenêtres, fut obligé d'étouffer ses bâillements et de répondre d'une façon aimable aux compliments de bienvenue.

Un député du département, cet avoué qui avait hérité
de la candidature officielle de M. Kahn, parut le premier,
effaré, en redingote et en pantalon de couleur ; et il s'excusait, il expliquait qu'il rentrait à pied d'une de ses
fermes, mais qu'il avait quand même voulu saluer tout
de suite Son Excellence. Puis, un petit homme gros et
court se montra, sanglé dans un habit noir un peu juste,
ganté de blanc, l'air cérémonieux et désolé. C'était le
premier adjoint. Il venait d'être prévenu par sa bonne.
Il répétait que monsieur le maire serait désespéré ; monsieur le maire, qui attendait Son Excellence le lendemain
seulement, se trouvait à sa propriété des Varades, à dix

26

kilomètres. Derrière l'adjoint, défilèrent encore six messieurs; grands pieds, grosses mains, larges figures mas-
sives; le préfet les présenta comme des membres distingués
de la Société de statistique. Enfin, le proviseur du lycée
amena sa femme, une délicieuse blonde de vingt-huit ans,
une Parisienne dont les toilettes révolutionnaient Niort.
Elle se plaignit de la province à Rougon, amèrement.

Cependant, M. Kahn, qui avait dîné avec le ministre et
le préfet, était très-questionné sur la solennité du lendemain. On devait se rendre à une lieue de la ville, dans
le quartier dit des Moulins, devant l'entrée d'un tunnel
projeté pour le chemin de fer de Niort à Angers; et là
Son Excellence le ministre de l'intérieur mettrait lui-
même le feu à la première mine. Cela parut touchant.
Rougon faisait le bonhomme. Il voulait simplement ho-
norer l'entreprise si laborieuse d'un vieil ami. D'ailleurs,
il se considérait comme le fils adoptif du département
des Deux-Sèvres, qui l'avait autrefois envoyé à l'Assemblée législative. A la vérité, le but de son voyage, vivement conseillé par Du Poizat, était de le montrer dans
toute sa puissance à ses anciens électeurs, afin d'assurer
complétement sa candidature, s'il lui fallait jamais un
jour entrer au Corps législatif.

Par les fenêtres du petit salon, on voyait la ville noire
et endormie. Personne ne venait plus. On avait appris
trop tard l'arrivée du ministre. Cela tournait au triomphe,
pour les gens zélés qui se trouvaient là. Ils ne parlaient
pas de quitter la place, ils se gonflaient dans la joie
d'être les premiers à posséder Son Excellence en petit
comité. L'adjoint répétait plus haut, d'une voix dolente,
sous laquelle perçait une grande jubilation :

— Mon Dieu! que monsieur le maire va être contrarié!... Et monsieur le président! et monsieur le procureur impérial! et tous ces messieurs!

Vers neuf heures pourtant, on put croire que la ville était dans l'antichambre. Il y eut un bruit imposant de pas. Puis, un domestique vint dire que monsieur le commissaire central désirait présenter ses hommages à Son Excellence. Et ce fut Gilquin qui entra, Gilquin superbe, en habit, portant des gants paille et des bottines de chevreau. Du Poizat l'avait casé dans son département. Gilquin, très-convenable, ne gardait qu'un dandinement un peu osé des épaules et la manie de ne pas se séparer de son chapeau; il tenait ce chapeau appuyé contre sa hanche, légèrement renversé, dans une pose étudiée sur quelque gravure de tailleur. Il s'inclina devant Rougon, en murmurant avec une humilité exagérée :

— Je me rappelle au bon souvenir de Son Excellence, que j'ai eu l'honneur de rencontrer plusieurs fois à Paris.

Rougon sourit. Ils causèrent un instant. Gilquin passa ensuite dans la salle à manger, où l'on venait de servir le thé. Il y trouva M. Khan, en train de revoir, sur un coin de la table, la liste des invitations pour le lendemain. Dans le petit salon, maintenant, on parlait de la grandeur du règne; Du Poizat, debout à côté de Rougon, exaltait l'empire; et tous deux échangeaient des saluts, comme s'ils s'étaient félicités d'une œuvre personnelle, en face des Niortais béants d'une admiration respectueuse.

— Sont-ils forts, ces mâtins-là! murmura Gilquin, qui suivait la scène par la porte grande ouverte.

Et, tout en versant du rhum dans son thé, il poussa le coude de M. Kahn. Du Poizat, maigre et ardent, avec ses dents blanches mal rangées et sa face d'enfant fiévreux, où le triomphe avait mis une flamme, faisait rire d'aise Gilquin, qui le trouvait « très-réussi ».

— Hein? vous ne l'avez pas vu arriver dans le dépar-

tement? continua-t-il à voix basse. Moi, j'étais avec lui
Il tapait les pieds d'un air rageur en marchant. Allez,
il devait en avoir gros sur le cœur contre les gens d'ici.
Depuis qu'il est dans sa préfecture, il se régale à se venger de son enfance. Et les bourgeois qui l'ont connu
pauvre diable autrefois, n'ont pas envie aujourd'hui de
sourire, quand il passe, je vous en réponds!... Oh! c'est
un préfet solide, un homme tout à son affaire. Il ne
ressemble guère à ce Langlade que nous avons remplacé, un garçon à bonnes fortunes, blond comme une
fille.... Nous avons trouvé des photographies de dames
très-décolletées jusque dans les dossiers du cabinet.

Gilquin se tut un instant. Il croyait s'apercevoir que,
d'un angle du petit salon, la femme du proviseur ne le
quittait pas des yeux. Alors, voulant développer les
grâces de son buste, il se plia pour dire de nouveau à
M. Kahn :

— Vous a-t-on raconté l'entrevue de Du Poizat avec
son père? Oh! l'aventure la plus amusante du monde!...
Vous savez que le vieux est un ancien huissier qui
a amassé un magot en prêtant à la petite semaine, et
qui vit maintenant comme un loup, au fond d'une
vieille maison en ruine, avec des fusils chargés dans
son vestibule... Or, Du Poizat, auquel il a prédit vingt
fois l'échafaud, rêvait depuis longtemps de l'écraser.
Ça entrait pour une bonne moitié dans son désir d'être
préfet ici... Un matin donc, mon Du Poizat endosse son
plus bel uniforme, et, sous le prétexte de faire une tournée, va frapper à la porte du vieux. On parlemente un
bon quart d'heure. Enfin le vieux ouvre. Un petit vieillard blême, qui regarde d'un air hébété les broderies
de l'uniforme. Et savez-vous ce qu'il a dit, dès la seconde phrase, quand il a su que son fils était préfet?
« Hein! Léopold, n'envoie plus toucher les contribu-

tions! » Au demeurant, ni émotion, ni surprise... Lorsque Du Poizat est revenu, il pinçait les lèvres, la face blanche comme un linge. Cette tranquillité de son père l'exaspérait. En voilà un sur le dos duquel il ne montera jamais!

M. Kahn hochait discrètement la tête. Il avait remis la liste des invitations dans sa poche, il prenait à son tour une tasse de thé, en jetant des coups d'œil dans le salon voisin.

— Rougon dort debout, dit-il. Ces imbéciles devraient bien le laisser aller se coucher. Il faut qu'il soit solide pour demain.

— Je ne l'avais pas revu, reprit Gilquin. Il a engraissé.

Puis, il baissa encore la voix, il répéta :

— Très-forts, ces gaillards !... Ils ont manigancé je ne sais quoi, au moment du grand coup. Moi, je les avais avertis. Le lendemain, patatras ! la danse a eu lieu tout de même. Rougon prétend qu'il est allé à la préfecture, où personne n'a voulu le croire. Enfin, ça le regarde, on n'a pas besoin d'en causer... Cet animal de Du Poizat m'avait payé un fameux déjeuner dans un café des boulevards. Oh ! quelle journée ! Nous avons dû passer la soirée au théâtre ; je ne me souviens plus bien, j'ai dormi deux jours.

Sans doute M. Kahn trouvait les confidences de Gilquin inquiétantes. Il quitta la salle à manger. Alors, Gilquin, resté seul, se persuada que la femme du proviseur le regardait décidément. Il rentra dans le salon, s'empressa auprès d'elle, finit par lui apporter du thé, des petits fours, de la brioche. Il était vraiment fort bien ; il ressemblait à un homme comme il faut mal élevé, ce qui paraissait attendrir peu à peu la belle blonde. Cependant, le député démontrait la nécessité d'une nouvelle église à Niort, l'adjoint demandait un pont, le proviseur par-

26.

lait d'agrandir les bâtiments du lycée, tandis que les six membres de la Société de statistique, muets, approuvaient tout de la tête.

— Nous verrons demain, messieurs, répondait Rougon, les paupières à demi fermées. Je suis ici pour connaître vos besoins et faire droit à vos requêtes.

Dix heures sonnaient, lorsqu'un domestique vint dire un mot au préfet, qui se pencha aussitôt à l'oreille du ministre. Celui-ci se hâta de sortir. Madame Correur l'attendait, dans une pièce voisine. Elle était avec une fille grande et mince, la figure fade, toute salie de taches de rousseur.

— Comment ! vous êtes à Niort ! s'écria Rougon.

— Depuis cette après-midi seulement, dit madame Correur. Nous sommes descendues là, en face, place de la Préfecture, à l'hôtel de Paris.

Et elle expliqua qu'elle arrivait de Coulonges, où elle avait passé deux jours. Puis, s'interrompant pour montrer la grande fille :

— Mademoiselle Herminie Billecoq, qui a bien voulu m'accompagner.

Herminie Billecoq fit une révérence cérémonieuse. Madame Correur continua :

— Je ne vous ai pas parlé de ce voyage, parce que vous m'auriez peut-être blâmée ; mais c'était plus fort que moi, je voulais voir mon frère... Quand j'ai appris votre voyage à Niort, je suis accourue. Nous vous guettions, nous vous avons regardé entrer à la préfecture ; seulement nous avons jugé préférable de nous présenter très-tard. Ces petites villes sont si méchantes !

Rougon approuva de la tête. Madame Correur, en effet, grasse, peinte en rose, habillée de jaune, lui semblait compromettante en province.

— Et vous avez vu votre frère ? demanda-t-il.

— Oui, oui, murmura-t-elle, les dents serrées, je l'ai vu. Madame Martineau n'a pas osé me mettre à la porte. Elle avait pris la pelle, elle faisait brûler du sucre... Ce pauvre frère ! Je savais qu'il était malade, mais ça m'a donné un coup tout de même de le voir si décharné. Il m'a promis de ne pas me déshériter ; cela serait contraire à ses principes. Le testament est fait, la fortune doit être partagée entre moi et madame Martineau.... N'est-ce pas, Herminie ?

— La fortune doit être partagée, affirma la grande fille. Il l'a dit quand vous êtes entrée, il l'a répété quand il vous a montré la porte. Oh ! c'est sûr ! je l'ai entendu.

Cependant, Rougon poussait les deux femmes, en disant :

— Eh bien, je suis enchanté ! Vous êtes plus tranquille maintenant. Mon Dieu, les querelles de famille, ça finit toujours par s'arranger... Allons, bonsoir. Je vais me coucher.

Mais madame Correur l'arrêta. Elle avait tiré son mouchoir de la poche, elle se tamponnait les yeux, prise d'une crise brusque de désespoir.

— Ce pauvre Martineau !... Il a été si bon, il m'a pardonné avec tant de simplicité !... Si vous saviez, mon ami... C'est pour lui que je suis accourue, c'est pour vous supplier en sa faveur...

Les larmes lui coupèrent la voix. Elle sanglotait. Rougon, étonné, ne comprenant pas, regardait les deux femmmse. Mademoiselle Herminie Billecoq, elle aussi, pleurait, mais plus discrètement ; elle était très-sensible, elle avait l'attendrissement contagieux. Ce fut elle qui put balbutier la première :

— Monsieur Martineau s'est compromis dans la politique.

Alors, madame Correur se mit à parler avec volubilité.

— Vous vous souvenez, je vous ai témoigné des
craintes, un jour. J'avais un pressentiment... Martineau
devenait républicain. Aux dernières élections, il s'était
exalté et avait fait une propagande acharnée pour le candidat de l'opposition. Je connaissais des détails que je
ne veux pas dire. Enfin, tout cela devait mal tourner...
Dès mon arrivée à Coulonges, au Lion d'or, où nous
avons pris une chambre, j'ai questionné les gens, j'en ai
appris encore plus long. Martineau a fait toutes les bêtises. Ça n'étonnerait personne dans le pays, s'il était arrêté. On s'attend à voir les gendarmes l'emmener d'un
jour à l'autre... Vous pensez quelle secousse pour moi !
Et j'ai songé à vous, mon ami...

De nouveau, sa voix s'éteignit dans des sanglots. Rougon cherchait à la rassurer. Il parlerait de l'affaire à Du
Poizat, il arrêterait les poursuites, si elles étaient commencées. Même il laissa échapper cette parole :

— Je suis le maître, allez dormir tranquille.

Madame Correur hochait la tête, en roulant son mouchoir, les yeux séchés. Elle finit par reprendre à demi-
voix :

— Non, non, vous ne savez pas. C'est plus grave que
vous ne croyez... Il mène madame Martineau à la messe
et reste à la porte, en affectant de ne jamais mettre le
pied dans l'église, ce qui est un sujet de scandale chaque
dimanche. Il fréquente un ancien avocat retiré là-bas,
un homme de 48, avec lequel on l'entend pendant des
heures parler de choses terribles. On a souvent aperçu
des hommes de mauvaise mine se glisser la nuit dans
son jardin, sans doute pour venir prendre un mot d'ordre.

A chaque détail, Rougon haussait les épaules ; mais
mademoiselle Herminie Billecoq ajouta vivement, comme
fâchée d'une telle tolérance :

— Et les lettres qu'il reçoit de tous les pays, avec des

cachets rouges; c'est le facteur qui nous a dit cela. Il ne voulait pas parler, il était tout pâle. Nous avons dû lui donner vingt sous... Et son dernier voyage, il y a un mois. Il est resté huit jours dehors, sans que personne dans le pays puisse encore savoir aujourd'hui où il est allé. La dame du Lion d'or nous a assuré qu'il n'avait pas même emporté de malle.

— Herminie, je vous en prie! dit madame Correur d'un air inquiet. Martineau est dans d'assez vilains draps. Ce n'est pas à nous de le charger.

Rougon maintenant écoutait, en examinant tour à tour les deux femmes. Il devenait très-grave.

— S'il est si compromis que cela... murmura-t-il.

Il crut voir une flamme s'allumer dans les yeux troubles de madame Correur. Il continua :

— Je ferai mon possible, mais je ne promets rien.

— Ah! il est perdu, il est bien perdu! s'écria madame Correur. Je le sens, voyez-vous... Nous ne voulons rien dire. Si nous vous disions tout...

Elle s'interrompit pour mordre son mouchoir.

— Moi qui ne l'avais pas vu depuis vingt ans! Et je le retrouve pour ne le revoir jamais peut-être!... Il a été si bon, si bon!

Herminie eut un léger balancement des épaules. Elle faisait à Rougon des signes, pour lui donner à entendre qu'il fallait pardonner au désespoir d'une sœur, mais que le vieux notaire était le pire des gredins.

— A votre place, reprit-elle, je dirais tout. Ça vaudrait mieux.

Alors, madame Correur parut se décider à un grand effort. Elle baissa encore la voix.

— Vous vous rappelez les *Te Deum* qu'on a chantés partout, quand l'empereur a été si miraculeusement sauvé, devant l'Opéra... Eh bien, le jour où l'on a chanté le *Te Deum* à Coulonges, un voisin a demandé à Martineau s'il n'allait pas à l'église, et ce malheureux a répondu : « Pourquoi faire, à l'église? Je me moque bien de l'empereur! »

— « Je me moque bien de l'empereur! » répéta mademoiselle Herminie Billecoq d'un air consterné.

— Comprenez-vous mes craintes maintenant, continua l'ancienne maîtresse d'hôtel. Je vous l'ai dit, ça n'étonnerait personne dans le pays s'il était arrêté.

En prononçant cette phrase, elle regardait Rougon fixement. Celui-ci ne parla pas tout de suite. Il semblait interroger une dernière fois cette grosse face molle, où des yeux pâles clignotaient sous les rares poils blonds des sourcils. Il s'arrêta un instant au cou gras et blanc. Puis, il ouvrit les bras, il s'écria :

— Je ne puis rien, je vous assure. Je ne suis pas le maître.

Et il donna des raisons. Il se faisait un scrupule, disait-il, d'intervenir dans ces sortes d'affaires. Si la justice se trouvait saisie, les choses devaient avoir leur cours. Il aurait préféré ne pas connaître madame Correur, parce que son amitié pour elle allait lui lier les mains; il s'était juré de ne jamais rendre certains services à ses amis. Enfin, il se renseignerait. Et il cherchait à la consoler déjà, comme si son frère était en route pour quelque colonie. Elle baissait la tête, elle avait de petits hoquets qui secouaient l'énorme paquet de cheveux blonds dont elle chargeait sa nuque. Pourtant, elle se calmait. Comme elle prenait congé, elle poussa Herminie devant elle, en disant :

— Mademoiselle Herminie Billecoq... Je vous l'ai présentée, je crois. Pardonnez, j'ai la tête si malade!... C'est cette demoiselle que nous sommes parvenus à doter. L'officier, son séducteur, n'a pu encore l'épouser, à cause des formalités qui sont interminables... Remerciez Son Excellence, ma chère.

La grande fille remercia en rougissant, avec la mine d'une innocente devant laquelle on a lâché un gros mot. Madame Correur la laissa sortir la première ; puis, serrant fortement la main de Rougon, se penchant vers lui, elle ajouta :

— Je compte sur vous, Eugène.

Quand le ministre revint dans le petit salon, il le trouva vide. Du Poizat avait réussi à congédier le député, le premier adjoint et les six membres de la Société de statistique. M. Kahn lui-même était parti, après avoir pris rendez-vous pour le lendemain, à dix heures. Il ne restait dans la salle à manger que la femme du proviseur et Gilquin, qui mangeaient des petits fours, en causant de Paris ; Gilquin roulait des yeux tendres, parlait des courses, du Salon de peinture, d'une première représentation à la Comédie française, avec l'aisance d'un homme auquel tous les mondes étaient familiers. Pendant ce temps, le proviseur donnait à voix basse au préfet des renseignements sur un professeur de quatrième soupçonné d'être républicain. Il était onze heures. On se leva, on salua Son Excellence ; et Gilquin se retirait avec le proviseur et sa femme, en offrant son bras à cette dernière, lorsque Rougon le retint.

— Monsieur le commissaire central, un mot, je vous prie.

Puis, lorsqu'ils furent seuls, il s'adressa à la fois au commissaire et au préfet.

— Qu'est-ce donc que l'affaire Martineau ?... Cet homme est-il réellement très-compromis ?

Gilquin eut un sourire. Du Poizat fournit quelques renseignements.

— Mon Dieu, je ne pensais pas à lui. On l'a dénoncé.

J'ai reçu des lettres... Il est certain qu'il s'occupe de politique. Mais il y a déjà eu quatre arrestations dans le département. J'aurais préféré, pour arriver au nombre de cinq que vous m'avez fixé, faire coffrer un professeur de quatrième qui lit à ses élèves des livres révolutionnaires.

— J'ai appris des faits bien graves, dit sévèrement Rougon. Les larmes de sa sœur ne doivent pas sauver ce Martineau, s'il est vraiment si dangereux. Il y a là une question de salut public.

Et se tournant vers Gilquin :

— Qu'en pensez-vous?

— Je procéderai demain à l'arrestation, répondit celui-ci. Je connais toute l'affaire. J'ai vu madame Correur à l'hôtel de Paris, où je dîne d'habitude.

Du Poizat ne fit aucune objection. Il tira un petit carnet de sa poche, biffa un nom pour en écrire un autre au-dessus, tout en recommandant au commissaire central de faire surveiller quand même le professeur de quatrième. Rougon accompagna Gilquin jusqu'à la porte. Il reprit :

— Ce Martineau est un peu souffrant, je crois. Allez en personne à Coulonges. Soyez très-doux.

Mais Gilquin se redressa d'un air blessé. Il oublia tout respect, il tutoya Son Excellence.

— Me prends-tu pour un sale mouchard! s'écria-t-il. Demande à Du Poizat l'histoire de ce pharmacien que j'ai arrêté au lit, avant-hier. Il y avait, dans le lit, la femme d'un huissier. Personne n'a rien su... J'agis toujours en homme du monde.

Rougon dormit neuf heures d'un sommeil profond. Quand il ouvrit les yeux le lendemain, vers huit heures et demie, il fit appeler Du Poizat, qui arriva, un cigare aux dents, l'air très-gai. Ils causèrent, ils plaisantèrent comme autrefois, lorsqu'ils habitaient chez madame Mélanie Correur, et qu'ils allaient se réveiller, le matin, avec des tapes sur leurs cuisses nues. Tout en se débarbouillant, le ministre demanda au préfet des détails sur le pays, les histoires des fonctionnaires, les besoins des uns, les vanités des autres. Il voulait pouvoir trouver pour chacun une phrase aimable.

— N'ayez pas peur, je vous soufflerai! dit Du Poizat en riant.

Et, en quelques mots, il le mit au courant, il le renseigna sur les personnages qui l'approcheraient. Rougon, parfois, lui faisait répéter un fait pour le mieux caser dans sa mémoire. A dix heures, M. Kahn arriva. Ils déjeunèrent tous les trois, en arrêtant les derniers détails de la solennité. Le préfet ferait un discours; M. Kahn aussi. Rougon prendrait la parole le dernier. Mais il serait bon de provoquer un quatrième discours. Un instant, ils songèrent au maire; seulement Du Poizat le trouvait trop bête, et il conseilla de choisir l'ingénieur en chef des ponts et chaussées, qui se trouvait naturellement désigné, mais dont M. Kahn craignait l'esprit critique. Enfin, ce dernier, en sortant de table, emmena le ministre à l'écart, pour lui indiquer les points sur lesquels il serait heureux de le voir insister, dans son discours.

Le rendez-vous était pour dix heures et demie, à la préfecture. Le maire et le premier adjoint se présentèrent ensemble; le maire balbutiait, était au désespoir de ne s'être pas trouvé à Niort, la veille; tandis que le premier adjoint affectait de demander à Son Excellence si elle avait passé une bonne nuit, si elle se sentait remise de sa fatigue. Ensuite, parurent le président du tribunal civil, le procureur impérial et ses deux substituts, l'ingénieur en chef des ponts et chaussées, que suivirent à la file le receveur général, le directeur des contributions

directes et le conservateur des hypothèques. Plusieurs
de ces messieurs étaient avec leurs dames. La femme du
proviseur, la jolie blonde, vêtue d'une toilette bleu
ciel du plus piquant effet, causa une grosse émotion ;
elle pria Son Excellence d'excuser son mari, retenu au
lycée par une attaque de goutte, qui l'avait pris la veille
au soir en rentrant. Cependant, d'autres personnages
arrivaient : le colonel du 78e de ligne caserné à Niort,
le président du tribunal de commerce, les deux juges
de paix de la ville, le conservateur des eaux et forêts accompagné de ses trois demoiselles, des conseillers muni-
cipaux, des délégués de la Chambre consultative des
arts et manufactures, de la Société de statistique et du
Conseil des prud'hommes.

La réception avait lieu dans le grand salon de la préfecture. Du Poizat faisait les présentations. Et le ministre, souriant, plié en deux, accueillait chaque personne
en vieille connaissance. Il savait des particularités éton-
nantes sur chacune d'elles. Il parla au procureur impérial, très-élogieusement, d'un réquisitoire prononcé
dernièrement par lui dans une affaire d'adultère ; il
demanda d'une voix émue au directeur des contributions
directes des nouvelles de madame, alitée depuis deux
mois ; il retint un instant le colonel du 78e de ligne,
pour lui montrer qu'il n'ignorait pas les brillantes études
de son fils à Saint-Cyr ; il causa chaussure avec un
conseiller municipal qui possédait de grands ateliers de
cordonnerie, et entama avec le conservateur des hypothèques, archéologue passionné, une discussion sur une
pierre druidique découverte la semaine précédente.
Quand il hésitait, cherchant la phrase, Du Poizat venait
à son aide, d'un mot habilement soufflé. D'ailleurs, il
gardait un aplomb superbe.

Comme le président du tribunal de commerce entrait

et s'inclinait devant lui, il s'écria d'une voix affable ·

— Vous êtes seul, monsieur le président? J'espère
bien que vous amènerez madame au banquet, ce soir...

Il s'arrêta, en voyant autour de lui l'embarras des
figures. Du Poizat le poussait légèrement du coude.
Alors, il se souvint que le président du tribunal de commerce vivait séparé de sa femme, à la suite de certains
faits scandaleux. Il s'était trompé, il avait cru parler à
l'autre président, au président du tribunal civil. Cela ne
troubla en rien son aplomb. Souriant toujours, sans
chercher à revenir sur sa maladresse, il reprit d'un air
fin :

— J'ai une bonne nouvelle à vous annoncer, monsieur. Je sais que mon collègue le garde des sceaux
vous a porté pour la décoration... C'est une indiscrétion.
Gardez-moi le secret.

Le président du tribunal de commerce devint très-
rouge. Il suffoquait de joie. Autour de lui, on s'empressait, on le félicitait ; pendant que Rougon prenait note
mentalement de cette croix donnée avec tant d'à-propos,
pour ne pas oublier d'avertir son collègue. C'était le
mari trompé qu'il décorait. Du Poizat eut un sourire
d'admiration.

Cependant, il y avait une cinquantaine de personnes
dans le grand salon. On attendait toujours, les visages
muets, les regards gênés.

— L'heure avance, on pourrait partir, murmura le ministre.

Mais le préfet se pencha, lui expliqua que le député,
l'ancien adversaire de M. Kahn, n'était pas encore là.
Enfin celui-ci entra, tout suant ; sa montre avait dû s'arrêter, il n'y comprenait rien. Puis, voulant rappeler devant tous sa visite de la veille, il commença une phrase :

— Comme je le disais hier soir à Votre Excellence...

Et il marcha à côté de Rougon, en lui annonçant qu'il retournerait le lendemain matin à Paris. Le congé de Pâques avait pris fin le mardi, la session était rouverte. Mais il avait cru devoir rester quelques jours de plus à Niort, pour faire les honneurs du département à Son Excellence.

Tous les invités étaient descendus dans la cour de la préfecture, où une dizaine de voitures, rangées aux deux côtés du perron, attendaient. Le ministre monta avec le député, le préfet et le maire, dans une calèche qui prit la tête. Le reste des invités s'empila le plus hiérarchiquement possible; il y avait là deux autres calèches, trois victorias et des chars-à-bancs à six et à huit places. Dans la rue de la Préfecture, le défilé s'organisa. On partit au petit trot. Les rubans des dames s'envolaient, tandis que leurs jupes débordaient par-dessus les portières. Les chapeaux noirs des messieurs miroitaient au soleil. Il fallut traverser tout un bout de la ville. Le long des rues étroites, le pavé aigu secouait rudement les voitures qui passaient avec un bruit de ferraille. Et à toutes les fenêtres, sur toutes les portes, les Niortais saluaient sans un cri, cherchant Son Excellence, très-surpris de voir la redingote bourgeoise du ministre à côté de l'habit brodé d'or du préfet.

Au sortir de la ville, on roula sur une large promenade plantée d'arbres magnifiques. Il faisait très-doux; une belle journée d'avril, un ciel clair, tout blond de soleil. La route, droite et unie, s'enfonçait au milieu de jardins pleins de lilas et d'abricotiers en fleur. Puis, les champs s'élargirent en vastes cultures, coupées de loin en loin par un bouquet d'arbres. Dans les voitures, on causait.

— Voici une filature, n'est-ce pas? dit Rougon, à l'oreille duquel le préfet se penchait.

Et s'adressant au maire, lui montrant le bâtiment de briques rouges, au bord de l'eau :

— Une filature qui vous appartient, je crois... On m'a parlé de votre nouveau système de cardage pour les laines. Je tâcherai de trouver un instant afin de visiter toutes ces merveilles.

Il demanda des détails sur la puissance motrice de la rivière. Selon lui, les moteurs hydrauliques, dans de bonnes conditions, avaient d'énormes avantages. Et il émerveilla le maire par ses connaissances techniques. Les autres voitures suivaient, un peu débandées. Des conversations arrivaient, hérissées de chiffres, au milieu du trot assourdi des chevaux. Un rire perlé sonna, qui fit tourner toutes les têtes : c'était la femme du proviseur, dont l'ombrelle venait de s'envoler sur un tas de cailloux.

— Vous possédez une ferme par ici, reprit Rougon en souriant au député. La voilà sur ce coteau, si je ne me trompe... Des prairies superbes ! Je sais, d'ailleurs, que vous vous occupez d'élevage, et que vous avez eu des vaches couronnées, aux derniers comices agricoles.

Alors, ils parlèrent bestiaux. Les prairies, trempées de soleil, avaient une douceur de velours vert. Toute une nappe de fleurs y naissaient. Des rideaux de grands peupliers ménageaient des échappées d'horizon, des coins de paysage adorables. Une vieille femme qui conduisait un âne, dut arrêter la bête au bord du chemin, pour laisser passer le cortége. Et l'âne se mit à braire, effaré par cette procession de voitures, dont les panneaux vernis luisaient dans la campagne. Les dames en toilette, les hommes gantés, tinrent leur sérieux.

On monta, à gauche, une légère pente ; puis, on redescendit. On était arrivé. C'était un creux dans les terres, le cul-de-sac d'un étroit vallon, une sorte de trou étranglé entre trois coteaux qui faisaient muraille. De la campagne environnante, en levant les yeux, on ne voyait, sur le ciel clair, que les carcasses crevées de deux

moulins en ruine. Là, au fond, au milieu d'un carré
d'herbe, une tente était dressée, de la toile grise bordée
d'un large galon rouge, avec des trophées de drapeaux,
sur les quatre faces. Un millier de curieux venus à
pied, des bourgeois, des dames, des paysans du quartier, s'étageaient à droite, du côté de l'ombre, le long
de l'amphithéâtre formé par un des coteaux. Devant la
tente, un détachement du 78e de ligne se trouvait sous
les armes, en face des pompiers de Niort, dont le bel
ordre était très-remarqué; tandis que, au bord de la pelouse, une équipe d'ouvriers, en blouses neuves, attendaient, ayant à leur tête des ingénieurs boutonnés
dans leurs redingotes. Dès que les voitures se montrèrent,
la Société philharmonique de la ville, une société com-
posée d'instrumentistes amateurs, se mit à jouer l'ouverture de la *Dame blanche*.

— Vive Son Excellence! crièrent quelques voix, que
le bruit des instruments étouffa.

Rougon descendit de voiture. Il levait les yeux, il regardait le trou au fond duquel il se trouvait, fâché de
cet étranglement de l'horizon, qui lui semblait rapetisser la solennité. Et il resta là un instant dans l'herbe,
attendant un compliment de bienvenue. Enfin, M. Kahn
accourut. Il s'était échappé de la préfecture aussitôt
après le déjeuner; seulement il venait, par prudence,
d'examiner la mine à laquelle Son Excellence devait
mettre le feu. Ce fut lui qui conduisit le ministre jusqu'à
la tente. Les invités suivaient. Il y eut un moment de
confusion. Rougon demandait des renseignements.

— Alors, c'est dans cette tranchée que doit s'ouvrir
le tunnel?

— Parfaitement, répondit M. Kahn. La première mine
est creusée dans ce rocher rougeâtre, où Votre Excellence
voit un drapeau.

Le coteau du fond, entamé à la pioche, montrait le roc. Des arbustes déracinés pendaient parmi les déblais. On avait semé de feuillages le sol de la tranchée. M. Kahn indiqua encore de la main le tracé de la voie ferrée, que marquait une double file de jalons, alignant des bouts de papier blanc, au milieu des sentiers, des herbes, des buissons. C'était un coin paisible de nature à éventrer.

Pourtant, les autorités avaient fini par se caser sous la tente. Les curieux, derrière, se penchaient, pour voir entre les toiles. La Société philharmonique achevait l'ouverture de la *Dame blanche*.

— Monsieur le ministre, dit tout à coup une voix aiguë qui vibra dans le silence, je tiens à remercier le premier Votre Excellence d'avoir bien voulu accepter l'invitation que nous nous sommes permis de lui adresser. Le département des Deux-Sèvres gardera un éternel souvenir...

C'était Du Poizat qui venait de prendre la parole. Il se tenait à trois pas de Rougon, debout tous les deux; et, à certaines chutes de phrase cadencées, ils inclinaient légèrement la tête l'un vers l'autre. Il parla ainsi un quart d'heure, rappelant au ministre la façon brillante dont il avait représenté le département à l'Assemblée législative; la ville de Niort avait inscrit son nom dans ses annales comme celui d'un bienfaiteur, et brûlait de lui témoigner sa reconnaissance en toute occasion. Du Poizat s'était chargé de la partie politique et pratique. Par moments, sa voix se perdait dans le plein air. Alors, on ne voyait plus que ses gestes, un mouvement régulier de son bras droit; et le millier de curieux étagés sur le coteau, s'intéressaient aux broderies de sa manche, dont l'or luisait dans un coup de soleil.

Ensuite, M. Kahn s'avança au milieu de la tente. Lui, avait la voix très-grosse. Il aboyait certains mots. Le

fond du vallon formait écho et renvoyait les fins de
phrase sur lesquelles il appuyait trop complaisamment.
Il conta ses longs efforts, les études, les démarches qu'il
avait dû faire pendant près de quatre ans, pour doter
le pays d'une nouvelle voie ferrée. Maintenant, toutes
les prospérités allaient pleuvoir sur le département; les
champs seraient fertilisés, les usines doubleraient leur
fabrication, la vie commerciale pénétrerait jusque dans
les plus humbles villages; et il semblait, à l'entendre,
que les Deux-Sèvres devenaient, sous ses mains élargies,
une contrée de cocagne, avec des ruisseaux de lait et
des bosquets enchantés, où des tables chargées de bonnes
choses attendaient les passants. Puis, brusquement,
il affecta une modestie outrée. On ne lui devait aucune
gratitude, il n'aurait jamais mené à bien un aussi
vaste projet, sans le haut patronage dont il était fier.
Et, tourné vers Rougon, il l'appela « l'illustre ministre,
le défenseur de toutes les idées nobles et utiles ». En
terminant, il célébra les avantages financiers de l'affaire.
A la Bourse, on s'arrachait les actions. Heureux les rentiers qui avaient pu placer leur argent dans une entreprise à laquelle Son Excellence le ministre de l'intérieur
voulait attacher son nom!

—Très-bien, très-bien! murmurèrent quelques invités.

Le maire et plusieurs représentants de l'autorité serrèrent la main de M. Kahn, qui affectait d'être très-ému.
Au dehors, des applaudissements éclataient. La Société
philharmonique crut devoir attaquer un pas redoublé;
mais le premier adjoint se précipita, envoya un pompier
pour faire taire la musique. Pendant ce temps, sous la
tente, l'ingénieur en chef des ponts et chaussées hésitait,
disait qu'il n'avait rien préparé. L'insistance du préfet
le décida. M. Kahn, très-inquiet, murmura à l'oreille de
ce dernier :

— Vous avez eu tort. Il est mauvais comme la gale.

L'ingénieur en chef était un homme long et maigre, qui avait de grandes prétentions à l'ironie. Il parlait lentement, en tordant le coin de sa bouche, toutes les fois qu'il voulait lancer une épigramme. Il commença par écraser M. Kahn sous les éloges. Puis, les allusions méchantes arrivèrent. Il jugea en quelques mots le projet de chemin de fer, avec ce dédain des ingénieurs du gouvernement pour les travaux des ingénieurs civils. Il rappela le contre-projet de la compagnie de l'Ouest, qui devait passer par Thouars, et insista, sans paraître y mettre de malice, sur le coude du tracé de M. Kahn, desservant les hauts fourneaux de Bressuire. Le tout sans brutalité aucune, mêlé de phrases aimables, procédant par coups d'épingle, sentis des seuls initiés. Il fut plus cruel encore en finissant. Il parut regretter que « l'illustre ministre » vînt se compromettre dans une affaire dont le côté financier donnait des inquiétudes à tous les hommes d'expérience. Il faudrait des sommes énormes; la plus grande honnêteté, le plus grand désintéressement seraient nécessaires. Et il laissa tomber cette dernière phrase, la bouche tordue :

— Ces inquiétudes sont chimériques, nous sommes complétement rassurés en voyant, à la tête de l'entreprise, un homme dont la belle situation de fortune et la haute probité commerciale sont bien connues dans le département.

Un murmure d'approbation courut. Seules quelques personnes regardaient M. Kahn, qui s'efforçait de sourire, les lèvres blanches. Rougon avait écouté en fermant les yeux à demi, comme gêné par la grande lumière. Quand il les rouvrit, ses yeux pâles étaient devenus noirs. Il comptait d'abord parler très-brièvement. Mais il avait maintenant un des siens à défendre.

Il fit trois pas, se trouva au bord de la tente ; et là, avec un geste dont l'ampleur semblait s'adresser à toute la France attentive, il commença.

— Messieurs, permettez-moi de franchir ces coteaux par la pensée, d'embrasser l'empire tout entier d'un coup d'œil, et d'élargir ainsi la solennité qui nous rassemble, pour en faire la fête du labeur industriel et commercial. Au moment même où je vous parle, du nord au midi, on creuse des canaux, on construit des voies ferrées, on perce des montagnes, on élève des ponts...

Un profond silence s'était fait. Entre les phrases, on entendait des souffles dans les branches, puis la voix haute d'une écluse, au loin. Les pompiers, qui luttaient de belle tenue avec les soldats, sous le soleil ardent, jetaient des regards obliques, pour voir parler le ministre, sans tourner le cou. Sur le coteau, les spectateurs avaient fini par se mettre à leur aise ; les dames s'étaient accroupies, après avoir étalé leur mouchoir à terre ; deux messieurs que le soleil gagnait, venaient d'ouvrir les ombrelles de leurs femmes. Et la voix de Rougon montait peu à peu. Il paraissait gêné au fond de ce trou, comme si le vallon n'eût pas été assez vaste pour ses gestes. De ses mains brusquement jetées en avant, il semblait vouloir déblayer l'horizon, autour de lui. A deux reprises, il chercha l'espace ; mais il ne rencontra en haut, au bord du ciel, que les moulins dont les carcasses éventrées craquaient au soleil.

L'orateur avait repris le thème de M. Kahn, en l'agrandissant. Ce n'était plus le département des Deux-Sèvres seulement qui entrait dans une ère de prospérité miraculeuse, mais la France entière, grâce à l'embranchement de Niort à Angers. Pendant dix minutes, il énuméra les bienfaits sans nombre dont les populations seraient comblées. Il poussa les choses jusqu'à parler de la main de Dieu. Puis, il répondit à l'ingénieur en chef; il ne discutait pas son discours, il n'y faisait aucune allusion; il disait simplement le contraire de ce qu'il avait dit, insistant sur le dévouement de M. Kahn, le montrant modeste, désintéressé, grandiose. Le côté financier de l'entreprise le laissait plein de sérénité. Il souriait, il entassait d'un geste rapide des monceaux d'or. Alors, des bravos lui coupèrent la voix.

— Messieurs, un dernier mot, dit-il après s'être essuyé les lèvres avec son mouchoir.

Le dernier mot dura un quart d'heure. Il se grisait, il s'engageait plus qu'il n'aurait voulu. Même à la péroraison, comme il en était à la grandeur du règne, célébrant la haute intelligence de l'empereur, il laissa entendre que Sa Majesté patronnait d'une façon particulière l'embranchement de Niort à Angers. L'entreprise devenait une affaire d'État.

Trois salves d'applaudissements retentirent. Un vol de corbeaux, volant dans le ciel pur, à une grande hauteur, s'effaroucha, avec des croassements prolongés. Dès la dernière phrase du discours, la Société philharmonique s'était mise à jouer, sur un signal parti de la tente; tandis que les dames, serrant leurs jupes, se relevaient vivement, désireuses de ne rien perdre du spectacle. Cependant, autour de Rougon, les invités souriaient d'un air ravi. Le maire, le procureur impérial, le colonel du 78ᵉ de ligne, hochaient la tête, en écoutant le député s'émerveiller à demi-voix, de façon à être entendu du ministre. Mais le plus enthousiaste était sûrement l'ingénieur en chef des ponts et chaussées; il affecta une servilité extraordinaire, la bouche tordue, comme foudroyé par les magnifiques paroles du grand homme.

— Si Son Excellence veut bien me suivre, dit M. Kahn, dont la grosse face suait de joie.

C'était la fin. Son Excellence allait mettre le feu à la
première mine. Des ordres venaient d'être donnés à
l'équipe d'ouvriers en blouses neuves. Ces hommes pré-
cédèrent le ministre et M. Kahn dans la tranchée, et se
rangèrent au fond, sur deux lignes. Un contre-maître
tenait un bout de corde allumé, qu'il présenta à Rougon.
Les autorités, restées sous la tente, allongeaient le cou.
Le public anxieux attendait. La Société philharmonique
jouait toujours.

— Est-ce que ça va faire beaucoup de bruit? demanda
avec un sourire inquiet la femme du proviseur à l'un
des deux substituts.

— C'est selon la nature de la roche, se hâta de répondre
le président du tribunal de commerce, qui entra dans
des explications minéralogiques.

— Moi, je me bouche les oreilles, murmura l'aînée
des trois filles du conservateur des eaux et forêts.

Rougon, la corde allumée à la main, au milieu de
tout ce monde, se sentait ridicule. En haut, sur la
crête des coteaux, les carcasses des moulins craquaient
plus fort. Alors, il se hâta, mit le feu à la mèche,
dont le contre-maître lui indiqua le bout, entre
deux pierres. Aussitôt un ouvrier souffla dans une
trompe, longuement. Toute l'équipe s'écarta. M. Kahn
avait vivement ramené Son Excellence sous la tente, en
montrant une sollicitude inquiète.

— Eh bien, ça ne part donc pas? balbutia le conservateur des hypothèques, qui clignait les yeux d'anxiété,
avec une envie folle de se boucher les oreilles, comme
les dames.

L'explosion n'eut lieu qu'au bout de deux minutes.
On avait mis la mèche très-longue, par prudence. L'attente des spectateurs tournait à l'angoisse; tous les yeux,
fixés sur la roche rouge, s'imaginaient la voir remuer;

des personnes nerveuses dirent que ça leur cassait la
poitrine. Enfin, il y eut un ébranlement sourd, la roche
se fendit, pendant qu'un jet de fragments, gros comme
les deux poings, montait dans la fumée. Et tout le
monde s'en alla. On entendait ces mots, cent fois ré-
pétés :

— Sentez-vous la poudre ?

Le soir, le préfet donna un dîner, auquel les autorités
assistèrent. Il avait lancé cinq cents invitations pour le
bal qui suivit. Ce bal fut splendide. Le grand salon était
décoré de plantes vertes, et l'on avait ajouté, aux quatre
coins, quatre petits lustres, dont les bougies, jointes à celles du lustre central, jetaient une clarté extraordinaire.
Niort ne se souvenait pas d'un tel éclat. Le flamboiement
des six fenêtres éclairait la place de la Préfecture, où
plus de deux mille curieux se pressaient, les yeux en
l'air, pour voir les danses. Même l'orchestre s'entendait
si distinctement, que des gamins, en bas, organisaient
des galops sur les trottoirs. Dès neuf heures, les dames
s'éventaient, les rafraîchissements circulaient, les qua-
drilles succédaient aux valses et aux polkas. Près de la
porte, Du Poizat, très-cérémonieux, recevait les retar-
dataires, avec un sourire.

— Votre Excellence ne danse donc pas ? demanda
hardiment à Rougon la femme du proviseur, qui venait
d'entrer, vêtue d'une robe de tarlatane semée d'étoiles
d'or.

Rougon s'excusa en souriant. Il était debout devant
une fenêtre, au milieu d'un groupe. Et, tout en soute-
nant une conversation sur la révision du cadastre, il jetait au dehors de rapides coups d'œil. De l'autre côté de
la place, dans la vive lueur dont les lustres éclairaient
les façades, il venait d'apercevoir, à une des croisées
de l'hôtel de Paris, madame Correur et mademoiselle

28

Herminie Billecoq. Elles restaient là, regardant la fête, accoudées à la barre d'appui comme à la rampe d'une loge. Elles avaient des visages luisants, des cous nus et gonflés de légers rires, à certaines bouffées chaudes de la fête.

Cependant, la femme du proviseur achevait le tour du grand salon, distraite, insensible à l'admiration que l'ampleur de sa longue jupe soulevait parmi les tout eunes gens. Elle cherchait quelqu'un du regard, sans cesser de sourire, d'un air languissant.

—Monsieur le commissaire central n'est donc pas venu? finit-elle par demander à Du Poizat, qui la questionnait sur la santé de son mari. Je lui ai promis une valse.

— Mais il devrait être là, répondit le préfet; je suis surpris de ne pas le voir... Il a eu une mission à remplir aujourd'hui. Seulement il m'avait promis d'être de retour à six heures.

C'était vers midi, après le déjeuner, que Gilquin avait quitté Niort à cheval, pour aller arrêter le notaire Martineau. Coulonges se trouvait à cinq lieues. Il comptait y être à deux heures et pouvoir repartir vers les quatre heures au plus tard, ce qui lui permettrait de ne pas manquer le banquet, auquel il était invité. Aussi ne pressa-t-il pas l'allure de son cheval, se dandinant sur la selle, se promettant d'être très-entreprenant, le soir, au bal, avec cette personne blonde, qu'il jugeait seulement un peu maigre. Gilquin aimait les femmes grasses. A Coulonges, il descendit à l'hôtel du Lion d'or, où un brigadier et deux gendarmes devaient l'attendre. De cette façon, son arrivée ne serait pas remarquée; on louerait une voiture, on « emballerait » le notaire, sans qu'une voisine se mît sur sa porte. Mais les gendarmes n'étaient pas au rendez-vous. Jusqu'à cinq heures, Gilquin les attendit, jurant, buvant des grogs, regardant sa montre

tous les quarts d'heure. Jamais il ne serait à Niort
pour le dîner. Il faisait seller son cheval, lorsque enfin
le brigadier parut, suivi de ses deux hommes. Il y
avait eu malentendu.

— Bon, bon, ne vous excusez pas, nous n'avons pas
le temps, cria furieusement le commissaire central.
Il est déjà cinq heures un quart... Empoignons notre
individu, et que ça ne traîne pas! Il faut que nous rou-
lions dans dix minutes.

D'ordinaire, Gilquin était bon homme. Il se piquait,
dans ses fonctions, d'une urbanité parfaite. Ce jour-là,
il avait même arrêté un plan compliqué, afin d'éviter les
émotions trop fortes au frère de madame Correur : ainsi
il devait entrer seul, pendant que les gendarmes se tien-
draient, avec la voiture, à la porte du jardin, dans une
ruelle donnant sur la campagne. Mais ses trois heures
d'attente au Lion d'or l'avaient tellement exaspéré, qu'il
oublia toutes ces belles précautions. Il traversa le village et alla sonner rudement chez le notaire, à la porte
de la rue. Un gendarme fut laissé devant cette porte ;
l'autre fit le tour, pour surveiller les murs du jardin. Le
commissaire était entré avec le brigadier. Dix à douze
curieux effarés regardaient de loin.

A la vue des uniformes, la servante qui avait ouvert,
prise d'une terreur d'enfant, disparut en criant ce seul
mot, de toutes ses forces :

— Madame! madame! madame!

Une femme petite et grasse, dont la face gardait un
grand calme, descendit lentement l'escalier.

— Madame Martineau, sans doute? dit Gilquin d'une
voix rapide. Mon Dieu! madame, j'ai une triste mission
à remplir... Je viens arrêter votre mari.

Elle joignit ses mains courtes, tandis que ses lèvres
décolorées tremblaient. Mais elle ne poussa pas un cri.

Elle resta sur la dernière marche, bouchant l'escalier
avec ses jupes. Elle voulut voir le mandat d'amener,
demanda des explications, traîna les choses.

— Attention! le particulier va nous filer entre les
doigts, murmura le brigadier à l'oreille du commissaire.

Sans doute elle entendit. Elle les regarda, de son air
calme, en disant :

— Montez, messieurs.

Et elle monta la première. Elle les introduisit dans
un cabinet, au milieu duquel M. Martineau se tenait debout, en robe de chambre. Les cris de la bonne venaient
de lui faire quitter le fauteuil où il passait ses journées.
Très-grand, les mains comme mortes, le visage d'une
pâleur de cire, il n'avait plus que les yeux de vivants,
des yeux noirs, doux et énergiques. Madame Martineau
le montra d'un geste silencieux.

— Mon Dieu! monsieur, commença Gilquin, j'ai une
triste mission à remplir...

Quand il eut terminé, le notaire hocha la tête, sans
parler. Un léger frisson agitait la robe de chambre drapée sur ses membres maigres. Il dit enfin, avec une
grande politesse :

— C'est bien, messieurs, je vais vous suivre.

Alors, il se mit à marcher dans la pièce, rangeant
les objets qui traînaient sur les meubles. Il changea de
place un paquet de livres. Il demanda à sa femme une
chemise propre. Le frisson dont il était secoué, devenait
plus violent. Madame Martineau, le voyant chanceler, le
suivait, les bras tendus pour le recevoir, comme on suit
un enfant.

— Dépêchons, dépêchons, monsieur, répétait Gilquin.

Le notaire fit encore deux tours; et, brusquement, ses
mains battirent l'air, il se laissa tomber dans un fau-

teuil, tordu, roidi par une attaque de paralysie. Sa
femme pleurait à grosses larmes muettes.

Gilquin avait tiré sa montre.

— Tonnerre de Dieu! cria-t-il.

Il était cinq heures et demie. Maintenant, il devait renoncer à être de retour à Niort pour le dîner de la préfecture. Avant qu'on eût mis cet homme dans une voiture, on allait perdre au moins une demi-heure.
Il tâcha de se consoler en jurant bien de ne pas manquer le bal; justement il se souvenait d'avoir retenu la
femme du proviseur pour la première valse.

— C'est de la frime, lui murmura le brigadier à l'o-
reille. Voulez-vous que je remette le particulier sur ses
pieds?

Et, sans attendre la réponse, il s'avança, il adressa
au notaire des exhortations pour l'engager à ne pas
tromper la justice. Le notaire, les paupières closes, les
lèvres amincies, gardait une rigidité de cadavre. Peu à
peu, le brigadier se fâcha, en vint aux gros mots, finit
par abattre sa lourde main de gendarme sur le collet
de la robe de chambre. Mais madame Martineau, si calme
jusque-là, le repoussa rudement, se planta devant son
mari, en serrant ses poings de dévote résolue.

— C'est de la frime, je vous dis! répéta le brigadier.

Gilquin haussa les épaules. Il était décidé à emmener
le notaire mort ou vif.

— Que l'un de vos hommes aille chercher la voiture
au Lion d'or, ordonna-t-il. J'ai prévenu l'aubergiste.

Quand le brigadier fut sorti, il s'approcha de la fenêtre, regarda complaisamment le jardin où des abricotiers étaient en fleur. Et il s'oubliait là, lorsqu'il se
sentit touché à l'épaule. Madame Martineau, debout derrière lui, l'interrogea, les joues séchées, la voix raffer-
mie :

28.

— Cette voiture est pour vous, n'est-ce pas ? Vous ne pouvez traîner mon mari à Niort, dans l'état où il se trouve.

— Mon Dieu ! madame, dit-il pour la troisième fois, ma mission est très-pénible...

— Mais c'est un crime ! Vous le tuez... Vous n'avez pas été chargé de le tuer, pourtant !

— J'ai des ordres, répondit-il d'une voix plus rude, voulant couper court à la scène de supplications qu'il prévoyait.

Elle eut un geste terrible. Une colère folle passa sur sa face de bourgeoise grasse, tandis que ses regards faisaient le tour de la pièce, comme pour chercher quelque moyen suprême de salut. Mais, d'un effort, elle s'apaisa, elle reprit son attitude de femme forte qui ne comptait pas sur ses larmes.

— Dieu vous punira, monsieur, dit-elle simplement, après un silence, pendant lequel elle ne l'avait pas quitté des yeux.

Et elle retourna, sans un sanglot, sans une supplication, s'accouder au fauteuil où son mari agonisait. Gilquin avait souri.

A ce moment, le brigadier, qui était allé lui-même au Lion d'or, revint dire que l'aubergiste prétendait ne pas avoir pour l'instant la moindre carriole. Le bruit de l'arrestation du notaire, très-aimé dans le pays, avait dû se répandre. L'aubergiste cachait certainement ses voitures ; deux heures auparavant, interrogé par le commissaire central, il s'était engagé à lui garder un vieux coupé, qu'il louait d'ordinaire aux voyageurs, pour des promenades dans les environs.

— Fouillez l'auberge ! cria Gilquin repris par la fureur devant ce nouvel obstacle ; fouillez toutes les maisons du village !... Est-ce qu'on se fiche de nous, à

la fin! On m'attend, je n'ai pas de temps à perdre... Je
vous donne un quart d'heure, entendez-vous !

Le brigadier disparut de nouveau, emmenant ses
hommes, les lançant dans des directions différentes. Trois
quarts d'heure se passèrent, puis quatre, puis cinq. Au
bout d'une heure et demie, un gendarme se montra enfin,
la mine longue : toutes les recherches étaient restées sans
résultat. Gilquin, pris de fièvre, marchait d'un pas sac-
cadé, allant de la porte à la fenêtre, regardant tomber
le jour. Sûrement on ouvrirait le bal sans lui ; la
femme du proviseur croirait à une impolitesse ; cela le
rendrait ridicule, paralyserait ses moyens de séduction. Et, chaque fois qu'il passait devant le notaire, il
sentait la colère l'étrangler ; jamais malfaiteur ne
lui avait donné tant d'embarras. Le notaire, plus
froid, plus blême, restait allongé, sans un mouvement.

Ce fut seulement à sept heures passées que le brigadier reparut, l'air rayonnant. Il avait enfin trouvé le
vieux coupé de l'aubergiste, caché au fond d'un hangar,
à un quart de lieue du village. Le coupé était tout attelé, et c'était l'ébrouement du cheval qui l'avait fait
découvrir. Mais quand la voiture fut à la porte, il fallut
habiller M. Martineau. Cela prit un temps fort long. Madame Martineau, avec une lenteur grave, lui mit des bas
blancs, une chemise blanche ; puis, elle le vêtit tout en
noir, pantalon, gilet, redingote. Jamais elle ne consentit à
se laisser aider par un gendarme. Le notaire s'abandonnait
entre ses bras sans une résistance. On avait allumé
une lampe. Gilquin tapait dans ses mains d'impatience,
tandis que le brigadier, immobile, mettait au plafond
l'ombre énorme de son chapeau.

— Est-ce fini, est-ce fini ? répétait Gilquin.

Madame Martineau fouillait un meuble depuis cinq

minutes. Elle en tira une paire de gants noirs, et les glissa dans la poche de M. Martineau.

— J'espère, monsieur, demanda-t-elle, que vous me laisserez monter dans la voiture? Je veux accompagner mon mari.

— C'est impossible, répondit brutalement Gilquin. Elle se contint. Elle n'insista pas.

— Au moins, reprit-elle, me permettrez-vous de le suivre?

— Les routes sont libres, dit-il. Mais vous ne trouverez pas de voiture, puisqu'il n'y en a pas dans le pays.

Elle haussa légèrement les épaules et sortit donner un ordre. Dix minutes plus tard, un cabriolet stationnait à la porte, derrière le coupé. Il fallut alors descendre M. Martineau. Les deux gendarmes le portèrent. Sa femme lui soutenait la tête. Et, à la moindre plainte poussée par le moribond, elle commandait impérieusement aux deux hommes de s'arrêter, ce que ceux-ci faisaient, malgré les regards terribles du commissaire. Il y eut ainsi un repos à chaque marche de l'escalier. Le notaire était comme un mort correctement vêtu qu'on emportait. On dut l'asseoir évanoui dans la voiture.

— Huit heures et demie! cria Gilquin, en regardant une dernière fois sa montre. Quelle sacrée corvée! Je n'arriverai jamais.

C'était une chose dite. Bien heureux s'il faisait son entrée vers le milieu du bal. Il sauta à cheval en jurant, il dit au cocher d'aller bon train. En tête venait le coupé, aux portières duquel galopaient les deux gendarmes; puis, à quelques pas, le commissaire central et le brigadier suivaient; enfin, le cabriolet où se trouvait madame Martineau, fermait la marche. La nuit était très-fraîche. Sur la route grise, interminable, au

milieu de la campagne endormie, le cortége passait,
avec le roulement sourd des roues et la cadence monotone du galop des chevaux. Pas une parole ne fut dite pendant le trajet. Gilquin arrangeait la phrase qu'il pronon-
cerait en abordant la femme du proviseur. Madame Martineau, par moments, se levait toute droite dans son cabriolet, croyant avoir entendu un râle; mais c'était à peine si
elle apercevait, en avant, la caisse du coupé, qui roulait,
noire et silencieuse.

On entra dans Niort à dix heures et demie. Le commissaire, pour éviter de traverser la ville, fit prendre par
les remparts. Aux prisons, il fallut carillonner. Quand
le guichetier vit le prisonnier qu'on lui amenait, si
blanc, si roide, il monta réveiller le directeur. Celui-ci,
un peu souffrant, arriva bientôt en pantoufles. Mais il se
fâcha, il refusa absolument de recevoir un homme dans
un pareil état. Est-ce qu'on prenait les prisons pour un
hôpital?

— Puisqu'il est arrêté maintenant, que voulez-vous
qu'on en fasse, demanda Gilquin, mis hors de lui par ce
dernier incident.

— Ce qu'on voudra, monsieur le commissaire, répondit le directeur. Je vous répète qu'il n'entrera pas ici.
Je n'accepterai jamais une pareille responsabilité.

Madame Martineau avait profité de la discussion pour
monter dans le coupé, auprès de son mari. Elle proposa
de le mener à l'hôtel.

— Oui, à l'hôtel, au diable, où vous voudrez! cria
Gilquin. J'en ai assez, à la fin! Remportez-le!

Pourtant, il poussa le devoir jusqu'à accompagner le
notaire à l'hôtel de Paris, désigné par madame Martineau
elle-même. La place de la Préfecture commençait à se
vider; seuls des gamins sautaient encore sur les trottoirs, tandis que des couples de bourgeois, lentement,

se perdaient dans l'ombre des rues voisines. Mais le
flambloiement des six fenêtres du grand salon éclairait
toujours la place de la lueur vive du plein jour; l'orchestre avait des voix de cuivre plus retentissantes; les
dames, dont on voyait les épaules nues passer dans l'entre-bâillement des rideaux, balançaient leurs chignons,
frisés à la mode de Paris. Gilquin, au moment où l'on montait le notaire à une chambre du premier étage, aperçut,
en levant la tête, madame Correur et mademoiselle Herminie Billecoq, qui n'avaient pas quitté leur fenêtre.
Elles étaient là, roulant leur cou, échauffées par les fumées de la fête. Madame Correur, cependant, avait dû voir
arriver son frère, car elle se penchait, au risque de tomber. Sur un signe véhément qu'elle lui fit, Gilquin monta.

Et plus tard, vers minuit, le bal de la préfecture at-
teignait tout son éclat. On venait d'ouvrir les portes de
la salle à manger, où un souper froid était servi. Les
dames, très-rouges, s'éventaient, mangeaient debout,
avec des rires. D'autres continuaient à danser, ne voulant pas perdre un quadrille, se contentant des verres
de sirop que des messieurs leur apportaient. Une poussière lumineuse flottait, comme envolée des chevelures,
des jupes et des bras cerclés d'or, qui battaient l'air. Il y
avait trop d'or, trop de musique et trop de chaleur.
Rougon, suffoquant, se hâta de sortir, sur un appel discret de Du Poizat.

A côté du grand salon, dans la pièce où il les avait
déjà vues la veille, madame Correur et mademoiselle
Herminie Billecoq l'attendaient, en pleurant toutes deux
à gros sanglots.

— Mon pauvre frère, mon pauvre Martineau! balbutia
madame Correur, qui étouffait ses larmes dans son mouchoir. Ah! je le sentais, vous ne pouviez pas le sauver...
Mon Dieu! pourquoi ne l'avez-vous pas sauvé?

Il voulut parler, mais elle ne lui en laissa pas le temps.

— Il a été arrêté aujourd'hui. Je viens de le voir... Mon Dieu! mon Dieu!

— Ne vous désolez pas, dit-il enfin. On instruira son affaire. J'espère bien qu'on le relâchera.

Madame Correur cessa de se tamponner les yeux. Elle le regarda, en s'écriant de sa voix naturelle :

— Mais il est mort!

Et elle reprit tout de suite son ton éploré, la figure de nouveau au fond de son mouchoir.

— Mon Dieu! mon Dieu! mon pauvre Martineau!

Mort! Rougon sentit un petit frisson lui courir à fleur de peau. Il ne trouva pas une parole. Pour la première fois, il eut conscience d'un trou devant lui, d'un trou plein d'ombre, dans lequel, peu à peu, on le poussait. Voilà que cet homme était mort, maintenant! Jamais il n'avait voulu cela. Les faits allaient trop loin.

— Hélas! oui, le pauvre cher homme, il est mort, racontait avec de longs soupirs mademoiselle Herminie Billecoq. Il paraît qu'on a refusé de le recevoir aux prisons. Alors, quand nous l'avons vu arriver à l'hôtel dans un si triste état, madame est descendue et a forcé la porte, en criant qu'elle était sa sœur. Une sœur, n'est-ce pas? a toujours le droit de recevoir le dernier soupir de son frère. C'est ce que j'ai dit à cette coquine de madame Martineau, qui parlait encore de nous chasser. Elle a bien été obligée de nous laisser une place devant le lit... Oh! mon Dieu, ç'a été fini très-vite. Il n'a pas râlé plus d'une heure. Il était couché sur le lit, tout habillé de noir; on aurait cru un notaire allant à un mariage. Et il s'est éteint comme une chandelle, avec une toute petite grimace. Ça n'a pas dû lui faire beaucoup de mal.

— Est-ce que madame Martineau ne m'a pas cherché querelle, ensuite! conta à son tour madame Correur. Je ne sais pas ce qu'elle barbotait; elle parlait de l'héritage, elle m'accusait d'avoir porté le dernier coup à mon frère. Je lui ai répondu : « Moi, madame, jamais je ne l'aurais laissé emmener, je me serais plutôt fait hacher par les gendarmes! » Et ils m'auraient hachée, comme je vous le dis... N'est-ce pas, Herminie?

— Oui, oui, répondit la grande fille.

— Enfin, que voulez-vous, mes larmes ne le ressusciteront pas, mais on pleure parce qu'on a besoin de pleurer... Mon pauvre Martineau !

Rougon restait mal à l'aise. Il retira ses mains, dont madame Correur s'était emparée. Et il ne trouvait toujours rien à dire, répugné par les détails de cette mort qui lui semblait abominable.

— Tenez! s'écria Herminie debout devant la fenêtre, on voit la chambre d'ici, là, en face, dans la grande clarté, la troisième fenêtre du premier étage, en partant de la gauche... Il y a une lumière derrière les rideaux.

Alors, il les congédia, pendant que madame Correur s'excusait, l'appelait son ami, expliquait le premier mouvement auquel elle avait cédé, en venant lui apprendre la fatale nouvelle.

— Cette histoire est bien fâcheuse, dit-il à l'oreille de Du Poizat, lorsqu'il rentra dans le bal, la face encore toute pâle.

— Eh! c'est cet imbécile de Gilquin! répondit le préfet en haussant les épaules.

Le bal flamblait. Dans la salle à manger, dont on apercevait un coin par la porte grande ouverte, le premier adjoint bourrait de friandises les trois filles du conservateur des eaux et forêts; tandis que le colonel du 78e de ligne buvait du punch, l'oreille tendue aux méchancetés de l'ingénieur en chef des ponts et chaussées, qui croquait des pralines. M. Kahn, près de la porte, répétait très-haut au président du tribunal civil son discours de l'après-midi, sur les bienfaits de la nouvelle voie ferrée, au milieu d'un groupe compacte d'hommes graves, le directeur des contributions directes, les deux juges de paix, les délégués de la Chambre consultative d'agriculture et de la Société de statistique, bouches béantes. Puis, autour du grand salon, sous les cinq lustres, une valse que l'orchestre jouait avec des éclats de trompette, berçait des couples, le fils du receveur général et la sœur du maire, l'un des substituts et une demoiselle en bleu, l'autre des substituts et une demoiselle en rose. Mais un couple surtout soulevait un murmure d'admiration, le commissaire central et la femme du proviseur galamment enlacés, tournant avec lenteur; il s'était hâté d'aller faire une toilette correcte, habit noir, bottes vernies, gants blancs; et la jolie blonde lui avait pardonné son retard, pâmée à son épaule, les yeux noyés de tendresse. Gilquin accentuait les mouvements de hanches, en rejetant en arrière son torse de beau danseur de bals publics, pointe canaille dont le haut goût ravissait la galerie. Rougon, que le couple faillit bousculer, dut se coller contre un mur, pour le laisser passer, dans un flot de tarlatane étoilée d'or.

XI

Rougon avait enfin obtenu pour Delestang le porte-feuille de l'agriculture et du commerce. Un matin, dans les premiers jours de mai, il alla rue du Colisée prendre son nouveau collègue. Il devait y avoir conseil des ministres à Saint-Cloud, où la cour venait de s'installer,

— Tiens! vous nous accompagnez! dit-il avec surprise, en apercevant Clorinde qui montait dans le landau tout attelé devant le perron.

— Mais oui, je vais au conseil, moi aussi, répondit-elle en riant.

Puis, elle ajouta d'une voix sérieuse, lorsqu'elle eut casé entre les banquettes les volants de sa longue jupe de soie cerise pâle :

— J'ai un rendez-vous avec l'impératrice. Je suis trésorière d'une œuvre pour les jeunes ouvrières, à laquelle elle s'intéresse.

Les deux hommes montèrent à leur tour. Delestang s'assit à côté de sa femme; il avait une serviette d'avocat, en maroquin chamois, qu'il garda sur les genoux. Rougon, les mains libres, se trouva en face de Clorinde. Il était près de neuf heures et demie, et le conseil était pour dix heures. Le cocher reçut l'ordre de marcher bon train. Pour couper au plus court, il prit la rue Marbeuf, s'engagea dans le quartier de Chaillot, que la pioche des démolisseurs commençait à éventrer. C'étaient des rues désertes, bordées de jardins et de constructions en planches, des traverses escarpées qui tournaient sur elles-mêmes, d'étroites places de province plantées d'arbres maigres, tout un coin bâtard de grande ville se chauffant sur un coteau, au soleil matinal, avec des villas et des échoppes à la débandade.

— Est-ce laid, par ici ! dit Clorinde, renversée au fond du landau.

Elle s'était tournée à demi vers son mari, elle l'examina un instant, la face grave ; et, comme malgré elle, elle se mit à sourire. Delestang, correctement boutonné dans sa redingote, était assis avec dignité sur son séant, le corps ni trop en avant ni trop en arrière. Sa belle figure pensive, sa calvitie précoce qui lui haussait le front, faisaient retourner les passants. La jeune femme remarqua que personne ne regardait Rougon, dont le visage lourd semblait dormir. Alors, maternellement, elle tira un peu la manchette gauche de son mari, trop enfoncée sous le parement.

— Qu'est-ce que vous avez donc fait cette nuit ? demanda-t-elle au grand homme, en lui voyant étouffer des bâillements dans ses doigts.

— J'ai travaillé tard, je suis harassé, murmura-t-il. Un tas d'affaires bêtes !

Et la conversation tomba de nouveau. Maintenant, c'était lui qu'elle étudiait. Il s'abandonnait aux légères secousses de la voiture, sa redingote déformée par ses larges épaules, son chapeau mal brossé, gardant les marques d'anciennes gouttes de pluie. Elle se souvenait d'avoir, le mois précédent, acheté un cheval à un maquignon qui lui ressemblait. Son sourire reparut, avec une pointe de dédain.

— Eh bien ? dit-il, impatienté d'être examiné de la sorte.

— Eh bien, je vous regarde! répondit-elle. Est-ce que ce n'est pas permis?... Vous avez donc peur qu'on ne vous mange?

Elle lança cette phrase d'un air provoquant, en montrant ses dents blanches. Mais lui, plaisanta.

— Je suis trop gros, ça ne passerait pas.

— Oh! si l'on avait bien faim! dit-elle très-sérieusement, après avoir paru consulter son appétit.

Le landau arrivait enfin à la porte de la Muette. Ce fut, au sortir des ruelles étranglées de Chaillot, un élargissement brusque d'horizon dans les verdures tendres du Bois. La matinée était superbe, trempant au loin les pelouses d'une clarté blonde, donnant un frisson tiède à l'enfance des arbres. Ils laissèrent à droite le parc aux daims et prirent la route de Saint-Cloud. Maintenant, la voiture roulait sur l'avenue sablée, sans une secousse, avec une légèreté et une douceur de traîneau glissant sur la neige.

— Hein? est-ce désagréable, ce pavé! reprit Clorinde, en s'allongeant. On respire ici, on peut causer... Est-ce que vous avez des nouvelles de notre ami Du Poizat?

— Oui, dit Rougon. Il se porte bien.

— Et est-il toujours content de son département?

Il fit un geste vague, voulant se dispenser de répondre. La jeune femme devait connaître certains ennuis que le préfet des Deux-Sèvres commençait à lui donner par la rudesse de son administration. Elle n'insista pas, elle parla de M. Kahn et de madame Correur, en lui demandant des détails sur son voyage là-bas, d'un air de curiosité méchante. Puis, elle s'interrompit, pour s'écrier :

— A propos! j'ai rencontré hier le colonel Jobelin et son cousin M. Bouchard. Nous avons parlé de vous... Oui, nous avons parlé de vous.

Il pliait les épaules, il ne disait toujours rien. Alors, elle rappela le passé.

— Vous vous souvenez de nos bonnes petites soirées, rue Marbeuf. A présent, vous avez trop d'affaires, on ne peut plus vous approcher. Vos amis s'en plaignent. Ils prétendent que vous les oubliez... Vous savez, je dis tout, moi. Eh bien! on vous traite de lâcheur, mon cher.

A ce moment, comme la voiture venait de passer entre les deux lacs, elle croisa un coupé, qui rentrait à Paris. On vit une face rude se rejeter au fond du coupé, sans doute pour éviter un salut.

— Mais c'est votre beau-frère! cria Clorinde.

— Oui, il est souffrant, répondit Rougon avec un sourire. Son médecin lui a ordonné des promenades matinales.

Et tout d'un coup, s'abandonnant, il continua, pendant que le landau filait sous de grands arbres, le long d'une allée à la courbe molle :

— Que voulez-vous! je ne puis pourtant pas leur donner la lune!... Ainsi voilà Beulin-d'Orchère qui a fait le rêve d'être garde des sceaux. J'ai tenté l'impossible, j'ai sondé l'empereur sans pouvoir rien en tirer. L'empereur, je crois, a peur de lui. Ce n'est pas ma faute, n'est-ce pas?... Beulin-d'Orchère est premier président. Cela devrait lui suffire, que diable! en attendant mieux. Et il évite de me saluer! C'est un sot.

Maintenant, Clorinde, les yeux baissés, les doigts jouant avec le gland de son ombrelle, ne bougeait plus. Elle le laissait aller, elle ne perdait pas une phrase.

— Les autres ne sont pas plus raisonnables. Si le colonel et Bouchard se plaignent, ils ont grand tort, car j'ai déjà trop fait pour eux... Je parle pour tous mes amis. Ils sont une douzaine d'un joli poids sur mes épaules ! Tant qu'ils n'auront pas ma peau, ils ne se déclareront pas satisfaits.

Il se tut, puis il reprit en riant avec bonhomie :

— Bah ! s'ils en avaient absolument besoin, je la leur donnerais bien encore... Quand on a les mains ouvertes, il n'est plus possible de les refermer. Malgré tout le mal que mes amis disent de moi, je passe mes journées à solliciter pour eux une foule de faveurs.

Et, lui touchant le genou, la forçant à le regarder :

— Voyons, vous ! Je vais causer avec l'empereur ce matin... Vous n'avez rien à demander ?

— Non, merci, répondit-elle d'une voix sèche.

Comme il s'offrait toujours, elle se fâcha, elle l'accusa de leur reprocher les quelques services qu'il avait pu leur rendre, à son mari et à elle. Ce n'étaient pas eux qui lui pèseraient davantage. Elle termina, en disant :

— A présent, je fais mes commissions moi-même. Je suis assez grande fille, peut-être !

Cependant, la voiture venait de sortir du Bois. Elle traversait Boulogne, dans le tapage d'un convoi de grosses charrettes, le long de la Grande-Rue. Jusque-là, Delestang était resté au fond du landau, béat, les mains posées sur la serviette de maroquin, sans une parole, comme livré à quelque haute spéculation intellectuelle. Alors, il se pencha, il cria à Rougon, au milieu du bruit :

— Pensez-vous que Sa Majesté nous retienne à déjeuner ?

Rougon eut un geste d'ignorance. Il dit ensuite :

— On déjeune au palais, quand le conseil se prolonge.

Delestang rentra dans son coin, où il parut de nouveau en proie à une rêverie des plus graves. Mais il se pencha une seconde fois, pour poser cette question :

— Est-ce que le conseil sera très-chargé ce matin ?

— Oui, peut-être, répondit Rougon. On ne sait jamais. Je crois que plusieurs de nos collègues doivent rendre compte de certains travaux... Moi, en tout cas, je soulèverai la question de ce livre pour lequel je suis en conflit avec la commission de colportage.

— Quel livre? demanda vivement Clorinde.

— Une ânerie, un de ces volumes qu'on fabrique pour les paysans. Cela s'appelle *les Veillées du bonhomme Jacques*. Il y a de tout là-dedans, du socialisme, de la sorcellerie, de l'agriculture, jusqu'à un article célébrant les bienfaits de l'association... Un bouquin dangereux, enfin !

La jeune femme, dont la curiosité ne devait pas être satisfaite, se tourna comme pour interroger son mari.

— Vous êtes sévère, Rougon, déclara Delestang. J'ai parcouru ce livre, j'y ai découvert de bonnes choses ; le chapitre sur l'association est bien fait... Je serais surpris si l'empereur condamnait les idées qui s'y trouvent exprimées.

Rougon allait s'emporter. Il ouvrait les bras, dans un geste de protestation. Et il se calma brusquement, comme ne voulant pas discuter ; il ne dit plus rien, jetant des coups d'œil sur le paysage, aux deux côtés de l'horizon. Le landau était alors au milieu du pont de Saint-Cloud ; en bas, toute moirée de soleil, la rivière avait des nappes dormantes d'un bleu pâle ; tandis que des files d'arbres, le long des rives, enfonçaient dans l'eau des ombres vigoureuses. L'immense ciel, en amont et en aval, montait, tout blanc d'une limpidité printanière, à peine teinté d'un frisson bleu.

Lorsque la voiture se fut arrêtée dans la cour du château, Rougon descendit le premier et tendit la main à Clorinde. Mais celle-ci affecta de ne pas accepter ce soutien ; elle sauta légèrement à terre. Puis, comme il

restait le bras tendu, elle lui donna un petit coup d'ombrelle sur les doigts, en murmurant :

— Puisqu'on vous dit qu'on est grande fille !

Et elle semblait sans respect pour les poings énormes
du maître, qu'elle gardait longtemps autrefois dans ses
mains d'élève soumise, afin de leur voler un peu de leur
force. Aujourd'hui, elle pensait sans doute les avoir
assez appauvris; elle n'avait plus ses cajoleries adorables de disciple. A son tour, poussée en puissance, elle
devenait maîtresse. Quand Delestang fut descendu de
voiture, elle laissa Rougon entrer le premier, pour souffler à l'oreille de son mari :

— J'espère que vous n'allez pas l'empêcher de patauger, avec son bonhomme Jacques. Vous avez là une
bonne occasion de ne pas toujours dire comme lui.

Dans le vestibule, avant de le quitter, elle l'enveloppa
d'un dernier regard, s'inquiéta d'un bouton de sa redingote qui tirait sur l'étoffe; et, tandis qu'un huissier
l'annonçait chez l'impératrice, elle les regarda disparaître, Rougon et lui, souriante.

Le conseil des ministres se tenait dans un salon voisin
du cabinet de l'empereur. Au milieu, une douzaine de
fauteuils entouraient une grande table, recouverte d'un
tapis. Les fenêtres, hautes et claires, donnaient sur la
terrasse du château. Quand Rougon et Delestang entrèrent, tous leurs collègues se trouvaient déjà réunis, à
l'exception du ministre des travaux publics et du ministre
de la marine et des colonies, alors en congé. L'empereur n'avait pas encore paru. Ces messieurs causèrent
pendant près de dix minutes, debout devant les fenêtres,
groupés autour de la table. Il y en avait deux de visages
chagrins, qui se détestaient au point de ne jamais s'a-
dresser la parole; mais les autres, la mine aimable, se
mettaient à l'aise, en attendant les affaires graves. Paris

s'occupait alors de l'arrivée d'une ambassade venue du fond de l'extrême Orient, avec des costumes étranges et des façons de saluer extraordinaires. Le ministre des affaires étrangères raconta une visite qu'il avait rendue, la veille, au chef de cette ambassade; il se moquait finement, tout en restant très-correct. Puis, la conversation tomba à des sujets plus frivoles; le ministre d'État fournit des renseignements sur la santé d'une danseuse de l'Opéra, qui avait failli se casser la jambe. Et même dans leur abandon, ces messieurs demeuraient en éveil et en défiance, cherchant certaines de leurs phrases, rattrapant des moitiés de mot, se guettant sous leurs sourires, redevenant subitement sérieux, dès qu'ils se sentaient surveillés.

— Alors, c'est une simple foulure? dit Delestang, qui s'intéressait beaucoup aux danseuses.

— Oui, une foulure, répéta le ministre d'État. La pauvre femme en sera quitte pour garder quinze jours la chambre... Elle est bien honteuse d'être tombée.

Un petit bruit fit tourner les têtes. Tous s'inclinèrent; l'empereur venait d'entrer. Il resta un instant appuyé au dossier de son fauteuil. Et il demanda de sa voix sourde, lentement :

— Elle va mieux?

— Beaucoup mieux, sire, répondit le ministre en s'inclinant de nouveau. J'ai eu de ses nouvelles ce matin.

Sur un geste de l'empereur, les membres du conseil prirent place autour de la table. Ils étaient neuf; plusieurs étalèrent des papiers devant eux; d'autres se renversèrent, en se regardant les ongles. Un silence régna. L'empereur semblait souffrant; il roulait doucement les bouts de ses moustaches entre ses doigts la face éteinte. Puis, comme personne ne parlait, il parut se souvenir, il prononça quelques mots.

— Messieurs, la session du Corps législatif va être close...

Il fut d'abord question du budget, que la Chambre venait de voter en cinq jours. Le ministre des finances signala les vœux exprimés par le rapporteur. Pour la première fois, la Chambre avait des velléités de critique. Ainsi, le rapporteur souhaitait voir l'amortissement fonctionner d'une façon normale et le gouvernement se contenter des crédits votés, sans recourir toujours à des demandes de crédits supplémentaires. D'autre part, des membres s'étaient plaints du peu de cas que le Conseil d'État faisait de leurs observations, quand ils cherchaient à réduire certaines dépenses ; un d'entre eux avait même réclamé pour le Corps législatif le droit de préparer le budget.

— Il n'y a pas lieu, selon moi, de tenir compte de ces réclamations, dit le ministre des finances en terminant. Le gouvernement dresse ses budgets avec la plus grande économie possible ; et cela est tellement vrai, que la commission a dû se donner beaucoup de mal pour arriver à retrancher deux pauvres millions... Toutefois, je crois sage d'ajourner trois demandes de crédits supplémentaires, qui étaient à l'étude. Un virement de fonds nous donnera les sommes nécessaires, et la situation sera régularisée plus tard.

L'empereur approuva de la tête. Il paraissait ne pas écouter, les yeux vagues, regardant comme aveuglé la grande lueur claire tombant de la fenêtre du milieu, en face de lui. Il y eut de nouveau un silence. Tous les ministres approuvaient, après l'empereur. Pendant un instant, on n'entendit plus qu'un léger bruit. C'était le garde des sceaux qui feuilletait un manuscrit de quelques pages, ouvert sur la table. Il consulta ses collègues d'un regard.

— Sire, dit-il enfin, j'ai apporté le projet d'un mémoire sur la fondation d'une nouvelle noblesse... Ce
sont encore de simples notes; mais j'ai pensé qu'il serait
bon, avant d'aller plus loin, de les lire en conseil, afin
de pouvoir profiter de toutes les lumières...

— Oui, lisez, monsieur le garde des sceaux, interrompit l'empereur. Vous avez raison.

Et il se tourna à demi, pour regarder le ministre de
la justice, pendant qu'il lisait. Il s'animait, une flamme
jaune brûlait dans ses yeux gris.

Cette question d'une nouvelle noblesse préoccupait alors
beaucoup la cour. Le gouvernement avait commencé par
soumettre au Corps législatif un projet de loi punissant
d'une amende et d'un emprisonnement toute personne
convaincue de s'être attribué sans droit un titre nobiliaire
quelconque. Il s'agissait de donner une sanction aux anciens titres et de préparer ainsi la création de titres
nouveaux. Ce projet de loi avait soulevé à la Chambre
une discussion passionnée; des députés, très-dévoués
à l'empire, s'étaient écriés qu'une noblesse ne pouvait
exister dans un État démocratique; et, lors du vote,
vingt-trois voix venaient de se prononcer contre le
projet. Cependant, l'empereur caressait son rêve. C'était
lui qui avait indiqué au garde des sceaux tout un vaste
plan.

Le mémoire débutait par une partie historique. Ensuite, le futur système se trouvait exposé tout au long;
les titres devaient être distribués par catégories de fonctions, afin de rendre les rangs de la nouvelle noblesse
accessible à tous les citoyens; combinaison démocratique qui paraissait enthousiasmer fort le garde des
sceaux. Enfin suivait un projet de décret. A l'article II,
le ministre haussa et ralentit la voix :

— « Le titre de comte sera concédé après cinq ans

» d'exercice dans leurs fonctions ou dignités, ou après
» avoir été nommés par nous grands-croix de la Légion
». d'honneur : à nos ministres et aux membres de notre
» conseil privé; aux cardinaux, aux maréchaux, aux
» amiraux et aux sénateurs; à nos ambassadeurs et aux
» généraux de division ayant commandé en chef . »

Il s'arrêta un instant, interrogeant l'empereur du regard, pour demander s'il n'avait oublié personne. Sa Majesté, la tête un peu tombée sur l'épaule droite, se re-
cueillait. Elle finit par murmurer :

— Je crois qu'il faudrait joindre les présidents du
Corps législatif et du Conseil d'État.

Le garde des sceaux hocha vivement la tête en signe
d'approbation, et se hâta de mettre une note sur la
marge de son manuscrit. Puis, au moment où il allait
reprendre sa lecture, il fut interrompu par le ministre
de l'instruction publique et des cultes, qui avait une
omission à signaler.

— Les archevêques... commença-t-il.

— Pardon, dit sèchement le ministre de la justice, les
archevêques ne doivent être que barons. Laissez-moi
lire le décret tout entier.

Et il ne se retrouva plus dans ses feuilles de papier.
Il chercha longtemps une page qui s'était égarée parmi
les autres. Rougon, carrément assis, le cou enfoncé
entre ses rudes épaules de paysan, souriait du coin des
lèvres; et, comme il se tournait, il vit son voisin le
ministre d'État, le dernier représentant d'une vieille
famille normande, sourire également d'un fin sourire
de mépris. Alors tous deux eurent un léger hochement
de menton. Le parvenu et le gentilhomme s'étaient compris.

— Ah! voici, reprit enfin le garde des sceaux. « Ar-
» ticle III. Le titre de baron sera concédé : 1° Aux

» membres du Corps législatif qui auront été honorés trois
» fois du mandat de leurs concitoyens ; 2° aux conseillers
» d'État, après huit ans d'exercice ; 3° au premier prési-
» dent et au procureur général de la cour de cassation,
» au premier président et au procureur général de la
» cour des comptes, aux généraux de division et aux
» vice-amiraux, aux archevêques et aux ministres pléni-
» potentiaires, après cinq ans d'exercice dans leurs
» fonctions, ou s'ils ont obtenu le grade de commandeur
» de la Légion d'honneur... »

Et il continua ainsi. Les premiers présidents et les pro-
cureurs généraux des Cours impériales, les généraux de
brigade et les contre-amiraux, les évêques, jusqu'aux
maires des chefs-lieux de préfecture de première classe,
devaient être faits barons ; seulement, on leur demandait
dix ans de service.

— Tout le monde baron, alors ! murmura Rougon à
demi-voix.

Ses collègues, qui affectaient de le regarder comme
un homme mal élevé, prirent des mines graves, pour lui
faire comprendre qu'ils trouvaient cette plaisanterie très-
déplacée. L'empereur avait paru ne pas entendre.
Cependant, lorsque la lecture fut terminée, il demanda :

— Que pensez-vous du projet, messieurs ?

Il y eut une hésitation. On attendait une interrogation
plus directe.

— Monsieur Rougon, reprit Sa Majesté, que pensez-
vous du projet ?

— Mon Dieu ! Sire, répondit le ministre de l'intérieur
en souriant de son air tranquille, je n'en pense pas beaucoup de bien. Il offre le pire des dangers, celui du ridicule.
Oui, j'aurais peur que tous ces barons-là ne prêtassent
à rire... Je ne mets pas en avant les raisons graves, le

sentiment d'égalité qui domine aujourd'hui, la rage de vanité qu'un pareil système développerait...

Mais il eut la parole coupée par le garde des sceaux, très-aigre, très-blessé, se défendant en homme attaqué personnellement. Il se disait bourgeois, fils de bourgeois, incapable de porter atteinte aux principes égalitaires de la société moderne. La nouvelle noblesse devait être une noblesse démocratique; et ce mot de « noblesse démocratique » rendait sans doute si bien son idée, qu'il le répéta à plusieurs reprises. Rougon répliqua, toujours souriant, sans se fâcher. Le garde des sceaux, petit, sec noirâtre, finit par lancer des personnalités blessantes. L'empereur demeurait comme étranger à la querelle; il regardait de nouveau, avec de lents balancements d'épaules, la grande clarté blanche tombant de la fenêtre, en face de lui. Pourtant, quand les voix montèrent et devinrent gênantes pour sa dignité, il murmura :

— Messieurs, messieurs...

Puis, au bout d'un silence :.

— Monsieur Rougon a peut-être raison... La question n'est pas mûre encore. Il faudra l'étudier sur d'autres bases. On verra plus tard.

Le conseil examina ensuite plusieurs menues affaires. On parla surtout du journal *le Siècle*, dont un article venait de produire un scandale à la cour. Il ne se passait pas de semaine sans que l'empereur fût supplié, dans son entourage, de supprimer ce journal, le seul organe républicain qui restât debout. Mais Sa Majesté, personnellement, avait une grande douceur pour la presse; elle s'amusait souvent, dans le secret du cabinet, à écrire de longs articles en réponse aux attaques contre son gouvernement; son rêve inavoué était d'avoir son journal à elle, où elle pourrait publier des manifestes et entamer des polémiques. Toutefois, Sa Majesté décida, ce jour-là, qu'un avertissement serait envoyé au *Siècle*.

Leurs Excellences croyaient le conseil fini. Cela se voyait à la manière dont ces messieurs se tenaient assis sur le bord de leurs fauteuils. Même le ministre de la guerre, un général à l'air ennuyé qui n'avait pas soufflé mot de toute la séance, tirait déjà ses gants de sa poche, lorsque Rougon s'accouda fortement à la table.

— Sire, dit-il, je voudrais entretenir le conseil d'un conflit qui s'est élevé entre la commission de colportage et moi, au sujet d'un ouvrage présenté à l'estampille.

Ses collègues se renfoncèrent dans leurs fauteuils. L'empereur se tourna à demi, avec un léger hochement de tête, pour autoriser le ministre de l'intérieur à continuer.

Alors, Rougon entra dans des détails préliminaires. Il ne souriait plus, il n'avait plus son air bonhomme. Penché au bord de la table, le bras droit balayant le tapis d'un geste régulier, il raconta qu'il avait voulu présider lui-même une des dernières séances de la commission, pour stimuler le zèle des membres qui la composaient.

— Je leur ai indiqué les vues du gouvernement sur les améliorations à opérer dans les importants services dont ils sont chargés... Le colportage aurait de graves dangers si, devenant une arme entre les mains des révolutionnaires, il aboutissait à raviver les discussions et les haines. La commission a donc le devoir de rejeter tous les ouvrages fomentant et irritant des passions qui ne sont plus de notre âge. Elle accueillera au contraire les livres dont l'honnêteté lui paraîtra inspirer un acte d'adoration pour Dieu, d'amour pour la patrie, de reconnaissance pour le souverain.

Les ministres, très-maussades, crurent cependant devoir saluer au passage ce dernier membre de phrase.

— Le nombre des mauvais livres augmente tous les

jours, continua-t-il. C'est une marée montante contre laquelle on ne saurait trop protéger le pays. Sur douze livres publiés, onze et demi sont bons à jeter au feu. Voilà la moyenne... Jamais les sentiments coupables, les théories subversives, les monstruosités anti-sociales n'ont trouvé autant de chantres... Je suis obligé parfois de lire certains ouvrages. Eh bien, je l'affirme...

Le ministre de l'instruction publique se hasarda à l'interrompre.

— Les romans... dit-il.

— Je ne lis jamais de romans, déclara sèchement Rougon.

Son collègue eut un geste de protestation pudibonde, un roulement d'yeux scandalisé, comme pour jurer que lui non plus ne lisait jamais de romans. Il s'expliqua.

— Je voulais dire simplement ceci : les romans sont surtout un aliment empoisonné servi aux curiosités malsaines de la foule.

— Sans doute, reprit le ministre de l'intérieur. Mais il est des ouvrages tout aussi dangereux : je parle de ces ouvrages de vulgarisation, où les auteurs s'efforcent de mettre à la portée des paysans et des ouvriers un fatras de science sociale et économique, dont le résultat le plus clair est de troubler les cerveaux faibles... Justement, un livre de ce genre, *les Veillées du bonhomme Jacques*, est en ce moment soumis à l'examen de la commission. Il s'agit d'un sergent qui, rentré dans son village, cause chaque dimanche soir avec le maître d'école, en présence d'une vingtaine de laboureurs; et chaque conversation traite un sujet particulier, les nouvelles méthodes de culture, les associations ouvrières, le rôle considérable du producteur dans la société. J'ai lu ce livre qu'un employé m'a signalé; je l'ai trouvé d'autant plus inquiétant, qu'il cache des théories funestes sous une admiration feinte pour les institutions impériales. Il n'y a pas à s'y tromper, c'est là l'œuvre d'un démagogue. Aussi ai-je été très-surpris, quand j'ai entendu plusieurs membres de la commission m'en parler d'une façon élogieuse. J'ai discuté certains passages avec eux, sans paraître les convaincre. L'auteur, m'ont-ils assuré, aurait même fait l'hommage d'un exemplaire de son livre à Sa Majesté... Alors, sire, avant d'opérer la moindre pression, j'ai cru devoir prendre votre avis et celui du conseil.

Et il regardait en face l'empereur, dont les yeux vacillants finirent par se poser sur un couteau à papier, placé devant lui. Le souverain prit ce couteau, le fit tourner entre ses doigts, en murmurant :

— Oui, oui, *les Veillées du bonhomme Jacques*...

Puis, sans se prononcer davantage, il eut un regard oblique, à droite et à gauche de la table.

— Vous avez peut-être parcouru le livre, messieurs, je serai bien aise de savoir...

Il n'achevait pas, il mâchait ses phrases. Les ministres s'interrogeaient furtivement, comptant chacun que son voisin allait pouvoir répondre, donner un avis. Le silence se prolongeait au milieu d'une gêne croissante. Évidemment pas un d'eux ne connaissait même l'existence de l'ouvrage. Enfin le ministre de la guerre se chargea de faire un grand geste d'ignorance pour tous ses collègues. L'empereur tordit ses moustaches, ne se pressa pas.

— Et vous, monsieur Delestang? demanda-t-il.

Delestang se remuait dans son fauteuil, comme en proie à une lutte intérieure. Cette interrogation directe le décida. Mais, avant de parler, il jeta involontairement un coup d'œil du côté de Rougon.

— J'ai eu le volume entre les mains, sire.

Il s'arrêta, en sentant les gros yeux gris de Rougon fixés sur lui. Cependant, devant la satisfaction visible de l'empereur, il reprit, les lèvres un peu tremblantes ·

— J'ai le regret de n'être pas de la même opinion que mon ami et collègue monsieur le ministre de l'intérieur... Certes, l'ouvrage pourrait contenir des restrictions et insister davantage sur la lenteur prudente avec laquelle tout progrès vraiment utile doit s'accomplir. Mais *les Veillées du bonhomme Jacques* ne m'en paraissent pas moins une œuvre conçue dans d'excellentes intentions. Les vœux qui s'y trouvent exprimés pour l'avenir, ne blessent en rien les institutions impériales. Ils en sont, au contraire, comme l'épanouissement légitimement attendu...

Il se tut de nouveau. Malgré le soin qu'il mettait à se tourner vers l'empereur, il devinait, de l'autre côté de la table, la masse énorme de Rougon, tassé sur les coudes, la face pâle de surprise. D'ordinaire, Delestang était toujours de l'avis du grand homme. Aussi ce dernier espérat-il un instant ramener d'un mot le disciple révolté.

— Voyons, il faut citer un exemple, cria-t-il en nouant et en faisant craquer ses mains. Je regrette de n'avoir pas apporté l'ouvrage... Tenez, ceci, un chapitre dont je me souviens. Le bonhomme Jacques parle de deux mendiants qui vont de porte en porte, dans le village; et, sur une question du maître d'école, il déclare qu'il va enseigner aux paysans le moyen de ne jamais avoir un seul pauvre parmi eux. Suit tout un système compliqué pour l'extinction du paupérisme. On est là en pleine théorie communiste... Monsieur le ministre de l'agriculture et du commerce ne peut vraiment approuver ce chapitre.

Delestang, brusquement brave, osa regarder Rougon en face.

— Oh! en pleine théorie communiste, dit-il, vous allez bien loin! Je n'ai vu là qu'un exposé ingénieux des principes de l'association.

Tout en parlant, il fouillait dans sa serviette.

— J'ai justement l'ouvrage, déclara-t-il enfin.

Et il se mit à lire le chapitre en question. Il lisait d'une façon douce et monotone. Sa belle tête de grand homme d'État, à certains passages, prenait une expression de gravité extraordinaire. L'empereur écoutait d'un air profond. Lui, semblait particulièrement jouir des morceaux attendrissants, des pages où l'auteur avait prêté à ses paysans un parler d'une niaiserie enfantine. Quant à Leurs Excellences, elles étaient enchantées. Quelle adorable histoire ! Rougon lâché par Delestang, auquel il avait fait donner un portefeuille, uniquement pour s'appuyer sur lui, au milieu de la sourde hostilité du conseil ! Ses collègues lui reprochaient ses continuels empiètements de pouvoir, son besoin de domination qui le poussait à les traiter en simples commis, tandis qu'il affectait d'être le conseiller intime et le bras droit de Sa Majesté. Et il allait se trouver complétement isolé ! Ce Delestang était un homme à bien accueillir.

— Il y a peut-être un ou deux mots, murmura l'empereur, quand la lecture fut terminée. Mais, en somme, je ne vois pas... N'est-ce pas, messieurs ?

— C'est tout à fait innocent, affirmèrent les ministres.

Rougon évita de répondre. Il parut plier les épaules. Puis, il revint de nouveau à la charge, contre Delestang seul. Pendant quelques minutes encore, la discussion continua entre eux, par phrases brèves. Le bel homme s'aguerrissait, devenait mordant. Alors, peu à peu, Rougon se souleva. Il entendait pour la première fois son pouvoir craquer sous lui. Tout d'un coup, il s'adressa à l'empereur, debout, le geste véhément.

— Sire, c'est une misère, l'estampille sera accordée, puisque Votre Majesté, dans sa sagesse, pense que le livre n'offre aucun danger. Mais je dois vous le déclarer,

sire, il y aurait les plus grands périls à rendre à la
France la moitié des libertés réclamées par ce bonhomme
Jacques... Vous m'avez appelé au pouvoir dans des circonstances terribles. Vous m'avez dit de ne pas chercher,
par une modération hors de saison, à rassurer ceux qui
tremblaient. Je me suis fait craindre, selon vos désirs.
Je crois m'être conformé à vos moindres instructions et
vous avoir rendu les services que vous attendiez de moi.
Si quelqu'un m'accusait de trop de rudesse, si l'on me
reprochait d'abuser de la puissance dont Votre Majesté
m'a investi, un pareil blâme, sire, viendrait à coup sûr
d'un adversaire de votre politique... Eh bien ! croyez-le,
le corps social est tout aussi profondément troublé,
je n'ai malheureusement pas réussi, en quelques semaines, à le guérir des maux qui le rongent. Les passions anarchiques grondent toujours dans les bas-fonds
de la démagogie. Je ne veux pas étaler cette plaie, en
exagérer l'horreur; mais j'ai le devoir d'en rappeler l'existence, afin de mettre Votre Majesté en garde contre les
entraînements généreux de son cœur. On a pu espérer
un instant que l'énergie du souverain et la volonté solennelle du pays avaient refoulé pour toujours dans le néant
les époques abominables de perversion publique. Les événements ont prouvé la douloureuse erreur où l'on était.
Je vous en supplie, au nom de la nation, sire, ne retirez pas
votre puissante main. Le danger n'est pas dans les prérogatives excessives du pouvoir, mais dans l'absence des lois
répressives. Si vous retiriez votre main, vous verriez
bouillonner la lie de la populace, vous vous trouveriez
tout de suite débordé par les exigences révolutionnaires,
et vos serviteurs les plus énergiques ne sauraient bientôt
plus comment vous défendre... Je me permets d'insister,
tant les catastrophes du lendemain seraient terrifiantes. La
liberté sans entraves est impossible dans un pays où il

existe une faction obstinée à méconnaître les bases fondamentales du gouvernement. Il faudra de bien longues
années pour que le pouvoir absolu s'impose à tous,
efface des mémoires le souvenir des anciennes luttes,
devienne indiscutable au point de se laisser discuter. En
dehors du principe autoritaire appliqué dans toute sa
rigueur, il n'y a pas de salut pour la France. Le jour où
Votre Majesté croira devoir rendre au peuple la plus
inoffensive des libertés, ce jour-là elle engagera l'avenir
entier. Une liberté ne va pas sans une deuxième liberté,
puis une troisième liberté arrive, balayant tout, les institutions et les dynasties. C'est la machine implacable,
l'engrenage qui pince le bout du doigt, attire la main,
dévore le bras, broie le corps... Et, sire, puisque je me
permets de m'exprimer librement sur un tel sujet, j'ajouterai ceci : le parlementarisme a tué une monarchie,
il ne faut pas lui donner un empire à tuer. Le Corps
législatif remplit un rôle déjà trop bruyant. Qu'on ne
l'associe jamais davantage à la politique dirigeante du
souverain ; ce serait la source des plus tapageuses et
des plus déplorables discussions. Les dernières élections générales ont prouvé une fois de plus la reconnaissance éternelle du pays; mais il ne s'en est pas
moins produit jusqu'à cinq candidatures dont le succès scandaleux doit être un avertissement. Aujour-
d'hui, la grosse question est d'empêcher la formation
d'une minorité opposante, et surtout, si elle se forme,
de ne pas lui fournir des armes pour combattre le pouvoir avec plus d'impudence. Un parlement qui se tait est
un parlement qui travaille... Quant à la presse, sire,
elle change la liberté en licence. Depuis mon entrée au
ministère, je lis attentivement les rapports, je suis pris
de dégoût chaque matin. La presse est le réceptacle de
tous les ferments nauséabonds. Elle fomente les révolu-

tions, elle reste le foyer toujours ardent où s'allument les incendies. Elle deviendra seulement utile, le jour où l'on aura pu la dompter et employer sa puissance comme un instrument gouvernemental... Je ne parle pas des autres libertés, liberté d'association, liberté de réunion, liberté de tout faire. On les demande respectueusement dans *les Veillées du bonhomme Jacques.* Plus tard, on les exigera. Voilà mes terreurs. Que Votre Majesté m'entende bien, la France a besoin de sentir longtemps sur elle le poids d'un bras de fer...

Il se répétait, il défendait son pouvoir avec un emportement croissant. Pendant près d'une heure, il continua ainsi, à l'abri du principe autoritaire, s'en couvrant, s'en enveloppant, en homme qui use de toute la résistance de son armure. Et, malgré son apparente passion, il gardait assez de sang-froid pour surveiller ses collègues, pour guetter sur leurs visages l'effet de ses paroles. Ceux-ci avaient des faces blanches, immobiles. Brusquement, il se tut.

Il y eut un assez long silence. L'empereur s'était remis à jouer avec le couteau à papier.

— Monsieur le ministre de l'intérieur voit trop en noir la situation de la France, dit enfin le ministre d'État. Rien, je pense, ne menace nos institutions. L'ordre est absolu. Nous pouvons nous reposer dans la haute sagesse de Sa Majesté. C'est même manquer de confiance en elle que de témoigner des craintes...

— Sans doute, sans doute, murmurèrent plusieurs voix.

— J'ajouterai, dit à son tour le ministre des affaires étrangères, que jamais la France n'a été plus respectée de l'Europe. Partout, à l'étranger, on rend hommage à la politique ferme et digne de Sa Majesté. L'opinion des chancelleries est que notre pays est entré pour toujours dans une ère de paix et de grandeur.

Aucun de ces messieurs, d'ailleurs, ne se soucia de combattre le programme politique défendu par Rougon. Les regards se tournaient vers Delestang. Celui-ci comprit ce qu'on attendait de lui. Il trouva deux ou trois phrases. Il compara l'empire à un édifice.

— Certes, le principe d'autorité ne doit pas être ébranlé; mais il ne faut point fermer systématiquement la porte aux libertés publiques... L'empire est comme un lieu d'asile, un vaste et magnifique édifice dont Sa Majesté a de ses mains posé les assises indestructibles. Aujourd'hui, elle travaille encore à en élever les murs. Seulement il viendra un jour où, sa tâche achevée, elle devra songer au couronnement de l'édifice, et c'est alors...

— Jamais! interrompit violemment Rougon. Tout croulera!

L'empereur étendit la main pour arrêter la discussion. Il souriait, il semblait s'éveiller d'une songerie.

— Bien, bien, dit-il. Nous sommes sortis des affaires courantes... Nous verrons.

Et, s'étant levé, il ajouta :

— Messieurs, il est tard, vous déjeunerez au château.

Le conseil était terminé. Les ministres repoussèrent leurs fauteuils, se mirent debout, saluant l'empereur qui se retirait à petits pas. Mais Sa Majesté se retourna, en murmurant :

— Monsieur Rougon, un mot, je vous prie.

Alors, pendant que le souverain attirait Rougon dans l'embrasure d'une fenêtre, Leurs Excellences, à l'autre bout de la pièce, s'empressèrent autour de Delestang. Elles le félicitaient discrètement, avec des clignements d'yeux, des sourires fins, tout un murmure étouffé d'approbation élogieuse. Le ministre d'État, un homme d'un esprit très-délié et d'une grande expérience, se montra particulièrement plat ; il avait pour principe que l'amitié des imbéciles porte bonheur. Delestang, modeste, grave, s'inclinait à chaque compliment.

— Non, venez, dit l'empereur à Rougon.

Et il se décida à le mener dans son cabinet, une pièce assez étroite, encombrée de journaux et de livres jetés sur les meubles. Là, il alluma une cigarette, puis il montra à Rougon le modèle réduit d'un nouveau canon, inventé par un officier ; le petit canon ressemblait à un jouet d'enfant. Il affectait un ton très-bienveillant, il paraissait chercher à prouver au ministre qu'il lui continuait toute sa faveur. Cependant, Rougon flairait une explication. Il voulut parler le premier.

— Sire, dit-il, je sais avec quelle violence je suis attaqué auprès de Votre Majesté.

L'empereur sourit sans répondre. La cour, en effet, s'était de nouveau mise contre lui. On l'accusait maintenant d'abuser du pouvoir, de compromettre l'empire par ses brutalités. Les histoires les plus extraordinaires couraient sur son compte, les corridors du palais étaient pleins d'anecdoctes et de plaintes, dont les échos, chaque matin, arrivaient dans le cabinet impérial.

— Asseyez-vous, monsieur Rougon, asseyez-vous, dit enfin l'empereur avec bonhomie.

Puis, s'asseyant lui-même, il continua :

— On me bat les oreilles d'une foule d'affaires. J'aime mieux en causer avec vous... Qu'est-ce donc que ce notaire qui est mort à Niort, à la suite d'une arrestation ? un monsieur Martineau, je crois ?

Rougon donna tranquillement des détails. Ce Martineau était un homme très-compromis, un républicain dont l'influence dans le département pouvait offrir de grands dangers. On l'avait arrêté. Il était mort.

— Oui, justement, il est mort, c'est cela qui est

fâcheux, reprit le souverain. Les journaux hostiles
se sont emparés de l'événement, ils le racontent d'une
façon mystérieuse, avec des réticences d'un effet déplorable... Je suis très-chagrin de tout cela, monsieur
Rougon.

Il n'insista pas. Il resta quelques secondes, la cigarette
collée aux lèvres.

— Vous êtes allé dernièrement dans les Deux-Sèvres,
continua-t-il, vous avez assisté à une solennité... Êtes-
vous bien sûr de la solidité financière de monsieur Kahn ?

— Oh ! absolument sûr ! s'écria Rougon.

Et il entra dans de nouvelles explications. M. Kahn
s'appuyait sur une société anglaise fort riche ; les actions
du chemin de fer de Niort à Angers faisaient prime à la
Bourse ; c'était la plus belle opération qu'on pût imaginer. L'empereur paraissait incrédule.

— On a exprimé devant moi des craintes, murmura-
t-il. Vous comprenez combien il serait malheureux que
votre nom fût mêlé à une catastrophe... Enfin, puisque
vous m'affirmez le contraire...

Il abandonna ce second sujet pour passer à un troisième.

— C'est comme le préfet des Deux-Sèvres, on est très-
mécontent de lui, m'a-t-on assuré. Il aurait tout bouleversé, là-bas. Il serait en outre le fils d'un ancien huissier
dont les allures bizarres font causer le département...
Monsieur Du Poizat est votre ami, je crois ?

— Un de mes bons amis, sire.

Et, l'empereur s'étant levé, Rougon se leva également.
Le premier marcha jusqu'à une fenêtre, puis revint en
soufflant de légers filets de fumée.

— Vous avez beaucoup d'amis, monsieur Rougon,
dit-il d'un air fin.

— Oui, sire, beaucoup ! répondit carrément le ministre.

Jusque-là, l'empereur avait évidemment répété les commérages du château, les accusations portées par les personnes de son entourage. Mais il devait savoir d'autres histoires, des faits ignorés de la cour, dont ses agents particuliers l'avaient informé, et auxquels il accordait un intérêt bien plus vif; il adorait l'espionnage, tout le travail souterrain de la police. Pendant un instant, il regarda Rougon, la face vaguement souriante; puis, d'une voix confidentielle, en homme qui s'amuse :

— Oh! je suis renseigné, plus que je ne le voudrais... Tenez, un autre petit fait. Vous avez accepté dans vos bureaux un jeune homme, le fils d'un colonel, bien qu'il n'ait pu présenter le diplôme de bachelier. Cela n'a pas d'importance, je le sais. Mais si vous vous doutiez du tapage que ces choses soulèvent!... On fâche tout le monde avec ces bêtises. C'est de la bien mauvaise politique.

Rougon ne répondit rien. Sa Majesté n'avait pas fini. Elle ouvrait les lèvres, cherchait une phrase; mais ce qu'elle avait à dire paraissait la gêner, car elle hésita un instant à descendre jusque-là. Elle balbutia enfin :

— Je ne vous parlerai pas de cet huissier, un de vos protégés, un nommé Merle, n'est-ce pas? Il se grise, il est insolent, le public et les employés s'en plaignent... Tout cela est très-fâcheux, très-fâcheux.

Puis, haussant la voix, concluant brusquement :

— Vous avez trop d'amis, monsieur Rougon. Tous ces gens vous font du tort. Ce serait vous rendre un service que de vous fâcher avec eux... Voyons, accordez-moi la destitution de monsieur Du Poizat et promettez-moi d'abandonner les autres.

Rougon était resté impassible. Il s'inclina, il dit d'un accent profond :

— Sire, je demande au contraire à Votre Majesté le

ruban d'officier pour le préfet des Deux-Sèvres... J'ai également plusieurs faveurs à solliciter...

Il tira un agenda de sa poche, il continua :

— Monsieur Béjuin supplie en grâce Votre Majesté de visiter sa cristallerie de Saint-Florent, lorsqu'elle ira à Bourges... Le colonel Jobelin désire une situation dans les palais impériaux... L'huissier Merle rappelle qu'il a obtenu la médaille militaire et souhaite un bureau de tabac pour une de ses sœurs...

— Est-ce tout ? demanda l'empereur qui s'était remis à sourire. Vous êtes un patron héroïque. Vos amis doivent vous adorer.

— Non, sire, ils ne m'adorent pas, ils me soutiennent, dit Rougon avec sa rude franchise.

Le mot parut frapper beaucoup le souverain. Rougon venait de livrer tout le secret de sa fidélité ; le jour où il aurait laissé dormir son crédit, son crédit serait mort ; et, malgré le scandale, malgré le mécontentement et la trahison de sa bande, il n'avait qu'elle, il ne pouvait s'appuyer que sur elle, il se trouvait condamné à l'entretenir en santé, s'il voulait se bien porter lui-même. Plus il obtenait pour ses amis, plus les faveurs semblaient énormes et peu méritées, et plus il était fort. Il ajouta respectueusement, avec une intention marquée :

— Je souhaite de tout mon cœur que Votre Majesté, pour la grandeur de son règne, garde longtemps autour d'elle les serviteurs dévoués qui l'ont aidée à restaurer l'empire.

L'empereur ne souriait plus. Il fit quelques pas, les yeux voilés, songeur ; et il semblait avoir blêmi, effleuré d'un frisson. Dans cette nature mystique, les pressentiments s'imposaient avec une force extrême. Il coupa court à la conversation pour ne pas conclure, remettant à plus tard l'accomplissement de sa volonté.

De nouveau, il se montra très-affectueux. Même, revenant
sur la discussion qui avait eu lieu dans le conseil, il parut
donner raison à Rougon, maintenant qu'il pouvait parler
sans trop s'engager. Le pays n'était certainement pas
mûr pour la liberté. Longtemps encore, une main énergique devait imprimer aux affaires une marche résolue,
exempte de faiblesse. Et il termina en renouvelant au
ministre l'assurance de son entière confiance; il lui
donnait une pleine liberté d'agir, il confirmait toutes ses
instructions précédentes. Cependant, Rougon crut devoir
insister.

— Sire, dit-il, je ne saurais être à la merci d'un propos
malveillant, j'ai besoin de stabilité pour achever la lourde
tâche dont je me trouve aujourd'hui responsable.

— Monsieur Rougon, répondit l'empereur, marchez
sans crainte, je suis avec vous.

Et, rompant l'entretien, il se dirigea vers la porte du
cabinet, suivi du ministre. Ils sortirent, ils traversèrent
plusieurs pièces, pour gagner la salle à manger. Mais
au moment d'entrer, le souverain se retourna, emmena
Rougon dans le coin d'une galerie.

— Alors, demanda-t-il à demi-voix, vous n'approuvez
pas le système d'anoblissement proposé par monsieur
le garde des sceaux? J'aurais vivement désiré vous voir
favorable à ce projet. Étudiez la question.

Puis, sans attendre la réponse, il ajouta de son air tranquillement entêté :

— Rien ne presse. J'attendrai. Dans dix ans, s'il le
faut.

Après le déjeuner, qui dura à peine une demi-heure,
les ministres passèrent dans un petit salon voisin, où le
café fut servi. Ils restèrent encore là quelques instants,
à s'entretenir, debout autour de l'empereur. Clorinde,
que l'impératrice avait également retenue, vint chercher

son mari, avec son allure hardie de femme lancée dans les cercles d'hommes politiques. Elle tendit la main à plusieurs de ces messieurs. Tous s'empressèrent, la conversation changea. Mais Sa Majesté se montra si galant pour la jeune femme, il la serra bientôt de si près, le cou allongé, l'œil oblique, que Leurs Excellences jugèrent discret de s'écarter peu à peu. Quatre, puis trois encore sortirent sur la terrasse du château par une porte-fenêtre. Deux seulement restèrent dans le salon, pour sauvegarder les convenances. Le ministre d'État, plein d'obligeance, donnant un air affable à sa haute mine de gentilhomme, avait emmené Delestang; et, de la terrasse, il lui montrait Paris, au loin. Rougon, debout au soleil, s'absorbait, lui aussi, dans le spectacle de la grande ville, barrant l'horizon, pareille à un écroulement bleuâtre de nuées, au delà de l'immense nappe verte du bois de Boulogne.

Clorinde était en beauté, ce matin-là. Fagotée comme toujours, traînant sa robe de soie cerise pâle, elle semblait avoir attaché ses vêtements à la hâte, sous l'aiguillon de quelque désir. Elle riait, les bras abandonnés. Tout son corps s'offrait. Dans un bal, au ministère de la marine, où elle était allée en Dame de cœur, avec des cœurs de diamant à son cou, à ses poignets et à ses genoux, elle avait fait la conquête de l'empereur; et, depuis cette soirée, elle paraissait rester son amie, plaisanter simplement chaque fois que Sa Majesté daignait la trouver belle.

— Tenez, monsieur Delestang, disait sur la terrasse le ministre d'État à son collègue, là-bas, à gauche, le dôme du Panthéon est d'un bleu tendre extraordinaire.

Pendant que le mari s'émerveillait, le ministre, curieusement, tâchait de glisser des coups d'œil au fond du petit salon, par la porte-fenêtre restée ouverte. L'empe-

reur, penché, parlait dans la figure de la jeune femme,
qui se renversait en arrière, comme pour lui échapper,
la gorge toute sonore. On apercevait seulement le profil
perdu de Sa Majesté, une oreille allongée, un grand nez
rouge, une bouche épaisse, perdue sous le frémissement des moustaches ; et le plan fuyant de la joue, le
coin de l'œil entrevu, avaient une flamme de convoitise,
l'appétit sensuel des hommes que grise l'odeur de la
femme. Clorinde, irritante de séduction, refusait d'un
balancement imperceptible de la tête, tout en soufflant
de son haleine, à chacun de ses rires, le désir si savamment allumé.

Quand Leurs Excellences rentrèrent dans le salon,
la jeune femme disait en se levant, sans qu'on pût savoir
à quelle phrase elle répondait :

— Oh ! sire, ne vous y fiez pas, je suis entêtée comme
une mule.

Rougon, malgré sa querelle, revint à Paris avec Delestang et Clorinde. Celle-ci sembla vouloir faire sa paix
avec lui. Elle n'avait plus cette inquiétude nerveuse qui
la poussait aux sujets de conversation désagréables ;
elle le regardait même, par moments, avec une sorte de
compassion souriante. Lorsque le landau, dans le Bois
tout trem⌐ de soleil, roula doucement au bord du lac,
elle s'allongea, elle murmura, avec un soupir de jouissance :

— Hein, la belle journée, aujourd'hui !

Puis, après être restée un instant rêveuse, elle demanda à son mari :

— Dites ! est-ce que votre sœur, madame de Combelot, est toujours amoureuse de l'empereur ?

— Henriette est folle ! répondit Delestang, en haussant
les épaules.

Rougon donna des détails.

— Oui, oui, toujours, dit-il. On raconte qu'elle s'est jetée un soir aux pieds de Sa Majesté... Il l'a relevée, il lui a conseillé d'attendre...

— Ah bien ! elle peut attendre ! s'écria gaiement Clorinde. Il y en aura d'autres avant elle.

XII

Clorinde était alors dans un épanouissement d'étrangeté et de puissance. Elle restait la grande fille excentrique qui battait Paris sur un cheval de louage pour conquérir un mari, mais la grande fille devenue femme, le buste élargi, les reins solides, accomplissant posément les actes les plus extraordinaires, ayant réalisé son rêve longtemps caressé d'être une force. Ses interminables courses au fond de quartiers perdus, ses correspondances inondant de lettres les quatre coins de la France et de l'Italie, son continuel frottement aux personnages politiques dans l'intimité desquels elle se glissait, toute cette agitation désordonnée, pleine de trous, sans but logique, avait fini par aboutir à une influence réelle, indiscutable. Elle lâchait encore des choses énormes, des projets fous, des espoirs extravagants, lorsqu'elle causait sérieusement ; elle promenait toujours son vaste portefeuille crevé, rattaché avec des ficelles, le portait entre ses bras comme un poupon, d'une façon si convaincue, que les passants souriaient, à la voir ainsi passer en longues jupes sales. Pourtant, on la consultait, on la craignait même. Personne n'aurait pu dire au juste d'où elle tirait son pouvoir ; il y avait là des sources lointaines, multiples, disparues, auxquelles il était bien difficile de remonter.

On savait au plus des bouts d'histoire, des anecdotes qu'on se chuchotait à l'oreille. L'ensemble de cette singulière figure échappait, imagination détraquée, bon sens écouté et obéi, corps superbe où était peut-être l'unique secret de sa royauté. D'ailleurs, peu importait les dessous de la fortune de Clorinde. Il suffisait qu'elle régnât, même en reine fantasque. On s'inclinait.

Ce fut pour la jeune femme une époque de domination. Elle centralisait chez elle, dans son cabinet de toilette, où traînaient des cuvettes mal essuyées, toute la politique des cours de l'Europe. Avant les ambassades, sans qu'on devinât par quelle voie, elle recevait les nouvelles, des rapports détaillés, dans lesquels se trouvaient annoncées les moindres pulsations de la vie des gouvernements. Aussi avait-elle une cour, des banquiers, des diplomates, des intimes, qui venaient pour tâcher de la confesser. Les banquiers surtout se montraient très-courtisans. Elle avait, d'un coup, fait gagner à un d'eux une centaine de millions, par la simple confidence d'un changement de ministère, dans un État voisin. Elle dédaignait ces trafics de la basse politique ; elle lâchait tout ce qu'elle savait, les commérages de la diplomatie, les cancans internationaux des capitales, uniquement pour le plaisir de parler et de montrer qu'elle surveillait à la fois Turin, Vienne, Madrid, Londres, jusqu'à Berlin et à Saint-Pétersbourg ; alors, coulait un flot de renseignements intarissables sur la santé des rois, leurs amours, leurs habitudes, sur le personnel politique de chaque pays, sur la chronique scandaleuse du moindre duché allemand. Elle jugeait les hommes d'État d'une phrase, sautait du nord au midi sans transition, remuait négligemment les royaumes du bout des ongles, vivait là comme chez elle, comme si la vaste terre, avec ses villes, ses peuples, eût tenu dans une boîte à joujoux, dont elle aurait rangé à son caprice les petites maisons de carton et les bonshommes de bois. Puis, lorsqu'elle se taisait, éreintée de bavardages, elle faisait claquer le pouce contre le médius, un geste qui lui était familier, voulant dire que tout cela ne valait certainement pas le léger bruit de ses doigts.

Pour le moment, au milieu du débraillé de ses occupations multiples, ce qui la passionnait, c'était une affaire de la plus haute gravité, dont elle s'efforçait de ne point parler, sans pouvoir, cependant, se refuser la joie de certaines allusions. Elle voulait Venise. Quand elle parlait du grand ministre italien, elle disait : « Cavour », d'une voix familière. Elle ajoutait : « Cavour ne voulait pas, mais j'ai voulu, et il a compris. » Elle s'enfermait matin et soir avec le chevalier Rusconi, à la légation. D'ailleurs, « l'affaire » marchait très-bien maintenant. Et, tranquille, renversant son front borné de déesse, parlant dans une sorte de somnambulisme, elle laissait tomber des bouts de phrase sans lien entre eux, des lambeaux d'aveu : une entrevue secrète entre l'empereur et un homme d'État étranger, un projet de traité d'alliance dont on discutait encore certains articles, une guerre pour le printemps prochain. D'autres jours, elle était furieuse ; elle donnait des coups de pied aux chaises, dans sa chambre, et bousculait les cuvettes de son cabinet, à les casser ; elle avait une colère de reine, trahie par des ministres imbéciles, qui voit son royaume aller de mal en pis. Ces jours-là, elle tendait tragiquement son bras nu et superbe, le poing fermé, vers le sud-est, du côté de l'Italie, en répétant : « Ah ! si j'étais là-bas, ils ne feraient pas tant de bêtises ! »

Les soucis de la haute politique n'empêchaient pas Clorinde de mener de front toutes sortes de besognes, où elle semblait finir par se perdre elle-même. On la

trouvait souvent assise sur son lit, son énorme portefeuille vidé au milieu de la couverture, et s'enfonçant
jusqu'aux coudes dans le tas de papiers, la tête perdue,
pleurant de rage; elle ne se reconnaissait plus parmi
cet éboulement de feuilles volantes, ou bien elle cherchait quelque dossier égaré, qu'elle découvrait enfin
derrière un meuble, sous ses vieilles bottines, avec son
linge sale. Lorsqu'elle partait pour terminer une affaire,
elle entamait en chemin deux ou trois autres aventures.
Ses démarches se compliquaient, elle vivait dans une
excitation continue, s'abandonnant à un tourbillon d'idées
et de faits, ayant sous elle des profondeurs et des
complications d'intrigues inconnues, insondables. Le
soir, après des journées de courses à travers Paris, quand
elle rentrait les jambes rompues d'avoir monté des
escaliers, rapportant entre les plis de ses jupes les
odeurs indéfinissables des milieux qu'elle venait de
traverser, personne n'aurait osé soupçonner la moitié du
négoce mené par elle aux deux bouts de la ville; et,
si on l'interrogeait, elle riait, elle ne se souvenait pas
toujours.

Ce fut à cette époque qu'elle eut l'étonnante fantaisie
de s'installer dans un cabinet particulier d'un des grands
restaurants du boulevard. L'hôtel de la rue du Colisée,
disait-elle, était loin de tout; elle voulait un pied à terre
dans un endroit central; et elle fit son bureau d'affaires
du cabinet particulier. Pendant deux mois, elle reçut là,
servie par les garçons, qui eurent à introduire les plus
hauts personnages. Des fonctionnaires, des ambassadeurs,
des ministres, se présentèrent au restaurant. Elle, très à
l'aise, les faisait asseoir sur le divan défoncé par les
dernières soupeuses du carnaval, restait elle-même devant la table, dont la nappe demeurait toujours mise,
couverte de mies de pain, encombrée de papiers. Elle

campait comme un général. Un jour, prise d'une indis-
position, elle était montée tranquillement se coucher sous
les combles, dans la chambre du maître d'hôtel qui la
servait, un grand garçon brun auquel elle permettait de
l'embrasser. Le soir seulement, vers minuit, elle avait
consenti à rentrer chez elle.

Delestang, malgré tout, était un homme heureux. Il
paraissait ignorer les excentricités de sa femme. Elle le
possédait maintenant tout entier et usait de lui à sa guise,
sans qu'il se permît un murmure. Son tempérament le
prédisposait à ce servage. Il se trouvait trop bien du
secret abandon de sa volonté, pour jamais tenter une
révolte. Dans l'intimité, c'était lui, le matin, les jours
où elle avait consenti à le tolérer chez elle, qui lui rendait
au lever de petits services, cherchait partout sous les
meubles les bottines égarées et dépareillées, remuait le
linge d'une armoire avant de trouver une chemise sans
trous. Il lui suffisait de garder devant le monde son attitude d'homme souriant et supérieur. On le respectait
presque, tant il parlait de sa femme d'un air de sérénité
et de protection affectueuses.

Clorinde, devenue maîtresse toute-puissante, avait eu
l'idée de faire revenir sa mère de Turin; elle voulait désormais, disait-elle, que la comtesse Balbi passât auprès d'elle six mois chaque année. Ce fut alors une
explosion subite de tendresse filiale. Elle bouleversa un
étage de l'hôtel pour loger la vieille dame le plus près
possible de son appartement. Même elle inventa une
porte de communication qui allait de son cabinet de
toilette dans la chambre à coucher de sa mère. En présence de Rougon surtout, elle étalait son affection avec
une outrance italienne d'expressions caressantes. Comment s'était-elle jamais résignée à vivre si longtemps
séparée de la comtesse, elle qui ne l'avait jamais quittée

pendant une heure avant son mariage ? Elle s'accusait
de la dureté de son cœur. Mais ce n'était pas sa faute,
elle avait dû céder à des conseils, à de prétendues nécessités, dont le sens lui échappait encore. Rougon, devant cette rébellion, ne bronchait pas. Il ne la catéchisait plus, ne cherchait plus à faire d'elle une des
femmes distinguées de Paris. Autrefois, elle avait pu
occuper le vide de ses journées, lorsque la fièvre de son
oisiveté lui allumait le sang, éveillait les désirs dans
ses membres de lutteur au repos. Aujourd'hui, en
pleine bataille, il ne songeait guère à ces choses ; son
peu de sensualité se trouvait mangé par ses quatorze
heures de travail chaque jour. Il continuait à la traiter
affectueusement, avec cette pointe de dédain qu'il témoignait d'ordinaire aux femmes. Pourtant, il venait de temps
à autre la voir, les yeux comme allumés par un réveil
de l'ancienne passion toujours inassouvie. Elle restait
son vice, la seule chair qui le troublât.

Depuis que Rougon habitait le ministère, où ses amis
se plaignaient de ne plus pouvoir le rencontrer dans
l'intimité, Clorinde s'était imaginé de recevoir la bande
chez elle. Peu à peu, l'habitude fut prise. Et, pour mieux
indiquer que ses soirées remplaçaient celles de la rue
Marbeuf, elle choisit également le dimanche et le jeudi.
Seulement, rue du Colisée, on restait jusqu'à une
heure du matin. Elle recevait dans son boudoir, Delestang gardant toujours les clefs du grand salon, par
crainte des taches de graisse. Comme le boudoir se
trouvait très-petit, elle laissait sa chambre à coucher et
son cabinet de toilette ouverts ; si bien que, le plus souvent, on s'entassait dans la chambre, au milieu des chiffons qui traînaient.

Les jeudis et les dimanches, le grand souci de Clorinde était de rentrer assez tôt pour dîner à la hâte et

faire les honneurs de chez elle. Malgré ses efforts de mémoire, cela ne l'empêcha pas, à deux reprises, d'oublier si complétement ses invités, qu'elle demeura stupéfaite en voyant tant de monde autour de son lit, quand elle arriva à minuit passé. Un jeudi, dans les derniers jours de mai, par extraordinaire, elle rentra vers cinq heures; elle était sortie à pied, et avait reçu une averse depuis la place de la Concorde, sans se résigner à payer un fiacre de trente sous pour monter les Champs-Élysées. Toute trempée, elle passa immédiatement dans son cabinet de toilette, où sa femme de chambre Antonia, la bouche barbouillée d'une tartine de confitures, la déshabilla en riant très-fort de l'égouttement de ses jupes, qui pissaient l'eau sur le parquet.

— Il y a là un monsieur, dit enfin cette dernière, quand elle se fut assise par terre pour lui retirer ses bottines. Il attend depuis une heure.

Clorinde lui demanda comment était le monsieur. Alors, la femme de chambre resta par terre, mal peignée, la robe grasse, montrant ses dents blanches dans sa face brune. Le monsieur était gros, pâle, l'air sévère.

— Ah! oui, monsieur de Reuthlinguer, le banquier, s'écria la jeune femme. C'est vrai, il devait venir à quatre heures. Eh bien! qu'il attende... Préparez-moi un bain, n'est-ce pas?

Et elle s'allongea tranquillement dans la baignoire, cachée derrière un rideau, au fond du cabinet. Là, elle lut des lettres arrivées pendant son absence. Au bout d'une grande demi-heure, Antonia, sortie depuis quelques minutes, reparut en murmurant :

— Le monsieur a vu madame rentrer. Il voudrait bien lui parler.

— Tiens! je l'oubliais, le baron! dit Clorinde, qui se

mit debout au milieu de la baignoire. Vous allez
m'habiller.

Mais elle eut, ce soir-là, des caprices de toilette extraordinaires. Dans l'abandon où elle laissait sa personne,
elle était ainsi prise parfois d'un accès d'idolâtrie pour
son corps. Alors, elle inventait des raffinements, nue
devant sa glace, se faisant frotter les membres d'on-
guents, de baumes, d'huiles aromatiques, connus d'elle
seule, achetés à Constantinople, chez le parfumeur du
sérail, disait-elle, par un diplomate italien de ses amis.
Et pendant qu'Antonia la frottait, elle gardait des atti-
tudes de statue. Cela devait lui donner une peau blanche,
lisse, impérissable comme le marbre; une certaine
huile surtout, dont elle comptait elle-même les gouttes
sur un tampon de flanelle, avait la propriété miraculeuse
d'effacer à l'instant les moindres rides. Puis, elle se
livrait à un minutieux examen de ses mains et de ses
pieds. Elle aurait passé une journée à s'adorer.

Pourtant, au bout de trois quarts d'heure, lorsque
Antonia lui eut passé une chemise et un jupon, elle se
souvint brusquement.

— Et le baron!... Ah! tant pis, faites-le entrer! Il
sait bien ce que c'est qu'une femme.

Il y avait plus de deux heures que M. de Reuthlinguer
attendait dans le boudoir, patiemment assis, les mains
nouées sur les genoux. Blême, froid, de mœurs austères,
le banquier, qui possédait une des plus grosses fortunes
de l'Europe, faisait ainsi antichambre chez Clorinde,
depuis quelque temps, jusqu'à deux et trois fois par
semaine. Il l'attirait même chez lui, dans cet intérieur
pudibond et d'un rigorisme glacial, où le débraillé de la
jeune femme consternait les valets.

— Bonjour, baron! cria-t-elle. On me coiffe, ne regardez pas.

Elle restait à demi nue, la chemise glissée des épaules. Le baron, de ses lèvres pâles, trouva un sourire d'indulgence; et il se tint debout près d'elle, les yeux froids et clairs, penché dans un salut d'extrême politesse.

— Vous venez pour les nouvelles, n'est-ce pas?... Je sais justement quelque chose.

Elle se leva, renvoya Antonia, qui lui laissa le peigne planté dans les cheveux. Sans doute elle eut encore peur d'être entendue, car elle posa une main sur l'épaule du banquier, se haussa, lui parla à l'oreille. Le banquier, en l'écoutant, avait les yeux fixés sur sa gorge, qui se tendait vers lui; mais il ne la voyait certainement pas, il hochait vivement la tête.

— Voilà! conclut-elle à voix haute. Vous pouvez marcher maintenant.

Il la reprit par le bras, la ramena contre lui, pour lui demander certaines explications. Il n'aurait pas été plus à l'aise en face d'un de ses commis. Quand il la quitta, il l'invita à venir dîner le lendemain; sa femme s'ennuyait de ne pas la voir. Elle l'accompagna jusqu'à la porte. Mais, tout d'un coup, elle croisa les bras sur sa poitrine, très-rouge, en s'écriant :

— Ah bien! moi qui m'en vas comme ça avec vous!

Alors, elle bouscula Antonia. Cette fille n'en finissait plus! Et elle lui donna à peine le temps de la coiffer, disant qu'elle n'aimait pas à traîner ainsi à sa toilette. Malgré la saison, elle voulut mettre une longue robe de velours noir, une sorte de blouse flottante, serrée à la taille par un cordon de soie rouge. Déjà, à deux reprises, on était monté prévenir madame que le dîner était servi. Mais, comme elle traversait sa chambre, elle y trouva trois messieurs, dont personne ne soupçonnait la présence en cet endroit. C'étaient les trois réfugiés politi-

ques, messieurs Brambilla, Staderino et Viscardi. Elle
ne parut nullement surprise de les rencontrer là.

— Est-ce que vous m'attendez depuis longtemps?
demanda-t-elle.

— Oui, oui, répondirent-ils, en balançant lentement
la tête.

Ils étaient arrivés avant le banquier. Et ils n'avaient
pas fait le moindre bruit, en personnages noirs que des
malheurs politiques ont rendus silencieux et réfléchis.
Assis côte à côte sur la même chaise longue, ils mâ-
chaient de gros cigares éteints, renversés tous les trois
dans la même posture. Cependant, ils s'étaient levés, ils
entouraient Clorinde. Il y eut alors, à voix basse, un balbutiement rapide de syllabes italiennes. Elle sembla leur
donner des instructions. Un d'eux prit des notes chif-
frées sur un carnet, tandis que les autres, très-excités
sans doute par ce qu'ils entendaient, étouffaient de légers cris sous leurs doigts gantés. Puis, ils s'en allèrent
tous les trois à la file, le masque impénétrable.

Ce jeudi-là, il devait y avoir, le soir, une conférence
entre plusieurs ministres, pour une importante affaire,
un conflit à propos d'une question de viabilité. Delestang, lorsqu'il partit après le dîner, promit à Clorinde de
ramener Rougon ; et elle eut une moue, comme pour
faire entendre qu'elle ne tenait guère à le voir. Il n'y
avait pas encore brouille, mais elle affectait une froideur
croissante.

Vers neuf heures, M. Kahn et M. Béjuin arrivèrent les
premiers, suivis à peu de distance par madame Correur.
Ils trouvèrent Clorinde dans sa chambre, allongée sur
une chaise longue. Elle se plaignait d'un de ces maux
inconnus et extraordinaires qui la prenaient brusquement, d'une heure à l'autre ; cette fois, elle avait dû
avaler une mouche en buvant ; elle la sentait voler, au

32.

fond de son estomac. Drapée dans sa grande blouse de velours noir, le buste appuyé sur trois oreillers, elle était d'une royale beauté, la face blanche, les bras nus, pareille à une de ces figures couchées qui rêvent, adossées contre des monuments. A ses pieds, Luigi Pozzo grattait doucement les cordes d'une guitare; il avait quitté la peinture pour la musique.

— Asseyez-vous, n'est-ce pas? murmura-t-elle. Vous m'excusez. J'ai une bête qui est entrée je ne sais comment...

Pozzo continuait à gratter sa guitare en chantant très-bas, l'air ravi, perdu dans une contemplation. Madame Correur roula un fauteuil près de la jeune femme. M. Kahn et M. Béjuin finirent par trouver des chaises libres. Il n'était pas facile de s'asseoir, les cinq ou six siéges de la chambre disparaissant sous des tas de jupons. Lorsque, cinq minutes plus tard, le colonel Jobelin et son fils Auguste se présentèrent, ils durent rester debout.

— Petit, dit Clorinde à Auguste, qu'elle tutoyait toujours, malgré ses dix-sept ans, va donc chercher deux chaises dans le cabinet de toilette.

C'étaient des chaises cannées, toutes dévernies par les linges mouillés qui traînaient sans cesse sur les dossiers. Une seule lampe, recouverte d'une dentelle de papier rose, éclairait la chambre; une autre se trouvait posée dans le cabinet de toilette, et une troisième dans le boudoir, dont les portes grandes ouvertes montraient des enfoncements crépusculaires, des pièces vagues où semblaient brûler des veilleuses. La chambre elle-même, autrefois mauve tendre, passée aujourd'hui au gris sale, restait comme pleine d'une buée suspendue; on distinguait à peine des coins de fauteuil arrachés, des traînées de poussière sur les meubles, une large tache d'encre étalée au beau milieu du tapis, quelque encrier tombé là, qui avait éclaboussé les boiseries: au fond, les rideaux du lit étaient tirés, sans doute pour cacher le désordre des couvertures. Et, dans cette ombre, montait une odeur forte, comme si tous les flacons du cabinet de toilette étaient restés débouchés. Clorinde s'entêtait, même par les temps chauds, à ne jamais ouvrir une fenêtre.

— Ça sent joliment bon chez vous, dit madame Correur pour la complimenter.

— C'est moi qui sens bon, répondit naïvement la jeune femme.

Et elle parla des essences qu'elle tenait du parfumeur même des sultanes. Elle mit un de ses bras nus sous le nez de madame Correur. Sa blouse de velours noir avait un peu glissé, ses pieds passaient, chaussés de petites pantoufles rouges. Pozzo, pâmé, grisé par les parfums violents qui s'exhalaient d'elle, tapait son instrument à légers coups de pouce.

Cependant, au bout de quelques minutes, la conversation tourna fatalement sur Rougon, comme cela arrivait chaque jeudi et chaque dimanche. La bande se réunissait uniquement pour épuiser cet éternel sujet, une rancune sourde et grandissante, un besoin de se soulager par des récriminations sans fin. Clorinde ne se donnait même plus la peine de les exciter; ils apportaient toujours quelques nouveaux griefs, mécontents, jaloux, aigris de tout ce que Rougon avait fait pour eux, travaillés par une intense fièvre d'ingratitude.

— Est-ce que vous avez vu le gros homme, aujourd'hui? demanda le colonel.

Maintenant, Rougon n'était plus « le grand homme ».

— Non, répondit Clorinde. Nous le verrons peut-être ce soir. Mon mari s'entête à me l'amener.

— Je suis allé cette après-midi dans un café où on le
jugeait bien sévèrement, reprit le colonel après un silence. On assurait qu'il branlait dans le manche, qu'il
n'en avait pas dans le ventre pour deux mois.

M. Kahn eut un geste dédaigneux, en disant :

— Moi, je ne lui en donne pas pour trois semaines...
Voyez-vous, Rougon n'est pas un homme de gouvernement; il aime trop le pouvoir, il se laisse griser, et alors
il tape à tort et à travers, il administre à coups de bâton,
avec une brutalité révoltante... Enfin, depuis cinq mois,
il a commis des actes monstrueux...

— Oui, oui, interrompit le colonel, toutes sortes de
passe-droits, d'injustices, d'absurdités... Il abuse, il abuse,
vraiment.

Madame Correur, sans parler, tourna les doigts en
l'air, comme pour dire qu'il avait la tête peu solide.

— C'est cela, reprit M. Kahn en remarquant le geste.
La tête n'est pas très d'aplomb, hein ?

Et, comme on le regardait, M. Béjuin crut devoir
lâcher aussi quelque chose.

— Oh! pas fort, Rougon, murmura-t-il, pas fort du
tout!

Clorinde, la tête renversée sur ses oreillers, examinant au plafond le rond lumineux de la lampe, les laissait aller. Quand ils se turent, elle dit à son tour, pour
les pousser :

— Sans doute il a abusé, mais il prétend avoir fait
tout ce qu'on lui reproche dans l'unique but d'obliger
ses amis... Ainsi, j'en causais l'autre jour avec lui. Les
services qu'il vous a rendus...

— A nous! à nous! crièrent-ils tous les quatre à la
fois, furieusement.

Ils parlaient ensemble, ils voulaient protester sur le
coup. Mais M. Kahn cria le plus fort.

—Les services qu'il m'a rendus! quelle plaisanterie!...
J'ai dû attendre ma concession pendant deux ans. Cela
m'a ruiné. L'affaire, qui était superbe, est devenue très-
lourde... Puisqu'il m'aime tant, pourquoi ne vient-il pas
à mon secours, maintenant? Je lui ai demandé d'obtenir
de l'empereur une loi autorisant la fusion de ma compagnie avec la compagnie du chemin de fer de l'Ouest;
il m'a répondu qu'il fallait attendre... Les services de
Rougon, ah! je demande à les voir! Il n'a jamais rien
fait, et il ne peut plus rien faire!

—Et moi, et moi, reprit le colonel en coupant du
geste la parole à madame Correur, et moi, croyez-vous
que je lui doive quelque chose? Il ne parle pas peut-être
de ce grade de commandeur qui m'était promis depuis
cinq ans?... Il a pris Auguste dans ses bureaux, c'est
vrai; mais je m'en mords joliment les doigts aujour-
d'hui. Si j'avais mis Auguste dans l'industrie, il gagne-
rait déjà le double... Cet animal de Rougon m'a déclaré
hier ne pas pouvoir augmenter Auguste avant dix-huit
mois. Si c'est ainsi qu'il ruine son crédit pour ses amis!

Madame Correur réussit enfin à se soulager. Elle
s'était penchée vers Clorinde.

—Dites, madame, il ne m'a pas nommée? Jamais je
n'ai reçu ça de lui. J'en suis encore à connaître la couleur de ses bienfaits. Il n'en peut pas dire autant, et si
je voulais parler... J'ai sollicité pour plusieurs dames de
mes amies, je ne m'en défends pas; j'aime à rendre service. Eh bien! une remarque que j'ai faite : tout ce qu'il
accorde tourne à mal, ses faveurs semblent porter malheur au monde. Ainsi cette pauvre Herminie Billecoq,
une ancienne élève de Saint-Denis, séduite par un officier, et pour laquelle il avait trouvé une dot; voilà qu'elle
est accourue me raconter une catastrophe ce matin,
elle ne se marie plus, l'officier a filé, après avoir croqué

la dot... Entendez-vous, toujours pour les autres, jamais pour moi! Je me suis avisée, ces temps derniers, quand je suis revenue de Coulonges avec mon héritage, de lui signaler les manœuvres de madame Martineau. Je voulais, dans le partage, la maison où je suis née, et cette femme s'est arrangée pour la garder... Savez-vous quelle a été sa seule réponse? Il m'a répété à trois fois qu'il ne voulait plus s'occuper de cette vilaine histoire.

Cependant, M. Béjuin, lui aussi, s'agitait. Il bégaya :

— Moi, c'est comme madame... Je ne lui ai rien demandé, jamais, jamais! Tout ce qu'il a pu faire, c'est malgré moi, c'est sans que je le sache. Il profite de ce qu'on ne dit rien pour vous accaparer, oui, le mot est juste, vous accaparer...

Sa voix s'éteignit dans un bredouillement. Et tous quatre, ils continuaient à hocher la tête. Puis, ce fut M. Kahn qui recommença d'une voix solennelle :

— La vérité, voyez-vous, la voici... Rougon est un ingrat. Vous vous souvenez du temps où nous battions tous le pavé de Paris pour le pousser au ministère. Hein! nous sommes-nous assez dévoués à sa cause, au point d'en perdre le boire et le manger? A cette époque-là, il a contracté une dette que sa vie entière ne réussirait pas à payer. Parbleu! aujourd'hui, la reconnaissance lui est lourde, et il nous lâche. Ça devait arriver.

— Oui, oui, il nous doit tout! crièrent les autres. Il nous en récompense joliment!

Pendant un instant, ils l'écrasèrent sous l'énumération de leurs bienfaits; lorsqu'un d'eux se taisait, un autre rappelait un détail plus accablant encore. Pourtant, le colonel, tout d'un coup, s'inquiéta de son fils Auguste; le jeune homme n'était plus dans la chambre. A ce moment, un bruit étrange vint du cabinet de toilette, une sorte de barbotement doux et continu. Le colonel se

hâta d'aller voir, et il trouva Auguste très-intéressé par
la baignoire qu'Antonia avait oublié de vider. Des ronds
de citron, dont Clorinde s'était servi pour ses ongles,
flottaient. Auguste, trempant ses doigts, les flairait, avec
une sensualité de collégien.

— Il est insupportable, ce petit! disait à demi-voix
Clorinde. Il fouille partout.

— Mon Dieu! continua doucement madame Correur,
qui semblait avoir attendu la sortie du colonel, ce dont
Rougon manque surtout, c'est de tact... Ainsi, entre
nous, pendant que le brave colonel n'est pas là, Rougon
a eu le plus grand tort de prendre ce jeune homme au
ministère, en passant par-dessus les formalités. On ne
rend pas à ses amis de ces sortes de services. On se
déconsidère.

Mais Clorinde l'interrompit, murmurant :

— Chère dame, allez donc voir ce qu'ils font.

M. Kahn souriait. Quand madame Correur ne fut plus
là, il baissa la voix à son tour.

— Elle est charmante!... Le colonel a été comblé par
Rougon. Mais, vraiment, elle n'a guère à se plaindre.
Rougon s'est absolument compromis pour elle, dans cette
fâcheuse affaire Martineau. Il a fait preuve là de bien
peu de moralité. On ne tue pas un homme pour être
agréable a une vieille connaissance, n'est-ce pas?

Il s'était levé, il marchait à petits pas. Puis, il retourna à l'antichambre prendre son porte-cigares dans
son paletot. Le colonel et madame Correur rentraient.

— Tiens! Kahn s'est envolé, dit le colonel.

Et, sans transition, il s'écria :

— Nous pouvons échigner Rougon, nous autres. Seulement, je trouve que Kahn devrait faire le mort. Je
n'aime pas les gens sans cœur, moi... Tout à l'heure,
j'ai évité de parler. Mais, dans ce café où j'ai passé l'a-

près-midi, on disait très-carrément que Rougon tombait
pour avoir prêté son nom à cette grande flouerie du
chemin de fer de Niort à Angers. On ne manque pas de
nez à ce point-là! Cet imbécile de gros homme qui va
tirer des pétards et prononcer des discours d'une lieue,
dans lesquels il se permet même d'engager la responsabilité de l'empereur!... Voilà, mes bons amis! C'est
Kahn qui nous a fichus en plein gâchis. Hein, Béjuin,
c'est aussi votre opinion?

M. Béjuin approuva vivement de la tête. Il avait déjà
donné toute son adhésion aux paroles de madame Correur et de M. Kahn. Clorinde, la tête toujours renversée,
s'amusait à mordre le gland de sa cordelière, qu'elle
promenait sur sa figure comme pour se chatouiller; et
elle ouvrait de grands yeux qui riaient silencieusement
en l'air.

— Chut! souffla-t-elle.

M. Kahn rentrait, en coupant un cigare du bout des
dents. Il l'alluma, jeta trois ou quatre grosses bouffées;
on fumait dans la chambre de la jeune femme. Puis,
il reprit, continuant la conversation, concluant :

— Enfin, si Rougon prétend avoir ébranlé son pouvoir pour nous servir, je déclare que je nous trouve au
contraire horriblement compromis par sa protection. Il
a une façon brutale de pousser les gens qui leur casse
le nez contre les murs... D'ailleurs, avec ses coups de
poing à assommer les bœufs, le voilà de nouveau par
terre. Merci! je n'ai pas envie de le ramasser une seconde fois! Quand un homme ne sait pas ménager son
crédit, c'est qu'il n'a pas des idées nettes. Il nous compromet, entendez-vous, il nous compromet!... Moi, ma
foi! j'ai de trop lourdes responsabilités, je l'abandonne.

Il hésitait pourtant, sa voix faiblissait, tandis que le
colonel et madame Correur baissaient la tête, sans doute

pour éviter de se prononcer aussi nettement. En somme,
Rougon était toujours au ministère; puis, à le quitter, il
aurait fallu pouvoir s'appuyer sur une autre toute-puissance.

— Il n'y a pas que le gros homme, dit négligemment
Clorinde.

Ils la regardaient, espérant un engagement plus
formel. Mais elle eut un simple geste, comme pour leur
demander un peu de patience. Cette promesse tacite
d'un crédit tout neuf, dont les bienfaits pleuvraient sur
eux, était au fond la grande raison de leur assiduité aux
jeudis et aux dimanches de la jeune femme. Ils flairaient
un prochain triomphe, dans cette chambre aux odeurs
violentes. Croyant avoir usé Rougon à satisfaire leurs
premiers rêves, ils attendaient l'avénement de quelque
pouvoir jeune, qui contenterait leurs rêves nouveaux,
extraordinairement multipliés et élargis.

Cependant, Clorinde s'était relevée sur ses coussins.
Accoudée au bras de la causeuse, elle se pencha brusquement vers Pozzo, lui souffla dans le cou, avec des
rires aigus, comme prise d'une folie heureuse. Quand
elle était très-contente, elle avait de ses joies soudaines
d'enfant. Pozzo, dont la main semblait s'être endormie
sur la guitare, renversa la tête en montrant ses dents
de bel Italien, et il frissonnait comme chatouillé par la
caresse de ce souffle, tandis que la jeune femme riait
plus haut, soufflait plus fort, pour lui faire demander
grâce. Puis, après l'avoir querellé en italien, elle ajouta,
en se tournant vers madame Correur :

— Il faut qu'il chante, n'est-ce pas?... S'il chante, je
ne soufflerai plus, je le laisserai tranquille... Il a fait
une chanson bien jolie.

Alors, ils demandèrent tous la chanson. Pozzo se remit à gratter sa guitare; et il chanta, les yeux sur

Clorinde. C'était un murmure passionné, accompagné de petites notes légères; les paroles italiennes ne s'entendaient pas, soupirées, tremblées; au dernier couplet, sans doute un couplet de souffrance amoureuse, Pozzo, qui prenait une voix sombre, resta la bouche souriante, d'un air de ravissement dans le désespoir. Quand il se tut, on l'applaudit beaucoup. Pourquoi ne faisait-il pas éditer ces choses charmantes? Sa situation dans la diplomatie n'était pas un obstacle.

— J'ai connu un capitaine qui a fait jouer un opéra-comique, dit le colonel Jobelin. On ne l'en a pas plus mal regardé au régiment.

— Oui, mais dans la diplomatie..., murmura madame Correur en hochant la tête.

— Mon Dieu! non, je crois que vous vous trompez, déclara M. Kahn. Les diplomates sont comme les autres hommes. Plusieurs cultivent les arts d'agrément.

Clorinde avait lancé un léger coup de pied dans le flanc de Pozzo, en lui donnant un ordre à demi-voix. Il se leva, jeta la guitare sur un tas de vêtements. Et quand il revint, au bout de cinq minutes, il était suivi d'Antonia portant un plateau où se trouvaient des verres et une carafe; lui, tenait un sucrier qui n'avait pu trouver place sur le plateau. Jamais on ne buvait autre chose que de l'eau sucrée chez la jeune femme; encore les familiers de la maison savaient-ils lui faire plaisir lorsqu'ils prenaient de l'eau pure.

— Eh bien, qu'y a-t-il? dit-elle en se tournant vers le cabinet de toilette, où une porte grinçait.

Puis, comme se souvenant, elle s'écria :

— Ah! c'est maman... Elle était couchée.

En effet, c'était la comtesse Balbi, enveloppée dans une robe de chambre de laine noire; elle avait noué sur sa tête un lambeau de dentelle, dont les bouts s'enrou-

laient à son cou. Flaminio, le grand laquais à longue
barbe, à mine de bandit, la soutenait par derrière, la
portait presque entre ses bras. Et elle semblait n'avoir
pas vieilli, la face blanche, gardant son sourire continu d'ancienne reine de beauté.

— Attends, maman! reprit Clorinde. Je vais te donner ma chaise longue. Moi, je m'allongerai sur le lit...
Je ne suis pas bien. J'ai une bête qui est entrée. Voilà
qu'elle recommence à me mordre.

Il y eut tout un déménagement. Pozzo et madame Correur conduisirent la jeune femme à son lit; mais il fallut
tirer les couvertures et taper les oreillers. Pendant ce
temps, la comtesse Balbi se coucha sur la chaise longue.
Derrière elle, Flaminio resta debout, noir, muet, couvant
d'un regard abominable les personnes qui se trouvaient
là.

— Ça ne vous fait rien que je me couche, n'est-ce
pas? répétait la jeune femme. Je suis beaucoup mieux
couchée... Je ne vous renvoie pas, au moins. Il faut
rester.

Elle s'était allongée, le coude enfoncé dans un oreiller, étalant sa blouse noire, dont l'ampleur faisait sur la
couverture blanche une mare d'encre. Personne, d'ailleurs, ne songeait à s'en aller. Madame Correur causait
à demi-voix avec Pozzo de la perfection des formes de
Clorinde, qu'ils venaient de soutenir. M. Kahn, M. Béjuin et le colonel présentaient leurs compliments à la
comtesse. Celle-ci s'inclinait avec son sourire. Puis,
sans se retourner, de temps à autre, elle disait, d'une
voix très-douce :

— Flaminio!

Le grand laquais comprenait, soulevait un coussin,
apportait un tabouret, tirait de sa poche un flacon d'o-
deur, de son air farouche de brigand en habit noir.

A ce moment, Auguste commit un malheur. Il avait rôdé dans les trois pièces, s'était arrêté à tous les chiffons de femme qui traînaient. Puis, commençant à s'ennuyer, il avait eu l'idée de boire des verres d'eau sucrée coup sur coup. Clorinde le surveillait depuis un instant, regardant le sucrier se vider, lorsqu'il cassa le verre, dans lequel il tapait la cuiller violemment.

— C'est le sucre! il en met trop! cria-t-elle.

— Imbécile! dit le colonel. Tu ne peux pas boire de l'eau tranquillement?... Matin et soir, un grand verre. Il n'y a rien de meilleur. Ça préserve de toutes les maladies.

Heureusement, M. Bouchard entra. Il venait un peu tard, à dix heures passées, parce qu'il avait dû dîner en ville. Et il parut surpris de ne pas trouver là sa femme.

— Monsieur d'Escorailles s'était chargé de l'amener, dit-il, et j'avais promis de la reprendre en passant.

Au bout d'une demi-heure, en effet, madame Bouchard arriva, accompagnée de M. d'Escorailles et de M. La Rouquette. Après une brouille d'une année, le jeune marquis s'était remis avec la jolie blonde; maintenant, leur liaison tournait à l'habitude, ils se reprenaient pour huit jours, ne pouvaient s'empêcher de se pincer et de s'embrasser derrière les portes, lorsqu'ils se rencontraient. Cela allait de soi, naturellement, avec des renouveaux de désir très-vifs. Comme ils venaient chez les Delestang en voiture découverte, ils avaient rencontré M. La Rouquette. Et tous les trois s'en étaient allés au Bois, riant haut, lâchant des plaisanteries risquées; même M. d'Escorailles avait cru un moment rencontrer la main du député, derrière la taille de madame Bouchard. Quand ils entrèrent, ils apportèrent une bouffée de gaieté, la fraîcheur des allées noires du Bois, le mystère des feuilles endormies, où s'étouffait la polissonnerie de leurs rires.

— Oui, nous revenons du lac, dit M. La Rouquette. Ma parole ! on m'a débauché... Je rentrais bien tranquillement travailler.

Il redevint subitement sérieux. Pendant la dernière session, il avait prononcé un discours à la Chambre sur une question d'amortissement, après un grand mois d'études spéciales ; et, depuis lors, il prenait des allures posées d'homme marié, comme s'il avait enterré sa vie de garçon à la tribune. Kahn l'emmena au fond de la chambre, en murmurant :

— A propos, vous qui êtes bien avec Marsy...

Leurs voix se perdirent, ils causèrent bas. Cependant, la jolie madame Bouchard, qui avait salué la comtesse, s'était assise devant le lit, gardant dans sa main la main de Clorinde, la plaignant beaucoup, d'une voix flûtée. M. Bouchard, debout, digne et correct, s'écria tout à coup, au milieu des conversations étouffées :

— Je ne vous ai pas conté ?... Il est gentil, le gros homme !

Et, avant de s'expliquer, il parla amèrement de Rougon, comme les autres. On ne pouvait plus lui rien demander, il n'était même plus poli ; et M. Bouchard tenait avant tout à la politesse. Puis, lorsqu'on lui demanda ce que Rougon lui avait fait, il finit par répondre :

— Moi, je n'aime pas les injustices... C'est pour un des employés de ma division, Georges Duchesne ; vous le connaissez, vous l'avez vu chez moi. Il est plein de mérite, ce garçon ! Nous le recevons comme notre enfant. Ma femme l'aime beaucoup, parce qu'il est de son pays... Alors, dernièrement, nous complotons ensemble de faire nommer Duchesne sous-chef. L'idée était de moi, mais tu l'approuvais, n'est-ce pas, Adèle ?

Madame Bouchard, l'air gêné, se pencha davantage

vers Clorinde, pour éviter les regards de M. d'Escorailles,
qu'elle sentait fixés sur elle.

— Eh bien! continua le chef de division, vous ne
savez pas de quelle façon le gros homme a accueilli ma
demande?... Il m'a regardé un bon moment en silence,
de son air blessant, vous savez. Ensuite, il m'a carrément refusé la nomination. Et comme je revenais à la
charge, il m'a dit, avec un sourire : « Monsieur Bouchard, n'insistez pas, vous me faites de la peine; il y a
des raison graves... » Impossible d'en tirer autre chose.
Il a bien vu que j'étais furieux, car il m'a prié de le rappeler au bon souvenir de ma femme... N'est-ce pas, Adèle?

Madame Bouchard avait justement eu dans la soirée
une explication fort vive avec M. d'Escorailles, au sujet
de ce Georges Duchesne. Elle crut devoir dire, d'un ton
d'humeur :

— Mon Dieu! monsieur Duchesne attendra... Il n'est
pas si intéressant!

Mais le mari s'entêtait.

— Non, non, il a mérité d'être sous-chef, il sera sous-
chef! Je perdrai plutôt mon nom... Moi, je veux qu'on
soit juste!

On dut le calmer. Clorinde, distraite, tâchait d'entendre la conversation de M. Kahn et de M. La Rouquette, réfugiés au pied de son lit. Le premier expliquait
sa situation à mots couverts. Sa grande entreprise du
chemin de fer de Niort à Angers se trouvait en pleine
déconfiture. Les actions avaient commencé par faire
quatre-vingts francs de prime à la Bourse, avant qu'un
seul coup de pioche fût donné. Embusqué derrière sa
fameuse compagnie anglaise, M. Kahn s'était livré aux
spéculations les plus impudentes. Et, aujourd'hui, la
faillite allait éclater, si quelque main puissante ne le
ramassait dans sa chute.

— Autrefois, murmurait-il, Marsy m'avait offert de vendre l'affaire à la compagnie de l'Ouest. Je suis tout prêt à rentrer en pourparlers. Il suffirait d'obtenir une loi...

Clorinde les appela discrètement d'un geste. Et, penchés tous deux au-dessus du lit, ils causèrent longuement avec elle. Marsy n'avait pas de rancune. Elle lui parlerait. Elle lui offrirait le million qu'il demandait, l'année précédente, pour appuyer la demande de concession. Sa situation de président du Corps législatif lui permettrait d'obtenir très-aisément la loi nécessaire.

— Allez, il n'y a encore que Marsy, si l'on veut le succès de ces sortes d'affaires, dit-elle en souriant. Quand on se passe de lui, pour en lancer une, on est bientôt forcé de l'appeler, pour le supplier d'en raccommoder les morceaux.

Dans la chambre, maintenant, tout le monde parlait à la fois, très-haut. Madame Correur expliquait son dernier désir à madame Bouchard : aller mourir à Coulonges, dans la maison de sa famille; et elle s'attendrissait sur les lieux où elle était née, elle forcerait bien madame Martineau à lui rendre cette maison toute pleine des souvenirs de son enfance. Les invités, fatalement, revenaient à Rougon : M. d'Escorailles racontait la colère de son père et de sa mère, qui lui avaient écrit de rentrer au Conseil d'État, de briser avec le ministre, en apprenant les abus de pouvoir de celui-ci; le colonel racontait comment le gros homme s'était absolument refusé à demander pour lui à l'empereur une situation dans les palais impériaux; M. Béjuin lui-même se lamentait de ce que Sa Majesté n'était pas venue visiter la cristallerie de Saint-Florent, lors de son dernier voyage à Bourges, malgré l'engagement formel pris

par Rougon d'obtenir cette faveur. Et, au milieu de cette
rage de paroles, la comtesse Balbi, sur la chaise longue,
souriait, regardait ses mains encore potelées, répétait
doucement :

— Flaminio !

Le grand diable de domestique avait sorti de la poche
de son gilet une toute petite boîte d'écaille pleine de
pastilles à la menthe. La comtesse les croquait avec
des mines de vieille chatte gourmande.

Vers minuit seulement, Delestang rentra. Quand on le
vit soulever la portière du boudoir, un profond silence
se fit, tous les cous s'allongèrent. Mais la portière était
retombée, personne ne le suivait. Alors, après une nouvelle attente de quelques secondes, des exclamations partirent :

— Vous êtes seul ?

— Vous ne l'amenez donc pas ?

— Vous avez donc perdu le gros homme en route ?

Et il y eut un soulagement. Delestang expliqua que
Rougon, très-fatigué, venait de le quitter au coin de la
rue Marbeuf.

— Il a bien fait, dit Clorinde en se couchant tout à
fait sur le lit. Il est si peu amusant !

Ce fut le signal d'un nouveau déchaînement de plaintes
et d'accusations. Delestang protestait, lançait des : Permettez ! permettez ! Il affectait d'ordinaire de défendre
Rougon. Quand on le laissa parler, il dit d'une voix me-
surée :

— Sans doute il aurait pu mieux agir envers certains
de ses amis. Mais il n'en reste pas moins une grande
intelligence... Quant à moi, je lui serai éternellement
reconnaissant...

— Reconnaissant de quoi ? cria M. Kahn courroucé.

— Mais de tout ce qu'il a fait...

On lui coupa violemment la parole. Rougon n'avait jamais rien fait pour lui. Où prenait-il que Rougon eût fait quelque chose?

— Vous êtes étonnant! dit le colonel. On ne pousse pas la modestie à ce point-là!... Mon cher ami, vous n'aviez besoin de personne. Parbleu! vous êtes monté par vos propres forces.

Alors, on célébra les mérites de Delestang. Sa ferme modèle de la Chamade était une création hors ligne, qui révélait depuis longtemps en lui les aptitudes d'un bon administrateur et d'un homme d'État véritablement doué. Il avait le coup d'œil prompt, l'intelligence nette, la main énergique sans rudesse. D'ailleurs, l'empereur ne l'avait-il pas distingué, dès le premier jour? Il se rencontrait sur presque tous les points avec Sa Majesté.

— Laissez donc! finit par déclarer M. Kahn, c'est vous qui soutenez Rougon. Si vous n'étiez pas son ami, si vous ne l'appuyiez pas dans le conseil, il y a quinze jours au moins qu'il serait par terre.

Pourtant, Delestang protestait encore. Certainement, il n'était pas le premier venu; mais il fallait rendre justice aux qualités de tout le monde. Ainsi, le soir même, chez le garde des sceaux, dans une question de viabilité très-embrouillée, Rougon venait de montrer une clarté d'aperçu extraordinaire.

— Oh! la souplesse d'un avoué retors, murmura M. La Rouquette d'un air de dédain.

Clorinde n'avait point encore ouvert les lèvres. Des regards se tournaient vers elle, sollicitant le mot que chacun attendait. Elle roulait doucement la tête sur l'oreiller, comme pour se gratter la nuque. Elle dit enfin, en parlant de son mari, sans le nommer :

— Oui, grondez-le... Il faudra le battre, le jour où l'on voudra le mettre à sa vraie place.

— La situation de ministre de l'agriculture et du commerce est tout à fait secondaire, fit remarquer M. Kahn, afin de brusquer les choses.

C'était toucher à une plaie vive. Clorinde souffrait de voir son mari parqué dans ce qu'elle appelait « un petit ministère ». Elle s'assit brusquement sur son séant, en lâchant le mot attendu :

— Eh! il sera à l'Intérieur quand nous voudrons!

Delestang voulut parler. Mais tous s'étaient précipités, l'entourant d'un brouhaha de ravissement. Alors, lui, sembla se déclarer vaincu. Peu à peu, une teinte rosée montait à ses joues, une jouissance noyait sa face superbe. Madame Correur et madame Bouchard, à demi-voix, le trouvaient beau; la seconde surtout, avec le goût pervers des femmes pour les hommes chauves, regardait passionnément son crâne nu. M. Kahn, le colonel et les autres, avaient des coups d'œil, de petits gestes, des mots rapides, pour dire le cas énorme qu'ils faisaient de sa force. Ils s'aplatissaient devant le plus sot de la bande, ils s'admiraient en lui. Ce maître-là, au moins, serait docile et ne les compromettrait pas. Ils pouvaient impunément le prendre pour dieu, sans craindre sa foudre.

— Vous le fatiguez, fit remarquer la jolie madame Bouchard de sa voix tendre.

On le fatiguait! Ce fut une commisération générale. En effet, il était un peu pâle, ses yeux se fermaient. Pensez donc! quand on travaille depuis le matin cinq heures! Rien ne brise comme les travaux de tête. Et, avec une douce violence, on exigea qu'il allât se coucher. Il obéit docilement, il se retira, après avoir posé un baiser sur le front de sa femme.

— Flaminio! murmura la comtesse.

Elle aussi voulait se mettre au lit. Elle traversa la

chambre au bras du domestique, en envoyant à chacun
un petit salut de la main. Dans le cabinet de toilette,
on entendit Flaminio jurer, parce que la lampe s'était
éteinte.

Il était une heure. On parla de se retirer. Mais Clorinde assurait qu'elle n'avait pas sommeil, qu'on pouvait rester. Pourtant personne ne se rassit. La lampe du
boudoir venait également de s'éteindre; une forte odeur
d'huile se répandait. On eut beaucoup de peine à
retrouver de menus objets, un éventail, la canne du
colonel, le chapeau de madame Bouchard. Clorinde,
tranquillement allongée, empêcha madame Correur
de sonner Antonia; la femme de chambre se couchait
à onze heures. Enfin, on partait, quand le colonel
s'aperçut qu'il oubliait Auguste; le jeune homme dormait sur le canapé du boudoir, la tête appuyée sur une
robe roulée en tampon; on le gronda de n'avoir pas
remonté la lampe. Dans l'ombre de l'escalier, où le gaz
baissé agonisait, madame Bouchard eut un léger cri; son
pied avait tourné, disait-elle. Et, comme tout ce monde
descendait prudemment le long de la rampe, de grands
rires vinrent de la chambre de Clorinde, où Pozzo s'était
attardé; sans doute elle lui soufflait dans le cou.

Chaque jeudi et chaque dimanche, les soirées se ressemblaient. Au dehors, le bruit courait que madame
Delestang avait un salon politique. On s'y montrait très-
libéral, on y battait en brèche l'administration autoritaire
de Rougon. Toute la bande était passée au rêve d'un
empire humanitaire, élargissant peu à peu et à l'infini
le cercle des libertés publiques. Le colonel, à ses moments perdus, rédigeait des statuts pour des associations
d'ouvriers; M. Béjuin parlait de créer une cité, autour
de sa cristallerie de Saint-Florent; M. Kahn, pendant
des heures, entretenait Delestang du rôle démocratique

des Bonaparte dans la société moderne. Et, à chaque
nouvel acte de Rougon, il y avait des protestations in-
dignées, des terreurs patriotiques de voir la France
sombrer aux mains d'un tel homme. Un jour, Delestang
soutint que l'empereur était le seul républicain de l'é-
poque. La bande affectait des allures de secte religieuse
apportant le salut. Maintenant, elle complotait d'une façon
ouverte le renversement du gros homme, pour le plus
grand bien du pays.

Cependant, Clorinde ne se hâtait pas. On la trouvait
étendue sur tous les canapés de son appartement,
distraite, les yeux en l'air, étudiant les coins du
plafond. Quand les autres criaient et piétinaient d'impatience autour d'elle, elle avait une figure muette,
un jeu lent de paupières pour les inviter à plus de
prudence. Elle sortait moins, s'amusait à s'habiller
en homme avec sa femme de chambre, sans doute afin
de tuer le temps. Elle s'était prise brusquement de tendresse pour son mari, l'embrassait devant le monde,
lui parlait en zézayant, témoignait des inquiétudes très-
vives pour sa santé qui était excellente. Peut-être voulait-
elle cacher ainsi l'empire absolu, la surveillance continue,
qu'elle exerçait sur lui. Elle le guidait dans ses moindres actions, lui faisait chaque matin la leçon, comme
à un écolier dont on se méfie. Delestang se montrait
d'ailleurs d'une obéissance absolue. Il saluait, souriait,
se fâchait, disait noir, disait blanc, selon la ficelle
qu'elle avait tirée. Dès qu'il n'était plus monté, il revenait
de lui-même se remettre entre ses mains, pour qu'elle
l'accommodât. Et il restait supérieur.

Clorinde attendait. M. Beulin-d'Orchère, qui évitait
de venir le soir, la voyait souvent pendant la journée.
Il se plaignait amèrement de son beau-frère, l'accusait
de travailler à la fortune d'une foule d'étrangers;

mais cela se passait toujours ainsi, on se moquait bien
des parents! Rougon seul pouvait détourner l'empereur
de lui confier les sceaux, par crainte d'avoir à partager
son influence dans le conseil. La jeune femme fouettait
sa rancune. Puis, elle parlait à demi-mots du prochain
triomphe de son mari, en lui donnant la vague espérance
d'être compris dans la nouvelle combinaison ministérielle.
En somme, elle se servait de lui pour savoir ce qui se
passait chez Rougon. Par une méchanceté de femme,
elle aurait voulu voir ce dernier malheureux en ménage; et elle poussait le magistrat à faire épouser sa
querelle par sa sœur. Il dut essayer, regretter tout haut
un mariage dont il ne tirait aucun profit; mais il échoua
sans doute, devant la placidité de madame Rougon. Son
beau-frère, disait-il, était très-nerveux depuis quelque
temps. Il insinuait qu'il le croyait mûr pour la chute; et
il regardait la jeune femme fixement, il lui racontait
des faits caractéristiques, d'un air aimable de causeur
colportant sans malice les cancans du monde. Pourquoi
donc n'agissait-elle pas, si elle était maîtresse? Elle,
paresseusement, s'allongeait davantage, prenait une
mine de personne enfermée chez elle par un temps de
pluie, se résignant dans l'attente d'un rayon de soleil.

Pourtant, aux Tuileries, la puissance de Clorinde grandissait. On causait à voix basse du vif caprice que
Sa Majesté éprouvait pour elle. Dans les bals, aux récep-
tions officielles, partout où l'empereur la rencontrait, il
tournait autour de ses jupes de son pas oblique, lui
regardait dans le cou, lui parlait de près, avec un lent
sourire. Et, disait-on, elle n'avait encore rien accordé,
pas même le bout des doigts. Elle jouait son ancien
jeu de fille à marier, très-provoquante, libre, disant
tout, montrant tout, mais continuellement sur ses gardes,
se dérobant juste à la minute voulue. Elle semblait

laisser mûrir la passion du souverain, guetter une
circonstance, ménager l'heure où il ne pourrait plus
rien lui refuser, afin d'assurer le triomphe de quelque
plan longuement conçu.

Ce fut vers cette époque qu'elle se montra tout d'un
coup très-tendre à l'égard de M. de Plouguern. Il y
avait, depuis plusieurs mois, de la brouille entre eux. Le
sénateur, fort assidu auprès d'elle, et qui venait assister
presque chaque matin à son lever, s'était un beau jour
fâché de se voir consigné à la porte de son cabinet,
lorsqu'elle faisait sa toilette. Elle rougissait, prise d'un
caprice de pudeur, ne voulant plus être taquinée, gênée,
disait-elle, par les yeux gris du vieillard où s'allumaient
des flammes jaunes. Mais lui, protestait, refusait de
se présenter, comme tout le monde, aux heures où sa
chambre s'emplissait de visites. N'était-il pas son père?
ne l'avait-il pas fait sauter sur ses genoux toute petite? Et
il racontait avec un ricanement les corrections qu'il se
permettait de lui administrer jadis, les jupes relevées.
Elle finit par rompre, un jour où, malgré les cris et les
coups de poing d'Antonia, il était entré pendant qu'elle
se trouvait au bain. Quand M. Kahn ou le colonel Jobelin
lui demandait des nouvelles de M. de Plouguern, elle
répondait d'un air pincé :

— Il rajeunit, il n'a pas vingt ans... Je ne le vois
plus.

Puis, brusquement, on ne rencontra que M. de Plouguern chez elle. A toute heure, il était là, dans les coins
du cabinet de toilette, au fond des trous intimes de la
chambre. Il savait où elle serrait son linge, lui passait
une chemise ou une paire de bas; même on l'avait surpris en train de lui lacer son corset. Clorinde montrait
le despotisme d'une jeune mariée.

— Parrain, va me chercher la lime à ongles, tu sais,

dans le tiroir... Parrain, donne-moi donc mon éponge...

Ce mot de parrain était une caresse. Lui, maintenant, parlait très-souvent du comte Balbi, précisant les détails de la naissance de Clorinde. Il mentait, disait avoir connu la mère de la jeune femme au troisième mois de sa grossesse. Et lorsque la comtesse, avec son rire éternel sur sa face usée, se trouvait là, dans la chambre, au moment du lever de Clorinde, il adressait à la vieille dame des regards d'intelligence, attirait d'un clignement d'yeux son attention sur une épaule nue, sur un genou à demi découvert.

— Hein? Lenora, murmurait-il, tout votre portrait!

La fille lui rappelait la mère. Son visage osseux flambait. Souvent, il allongeait ses mains sèches, prenait Clorinde, se serrait contre elle, pour lui conter quelque ordure. Cela le satisfaisait. Il était voltairien, niait tout, combattait les derniers scrupules de la jeune femme, en disant avec son ricanement de poulie mal graissée :

— Mais, bête, c'est permis... Quand ça fait plaisir, c'est permis.

On ne sut jamais jusqu'où les choses allèrent entre eux. Clorinde avait alors besoin de M. de Plouguern; elle lui réservait un rôle dans le drame qu'elle rêvait. D'ailleurs, il lui arrivait parfois d'acheter ainsi des amitiés dont elle ne se servait plus ensuite, si elle venait à changer de plan. C'était, à ses yeux, comme une poignée de main donnée à la légère et sans profit. Elle avait ce beau dédain de ses faveurs qui déplaçait en elle l'honnêteté commune et lui faisait mettre ses fiertés autre part.

Cependant, son attente se prolongeait. Elle causait à mots couverts, avec M. de Plouguern, d'un événement vague, indéterminé, trop lent à se produire. Le sénateur semblait chercher des combinaisons, d'un air absorbé de

joueur d'échecs; et il hochàit la tête, il ne trouvait sans
doute rien. Quant à elle, les rares jours où Rougon
venait encore la voir, elle se disait lasse, elle parlait
d'aller en Italie passer trois mois. Puis, les paupières à
demi closes, elle l'examinait d'un mince regard luisant.
Un sourire de cruauté raffinée pinçait ses lèvres. Elle
aurait pu tenter déjà de l'étrangler entre ses doigts
effilés; mais elle voulait l'étrangler net; et c'était une
jouissance, cette longue patience qu'elle mettait à regarder
pousser ses ongles. Rougon, toujours très-préoccupé,
lui donnait des poignées de main distraites, sans remarquer la fièvre nerveuse de sa peau. Il la croyait plus
raisonnable, la complimentait d'obéir à son mari.

— Vous voilà presque comme je vous voulais, disait-il.
Vous avez bien raison, les femmes doivent rester tranquilles chez elles.

Et elle criait, avec un rire aigu, quand il n'était plus
là :

— Mon Dieu! qu'il est bête!... Et il trouve les femmes
bêtes, encore!

Enfin, un dimanche soir, vers dix heures, au moment
où toute la bande était réunie dans la chambre de Clorinde, M. de Plouguern entra d'un air triomphant.

— Eh bien! demanda-t-il en affectant une grande in-
dignation, vous connaissez le nouvel exploit de Rougon?...
Cette fois, la mesure est comble.

On s'empressa autour de lui. Personne ne savait rien.

— Une abomination! reprit-il, les bras en l'air. On
ne comprend pas qu'un ministre descende si bas...

Et il raconta d'un trait l'aventure. Les Charbonnel, en
arrivant à Faverolles pour prendre possession de l'héritage du cousin Chevassu, avaient fait grand bruit de la
prétendue disparition d'une quantité considérable d'argenterie. Ils accusaient la bonne chargée de la garde de

la maison, femme très-dévote; à la nouvelle de l'arrêt
rendu par le Conseil d'État, cette malheureuse devait s'être
entendue avec les sœurs de la Sainte-Famille, et avoir
transporté au couvent tous les objets de valeur faciles à
cacher. Trois jours après, ils ne parlaient plus de la
bonne; c'étaient les sœurs elles-mêmes qui avaient dévalisé
leur maison. Cela faisait dans la ville un scandale épouvantable. Mais le commissaire de police refusait d'opérer
une descente au couvent, lorsque, sur une simple lettre
des Charbonnel, Rougon avait télégraphié au préfet de
donner des ordres pour qu'une visite domiciliaire eût
lieu immédiatement.

— Oui, une visite domiciliaire, cela est en toutes lettres dans la dépêche, dit M. de Plouguern en terminant.
Alors, on a vu le commissaire et deux gendarmes bouleverser le couvent. Ils y sont restés cinq heures. Les
gendarmes ont voulu tout fouiller... Imaginez-vous qu'ils
ont mis le nez jusque dans les paillasses des sœurs...

— Les paillasses des sœurs, oh! c'est indigne! s'écria
madame Bouchard révoltée.

— Il faut manquer tout à fait de religion, déclara le
colonel.

— Que voulez-vous, soupira à son tour madame Correur, Rougon n'a jamais pratiqué... J'ai si souvent tenté
en pure perte de le réconcilier avec Dieu!

M. Bouchard et M. Béjuin hochaient la tête d'un air désespéré, comme s'ils venaient d'apprendre quelque catastrophe sociale qui leur faisait douter de la raison
humaine. M. Kahn demanda, en frottant rudement son
collier de barbe :

— Et, naturellement, on n'a rien trouvé chez les
sœurs?

— Absolument rien! répondit M. de Plouguern.

Puis, il ajouta d'une voix rapide :

— Une casserole en argent, je crois, deux timbales,
un porte-huilier, des bêtises, des cadeaux que l'honorable
défunt, vieillard d'une grande piété, avait fait aux sœurs
pour les récompenser de leurs bons soins pendant sa
longue maladie.

— Oui, oui, évidemment, murmurèrent les autres.

Le sénateur n'insista pas. Il reprit d'un ton très-lent,
en accentuant chaque phrase d'un petit claquement de
main :

— La question est ailleurs. Il s'agit du respect dû à
un couvent, à une de ces saintes maisons, où se sont
réfugiées toutes les vertus chassées de notre société
impie. Comment veut-on que les masses soient religieuses, si les attaques contre la religion partent de si
haut? Rougon a commis là un véritable sacrilége, dont il
devra rendre compte... Aussi la bonne société de Faverolles est-elle indignée. Monseigneur Rochart, l'éminent
prélat, qui a toujours témoigné aux sœurs une tendresse
particulière, est immédiatement parti pour Paris, où il
vient demander justice. D'autre part, au Sénat, on était
aujourd'hui très-irrité, on parlait de soulever un incident, sur les quelques détails que j'ai pu fournir. Enfin,
l'impératrice elle-même...

Tous tendirent le cou.

— Oui, l'impératrice a su cette déplorable histoire
par madame de Llorentz, qui la tenait de notre ami La
Rouquette, auquel je l'avais racontée. Sa Majesté s'est
écriée : « Monsieur Rougon n'est plus digne de parler
au nom de la France. »

— Très-bien ! dit tout le monde.

Ce jeudi-là, ce fut, jusqu'à une heure du matin, l'unique sujet de conversation. Clorinde n'avait pas ouvert
la bouche. Aux premiers mots de M. de Plouguern, elle
s'était renversée sur sa chaise longue, un peu pâle, les

lèvres pincées. Puis, elle se signa trois fois, rapidement, sans qu'on la vît, comme si elle remerciait le ciel
de lui avoir accordé une grâce longtemps demandée.
Ses mains eurent ensuite des gestes de dévote furieuse,
au récit de la visite domiciliaire. Peu à peu, elle était
devenue très-rouge. Les yeux en l'air, elle s'absorba
dans une rêverie grave.

Alors, pendant que les autres discutaient, M. de
Plouguern s'approcha d'elle, glissa une main au bord
de son corsage, pour lui pincer familièrement le sein.
Et, avec son ricanement sceptique, du ton libre d'un
grand seigneur qui a roulé dans tous les mondes, il
souffla à l'oreille de la jeune femme :

— Il a touché au bon Dieu, il est foutu !

XIII

Rougon, pendant huit jours, entendit monter contre lui une clameur croissante. On lui aurait tout pardonné, ses abus de pouvoir, les appétits de sa bande, l'étranglement du pays; mais avoir envoyé des gendarmes retourner les paillasses des sœurs, c'était un crime si monstrueux, que les dames, à la cour, affectaient un petit tremblement sur son passage. Mgr Rochart faisait, aux quatre coins du monde officiel, un tapage terrible; il était allé jusqu'à l'impératrice, disait-on. D'ailleurs, le scandale devait être entretenu par une poignée de gens habiles; des mots d'ordre circulaient; les mêmes bruits s'élevaient de tous les côtés à la fois, avec un ensemble singulier. Au milieu de ces furieuses attaques, Rougon resta d'abord calme et souriant. Il haussait ses fortes épaules, appelait l'aventure « une bêtise ». Il plaisantait même. A une soirée du garde des sceaux, il laissa échapper : « Je n'ai pourtant pas raconté qu'on a trouvé un curé dans une paillasse »; et, le mot ayant couru, l'outrage et l'impiété étant au comble, il y eut une nouvelle explosion de colère. Alors, lui, peu à peu, se passionna. On l'ennuyait à la fin! Les sœurs étaient des voleuses, puisqu'on avait découvert chez elles des casseroles et des timbales d'argent. Et il se mit à vouloir pousser l'affaire, il s'engagea davantage, parla de confondre tout le clergé de Faverolles devant les tribunaux.

Un matin, de bonne heure, les Charbonnel se firent
annoncer. Il fut très-étonné, il ne les savait pas à Paris.
Dès qu'il les aperçut, il leur cria que les choses marchaient bien ; la veille, il avait encore envoyé des instructions au préfet pour obliger le parquet à se saisir de l'affaire. Mais M. Charbonnel parut consterné, madame
Charbonnel s'écria :

— Non, non, ce n'est pas cela... Vous êtes allé trop
loin, monsieur Rougon. Vous nous avez mal compris.

Et tous deux se répandirent en éloges sur les sœurs
de la Sainte-Famille. C'étaient de bien saintes femmes.
Ils avaient pu un instant plaider contre elles ; mais jamais, certes, ils n'étaient descendus jusqu'à les accuser
de vilaines actions. Tout Faverolles, d'ailleurs, leur aurait ouvert les yeux, tant les personnes de la société y
respectaient les bonnes sœurs.

— Vous nous feriez le plus grand tort, monsieur Rougon, dit madame Charbonnel en terminant, si vous con-
tinuiez à vous acharner ainsi contre la religion. Nous
sommes venus pour vous supplier de vous tenir tranquille... Dame ! là-bas, ils ne peuvent pas savoir, n'est-
ce pas ? Ils croyaient que nous vous poussions, et ils auraient
fini par nous jeter des pierres... Nous avons donné un beau
cadeau au couvent, un christ d'ivoire qui était pendu au
pied du lit de notre pauvre cousin.

— Enfin, conclut M. Charbonnel, vous êtes averti, ça
vous regarde maintenant... Nous autres, nous n'y sommes
plus pour rien.

Rougon les laissa parler. Ils avaient l'air très-mécon-
tents de lui, même ils finissaient par hausser la voix.
Un léger froid lui était monté à la nuque. Il les regardait, pris subitement d'une lassitude, comme si un peu
de sa force venait encore de lui être enlevé. D'ailleurs,

il ne discuta pas. Il les congédia, en leur promettant
de ne plus agir. Et, en effet, il laissa étouffer l'affaire.

Depuis quelques jours, il était sous le coup d'un autre
scandale, auquel son nom se trouvait mêlé indirecte-
ment. Un drame affreux avait eu lieu à Coulonges. Du
Poizat, entêté, voulant monter sur le dos de son père,
selon l'expression de Gilquin, était revenu un matin frapper à la porte de l'avare. Cinq minutes plus tard, les voisins entendirent des coups de fusil dans la maison, au
milieu de hurlements épouvantables. Quand on entra,
on trouva le vieillard étendu au pied de l'escalier, la
tête fendue; deux fusils déchargés gisaient au milieu du
vestibule. Du Poizat, livide, raconta que son père, en le
voyant se diriger vers l'escalier, s'était mis brusquement
à crier au voleur, comme frappé de folie, et lui avait tiré
deux coups de feu, presque à bout portant; il montrait
même le trou d'une balle dans son chapeau. Puis, toujours
d'après lui, son père, tombant à la renverse, était allé se
briser le crâne sur l'angle de la première marche. Cette
mort tragique, ce drame mystérieux et sans témoin,
soulevaient dans tout le département les bruits les plus
fâcheux. Les médecins constatèrent bien un cas d'apo-
plexie foudroyante. Les ennemis du préfet n'en prétendaient pas moins que celui-ci devait avoir poussé le vieux;
et le nombre de ses ennemis grandissait chaque jour,
grâce à l'administration pleine de rudesse qui écrasait
Niort sous un régime de terreur. Du Poizat, les dents
serrées, crispant ses poings d'enfant maladif, restait blême
et debout, arrêtant les commérages sur le pas des portes,
d'un seul regard de ses yeux gris, quand il passait.
Mais il lui arriva un autre malheur; il lui fallut casser
Gilquin, compromis dans une vilaine histoire d'exoné-
ration militaire; Gilquin, pour cent francs, s'engageait à
exempter des fils de paysan; et tout ce qu'on put faire,

ce fut de le sauver de la police correctionnelle et de le renier. Cependant, jusque-là, Du Poizat s'était appuyé fortement sur Rougon, dont il engageait la responsabilité davantage à chaque nouvelle catastrophe. Il dut flairer la disgrâce du ministre, car il vint à Paris sans l'avertir, très-ébranlé lui-même, sentant craquer ce pouvoir qu'il avait ruiné, cherchant déjà quelque main puissante où se raccrocher. Il songeait à demander son changement de préfecture, afin d'éviter une démission certaine. Après la mort de son père et la coquinerie de Gilquin, Niort devenait impossible.

— J'ai rencontré monsieur Du Poizat dans le faubourg Saint-Honoré, à deux pas d'ici, dit un jour Clorinde au ministre, par méchanceté. Vous n'êtes donc plus bien ensemble?.. Il a l'air furieux contre vous.

Rougon évita de répondre. Peu à peu, ayant dû refuser plusieurs faveurs au préfet, il avait senti un grand froid entre eux; maintenant, ils s'en tenaient aux simples relations officielles. D'ailleurs, la débandade était générale. Madame Correur elle-même l'abandonnait. Certains soirs, il éprouvait de nouveau cette impression de solitude, dont il avait souffert déjà autrefois, rue Marbeuf, lorsque sa bande doutait de lui. Après ses journées si remplies, au milieu de la foule qui assiégeait son salon, il se retrouvait seul, perdu, navré. Ses familiers lui manquaient. Un impérieux besoin lui revenait de l'admiration continue du colonel et de M. Bouchard, de la chaleur de vie dont l'entourait sa petite cour; jusqu'aux silences de M. Béjuin qu'il regrettait. Alors, il tenta encore de ramener son monde; il se fit aimable, écrivit des lettres, hasarda des visites. Mais les liens étaient rompus, jamais il ne parvint à les avoir tous là, à ses côtés; s'il renouait d'un bout, quelque fâcherie, à l'autre bout, cassait le fil; et il restait quand même incomplet,

avec des amis, avec des membres en moins. Enfin, tous
s'éloignèrent. Ce fut l'agonie de son pouvoir. Lui, si fort,
était lié à ces imbéciles par le long travail de leur
fortune commune. Ils emportaient chacun un peu de lui,
en se retirant. Ses forces, dans cette diminution de son
importance, demeuraient comme inutiles ; ses gros poings
tapaient le vide. Le jour où son ombre fut seule au soleil,
où il ne put s'engraisser davantage des abus de son crédit,
il lui sembla que sa place avait diminué par terre ; et il
rêva une nouvelle incarnation, une résurrection en Ju-
piter Tonnant, sans bande à ses pieds, faisant la loi par
le seul éclat de sa parole.

Cependant, Rougon ne se croyait pas encore sérieusement ébranlé. Il traitait dédaigneusement les morsures
qui lui entamaient à peine les talons. Il gouvernerait
puissamment, impopulaire et solitaire. Puis, il mettait
sa grande force dans l'empereur. Sa crédulité fut alors
son unique faiblesse. Chaque fois qu'il voyait Sa Majesté,
il la trouvait bienveillante, très-douce, avec son pâle sourire impénétrable ; et elle lui renouvelait l'expression de
sa confiance, elle lui répétait les instructions si souvent
données. Cela lui suffisait. Le souverain ne pouvait songer
à le sacrifier. Cette certitude le décida à tenter un grand
coup. Pour faire taire ses ennemis et asseoir son pouvoir
solidement, il imagina d'offrir sa démission, en termes
très-dignes : il parlait des plaintes répandues contre lui,
il disait avoir strictement obéi aux désirs de l'empereur,
et sentir le besoin d'une haute approbation, avant de
continuer son œuvre de salut public. D'ailleurs, il se
posait carrément en homme à forte poigne, en représentant de la répression sans merci. La cour était à
Fontainebleau. La démission partie, Rougon attendit
avec un sang-froid de beau joueur. L'éponge allait être
passée sur les derniers scandales, le drame de Coulonges,

la visite domiciliaire chez les sœurs de la Sainte-Famille
S'il tombait, au contraire, il voulait tomber de toute sa
hauteur, en homme fort.

Justement, le jour où le sort du ministre devait se décider, il y avait, dans l'Orangerie des Tuileries, une vente
de charité, en faveur d'une crèche patronnée par l'impératrice. Tous les familiers du palais, tout le haut
monde officiel allaient sûrement s'y rendre, pour faire leur
cour. Rougon résolut d'y montrer sa face calme. C'était
une bravade : regarder en face les gens qui le guette-
raient de leurs regards obliques, promener son tranquille
mépris au milieu des chuchotements de la foule. Vers
trois heures, il donnait un dernier ordre au chef du personnel, avant de partir, quand son valet de chambre
vint lui dire qu'un monsieur et une dame insistaient vivement pour le voir, à son appartement particulier. La
carte portait les noms du marquis et de la marquise d'Escorailles.

Les deux vieillards, que le valet, trompé par leur mise
presque pauvre, avait laissés dans la salle à manger,
se levèrent cérémonieusement. Rougon se hâta de les
mener au salon, tout ému de leur présence, vaguement
inquiet. Il s'exclama sur leur brusque voyage à Paris,
voulut se montrer très-aimable. Mais eux restaient pin-
cés, roides, la mine grise.

— Monsieur, dit enfin le marquis, vous excuserez la
démarche que nous nous trouvons obligés de faire... Il
s'agit de notre fils Jules. Nous désirerions le voir quitter
l'administration, nous vous demandons de ne pas le
garder davantage auprès de votre personne.

Et, comme le ministre les regardait d'un air d'extrême surprise :

— Les jeunes gens ont la tête légère, continua-t-il.
Nous avons écrit deux fois à Jules pour lui exposer nos

raisons, en le priant de se mettre à l'écart... Puis, comme il n'obéissait pas, nous nous sommes décidés à venir. C'est la deuxième fois, monsieur, que nous faisons le voyage de Paris en trente ans.

Alors, il se récria. Jules avait le plus bel avenir. Ils allaient briser sa carrière. Pendant qu'il parlait, la marquise laissait échapper des mouvements d'impatience. Elle s'expliqua à son tour, avec plus de vivacité.

— Mon Dieu! monsieur Rougon, ce n'est pas à nous de vous juger. Mais il y a dans notre famille certaines traditions... Jules ne peut tremper dans une persécution abominable contre l'Église. A Plassans, on s'étonne déjà. Nous nous fâcherions avec toute la noblesse du pays.

Il avait compris. Il voulut parler. Elle lui imposa silence, d'un geste impérieux.

— Laissez-moi achever... Notre fils s'est rallié malgré nous. Vous savez quelle a été notre douleur, en le voyant servir un gouvernement illégitime. J'ai empêché son père de le maudire. Depuis ce temps, notre maison est en deuil, et lorsque nous recevons des amis, le nom de notre fils n'est jamais prononcé. Nous avions juré de ne plus nous occuper de lui; seulement, il est des limites, il devient intolérable qu'un d'Escorailles se trouve mêlé aux ennemis de notre sainte religion... Vous m'entendez, n'est-ce pas, monsieur?

Rougon s'inclina. Il ne songea même pas à sourire des pieux mensonges de la vieille dame. Il retrouvait le marquis et la marquise tels qu'il les avait connus, à l'époque où il crevait la faim sur le pavé de Plassans, hautains, pleins de morgue et d'insolence. Si d'autres lui avaient tenu un si singulier langage, il les aurait certainement jetés à la porte. Mais il resta troublé, blessé, rapetissé; c'était sa jeunesse de pauvreté lâche qui revenait; un instant, il crut encore avoir aux pieds ses anciennes

savates éculées. Il promit de décider Jules. Puis, il se
contenta d'ajouter, en faisant allusion à la réponse qu'il
attendait de l'empereur :

— D'ailleurs, madame, votre fils vous sera peut-être
rendu dès ce soir.

Quand il se retrouva seul, Rougon se sentit pris de
peur. Ces vieilles gens avaient ébranlé son beau sang-
froid. Maintenant, il hésitait à paraître à cette vente de
charité, où tous les yeux liraient son trouble sur son
visage. Mais il eut honte de cette frayeur d'enfant. Et il
partit, en passant par son cabinet. Il demanda à Merle
s'il n'était rien venu pour lui.

— Non, Excellence, répondit d'un ton pénétré l'huissier, qui semblait aux aguets depuis le matin.

L'Orangerie des Tuileries, où avait lieu la vente de
charité, était ornée très-luxueusement pour la circonstance. Une tenture de velours rouge à crépines d'or
cachait les murs, changeait la vaste galerie nue en une
haute salle de gala. A l'un des bouts, à gauche, un immense rideau, également de velours rouge, coupait la
galerie, ménageait une pièce; et ce rideau, relevé par
des embrasses à glands d'or énormes, s'ouvrait largement, mettait en communication la grande salle, où se
trouvaient alignés les comptoirs de vente, et la pièce
plus étroite, dans laquelle était installé le buffet. On avait
semé le sol de sable fin. Des pots de majolique dressaient, dans chaque coin, des massifs de plantes vertes.
Au milieu du carré formé par les comptoirs, un pouf
circulaire faisait comme un banc de velours bas, à
dossier très-renversé; tandis que, du centre du pouf,
un jet colossal de fleurs montait, une gerbe de tiges
parmi lesquelles retombaient des roses, des œillets,
des verveines, pareils à une pluie de gouttes éclatantes.
Et, devant les portes vitrées ouvertes, à deux battants,

sur la terrasse du bord de l'eau, des huissiers en habit noir, la mine grave, consultaient d'un coup d'œil les cartes des invités.

Les dames patronnesses ne comptaient guère avoir beaucoup de monde avant quatre heures. Dans la grande salle, debout derrière les comptoirs, elles attendaient les clients. Sur les longues tables couvertes de drap rouge, s'étalaient les marchandises; il y avait plusieurs comptoirs d'articles de Paris et de chinoiseries, deux boutiques de jouets d'enfant, un kiosque de bouquetière plein de roses, enfin un tourniquet sous une tente, comme dans les fêtes de la banlieue. Les vendeuses, décolletées, en toilette de concert, prenaient des grâces marchandes, des sourires de modiste plaçant un vieux chapeau, des inflexions caressantes de voix, bavardant, faisant l'article sans savoir; et, à ce jeu de demoiselles de magasin, elles s'encanaillaient avec de petits rires, chatouillées par toutes ces mains d'acheteurs, les premières venues, frôlant leurs mains. C'était une princesse qui tenait une des boutiques de joujoux; en face, une marquise vendait des porte-monnaie de vingt-neuf sous, qu'elle ne lâchait pas à moins de vingt francs; toutes deux rivales, mettant le triomphe de leur beauté dans la plus grosse recette, raccrochaient les pratiques, appelaient les hommes, demandaient des prix impudents, puis, après des marchandages furieux de bouchères voleuses, donnaient un peu d'elles, le bout de leurs doigts, la vue de leur corsage largement ouvert, par-dessus le marché, pour décider les gros achats. La charité restait le prétexte. Peu à peu pourtant, la salle s'emplissait. Des messieurs, tranquillement, s'arrêtaient, examinaient les marchandes, comme si elles avaient fait partie de l'étalage. Devant certains comptoirs, des jeunes gens très-élégants s'écrasaient,

ricanaient, allaient jusqu'à des allusions polissonnes sur
leurs emplettes; tandis que ces dames, d'une complaisance inépuisable, passant de l'un à l'autre, offraient
toute leur boutique du même air ravi. Être à la foule
pendant quatre heures, c'est un régal. Un bruit d'encan
s'élevait, coupé de rires clairs, au milieu du piétinement sourd des pas sur le sable. Les tentures rouges
mangeaient la lumière crue des hautes fenêtres vitrées,
ménageaient une lueur rouge, flottante, qui allumait les
gorges nues d'une pointe de rose. Et, entre les comptoirs, parmi le public, promenant de légères corbeilles
pendues à leur cou, six autres dames, une baronne,
deux filles de banquier, trois femmes de hauts fonctionnaires, se précipitaient au-devant de chaque nouveau
venu, en criant des cigares et du feu.

Madame de Combelot surtout avait beaucoup de succès.
Elle était bouquetière, assise très-haut dans le kiosque
plein de roses, un chalet découpé, doré, pareil à une
grande volière. Toute en rose elle-même, un rose de
peau qui continuait sa nudité au delà de l'échancrure
du corsage, portant seulement entre les deux seins le
bouquet de violettes d'uniforme, elle avait imaginé de
faire ses bouquets devant le public, comme une vraie
bouquetière : une rose, un bouton, trois feuilles, qu'elle
roulait entre ses doigts, en tenant le fil du bout des
dents, et qu'elle vendait d'un louis à dix louis, selon la
figure des messieurs. Et l'on s'arrachait ses bouquets,
elle ne pouvait suffire aux commandes, elle se piquait
de temps à autre, affairée, suçant vivement le sang de
ses doigts.

En face, dans la baraque de toile, la jolie madame
Bouchard tenait le tourniquet. Elle portait une délicieuse
toilette bleue d'une coupe paysanne, la taille haute,
le corsage formant fichu, presque un déguisement, pour

35.

avoir bien l'air d'une marchande de pains d'épice et
d'oublies. Avec cela, elle affectait un zézayement adorable, un petit air niais de la plus fine originalité. Sur
le tourniquet, les lots étaient classés, d'affreux bibelots
de cinq ou six sous, maroquinerie, verrerie, porcelaine;
et la plume grinçait contre les fils de laiton, la plaque
tournante emportait les lots, dans un bruit continu de
vaisselle cassée. Toutes les deux minutes, quand les
joueurs manquaient, madame Bouchard disait de sa
douce voix d'innocente, débarquée la veille de son village :

— A vingt sous le coup, messieurs... Voyons, messieurs, tirez un coup...

Le buffet, également sablé, orné aux angles de plantes
vertes, était garni de petites tables rondes et de chaises
cannées. On avait tâché d'imiter un vrai café, pour plus
de piquant. Au fond, au comptoir monumental, trois
dames s'éventaient, en attendant les commandes des
consommateurs. Devant elles, des carafons de liqueurs,
des assiettes de gâteaux et de sandwichs, des bonbons,
des cigares et des cigarettes, faisaient un étalage louche
de bal public. Et, par moments, la dame du milieu, une
comtesse brune et pétulante, se levait, se penchait pour
verser un petit verre, ne se reconnaissant plus au milieu de cette débandade de carafons, manœuvrant ses
bras nus au risque de tout casser. Mais Clorinde régnait
au buffet. C'était elle qui servait le public des tables. On
eût dit Junon fille de brasserie. Elle portait une robe
de satin jaune, coupée de biais de satin noir, aveuglante,
extraordinaire, un astre dont la traîne ressemblait à une
queue de comète. Décolletée très-bas, le buste libre, elle
circulait royalement entre les chaises cannées, promenant des chopes sur des plateaux de métal blanc, avec
une tranquillité de déesse. Elle frôlait les épaules des

hommes de ses coudes nus, se baissait, le corsage ouvert, pour prendre les ordres, répondait à tous, sans se
presser, souriante, très à l'aise. Quand les consommations étaient bues, elle recevait dans sa main superbe
les pièces blanches et les sous, qu'elle jetait d'un geste
déjà familier au fond d'une aumônière, pendue à sa cein-
ture.

Cependant, M. Kahn et M. Béjuin venaient de s'asseoir.
Le premier tapa sur la table de zinc, par manière de
plaisanterie, en criant :

— Madame, deux bocks !

Elle arriva, servit les deux bocks et resta là debout, à
se reposer un instant, le buffet se trouvant alors presque
vide. Distraite, à l'aide de son mouchoir de dentelle, elle
s'essuyait les doigts, sur lesquels la bière avait coulé.
M. Kahn remarqua la clarté particulière de ses yeux, le
rayonnement de triomphe qui sortait de toute sa face.
Il la regarda, les paupières battantes ; puis, il demanda :

— Quand êtes-vous revenue de Fontainebleau ?

— Ce matin, répondit-elle.

— Et vous avez vu l'empereur, quelles nouvelles ?

Elle eut un sourire, pinça les lèvres d'un air indéfi-
nissable, en le regardant à son tour. Alors, il lui vit un
bijou original qu'il ne lui connaissait pas. C'était, à son
cou nu, sur ses épaules nues, un collier de chien, un
vrai collier de chien en velours noir, avec la boucle,
l'anneau, le grelot, un grelot d'or dans lequel tintait une
perle fine. Sur le collier se trouvaient écrits en caractères de diamants deux noms, aux lettres entrelacées et
bizarrement tordues. Et, tombant de l'anneau, une
grosse chaîne d'or battait le long de sa poitrine, entre
ses seins, puis remontait s'attacher à une plaque d'or,
fixée au bras droit, où on lisait : *J'appartiens à mon
maître.*

— C'est un cadeau? murmura discrètement M. Kahn, en montrant le bijou d'un signe.

Elle répondit oui de la tête, les lèvres toujours pincées, dans une moue fine et sensuelle. Elle avait voulu ce servage. Elle l'affichait avec une sérénité d'impudeur qui la mettait au-dessus des fautes banales, honorée d'un choix princier, jalousée de toutes. Quand elle s'était montrée, le cou serré dans ce collier, sur lequel des yeux perçants de rivales prétendaient lire un prénom illustre mêlé au sien, toutes les femmes avaient compris, échangeant des coups d'œil, comme pour se dire : C'est donc fait! Depuis un mois, le monde officiel causait de cette aventure, attendait ce dénoûment. Et c'était fait, en vérité; elle le criait elle-même, elle le portait écrit sur l'épaule. S'il fallait en croire une histoire chuchotée d'oreille à oreille, elle avait eu pour premier lit, à quinze ans, la botte de paille où dormait un cocher, au fond d'une écurie. Plus tard, elle était montée dans d'autres couches, toujours plus haut, des couches de banquiers, de fonctionnaires, de ministres, élargissant sa fortune à chacune de ses nuits. Puis, d'alcôve en alcôve, d'étape en étape, comme apothéose, pour satisfaire une dernière volonté et un dernier orgueil, elle venait de poser sa belle tête froide sur l'oreiller impérial.

— Madame, un bock, je vous prie! demanda un gros monsieur décoré, un général qui la regardait en souriant.

Et quand elle eut apporté le bock, deux députés l'appelèrent.

— Deux verres de chartreuse, s'il vous plaît!

Un flot de monde arrivait, de tous côtés les demandes se croisaient : des grogs, de l'anisette, de la limonade, des gâteaux, des cigares. Les hommes la dévisageaient, causant bas, allumés par l'histoire polissonne qui cou-

rait. Et, quand cette fille de brasserie, sortie le matin
même des bras d'un empereur, recevait leur monnaie,
la main tendue, ils semblaient flairer, chercher sur elle
quelque chose de ces amours souveraines. Elle, sans
un trouble, tournait lentement le cou, pour montrer son
collier de chien, dont la grosse chaîne d'or avait un petit
bruit. Cela devait être un ragoût de plus, se faire la servante de tous, lorsqu'on vient d'être reine pendant une
nuit, traîner autour des tables d'un café pour rire, parmi
les ronds de citron et les miettes de gâteau, des pieds
de statue baisés passionnément par d'augustes moustaches.

— C'est très-amusant, dit-elle en revenant se planter
devant M. Kahn. Ils me prennent pour une fille, ma
parole! Il y en a un qui m'a pincée, je crois. Je n'ai
rien dit. A quoi bon?... C'est pour les pauvres, n'est-ce
pas?

M. Kahn, d'un clignement d'yeux, la pria de se pencher; et, très-bas, il demanda :

— Alors, Rougon...?

— Chut! tout à l'heure, répondit-elle en baissant la
voix également. Je lui ai envoyé une carte d'invitation à
mon nom. Je l'attends.

Et M. Kahn ayant hoché la tête, elle ajouta vivement :

— Si, si, je le connais, il viendra... D'ailleurs, il ne
sait rien.

M. Kahn et M. Béjuin se mirent dès lors à guetter
l'arrivée de Rougon. Ils voyaient toute la grande salle,
par la large ouverture des rideaux. La foule y augmen-
tait de minute en minute. Des messieurs, renversés autour du pouf circulaire, les jambes croisées, fermaient
les yeux d'un air somnolent; tandis que, s'accrochant à
leurs pieds tendus, un continuel défilé de visiteurs tournait devant eux. La chaleur devenait excessive. Le brou-

haha grandissait dans la buée rouge flottant au-dessus
des chapeaux noirs. Et, par moments, au milieu du sourd
murmure, le grincement du tourniquet partait avec un
bruit de crécelle.

Madame Correur, qui arrivait, faisait à petits pas le
tour des comptoirs, très-grosse, vêtue d'une robe de
grenadine rayée blanche et mauve, sous laquelle la
graisse de ses épaules et de ses bras se renflait en bour-
relets rosâtres. Elle avait une mine prudente, des regards
réfléchis de cliente cherchant un bon coup à faire. D'ordinaire, elle disait qu'on trouvait d'excellentes occasions,
dans ces ventes de charité; ces pauvres dames ne savaient
pas, ne connaissaient pas toujours leurs marchandises.
Jamais, d'ailleurs, elle n'achetait aux vendeuses de sa
connaissance; celles-là « salaient » trop leur monde.
Quand elle eut fait le tour de la salle, retournant les objets, les flairant, les reposant, elle revint à un comptoir
de maroquinerie, devant lequel elle resta dix grosses minutes, à fouiller l'étalage d'un air perplexe. Enfin, négligemment, elle prit un portefeuille en cuir de Russie sur
lequel elle avait jeté les yeux depuis plus d'un quart
d'heure.

— Combien? demanda-t-elle.

La vendeuse, une grande jeune femme blonde, en train
de plaisanter avec deux messieurs, se tourna à peine,
répondit :

— Quinze francs.

Le portefeuille en valait au moins vingt. Ces dames,
qui luttaient entre elles à tirer des hommes des sommes
extravagantes, vendaient généralement aux femmes à
prix coûtant, par une sorte de franc-maçonnerie. Mais
madame Correur remit le portefeuille sur le comptoir
d'un air effrayé, en murmurant :

— Oh! c'est trop cher... Je veux faire un cadeau.

J'y mettrai dix francs, pas plus. Vous n'avez rien de
gentil à dix francs?

Et elle bouleversa de nouveau l'étalage. Rien ne lui
plaisait. Mon Dieu! si ce portefeuille n'avait pas coûté si
cher! Elle le reprenait, fourrait son nez dans les poches.
La vendeuse, impatientée, finit par le lui laisser à quatorze francs, puis à douze. Non, non, c'était encore trop
cher. Et elle l'eut à onze francs, après un marchandage
féroce. La grande jeune femme disait :

— J'aime mieux vendre... Toutes les femmes mar-
chandent, pas une n'achète... Ah! si nous n'avions pas
les messieurs!

Madame Correur, en s'en allant, eut la joie de trouver
au fond du portefeuille une étiquette portant le prix
de vingt-cinq francs. Elle rôda encore, puis s'installa
derrière le tourniquet, à côté de madame Bouchard. Elle
l'appelait « ma chérie », et lui ramenait sur le front deux
accroche-cœur qui s'envolaient.

— Tiens, voilà le colonel! dit M. Kahn, toujours at-
tablé au buffet, les yeux guettant les portes.

Le colonel venait parce qu'il ne pouvait pas faire autrement. Il comptait en être quitte avec un louis; et cela
lui saignait déjà fortement le cœur. Dès la porte, il fut
entouré, assailli, par trois ou quatre dames, qui répé-
taient :

— Monsieur, achetez-moi un cigare... Monsieur, une
boîte d'allumettes...

Il sourit, en se débarrassant poliment. Ensuite, il s'o-
rienta, voulut payer sa dette tout de suite. s'arrêta à un
comptoir tenu par une dame très-bien en cour, à laquelle il marchanda un étui à cigares fort laid. Soixante-
quinze francs! Il ne fut pas maître d'un geste de terreur,
il rejeta l'étui et fila; tandis que la dame, rouge, blessée,
tournait la tête, comme s'il avait commis sur sa personne

une inconvenance. Alors, lui, pour empêcher les com-
mentaires fâcheux, s'approcha du kiosque où madame
de Combelot tournait toujours ses petits bouquets. Ça
ne devait pas être cher, ces bouquets-là. Par prudence,
il ne voulut pas même d'un bouquet, devinant que la
bouquetière devait mettre un haut prix à son travail. Il
choisit, dans le tas des roses, la moins épanouie, la plus
maigre, un bouton à demi-mangé. Et galamment, sortant son porte-monnaie :

— Madame, combien cette fleur?

— Cent francs, monsieur, répondit la dame, qui avait
suivi son manége du coin de l'œil.

Il balbutia, ses mains tremblèrent. Mais, cette fois, il
était impossible de reculer. Du monde se trouvait là, on
le regardait. Il paya, et, se réfugiant dans le buffet, il
s'assit à la table de M. Khan, en murmurant :

— C'est un guet-apens, un guet-apens...

— Vous n'avez pas vu Rougon dans la salle? demanda
M. Kahn.

Le colonel ne répondit pas. Il jetait de loin des regards furibonds aux vendeuses. Puis, comme M. d'Escorailles et M. La Rouquette riaient très-fort, devant un
comptoir, il dit encore entre ses dents :

— Parbleu! les jeunes gens, ça les amuse... Ils finis-
sent toujours par en avoir pour leur argent.

M. d'Escorailles et M. La Rouquette, en effet, s'a-
musaient beaucoup. Ces dames se les arrachaient. Dès
leur entrée, des bras s'étaient tendus vers eux; à droite,
à gauche, leurs noms sonnaient.

— Monsieur d'Escorailles, vous savez ce que vous
m'avez promis... Voyons, monsieur La Rouquette, vous
m'achèterez bien un petit dada. Non? Alors, une poupée. Oui, oui, une poupée, c'est ce qu'il vous faut!

Ils se donnaient le bras, pour se protéger, disaient-ils

en riant. Ils avançaient, radieux, pâmés, au milieu de
l'assaut de toutes ces jupes, dans la caresse tiède de ces
jolies voix. Par moments, ils disparaissaient, noyés sous
les gorges nues, contre lesquelles ils feignaient de se
défendre, avec de petits cris d'effroi. Et, à chaque comptoir, ils se laissaient faire une aimable violence. Puis,
ils jouaient l'avarice, en affectant des effarouchements
comiques. Une poupée d'un sou, un louis, ça n'était pas
dans leurs moyens! Trois crayons, deux louis, on voulait donc leur retirer le pain de la bouche! C'était
à mourir de rire. Ces dames avaient une gaieté rou-
coulante, pareille à un chant de flûte. Elles devenaient
plus âpres, grisées par cette pluie d'or, triplant, qua-
druplant les prix, mordues de la passion du vol. Elles
se les passaient de mains en mains, avec des clignements d'yeux; et des mots couraient : « Je vais les pincer, ceux-là... Vous allez voir, on peut les saler... »,
phrases qu'ils entendaient et auxquelles ils répondaient
par des saluts plaisants. Derrière leurs dos, elles triom-
phaient, elles se vantaient; la plus forte, la plus jalousée
fut une demoiselle de dix-huit ans, qui avait vendu un
bâton de cire à cacheter trois louis. Cependant, arrivé
au bout de la salle, comme une vendeuse voulait absolument lui fourrer dans la poche une boîte de savons,
M. d'Escorailles s'écria :

— Je n'ai plus le sou. Si vous voulez que je vous fasse
des billets?

Il secouait son porte-monnaie. La dame, lancée,
s'oubliant, prit le porte-monnaie, le fouilla. Et elle
regardait le jeune homme, elle semblait sur le point de
lui demander sa chaîne de montre.

C'était une farce. M. d'Escorailles emportait toujours
dans les ventes un porte-monnaie vide, pour rire.

— Ah! zut! dit-il en entraînant M. La Rouquette, je

deviens chien, moi!... Hein? il faut tâcher de nous refaire.

Et, comme ils passaient devant le tourniquet, madame Bouchard jeta son cri :

— A vingt sous le coup, messieurs... Tirez un coup...

Ils s'approchèrent, en feignant de n'avoir pas entendu.

— Combien le coup, la marchande?

— Vingt sous, messieurs.

Les rires recommencèrent de plus belle. Mais madame Bouchard, dans sa toilette bleue, restait candide, levant des yeux étonnés sur les deux messieurs, comme si elle ne les avait pas connus. Alors, une partie formidable s'engagea. Pendant un quart d'heure, le tourniquet grinça, sans un arrêt. Ils tournaient l'un après l'autre. M. d'Escorailles gagna deux douzaines de coquetiers, trois petits miroirs, sept statuettes en biscuit, cinq étuis à cigarettes; M. La Rouquette eut pour sa part deux paquets de dentelle, un vide-poche en porcelaine de camelotte monté sur des pieds de zinc doré, des verres, un bougeoir, une boîte avec une glace. Madame Bouchard, les lèvres pincées, finit par crier :

— Ah bien! non, vous avez trop de chance! Je ne joue plus... Tenez, emportez vos affaires.

Elle en avait fait deux gros tas, à côté, sur une table. M. La Rouquette parut consterné. Il lui demanda d'échanger son tas contre le bouquet de violettes d'uniforme, qu'elle portait piqué dans ses cheveux. Mais elle refusa.

— Non, non, vous avez gagné ça, n'est-ce pas? Eh bien! emportez ça.

— Madame a raison, dit gravement M. d'Escorailles. On ne boude pas la fortune, et du diable si je laisse un coquetier!... Moi, je deviens chien.

Il avait étalé son mouchoir et nouait proprement un paquet. Il y eut une nouvelle explosion d'hilarité. L'em-

barras de M. La Rouquette était aussi bien divertissant.
Alors, madame Correur, qui avait gardé jusque-là, au
fond de la boutique, une dignité souriante de matrone,
avança sa grosse face rose. Elle voulait bien faire un
échange, elle.

— Non, je ne veux rien, se hâta de dire le jeune député. Prenez tout, je vous donne tout.

Et ils ne s'en allèrent pas, ils restèrent là un instant.
Maintenant, à demi-voix, ils adressaient des galanteries
à madame Bouchard, d'un goût douteux. A la voir, les
têtes tournaient plus encore que son tourniquet. Que
gagnait-on à son joli jeu? Ça ne valait pas le jeu de pigeon vole; et ils voulaient lui jouer à pigeon vole toutes
sortes de choses aimables. Madame Bouchard baissait
les cils, avec un rire de jeune bête; elle avait un léger
balancement de hanches, comme une paysanne dont
des messieurs se gaussent· pendant que madame Correur s'extasiait sur elle, en répétant d'un air ravi de con-
naisseuse :

— Est-elle gentille! est-elle gentille!

Mais madame Bouchard finit par donner des tapes
sur les mains de M. d'Escorailles, qui voulait examiner
le mécanisme du tourniquet, en prétendant qu'elle devait
tricher. Allaient-ils la laisser tranquille, à la fin! Et,
quand elle les eut renvoyés, elle reprit sa voix enga-
geante de marchande.

— Voyons, messieurs, à vingt sous le coup... Un coup
seulement, messieurs.

A ce moment, M. Kahn, debout pour voir par dessus
les têtes, se rassit avec précipitation, en murmurant :

— Voici Rougon... N'ayons pas l'air, n'est-ce pas?

Rougon traversait la salle, lentement. Il s'arrêta, joua
au tourniquet de madame Bouchard, paya trois louis
une des roses de madame de Combelot. Puis, quand il

eut fait ainsi son offrande, il parut vouloir repartir
sur-le-champ. Il écartait la foule, marchait déjà
vers une porte. Mais, tout d'un coup, comme il venait
de jeter un regard dans le buffet, il se dirigea de ce côté,
la tête haute, calme, superbe. M. d'Escorailles et M. La
Rouquette s'étaient assis près de M. Kahn, de M. Béjuin
et du colonel; il y avait encore là M. Bouchard, qui arrivait. Et tous ces messieurs, quand le ministre passa
devant eux, eurent un léger frisson, tant il leur sembla
grand et solide, avec ses gros membres. Il les avait
salués de haut, familièrement. Il se mit à une table
voisine. Sa large face ne se baissait pas, se tournait lentement, à gauche, à droite, comme pour affronter et
supporter sans une ombre les regards qu'il sentait fixés
sur lui.

Clorinde s'était approchée, traînant royalement sa
lourde robe jaune. Elle lui demanda, en affectant une
vulgarité où perçait une pointe de raillerie:

— Que faut-il vous servir?

— Ah! voilà! dit-il gaiement. Je ne bois jamais rien...
Qu'est-ce que vous avez?

Alors, elle lui énuméra rapidement des liqueurs:
fine champagne, rhum, curaçao, kirsch, chartreuse,
anisette, vespétro, kummel.

— Non, non, donnez-moi un verre d'eau sucrée.

Elle alla au comptoir, apporta le verre d'eau sucrée,
toujours avec sa majesté de déesse. Et elle resta devant
Rougon, à le regarder faire fondre son sucre. Lui, continuait à sourire. Il dit les premières banalités venues.

— Vous allez bien?.. Il y a un siècle que je ne vous
ai vue.

— J'étais à Fontainebleau, répondit-elle simplement.

Il leva les yeux, l'examina d'un regard profond: Mais
elle l'interrogeait à son tour.

— Et êtes-vous content? tout marche-t-il à votre gré?

— Oui, parfaitement, dit-il.

— Allons, tant mieux!

Et elle tourna autour de lui, avec des attentions de garçon de café. Elle le couvait de la flamme mauvaise de ses yeux, comme sur le point de laisser à chaque instant échapper son triomphe. Enfin, elle se décidait à le quitter, quand elle se haussa sur les pieds, pour jeter un regard dans la salle voisine. Puis, lui touchant l'épaule :

— Je crois qu'on vous cherche, reprit-elle, le visage tout allumé.

Merle, en effet, s'avançait respectueusement, entre les chaises et les tables du buffet. Il fit coup sur coup trois saluts. Et il priait Son Excellence de l'excuser. On avait apporté derrière Son Excellence la lettre que Son Excellence devait attendre depuis le matin. Alors, tout en n'ayant pas reçu d'ordre, il avait cru...

— C'est bien, donnez, interrompit Rougon.

L'huissier lui remit une grande enveloppe et alla rôder dans la salle. Rougon, d'un coup d'œil, avait reconnu l'écriture; c'était une lettre autographe de l'empereur, la réponse à l'envoi de sa démission. Une petite sueur froide monta à ses tempes. Mais il ne pâlit même pas. Il glissa tranquillement la lettre dans la poche intérieure de sa redingote, sans cesser d'affronter les regards de la table de M. Kahn, auquel Clorinde était allée dire quelques mots. Toute la bande à présent le guettait, ne perdait pas un de ses mouvements, dans une fièvre aiguë de curiosité.

La jeune femme étant revenue se planter devant lui, Rougon but enfin la moitié de son verre d'eau sucrée et chercha une galanterie.

36.

— Vous êtes toute belle aujourd'hui. Si les reines se
faisaient servantes...

Elle coupa son compliment, elle dit avec son audace :

— Alors, vous ne lisez pas?

Il joua l'oubli. Puis, feignant de se souvenir :

— Ah! oui, cette lettre... Je vais la lire, si cela peut
vous plaire.

Et, à l'aide d'un canif, il fendit l'enveloppe, soigneusement. D'un regard il eut parcouru les quelques lignes.
L'empereur acceptait sa démission. Pendant près d'une
minute, il tint le papier sur son visage, comme pour
le relire. Il avait peur de ne plus être maître du calme
de sa face. Un soulèvement terrible se faisait en lui; une
rébellion de toute sa force qui ne voulait pas accepter
la chute, le secouait furieusement, jusqu'aux os ; s'il ne
s'était pas roidi, il aurait crié, fendu la table à coups de
poing. Le regard toujours fixé sur la lettre, il revoyait l'empereur tel qu'il l'avait vu à Saint-Cloud, avec sa parole
molle, son sourire entêté, lui renouvelant sa confiance,
lui confirmant ses instructions. Quelle longue pensée de
disgrâce devait-il donc mûrir, derrière son visage voilé,
pour le briser si brusquement, en une nuit, après l'avoir
vingt fois retenu au pouvoir?

Enfin Rougon, d'un effort suprême, se vainquit. Il
releva sa face, où pas un trait ne bougeait; il remit la
lettre dans sa poche, d'un geste indifférent. Mais Clorinde avait appuyé ses deux mains sur la petite table. Elle
se courba dans un mouvement d'abandon, elle murmura,
les coins de la bouche frémissants :

— Je le savais. J'étais là-bas encore ce matin... Mon
pauvre ami!

Et elle le plaignait d'une voix si cruellement mo-
queuse, qu'il la regarda de nouveau les yeux dans les
yeux. Elle ne dissimulait plus, d'ailleurs. Elle tenait la

jouissance attendue depuis des mois, goûtant sans hâte, phrase à phrase, la volupté de se montrer enfin à lui en ennemie implacable et vengée.

— Je n'ai pas pu vous défendre, continua-t-elle. Vous ignorez sans doute...

Elle n'acheva pas. Puis, elle demanda, d'un air aigu :

— Devinez qui vous remplace à l'Intérieur?

Il eut un geste d'insouciance. Mais elle le fatiguait de son regard. Elle finit par lâcher ce seul mot :

— Mon mari!

Rougon, la bouche sèche, but encore une gorgée d'eau sucrée. Elle avait tout mis dans ce mot, sa colère d'avoir été dédaignée autrefois, sa rancune menée avec tant d'art, sa joie de femme de battre un homme réputé de première force. Alors, elle se donna le plaisir de le torturer, d'abuser de sa victoire; elle étala les côtés blessants. Mon Dieu! son mari n'était pas un homme supérieur; elle l'avouait, elle en plaisantait même; et elle voulait dire que le premier venu avait suffi, qu'elle aurait fait un ministre de l'huissier Merle, si le caprice lui en était poussé. Oui, l'huissier Merle, un passant imbécile, n'importe qui : Rougon aurait eu un digne successeur. Cela prouvait la toute-puissance de la femme. Puis, se livrant complétement, elle se montra maternelle, protectrice, donneuse de bons conseils.

— Voyez-vous, mon cher, je vous l'ai dit souvent, vous avez tort de mépriser les femmes. Non, les femmes ne sont pas les bêtes que vous pensez. Ça me mettait en colère, de vous entendre nous traiter de folles, de meubles embarrassants, que sais-je encore? de boulets au pied... Regardez donc mon mari! Est-ce que j'ai été un boulet à son pied?... Moi, je voulais vous faire voir ça. Je m'étais promis ce régal, vous vous souvenez, le jour où nous avons eu cette conversation. Vous avez vu, n'est-ce pas ? Eh bien ! sans rancune... Vous êtes très-fort, mon cher. Mais dites-vous bien une chose : une femme vous roulera toujours, quand elle voudra en prendre la peine.

Rougon, un peu pâle, souriait.

— Oui, vous avez raison peut-être, dit-il d'une voix lente, évoquant toute cette histoire. J'avais ma seule force. Vous aviez...

— J'avais autre chose, parbleu ! acheva-t-elle avec une carrure qui arrivait à de la grandeur, tant elle se mettait haut dans le dédain des convenances.

Il n'eut pas une plainte. Elle lui avait pris de sa puissance pour le vaincre ; elle retournait aujourd'hui contre lui les leçons épelées à son côté, en disciple docile, pendant leurs bonnes après-midi de la rue Marbeuf. C'était là de l'ingratitude, de la trahison, dont il buvait l'amertume sans dégoût, en homme d'expérience. Sa seule préoccupation, dans ce dénoûment, restait de savoir s'il la connaissait enfin tout entière. Il se rappelait ses anciennes enquêtes, ses efforts inutiles pour pénétrer les rouages secrets de cette machine superbe et détraquée. La bêtise des hommes, décidément, était bien grande.

A deux fois, Clorinde, s'était éloignée pour servir des petits verres. Puis, lorsqu'elle se fut satisfaite, elle recommença sa marche royale entre les tables, en affectant de ne plus s'occuper de lui. Il la suivait des yeux ; et il la vit s'approcher d'un monsieur à barbe immense, un étranger dont les prodigalités révolutionnaient alors Paris. Ce dernier achevait un verre de malaga.

— Combien, madame ? demanda-t-il en se levant.

— Cinq francs, monsieur. Toutes les consommations sont à cinq francs.

Il paya. Puis, du même ton, avec son accent :

— Et un baiser, combien ?

— Cent mille francs, répondit-elle sans une hésitation.

Il se rassit, écrivit quelques mots sur une page arrachée d'un agenda. Ensuite, il lui posa un gros baiser sur la joue, la paya, s'en alla d'un pas plein de flegme. Tout le monde souriait, trouvait ça très-bien.

— Il ne s'agit que de mettre le prix, murmura Clorinde, en revenant près de Rougon.

Et il vit là une nouvelle allusion. Elle avait dit jamais pour lui. Alors, cet homme chaste, qui avait reçu sans plier le coup de massue de sa disgrâce, souffrit beaucoup du collier, qu'elle portait si effrontément. Elle se penchait davantage, le provoquait, roulait son cou. La perle fine tintait dans le grelot d'or; la chaîne pendait, comme tiède encore de la main du maître; les diamants luisaient sur le velours, où il épelait aisément le secret connu de tous. Et jamais il ne s'était senti à ce point mordu par cette jalousie inavouée, cette brûlure d'envie orgueilleuse, qu'il avait éprouvée parfois en face de l'empereur tout-puissant. Il aurait préféré Clorinde au bras de ce cocher, dont on parlait à voix basse. Cela irritait ses anciens désirs, de la savoir hors de sa main, tout en haut, esclave d'un homme qui d'un mot courbait les têtes.

Sans doute la jeune femme devina son tourment. Elle ajouta une cruauté, elle lui désigna d'un clignement d'yeux madame de Combelot, dans son kiosque de fleuriste, vendant ses roses. Et elle murmurait, avec son rire mauvais :

— Hein! cette pauvre madame de Combelot! elle attend toujours!

Rougon acheva son verre d'eau sucrée. Il étouffait. Il prit son porte-monnaie, balbutia :

— Combien?

— Cinq francs.

Lorsqu'elle eut jeté la pièce dans l'aumônière, elle présenta de nouveau la main, en disant plaisamment :

— Et vous ne donnez rien pour la fille?

Il chercha, trouva deux sous qu'il lui mit dans la main. Ce fut sa brutalité, la seule vengeance que sa rudesse de parvenu sut inventer. Elle rougit, malgré son grand aplomb. Mais elle reprit sa hauteur de déesse. Elle s'en alla, saluant, laissant tomber de ses lèvres :

— Merci, Excellence.

Rougon n'osa pas se mettre debout tout de suite. Il avait les jambes molles, il craignait de fléchir, et il voulait se retirer comme il était venu, solide, la face calme. Il redoutait surtout de passer devant ses anciens familiers, dont les cous tendus, les oreilles élargies, les yeux braqués, n'avaient pas perdu un seul incident de la scène. Il promena ses regards quelques minutes encore, jouant l'indifférence. Il songeait. Un nouvel acte de sa vie politique était donc fini. Il tombait, miné, rongé, dévoré par sa bande. Ses fortes épaules craquaient sous les responsabilités, sous les sottises et les vilenies qu'il avait prises à son compte, par une forfanterie de gros homme, un besoin d'être un chef redouté et généreux. Ses muscles de taureau rendaient simplement sa chute plus retentissante, l'écroulement de sa coterie plus vaste. Les conditions mêmes du pouvoir, la nécessité d'avoir derrière soi des appétits à satisfaire, de se maintenir grâce à l'abus de son crédit, avaient fatalement fait de la débâcle une question de temps. Et, à cette heure, il se rappelait le travail lent de sa bande, ces dents aiguës qui chaque jour mangeaient un peu de sa force. Ils étaient autour de lui ; ils lui grimpaient aux genoux, puis à la poitrine, puis à la gorge, jusqu'à l'étrangler ; ils lui avaient tout pris, ses pieds pour monter, ses

mains pour voler, sa mâchoire pour mordre et en-
gloutir; ils habitaient dans ses membres, en tiraient
leur joie et leur santé, s'en donnaient des ripailles,
sans songer au lendemain. Puis, aujourd'hui, l'ayant
vidé, entendant le craquement de la charpente, ils
filaient, pareils à ces rats que leur instinct avertit
de l'éboulement prochain des maisons, dont ils ont
émietté les murs. Toute la bande était luisante, floris-
sante. Elle s'engraissait déjà d'un autre embonpoint.
M. Kahn venait de vendre son chemin de fer de Niort
à Angers au comte de Marsy. Le colonel devait obtenir,
la semaine suivante, une situation dans les palais impériaux. M. Bouchard avait la promesse formelle que son
protégé, l'intéressant Georges Duchesne, serait nommé
sous-chef de bureau dès l'entrée de Delestang au
ministère de l'intérieur. Madame Correur se réjouissait d'une grosse maladie de madame Martineau,
croyant déjà habiter sa maison de Coulonges, mangeant
ses rentes en bonne bourgeoise, faisant du bien dans le
canton. M. Béjuin était certain de recevoir la visite de
l'empereur à sa cristallerie, vers l'automne. M. d'Escorailles enfin, vivement sermonné par le marquis et la
marquise, se mettait aux genoux de Clorinde, gagnait
un poste de sous-préfet par son seul émerveillement à la
regarder servir des petits verres. Et Rougon, en face
de la bande gorgée, se trouvait plus petit qu'autrefois,
les sentait énormes à leur tour, écrasé sous eux, sans
oser encore quitter sa chaise, de peur de les voir sourire, s'il trébuchait.

Pourtant, la tête plus libre, peu à peu raffermi, il se
leva. Il repoussait la petite table de zinc pour passer,
lorsque Delestang entra, au bras du comte de Marsy. Il
courait sur ce dernier une histoire fort curieuse. À en
croire certains chuchotements, il s'était rencontré avec

Clorinde au château de Fontainebleau, la semaine précédente, uniquement pour faciliter les rendez-vous de la jeune femme et de Sa Majesté. Il avait mission d'amuser l'impératrice. D'ailleurs, cela paraissait piquant, rien de plus ; c'étaient de ces services qu'on se rend toujours entre hommes. Mais Rougon flairait là une revanche du comte, s'employant à sa chute de complicité avec Clorinde, retournant contre son successeur au ministère les armes employées pour le renverser lui-même, quelques mois auparavant, à Compiègne ; cela spirituellement, aiguisé d'une pointe d'ordure élégante. Depuis son retour de Fontainebleau, M. de Marsy ne quittait plus Delestang.

M. Kahn, M. Béjuin, le colonel, toute la bande se jeta dans les bras du nouveau ministre. La nomination devait paraître le lendemain seulement au *Moniteur*, à la suite de la démission de Rougon ; mais le décret était signé, on pouvait triompher. Ils lui allongeaient de vigoureuses poignées de main avec des ricanements, des paroles chuchotées, un élan d'enthousiasme que contenaient à grand'-peine les regards de toute la salle. C'était la lente prise de possession des familiers, qui baisent les pieds, qui baisent les mains, avant de s'emparer des quatre membres. Et il leur appartenait déjà ; un le tenait par le bras droit, un autre par le bras gauche ; un troisième avait saisi un bouton de sa redingote, tandis qu'un quatrième, derrière son dos, se haussait, glissait des mots dans sa nuque. Lui, dressant sa belle tête, avait une dignité affable, une de ces imposantes mines, correctes, imbéciles, de souverain en voyage, auxquels les dames des sous-préfectures offrent des bouquets, comme on en voit sur les images officielles. En face du groupe, Rougon, très-pâle, saignant de cette apothéose de la médiocrité, ne put pourtant retenir un sourire. Il se souvenait.

-- J'ai toujours prédit que Delestang irait loin, dit-il d'un air fin au comte de Marsy, qui s'était avancé vers lui, la main tendue.

Le comte répondit par une légère moue des lèvres, d'une ironie charmante. Depuis qu'il avait lié amitié avec Delestang, après avoir rendu des services à sa femme, il devait s'amuser prodigieusement. Il retint un instant Rougon, se montra d'une politesse exquise. Toujours en lutte, opposés par leurs tempéraments, ces deux hommes forts se saluaient à l'issue de chacun de leurs duels, en adversaires d'égale science, se promettant d'éternelles revanches. Rougon avait blessé Marsy, Marsy venait de blesser Rougon, cela continuerait ainsi jusqu'à ce que l'un des deux restât sur le carreau. Peut-être même, au fond, ne souhaitaient-ils pas leur mort complète, amusés par la bataille, occupant leur vie de leur rivalité; puis, ils se sentaient vaguement comme les deux contre-poids nécessaires à l'équilibre de l'empire, le poing velu qui assomme, la fine main gantée qui étrangle.

Cependant, Delestang était en proie à un embarras cruel. Il avait aperçu Rougon, il ne savait pas s'il devait aller lui tendre la main. Il jeta un coup d'œil perplexe à Clorinde, que son service semblait absorber, indifférente, portant aux quatre coins du buffet des sandwichs, des babas, des brioches. Et, sur un regard de la jeune femme, il crut comprendre, il s'avança enfin, un peu troublé, s'excusant.

-- Mon ami, vous ne m'en voulez pas... Je refusais, on m'a forcé... N'est-ce pas? il y a des exigences...

Rougon lui coupa la parole; l'empereur avait agi dans sa sagesse, le pays allait se trouver entre d'excellentes mains. Alors, Delestang s'enhardit.

-- Oh! je vous ai défendu, nous vous avons **tous**

défendu. Mais la, entre nous, vous étiez allé un peu loin... On a eu surtout à cœur votre dernière affaire pour les Charbonnel, vous savez, ces pauvres religieuses...

M. de Marsy réprima un sourire. Rougon répondit avec sa bonhomie des jours heureux :

— Oui, oui, la visite chez les religieuses... Mon Dieu, parmi toutes les bêtises que mes amis m'ont fait commettre, c'est peut-être la seule chose raisonnable et juste de mes cinq mois de pouvoir.

Et il s'en allait, quand il vit Du Poizat entrer et s'emparer de Delestang. Le préfet affecta de ne pas l'apercevoir. Depuis trois jours, embusqué à Paris, il attendait. Il dut obtenir son changement de préfecture, car il se confondit en remercîments, avec son sourire de loup aux dents blanches mal rangées. Puis, comme le nouveau ministre se tournait, il reçut presque dans les bras l'huissier Merle, poussé par madame Correur; l'huissier baissait les yeux, pareil à une grande fille timide, pendant que madame Correur le recommandait chaudement.

— On ne l'aime pas au ministère, murmura-t-elle, parce qu'il protestait par son silence contre les abus. Allez, il en a vu de drôles sous monsieur Rougon !

— Oh! oui, de bien drôles! dit Merle. Je puis en conter long... Monsieur Rougon ne sera guère regretté. Moi, je ne suis pas payé pour l'aimer, d'abord. Il a failli me faire mettre à la porte.

Dans la grande salle, que Rougon traversa à pas lents, les comptoirs étaient vides. Les visiteurs, pour plaire à l'impératrice qui patronnait l'œuvre, avaient mis les marchandises au pillage. Les vendeuses, enthousiasmées, parlaient de rouvrir le soir, avec un nouveau fonds. Et elles comptaient leur argent sur les tables. Des chiffres partaient, au milieu de rires victorieux : une avait fait trois mille francs, une autre quatre mille cinq cents, une autre sept mille, une autre dix mille. Celle-là rayonnait. Elle était une femme de dix mille francs.

Pourtant, madame de Combelot se désespérait. Elle venait de placer sa dernière rose, et les clients assiégeaient toujours son kiosque. Elle descendit, pour demander à madame Bouvard si elle n'avait rien à vendre, n'importe quoi. Mais le tourniquet, lui aussi, était vide ; une dame emportait le dernier lot, une petite cuvette de poupée. Elles cherchèrent quand même, elle s'entêtèrent, et finirent par trouver un paquet de cure-dents, qui avait roulé par terre. Madame de Combelot l'emporta en criant victoire. Madame Bouchard la suivit. Toutes deux remontèrent dans le kiosque.

— Messieurs ! messieurs ! appela la première, hardiment, debout, ramassant les hommes au-dessous d'elle, d'un geste arrondi de ses bras nus. Voici tout ce qui nous reste, un paquet de cure-dents... Il y a vingt-cinq cure-dents... Je les mets aux enchères...

Les hommes se bousculaient, riaient, levaient en l'air leurs mains gantées. L'idée de madame de Combelot avait un succès fou.

— Un cure-dents ! cria-t-elle. Il y a marchand à cinq francs... Voyons, messieurs, cinq francs !

— Dix francs ! dit une voix.

— Douze francs !

— Quinze francs !

Mais M. d'Escorailles ayant sauté brusquement à vingt-cinq francs, madame Bouchard se pressa et laissa tomber de sa voix flûtée :

— Adjugé à vingt-cinq francs !

Les autres cure-dents montèrent beaucoup plus haut. M. La Rouquette paya le sien quarante-trois francs ; le chevalier Rusconi, qui arrivait, poussa son enchère jus-

qu'à soixante-douze francs; enfin le dernier, un cure-
dents très-mince, que madame de Combelot annonça
comme étant fendu, ne voulant pas tromper son monde,
disait-elle, fut adjugé pour la somme de cent dix-sept
francs à un vieux monsieur, très-allumé par l'entrain de
la jeune femme, dont le corsage s'entr'ouvrait, à chacun
de ses mouvements passionnés de commissaire-priseur.

— Il est fendu, messieurs, mais il peut encore servir... Nous disons cent huit!... cent dix, là-bas!... cent
onze! cent douze! cent treize! cent quatorze!... Allons,
cent quatorze! Il vaut mieux que cela... Cent dix-sept!
cent dix-sept! personne n'en veut plus? Adjugé à cent
dix-sept!

Et ce fut poursuivi par ces chiffres que Rougon
quitta la salle. Sur la terrasse du bord de l'eau, il ralentit le pas. Un orage montait à l'horizon. En bas,
la Seine, huileuse, d'un vert sale, coulait lourdement
entre les quais blafards, où de grandes poussières s'envolaient. Dans le jardin, des bouffées d'air brûlant secouaient les arbres, dont les branches retombaient, àlan-
guies, mortes, sans un frisson des feuilles. Rougon descendit sous les grands marronniers; la nuit y était presque complète; une humidité chaude suintait comme
d'une voûte de cave. Il débouchait dans la grande allée,
lorsqu'il aperçut, se carrant au milieu d'un banc, les
Charbonnel, magnifiques, transformés, le mari en pantalon clair et en redingote pincée à la taille, la femme
coiffée d'un chapeau à fleurs rouges, portant un mante-
let léger sur une robe de soie lilas. A côté d'eux, à califourchon sur un bout du banc, un individu dépenaillé,
sans linge, vêtu d'une ancienne veste de chasse lamen-
table, gesticulait, se rapprochait. C'était Gilquin. Il donnait des tapes à sa casquette de toile, qui s'échappait.

— Un tas de gueux! criait-il. Est-ce que Théodore a

jamais voulu faire tort d'un sou à quelqu'un? Ils ont
inventé une histoire de remplacement militaire pour
me compromettre. Alors, moi, je les ai plantés là, vous
comprenez. Qu'ils aillent au tonnerre de Dieu, n'est-ce
pas?.... Ils ont peur de moi, parbleu! Ils connaissent
bien mes opinions politiques. Jamais je n'ai été de la
clique à Badinguet...

Il se pencha, ajouta plus bas, en roulant des yeux
tendres :

— Je ne regrette qu'une personne là-bas... Oh! une
femme adorable, une dame de la société. Oui, oui, une
liaison bien agréable... Elle était blonde. J'ai eu de ses
cheveux.

Puis, il reprit d'une voix tonnante, tout près de madame Charbonnel, lui tapant sur le ventre :

— Eh bien! maman, quand m'emmenez-vous à Plassans, vous savez, pour manger les conserves, les pommes,
les cerises, les confitures?... Hein! on a le sac, maintenant!

Mais les Charbonnel paraissaient très-contrariés de la
familiarité de Gilquin. La femme répondit du bout des
dents, en écartant sa robe de soie lilas :

— Nous sommes pour quelque temps à Paris... Nous
y passerons sans doute six mois chaque année.

— Oh! Paris! dit le mari d'un air de profonde admiration, il n'y a que Paris!

Et, comme les coups de vent devenaient plus forts,
et qu'une débandade de bonnes d'enfants courait dans le jardin, il reprit, en se tournant vers sa
femme :

— Ma bonne, nous ferons bien de rentrer, si nous ne
voulons pas être mouillés. Heureusement, nous logeons
à deux pas.

Ils étaient descendus à l'hôtel du Palais-Royal, rue

37.

de Rivoli. Gilquin les regarda s'éloigner, avec un haussement d'épaules plein de dédain.

— Encore des lâcheurs! murmura-t-il; tous des lâcheurs!

Brusquement, il aperçut Rougon. Il se dandina, l'attendit au passage, donna une tape sur sa casquette.

— Je ne suis pas allé te voir, lui dit-il. Tu ne t'en es pas formalisé, n'est-ce pas?... Ce sauteur de Du Poizat a dû te faire des rapports sur mon compte. Des menteries, mon bon; je te prouverai ça quand tu voudras... Enfin, moi, je ne t'en veux pas. Et, tiens, la preuve, c'est que je vais te donner mon adresse: rue du Bon-Puits, 25, à la Chapelle, à cinq minutes de la barrière. Voilà! si tu as encore besoin de moi, tu n'as qu'à faire un signe.

Il s'en alla, traînant les pieds. Un instant il parut s'orienter. Puis, menaçant du poing le château des Tuileries, au fond de l'allée, d'un gris de plomb sous le ciel noir, il cria :

— Vive la république!

Rougon quitta le jardin, remonta les Champs-Élysées. Il était pris d'un désir, celui de revoir sur l'heure son petit hôtel de la rue Marbeuf. Dès le lendemain, il comptait déménager du ministère, venir de nouveau vivre là. Il avait comme une lassitude de tête, un grand calme, avec une douleur sourde tout au fond. Il songeait à des choses vagues, à de grandes choses qu'il ferait un jour, pour prouver sa force. Par moments, il levait la tête, regardait le ciel. L'orage ne se décidait pas à crever. Des nuées rousses barraient l'horizon. Dans l'avenue des Champs-Élysées, déserte, de grands coups de tonnerre passaient, avec un fracas d'artillerie lancée au galop; et la cime des arbres en gardait un frisson. Les premières gouttes de pluie tombèrent, comme il tournait le coin de la rue Marbeuf.

Un coupé était arrêté à la porte de l'hôtel. Rougon rencontra là sa femme qui examinait les pièces, mesurait des fenêtres, donnait des ordres à un tapissier. Il resta très-surpris. Mais elle lui expliqua qu'elle venait de voir son frère, M. Beulin-d'Orchère; le magistrat, instruit déjà de la chute de Rougon, avait voulu accabler sa sœur, lui annoncer sa prochaine entrée au ministère de la justice, tâcher de jeter enfin la discorde dans le ménage. Madame Rougon s'était contentée de faire atteler, pour donner sur-le-champ un coup d'œil à leur prochaine installation. Elle gardait toujours sa face grise et reposée de dévote, son calme inaltérable de bonne ménagère; et, de son pas étouffé, elle traversait les appartements, reprenait possession de cette maison qu'elle avait faite douce et muette comme un cloître. Son seul souci était d'administrer en intendant fidèle la fortune dont elle se trouvait chargée. Rougon fut attendri devant cette figure sèche et étroite, aux manies d'ordre méticuleux.

Cependant, l'orage éclatait avec une violence inouïe. La foudre grondait, l'eau tombait à torrents. Rougon dut attendre près de trois quarts d'heure. Il voulut repartir à pied. Les Champs-Élysées étaient un lac de boue, une boue jaune, fluide, qui, de l'Arc-de-Triomphe à la place de la Concorde, mettait comme le lit d'un fleuve vidé d'un trait. L'avenue restait déserte, avec de rares piétons se hasardant, cherchant la pointe des pavés; et les arbres, ruisselant d'eau, s'égouttaient dans le calme et la fraîcheur de l'air. Au ciel, l'orage avait laissé une queue de haillons cuivrés, toute une nuée sale, basse, d'où tombait un reste de jour mélancolique, une lumière louche de coupe-gorge.

Rougon reprenait son rêve vague d'avenir. Des gouttes de pluie égarée mouillaient ses mains. Il sentait davantage cette courbature de tout son être, comme s'il s'était heurté à quelque obstacle barrant sa route. Et, tout d'un coup, derrière lui, il entendit un grand piétinement, l'approche d'un galop cadencé dont tremblait le sol. Il se retourna.

C'était un cortége qui approchait, dans le gâchis de la chaussée, sous le jour navré du ciel couleur de cuivre, un retour du Bois rayant de l'éclat des uniformes les profondeurs noyées des Champs-Élysées. A la tête et à la queue, galopaient des piquets de dragons. Au milieu, roulait un landau fermé, attelé de quatre chevaux; tandis que, aux deux portières, se tenaient deux écuyers en grand costume brodé d'or, recevant, impassibles, les éclaboussures continues des roues, couverts d'une couche de boue liquide, depuis leurs bottes à revers jusqu'à leur chapeau à claque. Et, dans le noir du landau fermé, un enfant seul apparaissait, le prince impérial, regardant le monde, ses dix doigts écartés, son nez rose écrasé contre la glace.

— Tiens! ce crapaud! dit en souriant un cantonnier, qui poussait une brouette.

Rougon s'était arrêté, songeur, et suivait le cortége filant dans le rejaillissement des flaques, mouchetant jusqu'aux feuilles basses des arbres.

XIV

Trois ans plus tard, un jour de mars, il y avait une séance très-orageuse au Corps législatif. On y discutait l'adresse pour la première fois.

A la buvette, M. La Rouquette et un vieux député, M. de Lamberthon, le mari d'une femme adorable, buvaient des grogs, en face l'un de l'autre, tranquillement.

— Hein! si nous retournions dans la salle? demandait M. de Lamberthon, qui prêtait l'oreille. Je crois que ça chauffe.

On entendait par moments une clameur lointaine, une tempête de voix, brusque comme un coup de vent; puis, tout retombait à un grand silence. Mais M. La Rouquette continuait à fumer d'une air de parfaite insouciance, en répondant:

— Non, laissez donc, je veux finir mon cigare... On nous préviendra, si l'on a besoin de nous. J'ai dit qu'on nous prévienne.

Ils étaient seuls dans la buvette, une petite salle de café très-coquette, établie au fond de l'étroit jardin qui fait le coin du quai et de la rue de Bourgogne. Peinte en vert tendre, recouverte d'un treillage de bambous, s'ouvrant par de larges baies vitrées sur les massifs du jardin, elle ressemblait à une serre changée en buffet de gala, avec ses panneaux de glace, ses tables, son comptoir de marbre rouge, ses banquettes de reps vert capitonné. Une des baies ouverte laissait entrer la belle après-midi, une tiédeur printanière que rafraîchissaient les souffles vifs de la Seine.

— La guerre d'Italie a mis le comble à sa gloire, reprit M. La Rouquette, continuant une conversation interrompue. Aujourd'hui, en rendant au pays la liberté, il montre toute la force de son génie...

Il parlait de l'empereur. Pendant un instant, il exalta la portée des décrets de novembre, la participation plus directe des grands corps de l'État à la politique du souverain, la création des ministres sans portefeuille chargés de représenter le gouvernement auprès des Chambres. C'était le retour du régime constitutionnel, dans ce qu'il avait de sain et de raisonnable. Une nouvelle ère, l'empire libéral, s'ouvrait. Et il secouait la cendre de son cigare, transporté d'admiration.

M. de Lamberthon hochait la tête.

— Il est allé un peu vite, murmura-t-il. On aurait pu attendre encore. Rien ne pressait.

— Si, si, je vous assure, il fallait faire quelque chose, dit vivement le jeune député. C'est justement là le génie...

Il baissa la voix, il expliqua la situation politique avec des coups d'œil profonds. Les mandements des évêques, au sujet du *pouvoir temporel*, menacé par le gouvernement de Turin, inquiétaient beaucoup l'empereur. D'autre part, l'opposition se réveillait, le pays traversait une heure de malaise. Le moment était venu de tenter la réconciliation des partis, d'attirer à soi les hommes politiques bouders en leur faisant de sages concessions. Maintenant, il trouvait l'empire autoritaire très-défectueux, il transformait l'empire libéral en une apothéose dont l'Europe entière allait être éclairée.

— N'importe, il a agi trop vite, répétait M. de Lamberthon, qui hochait toujours la tête. J'entends bien, l'empire libéral; mais c'est l'inconnu, cher monsieur, l'inconnu, l'inconnu...

Et il dit ce mot sur trois tons différents, en promenant sa main devant lui, dans le vide. M. La Rouquette n'ajouta rien; il finissait son grog. Les deux députés restèrent là, les yeux perdus, regardant le ciel par la baie ouverte, comme s'ils avaient cherché l'inconnu au delà du quai, du côté des Tuileries, où flottaient de grandes vapeurs grises. Derrière eux, au fond des couloirs, l'ouragan des voix grondait de nouveau, avec le vacarme sourd d'un orage qui s'approche.

M. de Lamberthon tournait la tête, pris d'inquiétude. Au bout d'un silence il demanda :

— C'est Rougon qui doit répondre, n'est-ce pas?

— Oui, je crois, répondit M. La Rouquette, les lèvres pincées, d'un air discret.

— Il était bien compromis, murmura encore le vieux député. L'empereur a fait un singulier choix, en le nommant ministre sans portefeuille et en le chargeant de défendre sa nouvelle politique.

M. La Rouquette ne donna pas tout de suite son avis. Il caressait sa moustache blonde d'une main lente. Il finit par dire :

— L'empereur connaît Rougon.

Puis, il s'écria d'une voix changée :

— Dites donc, ils n'étaient pas fameux, ces grogs... J'ai une soif d'enragé. J'ai envie de prendre un verre de sirop.

Il commanda un verre de sirop. M. de Lamberthon hésita, se décida enfin pour un madère. Et ils causèrent de madame de Lamberthon; le mari reprochait à son jeune collègue la rareté de ses visites. Celui-ci s'était

renversé sur la banquette capitonnée, se mirant d'un
regard oblique dans les glaces, jouissant du vert tendre
des murs, de cette buvette fraîche, qui avait des airs de
bosquet Pompadour, installé à quelque carrefour de
forêt princière, pour des rendez-vous amoureux.

Un huissier arriva, essoufflé.

— Monsieur La Rouquette, on vous demande tout de
suite, tout de suite.

Et, comme le jeune député avait un geste d'ennui,
l'huissier se pencha à son oreille, lui dit à demi-voix
qu'il était envoyé par M. de Marsy lui-même, le président
de la Chambre. Il ajouta plus haut :

— Enfin, on a besoin de tout le monde, venez vite.

M. de Lamberthon s'était précipité vers la salle des
séances. M. La Rouquette le suivait, lorsqu'il parut se
raviser. L'idée lui poussait de racoler tous les députés
flâneurs, pour les envoyer à leurs bancs. Il se jeta d'abord
dans la salle des Conférences, une belle salle éclairée
par un plafond vitré, où se trouvait une cheminée
géante en marbre vert, ornée de deux femmes de marbre blanc, nues et couchées. Malgré la douceur de l'après-
midi, des troncs d'arbre y brûlaient. Autour de l'immense table, trois députés sommeillaient, les yeux
ouverts, en regardant les tableaux des murs et la pendule fameuse qu'on remontait une seule fois par an ;
un quatrième, occupé à se chauffer les reins, debout
devant la cheminée, semblait examiner d'un air attendri, à l'autre extrémité de la pièce, une petite statue
d'Henri IV en plâtre, qui se détachait sur un trophée de
drapeaux pris à Marengo, à Austerlitz et à Iéna. A l'appel de leur collègue allant de l'un à l'autre, criant :
« Vite, vite, en séance! » ces messieurs, comme ré-
veillés en sursaut, disparurent à la file.

Cependant, emporté par son élan, M. La Rouquette

courait à la Bibliothèque, quand il eut la précaution de
revenir sur ses pas, pour fouiller d'un coup d'œil le
couloir aux lavabos. M. de Combelot, les mains plongées
au fond d'une grande cuvette, les y frottait doucement,
en souriant à leur blancheur. Il ne s'émut pas, il retournait tout de suite à sa place. Et il prit le temps de
s'éponger longuement les mains, à l'aide d'une serviette
chaude, qu'il remit ensuite dans l'étuve, aux portes de
cuivre. Même il alla, à l'extrémité du couloir, devant une
haute glace, peigner sa belle barbe noire, avec un petit
peigne de poche.

La Bibliothèque était vide. Les livres dormaient dans
leurs casiers de chêne; toutes nues, les deux grandes
tables étalaient la sévérité de leurs tapis verts ; aux bras
des fauteuils, rangés en bon ordre, les pupitres mécani-
ques se repliaient, gris d'une légère poussière. Et, au
milieu de ce recueillement, dans l'abandon de la galerie
où traînait une odeur de papiers, M. La Rouquette dit
tout haut, en faisant claquer la porte :

— Il n'y a jamais personne, là-dedans !

Alors, il se lança dans l'enfilade des couloirs et des
salles. Il traversa la salle de distribution, dallée en
marbre des Pyrénées, où son pas sonnait comme sous
une voûte d'église. Un huissier lui ayant appris qu'un
député de ses amis, M. de la Villardière, faisait visiter le
Palais à un monsieur et à une dame, il s'entêta à le
trouver. Il courut à la salle du général Foy, ce vestibule
sévère, dont les quatre statues, Mirabeau, le général Foy,
Bailly et Casimir Périer, sont l'admiration respectueuse
des bourgeois de province. Et ce fut à côté, dans la
salle du trône, qu'il aperçut enfin M. de la Villardière,
flanqué d'une grosse dame et d'un gros monsieur, des
gens de Dijon, tous deux notaires et électeurs in-
fluents.

— On vous demande, dit M. La Rouquette. Vite à votre poste, n'est-ce-pas?

— Oui, tout de suite, répondit le député.

Mais il ne put s'échapper. Le gros monsieur, impressionné par le luxe de la salle, le ruissellement des dorures, les panneaux de glace, s'était découvert; et il ne lâchait pas son « cher député », il lui demandait des explications sur les peintures de Delacroix, les Mers et les Fleuves de France, de hautes figures décoratives, *Méditerraneum Mare, Oceanus, Ligeris, Rhenus, Sequana, Rhodanus, Garumna, Araris*. Ces mots latins l'embarrassaient.

— *Ligeris*, la Loire, dit M. de la Villardière.

Le notaire de Dijon hocha vivement la tête; il avait compris. Cependant, sa dame considérait le trône, un fauteuil un peu plus haut que les autres, garni d'une housse et placé sur une large marche. Elle restait à distance, dévotement, l'air très-ému. Elle finit par se rapprocher, par s'enhardir; et, d'une main furtive, elle souleva la house, toucha le bois doré, tâta le velours rouge.

Maintenant, M. La Rouquette battait l'aile droite du Palais, les corridors interminables, les pièces réservées aux bureaux et aux commissions. Il revint par la salle des quatre colonnes, où les jeunes députés rêvent en face des statues de Brutus, de Solon et de Lycurgue; coupa de biais la salle des Pas perdus; longea rapidement le pourtour, cette galerie en hémicycle, une sorte de crypte écrasée, d'une nudité blafarde d'église, éclairée au gaz nuit et jour; et, hors d'haleine, traînant derrière lui la petite troupe de députés qu'il avait ramassée dans sa battue générale, il ouvrit toute large une porte d'acajou étoilée d'or. M. de Combelot, les mains blanches, la barbe correcte, le suivait. M. de la Villardière, qui s'était débarrassé de ses deux électeurs, marchait sur ses talons.

Tous montèrent d'un élan, se jetèrent dans la salle des séances, où les députés, debout à leur banc, furibonds, les bras tendus, menaçant un orateur impassible à la tribune, criaient :

— A l'ordre! à l'ordre! à l'ordre!

— A l'ordre! à l'ordre! crièrent plus haut M. La Rouquette et ses amis, tout en ignorant ce dont il s'agissait.

Le vacarme était épouvantable. Il y avait des piétinements enragés, un roulement d'orage obtenu par les planchettes des pupitres secouées violemment. Des voix glapissantes, suraiguës, jetaient des notes de fifre au milieu d'autres voix ronflantes, prolongées comme des accompagnements d'orgue. Par moments, les bruits semblaient se briser, le tapage se fêlait; et alors, au milieu de la clameur mourante, des huées montaient, des paroles s'entendaient :

— C'est odieux! c'est intolérable!

— Qu'il retire le mot!

— Oui, oui, retirez le mot!

Mais le cri obstiné, le cri qui revenait sans arrêt, comme rhythmé par le battement des talons, c'était ce cri : « A l'ordre! à l'ordre! à l'ordre! » s'aigrissant, s'étranglant dans les gosiers séchés.

A la tribune, l'orateur avait croisé les bras. Il regardait en face la Chambre furieuse, ces faces aboyantes, ces poings brandis. A deux reprises, croyant à un peu de silence, il ouvrit la bouche; ce qui amena un redoublement de tempête, une crise d'emportement fou. La salle craquait.

M. de Marsy, debout devant son fauteuil de président, la main sur la pédale de la sonnette, sonnait d'une façon continue, un carillon d'alarme au milieu d'un ouragan. Sa haute figure pâle gardait un sang-froid parfait. Il s'arrêta un instant de sonner, tira ses manchettes tran-

quillement, puis se remit à son carillon. Son mince
sourire sceptique, une sorte de tic qui lui était habituel,
pinçait les coins de ses lèvres fines. Lorsque les voix se
lassaient, il se contentait de lancer :

— Messieurs, permettez, permettez...

Enfin, il obtint un silence relatif.

— J'invite l'orateur, dit-il, à expliquer le mot qu'il
vient de prononcer.

L'orateur se penchant, s'appuyant sur le bord de la
tribune, répéta sa phrase avec une affirmation entêtée
du menton.

— J'ai dit que le 2 décembre était un crime...

Il ne put aller plus loin. L'orage recommença. Un
député, le sang aux joues, le traita d'assassin ; un autre
lui jeta une ordure, si grosse, que les sténographes sourirent, en se gardant d'écrire le mot. Les exclamations
se croisaient, s'étouffaient. Pourtant, on entendait la voix
flûtée de M. La Rouquette, qui répétait :

— Il insulte l'empereur, il insulte la France !

M. de Marsy eut un geste digne. Il se rassit, en disant :

— Je rappelle l'orateur à l'ordre.

Une longue agitation suivit. Ce n'était plus le Corps
législatif ensommeillé qui avait voté, cinq ans plus tôt,
un crédit de quatre cent mille francs pour le baptême du prince impérial. A gauche, sur un banc, quatre
députés applaudissaient le mot lancé à la tribune par leur
collègue. Ils étaient cinq maintenant à attaquer l'empire.
Ils l'ébranlaient d'une secousse continue, le niaient, lui
refusaient leur vote, avec un entêtement de protestation,
dont l'effet devait peu à peu soulever le pays entier. Ces
députés se tenaient debout, groupe infime, perdu au milieu d'une majorité écrasante ; et ils répondaient aux
menaces, aux poings tendus, à la pression bruyante de la

Chambre sans un découragement, immobiles et fervents dans leur revanche.

La salle elle-même paraissait changée, toute sonore, frémissante de fièvre. On avait rétabli la tribune, au pied du bureau. La froideur des marbres, le développement pompeux des colonnes de l'hémicycle, se chauffait de la parole ardente des orateurs. Sur les gradins, le long des banquettes de velours rouge, la lumière de la baie vitrée tombant d'aplomb semblait allumer des incendies, dans les orages des grandes séances. Le bureau monumental, avec ses panneaux sévères, s'animait des ironies et des insolences de M. de Marsy, dont la redingote correcte, la taille mince de viveur épuisé, coupaient d'une ligne pauvre les nudités antiques du bas-relief placé derrière son dos. Et seules, dans leurs niches, entre leurs paires de colonnes, les statues allégoriques de l'Ordre public et de la Liberté gardaient leurs faces mortes et leurs yeux vides de divinités de pierre. Mais ce qui soufflait surtout la vie, c'était le public plus nombreux, penché anxieusement, suivant les débats, apportant là sa passion. Le second rang des tribunes venait d'être remis en place Les journalistes avaient leur tribune particulière. Tout en haut, au bord de la corniche chargée de dorures, des têtes s'allongeaient, un envahissement de foule, qui parfois faisait lever les yeux inquiets des députés, comme s'ils avaient cru brusquement entendre le piétinement de la populace, un jour d'émeute.

Cependant, l'orateur, à la tribune, attendait toujours de pouvoir continuer. Il dit, la voix couverte par le murmure qui roulait encore :

— Messieurs, je me résume...

Mais il s'arrêta pour reprendre plus haut, dominant le bruit :

— Si la Chambre refuse de m'écouter, je proteste et je descends de cette tribune.

— Parlez, parlez ! cria-t-on de plusieurs bancs.

Et une voix épaisse, comme enrouée, gronda :

— Parlez, on saura vous répondre.

Le silence régna brusquement. Sur les gradins, dans les tribunes, on tendait le cou pour voir Rougon, qui venait de lancer cette phrase. Il était assis au premier banc, les coudes appuyés sur la tablette de marbre. Son gros dos gonflé gardait une immobilité à peine rompue de loin en loin par un léger balancement des épaules. On n'apercevait pas son visage, enfoui entre ses larges mains. Il écoutait. Son début était attendu avec une vive curiosité ; car, depuis sa nomination de ministre sans portefeuille, il n'avait pas encore pris la parole. Sans doute il eut conscience de tous ces regards fixés sur lui. Il tourna la tête, fit le tour de la salle. En face, dans la tribune des ministres, Clorinde en robe violette, accoudée à la rampe de velours rouge, le regardait longuement, avec son audace tranquille. Ils restèrent deux secondes les yeux dans les yeux, sans se sourire, comme étrangers. Puis, Rougon reprit sa position, écouta de nouveau, le visage entre ses mains ouvertes.

— Messieurs, je me résume, disait l'orateur. Le décret du 24 novembre octroie des libertés purement illusoires. Nous sommes encore bien loin des principes de 89, inscrits si pompeusement en tête de la constitution impériale. Si le gouvernement reste armé de lois exceptionnelles, s'il continue à imposer ses candidats au pays, s'il ne dégage pas la presse du régime de l'arbitraire, enfin s'il tient toujours la France à sa merci, toutes les concessions apparentes qu'il peut faire sont mensongères...

Le président l'interrompit.

— Je ne puis laisser l'orateur employer un pareil terme.

— Très-bien, très-bien! cria-t-on à droite.

L'orateur reprit sa phrase, en l'adoucissant. Il s'efforçait d'être très-modéré maintenant, arrondissant de belles périodes qui tombaient avec une cadence grave, d'une pureté de langue parfaite. Mais M. de Marsy s'acharnait, discutait chacune de ses expressions. Alors, il s'éleva dans de hautes considérations, une phraséologie vague, encombrée de grands mots, où sa pensée se déroba si bien, que le président dut l'abandonner. Puis, tout d'un coup, il revint à son point de départ.

— Je me résume. Mes amis et moi, nous ne voterons pas le premier paragraphe de l'adresse en réponse au discours du trône...

— On se passera de vous, dit une voix.

Une hilarité bruyante courut sur les bancs.

— Nous ne voterons pas le premier paragraphe de l'adresse, recommença paisiblement l'orateur, si notre amendement n'est pas adopté. Nous ne saurions nous associer à des remercîments exagérés, lorsque la pensée du chef de l'État nous apparaît pleine de restrictions. La liberté est une; on ne peut la couper par morceaux et la distribuer en rations, ainsi qu'une aumône.

Ici, des exclamations partirent de tous les coins de la salle.

— Votre liberté est de la licence!

— Ne parlez pas d'aumône, vous mendiez une popularité malsaine!

— Et vous, ce sont les têtes que vous coupez!

— Notre amendement, continua-t-il, comme s'il n'entendait pas, réclame l'abrogation de la loi de sûreté générale, la liberté de la presse, la sincérité des élections...

Les rires reprenaient. Un député avait dit, assez haut pour être entendu de ses voisins : « Va, va, mon bonhomme, tu n'auras rien de tout ça!» Un autre ajoutait des mots drôles à chaque phrase tombée de la tribune. Mais le plus grand nombre, pour s'amuser, scandait les périodes à coups précipités de couteau à papier, tapés sournoisement sous leur pupitre; ce qui produisait un roulement de baguettes de tambour, dans lequel la voix de l'orateur se trouvait étouffée. Celui-ci pourtant lutta jusqu'au bout. Il s'était redressé, il lançait puissamment ces dernières paroles, par-dessus le tumulte :

— Oui, nous sommes des révolutionnaires, si vous entendez par là des hommes de progrès, décidés à conquérir la liberté! Refusez la liberté au peuple, un jour le peuple la reprendra.

Et il descendit de la tribune, au milieu d'un nouveau déchaînement. Les députés ne riaient plus comme une bande de collégiens échappés. Ils s'étaient levés, tournés vers la gauche, poussant une fois encore le cri : «A l'ordre! à l'ordre!»L'orateur avait regagné son banc, et restait debout, entouré de ses amis. Il y eut des poussées. La majorité sembla vouloir se jeter sur ces cinq hommes, dont les faces pâles les défiaient. Mais M. de Marsy, fâché, sonnait d'une main saccadée, en regardant les tribunes où des dames se reculaient, l'air peureux.

— Messieurs, dit-il, c'est un scandale...

Et le silence s'étant fait, il continua, de très-haut, avec son autorité mordante :

— Je ne veux pas prononcer un second rappel à l'ordre. Je dirai seulement qu'il est vraiment scandaleux d'apporter à cette tribune des menaces qui la déshonorent.

Une triple salve d'applaudissements accueillit ces paroles du président. On criait bravo, et les couteaux à

papier marchaient ferme, cette fois en manière d'approbation. L'orateur de la gauche voulut répondre ; mais
ses amis l'en empêchèrent. Le tumulte alla en s'apai-
sant, se perdit dans le brouhaha des conversations particulières.

— La parole est à Son Excellence monsieur Rougon,
reprit M. de Marsy d'une voix calmée.

Un frisson courut, un soupir de curiosité satisfaite, qui
fit place à une attention religieuse. Rougon, les épaules
arrondies, était monté pesamment à la tribune. Il ne
regarda pas d'abord la salle ; il posait devant lui un paquet de notes, reculait le verre d'eau sucrée, promenait ses mains, comme pour prendre possession de l'é-
troite caisse d'acajou. Enfin, adossé au bureau, au
fond, il leva la face. Il ne vieillissait pas. Son front
carré, son grand nez bien fait, ses longues joues sans
rides, gardaient une pâleur rosée, un teint frais de
notaire de petite ville. Seuls ses cheveux grisonnants,
si rudement plantés, s'éclaircissaient vers les tempes et
découvraient ses larges oreilles. Les yeux à demi clos,
il jeta un regard dans la salle, attendant encore. Un
instant, il parut chercher, rencontra le visage attentif et
penché de Clorinde, puis commença, la langue lourde
et pâteuse.

— Nous aussi nous sommes des révolutionnaires, si
l'on entend par ce mot des hommes de progrès, décidés
à rendre au pays, une à une, toutes les sages libertés...

— Très-bien ! très-bien !

— Eh ! messieurs, quel gouvernement mieux que
l'empire a jamais réalisé les réformes libérales dont
vous venez d'entendre tracer le séduisant programme ?
Je ne combattrai pas le discours de l'honorable préo-
pinant. Il me suffira de prouver que le génie et le
grand cœur de l'empereur ont devancé les réclamations

des adversaires les plus acharnés de son règne. Oui, messieurs, de lui-même, le souverain a remis à la nation ce pouvoir dont elle l'avait investi, dans un jour de danger public. Magnifique spectacle, si rare dans l'histoire! Oh! nous comprenons le dépit de certains hommes de désordre. Ils en sont réduits à attaquer les intentions, à discuter la quantité de liberté rendue... Vous avez compris le grand acte du 24 novembre. Vous avez voulu, dans le premier paragraphe de l'adresse, témoigner à l'empereur votre profonde reconnaissance de sa magnanimité et de sa confiance en la sagesse du Corps législatif. L'adoption de l'amendement qui vous est soumis, serait une injure gratuite, je dirai même une mauvaise action. Consultez vos consciences, messieurs, demandez-vous si vous vous sentez libres. La liberté est aujourd'hui complète, entière, je m'en porte le garant...

Des applaudissements prolongés l'interrompirent. Il s'était lentement approché du bord de la tribune. Maintenant, le corps un peu penché, le bras droit étendu, il haussait sa voix, qui se dégageait avec une puissance extraordinaire. Derrière lui, M. de Marsy, allongé au fond de son fauteuil, l'écoutait, de l'air vaguement souriant d'un amateur émerveillé par l'exécution magistrale de quelque tour de force. Dans la salle, au milieu du tonnerre des bravos, des membres se penchaient, chuchotaient, surpris, les lèvres pincées. Clorinde avait abandonné ses bras sur le velours rouge de la rampe, toute sérieuse.

Rougon continuait.

— Aujourd'hui, l'heure que nous avons tous attendue avec impatience a enfin sonné. Il n'y a plus aucun danger à faire de la France prospère une France libre. Les passions anarchiques sont mortes. L'énergie du souverain et la volonté solennelle du pays ont pour toujours refoulé dans le néant les époques abominables de perversion publique. La liberté est devenue possible, le jour où a été vaincue cette faction qui s'obstinait à méconnaître les bases fondamentales du gouvernement. C'est pourquoi l'empereur a cru devoir retirer sa puissante main, refusant les prérogatives excessives du pouvoir comme un fardeau inutile, estimant son règne indiscutable au point de le laisser discuter. Et il n'a pas reculé devant la pensée d'engager l'avenir; il ira jusqu'au bout de sa tâche de délivrance, il rendra les libertés une à une, aux époques marquées par sa sagesse. Désormais, c'est ce programme de progrès continu que nous avons la mission de défendre dans cette assemblée...

Un des cinq députés de la gauche se leva indigné, en disant :

— Vous avez été le ministre de la répression à outrance !

Et un autre ajouta avec passion :

— Les pourvoyeurs de Cayenne et de Lambessa n'ont pas le droit de parler au nom de la liberté !

Une explosion de murmures monta. Beaucoup de députés ne comprenaient pas, se penchaient, interrogeant leurs voisins. M. de Marsy feignit de ne pas avoir entendu ; et il se contenta de menacer les interrupteurs de les rappeler à l'ordre.

— On vient de me reprocher... reprit Rougon.

Mais des cris s'élevèrent à droite, l'empêchèrent de continuer.

— Non, non, ne répondez pas !

— Ces injures ne sauraient vous atteindre !

Alors, il apaisa la Chambre d'un geste ; et, s'appuyant des deux poings au bord de la tribune, il se tourna vers la gauche, d'un air de sanglier acculé.

— Je ne répondrai pas, déclara-t-il tranquillement.

Ce n'était encore que l'exorde. Bien qu'il eût promis de ne pas réfuter le discours du député de la gauche, il entra ensuite dans une discussion minutieuse. Il fit d'abord un exposé très-complet des arguments de son adversaire; il y mettait une sorte de coquetterie, une impartialité dont l'effet était immense, comme dédaigneux de toutes ces bonne raisons et prêt à les écarter d'un souffle. Puis, il parut oublier de les combattre, il ne répondit à aucune, il s'attaqua à la plus faible d'entre elles avec une violence inouïe, un flot de paroles qui la noya. On l'applaudissait, il triomphait. Son grand corps emplissait la tribune. Ses épaules, balancées, suivaient le roulis de ses phrases. Il avait l'éloquence banale, incorrecte, toute hérissée de questions de droit, enflant les lieux communs, les faisant crever en coups de foudre. Il tonnait, il brandissait des mots bêtes. Sa seule supériorité d'orateur était son haleine, une haleine immense, infatigable, berçant les périodes, coulant magnifiquement pendant des heures, sans se soucier de ce qu'elle charriait.

Après avoir parlé une heure sans un arrêt, il but une gorgée d'eau, il souffla un peu, en rangeant les notes placées devant lui.

— Reposez-vous! dirent plusieurs députés.

Mais il ne se sentait pas fatigué. Il voulut terminer.

— Que vous demande-t-on, messieurs?

— Écoutez! écoutez!

Une profonde attention tint de nouveau les faces muettes, tournées vers lui. A certains éclats de sa voix, des mouvements agitaient la Chambre d'un bout à l'autre, comme sous un grand vent.

— On vous demande, messieurs, d'abroger la loi de sûreté générale. Je ne rappellerai pas l'heure à jamais maudite où cette loi fut une arme nécessaire; il s'agis-

sait de rassurer le pays, de sauver la France d'un nouveau cataclysme. Aujourd'hui, l'arme est au fourreau. Le
gouvernement, qui s'en est toujours servi avec la plus
grande prudence, je dirai même avec la plus grande modération...

— C'est vrai!

— Le gouvernement ne l'applique plus que dans certains cas tout à fait exceptionnels. Elle ne gêne personne,
si ce n'est les sectaires qui nourrissent encore la coupable
folie de vouloir retourner aux plus mauvais jours de notre
histoire. Parcourez nos villes, parcourez nos campagnes,
vous y verrez partout la paix et la prospérité ; interrogez
les hommes d'ordre, aucun ne sent peser sur ses épaules
ces lois d'exception dont on nous fait un si grand crime. Je
le répète, entre les mains paternelles du gouvernement,
elles continuent à sauvegarder la société contre des en-
treprises odieuses, dont le succès, d'ailleurs, est désormais impossible. Les honnêtes gens n'ont pas à se préoc-
cuper de leur existence. Laissons-les où elles dorment,
jusqu'au jour où le souverain croira devoir les briser lui-
même... Que vous demande-t-on encore, messieurs? la
sincérité des élections, la liberté de la presse, toutes les
libertés imaginables. Ah! laissez-moi me reposer ici
dans le spectacle des grandes choses que l'empire a déjà
accomplies. Autour de moi, partout où je porte les yeux,
j'aperçois les libertés publiques croître et donner des
fruits splendides. Mon émotion est profonde. La France,
si abaissée, se relève, offre au monde l'exemple d'un
peuple conquérant son émancipation par sa bonne conduite. A cette heure, les jours d'épreuve sont passés. Il
n'est plus question de dictature, de gouvernement autori-
ritaire. Nous sommes tous les ouvriers de la liberté...

— Bravo! bravo!

— On demande la sincérité des élections. Le suffrage

universel, appliqué sur sa base la plus large, n'est-il pas
la condition primordiale d'existence de l'empire? Sans
doute le gouvernement recommande ses candidats. Est-
ce que la révolution n'appuie pas les siens avec une audace impudente? On nous attaque, nous nous défendons,
rien de plus juste. On voudrait nous bâillonner, nous lier
les mains, nous réduire à l'état de cadavre. C'est ce
que nous n'accepterons jamais. Par amour pour le pays,
nous serons toujours là, à le conseiller, à lui dire où sont
ses véritables intérêts. Il reste, d'ailleurs, le maître
absolu de son sort. Il vote, et nous nous inclinons. Les
membres de l'opposition qui appartiennent à cette assemblée, où ils jouissent d'une entière liberté de parole,
sont une preuve de notre respect pour les arrêts du suffrage universel. Les révolutionnaires doivent s'en prendre
au pays, si le pays acclame l'empire par des majorités
écrasantes..... Dans le parlement, toutes les entraves
au libre contrôle sont aujourd'hui brisées. Le souverain
a voulu donner aux grands corps de l'État une participation plus directe à sa politique et un témoignage éclatant
de sa confiance. Vous pourrez désormais discuter les
actes du pouvoir, exercer dans son plein le droit d'amendement, émettre des vœux motivés. Chaque année,
l'adresse sera comme un rendez-vous entre l'empereur
et les représentants de la nation, où ceux-ci auront la
faculté de tout dire avec franchise. C'est de la discussion
au grand jour que naissent les États forts. La tribune est
rétablie, cette tribune illustrée par tant d'orateurs dont
l'histoire a gardé les noms. Un parlement qui discute est
un parlement qui travaille. Et voulez-vous connaître
toute ma pensée? je suis heureux de voir ici un groupe de
députés opposants. Il y aura toujours parmi nous des
adversaires qui chercheront à nous prendre en faute, et
qui mettront ainsi en pleine lumière notre honorabilité.

Nous réclamons pour eux les immunités les plus larges. Nous ne craignons ni la passion, ni le scandale, ni les abus de la parole, si dangereux qu'ils puissent être... Quant à la presse, messieurs, elle n'a jamais joui d'une liberté plus entière, sous aucun gouvernement décidé à se faire respecter. Toutes les grandes questions, tous les intérêts sérieux ont des organes. L'administration ne combat que la propagation des doctrines funestes, le colportage du poison. Mais, entendez-moi bien, nous sommes tous pleins de déférence pour la presse honnête, qui est la grande voix de l'opinion publique. Elle nous aide dans notre tâche, elle est l'outil du siècle. Si le gouvernement l'a prise dans ses mains, c'est uniquement pour ne pas la laisser aux mains de ses ennemis...

Des rires approbateurs s'élevèrent. Rougon, cependant, approchait de la péroraison. Il empoignait le bois de la tribune de ses doigts crispés. Il jetait son corps en avant, balayait l'air de son bras droit. Sa voix roulait avec une sonorité de torrent. Brusquement, au milieu de son idylle libérale, il parut pris d'une fureur haletante. Son poing tendu, lancé en manière de bélier, menaçait quelque chose, là-bas, dans le vide. Cet adversaire invisible, c'était le spectre rouge. En quelques phrases dramatiques, il montra le spectre rouge secouant son drapeau ensanglanté, promenant sa torche incendiaire, laissant derrière lui des ruisseaux de boue et de sang. Tout le tocsin des journées d'émeute sonnait dans sa voix, avec le sifflement des balles, les caisses de la Banque éventrées, l'argent des bourgeois volé et partagé. Sur les bancs, les députés pâlissaient Puis, Rougon s'apaisa; et, à grands coups de louanges qui avaient des bruits balancés d'encensoir, il termina en parlant de l'empereur.

— Dieu merci! nous sommes sous l'égide de ce prince

que la Providence a choisi pour nous sauver dans un jour de miséricorde infinie. Nous pouvons nous reposer à l'abri de sa haute intelligence. Il nous a pris par la main, et il nous conduit pas à pas vers le port, au milieu des écueils.

Des acclamations retentirent. La séance fut suspendue pendant près de dix minutes. Un flot de députés s'était précipité au-devant du ministre qui regagnait son banc, le visage en sueur, les flancs encore agités de son grand souffle. M. La Rouquette, M. de Combelot, cent autres, le félicitaient, allongeaient le bras pour tâcher de lui prendre une poignée de main au passage. C'était comme un long ébranlement qui se continuait dans la salle. Les tribunes elles-mêmes parlaient et gesticulaient. Sous la baie ensoleillée du plafond, parmi ces dorures, ces marbres, ce luxe grave tenant du temple et du cabinet d'affaires, une agitation de place publique roulait, des rires de doute, des étonnements bruyants, des admirations exaltées, la clameur d'une foule secouée de passion. Les regards de M. de Marsy et de Clorinde s'étant rencontrés, ils eurent tous deux un hochement de tête; ils avouaient la victoire du grand homme. Rougon, par son discours, venait de commencer la prodigieuse fortune qui devait le porter si haut.

Un député, cependant, était à la tribune. Il avait un visage rasé, d'un blanc de cire, avec de longs cheveux jaunes dont les boucles rares tombaient sur ses épaules. Roide, sans un geste, il parcourait de grandes feuilles de papier, le manuscrit d'un discours qu'il se mit à lire d'une voix molle. Les huissiers jetaient leur cri :

— Silence, messieurs!... Veuillez faire silence!

L'orateur avait des explications à demander au gouvernement. Il se montrait très-irrité de l'attitude expectante de la France, en présence du saint-siége menacé par l'Italie. Le pouvoir temporel était l'arche sainte, et l'adresse devait contenir un vœu formel, une injonction même, pour son maintien intégral. Le discours entrait dans des considérations historiques, démontrait que le droit chrétien, plusieurs siècles avant les traités de 1815, avait établi l'ordre politique en Europe. Puis, venaient des phrases d'une rhétorique terrifiée, l'orateur disait voir avec effroi la vieille société européenne se dissoudre au milieu des convulsions des peuples. Par moments, à certaines allusions trop directes contre le roi d'Italie, des rumeurs s'élevaient dans la salle. Mais, à droite, le groupe compacte des députés cléricaux, près d'une centaine de membres, attentifs, soulignaient les moindres passages par leur assentiment, applaudissaient chaque fois que leur collègue nommait le pape, avec une légère salutation dévote.

L'orateur, en terminant, eut une phrase couverte de bravos.

— Il me déplaît, dit-il, que Venise la superbe, la reine de l'Adriatique, soit devenue l'obscure vassale de Turin.

Rougon, la nuque encore mouillée de sueur, la voix enrouée, son grand corps brisé par son premier discours, s'entêta à répondre tout de suite. Ce fut un beau spectacle. Il étala sa fatigue, la mit en scène, se traîna à la tribune, où il balbutia d'abord des paroles éteintes. Il se plaignait avec amertume de trouver parmi les adversaires du gouvernement des hommes considérables, si dévoués jusque-là aux institutions impériales. Il y avait sûrement malentendu; ils ne voudraient pas grossir les rangs des révolutionnaires, ébranler un pouvoir dont l'effort constant était d'assurer le triomphe de la religion. Et, tourné vers la droite, il leur adressait des gestes pathétiques, il leur parlait avec une humilité pleine de ruse, comme à des ennemis puissants, aux seuls ennemis devant lesquels il tremblât.

Mais, peu à peu, sa voix avait repris toute son emphase. Il emplissait la salle de son mugissement, il se tapait la poitrine à grands coups de poing.

— On nous a accusé d'irréligion. On a menti! Nous sommes l'enfant respectueux de l'Église et nous avons le bonheur de croire... Oui, messieurs, la foi est notre guide et notre soutien, dans cette tâche du gouvernement, si lourde parfois à porter. Qu'adviendrait-il de nous, si nous ne nous abandonnions pas aux mains de la Providence? Nous avons la seule prétention d'être l'humble exécuteur de ses desseins, l'instrument docile des volontés de Dieu. C'est là ce qui nous permet de parler haut et de faire un peu de bien... Et, messieurs, je suis heureux de cette occasion pour m'agenouiller ici, avec toute la ferveur de mon cœur de catholique, devant le souverain pontife, devant ce vieillard auguste, dont la France restera la fille vigilante et dévouée.

Les applaudissements n'attendirent pas la fin de la phrase. Le triomphe tournait à l'apothéose. La salle croulait.

A la sortie, Clorinde guetta Rougon. Ils n'avaient plus échangé une parole depuis trois ans. Lorsqu'il parut, rajeuni, comme allégé, ayant démenti en une heure toute sa vie politique, prêt à satisfaire, sous la fiction du parlementarisme, son furieux appétit d'autorité, elle céda à un entraînement, elle alla vers lui, la main tendue, les yeux attendris et humides d'une caresse, en disant :

— Vous êtes tout de même d'une jolie force, vous!

FIN.

-78- CORBEIL, typ. et stér. de CRÉTÉ.